苏州优秀新闻作品选（下）

（2013—2022）

中共苏州市委宣传部
苏州市新闻工作者协会 编

苏州新闻出版集团
古吴轩出版社

目　录

音频类

中国新闻奖

江苏新闻奖

苏州新闻奖

视频类

中国新闻奖

江苏新闻奖

苏州新闻奖

媒体融合类

江苏新闻奖

苏州新闻奖

音频类

2013—2022

第二十七届中国新闻奖三等奖　第十九届苏州新闻奖一等奖

南苏丹平民保护所里的少年足球队

主创人员　张　超　潘　涛

【录音】同期声(压混)瓦乌少年足球队队员的歌声。

【播音】12月30日下午六点二十分,苏州民警杨帆收到了一封来自南苏丹瓦乌平民保护所的邮件。

【录音】杨帆说:瓦乌难民营(平民保护所)少年足球队成立的三个月之际啊,我收到了来自瓦乌警察部门Steven的一封邮件,说他受难民营(平民保护所)酋长的委托,向我转达他们很想念中国警察“帆·杨”。同时,这支24人的少年足球队,也希望来自中国的“帆·杨”以后有机会再回去看他们。

【播音】邮件的附件是一段音频,那是24位少年足球队队员的声音。

【录音】杨帆说:意思就是“帆·杨来了,我们欢迎你”。他们说,这是他们难民营(平民保护所)里面的所有小孩都会唱的歌。我每次到难民营(平民保护所)都是这个场景。

【播音】孩子们的歌声,把杨帆的思绪带回了赴南苏丹维和的300多个日日夜夜。

【录音】中国第五批赴南苏丹维和警队出征仪式宣誓的现场声音(压混):“严守纪律,树立形象!不畏艰险,顽强拼搏!”

【播音】2015年12月21日上午,中国第五批赴南苏丹维和警队出征仪式在江苏省公安厅举行。受公安部派遣,江苏省13名民警单独组成维和警队赴南苏丹维和,杨帆就是其中一员。

【录音】(压混)杨帆所乘肯尼亚航空的飞机起飞的声音。

【播音】南苏丹位于非洲东北部,撒哈拉沙漠的东端,常年高温40摄氏度以上,疾病横行。

【录音】(压混)2011年,基尔总统宣布南苏丹独立暨就职演讲片段。

【播音】2011年,南苏丹通过公投宣布独立,但因为政治争端和民族矛盾,局势从未稳定。

【录音】我国驻南苏丹大使马强说：我们都亲身经历了子弹横飞。手榴弹和枪榴弹的那个弹片，就像雨点似的噼里啪啦地就打进我们使馆。

【播音】剧烈的冲突导致南苏丹数十万人流离失所。为此，联合国在当地设立多个平民保护所，为20多万名平民提供庇护。

【录音】（压混）杨帆和同事们在平民保护所里工作的现场声音——“It’s your house？ We go to inside……”

【播音】到南苏丹后，杨帆和另外两名中国籍维和警察被分配到南苏丹第二大城市、军事重镇——瓦乌州的平民保护所工作。

【录音】杨帆说：难民营（平民保护所）内部呢，时有案件发生，我们要处理。同时，难民有些求助的需求，我们要尽量地去帮助；对外呢，我们更要谨防外面的武装分子冲进来。

【录音】（压混）南苏丹当地时间2016年6月25日凌晨，5000多名民众冲击杨帆所在的联合国驻南苏丹特派团瓦乌基地的现场声音。

【播音】今年的六、七月份，南苏丹接连爆发了多次武装冲突，避难平民大量涌入瓦乌平民保护所。近3万人聚集在1.3平方公里的土地上。治安环境特别紧张，打架斗殴的发案率直线上升。

【录音】杨帆说：这一次就是他们那个族长过来讲，有两个女人打架了，因为小孩之间打架之后，大人就参与了。

【播音】杨帆发现，大人的斗殴往往是小孩子打架诱发的。但是，小孩子之所以容易打架，是因为他们是在效仿动荡局势中大人们的攻击性行为。

【录音】杨帆说：他们（大人）打起来的时候就根本不顾你什么小孩不小孩了。但是，这种方式就在小孩的心里面埋下一颗种子，他们认为以后有什么事儿就得靠暴力来解决。有时候他（小孩）问我要个东西，我可能身上没有了，他不开心了，还拿拳头捶我两下。

【播音】小孩模仿大人打架，大人又因孩子打架而斗殴——这种恶性循环难题该怎么破解？在有限的任务期内，自己能为南苏丹的未来做点什么呢？杨帆陷入了深深的思考。

【录音】（压混）孩子们在玩模拟足球比赛游戏时的声音。

【播音】一天，杨帆在执勤时发现几个孩子围成一个小圈，盯着几排泥巴捏成的小人手舞足蹈，欢笑声不断。走近一看，原来他们正在玩模拟足球比赛游戏。杨帆有了灵感。

而第二天发生的一场小风波，让这个灵感变成了一个计划。

【录音】（压混）Santino被抢球。

【播音】五岁的Santino带着父亲帮他捡来的破足球出来玩耍时，球被一伙大孩子抢走了。

【录音】杨帆说：关键这个球抢了之后还不带他玩，因为他太小了。就帮他们稍微调解了一下嘛，尽量带他一起玩一玩。我就突然意识到，原来你们喜欢踢球，那么我们为什么不把这项活动发扬光大呢？

【播音】可是，组建一支少年足球队这个计划，要在硝烟弥漫的南苏丹变成现实，困难重重。

首先，想成立球队，要先得到族长们的同意才行。南苏丹是个多民族的国家，即便在平民保护所里，各个部落也都有自己不同的习惯和想法。杨帆经过综合考虑，初步委派了一名队长——十六岁的努维尔族少年James，让他去向各个部落的族长征求意见。当天，希鲁克族的族长Chuol亲自登门，告诉杨帆自己的想法。

【录音】Chuol说：这样孩子们就可以进行各项活动，而不是在外无所事事或者做一些坏事。

【播音】其他几个族长也都表示同意，可是，另一个大部落——努维尔族的族长那边却迟迟不见动静。

一直到第三天，杨帆才终于等来了努维尔族族长Steve的一封请愿书。

【录音】杨帆说：一看就不是他们族长自己写的，是请里面的受过比较好的教育的大学生用英语写得非常工整的一封请愿书。请愿书从头到尾，热情洋溢，激情满满。大概意思就是，他们希望能够获得来自中国和联合国的帮助，帮助他们来组建这支球队。并且他们保证在球队组建之后，在比赛过程当中一定遵循自由、平等、公正的原则来进行比赛，一切只是为了友谊和进步，并不是为了争执，保证在过程当中不会发生打斗这种暴力事件。那一封请愿书写得让我相当感动，一定要帮他们把这支球队弄成了！

【播音】第二个困难是场地紧缺。瓦乌二号平民保护所内部空间极其狭窄，平均每人的生活空间不到四平方米。杨帆只好把目光投向一号平民保护所的平民学校。

【录音】（压混）瓦乌一号平民保护所平民学校早操时的声音。

【播音】平民学校有一块空地，本来是给在学校里上课的孩子们专用的。那么，可以分享给少年足球队的队员们使用吗？瓦乌平民保护所平民学校教师Jinup在考虑良久后，给出答案——可以！

第三个困难是，怎样才能挑选出合适的队员呢？

【录音】杨帆说：考虑到还是自己人最了解自己人嘛，让队长James来进行初选。

【播音】初选那天，每个部落推选出了自己的选手。队长James拿出了一只自己珍藏已久的足球，让大家在停球、带球过人和颠球三个项目上进行角逐。

【录音】（压混）颠球比赛现场的声音。

【播音】最终，选出了24名少年足球队的队员。非常不容易的是，这次选拔还打破了之前南苏丹传统上对女性的偏见。

【录音】杨帆说：是一支男女混编的球队，把南苏丹的一些女孩也纳进来了，这一点是让我们很欣慰的。

【播音】接下来，定训练方案、比赛赛制、仲裁机制……一切进行得都很顺利，但是一个看似简单，但最困难的问题出现了：南苏丹当地物资奇缺，从外面采购的球队装备怎么运到瓦乌呢？

早前，杨帆他们打算成立平民保护所少年足球队的计划，得到了身边的同事和远在苏州的同事们的支持。

【录音】苏州市公安局姑苏分局治安大队民警赵峰说：他想组建一个足球队，我们几个同事正好也想给他加一点力，就组织了一点运动器材，球啊、衣服啊这一类，帮他用各种渠道运到非洲去。

【播音】赵峰，这个一米九四的大汉，在采购工作上却很细致。

【录音】赵峰说：打气筒啊、气针啊，都帮他配了一点。

【播音】球队装备从苏州运去南苏丹，虽然邮费高达五位数，杨帆和同事们咬咬牙也都能接受，可是，东西如何从南苏丹首都朱巴运到瓦乌呢？

【录音】杨帆说：那边没有物流公司。你想走个人途径，难于登天啊！你如果要走陆路，雨季，卡车开不了；旱季呢，道路可以通行，但是安全没保障。

【播音】2016年下半年，南苏丹局势继续恶化，冲突不断。

留守在联合国驻南苏丹特派团朱巴指挥部的中国维和警察张亦林回忆起那些天时说：

【录音】经常发生军事冲突。炮弹啊、子弹啊，在头上呼啸。其中有一天，落到我们营地里的炮弹就达32发。

【播音】杨帆、张岩、张亮——瓦乌平民保护所维和警察三人党小组召开了会议，进行了专题讨论，一个计划被提了出来。

【录音】杨帆说：借了联合国的航运的这个便利条件啦。你如果说运个食品，联合国没问题，这是人必需的。但是要运其他相关物资的话，它就需要你作一些解释和说明——为什么要运这些东西？

【播音】杨帆他们提交了海量的说明报告。经过我国第五批赴南苏丹维和警队全体队员的努力，历时近三个月，在9月下旬，少年足球队的装备终于运抵瓦乌平民保护所。

9月30日，瓦乌平民保护所少年足球队在硝烟弥漫的南苏丹正式成立。球队的名字被定为“SS”。

【录音】杨帆说：有几个含义在里面。首先是他们南苏丹的缩写——South Sudan就是两个“S”的缩写；然后，两个“S”第一个S代表着我们来自江苏省，第二个S代表着我来自苏州。

【录音】（压混）2016年9月30日，瓦乌平民保护所少年足球队成立的现场声音。

【播音】球队成立的那天，整个平民保护所沸腾了。很多老维和队员都表示，从没见过那么多人欢乐地汇聚到一起。

【录音】（压混）球队成立庆祝现场，杨帆问同事Michael是否常看到这样的盛况，Michael回答“不”。“Do they often do that？（他们常这样吗？）”“No！No！（不！不！）”

【播音】为了庆祝球队成立，还举办了对抗赛。

【录音】杨帆说：很欣喜。他们穿上了球衣，穿上了球鞋，搞对抗赛，还是比较成功的。

【播音】少年足球队成立后，杨帆他们又通过对平民保护所实施网格化管理，还对警务制度进行了改进。渐渐地，平民保护所里打架斗殴现象少了，欢声笑语多了。

联合国瓦乌警察部门的Steven把这个新局面归功于“足球精神”。

【录音】Steven说：你得知道自己在想什么，同时，知道你的队友在想什么，直到你们形成一个团队，你们才能做得很棒。

【录音】（压混）杨帆所乘飞机在广州机场降落的声音。

【播音】转眼间，杨帆的维和任务结束了，回到了国内。

【录音】（压混）少年足球队队员的歌声。

【播音】但在12月30日，南苏丹瓦乌平民保护所少年足球队成立3个月这一天，远方的一封邮件和球队队员们的歌声，让杨帆很感慨。他在邮件回复中写了这么一段话。

【录音】杨帆说：他们将来的发展会怎么样呢？说实在的，这不在我的可控范围之内。但我利用我这一年的时间，尽量地为他们多做一点，让他们对生活有多一点希望。他们才是南苏丹未来十年、二十年之后真正的希望。南苏丹的未来是要靠他们的。希望他们能够少一点杀戮，少一点暴力；多一点关爱，多一点美好。

苏州市广播电视总台2016年播出

记者手记

2015年12月，受公安部派遣，江苏省13名民警单独组成“中国第五支赴南苏丹维和警队”，开赴南苏丹任务区执行维和任务，苏州民警杨帆就是其中一员。

在自然环境恶劣、冲突频发的南苏丹瓦乌州，作为一名维和警察，杨帆的主要工作就是驻守平民保护所。他充分运用公安基层的积累、苏州的经验、中国人的情怀，以“少年足球”为抓手，克服了重重困难，在硝烟中成功组建了足球队，推进了平民保护所管理方式的优化，取得了良好的管理效果，为中国警察树立了良好的国际形象。

记者利用杨帆休假的间隙，对杨帆进行了深入细致的采访，之后又对杨帆和他组建的足球队进行追踪采访，始终围绕平民保护所里少年足球队成立的初衷、过程展开，采集了大量音像资料，并在12月30日南苏丹瓦乌平民保护所少年足球队成立3个月的这一天，连夜赶制出专题报道，在第二天早新闻中播出。报道以中国维和警察组建平民保护所少年足球队为切入口，彰显了习近平主席在第70届联合国大会一般性辩论会议上指出的“中国始终做世界和平的建设者”这一大主题。

专家点评

这是一篇引人入胜的广播报道。首先，选题非常独特。选择维和警队组建一支少年足球队的故事进行报道，拓宽了人们对于维和任务的想象和认知，也让苏州和江苏民警文明可亲的形象“跃然声上”。其次，这篇报道的声音叙事和节奏堪称典范。广播节目主要靠声音来传递信息，如何让人们通过声音来想象场景，是广播节目各种声音元素使用的艺术宗旨。这篇报道开篇使用南苏丹少年的歌声作为开场，立刻将观众带入异国风情中；而紧接的解说和采访同期声将事情娓娓道来。整个故事的讲述，有矛盾、有冲突，有主人公的心路历程和灵光乍现，有一个接一个困难被破解的过程，让听众感受到主人公的智慧和中国维和力量支撑体系的强大。各个场景的现场声、众多人物的采访同期声、多语种语言声音、解说配音等的快速交替切换，体现了记者对于声音素材的娴熟掌控和巧妙处理。

第二十二届江苏新闻奖　第二十一届苏州新闻奖一等奖

蒋巷村的“农民节”情结

主创人员　郝丽萍　李友欢　李海燕　许　政

【播音】听众朋友大家好，9月23日秋分，这是我国第一个农民丰收节，各地的农民欢天喜地地庆祝自己的节日。请听专题报道《蒋巷村的“农民节”情结》。

片花

中国农民丰收节的今生故事

春华秋实，春种秋收，这是中国千百年来的农耕文明。

农民丰收节遇上秋分节气，全国各地喜庆丰收。

欢迎走进中国农民丰收节的今生故事。

【播音】中国农民丰收节是亿万农民庆祝丰收、享受丰收的节日。其实，这个全国性节日的设立和我们常熟有着不同寻常的渊源。什么渊源？我们在这卖个关子，等会儿慢慢聊。首先，我们一起去感受农民丰收节当天蒋巷村庆祝的热闹场景，分享农民丰收的喜悦。

【录音】农民1：我们农民也有自己的节日，很高兴的！

【录音】农民2：农民也有节了！这个事真高兴的不得了！

【录音】农民3：今天在我们蒋巷村举办首届农民丰收节，我欢迎全国各地的农民朋友到我们蒋巷来旅游观光，祝全国的农民朋友节日快乐！

【播音】在这个特殊的日子里，蒋巷村的带头人、村党委书记常德盛更是激动不已。

【录音】你看农民多高兴，得到这个消息我们内心相当感动。中央给我们农民节也是给我们尊严，所以我们要争气，一定要把“三农”工作做好！

【播音】小康不小康，还得看老乡；丰收不丰收，还得问农民。那么，今年蒋巷农民的收成怎么样呢？

【录音】蒋巷村种田大户王正楼：我们收成很好，今年产量比较高，再加上我们现在种的有机大米，比原来还要高一点，产量在一千斤左右，我们大户的产值可以达到一千多元一亩地。

【播音】农民丰收了，老百姓的钱袋子鼓起来了。

【录音】村党委书记常德盛：农民已人人有房子，家家住别墅，而且三个产业已协调，五个文明已全部进步，经济发展同步进步。今年2018年，农民的人均收入接近五万元，再加上一万元股份金，接近六万元。

【播音】蒋巷农民富足了，他们时刻不忘回馈社会。

【录音】蒋巷村党委副书记李君：蒋巷村的发展也离不开社会各界人士的关心和支持，更离不开广大农民兄弟的支持，23号一直到10月7号，我们全部采取（旅游）免票政策，让大家共同享受丰收喜悦的成果。

【播音】谈到中国农民丰收节，2007年和蒋巷村民一起倡议设立"农民节"的《农民日报》编委、华东地区主编沈建华回忆起当时的情景，非常激动：

【录音】因为国泰民安，农民方能有节，能够设立中国农民丰收节，本身就反映了我们国家国泰民安、社会稳定。

【播音】时代楷模赵亚夫也有同样的感受。赵老是全国优秀共产党员、全国道德模范、享受着国务院政府特殊津贴的"三农"人物，他一辈子都在为农民服务，把文章写在了大地上。他高兴地和我们谈起中国农民丰收节：

【录音】设立农民丰收节这件事情，在全国农村农民中间产生了很大的影响，能够热热闹闹过一个丰收节，一年比一年更红火，生动地体现了党中央、习近平总书记对农民、农业、农村的关怀。从今年实行情况来讲，相当程度上起到了促进农村文化生活进一步发展的作用，调动广大农民搞好农业的积极性，这方面的作用还是很巨大的。从发展经济的角度也起到了很好的作用，好多游客消费了农产品，有利于农民增收。

【播音】据了解，中国首届农民丰收节期间，全国各地农民都在庆祝自己的节日，并举办了一系列丰富多彩的具有地方特色、民族特色的农耕文化、民俗文化活动，展现了新时代新农民的精神风貌，充分体现了我国农耕文化的区域特点，展示了农耕文明的传承。

那么，中国首届农民丰收节的设立和举办到底和我们常熟有着怎样千丝万缕的渊源呢？

片花

中国农民丰收节的前世情缘

2007年，您知道这个年份的背后包含着怎样的意义吗？

这一年，您知道蒋巷村全村人都干了什么吗？

2007—2018年，您知道这串数字的背后和蒋巷村又有着怎样千丝万缕的联系吗？让我们一起追溯中国农民丰收节的前世情缘。

【播音】接下来，我们追溯中国农民丰收节的前世情缘。这件事情要从十多年前开始讲起。在2007年，早已富裕起来的蒋巷人有了新的追求。2007年3月2日，蒋巷村全体村民发出了“倡设农民节，争做新农民”的倡议，在《农民日报》发表以后，引起了极大的反响。

《农民日报》编委沈建华谈起中国农民丰收节与常熟的渊源，他记忆犹新，话匣子一下子就打开了：

【录音】常德盛书记，我和他很早就熟悉了。中央提出的新农村建设，要建设新农村就要有新农民。我们那一次去蒋巷村，第一，蒋巷村全体村民在《农民日报》头版向全国的农民发出倡议“倡设农民节，争做新农民”。第二，就是有蒋巷村党委书记常德盛的内参，以十六大代表向党中央呼吁的名义写一个内参给中央，建议中央能够同意设立中国农民节。第三，一批全国人大代表向2007年的全国两会提出建议案，倡设中国农民节。中央的领导、全国人大、国务院都分别做了批示，赞成这个意见。

【播音】作为倡设“农民节”第一人的常德盛回忆道：

【录音】回想到那是2007年，因为我是农民的儿子，土生土长，现在还是立足农村，立足农民。回想我们的国家各种节日很多，包括清明节、端午节，什么节都有了，但是中国八亿多农民，就是缺少个农民节。我们能不能有农民节？

【播音】改革开放40年来，蒋巷村的面貌发生了翻天覆地的变化，从穷山恶水到社会主义现代化新农村。村党委书记常德盛怀着“天不能改，地一定要换”“穷不会生根，富不是天生”的信念，带着全体村民实现了共同富裕。如今的蒋巷村，可谓是“千亩良田阡陌纵横，三俩白鹭翩然起落，精致别墅点缀苍翠”。富裕起来的蒋巷人有了更高的精神追求，2007年，首先提出要为农民设立节日的倡议。

【录音】常德盛：过去的蒋巷村确实是一个小雨水汪汪、大雨白茫茫，穷水恶土、闭塞的苦地方。假如说2007年这里还是山路依旧、面貌未变、农民生活提高不大，我想，我老常不能代表蒋巷的农民以及呼吁社会上的农民，提出来搞这个节。因为我们到了2007年，蒋巷的农民已经告别了过去，经济发展同步进步，尤其是蒋巷村基本实现农业机械化、规模化，我们农民不仅解决温饱，而且也富起来了，强起来了。所以在这个情况下，我们欢欣鼓舞，有底气设立一个中国农民节，自己要庆祝自己的丰收。

【播音】当时，新华社、《人民日报》等主流媒体纷纷对此事采访报道，在全国范围内引发广泛关注。

其实，从国家层面设立一个节日，程序是非常复杂的。中国农民丰收节是在习近平总书记主持召开的中央政治局常委会会议上审议通过的。如今，大家翘首以盼十多年，终于盼来了自己的节日，这也是第一个在国家层面专门为农民设立的节日。把中国农民丰收节定于秋分这一天，是为了便于城乡群众更多参与，也有利于展示我国农业所取得的丰收，包括科技成果和农民的创造，具有鲜明的农事特点。

关于设立中国农民丰收节对我国“三农”发展所起到的积极意义，《农民日报》编委沈建华说：

【录音】首先，它的政治意义反映了党中央对农民的政治地位、社会地位的尊重和提高，反映了国泰民安以后，党中央更加重视社会的治理，社会治理的基础是要尊重农民；第二，从它的经济意义上来讲，中国农民丰收节是信息时代能够通过农民节来形成更多的各种发展要素的集聚、交流和优化配置；第三，它的文化意义，可以加强和提高农村的精神文明、精神文化建设和城乡精神文化的交流；第四，它的社会意义，普遍形成对农民的尊重、对“三农”重视的社会氛围。

【播音】谈到中国农民丰收节对中国农业的发展，时代楷模赵亚夫赵老这样说：

【录音】通过农民丰收节可以进一步传承我们历史悠久的农耕文化的传统。怎么样在现代化过程中，把优秀的农耕文化能够传承下去、发扬光大？有了这样一个节日为抓手的话，好得多了，能起到很好的作用。农民通过节日的喜庆活动，大家高高兴兴地庆祝丰收。节目也调动了广大农民搞好农业，为自己的小康、富裕奋斗的积极性，这些作用是很突出的。

【播音】的确，农民丰收节的设立，可以更好地在全社会创造出尊重农民、关爱农民、关注“三农”的良好氛围，对进一步激发广大农民艰苦创业、勤劳致富、科技兴农的热情和加快乡村振兴的步伐具有积极的、深远的意义。

经历了十多年，农民终于有了自己的节日，常德盛感慨万千：

【录音】我想，本身我是个农民，得到中央设立丰收节这个消息我的心情是相当激动，这给我们极大的鼓舞，尤其是本人在2007年提出想法，有这个愿望，那更是不一样！我们蒋巷村不仅把这个节日用做欢庆，更是当作一个鼓舞、一种动力。我们要把乡村振兴，把农村、农业各方面工作做得更好！

常熟市广播电视总台2018年播出

记者手记

我眼中的常德盛

2018年9月，全国各地欢天喜地庆祝首届农民丰收节，对于蒋巷人而言，则有着更为特殊的意义。广播新闻专题《蒋巷村的“农民节”情结》以“农民节”诞生的前世今生为主线，叙述了“农民节”与蒋巷村的关联，也展示了改革开放40年来蒋巷村及我国农村改革发展所取得的丰硕成果。

常德盛作为蒋巷村的带头人，在该作品中起到了画龙点睛的作用。采访之后，我的心情久久难以平复，粗糙的手、左眼的伤疤、落伍的手机、特殊的账目……在我眼前过电影般一幕一幕地掠过，最终化为常德盛的一颗全心全意为人民服务的心！

粗糙的手，紧握着过去和未来。当时的蒋巷村是一个远近闻名的贫困村，常德盛却对着村民喊出了“天不能改，地一定要换”的响亮宣言，承诺一定要让大家过好日子。五十年来，他一步一个脚印让村民看到了当年的承诺逐步变为现实，也就有了蒋巷村民呼吁设立“农民节”的底气。

左眼的伤疤，记录着他为村民致富奔波的艰辛，也是他勇立潮头敢当改革先锋的标记。常德盛作为党的十六大代表向中央建议设立“农民节”，再加上权威人士的点评，为该节日提供了优质、鲜活的内容。

一部落伍的手机，见证了常书记和村民的甘苦与共。虽说它落伍，但常书记用它对村民嘘寒问暖，指挥村里的工作，同时也记录下蒋巷村如何从“农业起家、工业发家、旅游旺家”到“生态美家、精神传家”的华丽蜕变。这些都佐证了蒋巷人当年提出设立“农民节”的建议并不是偶然的。

一份特殊的账目，记录着常书记这些年的收入。多年来，他“让”掉的工资、奖励、股金、销售提成等收入上亿元，全部用于村级各项事业建设。常德盛自豪地说：“假如说蒋巷村没有翻天覆地的变化，我想，我老常不能代表蒋巷的农民以及呼吁社会上的农民，提出来搞这个节。”这朴实无华的浓浓乡音直击心底，更烘托出该新闻专题的主题。

常德盛对自己的朴实评价是：“我是共产党员，更是农民的儿子。”简单与朴素的字眼，却饱含着无限的赤子情怀。其实，有许多细节在新闻稿件中都忍痛割爱了，再多的文字也表达不出我对这位蒋巷村第一书记的敬意！通过对该篇作品创作过程的分析，我更加深切地体会到：每一篇优秀的新闻作品，都是脚力、眼力、脑力、笔力的集中体现，只有坚持深入基层一线、倾听群众心声，才能深挖素材、精益求精，最终打动人心。

专家点评

这篇广播专题主要有两个突出的优点：首先，结构清晰。前半部分，从“农民节”这天农民们的喜悦心情切入，报道了我国设立“农民节”的重要意义：既体现了党和政府对农民、农业、农村的关怀和重视，也体现了我国农民生活水平和社会地位的不断提升；后半部分，则从“农民节”设立的过程，来回溯这个重要节日与“蒋巷村”干部群众之间的关联，进而通过“蒋巷村”的面貌变迁，来折射我国广阔的新农村建设的巨大成就。其次，人物塑造非常鲜活。通过这个报道，让一位既朴实勤劳、一心为民，又有智慧和大格局的农村支部书记形象栩栩如生，令人肃然起敬。当然，此篇报道的缺点也比较明显：一是多段同期声和解说词较长，拖慢了叙事的节奏；二是，一些语言有些重复，显得不够精练。

第二十四届江苏新闻奖

“驰骋新时代　逐梦长三角”
沪苏通长江公铁大桥暨沪苏通铁路开通运营（节选）

主创人员　沈　玲　吴　好　李德朋　蔡靖佩　周明南　毕孝松
范嘉春　丁　芳　沈　洁　凌　晨　姚　广　鲁键璆
曹宇杰　周新锋等

【VCR】

【出节目大片花1分】

片花

“八横八纵”主要通道，沿海通道重要组成！沪苏通铁路一期，沪苏通长江公铁大桥今日通车，从中国近代第一城到国家中心城市，从4小时到最短66分钟，沪苏通铁路开通运营，融媒体直播特别节目——《驰骋新时代　逐梦长三角》。

老毕：听众朋友们以及通过手机正在观看节目的各位手机用户朋友，大家上午好！欢迎收听收看我们的《“驰骋新时代　逐梦长三角”　沪苏通长江公铁大桥暨沪苏通铁路开通运营》大型全媒体直播！我是FM91.1苏州综合广播的节目主持人老毕。

余音：我是上海东广新闻台《长三角之声》的主持人余音。

鲁键：我是南通综合广播的主持人鲁键。

老毕：各位朋友好，中国共产党成立99周年，举国同庆之际，我们用一种全新的方式来庆贺党的生日，为深入贯彻学习落实习近平总书记关于长三角一体化的重要指示，深入实施长三角一体化国家战略，上海、苏州、南通、常熟、太仓等八家电台通过广播和手机APP等全媒体途径，共同推出了特别节目《“驰骋新时代　逐梦长三角”　沪苏通长江公铁大桥暨沪苏通铁路开通运营》大型全媒体直播。

余音：沪苏通铁路是国家中长期铁路网规划的“八纵八横”高铁网中的沿海通道的一个重要的组成部分，今天零时起，长三角铁路就开始实施三季度的列车运行图了。随着沪苏通铁路一期开通，今天上午11：28，南通与上海之间会对开首发列车。因此，从今天上午的9点开始，将会通过4个多小时的特别节目，为沪苏通铁路沿线以及周边各个城市的听众来全程直播。

鲁键：今天我们的直播时间会比较长，因为在稍后的节目当中将直播沪苏通长江公铁大桥暨沪苏通铁路的开通运营仪式以及揭牌活动，并由我们多路记者驻点沪苏通铁路各个站点，两路直播主持人还会分别从上海和南通站上车，在首趟对开列车上抢先体验，为大家带来第一手的信息。

老毕：此刻，还是要先通过一个短片来了解一下今天节目的主角——沪苏通铁路！

宣传片：沪苏通铁路，是国家中长期铁路网规划"八纵八横"高速铁路主通道之一，沿海通道的重要组成部分，是以承担上海、江苏城际旅客交流为主，兼顾货物运输和中长途旅客交流的铁路通道。工程建设分一期和二期推进，其中一期工程为赵甸至黄渡段，起于南通市，终至上海市嘉定区，全长137.47公里，设计时速为200公里，沿线共设9个车站。除了赵甸、南通西和安亭西3个车站外，其余6个车站都在苏州境内。此外，一期工程还预留了常熟东站，二期工程为太仓至四团段，起于太仓市，终至上海市奉贤区。铁路一期通车后，将进一步提高铁路过江通道能力，完善长三角地区铁路网布局和区域综合交通运输体系。它等于是沟通了长江南北，提高了通道的能力，使苏州的三个市加入了长三角的铁路网。

记者：准备工作已经就绪，领导和嘉宾已经全部就位了，活动马上就要开始了，让我们一起来通过直播的镜头，共同见证激动人心的时刻。

活动现场主持人：各位领导、各位来宾、同志们、朋友们，今天9时09分，在庆祝中国共产党成立99周年的喜庆日子里，我们相聚在江海明珠江苏南通，共同见证沪苏通长江公铁大桥和沪苏通铁路开通运营。这是国铁集团、江苏省、上海市认真贯彻中央决策部署，做好六稳工作，落实六保任务的实际行动；是江苏省、上海市广大人民群众期盼已久的大事、喜事。首先，我非常荣幸地向大家介绍参加今天活动的领导和嘉宾，他们是江苏省委书记娄勤俭同志，省长吴政隆同志，苏州市委书记蓝绍敏同志，省委常委、省委秘书长郭元强同志，副省长费高云同志，上海市副市长汤志平同志，国铁集团董事长、党组书记陆东福同志，国铁集团和江苏省、上海市有关部门负责同志，上海局集团公司和参建单位负责同志，中央及地方新闻单位的记者朋友们，应邀参加了今天的活动。让我们对各位领导和来宾的到来表示热烈的欢迎和衷心的感谢。

活动现场主持人：刚才上海市、江苏省领导，发表了热情洋溢的讲话，充分体现了两省、市党委、政府和广大人民群众对铁路工作的高度重视和大力支持，进一步增强了我们全力组织好、实施好铁路重大项目的信心和决心。陆东福书记传达了习近平总书记和李克强总理等中央领导同志的重要批示精神，对管好用好沪苏通长江公铁大桥和沪苏通铁路，切实担负起“交通强国、铁路先行”历史使命，更好地服务经济社会发展提出了明确要求。我们相信，有以习近平同志为核心的党中央的坚强领导，有江苏、上海两省、市党委政府和广大人民群众的大力支持，铁路部门一定能够高质量管好用好沪苏通长江公铁大桥和沪苏通铁路，为造福沿线人民群众，助推长三角一体化高质量发展作出新的更大贡献。现在请陆东福书记、娄勤俭书记、吴政隆省长、汤志平副市长共同启动沪苏通长江公铁大桥暨沪苏通铁路开通运营。

活动现场主持人：活动到此结束，谢谢各位嘉宾。

主持人：疫情防控和经济社会发展的重要时刻，我们刚刚见证了沪苏通长江公铁大桥铁路的开通运营，紧接着在这里隆重举行沪苏通长江公铁大桥揭牌活动，进一步凝聚各方面力量，全力打造轨道上的江苏，为推动我省高质量发展走在前列，建设强富美高新江苏提供坚强有力的交通保障。出席今天活动的领导有国铁集团董事长陆东福同志，江苏省委书记娄勤俭同志，江苏省省长吴政隆同志，国铁集团副总经理王同军同志，上海市副市长汤志平同志，江苏省委常委、苏州市委书记蓝绍敏同志，江苏省委常委、省委秘书长郭元强同志，江苏省政府秘书长陈建刚同志。出席今天会议的还有国铁集团有关部门及上海局集团公司，大桥建设指挥部，沪杭客专公司负责同志，上海市、江苏省有关部门和地方负责同志，项目建设、设计、施工、监理负责人和运营单位的代表，让我们以热烈的掌声对各位领导和嘉宾的到来表示欢迎和感谢。今天的活动共有四项议程，一是大桥建设指挥部汇报大桥建设情况，二是江苏交通控股有限公司发言，三是请领导为沪苏通长江公铁大桥揭牌，四是请江苏省委书记娄勤俭同志宣布大桥开通。

主持人：现在让我们以热烈的掌声有请国铁集团董事长陆东福同志、江苏省委书记娄勤俭同志、省长吴政隆同志、上海市副市长汤志平同志，共同为沪苏通长江公铁大桥揭牌！大家欢迎！

现在请江苏省委书记娄勤俭同志宣布大桥开通，大家欢迎！

娄勤俭：我宣布沪苏通长江公铁大桥开通运行。

老毕：现在我们可以看到整个大桥上正在通行的，就是刚才我们记者在连线当中提到的三辆车一排，总共是将有99辆车来穿越我们的沪苏通长江公铁大桥。而且刚才随着娄勤俭书记的一声“沪苏通长江公铁大桥开通运行”的呼唤，大桥将投入运营，说实话，场面是非常壮观和震撼。我们现在可以通过画面看到99辆车正在依次有序地通过沪苏通长江公铁大桥，通过航拍镜头可以看到，画面真的是非常的整齐有序和壮观！

主持人：揭牌活动到此结束，谢谢大家！

老毕：欢迎我们各位听众朋友通过各种融媒体来收听、收看我们的节目。这里是您正在收听、收看的《"驰骋新时代　逐梦长三角"　沪苏通长江公铁大桥暨沪苏通铁路开通运营》大型全媒体直播节目。我们刚才看到了非常壮观的一个场景，看到了这座大桥的揭牌，那么今后，上海、苏州和南通之间就又增加了一条便捷通畅的过江通道，这不但打通了苏南、苏中、苏北的铁路，也同样打通了苏南、苏中、苏北之间的公路。

余音：是的，所以这次沪苏通铁路的开通和沪苏通长江公铁大桥的建成通车，是具有非常重大的意义的。我们今天的直播当中还会有两位嘉宾来做客我们的直播间，坐在我左手边的是江苏省政府参事、江苏长江经济带研究院的成长春院长，欢迎成院长。

成长春：各位听众，大家好！

余音：另外还有一位是我们长三角区域合作办公室公共服务组的负责人傅晓老师，欢迎您。

傅晓：谢谢主持人，各位听众，早上好。

余音：两位刚才跟我们一起观看了这个仪式，能不能先谈谈你们自己的感受，成院长先来。

成长春：好，刚才我们通过画面感受到我们现场的一种壮观，这就让我想到我们长江上面的三座有影响力的公路铁路桥，第一座是1957年我们国家建的第一座大桥。这个长江大桥，也是公铁两用大桥。毛主席当时用了这样两句诗，叫"一桥飞架南北，天堑变通途"。我想，毛主席前一句是赞赏或者感叹这个长江大桥的宏伟气势，后一句就讲这个长江大桥对于我们长江南北交通便捷的重要作用。然后过了11年，就是1968年，我们南京长江大桥开通，这是我们国家自主研制、自主建设的一座大桥。再过了大半个世纪，这一次我们沪苏通公铁长江大桥开通，而且有三个在世界上取得重大突破的这些成果，更显示出我们长江大桥在世界上的影响，以及在我们国家的这个重要性。

傅晓：刚才成院长已经讲了，今天正是党的生日，我觉得公铁大桥的开通，应该是给党的生日的一个献礼，我一直在研究经济，在长三角工作以来，一直在想交通一定会对经济发生非常强的带动作用，特别是在现在经济下行的时候，沪苏通大桥的开通一定会带动江南江北两岸经济的发展，同时我觉得这也是一个科技发展史上的一个重要突破。因为前段时间正好我了解，跨度1000米的大桥，需要的科学技术的支撑是非常强的，这也为以后我们再建跨江、跨海大桥积累了一个丰富的经验。

第二个它也是轨道上的长三角的一个重大突破。

余音：其实刚才两位都谈到了这座桥的重要意义，包括我们讲轨道上的长三角，其实对于长三角，大家如果关注《长江三角洲区域一体化发展规划纲要》当中，其实它对于交通这一块是有非常明确的一些指示的。比如说它指出要着力提升省际公路的通达能力，合理构建长三角便捷高效的公路网络。其中有一点，它指出要集约、节约的利用通道线位的资源来统筹推进铁路、公路城市交通等合并过江跨海，而且重点要规划建设常泰、龙潭、苏通，还有崇海等一些过江通道和东海二桥沪舟甬等跨海通道。今天有这样的一个跨江跨海的通道，接下来我们也很期待。我们知道傅晓老师其实是从宁波来的，那这一块的感受也应该很深。

傅晓：是因为什么？交通是决定经济区位的一个主要因素，我想随着我们交通的改善，经济的集聚度会大大提升，这样对长三角特别对上海龙头来讲，它的龙头作用就会发挥得更加充分。

成长春：对，就刚才讲的，强调长三角的交通，我觉得沪苏通铁路它是作为我们国家“八纵八横”当中的一个非常重要的节点，一个重要组成部分。“八纵八横”的整个布局，其中每一块都和长三角有关系，但现在通了，属于沿海通道，另外还有京沪通道，它有两个通道，一个是从江阴大桥走的，还有一个通道，就是今后第二趟通道，是从南通走，另外还有一个就是西部的一个，从杭州到湖南的这条路，也是和我们有关系的，从横向这一块，包括沿江、京沪、亚欧大陆桥等等，这些都说明我们长三角的公路网、铁路网在整个“八纵八横”当中的作用是非常大的。

老毕：其实我觉得两位专家一下子把高度拔得很高，可能对于很多的普通市民而言，想得没有这么高深，但是他们有着自己直观的一种感受，就是对大桥的喜爱。

鲁键：大桥的建成方便了我们的出行，刚刚两位专家对于它的意义分析得很透彻，包括我们大桥的建成，可以说打通了沿海铁路大通道上的一个重要的一个节点，刚才也说，对于我们普通的市民而言，是方便了我们的生活，方便了我们的出行，所以南通、苏州、上海等地的市民对大桥的建成和铁路的通车都由衷地表达了喜爱之情。

老毕：其实说铁路的开通虽然只是一条铁路，只是一座桥，但是它对于我们整个长三角的经济，甚至包括对于整个东南沿海经济的影响都是非常大的。我们再说近一点，除了我们沿线各城市之外，这对沿线各城市和周边城市的影响也是非常巨大的。比如说扬州，所以我们现在就来连线一下扬州台的记者蒋倩雯，来听一听我们的铁路开通对扬州的深远影响。蒋倩雯，你好！

蒋倩雯：主持人好！沪苏通铁路的开通并且接入宁启铁路，也就意味着从今天开始，咱们扬州人想要去苏州、去上海的话只需要一张动车票就可以搞定了，从扬州出发到上海的话，最快只需要2个小时22分钟的时间，应该来说是极大节约了我们扬州人乘动车的出行时间。其实一直以来我们扬州距离苏州或上海并不算太远，但是由于一直没有直达的铁路，就让咱们扬州人到苏南、到上海的路程显得有一些艰难。曾经我们想去上海的话，选择自驾，那么就要走高速要途经泰州、无锡、苏州，路程的话大概在280公里左右，需要消耗3个半小时到4个小时的时间，并且我自己也有体会，每到节假日，京沪高速的广靖段、江阴大桥段，这些重点的路桥车流量真的是非常大，堵车也是家常便饭，那就需要我们消耗更长的一个时间，如果说我们坐大巴的话可能体验感、舒适度也不是非常好，或者像我们年轻人旅游、出差会选择先去镇江或者南京，然后再乘坐高铁抵达苏州、上海这些地方，但是这样的话其实我们走的是一条曲线，等于说我们先坐宁启动车到南京，然后再经京沪线到上海，两趟火车加起来的话可能要开三个小时的时间，还没有把中间换乘等候的时间算进去，这样一算其实的确是不太方便。那么其实到现在我还记得在2016年的时候，2016年的5月15号宁启动车驶进了我们扬州，扬州从此迈入了动车时代，那个时候我们无论是去南京还是去泰州、南通都变得更加便捷了。从那个时候开始，我们扬州人就更加期待，什么时候能够坐上动车到更多的城市去，到更远的地方去，这个愿望也随着我们沪苏通铁路的一个通车得到了实现。

老毕：随着沪苏通铁路后期继续修下去，包括我们“八纵八横”铁路网的一个整个搭建，我相信我们整个扬州、泰州周边区域，也就是我们苏中苏北区域，可能出行会更加方便。

余音：没错，现在是不用换车，2.5个小时可以到上海，那么接下来因为还有连镇铁路，到时候是高铁一个小时，扬州就可以到上海了。速度在不断提高。

老毕：出行越来越便捷，现在已经是北京时间的10：57分，离我们第一趟对开列车的开行时间已经越来越近了！

余音：没错，所以我们现在也要一起来了解一下我们沿途各个站点整体的准备情况，我们第一位要连线的是正在上海站的上海台记者小乐。你好，小乐。

小乐：主持人好，各位听众朋友，大家好！

余音：给我们介绍一下上海站现在的一个整体的准备情况，从画面上看，我看到你已经在列车旁了！

小乐：对，我现在已经率先到达了，一会儿从这边第一趟始发南通的城3836次列车，它将停靠在上海站的一号站台，那再过15分钟左右就要进入安检，我们的旅客就能到达列车上。那么从前期我们了解到，这一趟列车已经采用了16编组的这样一个车厢，已经是最大规模的满载，我们看到根据出票信息，在我们前天中午开票之后不久，这一趟列车已经属于满载状态，现在已经没有余票了，也就是说大家对于首趟列车的体验积极性和热情是非常高的。那么我们从上海站这边了解到，从今天开始正式开通上海到南通的这条铁路之后，可谓一通百通，除了上海到南通，现在有比较方便的铁路可以直达，一路上沿线比如说苏州的太仓、张家港，包括更远一点的泰州、扬州、上海都可以进入一个两小时左右的高铁圈，上海市民前往这边的一个空间距离将大大缩短。大家其实平时也能发现，每到小长假的时候，上海通往南通方向的几条公路大桥都出现比较长时间的拥堵。那么我们相信随着沪苏通铁路公路大桥的开通，一方面公路的选择也多了一个途径，一方面随着我们的动车组城际列车的开通，大家也可以通过换乘这样一种更加环保的公共交通方式前往南通和周边城市，这样的话对于我们苏通大桥也好，崇启通道也好，交通压力是有所缓解的。那我现场的情况就是这样，谢谢！

余音：谢谢小乐，你看其实不只是南通人觉得堵，上海人也觉得一样堵！苏州人也觉得堵。所以这真的是一个堵点，要解决的一个痛点。

鲁键：我们刚才看到上海已经做好了准备，现在咱们南通站也做好了准备，开行第一列从南通开往上海的沪苏通铁路列车，那接下来我们就连线正在南通西站采访的南通台记者大宝。大宝，你好！

大宝：主持人你好，正在收听收看直播的朋友们大家好，我是FM97.0南通综合广播的主持人大宝，现在是北京时间上午的10：59，我所在的位置是南通西站一楼的站房大厅，在站房大厅之内我们看到站务人员是面带微笑迎接着前来乘车的旅客朋友们，在站厅之外，在我进站之前我也看到有很多的南通市民今天来乘车，他们来到现场之后拿出手机拍下了南通西站的照片发到了自己的朋友圈！相信在今天南通西站将会收获不少的点赞，也有很多的朋友他们非常用心，大家看到我手上拿的是一个南通西站开往上海的这样的一个车票的放大版，在今天的站厅之内也有很多的这样的一个KT板，大家可以拿着来拍照片，相信他们在很多年之后翻看这些老照片的时候，心底里也会洋溢出幸福的微笑！那么在我们直播的过程当中，我也听到有同行的南通市民他们在介绍南通元素，因为他们非常熟悉，自豪感由内而生，非常骄傲。说到南通西站我们都知道这个地方，在之前它是一个交通的死角，西边是通扬运河，在它的东边是九圩港，现在南通西站开通了，它从一个交通的死角变成一个交通的枢纽，那现在距离第一班列车还有不到半个小时的时间，在我的左右手两边是两个候车厅，今天我也观察到有很多的市民他们早早地就来到了候车室，有一起出游的朋友，也有一家三口，还有带着老人一块出去玩的，不过他们都有一个共同的特点，就是他们的脸上都洋溢着或兴奋或幸福的微笑。未来南通西站还将接通苏嘉甬高铁、盐通高铁、北沿江高铁，真正地成为一个高铁的枢纽。相信到那时咱们南通的市民乘坐地铁来到南通西站，再从南通西站乘坐高铁去往北京、上海、广州以及全国其他城市将会成为他们出行的一个主要方式。当然在这里我们也十分欢迎外地的还没有来过南通的朋友常来南通做客。好的，主持人。

鲁键：好的，谢谢大宝。相信我们收音机前的听众朋友，包括在看视频直播的观众朋友都能感受到咱们南通人的热情和好客。

老毕：大宝的兴奋其实代表了南通人的兴奋，同样也代表了我们苏州三县市老百姓的兴奋、长三角人的兴奋，其实我们看到了上海跟南通的准备工作已经非常充分了，但是对于结束地无寸“铁”的苏州三县市而言，我们的准备工作也非常到位。那么接下来我们就马上来连线正在三县市站点采访的各位记者，了解一下我们苏州三站他们的准备情况。首先我们来连线正在张家港采访的苏州台记者张斌超，请大家给我们介绍一下相关情况。张斌超，你好！

张斌超：主持人你好！听众朋友、观众朋友大家好，我是苏州台记者张斌超，那么我现在所在的位置是沪苏通铁路的苏州张家港站，通过我们的镜头可以看到在我身后就是张家港站，可以说从外形上面来看，张家港站的主体结构还是非常大气，非常漂亮。那么此外我们在现场可以看到，今天有非常多的市民自发来到了现场，之所以要到现场是因为他们想要见证这样一个历史性时刻，就在我刚才采访的过程当中有一位市民告诉我，他说过去咱们张家港这边是地无寸“铁”，大家总是这样打趣地说道，但是今天将真正地改变历史，结束这样的过去，真正实现一个高铁时代，并且走上一个全面奔向小康的新生活，那么今天张家港站也将正式启用，具体站厅做了哪些相关的准备，我们有请到的是张家港站客运指导王寅王指导，接下来有请王指导为大家介绍一下，王指导你好。

张家港站客运指导王寅：主持人，我是张家港站客运指导王寅，今天我们有幸迎来了沪苏通铁路的开通运营。作为中间站，我们张家港站前期做了大量准备工作，有售票方面，有进站方面，还有我们的测温检票以及站台检票出口，同时我们根据这个流程反复推演，遇到旅客一些应急情况怎么处置，确保旅客在整个运输过程中安全有序。大家看到了我们张家港站总体结构是非常漂亮的，它占地面积是11000平方米，内设一楼候车厅，二楼候车厅。因为张家港站是沪苏通铁路、南沿江铁路以及通苏嘉甬铁路三线合一的终端枢纽站，今后的发展值得我们大家期待！

张斌超：好的，谢谢我们的王指导，张家港从过去的地无寸“铁”到现在的高铁时代，再到未来的综合枢纽，张家港值得期待。好的主持人，张家港站的现场情况就是这样。

老毕：好的，谢谢张斌超。我们刚才从画面上看到现场是人山人海，而且有好多叔叔阿姨都穿着统一的T恤，穿着节日盛装，可以想见我们当地市民的一些兴奋和激动。

余音：我很期待等会两列列车上的直播。

老毕：那么接下来我们来看看还是同样结束地无寸“铁”的常熟和我们的太仓到底准备得怎么样？我们先来联系常熟，一起来连线常熟台的记者秦欢，请他来给我们介绍一下常熟站目前的情况，秦欢你好。

秦欢：主持人好，大家好！

老毕：你现在那边的情况怎么样？

秦欢：目前我们常熟站市民朋友买票之后可以凭借身份证和电子凭证有序通过安检进入候车大厅，然后检票进站。安检处目前有两台安检机器以及多名的工作人员正在手持安检仪来进行员工的检测，候车大厅目前的空调温度非常适宜，大厅内所有服务设施也已经到位，比如说母婴室、军人等待区、商务等待区等等，在候车大厅当中的电子显示屏上也时刻显示着列车的最新动态，大厅内一千多把座椅目前整齐排放有序。检票口方面，检票口设置在大厅的两侧，目前四个检票口全部对外开放，自动扶梯以及无障碍通道也已经投入了使用。在出站口方面，除了我们的工作人员准备验票以外，还有多名记者朋友也守候在车站厅，等待记录常熟第一辆列车到站的历史时刻。好的，主持人，常熟站已经准备就绪，我们等待第一列列车的到来。

余音：刚刚虽然才三个不同的站，我也能够从一些细节看到三个不同的火车站，很有自己的地方特色，特别是刚才的南通西站。

鲁键：大家不但能够看到高科技，还能够感受到江风海韵。

老毕：蓝色的印花布在天花板上，确实这就是当地的特色。那好，我们最后来看一看太仓市有没有做好相应的准备，接下来一起来连线太仓台的记者王霏，请她来给我们介绍一下太仓站的情况，王霏，你好！

王霏：好，主持人，大家好！我是FM96.7太仓电台的记者王霏，在沪苏通铁路太仓段为您做现场报道。历时六年多的时间，2300多个日日夜夜的辛苦奋斗，我们看到沪苏通铁路太仓段终于是展现在了大家的面前。沪苏通铁路太仓段正线全长29.03公里，那么途经太仓市的七个区镇设有太仓站、太仓南站和太仓港站，那太仓港站是我们的货运站，下面我们就来到太仓站内部来看一下目前的一个情况。好的，我们来到的是一个安检通道，经过安检通道的时候在左前方看到一个红外线的体温检测仪器,如果说您的体温是低于37.3度的话,您就可以直接顺利通过了,那接下来是咱们的箱包要放在这里安检一下,然后通过安检门,经过人工安检处安检,当然在安检完毕之后请大家一定要记得的就是把自己的箱包和行李赶紧拿上,然后进入候车大厅。候车大厅今天也是非常热闹,但是在热闹中我们看到了现代田园城幸福金太仓,看到了座椅排放整齐,整个大厅灯火通明,感觉非常喜庆,非常干净和卫生。看到这样的情景,我相信大家和我一样,应该能够感受到太仓站已经做好了迎接全世界的游客来到我们太仓站的准备。好的主持人,我们太仓的情况就是这样,谢谢。

老毕:好的,谢谢王霏给我们介绍太仓站的情况,其实就像刚才说的,我也注意到太仓站,确实它的情况跟我们其他的几个新站都不太一样。

余音:没错,刚才能够从主持人和记者的采访当中感受到他们的这种热情和期待,其实在之前我知道各台也都做过一些采访,包括一些录音报道当中,都能够听到市民对于这样的一个铁路开通他们的一种期待,所以很多的市民的心声,我觉得我也非常有共鸣。距离整个开车的时间越来越近了,刚才我们说上海站和南通西站做好了首趟发车的准备,从今天0时起,上海铁路局开始了一个新的列车时刻表,现在车站的情况还有售票的情况,包括我们在南通站和虹桥站整个的发车情况是怎么样的,我们再来连线上海台记者车润宇。你好,车润宇。

车润宇:你好,主持人。

余音:是不是快要登车了?

车润宇:是的,现在时间是11点12分了,那在我的背后,就是C3836次,也就是今天上海开往南通的首趟列车,现在我们可以看到很多的旅客已经陆陆续续进站了,进行上车。大家的心情其实都相当激动,因为这也是首趟上海可以直达南通的列车。现在在我身边的这一位李娟女士,她就是乘坐首趟列车的乘客,那我们来问一下,她的心情怎么样。

乘客:很开心,非常激动,因为南通再也不"难"通了,一个小时多一点我们就可以回家了!

车润宇:原先的话是不是回家的时间还比较长?

乘客:对的,因为现在私家车越来越多了,然后回家的话基本上周末都要3到4小时,节假日的话时间就更长了,那现在沪苏通铁路开通了之后,时间就缩短了很多。

车润宇:李娟女士告诉我们,之前的话要三四个小时。那乘坐高铁列车的话,现在最短的时间是66分钟,上海就可以直达南通,那我们今天坐的首趟车,大约是1小时40分钟,在下午1点09分的时候抵达南通,主持人。

余音：好的，谢谢车润宇给我们带来的介绍，特别是能够感受到我们现场的乘客，他们准备登车的这种激动的心情。

老毕：乘客很好玩，她说的那句话，南通终于不“难”通了。

鲁键：我们知道有很多的南通市民在上海工作，所以这样的话，他们回家也更方便了。上海站已经准备好了，列车即将发车，南通站的准备情况怎么样？可能也进入了发车的倒计时，那下面我们就一起来连线南通台记者石颖，带大家到现场去看一看。石颖，你好。

石颖：大家好，我是南通台记者石颖，现在我所在的位置是南通西站的3号站台，现在是北京时间11点14分左右，离我们首趟的列车出发，还有将近不到一刻钟的时间，通过镜头我们去了解一下整个西站的全貌。好，现在有很多的鼓手，还有包括我们乘务员的跳舞，其实我们的市民朋友特别的兴奋。大家来看一下，百姓最为关注的就是这列首发列车，南通到上海的C3839的城际列车，白色的和谐号，有很多市民都想要去和它进行合影留念，见证通车，去记录历史性的时刻。那么稍后的时间南通市领导包括上海铁路局相关的负责人也会来对我们的乘务人员进行一个慰问，也感谢他们为此付出的心血。其实今天为什么大家如此兴奋，我觉得现在南通到上海的铁路直达，大概是66分钟的时间，我看了一下时刻表，南通到上海的最早的一班车是6点15分，那也就是说七点多钟就能够到上海，这样的话其实极大地方便了南通人在上海工作的。上海的虹桥站到南通最晚的一班是21点54分，南通人可以吃完晚饭再回家，所以我觉得沪苏通铁路的开通，不仅结束了南通到上海以及苏北到上海没有铁路的历史，具有里程碑的意义，而且未来长三角一体化的发展会更好。好的，我这里的情况就是这样，谢谢。

余音：真的是锣鼓喧天，舞姿曼妙，太欢乐了。语言都已经不足以表达他们那种兴奋了。

老毕：所以我觉得，今天其实沪苏通加上我们专家，是不是可以这样，把由上海发往南通西的第一趟列车就称为上海，好不好？我们可以呼叫上海，然后把南通西发往上海的这趟车，就称为南通，然后到时候就呼叫南通，那我只能作为苏州，呼喊上海，呼喊南通。

余音：今年是全面建成小康社会的收官之年！对标全面小康目标，利用路网升级，能够充分带动不同区域经济均衡发展，以铁路客运站为中心，衔接其他的交通方式综合交通体，扩大货物集散网络，促进全省统一市场，降低流通成本，促进物流配送发展，实现整个发展跨越区域大交通、大流通，形成新的区域经济的增长。

老毕：坚持不懈地推动长三角一体化发展，高质量发展，推动经济发展，实现量的合理增长和质的稳步提升，沪苏通铁路的通行就是坚持新发展理念，决胜全面建成小康社会的一份献礼！

余音：好，各位朋友，今天的《“驰骋新时代　逐梦长三角”　沪苏通长江公铁大桥暨沪苏通铁路开通运营》大型全媒体直播到此结束，感谢大家收听收看，我们下次再见！

老毕、鲁键：再见，再见。

苏州市广播电视总台2020年播出

记者手记

1个演播室，8个直播报道点，60多位记者、主持人和技术保障，10天的踩点筹备，4小时15分钟的直播……一条铁路的开通，为何会引来如此大规模的报道呢？只因为这条铁路让我们感受到了前进的力量。

2020年，张家港全国百强县排名第三，常熟第四，太仓第六，稳坐百强县前十，却一直有一个遗憾，那就是没有铁路。在高铁线网如此发达的大势之下，急需注入铁路带来的发展动能和发展机遇，三个百强县都在翘首以盼。沪苏通铁路的开通必将载入史册。

无论是前期踩点还是在整个直播的过程中，无论是站台熙熙攘攘、敲响锣鼓、舞龙舞狮的人群，还是列车上载歌载舞的乘客，抑或是企业家脸上的激动与喜悦，都让我们深刻感受到了市民对于这条铁路的热情期待和由衷喜悦，感受到了这条铁路带来的那股强劲动能。记者和主持人都不由自主地把声调提高了两度，语速加快了三分。这就是欢乐的感染、进步的能量。

一条铁路贯穿南北，带来了经济发展、百姓幸福的新动能，飞驰而来的风，带着前进的力量。

专家点评

“沪苏通”铁路的开通，沟通了长江南北，使苏州的三个县级市加入了长三角的铁路网，它不仅是铁路建设的重要成就，也是长三角一体化的一个重要符号和象征。而铁路沿线城市八家电台的联合媒体直播，则是一次重要的全媒体融合报道实验，具有与沪苏通铁路同等重要的象征意义，都是长三角一体化的重要符号和表征。

正如沪苏通铁路需要国铁集团、江苏省、上海市等各级政府部门的通力合作一样,这场跨省市的联合融媒直播,也是一项复杂的新闻行动。多家媒体联合设立了1个演播室,在沪苏通铁路各个站点设立8个直播报道点、60多位记者、主持人和技术保障,提前10天的踩点、策划、筹备,4小时15分钟的直播,两路直播主持人还会分别从上海和南通站上车,在首趟对开列车上抢先体验……这一系列组合,体现了各个媒体高超的策划水平和精到的专业能力。这样的联合报道,促进了媒体间的合作,也通过传播,拉近了各个城市(县)听众之间的距离,其文化意义不可低估。

第十六届苏州新闻奖一等奖

中国小贷第一股在美国上市

主创人员　孙建祥　宋耐思

【播音】美国时间8月13号，吴江鲈乡农村小额贷款股份有限公司正式登陆纳斯达克，成为中国第一家在美国上市的小额信贷公司，为全国小贷公司融资开辟了一条新道路。

【播音】吴江鲈乡农村小贷是一家主要为中小微企业、“三农”提供小额贷款和担保服务的公司，已为249个借贷者提供4.5亿元贷款。根据央行“只贷不存”的制度，小贷公司要想做大规模，困难重重。

【录音】企业董事长秦惠春：你要么是股东增资，增资那不可能无限量增资的，5个亿的可用资金用完就没办法了，美国上市的话，它能够解决融资，增加小贷公司贷款资本。

【播音】这次鲈乡小贷上市定价每股6.5美元，发行137万普通股，直接融资人民币5500万元，未来还可以再融资。2008年银保监会出台《小额贷款公司试点指导意见》后，小贷公司犹如雨后春笋般喷发，截至今年7月底，我国小贷公司数量近7000家，平均单家小贷公司贷款余额仅为9700万元，小贷公司发展受到严重制约。中国金融发展研究院副教授王辉认为，鲈乡小贷的成功上市，彻底打破了小贷公司的融资瓶颈，开通了持续融资通道。

【录音】王辉：鲈乡小贷在纳斯达克上市可以说是我国小额贷款公司的一次破冰之旅，对于小贷公司融资来说开辟了新道路。

吴江人民广播电台2013年播出

第十九届苏州新闻奖一等奖

“两岸国学书院项目”游学讲堂常熟开讲

主创人员　孙文涛　潘一琪

【播音】民政部和国台办打造的两岸重点交流项目——“两岸国学书院项目”游学讲堂第五讲今天在常熟燕园开讲，常熟两岸书院同时在燕园揭牌。

（讲堂现场压混）

【播音】讲堂上，台湾台北故宫博物院研究员林天人博士，台湾“中研院”研究员陈宗仁博士，苏州市文联主席、苏州大学文学院院长王尧博士三位专家以“两岸交流第一人——蒋元枢”为主题，讲述燕园主人常熟籍清代台湾知府蒋元枢在两岸文化交流中发挥的重要作用。二十一位台湾学员还通过唐密茶道文化体验的形式交流参加项目的心得体会，达成了“珍惜友谊，加强交流，团结互助，包容共赢”的共识。

【录音】台湾籍学员李永红：这里面学到了很多中国的文化，特别是像常熟这边蒋元枢，我们以后回到台湾就把这一次学习的心得跟体会向我们的朋友，特别是向我们的孩子来传输、告知，这不仅可以让我们自己、让我们的孩子得到很多启发与学习，也可以让我们两岸人民有一个交流的机会。

【播音】两岸国学书院项目由民政部海峡两岸婚姻家庭协会负责主办，其宗旨是弘扬中华传统文化，以文化为纽带搭建起两岸体验式沟通交流平台。

【录音】民政部社会事务司司长、海峡两岸婚姻家庭协会副会长兼秘书长王金华：书院主要是通过游学讲堂，通过聘请一些知名的教授、专家来介绍两岸之间的历史、文化，丰富各方面的知识，让学员之间在这种交流互动当中逐步拓展自己的视野，增添自己的能力，在为两岸培优服务当中发挥重要的作用。

【播音】据了解，两岸国学书院项目于今年三月正式启动，共举办五次游学讲堂，第一讲、第二讲分别在北京孔庙、国子监博物馆和北京海淀区敬德书院、天津举行，第三讲、第四讲分别在新疆伊犁和四川成都举办，常熟是承办这一项目唯一的县级市。

【录音】王金华：国学书院项目选择在常熟的燕园，是考虑到常熟非常丰厚的文化历史底蕴，再加上苏州、常熟，包括咱们江苏跟台湾经济、社会、政治、文化等方面的交流在不断地推进。那么两岸这种交流的需要、文化的需要，使我们选择在常熟这个大家都喜欢来的地方落户一个书院项目，持续推进两岸不断的交流。希望两岸人民之间不断加深感情，以共同努力来打造命运共同体。

【播音】近年来，常熟充分发挥历史悠久、文化底蕴深厚的优势，坚持经贸与文化并重，着重增强文化交流、基层交流、青年交流力度。以经济看苏州、人文在常熟为目标，积极打造“缘来常熟”海峡两岸交流品牌，成立了九家“缘来常熟”海峡两岸交流基地，成功举办了黄公望富春山居图红木雕刻版台湾特展，积极推进两地在经贸、文化、宗教、教育等多领域的交流合作，构建两岸命运共同体的文化纽带。

【录音】两岸国学书院项目执行长、常熟两岸书院院长赵丽娜：通过这种传统文化生活化，还有一些创意生活跟美育活动的教育交流，通过书院这个平台跟海峡两岸的很多资源链接起来，起到在地融合还有向外推广的作用。

常熟市广播电视台2016年播出

第十九届苏州新闻奖一等奖

去产能　产量不降反增，找出路　沙钢巧做“加减法”

主创人员　张斌超　刘卫东　汤　蕾　蔡靖佩

【播音】去产能，是中央经济会议确定的2016年五大主要任务之一。其中，钢铁行业又是国家传统工业中去产能的主要领域。然而，记者昨天（12月30日）从江苏沙钢集团了解到，作为国内钢铁民营企业龙头，这家企业今年炼铁、炼钢和轧材的总产量达到1.1亿吨，同比反而还增长了一成多。有人质疑，这不是与国家去产能的大政策唱反调吗？带着这样的疑问，记者走进了江苏沙钢集团。

【现场录音】这里就是沙钢新投产的国内首条超薄带生产线，就建在刚刚拆掉的一个老旧电炉车间里。整条生产线的设计总长度不到65米，和传统的生产线相比，设备的布局非常紧凑，投资成本也将大大降低。

【录音】江苏沙钢集团炼钢项目办公室主任周东升：这个超薄带铸轧技术，是当今世界上薄带生产的最先进的技术和工艺。由于不需要铸坯火焰切割、加热炉及热连轧机组，燃耗相对可以减少95%，生产热轧薄带钢所需要的水耗减少80%，电耗减少约70%到90%，所以整个节能环保的效果是非常显著的。

【播音】作为传统的能耗大户，一方面要顺应国家政策的大方向；另一方面还要应对复杂的国际市场环境。如果单纯以减产来降低能耗，必然伤筋动骨。在吃透政策之后，沙钢决策者意识到，对于优势企业，去产能就是一次发展机遇，可以做好“加减法”，来实现既增产增效又节能环保。

【录音】沙钢集团董事局主席沈文荣：把钢铁事业做强做精，坚定不移地淘汰一些落后产能；在不扩大产能、减产能的基础上，提高我们的产品附加值；对一些低端的，基本要被全部淘汰。比如二级螺纹钢全部要被取消，包括一些板材、线材，这个市场我们就让出来了，以后定位就是要全部向中高端转化。

【播音】而在调结构方面，沙钢做的是“加法”。今年，沙钢斥资7.5亿元和美国钢铁巨头纽柯公司合作，研发引进国内首条超薄带生产线，投产后能降低炼钢能耗

8成以上；企业新研发的镀锡板，将镀锡的厚度做到了普通饮料罐的5倍，大大提高了酸性水果罐头的耐腐蚀性，产品一投放市场就供不应求；而日常建筑工程用的螺纹钢，则直接从2级升到了6级。

沈文荣算了笔账，他说：

【录音】我们人均产钢在1000吨左右，已经进入前五名的行列。但和国际上比较，国际上最好的钢铁企业，人均产钢可以达到1500到1600吨。所以我们的目标很明确，通过3到5年，要使我们沙钢产品的70%到80%都要变成参与国际市场的、有竞争力的产品。我们整体的人均产钢，也要达到1500到1600吨。

【播音】也就是说，虽然今年钢铁产量增加了，但沙钢的整体能耗是大幅降低的。在做精做强主业的同时，沙钢顺应行业发展趋势，通过智能化改造来提高劳动生产率：某些特殊岗位由机器人替代；同时依托行业优势，做大做优现代物流、做好做实非钢产业链，在主动应对挑战中壮大内生动力，谋求新的可持续发展。

【录音】江苏省钢铁行业协会副会长陈洪冰：首先是在技术上拥有独占型、排他型的、领先型的以及高效益的，这个就是我们中高端的发展方向。第二个方面，就是在常规产品上我们要走差异化、精细化的道路，要能够在市场占有率上胜人一筹。

【播音】为了带动整个行业实现新突破，江苏沙钢集团还明确提出了新“四化”的目标，即“机械化、工业化、信息化、智能化”。

【录音】江苏省钢铁行业协会副会长陈洪冰：我们希望通过协助沙钢来实现这个新“四化”，带动整个行业的新一轮的转型升级。

苏州市广播电视总台2016年播出

第二十届苏州新闻奖一等奖

两省共治跨省界河，打通行政“断头浜”

主创人员　许　芳　杨　洁

【播音】今天下午（12月27号），吴江区和嘉兴市秀洲区的治水人员共同登上执法船，对江浙两省交界处的麻溪港进行巡查。这是省际边界水域联合河长制建立后，双方进行的第四次联合巡河。

执法船上，麻溪港河王江泾镇级河长孙琪和盛泽镇兴桥村村级河长胡雪峰一路巡查一路交流，不断提出问题，并互相启发，提出解决办法。

【录音】你看那边的水葫芦，虽然不多，但也要叫保洁船下去及时搞掉它。你发现的问题呢我们也注意到了，我们互相学习、互相监督，水葫芦这块，我们会马上组织人员进行打捞。

【播音】全长2400米的麻溪港，从西往东流过江苏盛泽镇，经太平桥下穿苏嘉公路后进入嘉兴市秀洲区王江泾镇，进而汇入京杭运河，两岸集聚着众多的纺织厂、印染厂。因为水污染，两地曾经纠纷不断。2001年末还引发了秀洲区渔民和农民沉船筑坝，截断麻溪港，震惊中央。此后，两地开启了相关治污行动。今年2月底，为了共同的治水目标，吴江、秀洲建立了交界区域水环境联防联治联席工作机制，共同推进界河治理、河道保洁。4月底，两地又探索建立联合河长制，形成从区到镇、到村的全面沟通协调机制。这一制度的确立，让边界的治水不再尴尬。

【录音】盛泽镇河长办联络员庄良华：会通过微信群电话联系多方面的，水葫芦旺季的话，差不多一个月来去四五次，一起协调，因为有些划分不明的河道，我们要一直协商，变化肯定很大，以前运河的河道里全部是水葫芦，连船都开不过，现在实地看一下，效果比较明显。

【播音】双方启动联合河长制后，信息互通更顺畅，问题解决更及时，效果明显。

【录音】王江泾镇级河长孙琪：我们不单单是出去巡河，我们互相之间发现点儿什么问题，互相及时沟通，及时解决，所以我们联防联治对治水成效应该是非常明显的。

【播音】昔日因发展经济，污染了界河，双方各执一词；如今打破边界藩篱，实现跨界合作，双方重新走到了一个新的历史起点。百姓也是看在眼里，记在心里，享在其中。

家住麻溪港岸边的范桂英最有发言权。

【录音】去年这两天是不得了的草（水葫芦），满河港，现在清爽得多，今年草少了，江浙两省全都好捞。

【播音】如今，秀洲区与吴江区交界的15条河道全部实现“联合河长”全覆盖，两地已经形成了区、镇、村三个层面的联防联治磋商制度，交界区域水环境联防联治进一步深化，水质明显提升，其中，新塍镇斜港的水质改善最为明显，由劣五类河道恢复到三类水质。

就像吴江区委书记沈国芳所承诺的，我们也十分期待，在不久的将来，让河湖回归原有生态底色。

【录音】到2020年以后，能回到我们童年的记忆，我们吴江所有的河道都能下去游泳，这样我们就成功了。

吴江广播电视台2018年播出

第二十一届苏州新闻奖一等奖

量身打造“流动诊所” 中国医疗车来到柬埔寨

主创人员 蔡靖佩 龚 奕 徐 繁 李 惠

【播音】今年是中国和柬埔寨建交60周年，中柬两国在医疗卫生领域的合作硕果累累。5月10日上午，中国援助柬埔寨流动诊所项目的首批20辆医疗车交接仪式在柬埔寨首都金边举行。

【录音】下面进行交车仪式，有请柬埔寨卫生部大臣曼本亨、中国国际医药卫生有限公司董事长石晟怡、中国驻柬埔寨大使熊波。（掌声）

【录音】柬埔寨卫生部大臣曼本亨：感谢中国政府，医疗车实在是太好了！这是中国朋友送给柬埔寨人民的厚礼！

【播音】中国援助柬埔寨的首批20辆医疗车，由苏州海格客车有限公司为柬埔寨量身打造。

【录音】苏州海格客车有限公司技术工程师余天宇：在一辆12米的大巴上，我们做一个7个科室的布局，这本身就是一种创新。车辆设计有水、电、气系统，不需要任何外部条件即可开展医疗服务。因为柬埔寨天气炎热，又经常下雨，顶部带有电动遮阳棚，随车配置有诊疗桌椅，可以有效利用车内空间，实现车下分诊、车内就诊。

【播音】20辆医疗车的车身上都印有中国和柬埔寨两国的国旗图案，以及“中国援助”的标识。车内配备了22种先进的医疗设备，涵盖了妇产科、普外科、儿科、放射科、检验科、口腔科、耳鼻喉科等科室的配置，可有效诊治各种常见疾病。一辆医疗车就相当于一间流动诊所。这些流动诊所将开赴柬埔寨各地，为解决柬埔寨偏远地区民众“看病难”的问题提供切实的帮助。

【录音】柬埔寨卫生部大臣曼本亨：根据原有计划提供给干拉省医院3辆、实居省医院2辆、暹粒省医院2辆、西哈努克省医院1辆等等，这些流动诊所为我们柬埔寨人民提供了便捷、安全、有效的医疗服务。

【播音】根据这项医疗援助计划，中国将为柬埔寨提供40辆医疗车，其余20辆将在今年10月底前运达。

【录音】中国国际医药卫生有限公司总经理王宁：这个项目实际上在习近平总书记提出的共建"一带一路"倡议和中柬的战略伙伴合作关系上是一个巨大的成果。

【录音】柬埔寨卫生部大臣曼本亨：这些健康快车将把中国人民对柬埔寨人民的友好情谊带给柬埔寨千家万户。在中柬共同努力下，提高柬埔寨人民的生活质量。

苏州市广播电视总台2018年播出

第二十一届苏州新闻奖一等奖

进一扇门　办两地事
吴江南湖全国率先实现政务跨省通办

主创人员　许　芳　孙建祥　钱玮慧　顾艳秋

【播音】今天上午，随着G60科创走廊长三角“一网通办”吴越专线的开通，全国首个跨省政务通办服务平台正式启用。浙江省嘉兴市南湖区和江苏省苏州市吴江区两地率先建立起了24小时不打烊的跨城办事新模式。

在浙江南湖区行政审批服务中心三楼的G60科创走廊长三角“一网通办”综合服务窗口，新狮集团业务经理周仕卿递交了申请材料，因经营需要，江苏吴江的分公司要办理经营范围变更，增加物业管理服务这一项。

【录音】周仕卿：想不到在南湖审批中心这个地方一站式就可以办理完成，我就省去了跑吴江这样一个时间成本以及人力成本，对我们公司来说是受益的。

【播音】区域合作，便民惠企。周仕卿成了两省政务合作首位受益群众，三天后，他就能拿到新的营业执照。

【录音】南湖区行政审批服务中心工作人员朱婷：基本上他材料递交过来，我帮他系统录掉，当天我们会给他邮寄到吴江，吴江接收到以后，他们那边会做审核，审核以后，他们按经办人的要求邮寄或是来我们这边取。

【播音】“一网通办”实现了两地电子证照库和信息共享、政务服务网用户体系和电子签章的互通互认，包括个人独资企业设立、内资有限公司股东变更、外商投资公司设立等多项行政许可事项都可在两地通办。同时，还设立了跨区域24小时政务一体机，为两地群众和企业提供需求量较大的“证明打印”“自助申报”等服务。浙江良友木业公司运输外包工作人员沈德胜通过自助机操作，不到一分钟就取得了江苏吴江区的道路运输从业人员继续教育签注。

【录音】沈德胜：每年我们这个证要年审一次，自己要先到网上去学习，并累积积分，积分累积好之后要到吴江人工窗口去办理。跑来跑去最起码要一天吧。

【播音】吴江区副区长刘佳表示，今后，两地还将积极扩大自助通办范围，并逐步扩大到苏州、嘉兴以外的其他地区，让群众真正受益于长三角一体化。

【录音】刘佳：预期第一批有40—50个事项左右，可以在两地的窗口互相受理和审核；另外，我们在自助机上可以自主申报很快扩展到200个，接下来预期每个月都会有一批新推出的事项，给群众提供家门口的服务。

【播音】作为长三角一体化的先头部队，“G60科创走廊”先行先试，将松江、杭州、嘉兴、金华、苏州、湖州、宣城、芜湖、合肥九个城市串联在一起，致力于建立要素对接常态化合作机制、推动产业链布局、打造科创平台载体。九城市“一网通办”正是G60科创走廊为长三角一体化发展完善制度配套、加强制度供给的有益探索。今后，一张“网”联通九城市，企业和群众在家门口就能办理异地相关证照、证明。

【录音】G60科创走廊联席会议办公室常务副主任陆峰：我们G60科创走廊一网通办是在九城市率先打破行政区划，统一市场准入，这对以后九个城市之间的投资环境的优化、提高市场的活力都有很大的促进作用。

【录音】中国宏观经济研究院产业所副主任盛朝迅：长三角三省一市都有各自的优势，把这些优势组合起来，就能够产生化学反应，实现从量变到质变的飞跃。这也是习近平总书记所要求的，要各扬所长，发挥合力！

吴江区广播电视台2018年播出

第二十二届苏州新闻奖一等奖

一张“身份证”引来9.85亿贷款

主创人员　姜　蓉　陈　惠

【播音】今天下午，在第十九届全国“村长”论坛上，永联村和中国银行、中国建设银行正式签署乡村振兴贷款项目，获得了9.85亿元贷款。这笔贷款的主体是永联村股份经济合作社。

过去，由于没有法人资格和市场主体地位，永联村在参与市场经营时“名不正言不顺”。

【录音】永联村党委书记吴惠芳：我们的集体土地、集体资产都在村民委员会的名下，但是村民委员会不是一个经济组织，它不能参与市场，所以这里面有错位，如何赋予经济合作社的法律地位，这个极其重要。

【播音】去年全国两会期间，作为第十三届全国人大代表的吴惠芳提交了《关于明确农村经济合作社法律主体地位的建议》。

【录音】国务院发展研究中心农村经济研究部部长叶兴庆：长期以来，集体经济组织在市场经济中没有“通行证”，就像一个人没有“身份证”很难开展正常的社会活动。这个事情国家刚开始在推进，在全国选一批集体经济组织，先走一步。

【播音】今年7月10日，永联村获得了“农村集体经济组织登记证”。这张特殊“身份证”，让永联村股份经济合作社拥有了依法参与市场经济活动的资格。

这次9.85亿元银行贷款将为永联村发展现代农业、乡村旅游提供金融支持，进一步做大、做强集体经济。

张家港市融媒体中心2019年播出

第二十二届苏州新闻一等奖

联合国总部奏响《春节序曲》

主创人员 徐 繁 蔡靖佩 龚 奕 李 惠

当地时间2月8号晚，年轻的苏州交响乐团首次登上纽约联合国总部舞台，用一场新年音乐会，将来自东方水城——中国苏州的美好祝愿向全世界传播。这是联合国总部大会堂首次举办庆祝中国农历新年的音乐会。

【音乐】出《春节序曲》现场音乐。

音乐会以李焕之的经典作品《春节序曲》开场，一曲曲带有浓郁中华民族特色的音乐作品惊艳亮相，《茉莉花》《赛马》《瑶族舞曲》《敦煌》……将观众带入喜庆祥和的春节氛围中。

【录音】著名指挥家、苏州交响乐团音乐总监陈燮阳：《春节序曲》么，中国的节日春节；《茉莉花》是我们江南民歌，特别是苏州的民歌；《赛马》了解中国赛马这样一种活动，了解中国的民族乐器二胡。

【音乐】出《赛马》现场音乐。

【播音】中国的传统乐器二胡在音乐会上成为一大亮点。演奏者高超的技艺，使得整场演出妙趣横生。

【录音】音乐会实在太棒了！这是我们第一次听到带有传统中国元素的交响乐，旋律非常非常优美，非常特别！我们被深深打动了！

【播音】说话的是纽约当地的两个年轻人Cory和Alex。这场特别的演出，让她们对“中国年”有了更直观的感受。

【录音】陈燮阳：促进国际间的文化交流，交响乐是最好的一种形式，它没有语言的隔阂，人们都能听得懂。而且通过这些乐器，他们能够了解一些中国的社会风貌。

【播音】对于外国人来说，这场演出为他们开启了一扇了解中国的“窗口”。而对于旅居海外的华人来说，这些熟悉的旋律就如同久违的“乡音”。金兰定居在美国纽约已经8年了，可以说她是含着热泪听完了这场音乐会。

【录音】有很多熟悉的音乐，你随着音乐的起伏能够融进去，能够感受到春节的那些欢快的气氛。

【播音】一场音乐会，激起了许多海外华人的思乡情，同时也弥补了他们不能回国与家人团聚的遗憾，让他们在海外过了一个喜庆的中国年。

【音乐】出《花好月圆》现场音乐。

【播音】在观众一次次雷鸣般的掌声中，苏州交响乐团用《花好月圆》和《拉德斯基进行曲》两个经典作品，为整场演出画上了圆满的句号。

【播音】这场音乐会是中国文化和旅游部的“欢乐春节”活动之一。中国常驻联合国代表、特命全权大使马朝旭和70多位各国使节，以及来自100多个国家和地区的观众现场观看了演出。

【录音】马朝旭：这是第一次在联合国的舞台庆祝中国年。非常荣幸能够在春节期间，欣赏到来自年轻的苏州交响乐团带来的演出。

【播音】成立于2016年的苏州交响乐团本身也是由来自世界20个国家和地区的艺术家组成。

【录音】联合国大会第73届会议主席埃斯皮诺萨女士：我相信艺术有着超越文化、文明和国界的力量。这也是我们在联合国工作的本质。中国把春节的节日气氛和精神带到联合国的总部，我对此深表谢意。新年快乐！吉祥如意！谢谢！（掌声）

苏州市广播电视总台2019年播出

第二十三届苏州新闻奖一等奖

生命写忠诚　热血铸警魂
位洪明警官牺牲战“疫”一线

主创人员　张　琳　唐泽华　居红辉

昨天（2月20日）下午5点30分，浏河派出所年仅35岁的民警位洪明因突发心源性心脏病，抢救无效，不幸牺牲。在生命最后一刻，位洪明仍坚守在战“疫”岗位上，用满腔热血捍卫辖区平安，用实际行动践行了“对党忠诚、服务人民、执法公正、纪律严明”的铮铮誓言。

下午3点多，当时位洪明正和同事在讨论一起涉案金额近40万元的涉疫网络电信诈骗案的案情。

【录音】浏河派出所副所长雷清源：人站在这，我在看他的案情梳理脉络，还在商量下一步怎么弄。说着说着就听到“啪”一声，抬头一看，看不到人了。

【录音】浏河派出所副所长杨毅：看到他倒下来了，然后雷所过来，我赶过来，我们马上掐人中，给他做心肺复苏。

（现场送医场景）

尽管医生全力抢救，但当天下午5点30分，年仅35岁的位洪明，永远地闭上了眼睛。突如其来的变故，大家都不敢相信这是真的。

【录音】位洪明妻子陈姗姗：还有几个月我们就要结婚7周年了，我怎么能够相信他就这样走了呢？

【录音】位洪明哥哥位洪松：太突然了，我根本反应不过来，刚才还看他朋友圈是中午12点多，他和我们在朋友圈互动。

【录音】浏河派出所民警冯锐：正在讨论这个案件后期怎么弄，然后在这过程中他突然就倒地。这个难以接受。

中国公安大学研究生毕业的位洪明，是浏河派出所学历最高的民警，曾有机会去江苏警官学院做老师，但因喜欢基层工作放弃了。位洪明业务能力出众，在派出所是百科全书式的存在，对工作有着巨大的激情，是同事眼中的“拼命三郎”。在疫情防控工作中,位洪明主要负责棋牌室、KTV等娱乐场所的管控。浏河与上海接壤,娱乐场所较多,防疫工作启动后,位洪明再也没有休息过,他也因此有很长一段时间没有见过两个女儿。

【录音】位洪明妻子陈姗姗:昨天没有回来,在值班,娃特别想他。他说回来的时候,因为宝宝想吃他做的糖饼,他说回来给他们做。

而现在,两个女儿再也吃不到爸爸做的糖饼了。

位洪明母亲身体不好,原本今年春节,位洪明计划回老家看望父母,但抗疫集结号一吹响,他义无反顾地回到派出所,打电话跟父母解释:等疫情一结束,马上回去看他们。现在,位洪明走了,这个简单的诺言,永远也无法兑现了。

夜里11点,位洪明遗体运往殡仪馆,他终于可以好好地休息了。

【出录音】位洪明妻子陈姗姗:你放心去吧,千万不要那么累,不要那么要强。

(送行现场)

疫情不退,警察不退。位警官,一路走好!

太仓市融媒体中心2020年播出

第二十三届苏州新闻奖一等奖

小板凳串起基层治理创新路

主创人员　李德朋　毕孝松　蔡靖佩　李　京

【播音】“坐着小板凳，说说心里话”，“板凳会议”这一基层社会治理方式让苏州的同德里再次成为“网红”。它让很多棘手的社区事、家务事迎刃而解。今天（12月28日），双塔街道人民调解委员会收到了司法部表彰文件。来听报道。

【现场同期声】（压混）二十几张小板凳围成一圈，居民和社区工作人员、调解员们围坐在一起，你一言我一语，同德里的“板凳会议”又开始了。

【播音】同德里的“板凳会议”到现在已经持续了一年多。2019年，电视剧《都挺好》的热播让拍摄地同德里爆红网络，全国各地的游客慕名而来。一时间，噪声扰民、乱停车、乱扔垃圾等问题扰乱了居民们的正常生活，也给社区管理带来了困扰。

【录音】居民沈阿姨：晚上睡了一觉了被吵醒，他们（游客）在说话，我们会被打扰的，半夜三更说话，我们都听得见。

【录音】居民陈好婆：他们（游客）盯着问，还会敲门。

【录音】居民孙阿姨：希望他们来的时候不要拿大喇叭。

【播音】随着游客人数的不断上升，双方的矛盾也在不断升级，甚至还为此闹到了派出所。

【录音】“板凳会议”的发起者、锦帆社区原书记季赵量：巷子名气很大，这是非常好的事情，不能把我们很红的巷子从好事变坏事，所以需要大家的智慧，共同聊一下，我们怎么样把同德里打造得更好。

【播音】就这样，同德里的第一场“板凳会议”召开了。

在这次的“板凳会议”上，大家虽然没有找到解决问题的办法，但至少达成了一个共识。

【录音】季赵量：第一次“板凳会议”召开得非常成功，能够达成一个共识，就是要维护好同德里这片大家共同生活的安静区域。

【播音】后来，又经过了三场“板凳会议”，就居民关注度较高的控保建筑使用者的责任与义务、相邻权纠纷化解、消防安保等问题进行充分讨论，各抒己见。最终，大家达成共识，问题得以妥善解决。

同德里“板凳会议”成功打样，让新上任的社区书记金丽娜在处理社区问题时变得更加得心应手。

【录音】锦帆路社区书记金丽娜：我们现在也都习惯于这种“板凳会议”的形式，拿着小板凳我们一喊，就来解决问题，找个地方，我们围坐一圈讨论如何解决问题。

【播音】如今，“板凳会议”模式已经推广到了双塔街道下辖的21个社区，并获得司法部认可。

【录音】中国政治学会副会长、南京大学政府管理学院教授张凤阳：尤其在社会的最底层、最基层，处理很多问题，不仅要合法的规矩，更要合中国的人情，这样处理起来会比较有效，法理兼容，法治与德治要结合在一起来做会更加有效，调解得入情入理的、合乎中国人人情世故的这些做法，是非常有效的。

【播音】以居民自治为内容的基层群众自治，是基层社会的现实要求。让基层自治组织回归居民自治本位，让人民群众和基层政权机构一起承担社会治理的任务，做到人人有责、人人尽责、人人享有。

苏州市广播电视总台2020年播出

第二十四届苏州新闻奖一等奖

百余名台湾籍学生今年考取“双一流”学校

主创人员　朱子萍　谢婧扬　朱晓磊

【导语】近年来，我市坚持“同等待遇，融合发展”，不断完善和升级在昆台胞的生活配套，支持台胞子女就读公办学校，让他们真正享受就学同等待遇。今年我市超百名台湾籍学生考取了“双一流”学校。

【播音】黄榆文来自台湾桃园市，今年参加了全国港澳台联考并以优异的成绩考入浙江大学，顺利完成人生规划中的一个小目标。黄榆文一年级就跟着家人到昆就读，从晨曦小学、青阳港中学到昆山中学，黄榆文一直和昆山当地学生享受同等待遇，也收获了很多珍贵友情，她早已把这里当做自己的第二故乡。

【录音】台湾籍学生黄榆文：全班同学一起去图书馆读书，去体育馆打羽毛球，去听昆曲。昆山话我听不太懂，都是同学翻译。现在是打算毕业以后继续在大陆读研，就业的话还是打算在当地发展。

【播音】同样取得优异成绩的还有林冠毅。今年，他同时获得了清华大学、北京大学、台湾交通大学和香港科技大学的录取通知书，权衡之下，林冠毅选择了清华大学。他说，虽然是台湾人，但从小在昆山长大，自己对大陆更加熟悉和亲切，而且即将进入的清华大学计算机专业是自己最喜欢的专业，对未来的大学生活，林冠毅充满了期待。

【录音】台湾籍学生林冠毅：在大学的生活，我希望多交点朋友，跟老师处好关系，不管是学习方面，还是平时生活中的心态方面，都希望能积极。

【录音】林冠毅母亲张慧美：他从幼儿园开始都是在昆山受教育的，是非常好的。他自己选择了清华大学这条路，希望他在未来十年认真去学习。

【播音】作为两岸合作交流的高地，越来越多的台商、台胞带着家人、孩子来到昆山安家。我市全面落实落细各项惠台利民举措，做到应享尽享。目前全市中小学共有台湾学生3300余人，1200多人在公办学校就读。2013年以来，我市还专门设立港澳台班，为参加全国港澳台联考的台胞子女提供优质的师资和教学团队，本一录取率达100%。

【录音】市台办主任赵姝：为台胞在昆学习、就业、创业、生活创造最优质条件，也希望各位优秀学子在踏入高校大门后能够心系昆山，宣传、推介昆山，带动身边同学一起回到昆山追梦、筑梦、圆梦。

昆山市融媒体中心2021年播出

第二十五届苏州新闻奖一等奖

实体经济产业转型
“中国制造——苏州样本”今天发布

主创人员　李德朋　张斌超　王　宇

【导语】在今天（10月28日）举办的2022中国实体经济论坛上，“中国制造——苏州样本”调研报告正式发布。报告显示，苏州正以“示范之姿”和“表率之态”蓄力发展实体经济，走出了一条以科技创新引领产业转型之路，并正在展现中国式现代化的现实模样。来听报道：

【播音】三一重机是苏州一家民营的装备制造企业，公司的主要产品有挖掘机、混凝土机械、起重机械等设备。这些年的发展可谓百尺竿头更进一步。

【录音】三一重机总经理王政：苏州这边产业链的集群配套优势是全国其他地方无法比拟的，所以我们在这边的发展是比较快。现在我们的挖掘机做到了全球第一，所以我们觉得借助于苏州的工业基础优势和良好的营商环境，我们才能够取得这样的成绩。

然而，面对全球经济形势的新变化，企业不得不开启全新探索。在王政看来，数字化是让实体企业变得更加敏捷的重要途径。近三年企业共投入200多亿元，建设了四十多座“灯塔工厂”，其中两座还获得了世界达沃斯论坛的认证。

【录音】我们觉得通过这个数字化智能制造，还是让我们企业的经营效率和反应速度得到了很大的提高。我们希望一个工人的产值和销售额达到一个亿，这是世界上绝无仅有的一个水平，这是我们的目标。

【播音】就在今年6月，苏州印发《苏州市制造业智能化改造和数字化转型2022年行动计划》（以下简称《行动计划》）。《行动计划》明确，2022年推动实施“智改数转”项目5000个以上，覆盖规上企业3500家，扩大中小企业数字化普及面。数字化转型为苏州实体经济发展注入了强大的新动能，与实体经济的融合带来了产业结构的蜕变，重塑了企业形态，造就出了新的生态体系。

【录音】中国工程院院士、国家产业基础专家委员会主任委员陈学东：我们要坚持创新引领，直接利用互联网、大数据、人工智能等先进技术，走一条数字化、网络化、智能化并行推进的道路。另外要统筹实施智能制造工程，加快制造业的数字化转型，为促进制造业的高质量发展，加快制造强国建设提供有力的支撑。

【播音】今天发布的“中国制造——苏州样本”调研报告显示，2021年，苏州市工业总产值突破4万亿元，问鼎全球第一大工业城市；2022年，在多轮疫情扰动和全球生产链冲击的巨大压力下，1至8月，全市实现规模以上工业总产值2.8万亿元，彰显了其强大韧性和雄厚实力，对于稳住中国经济增长大盘发挥了举足轻重的作用。

【录音】国家制造强国建设战略咨询委员朱森第：苏州的制造业因为有系统思维，比较好地解决了发展当中的不均衡的问题。苏州实现了外资企业和内资企业的共生、共赢；传统产业和新兴产业的同发、同进；还有产业升级和产城融合的并举、并生。未来我们相信苏州一定能够走得更好，能够为中国的制造强国的建设，为中华民族的复兴做出苏州的贡献。

苏州市广播电视总台2022年播出

第二十五届苏州新闻奖一等奖

“孔小西”闪亮沙特

主创人员　徐　繁　吉剑宇　蔡靖佩　俞　晨

首届中国—阿拉伯国家峰会在沙特阿拉伯举行期间，孔小西和哈基姆这两个卡通人物成了中国和沙特两国的关注热点。

【录音】沙特文化艺术协会董事顾问阿卜杜拉·哈米德：沙特所有的主流媒体都进行了深度报道，体现了中沙两国友谊深厚。

【录音】苏州欧瑞动漫总裁钱锋：同事给我发了个信息，说习近平总书记在沙特发表了署名文章，文中提到了我们和沙特合拍的动画片，当时我非常紧张，觉得怎么会提到啊，然后马上去找相关新闻。就是一种兴奋加一种压力，感觉到这是一种荣誉，当然很开心。

原来，12月8日，在利雅得出席中阿峰会之际，国家主席习近平在沙特《利雅得报》发表题为《传承千年友好，共创美好未来》的署名文章，文章中提到，“中沙合拍的首部电视动画《孔小西和哈基姆》广受小朋友喜爱，播撒中沙友好的种子”。

这部电视动画由苏州欧瑞动漫有限公司制作出品。动画片讲述了中国交换生孔小西和他的哥哥，用中国烹饪智慧帮助当地少年哈基姆走出餐厅经营危机，赢得美食大赛冠军的故事。

【录音】苏州欧瑞动漫总裁钱锋：孔是中国文化里很有代表的一个姓氏，孔子是中国儒家思想的代表人物。两个中国小朋友，一个孔小西一个孔小东，寓意着不同方向的文化交流。哈基姆这个名字是阿拉伯地区常见的、有代表性的名字。我们用这三个角色的名字去体现了中国和沙特在文化上的不同，也是一种融合。

（压混动画片片段）

2017年，这部作品在中国中央电视台与沙特阿拉伯国家电视台分别首播，迄今为止已发行至全球20多个国家。

【录音】苏州欧瑞动漫总裁钱锋：我们在作品创作中充分吸收了沙特的城市风

光，沙特的人物特征，沙特的美食风貌，我们将中国的美食文化、服装文化、中国功夫也融入了作品中。

作为苏州文化产业“走出去”的代表作之一，《孔小西和哈基姆》实现了中国动漫在沙特“从无到有”的突破，也成了沙特阿拉伯首部本土动画片。沙特文化艺术协会董事顾问阿卜杜拉·哈米德表示，一部动画片搭起了中国和沙特阿拉伯两国友谊的桥梁。

【录音】动画片《孔小西和哈基姆》是两国文化交流成果的典范，深度续写了两国人民的友谊。中国欧瑞动漫和沙特在文化层面以及其他方面的合作仍在全面持续发展中。

截至2022年，苏州共有国家认定的动漫企业八家。欧瑞动漫的产品“出海”，是苏州文化产业“走出去”的缩影。

【录音】苏州大学文学院副教授、电影学博士王玉明：中国影视作品“出海”，是增强文化自信自强的重要方式。用这种全世界人民都喜闻乐见的影视作品的形式来讲好中国故事，能够更好地提高国际传播的效果。

目前，《孔小西和哈基姆2》也已经在创作中，计划于2024年与观众见面。

【录音】苏州欧瑞动漫总裁钱锋：接下来，我们将创作更多的动画电影和动画电视片，将中国的文化传播到海外，让更多海外的小朋友能够了解中国，了解中国的文化。

苏州市广播电视总台2022年播出

第二十五届苏州新闻奖一等奖

"超级快递员"来了
中国首架正向设计无人运输机首飞成功

主创人员　汪　海　史　光　孙建祥　钱玮慧　孙　鹏　侯政明

今天上午，国产新型无人运输机TP500在湖北荆门首飞成功，这是首个完全按中国民航适航标准研制的大型无人运输机，未来将成为城市之间的"超级快递员"。

【现场声】飞行

在历经了27分钟的试飞后，TP500稳稳滑落在跑道上。这架无人机由航空工业第一飞机设计研究院总体研制，吴江民企壹通无人机总体装配，是中国首架正向设计的固定翼无人驾驶运输机。

【录音】壹通无人机副总经理吴永成：该机可适用500公斤500公里的双500航空货运场景，最大航程可达1800公里。

多年以来，我国物流行业在支线航空货运上都面临着运力不足的痛点。

【录音】壹通无人机副总经理吴永成：顺丰、京东、中通等物流行业的巨头，暂时没有合适的无人机支持他们在无人支线航空货运的试运行探索。

TP500的出现改变了这一局面，在飞行成本上，TP500吨公里运输成本低于5元，能和现有干线货机媲美，却更加智能和灵活。

随着TP500的投产和投运，将逐渐成长为城市间的"超级快递员"。

【录音】中国航空装备专家傅前哨：由国企和民企联合开发的无人驾驶运输飞机，具有生产成本低、运营成本低等相应的优势，未来必将大大地改变整个中国物流体系。

吴江区融媒体中心2022年播出

第十七届苏州新闻奖一等奖

用生命诠释救死扶伤的神圣使命

——追记苏大附二院妇产科史明医生

主创人员　沈　骏　赵　磊　何　军　吕媛媛

片花

工作17年来，只要有急救、有危险，他就冲在前。

【录音】刚躺下，有急诊，有重病人，但是第二天我们依然看到了史主任在病房里忙碌的身影。

他无数次化解危难，迎接新生命的到来！

【录音】他不光是给我一个儿子，我那条命也基本上是他帮我保下来的。

他随叫随到，有问必答，是患者最信赖的朋友。

【录音】应该说跟史医生的这几年，我们不单是一种医患关系，全家都跟他有往来、互动。

他就是苏州大学附属第二人民医院妇产科的史明医生，2014年11月9日在陕西支医时，他因为过度劳累倒下了，再也没有醒来。

【录音】他说我吃了早饭，还要去看一下昨天那个病人。

史明救治的最后一个产妇转危为安了，而他的生命却永远停在了38岁！

【录音】那天距离我们援陕结束只剩四天时间了，我们回苏州的火车票都已经买好了。

【录音】大家真的心痛不已！心痛不已！为这样一个优秀医务工作者倒在了工作岗位上，我们真的心痛！

【录音】我天天盼着他回来，没有想到他再也回不来了。

下面请听新闻专题：《用生命诠释救死扶伤的神圣使命——追记苏大附二院妇产科史明医生》。

（出哀乐压低混播，后混哭声）

昨天上午九点半，史明医生的遗体告别仪式在苏州市殡仪馆举行。史明是苏大附二院妇产科副主任医师，也是江苏省第五批对口支援陕西医疗队的队长。经历了11月8号一整天抢救危重病人之后，第二天早上他却倒在了陕西省靖边县人民医院的宿舍里，再也没有醒来！在告别仪式上，史明昔日的同事、朋友、曾经救治过的患者从四面八方自发赶来吊唁，只为再送这位好医生最后一程。看着史明医生鲜花丛中那张憨厚的脸，近千人或肃穆垂泪，或失声痛哭。

（出哭声压混）

史明医生昔日的同事来了。苏大附二院耳鼻喉科主治医师卫红齐是一起到靖边县人民医院支医的队友，他永远记得史明倒下的那个早上。

【录音】他走到厕所里，我正好在里面洗毛巾，然后他和我说的最后一句话就是：我今天好像真感冒了，有点头疼。我说那你要好好休息，他说吃了早饭还要去看一下昨天那个病人，然后就进了厕所。我洗完毛巾就回去了，回去以后我不放心，因为他说有点头疼，后来我又回来了。我看外面没有人，他毛巾和脸盆都放在外面，我就喊了一下史主任，他没有应答，后来我又大声叫了一声，还是没有应答。后来我把厕所门给打开，他人就躺在厕所里，（抽泣声）头朝西，脚朝东，横躺在里面，然后我又大声呼喊，他一点反应都没有。

曾经得到史明医生救治的患者赶来了。今年42岁的何娟的第一个孩子出生不到一年就夭折了，去年她又怀孕了，但由于何娟的头胎是剖宫产，而且前后两胎相隔不满三年，风险较大，是史明医生毫不犹豫地接治了她，从产检到生产都细心关照她。

【录音】其他医院都不肯建卡，不愿意承担这个责任，作为医生来说的话，责任很重大的。他脑子里想着我这个患者，这里有个大肚子在那个地方。他直接跟我说，随时随地给我打电话，不管什么时候。我半夜的时候伤口撕拉得疼，我打电话给他，他也告诉我怎么做。你想想这样的医生，真得很少的！

陕西省靖边县的领导千里迢迢也赶来了。靖边县人民医院院长陈庆忠告诉记者，史明医生对患者的满腔热忱，对工作的精益求精，这些都值得基层医务人员学习。

【录音】不管他遇到疑难病人、疑难手术或者意外情况，他都在笔记里边有详细记载，而且都要进行回访。坚持一两天可以，但是这样长时期坚持下来，我觉得我作为一个（医务）工作者和史主任比起来应该很惭愧。

医院特意做了一面“支医模范”的锦旗，准备在欢送会上送给史明医生，然而这面锦旗却永远交不到史明手中了！

【录音】我们医院为了感谢史主任，提前做好了一面锦旗，就准备在他离开靖边县医院的时候送给他。但是很可惜……

片花

2014年6月9日，史明带领医疗队离开江南水乡和他的亲人，来到千里之外的黄土高坡，在榆林市靖边县人民医院开始了为期半年的援陕支医帮扶工作。迎接一个个新生命的到来，这是史明作为妇产科医生的日常工作；救死扶伤、化解危难就是这位医疗队队长的神圣使命。在靖边的五个多月时间里，史明开展的手术有七十多例，而这其中大多数是复杂危急的手术。

在靖边县人民医院妇二科病区主任刘慧琴眼里，史明是一位一心为患者考虑、自己从来不怕麻烦的好医生。刘慧琴说，他对手术要求很高，希望每个手术都能完美，不给患者留下任何遗憾。

【录音】我们做手术有时候可能比较粗糙，病人比较多，讲究效率，讲究赶紧干活，可能就对质量要求不那么高。像瘢痕子宫，如果感觉这个瘢不是很大，不剔除瘢痕，当然对病人来说不是太完美，但也不影响大事。但史主任要求完美，他要求把那个瘢痕剔得很干净，这样手术速度可能相对要慢一点。

刘慧琴说，每次和史主任做手术，她们都能学习到不少东西，这也促使她们不断改进工作流程和工作作风。

【录音】他来了以后，不让我们用产钳。他说，产钳对胎儿这个颅骨的损伤有可能会造成一些后果。自从他上剖宫产手术后，产钳都被废弃了，都不用了！在史明医生的言传身教下，靖边县人民医院妇产科微创手术渐趋成熟，开展了腔镜下输卵管切除术，填补了当地医院的历史空白。

靖边县人民医院的妇产科是这家医院最忙的科室，平均每年分娩的孕产妇有四千多人次。由于当地老百姓还没有意识到产检的重要性，产妇往往是肚子痛了才往医院赶，因此经常伴有不可预估的风险，特别是产后大出血、羊水栓塞等危重病人比例相当高。面对一个个突如其来的产科急诊，史明医生一次次全身心投入，一次次化险为夷，实际上面对这些危机，即使是在医疗条件较为发达的苏州，那也是需要全院动员才能解决的急救大事。而在靖边，这样的一个个重担却压在了史明一个人身上，卫红齐医生感同身受。

【录音】那边有些患者尤其是没有产前检查，这种压力是一种精神上的压力，这个手术我可能会做，但这个患者情况我不了解，潜在的风险你不知道。

11月8号，星期六的早上，史明医生对卫红齐说自己有些感冒了，卫医生就劝他在宿舍里休息，但是史明还是不放心病房里的患者，就来到医院查房。随后史明就发现双胞胎高危妊娠产妇康莉的情况危急，他顶着压力马上进行了剖宫产手术，一个小时后康莉终于顺利地生下了一对双胞胎。然而康莉回到病房十几分钟后，又出现了突发急性左心衰！史明闻讯后立即展开了全程救治，直到下午四点，康莉的病情才算稳定了一些。从查房到手术再到救治，一整天，史明医生一直守在康莉身旁，直到傍晚六点多，在大家的一再催促下，史明这才回到宿舍吃晚饭。

【录音】卫红齐：晚上六点多，我们打了多次电话他才回宿舍和我们一起吃晚饭，他觉得今天自己很累，有感冒症状，好像头比较痛。

对于史明医生面对的急救场景，靖边县人民医院妇一科病区的高艳琴护士长已经习以为常了，但她没有想到的是，把康莉母子三人从死亡线上拉回来的史明医生自己倒下了，永远离开了他们！

【录音】前一天我们还在一起极力抢救这个病人，没想到第二天早上病人挺好的，他已经倒下了。

11月9日早上九点零七分，史明医生的心脏停止了跳动，死因是过度劳累导致的心源性猝死。

看着自己的两个孩子平安出生、自己的妻子转危为安，康莉的丈夫孙东东还处在幸福和激动之中，感谢的话还没来得及说出口，却听到了史明医生突然离去的噩耗。

【录音】可能因为给我妻子做手术，太操劳了吧，就这样突然的……我听到这个消息我感到很震惊，因为我还没来得及感谢他！

当这个噩耗传回苏州，同事们怎么也接受不了这个残酷的事实。

【录音】（抽泣声）都要回来了，车票都买好了，六个月，这个星期四就到了，就可以回来了。

苏大附二院妇产科副主任凌莉哽咽着说，是劳累和压力压垮了史明这个不可多得的好医生。

【录音】我们都经历过抢救重大病人的情况，医生心里的焦虑、紧张和担忧不是一般人能够承受的，而且我们在大医院，我们有团队，而他作为医疗队队长，我想他是当时的组织者、领导者，所有的压力、所有的重担、所有的责任都加在了他的身上，那么又是长期在一个艰苦的地方，这样的重担真的是压垮了他。

片花

苏大附二院妇产科全体医护人员在追忆史明医生时说：爱在左，同情在右，你行走在生命的两旁，随时撒种，随时开花，将这一径长途点缀得花香弥漫，使穿枝拂叶的行人踏着荆棘，不觉得痛苦，有泪可落，却不是悲凉。

在苏大附二院，几乎所有认识史明医生的人，都亲切地喊他“史大叔”。而在妇产科，“史大叔”就是值得信赖、可以依靠的“代名词”。和史明共事十三年的护士胡玲哽咽着告诉记者，只要史大叔在，就有安全感。

【录音】他平时工作都冲锋在前，在抢救病人方面毫不含糊。我们都叫他“史大叔”。他只要来上班，我们都觉得很有安全感，因为他能担得了这个担子。

有急救，“史大叔”来解决；有危险，“史大叔”冲在前。2012年苏大附二院妇科病区接治了一名出血的艾滋病病人，就是史大叔为她主刀进行手术，术后又亲自为她换药。

其实史明医生的经历也非同寻常。他本科学的是儿科，在儿科干了三年后转到妇产科。2003年，他以专业第一的好成绩考取了苏州大学妇产科学硕士研究生。苏大附二院妇产科主任朱维培说，史明总是感觉自己入门晚，一有机会就要求多上手术，一有空就看专业书籍。

【录音】他在短短四五年就完全进入一个妇产科角色，而且做得相当好，真是超乎想象，手术做得非常漂亮！

医院妇产科有其特殊性，凌晨两三点钟经常有产妇送进来，这个时候不管有没有床位，史明都会把病人收下来。一直搭夜班的护士沈素娟对这个最爱收治病人的“史大叔”又气又敬重。

【录音】凌晨的时候没有床位，他还是会把病人收下来。作为我们一线医护人员完全可以把这个事情推掉，他就不会！他就觉得你推掉一个病人，作为医生、护士这只是一个病人，但对病人来说，病人就要来回去奔波。凌晨两点谁不想睡觉，谁不想休息，当时我想想还真气，觉得这个病人完全可以不收的，你为什么一定要收，对吧？他是相当负责的一个人。

史明医生处处为患者考虑，所以病人们都把他视为贴心朋友，只要有事，她们都会在第一时间告诉史明医生。今年9月，曾因卵巢囊肿开刀、有过流产经历的胡可人再次怀孕，随后的两个多月时间里，胡可人、刘兆杰夫妇一直通过电话向史明咨询各种问题，即使身在靖边，史明也总是不厌其烦替他们分析每次化验的结果。

【录音】刘兆杰：在他去世的前三天，我们还通过微信向他咨询产检的情况，我手机里至今还保留着和他当时的通话记录。

史明医生过世后，妻子张帆一直沉浸在悲痛之中。回家打开衣橱，看见史明去陕西前给她买的那件粉红色的裙子，张帆又泪流满面。

【录音】基本上（我）所有的衣服都是他给我买的，我的尺寸他都知道的。这件就是他去支边之前给我买的，他说我穿这件特别好看，然后我就特别喜欢这条裙子，今年夏天一直穿的。（哭泣声）

张帆说，史明到靖边之后，中间只回来过两次。

【录音】中间他曾经回来过两次，是因为我爸爸身体不好，还有我奶奶也身体不好。我爸爸因为是前列腺要做穿刺，以为得了那个前列腺癌，他不放心家里，中间就回来过。但是每次都很匆匆，回来两次还有好多病人找他看病。（哭泣声）然后我就天天盼着他回来，盼着他回来，没有想到他再也回不来了。（哭泣声）

史明去靖边后，张帆和女儿都非常想念史明，每天晚上他们都会抽空上微信视频，史明聊得最多的是他的手术和病人，张帆就把家里发生的琐碎事情告诉他。然而11月8日那天晚上，他们两人都因为感冒觉得有点累，所以没有视频聊天，对于错失这个最后看见丈夫的机会，张帆悔之又悔。

【录音】8号那天，他跟我说他有点感冒了，今天就不要视频了。（哭泣声）他说有点难过，然后那天我正好也有点感冒，我说好的，我们明天再聊。没有想到这就变成了永别！（哭泣声）

妻子等着第二天和丈夫视频聊天，女儿盼着爸爸带她去北京看天安门，老母亲翘首期盼儿子回来吃她亲手烧的家乡菜，同事们等着“史大叔”归来和他们团聚！然而年仅38岁的史明医生却用自己宝贵的生命换来了患者的生存机会，他用自己的生命诠释了一位白衣天使救死扶伤的神圣使命！

苏州市广播电视总台2014年播出

第十八届苏州新闻奖一等奖

听，那回荡两岸的《黄河大合唱》！

主创人员　王钰萍　张　超　丁志荣　蔡靖佩

【播音】5月12日晚，在台北两厅院音乐厅的舞台上，来自海峡两岸的音乐人，首次联袂演出“世纪双经典”——《黄河大合唱》和钢琴协奏曲《黄河》，用音乐来纪念抗日战争暨世界反法西斯战争胜利70周年。

【录音】各位观众，欢迎您来到今天的“世纪双经典”音乐会。接下来请您欣赏今天的《黄河大合唱》。

【播音】2015年5月12日晚，海峡两岸200多位音乐人，在台湾解除《黄河大合唱》禁令后，首次在台湾地区最高音乐殿堂——两厅院音乐厅里，实现了全本《黄河大合唱》和钢琴协奏曲《黄河》的同台演出。以此来纪念抗日战争暨世界反法西斯战争胜利70周年，诠释了中华民族守望相助、不畏强敌的奋进精神。

【播音】为了这一天，两岸音乐人付出了艰辛的努力。

【播音】1939年，在抗日的烽火里，由冼星海作曲、光未然作词的《黄河大合唱》诞生于延安。在中华民族的生死关头，她像一支战斗的号角，传遍了祖国的大江南北，鼓舞抗日军民同仇敌忾，打击日本侵略者。

【播音】可惜的是1949年之后的很长一段时间里，在台湾，《黄河大合唱》一直是被禁演的。以至于在1985年——纪念抗日战争胜利40周年的时候，《黄河大合唱》在台湾都是一谱难存。

【播音】也就是在1985年，祖籍辽宁的台北爱乐合唱团指挥、音乐家杜黑首先呼吁解禁《黄河大合唱》。

【录音】杜黑：1981年之前，我就听过《黄河》协奏曲啊，《黄河大合唱》啊，那时候是殷承宗录的音，也听过严良堃指挥的人声的合唱的。觉得这作品非常好，有时代的意义，在中国的合唱音乐史上这是一个里程碑。所以，那时候我就跟台湾的有关部门争取说，这个作品是不是可以呈现出来。

【播音】可是,答复令人遗憾。

【播音】杜黑等有识之士们并没有气馁,他们继续为能演出《黄河大合唱》而努力着。台湾地区的新闻界也为此展开了一场大讨论。《联合报》六月刊出了《黄河要怒吼,禁唱理由在哪?》。《中国时报》则在《〈黄河〉宜唱不宜唱,大家关切》一文中问:“禁与不禁的标准是什么?由哪一个单位主管此事?”

【播音】大讨论持续了近两年。面对着滔滔民意,1987年,《黄河大合唱》在台湾终于迎来了局部的解冻。

【录音】杜黑:《黄水谣》跟《黄河颂》这两个曲子是可以开放了。

【播音】这个变化,让大家看到了更大的希望。

【录音】杜黑:我们说,你开放这两个曲子,表示作词的人没有问题,做音乐的人也没有问题,那就不如全开放算了嘛!

【播音】为解禁全本《黄河大合唱》而进行的努力在继续着,杜黑他们早已下定决心:一定要把《黄河大合唱》在台湾公演!

【播音】可是,要想公演的话,必须有《黄河大合唱》的总谱——这实际上是一个更为棘手的问题,因为当时的台湾没有《黄河大合唱》的总谱。

【录音】(压混)中央乐团演出版《黄河大合唱》之《黄河船夫曲》片段。

【播音】《黄河大合唱》自从20世纪30年代诞生以来,一直广为流传,甚至在不同的时期和背景下,一共产生过五个版本,也即:“延安版”“莫斯科版”“进城版”“上海版”和“中央乐团演出版”。集各派大成者,当数由著名指挥家严良堃主持修订的中央乐团演出版。可是,因为有禁演令,所以无论哪个版本,多年来在台湾都是求一谱而不可得。

【播音】为此,杜黑花费了很多心力,最终他做出抉择:要演出,非“中央乐团演出版”不可!

【播音】但是,想要拿到中央乐团的总谱,必须有人去一趟大陆。而这,在1989年的时代背景下,难度是不可想象的。

【播音】经过多方面尝试,最终,杜黑获得一位原籍东北的香港女高音演员的协助,只身到北京,想办法去找素昧平生的严良堃借谱子。

【录音】杜黑:刚好,严老师他们在吃饭,就说,你吃饭没有啊?还没吃就一起吃!就白吃一顿的。那天星期天,严老师跟我说,你先回台湾,我把谱子准备好了请人带去广州,你再请香港的朋友过来拿。严良堃他们还跟我开玩笑说,这个真的能演吗,你们那边?我说,看看嘛。

【播音】这淡淡的“看看嘛”背后,实际上是迎难而上的艰辛努力。

【播音】回到台湾后，杜黑积极筹备《黄河大合唱》的首演，一度曾被威胁：如果真的带领台北爱乐合唱团在台上演唱全曲，就要被强行关灯、降幕！

【播音】杜黑却说：“那我们就自己带手电筒！而且台北音乐厅也没有大幕！”杜黑就是这样宣示自己必演《黄河大合唱》的决心的。

【播音】经过各方的努力，特别是经过宋楚瑜的推动，解禁令在1989年6月30日下达，那正是台北爱乐合唱团首唱《黄河大合唱》的前一天。

【录音】（台北爱乐合唱团版《黄河大合唱》之《黄河船夫曲》片段）朋友，你到过黄河吗？你渡过黄河吗？你还记得河上的船夫拼着性命和惊涛骇浪搏战的情景吗？如果你已经忘掉的话，那么你听吧！

【播音】演出获得了极大成功。观众中不少人在听到朗诵者的头一句时，就热泪盈眶。而在海峡的这一边，严良堃等前辈纷纷写去贺信。

【播音】可是，在杜黑的眼里，《黄河大合唱》的台湾首演中，还有一个遗憾。

【播音】《黄河大合唱》共有八个段落，但是自从1939年首演之后，所有的《黄河大合唱》都只演七段，唯独没有第三段《黄河之水天上来》。因为那是一个纯朗诵、没有唱的章节，对朗诵者的要求非常高。当年，在延安的首演上，这个篇章是由词作者光未然自己朗诵的。可半个世纪以来，光未然的位置一直空缺着。

【播音】直到1985年，第一次《黄河大合唱》全本录制时，由国家一级演员瞿弦和承担这一工作。

【录音】[（压混）1985年《黄河大合唱》版，瞿弦和朗诵《黄河之水天上来》的片段]黄河，我们要学习你的榜样，像你一样的伟大坚强……

【播音】可是也就是自那次录制之后，《黄河大合唱》仍旧因循只演七段的惯例，在台湾的首演也是如此。

【播音】杜黑的这一遗憾，被他的学生陈正哲放在了心上。

【播音】陈正哲出生在台北，执教于苏州，和老师杜黑一样，都是享誉海内外的指挥家。他告诉老师，自己打算在2015年——抗战胜利70周年暨世界反法西斯战争胜利70周年的这一年，在台湾最高音乐殿堂——台北两厅院音乐厅实现“黄河梦”。

【播音】对于学生的这个大胆的决定，杜黑有点担心。

【录音】杜黑：两厅院进去要演的话非常的严格，他们里面有一个委员会，然后要通过他们的审议才可以在这个厅演出。

【播音】陈正哲却觉得，最好的艺术一定要放到最好的平台上呈现。

【录音】陈正哲：就是因为它门槛高，所以值得去。

【播音】陈正哲请来了1985年首次承接光未然朗诵者角色的著名朗诵家瞿弦和，请来了两岸延续《黄河大合唱》血脉的音乐人：柯绿娃、蒋嘉文、简崇元、胡庭玮、龚瑛、俞飞、袁晓彤。

【播音】对于老、中两代音乐人的加盟，杜黑是很欣慰的，但是对于要演出《黄河大合唱》的合唱团队——两岸的大学生们，却有些担心。

【录音】杜黑：我们这次强调是两岸的大学生的联合演出，意义也很特殊。就是学生的团体要跟职业团体比，那学生要加倍努力才可以进去啊。

【播音】这次，陈正哲带来和老师杜黑的台北爱乐合唱团联合演出的主体是自己执教的苏州科技学院音乐学院合唱团。

【播音】严格说来，这个团队很年轻——苏州的“90后”占六成多。直观的感受是他们太年轻了，担当得起这份重担吗？

【播音】合唱团里年龄最小的是19岁的张晗，她说，在接触到《黄河大合唱》后，名曲的魅力超越了浮华世界对她的诱惑。

【录音】张晗：第一天来排练，排到那个保卫黄河的时候，唱得自己都热血沸腾的感觉。真的很有意义！

【播音】可别小看这支年轻的大陆大学生合唱团，他们是2014年中国音乐“金钟奖”合唱比赛金奖的得主，本身就具备了过硬的基础。这一次，为了完美呈现《黄河大合唱》的真谛，小伙伴们做足了功课。

【录音】张晗：专门去听过别的地方的合唱，就是感受一下他们表达的什么情感，然后我们唱的又是怎么样的。

【播音】台湾方面，为了让同样年轻的台北爱乐合唱团成员也能准确地触摸到《黄河大合唱》的主题，杜黑也进行了努力。

【录音】杜黑：搜集很多的影音资料让他们大概知道是怎么一回事。他们看完了也感受到当时的情况吧。

【播音】在演唱的意象上，为了让不少没有见过黄河的年轻人们不要把黄河唱成淡水河，杜黑还进行了进一步的特训，甚至一个字一个字地教唱。

【录音】（压混）台北爱乐合唱团排练现场。

【播音】这次，之所以让两岸的年轻人共组《黄河大合唱》的合唱团队，其中一个重要的意义就是把一个“合”字做到极致。

【录音】陈正哲：台湾人念的方法跟大陆人念普通话的方法是不一样的，所以两个不同的合唱团唱一模一样的歌词的时候，因为本身语调的不同，其实是不一样的。如果把它们融合成一个，它所留下的价值那就是永恒的。为什么？因为它是两边合在一起的。

【播音】除此之外，杜黑和陈正哲还请来了殷承宗。

【录音】（压混）殷承宗演奏的钢琴协奏曲《黄河》片段，唱片号8.223412。

【播音】46年前，音乐家殷承宗等把《黄河大合唱》改编为钢琴协奏曲《黄河》，早已传遍世界。杜黑第一次听到的版本就是殷承宗的。为了两岸共同的“黄河梦”，74岁的殷承宗欣然应允，特别是对在2015年这个特殊的年份举办这场演出，殷承宗很是认可。

【录音】殷承宗：因为黄河把中华民族的精神集中地体现了，这个作品经常是在庆典的时候，在有灾难的时候都会被想到，因为它给人们一种力量。

【播音】可是，在音乐史上有一个惯例，那就是《黄河大合唱》和钢琴协奏曲《黄河》虽然同根同源，但从不同台演出。原因很简单：它们的旋律是一样的。

【播音】面对这样的惯例，陈正哲却另有打算。他认为，让“双黄河”同台演出，反而能够把“黄河”这一主题做深、做透。

【录音】陈正哲：我出其不意地又把《黄河》钢琴协奏曲放进去——一个是钢琴，一个是人的声音。钢琴呢是殷承宗弹的，他是很伟大的钢琴家，加上他自己写的曲子。然后《黄河大合唱》我们是147个人的合唱团唱的。听众他可以直接感受到它的差别，但也有共通性——两个都很雄伟！

【播音】从2013年年初开始，杜黑和陈正哲向台北两厅院递交了申请。乘着和30年前完全不同的两岸的和风，在后续的两年里，通过了政治、艺术的重重审核，在今年的5月12日，两岸同胞终于等到了这场《“世纪双经典”——钢琴协奏曲〈黄河〉〈黄河大合唱〉》交响音乐会。

【录音】［同期声（压混）《黄河大合唱》、钢琴协奏曲《黄河》片段］接下来请您欣赏今天的《黄河大合唱》。

【播音】2015年5月12日，在通往舞台的通道后，总指挥陈正哲注视着打开的大门，面对老师杜黑鼓励的目光，深吸一口气，走上指挥台，微笑着扫视台下，深深一躬，回过头，轻轻扬起指挥棒。在《黄河大合唱》的旋律里，台上和台下的情绪被瞬间点燃。两岸音乐人带领着两岸同胞通过音乐，接通了抗日烽火里的中华民族的共同记忆，实现了完美的共鸣！

【播音】演出尾声，陈正哲和演出团队三次返场谢幕，台下掌声雷动，观众久久不愿离去。

【录音】现场观众：今天的演出哦，还原了一个抗战的史实。很多歌曲是两岸共同套门（“套门”为闽南语，意为“心声”）。两岸民众都在唱同一首歌！

【录音】现场观众：太激动了，他完全用心在指挥，每一个字他都灌注里头！

【播音】音乐家们也是满怀激动。

【录音】作曲家刘湲：两岸合作的这次演出，我也深深地感觉到一种同根、同源、同一种情感表达方式，还是血缘的原因，文化母体的问题。

【播音】参加演出的老、中、青三代音乐人也因这场演出，有了新的收获。

【录音】张晗：加了台湾爱乐他们合唱团的人的微信嘛，走了，都比较不舍得。

【录音】杜黑：大家在一起做一个伟大的作品的时候，会产生另外的情感嘛。音乐很好，两岸交流的意义更超过音乐。

【录音】陈正哲：两岸交流呢，每个人扮演他的那个角色，全部集合才会成功。成功不可能是一个人的，它是一大群人在后面的努力。

【播音】演出虽然结束了，但两岸共同的“黄河梦”，继续扬帆远航！

【播音】刚才，您听到的是专题《听，那回荡两岸的〈黄河大合唱〉！》。

苏州市广播电视总台2015年播出

第十九届苏州新闻奖一等奖

从江村出发——中国农村变迁80年

主创人员　孙建祥　许　芳　宋耐思

片花1　1分0秒

他脚踏实地、行走不辍，从实求知、志在富民。

他以小见大，严谨全面，立足江村，探索80年中国农村变迁发展。

他是中国社会学和人类学的拓荒人，他是中国农村与乡土社会发展的记录者和见证者。

他是费孝通，中央人民广播电台《中国乡村之声》、吴江人民广播电台联合直播纪念《江村调查》80周年特别节目：《从江村出发——中国农村变迁80年》正在播出。欢迎收听！

男：现场和收音机前的各位听众朋友大家好，欢迎收听纪念《江村调查》80周年特别直播《从江村出发——中国农村变迁80年》。我是中央人民广播电台《中国乡村之声》的节目主持人张程。

女：全国的听众朋友大家好，我是吴江人民广播电台的主持人宋佳（宋耐思），非常欢迎张程和《中国乡村之声》的各位同事在这个已经略带凉意的初冬时节光临吴江，我也愿意做好大家的向导，和大家一起来领略历史悠久的开弦弓村。

男：80年前，一本书，详尽记录了对一个中国村庄的调查。这部书不仅在社会学史上具有里程碑的地位，而且是研究中国农村80年社会发展变迁的重要文献。这部书就是费孝通先生的《江村经济》。而在此基础上，费孝通先生26次访问开弦弓村，一直到2002年费孝通先生92岁高龄最后一次到访开弦弓村，对开弦弓的社会调查持续了整整66年，给后人留下了宝贵的社会财富，也让我们看到了这样的一个标本，能够研究中国农村80年的变迁。

女：江村是费孝通先生20世纪30年代给开弦弓村取的学名，从80年前费孝通先生来到这里，80年间这个村子的名称和地理位置一直都没有变过，目前是隶属于江苏省苏州市吴江区七都镇。我们现在直播的这个位置就是在开弦弓村的费孝通江村纪念馆里面。我面前还有很多开弦弓村的村民。各位乡亲，大家好。

男：大家上午好。（掌声……）今天我们的直播活动，也邀请到了著名的社会学家、复旦大学教授张乐天。那么首先想请教一下张教授，作为一名社会学家，您曾经多少次来过咱们开弦弓村？今天再一次来到开弦弓村会有哪些不一样的感受呢？

张乐天：大家好，我很高兴来到这里，我曾在20世纪90年代参与过费老的江村调查，以后又多次来到江村，每次来到江村都有收获。今天来到江村感觉特别不一样，那么多的设备，那么多的人在这里进行全国直播，让全国人民了解江村，让全世界人民通过江村来了解中国，我觉得特别有意义。

男：没错，实际上江村也好，开弦弓村也罢，已经是全世界去认识中国、认识中国农村的一个重要窗口了。

女：的确，80年前，费孝通先生是通过了深入扎实的调研，详尽地描述了半个世纪之前开弦弓村村民的生产和生活，为推进社会的进步起到了不可磨灭的作用。在开弦弓村也有村民受到费孝通先生的影响，追随费孝通先生几十年，记录着咱们江村的发展变化，这就是在我们身边的开弦弓村村民姚富坤老师，欢迎您。姚富坤老师又被人们称作“农民教授”。姚老师，想问一下，为什么大家要把您称作教授呢？

姚富坤：因为我很早就认识了费孝通，配合他一起完成江村调查。我第一次见到费孝通是在1981年，三访江村，我记得是10月1日到10月4日，他们是坐船来的，因为当时我在大队工作，作为大队干部，做一些后勤工作，配合费先生调查，我发现一个小细节，费老没有架子，而是一个很普通的老人，见人就打招呼，而且都用方言交流，平易近人，所以农民很愿意把心里话讲给他听。1983年的春天，正是在他的倡导下，江村终于通了公路，这是一条致富的路，改变了过去我们与外界交往只能靠水路的历史。江村现在国内外的学者、学生每年要有几十批来到这个村庄，这30多年里我经常与他们打交道，不知不觉也爱上了这个社会学，开始记录江村的历史。

男：嗯，实际上我们发现姚老师都已经爱上了社会学，而且费老是个非常平易近人，和大家能够打成一片的这样一个学者。

女：而且都是用方言交流。

男：没错。

女：嗯，非常感谢姚富坤老师的介绍。那费孝通先生曾非常动情地说过一句话“生命和乡土结合在一起，就不怕时间的冲洗了。”足以见得，他对这片土地还有对乡亲们的拳拳深情。

男：1937年的夏天，费孝通回到家乡江苏吴江养伤，准备出国留学。他的姐姐费达生建议他到开弦弓村小住一段时间，在休息和养伤之余，顺便了解村里缫丝厂的情况。没想到，80年前的这一小住，成就了这本在中外学术界都享有盛名的《江村经济》。

女：一个村子虽小，却是中国农村完整的细胞，经济、社会生活方方面面，事无巨细，想要做到完整准确的调查也非常不容易。《江村经济》按照家庭、财产继承、亲属关系、户与村、生活、劳作、农业以及土地占有，甚至包括蚕丝业、土地问题等等方面，对20世纪前半段的中国农村作了详细的记录。

男：嗯，虽然说这本书涉及农村的方方面面。但是开弦弓村作为一个村庄，最主要的标志还是农户和土地。那么根据《江村经济》里面的记载，"1935年，开弦弓村有人口1458人，耕地2758.8亩，人均在2亩地左右。亩产稻米大概是324斤"。书里还特别提到了"村民平时从事耕种和养蚕。这也是他们收入的主要来源"。我们也想请教一下姚富坤老师，咱们现在的开弦弓户籍人口到底有多少？人均耕地面积有多少？咱们老百姓的主要收入来源是什么呢？

姚富坤：2015年底，我们开弦弓村的人口比当年费孝通调查时候已经翻了一番，达到了2800多人。全村耕地面积是2965亩，人均耕地1亩左右。现在全村有民营企业12家，家庭工业28家，大多数村民就在本地就业。村民人均每年的纯收入30000元，在收入构成当中，工业的收入占86%，农业只有6%。

女：可以说变化还是很大的。

男：对。

女：那从费孝通先生第一次来到开弦弓村到现在是80年的时间，虽然文人们都喜欢说弹指一挥间，但是对咱们中国农村来说，这个变化可是翻天覆地的。那张教授，想问您能不能结合费孝通先生当年的调查和咱们村里目前的情况，简单地总结一下，这80年中国农村的根本性的变化体现在哪几个方面？

张乐天：根据费老的调查和江村80年来的变化，我们可以区分为四个不同的阶段。第一阶段我们称之为水深火热，从1930年一直到1949年这一段时间，农民生活十分悲惨和痛苦，许多人外出讨饭、逃荒，婴儿的死亡率非常高。然后第二阶段1949年到1950年初，我们可以称之为翻身解放。第三阶段可以称之为农业合作，从户做主，初级社、高级社一直到人民公社。那最后一阶段就是改革开放了，改革开放以后，这里的经济社会发生了很大的变化，人民的生活水平极大地提高。

男：嗯，所以简单来说是这四个阶段，刚才呢，我们也听到了张教授总结的中国农村80年的发展变化。其实呢，费孝通先生他对于开弦弓村的观察也是渐进式的。那么费老自从写了《江村经济》一书之后曾经26次访问江村，后来又写了很多的调查报告。其中比较有代表性的有《再访江村》《三访江村》《九访江村》和《江村五十年》，分别写于1957年、1981年、1985年和1986年。那么这几个时间节点在历史上也非常具有代表性的，也是建国之后中国农村发展的几个关键节点。那么首先我们来看一下费孝通先生在1957年《再访江村》的时候记下的一段话：

换声录，片花

老乡们拉着我的手不肯放，说什么好呢？拉着手不肯放。说什么好呢？问大家生活吧："日子过得可好？"许多老婆婆抢着回答："好是好了，就是粮食——"说到这里就有人插口了，"刚见面就讲这个，改天再谈吧。"接着就问我们："你们老先生可好？——"

许多孩子向着我们挤，我突然觉得奇怪，在这时候，这些孩子怎么会都在河边看热闹？今天怎么不上学？他们都冲着我笑，有的拉了个鬼脸说："我们不上学，割羊草。"旁边一个老年人补充了一句："哪里有钱念书，吃饭要紧。"（《中国城乡发展的道路》P70）

女：我们刚刚听到的这段话，非常的形象。1957年是我国进入农业合作化时期的一个阶段，在当时的历史背景下，敢于直面粮食不够的问题，也体现了费孝通作为知识分子的实事求是的精神。1957年这次访问，是费孝通先生自1936年之后第一次回到开弦弓村。当时他发现了一个悖论：合作化之后粮食亩产达到559斤，比1936年增产200多斤，却出现粮食不够吃的情况。张教授，想请教当时为什么会出现粮食增产却不够吃的这样的情况？

张乐天：费老1957年发现的这个悖论，揭示了农村发展过程当中市场经济和计划经济的差别。1936年的时候，水稻的亩产量尽管很低，但是农民可以通过副业的收入去购买粮食，因为当时的粮食市场是开放的，但1957年的时候，国家实行计划经济，粮食市场关闭了，开弦弓的人民只能在自己的土地上生产粮食，他们还得把自己生产的粮食卖给国家一部分，所以在这种情况下，他们就出现了粮食不够吃的情况。

男：嗯，所以我们发现是1957年实行计划经济以后，它其实就封闭了粮食作为一种商品在市场上进行自由流通这样的一个渠道。所以就会导致原本能够带来很多收入的一些副业，现在就完全没有了，那我们也想请教一下姚富坤老师。姚老师，您是哪年出生的？您对于费老当时在1957年《再访江村》记录下的吃不饱肚子，包括像割羊草这样情景，您有没有印象呢？

姚富坤：我是1952年出生的，说的这些我有一点印象，当时就是这个样子。从小就要割羊草，那么大人们都要在田里干活，小孩必须每天去割羊草，养羊不需要多少本钱，羊皮倒是值一点钱的，更重要的是羊肥，把羊肥交给集体作为投资，那么放学后的第一件事就是放下书包去割羊草了。而且那个时候确实经常饿肚子，我就记得当时经常吃不饱，由于粮食的分配很少，每天只能喝粥。

女：那我们在费老的书中也看到，在《再访江村》当中，费孝通先生明确地指出了“为什么农业增加了60%，还是有人觉得日子没有21年前好过呢？问题出在副业上”。（P72）。1957年是农业合作化时期，我们国家对于农村副业是一个什么样的规定？那么，这种规定对农业发展和农民生活有什么样的影响？我们请教一下张教授。

张乐天：我们国家在实行农业合作化，特别是进入人民公社时期以后，国家对发展农业的一个根本的政策是“以粮为纲，全面发展”，就是把重点放在粮食生产上，把副业放在次要的地位。这样的一个政策对于像开弦弓村一样的半经济作物区影响特别大，因为在传统农业当中，副业是钱的来源，副业发展被限制，那么钱就少了，所以他们的生活就受到了比较大的影响。

男：嗯，所以实际上，我们就会看到当时正是因为这个“以粮为纲，全面发展”，实际上基本上扼杀了在整个开弦弓村去搞副业的可能性，所以在整个农业的格局和发展的当中，它没有能够充分地去实现因地制宜。

男：时间过得很快，从1957年到1981年，时间匆匆流逝了24年，1981年费孝通先生第三次来到了开弦弓村。如果提到1981年的话，宋佳，你会想到些什么呢？

女：提到1981年，其实我个人并没有一个直接的印象，因为1981年我毕竟还没有出生，那我听我父母的描述，我妈妈当时最大的感受是一切都发展得非常快，各个方面，尤其是她有一个很深的印象——能吃饱饭了。

男：嗯，能吃饱饭了，而且发展得很快。20世纪80年代初是中国的改革开放刚刚开始起步的时候。那么这个时候，费孝通先生从“反右”和“文革”的迫害当中刚刚解脱出来，受到中国社会科学院院长胡乔木的委托，肩负着中国社会学恢复重建的重任，在前往英国接受英国皇家学会1981年赫胥黎纪念章之前，再一次回到了开弦弓村，而他来的第一件事就是要看一看这24年间父老乡亲们都过得怎么样。

换声录，片花

1980年，这个农村个人全年平均收入已接近300元，位于全国的前列，大约是全国平均水平的三倍。1978年，个人平均水平还只有114元。为什么几年里这个村子的农民会富裕了起来呢？（《中国城乡发展的道路》P100）

女：这是费孝通先生1981年10月三访开弦弓村的总的体会。一句话来概括：农民富裕了。费孝通先生在《三访江村》里谈道：“这一次在开弦弓村，大家一致同意，温饱没有问题了，现在的难题是盖房。”想问姚富坤老师，您还记得当时20世纪80年代初村子里的生活吗？

姚富坤：我记得，而且当时的印象很深。我们这个村在1978年以前，人均的收入一直徘徊在100元上下，但是1980年就达到了300元，改革开放两年，收入就增加了近两倍，人们的生活很快得到了改善，大家的心气也就高了。主要是发展副业没有限制了，当时我们开弦弓村人们的副业主要有两块，一块是老本行，种桑养蚕，一块儿是养长毛兔，兔毛是家庭副业的主要收入来源。收入高了，温饱之后，大家首先考虑的是盖房。盖房的问题主要有两个方面，第一个是投资比较大。第二个是建筑材料都要凭票的，所以市场上很难买到，一直到1985年以后，市场上建筑材料才多了起来，到了1990年，全村有90%的农户住进了楼房。

男：1990年的时候，实际上咱们村子里面90%的农民朋友已经住进了楼房，这在全国肯定是非常领先的水平，我能感觉得到，刚才姚老师在谈到80年代初咱们整个开弦弓村的那些欣欣向荣的变化的时候，欣喜之情是溢于言表的。我们也想请教下张教授，在您看来，80年代中国农村的改革，您认为最根本的变化主要在哪里？为什么对于老百姓的生活的影响会这么大呢？

张乐天：80年代农村的改革，最根本的变化在两个方面。第一个方面是制度的变化，改变人民公社原来的集体农业经营制度，变为家庭农业经营。这第二个变化呢，是农民行为的变化，用农民的话来说“改革让我们自由了”，他们高呼“我们自由了”，自由的农民他们的积极性会被充分地调动起来，由此推动了经济的发展，从而带来生活水平的提高。

男：这个自由怎么来理解？

张乐天：自由，原来的农民被束缚在土地上，必须在集体的安排下参加劳动，现在他可以自由地到外面去经商，自由地办工业，自由地养长毛兔。刚刚像姚老师说的，他可以按照自己的能力和需求去经营、去做他想做的事情。

男：没错，这样的话，不管是进城务工也好，还是我发展一些副业也好，这些都开始变得被允许了，这在之前是不能想象的。

张乐天：做任何事情他自己都可以有收入，自己赚钱嘛，所以他的积极性就被充分地调动起来。

女：好，那在《三访江村》里，费孝通先生提到了农村解决温饱最主要的原因就是副业的发展，多种经营，改变片面追求粮食产量。但是，在农民个体经济获得快速发展的同时，费孝通先生在那个时候很罕见的对农村集体经济提出了自己的看法，他说，个体经济的发展并不是否定和削弱集体经济，相反的也促进了集体经济的发展。那张教授，您对农村集体经济和个体经济之间的关系是一个什么看法呢？

张乐天：费老的这个发现点出了当年所谓的苏南模式的一个基本的点，基本的要素，在改革开放初期，苏南的地方政府采取几个轮子一起转的方针，所谓的个体的、家庭的、联户的、村的、乡村乡镇的这个企业，或者经济一起发展，那么这样的话呢，就是说，个体经济得到发展，乡镇企业也得到了大发展，当时苏南模式就是这个特点，但是苏南模式是一个过渡性的模式，这个模式到了90年代末，就发生了变化，当时的集体经济进行了改制。

男：嗯，实际上到了2000年前后，2000年之前的时候集体经济开始慢慢地又由股份制改革取代了。所以我们就会发现啊，当20世纪80年代以后呢，个体经济和集体经济之间开始能够拧成一股绳了，所以我想这也是费孝通他在《再访江村》，甚至于在《三访江村》的时候所发现的一个非常重大的变化，其实我们今天在这样一个时间节点上去探讨这样的一个问题，可能不会有什么特殊的感觉，但是呢，如果我们放到当时的历史条件之下，费孝通先生作为一个学者能保持这样清醒的头脑非常不容易。特别是在1957年，在当时社会普遍说合作社很好啊，这样一个大的舆论环境下，能够勇敢地去反映农民的粮食不够吃。而在1981年，在包产到户、农村个体经济获得快速发展的时候，他又对于农村集体经济有着比较清醒的认识和反思。所以说费孝通先生严谨的治学精神和实事求是的品格值得我们永远敬仰。也正是江村系列调查之所以能够经得起时间的考验，在历史长河当中熠熠生辉的重要原因。

女：费孝通先生一生26次访问开弦弓村。其中以“江村”名字命名的调查报告有《江村经济》《再访江村》《三访江村》和《九访江村》以及《江村五十年》。

男：嗯，那么在这其中，我们感到最为宝贵的是费孝通先生的《再访江村》和《三访江村》。它们分别是在中国农村发生转折性变化的时期，也就是人民公社化和包产到户的时期，他来到开弦弓村，以一个知识分子的社会责任感，作了详尽的调查，记录下当时农村的变化，也给我们后人留下了宝贵资料。

女：那费孝通先生的《九访江村》是在1985年，这一次来到吴江县开弦弓村，他的关注点在哪里呢？

换声录，片花

江苏的乡镇工业产值中有没有水分？江苏农村发展的高速度会不会是第二次“大跃进”？一到吴江，新上任的孙书记就向我介绍全县的经济发展情况。他说，1984年全县工业产值达1.3亿元，比1983年增加39.1%，职工工资额为0.88亿元，增加了47%。(《中国城乡发展的道路》P117)

男：嗯，那么我们刚才听到的这段话是《九访江村》第一章开篇的话。从这段话的文字所在的位置来看呢，费孝通先生1985年这一次来到吴江，来到开弦弓村是有目的的，也是带着问题来的，那么这个目的就是为了考察乡镇企业的发展。

女：当时费孝通先生的疑问有两个，一个是吴江的乡镇工业产值中有没有水分？二是苏南农村的高速发展是不是“大跃进”？张教授，您认为当初费孝通先生为什么会有这样的疑问呢？

张乐天：费老当年提出这个疑问啊，因为费老是过来人，他亲身经历过我们当年的“大跃进”。1958年的时候，全国都在搞卫星试验田，什么亩产万斤的水稻，全国人民都在大炼钢铁，结果这种“大跃进”造成了全国的大灾难，费老对这一切记忆犹新，所以当费老九访江村，看到这边的乡镇工业发展的时候，他一方面非常欣喜，非常高兴，但是另一方面也警觉地提醒大家说要注意新的时期不要再出现像1958年那样的“大跃进”，因为那样的“大跃进”会带来灾难，所以他的提示、他的疑问是有警示性的，有非常重要的意义。

男：对，实际上费老他本人经历过那样浮夸风盛行的时代，所以对于历史会存在着这样的一份特殊的警醒。那么，当时呢中国的农村，特别是在苏南农村的乡镇企业的发展可以说非常迅速，那么在生产力获得解放之后，释放出来的能量也让人感到始料未及。而费孝通先生的考察也打消了自己心中原本的顾虑。打消他顾虑的不仅仅是数字，而是调查过后实实在在的事实。

换声录，片花

震泽镇的镇长介绍说，去冬以来，商店里有三样热门货：洗衣机、电冰箱和彩色电视机，货一到，人们争相购买。庙港乡党委书记告诉我，小小的庙港镇上，一次来了100台电视机，每台售价430元，不到半天时间抢购一空。(《中国城乡发展的道路》P117)

女：有了村镇工业，咱们村民的生活的确好了，给村民的生活带来巨大的变化。想问一下姚富坤老师，在20世纪80年代中期，当时在咱们开弦弓村的村办企业是一个什么样的情况？

姚富坤:20世纪80年代中期,我们这个地方目的主要是把劳动力转移,我们这个村呢,村办企业有两家,开弦弓丝织厂和新民丝织厂江村分厂,除了这两家村办企业以外,乡办企业庙港缫丝厂也在我们这个村子里面,一个是为了保证一户一工,再一个是为了增加集体收入。由于1983年开始联产承包责任制以后,大多数村民从工厂下班回来以后还要到田里去干活,家里还要养蚕,半工半农。工资收入远远高于他的家庭收入。

男:没错,就感觉那个时候咱们开弦弓村的父老乡亲们过得挺忙的,每天除了种地之外,还要去务工,而且还基本保证了一户一工,然后在此基础上,很多过去已经被荒废多时的桑蚕养殖又重新开始兴盛起来了。正像姚老师介绍的情况这样,当年的村办企业可以说像雨后春笋一样破土而出,给农民的生活和农村都带来了非常巨大的变化。那么也想请教一下张教授,您觉得当年村办企业在开弦弓村、在苏南地区能够获得快速发展的原因到底是什么呢?同时,这个乡镇企业的发展又会给咱们的农村带来哪些变化?

张乐天:乡镇企业在开弦弓,包括在整个苏南地区的发展跟改革开放相关,就刚刚说到的,改革开放让农民自由了,自由的农民可以自由地经营,所以由此推动了乡镇企业的发展。然后乡镇企业的发展对于开弦弓村,对于这个整个苏南地区的影响是全方位的,至少有四个方面影响是巨大的。首先一个方面,农民的收入极大地提高,你看看那些房子,楼房迅速地盖起来,当然伴随着农民收入提高的一个问题是贫富差距的拉大,你也同样看到村里的房子,有很漂亮的楼房,也有矮房子,这是第一个变化。第二个变化,人际关系的变化,原来农民都是熟人社会,都在村里参加劳动,现在都到工厂里去了,每人都赚工资,他现在白天到外面去参加劳动,晚上回来就待在家里,很少串门,所以人际关系发生变化,这是第二个变化。第三个变化,由于农民现在走出了村,和外面世界的接触很多,并且在这种情况下,同时发展的还有电视机和新的信息传递方式。第三个变化是对外部世界的认识大大提高。当然,最后一个变化是需要我们关注的,就是这种乡镇企业在发展的同时也引发了乡村的环境污染,这个环境污染表现在两个方面,一方面是乡镇企业本身造成的环境污染,另一个方面由于乡镇企业的发展以后,原先的农业经营方式发生变化,农民更多的使用化肥农药,农家肥现在反而变成了污染源,这是伴随着乡镇企业发展,我们所需要关注的问题。

男:嗯,张教授帮助我们介绍了四个方面的变化,里面有好有坏,那都是伴随着发展而生的,那不过呢,我特别欣喜地看到农民他能够主动地通过很多的媒体去了解外面的世界,这样的话,我们的农村就不再会处在一个失联的状态了。

女：的确啊，费孝通先生是很高兴地看到开弦弓村包括整个苏南地区村办和镇办企业快速发展。因为他认为，这些企业之所以能够产生和发展，是有内在动力的。从历史再回到现实，那目前开弦弓村的企业发展是一个什么样的状况？姚富坤老师，您觉得，就企业发展来说，现在与费孝通先生1985年到咱们这儿来的时候有什么不一样的地方？

姚富坤：现在的乡镇企业的发展确实和当初费老到我们这里调查时有一定的变化。那么20世纪90年代末，由于受到温州模式的影响，市场竞争激烈，再加上管理不善，导致苏南模式的衰弱。所以呢1998年以后，开弦弓村大力发展民营企业。现在全村有民营企业12家，大多数以纺织为主，一线工人每月收入大约在6000到7000元。除了这些民营企业以外，现在开弦弓村还有家庭工厂28家，那么这些家庭工厂主要生产一些毛衣，就是羊毛衫，日产的羊毛衫量要有15000件。

男：刚才姚富坤老师谈到了很多的数字，咱们一线工人的收入，每个月能够有6000到7000块钱，我相信有很多城市可能都达不到这样的一个数字，所以基本上我们能看到，咱们开弦弓村的很多一线工人，他们的收入已经足够去比肩，甚至超越城市人的收入，那么也正是因为工业的发展，让这么多的村民能够过上富裕的生活，也改变了农村的面貌。但是在开弦弓村，还有一件事情一直让费老放心不下。这件事又是什么呢？

换声录，片花

大家普遍反映，现在农村的青年人都不愿当农民。对此，有人惊呼，10年以后将无农夫。青年人之所以不愿留在村里种田，据说一是因为农忙时劳动强度太大；二是社会地位低下，不进工厂甚至连对象都难找；三是农业的收入少。(《中国城乡发展的道路》P131）

女：听完这段话，很想请教张教授，青年人不愿意当农民的情况是普遍存在的。我们设想一种极端的情况，比如在咱们苏南一些乡镇工业基础比较好的地区，是不是可以考虑完全不要发展农业，全部消灭农业人口？您看这样行吗？

张乐天：在这个问题上，费老实际上是可以放心的，就在大多数的或者绝大多数的农业地区，工业在发展，农业还会以这样和那样的方式保留下来，只不过农业不是传统意义上的那种方式存在。在今天，伴随着经济的发展，农业会以四种特殊的方式存在。第一种，农业会从传统的以家庭为主的经营变成产业型的经营。第二种变成观光型的农业，我们讲都市观光农业。第三种变成园艺型的农业，一些青年人或者某些家庭对于农业经营他们会做得像园艺一样，做得非常精巧，实际我们在很多地方都能看得到。还有一种农业，我们叫精耕的或者高附加值的农业，大棚的，用计算机处理的等等，这个农业都还会保存。当然在我们国家，在相当长的时期内，即使年轻人出去了，家里面老人还会保留着一块土地，在这块土地上做农业，这块土地是为他的家庭提供基本保障的一片重要的土地。

男：也是，我们经常讲的口粮田，所以也就是说，实际上农业总会在我国这么广袤的地方以不同的形式存在的，不管是目前还存在的一部分传统农业，还有刚才如您所讲的很多现代农业，很多智慧型农业的身影，其实也都在我们国家在慢慢地出现，所以这一点是费老可以放心的，所以也就是说即使是在苏南这些乡镇企业发展基础比较好的地区也并不能完全放弃农业，一方面我们说农业实际上是13亿人的大国基础，而另外一方面在实践当中也应该因地制宜。那么目前，咱们开弦弓村的农业到底是一个什么状况呢？我们也请姚富坤老师给我们介绍一下。

姚富坤：现在农业在开弦弓村占的比例很小，刚刚我们提到的只占总收入的6%。那么2000年之后呢，这里进行农业结构改革，水产养殖面积不断扩大，水稻田、桑园面积逐年减少，到目前为止呢，这里已经没有一分土地种水稻，养蚕的很少，这个村里今年只有养了20张蚕种，那么这些土地都流转出去了，全村将近3000亩土地都集中到74户专业户当中去经营，进行水产养殖，村民每人收取租金费大概是1000元。

女：那听到姚老师介绍，我们听到的关键词是“流转”和“承包”，其实也就是土地的适当集中。其实这在现在不是什么新鲜事，但是让我们十分敬佩的是，早在1985年，也就是31年前费孝通先生就在《九访江村》一文当中提出了，农业生产要提高效益，就得搞规模经济。而这时候土地个体承包、分散经营，其实刚刚实行不过六七年的时间。

女：对于开弦弓村的调查，也有人提出疑惑，在这样相对来说比较富裕的地方做出来的调查研究，是不是具有普遍的意义？那么这个问题我们想请教张乐天教授。

张乐天：费老在江村调查，截止到今天，江村调查仍然有它的普遍的意义。原因有这样几个，尽管江村比其他特别是中西部的村落富裕得多，但是有几个要素上江村和全国其他的绝大部分农村是一样的。第一，这是一个开放的承诺，换句话说，江村人口一到外面去，外面的因素也在影响着江村，这个跟全国其他的农村一样，这是第一。第二，江村人、江村的农民可以从事商业活动、工业活动或者其他任何的非农业活动，这个全国其他村庄都是可以的，那么就会发生一个农民从事商业活动当中的市场的问题，契约的问题，那么这是第二个问题。第三个问题，当农民离开村落，走到外部世界去的时候，他必须处理跟陌生人的关系。这个在全中国其他村落也一样啊，就是在落后的村落，你跑到外面去，也要处理跟陌生人的关系。而今天，农民怎么处理跟陌生人的关系，是一个非常重要的、值得研究的问题，所以至少从这三个方面来看，江村碰到的问题，江村农民在实践过程当中遇到的各种各样的挑战，同时也是全国大多数村落遇到的问题，大多数村落的农民遇到的挑战。

男：没错，所以实际上我们经常说管中窥豹可见一斑。如果说把江村、把开弦弓村来作为一个非常值得研究的样本和麻雀，它其实是非常具有解剖和研究的价值，那如果说我们再回到费孝通的调查当中，那么在《九访江村》一文中，我们发现了一个非常有趣的现象，那就是在文中第一次比较多的开始纳入了关于吴江县的一些发展数据，在此前的《江村经济》《再访江村》《三访江村》里面都是没有出现过的，过往实际上只是单纯的关注开弦弓村。那么在您看来，张教授，您觉得这背后的原因主要是什么呢？

张乐天：费老是个社会学家，一个社会学家要很好地去研究和去理解调查的地方，必须非常敏锐地看到这个研究的地点本身的实践的变化，所以费老九访江村的时候，把研究的事业拓展到江村之外，原因在于当他九访江村的时候，江村跟外部世界的联系跟以往相比密切得多，实践提示了这个研究的变化，而研究的变化让费老的江村研究更有价值，它体现在两个方面：一方面，费老把江村放到更广大的外部世界当中去，让我们可以更准确地理解江村。另外一方面，恰恰我们又可以从江村的故事当中更准确地去理解苏南，甚至理解中国的农民和农村的发展。

男：没错，我们需要把江村放置到一个更加开阔的一个坐标系里面，再去研究和观察，可能才更加具有社会意义。那实际上，我们也注意到，在1981年，费孝通先生通过在吴江的调查，也写出了一本著作叫《小城镇，大问题》，那就是说要进行非常详细以及分类的研究。那在您看来，35年前的费孝通先生的调查研究成果，对于咱们今天的城镇化的建设有哪些借鉴意义？

张乐天：首先要说的是当年“小城镇大问题”这个提法在全国非常有影响力。他当时认为是中国城市化的一条特殊的道路。当然，这个命题后来有了一些变化，很多人提出来大城市和中等城市的发展也是重要的。那么今天的话呢，一般的观点认为中国城市化道路是小城镇、中等城市和大城市同步发展的，那么即使从这个意义上来说，费老讲的小城镇在今天仍然是大问题，首先的原因是中国有十几亿人口，不可能都到中等城市、大城市去，所以发展小城镇是中国必须有的一个道路，另外还有一个很重要的问题，就是如果不加强小城镇的发展，我们的大城市和中等城市会被压垮的，所以我们今天依然重视小城镇问题。当然要做好小城镇的发展，有两个点是重要的，一个点是要区域均匀发展。不均匀发展，中西部地区、落后地区的小城镇是没法发展起来的，这是第一个问题。第二个问题，小城镇的发展必须密切地关注环境问题，因为小城镇的发展如果不注意，更容易引发环境问题。

男：那么实际上，现在时间又过去了30年左右，我们看到中国如今正在如火如荼地去建设美丽乡村，在建设特色小镇。我们也希望这样的小城镇，能够对于很多农村人具有更加强大的吸引力和辐射带动能力，能够更好地去解决就业，拉动中国经济进一步的发展。其实呢，我们会发现，现在距离费孝通先生对于开弦弓村的调查已经过去了80年，而这80年也正是中国农村乃至整个中国社会剧烈变迁的80年。或许一个小村庄无法承载这样厚重的历史，但是通过这一滴水，我们能够折射出整个海洋，通过80年的不断地关注与调查，一部80年的中国农村发展史就真切而鲜活地呈现在人们的面前。而作为后来者，我们有义务学习、传承江村调查的精神和态度，更有义务继续关注中国农村发展，关注整个中国的发展与进步。

女：好的，由中央人民广播电台《中国乡村之声》、吴江人民广播电台联合直播的纪念《江村调查》80周年特别节目：《从江村出发——中国农村变迁80年》到这里就结束了。感谢您的收听！在这里还是要再次感谢张乐天教授以及姚富坤老师的参与，也感谢吴江区委宣传部、吴江区七都镇的大力支持。我们再会。

吴江区人民广播电台2016年播出

第十九届苏州新闻奖一等奖

“不能让祖国失望，不能让亲人流泪”
——一名苏州民警在南苏丹维和的故事

主创人员　张　超　潘　涛

【录音】（压混）杨帆所乘飞机起飞的声音。

【播音】2016年12月27日，南苏丹首都朱巴机场，一架肯尼亚航空的班机冲上云霄。机舱内，我国第五批赴南苏丹维和警队警员杨帆透过舷窗俯瞰下去，南苏丹满目疮痍的红土地渐渐远去，这意味着为期一年的维和任务圆满地画上了句号，但出征时的誓言犹在耳边……

【录音】（压混）中国赴南苏丹维和警队在出征仪式上宣读誓词环节的现场声音：“严守纪律，树立形象！不畏艰险，顽强拼搏！”

【播音】2015年12月21日上午，中国赴南苏丹维和警队出征仪式在江苏省公安厅举行。受公安部派遣，江苏省13名民警单独组成维和警队，赴南苏丹维和，杨帆就是其中一员。在此之前，他是江苏省苏州市公安局姑苏分局的一名普通民警。在出发时，杨帆给自己定下了这样的目标。

【录音】杨帆：不能让祖国失望，不能让亲人流泪！

【播音】南苏丹位于非洲东北部，常年高温四十度以上，疾病横行。

【录音】（压混）2011年，基尔总统宣布南苏丹独立暨就职演讲的现场声音。

【播音】2011年，南苏丹通过公投宣布独立，但因为政治上的争端和民族矛盾，局势从未稳定。

【录音】我国驻南苏丹大使马强说：我们都亲身经历了子弹横飞。手榴弹和枪榴弹那个弹片，就像雨点似的噼里啪啦地就打进我们的使馆。

【播音】剧烈的冲突导致南苏丹数十万人流离失所。为此，联合国在当地设立多个平民保护所为20多万名平民提供庇护。杨帆的工作就是驻守南苏丹第二大城市、军事重镇——瓦乌的1号平民保护所。

冲突说来就来。

【录音】杨帆：6月25日，南苏丹瓦乌市爆发了激烈的武装冲突。政府军和反政府武装之间的交火造成了43人死亡，数百人受伤，数千人失踪，数万人逃离家园。

【录音】（压混）南苏丹当地时间2016年6月25日凌晨，南苏丹瓦乌平民保护所外军事冲突的现场声音。

【播音】早上6：30左右，冲突双方在杨帆他们所在的联合国驻南苏丹特派团瓦乌基地附近再次发生激烈交火，手榴弹和迫击炮弹的爆炸声响彻整个营地。

【录音】杨帆：清晨，交火愈发激烈，大量难民聚集在基地大门处，试图涌进营区寻求避难。

【录音】（压混）南苏丹当地时间2016年6月25日，5000多名民众冲击杨帆所在的联合国驻南苏丹特派团瓦乌基地的现场声音。

【播音】5000多名瓦乌民众以及携枪的军警多次冲撞大门，想要冲进营区。这时，不开门，营区纤细的铁丝网随时可能被冲破；可是，开门风险更大。所以，打开大门后，“过滤”工作特别重要。杨帆主动请缨去啃硬骨头。

【录音】杨帆：我带领警察部队一支分队前往基地大门处，对避难人员进行身份甄别、安全检查以及疏导维稳等工作。

【播音】难民在大量地涌入，危险随时可能发生，但联合国规定，赴南苏丹维和的警察不得携带武器，仅有头盔、防弹衣和警棍自我保护。

【录音】杨帆：当时防护装备全部上身，甩棍始终保持半开，全力保证个人安全。不能让祖国失望，不能让亲人流泪。

【播音】靠多年的一线工作经验和对南苏丹情况的掌握，杨帆顺利地搜查出了大量违禁物品，可是比这更难的是手中无枪的他们得说服武装人员放下枪。

【录音】杨帆：大概是八点钟左右的时候，我们就发现有四名身着当地南苏丹警察制服的男子，混在人群当中，并且手持武器，向联合国（基地）大门进行拥堵。

【播音】因为南苏丹政府军和反政府军正在冲突，这四个人的出现变得格外敏感。

【录音】杨帆：如果政府军进入营区，反政府武装就有很好的借口对联合国基地展开攻击，如果是反政府武装进入基地，那么联合国（基地）就很可能遭到政府军的报复。

【播音】杨帆立刻示意尼泊尔步兵包抄过去。

【录音】一个包围圈就靠近了。

【播音】在武力威慑形成的同时，杨帆用南苏丹警察通用的丁卡语和他们打招呼。

【录音】同期声（压混）杨帆和武装人员打招呼。

【播音】然后小心地问明对方的来意，当得知他们是想进入营区避难时，杨帆推心置腹地跟他们交流。

【录音】杨帆：市内当时已经打成了一锅粥；但是根据联合国的相关规定，进入营区内寻求庇护的群众，不可携带武器，并且不可身着制服。

【播音】因此，杨帆为他们提供了两个选择。

【录音】要么回去；要么就交出他们的武器，脱掉他们的衣服，以老百姓的身份，进入联合国难民营区寻求庇护。

经过反复、耐心地规劝，最终，四名南苏丹警察放下了枪。

【录音】杨帆：他们最终上缴了武器，脱掉了制服，以平民的身份获准进入基地提供的难民营内。后经清点，当时收缴手枪、自动步枪共4支，子弹近400发。

【播音】危急局势被成功化解，“6·25冲突”过后，新难民们被安置在了新建的瓦乌二号平民保护所里。杨帆的工作范围也随即拓展到二号平民保护所。

本应该是松了一口气的时候，新的问题出现了：二号平民保护所里，维和警察每天只有不到30人，却需要管理两万多名难民，再加上恶劣的环境，大量的维和警察病倒了。

【录音】杨帆：警察部门在二号难民营（平民保护所）建立后患病率高达60%。每次陪护患病的同事前往医院就诊的时候，我就在问自己，是否可以做点什么呢?

【播音】杨帆首先要做的就是自己不生病。

【录音】杨帆：八个小时上班，八个小时的睡眠，我每天大概三小时健身，雷打不动，回来以后把当天的语言温故一遍，再看看书。

【播音】同时，在多方调研后，提出解决方案。一方面，参照苏州治安管理的成功经验，对平民保护所实行网格化管理，共建和谐社区。

【录音】杨帆：我们就将难民营（平民保护所）划分为不同的区域，进行网格化管理，每一个区域都选出了相关的社区负责人，协助联合国处理内部事务。

【播音】另外一方面，推进警务改革。杨帆打破了原有的“二十四小时三班倒，一周工作整七天”的现行模式，借鉴国内经验，提出“做六备一”的新制度。

【录音】杨帆：每周每个警员安排一天的“Stand by day”——也就是我们国内常说的“备勤日”。

【播音】两项方案一提出，立刻得到全票通过。落实之后，平民保护所的管理效率明显提升。

【录音】联合国驻南苏丹特派团指挥部人事官员张亦林：推出这个新的举措以后呢，被联合国所采用，而且在当地获得了很好的反响。

【播音】难得的平和当中，杨帆注意到，平民保护所里，打架斗殴案件的发案率呈现出了直线上升的趋势。

【录音】（压混）杨帆总结原因：打架是因为小事，因为小孩的问题，小孩之间打架后，大人就参与了。

【播音】杨帆发现，大人的斗殴往往是小孩子打架诱发的，而平民保护所里的孩子之所以容易打架，是因为他们是在效仿动荡局势中亲人们的攻击性行为。那么，在有限的任务期内，自己能为南苏丹的未来做点什么呢？

【录音】（压混）孩子们模拟足球赛的声音。

【播音】一天，杨帆发现几个孩子围成一个小圈，盯着几排小石子手舞足蹈，欢笑声不断。走近一看，原来他们正在用小石子模拟足球比赛！杨帆有了灵感，而这一灵感，得到了远在苏州的同事们的支持。

【录音】苏州市公安局姑苏分局治安大队民警赵峰：他呢，想组建一个足球队，我们几个同事正好也想给他加一点力，组织了一点运动器材，用各种渠道运到那个非洲去。

【录音】（压混）瓦乌平民保护所少年足球队对抗赛。

【播音】很快，一支足球队建立了起来，同时建立起来的还有规范的赛制和矛盾冲突的仲裁机制。当孩子们身着杨帆他们购买来的服装、护具，奔跑在简陋的足球场，开心地大笑时，杨帆看到了南苏丹的希望。

【录音】杨帆：少年们，请坚强活下去。保持一颗温暖、有力的心，要坚持5年、10年甚至20年，这个国家的崛起重任就会落到你们的身上，届时，希望你们当中还有人仍然能记起来自中国的杨帆。

【播音】渐渐地，平民保护所里打架斗殴少了，欢声笑语多了。可是杨帆不敢放松，在接受维和特训时，中国维和警察培训中心防暴教研室主任钱晋军的话始终萦绕在他的耳边。

【录音】钱晋军：在任务区执勤，危险来自一瞬间，时间长了你融到其中了，你会觉察不到危险，这时候危险就会来临。

【播音】南苏丹当地时间2016年7月10日下午六点三十多分，瓦乌的联合国二号平民保护所的入口处，杨帆正在对返回营地的难民们进行例行的安全检查。突然，他发现有个男子向中国工兵的岗哨旁扔过来一个球状物体。

【录音】杨帆：当时我距离那名男子比较近，就眼睁睁看着他右手一挥，有一个球状物体就落入了难民营（平民保护所）外围搭建的铁丝网丛中。

【播音】在识别出这个球状物体是一枚英制手雷的一瞬间，杨帆的专业知识告诉他，这枚手雷的杀伤半径是10米，而自己只有最多五秒的时间采取措施。

杨帆没有犹豫，他一边通知防暴队员去处置那个男子，一边向周围的人高喊：“后退！快后退！”直到大家退到爆炸半径以外，而他自己却挡在了手雷和人群之间。

三秒、四秒、五秒……杨帆心里算着时间。五秒过去了，手雷暂时没有爆炸，不过，杨帆不敢怠慢。

【录音】我深吸了一口气，要求肯尼亚步兵营和防暴队员设置警戒线，尽可能地疏散周边的群众。我依次通知了安全部门、拆弹部门。

【播音】拆弹队员迅速赶到现场，拆除了手雷的引信，排除了险情。联合国驻瓦乌基地也因此有针对性地改进了平民保护所入口处的防御工事。

【录音】杨帆有些后怕：当时那名男子在投掷这颗手雷时呢并没有拔保险，否则以当时民众聚集的情况来说，手雷一旦被引爆，绝对会是惊天惨案。

【播音】第二天，当杨帆按照和国内亲友的约定，把手雷的事儿更新在了朋友圈里，向大家报了平安之后，他收到了来自妈妈的评论。杨帆妈妈说：“危险无处不在，儿，你要给妈保护好自己。”

这是妈妈常说的一句话。其实，这样克制的表达背后，坚强的妈妈有自己的秘密。

【录音】杨帆妈妈：我三天都没有睡，吓得，后怕。我说万一有点事儿怎么办呢？他想着大家都让开、散开，他还往前冲。真是度日如年的，这一年过的……我都没敢跟儿子说，我说怕他说有负担。

【播音】其实，杨帆也有妈妈不知道的秘密。

【录音】杨帆：我出去的时候，其实也有这方面的考虑，你说万一有点什么意外的话……家里面的、手里面的、我名下的东西能转掉都转掉，先放在爸妈那边嘛。

【录音】（压混）杨帆所乘飞机在广州机场降落的声音。

【播音】而今，南苏丹为证，杨帆记录维和点滴的那366条朋友圈更新为证，“不能让祖国失望，不能让亲人流泪”这句话，杨帆说到，也做到了。

就在我们这篇稿件播出的时候，经过27个小时的行程，杨帆和他的小伙伴们已经满载荣誉回到了祖国的怀抱。杨帆，用实际行动向世界展示了中国警察的风采。

【录音】杨帆：如果说有荣誉，它属于祖国，更属于中国全体200万民警。我本人只是一名平凡的苏州公安，一名普通的江苏警队队员。

苏州市广播电视总台2016年播出

第二十一届苏州新闻奖一等奖

中国“核司令”程开甲生平：

难得一颗赤子心，难忘一碗红烧肉

主创人员　孙建祥　许　芳　顾艳秋

【播音】11月17号上午，我国“两弹一星”功勋奖章获得者、“八一勋章”获得者程开甲院士在北京逝世，享年101岁。程开甲出生在苏州吴江，是我国核武器事业的开拓者之一，也被称为中国“核司令”。今天，我们一起来回顾程老不平凡的一生。

【录音】（压混）现场回放：中国罗布泊大气层核试验起爆现场6、5、4、3、2、1，起爆！

【播音】1964年10月16日，随着罗布泊一声巨响，中国第一颗原子弹爆炸成功，举国欢腾，震惊世界，时任核基地负责人的程开甲兴奋不已，基地研究所1700多台测试仪器拿到了98%的数据，而当年法国人进行第一次核试验，测试仪器没有拿到任何数据，美国、英国、苏联也仅仅拿到了很少的一部分数据。

【录音】程开甲：第一次核试验1964年10月16号。张爱萍对我们讲，你们科学技术负责人员在第一线，就是距离核爆炸17公里的一个工壕。控制工壕里面，大概700多人，起爆以后，我们在工壕看到第一个信号，仪器的指针“咣”，“起爆”。仪器的指针“咣”一动，我的心里就有数了，成功了！这个时候，大家冲出去，从窗户里看，把窗户开开来看看，烟云都上来了。

【播音】1960年3月的一天，古朴秀美的南京城一片葱郁，在南京大学任教已有8年的程开甲，正在全神贯注地摆弄实验室的仪器设备。这时，时任校长急匆匆地跑了进来，通知他北京有一项重要保密任务，需要他马上去中国第二机械工业部第九研究所报到。程开甲二话没说，匆匆整理好行囊，一路北上，从此与核武器结下了不解之缘。

【录音】把全国有关科学家召集起来，调过去，我就是其中一个，调到中国核武器研究所（二机部9所）。

【播音】由于1960年下半年苏联专家突然撤走，中国的核武器研发遇到了重大困难，在无论技术还是理论都是一片空白的情况下，组织核试验成为我国核武器发展迫在眉睫的一大课题。中国核试验这项大规模、多学科交叉的复杂而又艰巨的任务，落到了当时年仅44岁的程开甲身上。

【录音】程开甲：你要做这个东西，能够真正可以引爆，这样这个东西还要花一定时间，当时二机部就觉得有困难，从中央讨论到下决心，把核试验基地这部分力量抓起来，来补充九院的顾不到核试验的地方，开始做这个工作，两年功夫要准备做核试验。

【录音】程开甲的同事、中科院院士吕敏：中央定下来了，要在1964年把原子弹搞成。朱光亚主要负责整个的技术工作。他认为研制部门应该集中精力把原子弹研制出来。关于试验这部分，另外找一帮人，搞一个队伍，来进行整阅。程开甲先生当头，在程开甲先生的办公室，一个很小的办公室，有一张长沙发，我们开始就这么几个人，开始筹备第一次核试验的准备工作，筹备建立一个核试验的研究所。

【播音】探险家们曾说过，“死亡之海”的罗布泊，“上无飞鸟，下无走兽，遍及望目，唯以死人枯骨为标识耳”。在成为中国核试验场地之前，这里几乎没有生命的踪迹。然而，就是这个飞禽绝迹的地方，却是进行核试验的最佳场所。接到任务后，程开甲带着核试验研究的同事们，来到罗布泊，在这片“死亡之海”驻扎了下来。

【录音】程开甲时任警卫、助手任万德：我俩住一个帐篷，给他做一碗荷包蛋面条，放在他跟前，催他趁热吃，他就在那边计算，到了晚上，又给他热了那碗面条，后来我睡觉了，早上起来，那碗面条还在那边放着，也没有动。

【播音】历经2年多的研究，1964年春天，罗布泊核试验基地的爆心，高高的铁塔已经竖了起来，第一颗原子弹采取何种方式爆炸？成为研究所成员们讨论的重点。经过详密的分析计算，程开甲否定了传统的“空爆方案”。他认为：第一次试验就用飞机投掷，会增加测试同步和瞄准上的困难，难以测量原子弹的各种效应。采用“百米高塔爆炸原子弹”的方案，更能适应现场环境。

【录音】吕敏：程先生对第一次核试验一个很重要的决定，就是用塔爆，塔爆的好处不是空投的，是定点的，测量可以测得很准的。测量的项目也比较多，免去空投带来的矛盾，这一点是很重要的一个步骤，也是很大的一个功劳。

【播音】不仅打破了常规，将原子弹的空爆改为塔爆，程开甲还将无线测控改为有线测控。若干年后，原子弹的成功爆炸，无疑很好地验证了他建议的合理性。

【录音】程开甲：我提出来要用有线（测控），第一个是把握大，可靠性大；第二个是保密。因为无线电人家都知道了，马上就知道了，你在做实验，信号被人家抄了去就糟糕了。用有线的，你一点办法都没有。

【播音】测试坑道密密麻麻通向四面八方，最后汇聚到铁塔底下。原子弹爆炸测试前一天，程开甲依照惯例，进行最后的巡查。当他发现坑道宽度不够，可能会影响到爆破成功率时，生性严谨的他，顶着巨大压力，坚持要求返工。

【录音】程开甲：明天就要实验了，以前一个讨论会，那么这个坑道呢，填到出口这个地方的宽度了，它很容易泄露出来，不堵就有危险性，你说冒这个险是可以冒的，但是怎么能冒这个险呢？一定要有百分之百的把握，所以要堵，当时争得很厉害，很多人反对。

【播音】如果说核是“魔鬼”，不少人会“谈核色变”。那么，作为中国第一代铸造共和国“核盾牌”的科学家程开甲，就是跟“魔鬼”打交道的人。1969年，程开甲把家从江南小镇盛泽搬到戈壁深处，开始了30多年的隐居生活，在这里程开甲带着基地研究人员为历次核试验奔走，他参与主持决策了包括原子弹、氢弹、“两弹”结合空投、地下平洞、竖井等30多次核试验，开辟了中国核事业的新天地。

【录音】程开甲：我成就最大的就是回国之后，这个成就最大，国外你再大也是外国人的，这点我觉得，我讲讲从事核武器的体会。今天，我觉得人生价值在于贡献，为人民贡献，为国家贡献。

【播音】对于这位“舍身为国”的热血男儿，中国核试验基地首任司令员张蕴钰将军评价说，程开甲是中国指挥核试验次数最多的科学家，是名副其实的“核司令”，并为他写下了“核弹试验赖程君，电子层中做乾坤”的诗句。

【录音】中国那时候财政很差，我们是吃着窝窝头搞原子弹，程开甲同志是大功臣。

【播音】虽然执掌着中国的“核命脉”，但程开甲有个独特的习惯：总爱在小黑板上演算大课题。无论在家里，还是在办公室，同事们总会看到“小黑板”的身影。对于程开甲来说，在小黑板上写写画画远比用计算机“得心应手”。中国第一颗原子弹采用百米高塔爆炸方案，就是来自他的小黑板。

【录音】程开甲：考虑问题，考虑问题的思路，把它固定下来在黑板上写，写了之后要擦掉重新再思索。帮助我思索，这个黑板起了很大作用。一个计算机，一个黑板，已经成功的东西打进电脑，不成功的在黑板上弄，所以，这两个东西是我的宝贝。

很少有人知道，性格沉稳、内敛的程开甲，小时候是个十足的“淘气鬼”。1918年出生在吴江盛泽的他，甚至在小学二年级的时候曾留级三年，是学校里成了名的“年年老板”。

【录音】程开甲的大女儿程漱玉：他小的时候真的是特别淘气，也不好好学习，成了学校里连蹲三年的“年年老板”。“年年老板”就是年年让你坐在那个板凳上。

【播音】经过了儿时的叛逆，从初中二年级开始，程开甲逐渐崭露头角，在数学老师姚广军的训练下，能将圆周率背诵60多位，能将1到100的平方表倒背如流。

【录音】程漱玉：甚至有人说他是“书呆子”。比如说他看了一本巴斯德的书，这本书里面就讲到巴斯德发现了细菌，然后利用了细菌，并把他的发现用在了酿酒业上面，使得法国的酿酒业得到非常大的发展。他看到了科学家追求真理，热爱祖国的行为，最后他受到了教育。从那时候他就认为他长大以后一定要当一个科学家。

【播音】1937年，在颠沛流离的战争年代，程开甲完成了浙江大学的学业，1946年远赴英国爱丁堡大学物理系学习，师从欧洲最有声望的物理学家伯恩教授，并获得博士学位。远离战乱，国外虽然生活安静闲适，但程开甲心中一直有个心愿，就是回家，回到自己的祖国去。

【录音】程开甲：我在英国的时候，英国不是有个叫紫石英军舰嘛，在长江里面跑，它的目的就是阻止我们国家。它在长江跑，好像很厉害，我们有一天能够这样子的就好了。

【播音】终于，在20世纪50年代的一个盛夏，程开甲踏上了祖国的沃土，他带着赤诚之心投入爱国志士的实践之中，40多年中，作为核试验的负责人，程开甲每次核试验都要到最艰苦、最危险的一线去检查。因为他始终没有忘记周恩来总理那一份亲如兄长般的盛情款待。

【录音】那个时候非常困难，大家吃不饱的时候，那个年底呢，知道我们生活很苦啊，总理在人民大会堂请我们。大概一共三桌30个人吃一顿饭，请我们吃什么东西呢，红烧肉，一盆红烧肉。国家这么困难，吃一盆红烧肉不容易啊，这是非常大的荣誉啊，给我们很大的鼓舞。

【播音】隐姓埋名40年，程开甲，一直在核武器这片神秘领域默默坚守。直到1999年9月18日，党中央、国务院、中央军委在人民大会堂隆重召开表彰大会，程开甲等23位科学家荣获“两弹一星”功勋奖章。他终于从幕后走到台前，当象征荣誉和成就的“两弹一星”功勋奖章挂在程开甲胸前时，英雄眼角泛泪，享受着迟到的光荣。

2014年1月10号上午10点，中共中央、国务院隆重举行国家科学技术奖励大会，习近平总书记向获得2013年度国家最高科学技术奖的张存浩、程开甲院士颁发奖励证书。在经久不息的掌声中，96岁高龄的程开甲登上国家最高科学技术奖的领奖台，成为令人瞩目的“明星”。这份掌声，这份荣耀，不仅表达了大家对他由衷的敬意，也饱含着生活在和平阳光下的每个人对他深深的感激。

发表感言时，96岁高龄的程开甲院士乡音难改，带着浓重吴江口音。

【录音】感谢党和国家授予我们最高荣誉，现在，我的心愿就是为祖国奉献一切，我仍要努力不懈。

【播音】苦干惊天动地事，甘做隐姓埋名人。从精研科学到学成归来，再到矢志报国，程老的一生，可以说是见证了百年中国荣辱，他的这一生，波澜壮阔，风骨灼灼，把个体的追求融入国家命运，人生更具重量，让民族的脊梁挺得更直，让亿万国人扬眉吐气，也让世界重新认识了中国，致敬程老。

吴江区广播电视台2018年播出

第二十一届苏州新闻奖一等奖

“冤家”变“亲家”
江浙两省专家与我们一起分享联合治水经验

主创人员　钱玮慧　赵雪棣　孙建祥　许　芳　祝佳昱　施　鹏

片花

17年前，一件被称为“零点行动”的堵航事件在盛泽与嘉兴秀洲交界的清溪河上演——数十名身着统一服装和橙色救生衣的人员驾着一艘艘编好号码的船只驶进河道，他们往船舱内扔进沙包，在沙包基本装满后用钢钎猛击船底使船进水沉没。

17年后，还是清溪河上，江浙两地开展了跨省界河联防联治，两地从“冤家”变成了“亲家”——今天我们一路看过去，水葫芦零星几点漂着。原来水葫芦的量跟现在的量（相比），我感觉减少了百分之九十几。

11月27日，长三角区域（秀洲—吴江）一体化治水机制再深化推进仪式，把这项工作上升到新的高度，也为长三角区域治水一体化提供了样本——我们在这个长三角一体化战略下，怎么进一步融入，进一步协同，进一步加强合作，我想这一定是非常好的一个机会。

新闻访谈：《“冤家”变“亲家”　江浙两省专家与我们一起分享联合治水经验》，正在直播。

主持人：听众朋友们，大家好。这里是正在为您直播的《891新闻会客厅》，我是佳昱，今天的节目我们要和听众朋友一起聊一聊江浙两地省际交界河道联防联治的话题。同时，我们也邀请到了两位嘉宾来到直播间。他们是吴江区河长办副主任马旭荣，马主任，您好。

马旭荣：主持人好，听众朋友，大家好！

主持人：浙江省嘉兴市秀洲区王江泾镇四位一体办副主任孙琪，孙主任，您好！

孙琪：主持人好，听众朋友好！

主持人：非常欢迎各位领导的到来。水是吴江的根，水是吴江的魂。千百年来，吴江人依水而居，靠水吃水。吴江地处长三角腹地，与上海、浙江交界，河湖众多。

马主任，能不能先和我们介绍一下，我们吴江的跨界水域都有哪些？

马旭荣： 好的。吴江是典型的江南水乡，河道纵横交错，目前，吴江拥有各级各类河道2600多条，50亩以上的湖泊320多个，其中列入江苏省保护名录的湖泊就有56个，水面积267平方公里，占全区总面积的22.7%。从行政区划上看，吴江区陆界主要与浙江省嘉兴市所辖的桐乡、秀洲、嘉善，湖州市所辖的吴兴区、南浔区，上海市的青浦区，以及苏州市内的吴中区、昆山交界。

河道方面，有41条河道与周边省市和县区交界，河道交界长度达80多公里。

主持人： 在马主任的介绍中，我们了解到，吴江还有这么多纵横交错的省际交界河道。就像马主任讲到的盛泽与嘉兴秀洲交界的清溪河（王江泾那边叫麻溪港），17年前曾经发生过一件被称为"零点行动"的大事。王江泾一带的村民自筹资金100万元，动用8台推土机、数万只麻袋，自沉28条水泥船，想截断麻溪港以拦阻来自盛泽方向的污水。

我们先来听听当时吴江广播电视台记者在"零点行动"现场采访的录音。

【录音】 22日凌晨零点，在清溪河违法封堵现场，对岸被两盏高功率的照明灯照得雪亮，向远处望去，可以看到清溪塘嘉兴方向沿线布满了照明灯，绵延约3公里长。大部分人员都身着统一的服装，戴着用来识别的绿色、白色、橘黄色、蓝色头盔，不少浙江方面的防暴警察和武警正在值守。数十名身着统一服装和橙色救生衣的人员驾着一艘艘编好号码的船只驶进河道，他们往船舱内扔沙包，在沙包基本装满后用钢钎猛击船底，使船进水沉没，在盛泽和嘉兴当地群众中造成很大影响。

主持人： 孙主任，请您回忆一下，当时这个"零点行动"到底是怎么一回事呢？

孙琪： 当时称为"零点行动"呢，其实是上游污水对下游造成的污染，是渔民自发组织的一次断河行动。当时这些人特别是企业，对环境保护这一块是不重视的。所以上游好多企业的污水都直排到河道里，导致下游的养殖户养的鱼、河蚌大量的死亡。当时这个事情呢，相当于两家邻居之间闹矛盾，当时闹得可能也蛮大。但是通过这件事情呢，使双方各自对环境污染这块工作引起了重视。虽然这件事情在中央和省市各级领导的协调下，后来是圆满地解决了，但是当时闹得确实也很大。从现在的角度来说，通过这件事情，引起双方领导高度重视。

主持人： 马主任当时您好像也在现场，是不是？

马旭荣： 是的。

主持人： 那么，到底是什么原因引发了这次事件呢？

马旭荣： 那时候，盛泽镇的工业污水和生活污水还没得到有效处理，通过水泵直接排进麻溪港，进而流到下游的王江泾，给浙江当地渔民造成了损失。于是，对方自发组织了民间“零点行动”。除了堵河，嘉兴渔民们还曾把大量的死鱼堆在盛泽镇政府门口。那时候一是责任区域不清，二是信息沟通不畅，三是执法行动困难。一方面，河道长效管理养护的责任区域没有明确划分，导致双方都不管。另一方面，交界双方缺乏信息互通。同时，交界河道以往一直成为水政执法的难点，存在河道违章搭建无法拆除、住家船流窜、养殖问题无法解决等一系列问题。

主持人：从西往东流过吴江盛泽的麻溪港，从太平桥下横穿苏嘉公路后进入浙江省嘉兴市秀洲区王江泾镇，进而汇入京杭运河。因为这条麻溪港，盛泽与秀洲王江泾两地成了“冤家”。但是谁也没想到，17年后，还是因为这条河，这对“冤家”如今变成了“亲家”。双方不仅一起携手共治，还建立了联合河长联防联治的长效机制。11月27日，两地又举行了长三角区域（秀洲—吴江）一体化治水机制再深化推进仪式，把这项工作上升到新的高度，也为长三角区域治水一体化提供了样本。我们先来听听记者在现场采访的一个小片段。

【录音】接下来，请两地镇级联合河长代表：吕伟峰、包国伟、赵菊观、杨曾帆同志上台。请秀洲区政府吴燕区长、吴江区政府李铭区长上台为镇级联合河长颁发聘书。在联合河长共聘仪式上，58名吴江和秀洲的镇村干部被互聘为联合镇村级河长。下一步他们将通过互联网+信息化手段和联合巡查等活动，对跨省河道综合环境开展全方位排摸，全面掌握水质污染等基础信息，建立一河一档跟踪档案，落实管、治、保，河长职责。

主持人：刚刚我们从这段记者的现场口播也了解到，在这次长三角区域（秀洲—吴江）一体化治水机制再深化推进仪式上，又有58名镇村干部被互聘为镇村级河长，并把这项工作提升到了长三角一体化的战略高度来实施。

主持人：从“零点行动”，到双方握手，从相互打太极，到双方联手治水。吴江和秀洲是怎样从“冤家”变为“亲家”的？

马旭荣：2017年2月，吴江区与嘉兴市秀洲区建立了交界区域水环境联防联治联席工作机制，打破各自为政的行政区域壁垒，创立了联合河长机制，水质联合检测机制，水环境联合治理机制，环境联合执法机制和保洁机制等，实现了跨省治水难题在区级、镇级乃至村级层面的成功解决。自从吴江、秀洲两地建立联防联治联席工作机制后，双方定期碰头、定时巡河，共同解决河道上的问题，唱出了一台协同治理的“双推磨”戏。

主持人：刚刚马主任也说到了，都是双方的共同努力。今年4月，吴江、秀洲省际河道联防联治又增添了新的内容，两地推出了“联合河长”，并进行了试点。对交界河道的名称、起止、长度，以及两地镇、村级联合河长的姓名、职务和联系方式进行公示，并定期开展巡查工作。我们来听听两地联合河长9月14日一次巡河时，记者在嘉兴秀洲区王江泾镇的麻溪港上的水葫芦拦截点上的采访。

【录音】我们在这里设了一个点，那边还设了一个点。这样联防联治通过一段时间肯定会越来越好。我们去年到现在就体现出来了。我说减少了百分之九十，真不容易。

主持人：王江泾镇四位一体办副主任孙琪当时在接受记者采访中介绍了江浙两地交界河道联防联治的成果，我们再一起来听听。

【录音】两省交界河道联防联治机制建立起来以后，特别是在保洁的一块，治水的一块成效是非常明显的。我记得去年的今天，这个河面上基本上漂满水葫芦。而今天我们一路看过去，水葫芦零星几点漂着。原来水葫芦的量跟现在的量，我感觉减少了95%左右，现在是很少很少了。那这个就是我们联防联治、联合保洁取得的成效，效果是相当明显的。还有一个，在联防联治过程当中我们共同在商量、研究、探讨怎么去把这条河道整治好，把这个水质提升好。

主持人：刚刚我们听了这两段录音，我们也感受到了吴江、秀洲两地建立省际河道联防一年多来取得的成效。我们再请教一下两位领导，双方是如何具体操作的，马主任您先说一说，好吗？

马旭荣：好的。去年以来，我们先后与浙江嘉兴秀洲区、桐乡市、湖州市南浔区主动对接，近期呢，我们又在和嘉善区，还有上海的青浦区也在主动对接，建立了交界区域水环境联防联治联席工作机制，这个机制打破了行政区域的束缚，一个是建立组织机构。与省际交界河道所在地政府联合成立交界区域水环境保洁联防联治联席工作小组。二是划定责任区域。打破行政区域的束缚，以属地负责为主，通过全段委托、上下游分段、轮流养护管理或经济补偿等多种方式，对两地交界区域河道、湖泊等水域管理责任进行划分，明确管理责任人。三是共同制订治水计划。两地各相邻镇或者街道做好对接，根据属地管理原则，制定交界河湖长效管理方案，明确治理目标和时限，确保交界区域水环境保洁的及时性、高效性。

主持人：孙主任，请您也来谈谈秀洲在联防联治这一块的具体做法，好吗？

孙琪：好。我们交界河道的联防联治机制自从2017年年初的时候建立到现在，我认为特别是在我们秀洲区，有几个方面取得了很重要的成果。第一，我们转变了大家对治水各自为政的一种思想，一种理念的转变。因为水是流动的，治水必须统一去治才能有成效。比如说我们从2014年开展五水共治以来，我们自己区域内的水环境是得到了治理。但是如果你上游不及时治理的话，对我们整个水环境是有直接影响的。所以我们自己至少在联防联治这个观念上是得到了一次转变。我们不分是你的、我的，这是我们的一个共同目标。所以说是转变了一种观念，不分家，共同治理的目标。

第二，在具体治理方面，特别是五个联防联治机制方面，我们自己主动与吴江盛泽镇定期地采取联防联治，包括巡河发现问题的商讨解决。我认为体会最深的现在交界河道的水质，跟我们联防联治机制建立以前的变化，这个是最有说服力的，原来都是劣五类的水质。至少现在如果水质好的话，我们能够达到三类、四类水质。这个就是取得的最大的成效。

第三，我感觉我们通过这个联防联治机制，在处理问题上都能够最快地解决。我举几个很小的例子吧。我们在巡河过程中，比如说发现在河边有这种违章建筑、乱堆放或者在河边有这种养鸭场，或者在河道边上有住家船，像这种问题，我们发现了以后，我们通过联防联治机制都是在最短时间内得到解决。我记得今年我们开始的这次清淤事件，也就是我们双方河长在2017年年底提出来的。

主持人：孙主任说得太好了，我们大家一起努力，才能还居民一个水清岸绿的城市环境。在联防联治过程当中，我们的各级河长和联络员同样也发挥着非常重要的作用，那么他们具体是怎么做的呢？让我们一起来听听盛泽河长办联络员庄良华的亲身体验。

【录音】会通过微信群、电话多方面联系，水葫芦旺季的话，差不多一个月来去四五次，一起协调，因为有些划分不明的河道，我们要一直协商，变化肯定很大，以前运河的河道里全部是水葫芦，连船都开不过，现在实地看一下，效果比较明显。

主持人：2017年，习近平总书记在新年贺词中提到每条河流都要有河长，从此，河长这一新的名字也频繁地出现在我们的视野当中。听众们也很好奇想知道吴江和秀洲分别有多少人从事河长这项工作呢？马主任，您先来说一说好吗？

马旭荣：我们从责任河长来讲，领导层面的区一级是20位，镇级河长是214位，村级河长是371位，责任河长是605位。我们还建立了民间河长机制，一共五大类，社会监督员也好，两代表一委员的河湖督察官，还有护河邮路上的有400多位，这样加起来达到1000多位了。

主持人：1000多位，孙主任呢，我们有多少河长？

孙琪：我们王家泾大概有342条河道，内河，就是有342位河长。我们所有的镇干部，跟村里的干部都是河长。现在像交界河道，我们这次又聘请了58名的联合河长。我是镇里古塘村一条河的河长，又是清溪我们麻溪河联合河道的河长。所以像我们王江泾秀洲区是这样的。京杭大运河是我们秀洲区的，区长是河长。区里领导跟区里的部门这些主要领导他们也分别担任了我们各个乡镇主要河道的河长。

2017年，我们又建立了湖长制和荡长制，所以现在每一条河道跟每一条湖跟每一个荡都有河长。

主持人：在前期治理的基础上，今年6月，我区与浙江省嘉兴市秀洲区就省际界河——清溪河（麻溪港）联合治理举行签约仪式，共同出资1亿元完成清淤工程。目前吴江的1标段已经通过验收。这一工程得到了附近村干部和村民的赞扬和肯定。我们来听听。

【录音】村民范桂英：去年这两天是不得了的草（水葫芦），满河港，现在清爽得多，今年草少了。

圣堂村张书记：清溪河是我们的母亲河。我记得我们小时候70年代上小学的时候，这个水，口渴的时候可以喝。几十年的工业发展使河道污染，淤泥也比较多。所以，这一次政府这么重视，直接把清溪河这么难的一条河道用了五十几天清理了。我们是直接受益者。一条河道流速快了，水也很清了。第二外河的水干净了，我们内河的水也干净了。这是缸里的水和碗里的水的关系。所以我感谢我们政府这么重视，为我们圣堂村造福，为我们子孙后代造福。

主持人：盛泽清溪河清淤工程主体段从8月20日开工，到11月10日完工，总投资1100多万元，疏浚土方量约50万立方米。吴江区水利局局长曹月见说，包括这次联合清淤在内的省际河道联防联治实现了1+1大于2的效果，为推进长三角区域治水一体化提供了样本，我们来听听。

【录音】目前在长三角一体化提升到国家战略这样一个背景下，接下来我想从治水方面我们将更大发展联合执法，联合巡河，特别是发现水问题的联合处理。这个处理时，实实在在的不是原来的简单的水葫芦的打捞，两岸的保护问题，而是深层次的，存在什么问题就解决什么问题。

主持人：吴江和秀洲地域相邻，水系相通，产业相似，人文相亲。中国有句古话叫远亲不如近邻。所以吴江的发展也离不开秀洲的支持，秀洲的发展跟吴江息息相关。两地只有更好地携手合作才能齐头并进。在这个月的长三角区域（秀洲—吴江）一体化治水机制再深化推进仪式上，吴江区区长李铭表示，落实长三角一体化战略，尤其要在共建、共治、共防上做一些实质性的探索，我们一起来听听。

【录音】通过这项工作，我们还实现共享，这个叫共建、共治、共防、共享，这样的话使得我们两地能够有更深的合作，有更好的环境，通过河的治理其实也深化两地各方面的合作。接下来，我们还会在大气的共同治理、土壤，包括我们每年在社会共防共治上，包括我们下一步在产业的协同发展上、在创新的协同发展上，我想我们都还有更多的空间去做，应该讲两地从历史上的合作应该也有很多了。但我们在这个长三角一体化这个战略下，从基层来说怎么能够进一步地融入，进一步地协同，进一步地加强合作，我想这一定是非常好的一个机会，对两地的经济社会发展也是很好的一个机遇。

主持人：嘉兴市秀洲区区长吴燕也表示，从此前在水污染治理中，两地发生争议和纠纷，到现在相互携手，这叫做"不打不相识"。在联合治理中形成共识，积累经验，这样的经验来之不易、弥足珍贵，我们也来听听。

【录音】双方的联合治理，在治理当中推进我们的友谊。同时呢，又积累经验，在实践当中共同提升我们联合治理的水平和能力。所以我们双方也在不断地磨合、融洽以及推进当中，把我们治理的水平提高，系统水平治理的提高，非常不容易，取得的成效也是非常大。实际上任何的工作都要从分散走向系统，从分治走向综合，从而形成我们整体的优势，形成整体的动能，所以这个工作我们感觉到从治理这个角度，从线性工程角度可能体现得更加明显一点。

主持人：据我们了解，除了与嘉兴秀洲联合治水以外，吴江在其他跨界流域也签订联手协作、共同治水的协议，比如吴江还与昆山、嘉善、南浔等地签订了水域保洁一体化协作框架协议。下一步还将在哪些方面进行深化呢？马主任，跟大家来说说好吗？

马旭荣："零点行动"事件发生后，吴江和盛泽进行了深刻的反思，进而痛下决心治理污水。盛泽镇把所有印染企业的污水处理设备收归政府，投入巨资成立水处理发展公司，23家印染企业的工业污水全部实现集中处理，将30多个喷水织机污水处理站点也并入水处理发展公司；生活污水治理方面，镇区先后建起了2个生活污水处理厂，日处理能力分别达到2万吨和3万吨，目前还有一个日处理能力5000吨的生活污水处理厂正在建设，各村也都添置了生活污水处理设备，全镇的生活污水处理率超过90%。

盛泽镇政府每年用在治水上的资金高达三四亿元，现在从盛泽流入嘉兴的各条河道水质已全部达到四类水标准，部分指标达到三类水标准，这样的水质已经能够满足"下河游泳"的要求了，我们还向嘉兴方面承诺，到"十三五"期末，从盛泽流出去的水基本达到三类水标准。

主持人：那么，孙主任，咱们下一步还有哪些打算呢？

孙琪：通过近两年的联防联治携手治水，成果确实是很明显。接下去治水方面我们两地还要在哪些方面再进一步呢？我们联合河长之间也在共同商讨这个问题。现在水环境的污染这一块大家都很有环保意识，像污染物直排这种现象是越来越少了。接下来我们要去发现这种根本性的问题，比方说，我们在上一次巡河当中也发现了这种现象，有几段圩岸建的年份长了，好多都已经坏掉了。这个圩岸泥土流失很严重。我们也要准备把这项工作跟双方的领导提出来，对圩岸的维修加固这一块要提上议程。

第二个我们考虑把京杭大运河，像我们王江泾有十九点几公里。这条运河清淤的工作也要提出来。京杭大运河这个淤泥也是四十多年没有清了，京杭大运河如果要清淤的话比清溪河难度还要大。因为这个工程量实在太巨大了。它这个水流比较急，而且航道上运输船只特别多。所以这个清淤在技术上面可能要比清溪难得多。我们接下去考虑要在圩岸的加固方面，包括京杭大运河上面的清淤。我们向领导汇报了，要提出建议。我们下一步要做方案，争取早日能够清淤。

主持人：这一路走来真不容易，通过双方的共同努力，如今我们交界河道的水质有了明显的改善，作为参与者，请马主任和孙主任跟大家分享一下，做这项工作的一些体会好吗？马主任你先来说说。

马旭荣：这个河长制工作开展了以后，实际工作中发现的一些事情，从争吵、争执也好到双方坐下来一起谈论，到建立联合河长，从“冤家”变“亲家”，治水方面也达到了一个创新的举措。从目前来讲，我们在广度方面的合作，我们要与浙江、上海全覆盖，以后我觉得我们有一个更需要做的事情是怎么样把河湖的水质得到提升，这个方面是我们以后要考虑要深入下去的。接下去我们在跟嘉兴这边我们也可以考虑这一块区域的水质提升，可以搞一个课题研究，往理论方面深入，以利于指导我们实际工作。

主持人：理论联系实际。

马旭荣：对。

主持人：那么这么长时间，孙主任在您的工作当中，有没有一些想要跟大家分享的一些体会呢？

孙琪：有的，其实我很想说这句话。通过这两年的联防联治治水过程，确实，我是非常感动的。首先，我认为应该感谢我们吴江区和盛泽镇政府，因为你们上游的治水，通过这短短的两年时间，你们所取得的这么大的成效，其实最得到实惠，最得到好处的是我们吴江区盛泽镇当地的老百姓。但是反过来，作为下游，我们王江泾镇老百姓也是实实在在地得到了实惠。为什么？你们这个水环境治好了，水质提高了，水环境变好了，我们下游是得到实惠的。所以我真的从内心来说要感谢，感谢我们吴江区，感谢我们盛泽镇。

第二个，我感觉通过这次的联防联治，治水取得这么大的成效，其实我们心里真的很开心。因为我们整个过程都是参与的人，通过这个联防联治，使原来的黑臭河、原来的垃圾河变成现在水质达到三类、四类，水面上没有漂浮物。水环境治理的这么干净，我们也有一种成就感。通过我们双方的努力，短短的时间，达到了这个效果，心里真的很开心。由原来有矛盾，有纠纷，到现在共同治水，取得这么大的成果，我们具体参与的人是最开心的。

主持人：吴江、秀洲省际河道联防联治再现了江南水乡的美景。我们还了解到，今年以来吴江在自己辖区内河湖治理上也创出许多新的做法和经验。比如通过志愿者团队、两代表一委员、邮政投递员、社会监督员以及“河小清”5大类400多位民间河长队伍参与巡河护河，形成了全民治河的吴江模式，让吴江的河湖实现水清、岸绿、景美。

主持人：今天非常感谢马主任和孙主任来到我们的《891新闻会客厅》，我们下周同一时间再见。马主任，孙主任，再见！

马旭荣：再见！

孙琪：再见！

吴江区广播电视台2018年播出

第二十二届苏州新闻奖一等奖

实施长三角一体化发展国家战略　吴江在行动

主创人员　钱玮慧　孙建祥　许　芳　钟　俪　龙　玥　王　欣

片花

跨省公交开行，长三角一体化升级互联互通进入新阶段。（长三角一体化了以后，车子多了对我们老百姓比较有利，我很满意。）

“一网通办”，助推长三角区域营商环境更加优化。（我们三地也加强了政务服务一体化方面的建设和沟通，制定了我们三地政务服务一些通办的事项、通办的标准。）

长三角生态绿色一体化发展示范区揭牌成立，《长江三角洲区域一体化发展规划纲要》正式发布。（走出一条生态优势转化为经济社会发展的优势，跨区域合作共建共享的这样一条新路，从而为全国的区域协调发展创造经验。）

新闻访谈：《实施长三角一体化发展国家战略　吴江在行动》，正在直播。

主持人：听众朋友们，大家好。这里是正在为您直播的《891新闻会客厅》，我是王欣，今天的节目我们要和听众朋友一起聊一聊长三角一体化这个话题，对于吴江来说它是一个非常重要的议题。长三角一体化的国家战略当中，我们吴江将会迎来怎么样的一种发展机遇？目前，我们都做了哪些工作？取得了哪些成果？今天，我们邀请到了两位嘉宾来到直播间。他们是吴江区副区长、汾湖高新区管委会主任吴琦，吴区长，您好！

吴琦：主持人好！

主持人：还有吴江区区长三角办副主任吴志祥，吴主任，您好！

吴志祥：听众朋友们好！

主持人：非常欢迎两位领导的到来。12月1号，《长江三角洲区域一体化发展规划纲要》发布，为长三角一体化发展按下“加速键”。规划范围包括上海市、江苏省、浙江省、安徽省全域，面积35.8万平方公里。以上海青浦、江苏吴江、浙江嘉善为长三角生态绿色一体化发展示范区，面积约2300平方公里，示范引领长三角地区更高质量一体化发展。战略定位是打造全国发展强劲活跃增长极、全国高质量发展样板区、率先基本实现现代化引领区、区域一体化发展示范区、新时代改革开放新高地。

主持人：其实在上个月初的时候，长三角生态绿色一体化发展示范区已经正式揭牌了，长三角生态绿色一体化发展示范区理事会以及长三角生态绿色一体化发展示范区执行委员会同时揭牌。我们来听听上海市政府副秘书长、发改委主任、示范区执行委员会主任马春雷当时在接受记者采访时是怎么说的。

【录音】我们就是要通过示范区的先行先试，破解生态绿色、创新经济不是一对矛盾，行政分割不是发展的障碍，从而走出一条生态优势转化为经济社会发展的优势，跨区域合作共建共享的这样一条新路，从而为全国的区域协调发展创造经验。

主持人：那么，到底示范区起到怎么样的一个示范作用，我们先问一下我们的吴区长。

吴琦：长三角经过20多年的发展，实际上是到了一个新的阶段。我觉得我们这个示范区实际上是先行先试，其中取得了一些经验，可以在其他地区进行复制和推广，所以为什么说它是对内开放的一块试验田。

主持人：那么具体我们怎么来实施，怎么样来先行先试呢？吴区长。

吴琦：我们要找到自己的特色，把自己的长板拉长。实际上在几个方面来做：第一，还是要坚定融入长三角一体化的信心和决心，要主动地融入，要加速地融入。第二，实际上还是要融出我们的生态底色，因为生态绿色一体化的发展，生态筑底，在深入一体化进程中，怎样把我们生态的禀赋更好地凸显出来。第三，在过程当中，生态绿色一体化发展落脚点还是在发展，我们怎样把我们高质量发展更好地体现出来，还是要在产业方面我们要更多地做大文章，要突出我们的一些科技产业，一些先进技术的应用。第四，要融出民生幸福，最终这个一体化发展成果怎么样，我想老百姓是最有发言权、最有决定权的，关键就要看这个过程当中我们公共服务的水平、我们老百姓的收入水平、我们城市的服务水平能不能进行大幅度提升。

主持人：想问问吴主任，目前我们有没有具体的一些规划，或者说做了哪些努力？能给我们介绍一下吗？

吴志祥：好的。其实生态绿色是它的特点，但一体化和高质量是它的核心，包括我们这个示范区总体方案里面它明确的目标也是以生态优势转化为新标杆，绿色创新发展的新高地。我们现在也是要规划先行，我们目前在编制空间和产业两个规划，包括汾湖高铁科创新城的规划，还包括一些专题性的规划，包括太浦河、沪湖蓝带计划，包括苏州南站的周边城市的研究设计，包括交通运输战略规划这一系列，都在推进，主要在探索阶段。其实国家也给我们一个很大利好，就是改革开放以来的，包括沪苏浙的一些重大的试点经验政策都可以在我们示范区率先落地，系统集成，所以我们要抓住这样一个战略机遇期。

主持人：实施长三角一体化发展国家战略当中，我们吴江一直在努力推进。那我们首先来聊一聊关于交通设施方面的推进。其实这几年来吴江一直在努力打破地理空间上的“硬约束”，不断开拓出跨区域的一些公交线路等等。今年3月，吴江至青浦、嘉善的2条跨省公交开行，长三角一体化升级互联互通进入新阶段。11月4日，长三角生态绿色一体化发展示范区区域公交开行仪式在上海青浦区东方绿舟公交枢纽举行。5条区域公交线路在青浦、吴江、嘉善“两区一县”之间开通，满足三地居民旅游观光、通勤探亲和购物就医等出行需求。我们来听听市民的感受。

【录音】原来开电瓶车到汾玉中心村上车的，那现在方便了。我们年纪大了，就出去玩玩。自己骑电瓶车到西塘，车子什么时间不知道，只能等，浪费时间，现在我们方便了，今天第一次开车了，我们先要去看一下。

【录音】最好是半小时一班车子。如果说长三角一体化了以后，车子多了对我们老百姓比较有利。我经常到这儿来，我是上海人，前几年在芦墟老镇上买了个房子，那边等于是我的家，交通比较方便。

主持人：跨省公交开通以后，确实给老百姓带来了便利。区交通运输管理处客运管理科科长刘欢接受记者采访时也表示，下一步三地将本着“先开通、后完善、再提升”的渐进原则，协同推进示范区区域公交后续发展。一起来听一下。

【录音】目前互联互通除了公共交通对接之外，我们的道路也在做进一步的对接。汾湖的康力大道的东延和青浦东航路的对接施工工作也在快速推进中，预计明年道路正式通车运行。在这个基础上，我们还会对现有的公交线网进行调整，最终希望吴江和青浦之间构筑南、中、北这样三条通道，使三地之间出行更加顺畅。

主持人：据了解，三地合力构建的设施互联互通、管理协同合作、服务共享共赢的长三角现代化综合交通体系，正为长三角区域一体发展探路先行。吴区长，在交通一体化的进程当中，我们有哪些项目在具体推进，或者说在具体的一些规划当中呢?

吴琦：实际上今年4月份的时候，我们黎里就主动地开通了跨省公交。第一，是从黎里古镇到上海的东方绿舟，第二，是从黎里古镇跟浙江的西塘开通了公交。作为我们地方来讲，我们打通康力大道，这是一条断头路，十几年没打通，现在明年就要通车了。同时，我们还要打通吴江的东西快速干线，探索跟上海的金商公路的对接。嘉善跟我们这边现在目前缺乏连接，除了高速公路，缺乏地面比较高级的公路，打通一下南北向的高级别公路，这个工作现在也在紧锣密鼓地做规划。

主持人：好的。刚才我们聊完了交通的一体化，接下来我们来聊一聊关于生态一体化的问题。水，是吴江生态绿色的底色。近年来，我区先后投入资金60多亿元，实施了东太湖综合整治、湖泊群治理、“三水同治”、河道畅流活水等重点工程，在省际交界开展联合治水，对水生态环境开展全方位立体化治理。我们这里有一个案例，318国道旁、太浦河边有个汾湖公园，之前，那里聚集了多家船舶修造和轧钢小企业和码头。在太浦河集中整治中，我们对这些散乱污企业进行了全面清理。之前，记者采访到了汾湖高新区汾湖湾村党总支书记沈晓华，他给我们算了一笔经济账，一起来听听他是怎么说的。

【录音】虽然说村级经济租金没有了，但是我们这笔账还是划得来的。通过三优三保，我现在腾退将近70亩地，比我原来二十几万的土地租金收入多了几倍，整体的一个环境得到改善。

主持人：以水为脉，保护水生态，提升水品质，做好水文章，擦亮生态底色，是我区近年来一直追求的目标。吴江区河长办副主任马旭荣在接受记者采访时表示，下一步还将严格按照《长三角生态绿色一体化发展示范区总体方案》要求，对太浦河、淀山湖、元荡和汾湖等“一河三湖”生态系统进行重点保护。

【录音】紧密结合三地多片湖港、荡漾组成“蓝色珠链”水生态修复建设，深入实施太浦河蓝带计划，推进太浦河、淀山湖、元荡、汾湖“一河三湖”周边及沿岸地区综合整治，努力打造“江南水乡客厅”和“最美太湖岸线”。

主持人：我们上面讲到的这个例子是整治散乱污，腾退落后产能的，那么，我们在其他方面还采取了哪些措施，来共同治理我们的水生态环境呢？吴区长。

吴琦：像去年的时候，吴江首先跟嘉兴的秀洲区建立了联合河长制，过去我们更多的可能是“铁路警察，各管一段”，只要在我的区域里面不出问题就可以了，现在大家真正要提高站位，要联合起来治理，比如说，这个月就负责你管，下个月就是我管，在我管的时候，不管是你的范围之内，还是他的范围之内，我都要把它负责好，这样就把责任真正落实到了具体的人、具体的地方。所以这个为全国的水资源治理和生态保护都提供了一种比较有借鉴性的思路。

主持人：在政务服务方面，我们吴江以建设长三角生态绿色一体化发展示范区为契机，有序推进长三角地区“一网通办”。今年5月份，长三角“一网通办”专窗正式开通运行，11月6日，青浦企业家李杨在青浦提交了营业执照办理申请，想在吴江汾湖成立一家贸易公司。通过长三角“一网通办”专窗，隔天，他就在汾湖行政服务中心拿到了营业执照。

【录音】我6号交的材料，今天7号就拿到证了，所以说速度、效率是非常高。

主持人：吴江以行政审批标准化为基础，全力推进区、镇、村三级政务（便民）服务体系建设；以“一件事”改革为抓手，凸显改革便民化导向；着力打造长三角一体化政务服务环境最优区。我们记者也采访到了吴江区行政审批局副局长赵小华，听听他是怎么说的。

【录音】从今年以来，我们三地也加强了政务服务一体化方面的建设和沟通，也制定了我们三地政务服务一些通办的事项、通办的标准，同时也开展了一系列的研讨活动，也制定了一些工作举措，到目前为止，我们三地自助机异地通办这个终端已经上线，在我们这个政务服务自助机上三地的事项都可以办理。

主持人：截至今年8月份，吴江率先实现“一网通办”专窗，区镇全覆盖，开通了51个通办事项，涉及企业的30项，涉及个人的21项。在提高政务服务水平上，吴江通过打造长三角“一网通办”的“旗舰店”“试验田”，来助推长三角区域营商环境优化。“一网通办”中我们包含了一个“店小二”的概念，那么，什么是“店小二”呢？请吴区长给我们介绍一下。

吴琦：实际上就是政府在打造更佳的市场环境的过程当中，怎么样全方位地去提供这种“店小二”式的服务，我们过去一直讲的就是有求必应、无事不扰，同时这个过程当中我们要创造一个更加完善更加优质的一种市场环境。实际上我们的示范区对标的其中内部有一个要求，就要打造世界最佳的营商环境，这是我们奋斗的一个目标。

主持人：除了交通、生态、政务服务之外，在长三角一体化发展当中，我们一直在积极地向外对接，不断地促进一些高质量企业生根落地。未来我们在引进一些高质量的高新技术企业、引进高端人才的时候，还有哪些目标，或者说有没有出台相应的政策？吴区长来给我们介绍一下。

吴琦：我们是要几个方面都做好的。第一，我们还是要加强与一些研究性的大学和大院大所的合作，来提升我们在科创方面的人才支撑。第二，要提升我们的公共服务配套的水平，特别是教育医疗方面的水平，要吸引年轻的科研技术人员，让他们不光在汾湖工作，关键是要落户在汾湖。从前年我们就出台了对人才的住房的奖补政策。应该说，在我们这个房价相对来说还比较低的情况下，这个是能够有效地帮助他们安家落户的政策。

主持人：其实吴江和上海靠得特别近，我们怎么将上海的一些溢出性效应的这些人才留在我们吴江？吴主任，来谈谈您的看法。

吴志祥：关于人才，我的看法就是说，虹吸和带动辐射是同时并举的，人才引进肯定有多种方式，不一定人要在我们吴江，实际上我们吴江的一些发展，我们吴江的乡镇工业发展也是因为上海的工程师到我们吴江来帮助乡镇企业发展，应该说效果是非常好的，但以前我们调研里边也发现，一些大学生，刚刚找工作的时候，就找到吴江来，工作几年又跳槽到上海去的，很多的。未来的话，我觉得有可能会逆转，未来的交通会发生大的变化，吴江有两条高铁交汇，这个区域生态环境又好，营商环境很好，居住房价也很便宜，有可能以前是虹吸过去了，现在逆转是有可能的。

主持人：除了引进和留住人才，我们在人才培养方面有没有具体的一些政策呢？吴主任。

吴志祥：关于人才我有一个看法，就是有时候不要完全盯住引进人才。实际上自己的人，我们为什么不可以成为人才，人有才了就是人才，所以我们自己要更新包括我们的教育制度、终身教育制度，一系列的跟上去，为每个人都要提供一个全面发展的机会，把我们的人力资源转变为人才，让每个人都全面提升，这样子人才能乐居，才能实现全面发展。

主持人：吴区长，刚才提到的这个吸引人才方面，我们汾湖现在有没有一些具体的政策？

吴琦：应该说在这一块，我们有更多的绿地，天然具备这个条件，我们说在汾湖，你要想买一个不是湖景房不太容易。另外是公共服务配套体系，或者一个创新生态圈。那我们现在有这些，但是我觉得还不够，远远不够。过去我们可能更多的是从一个高新区、一个乡镇的角度来谈我们的公共服务设施，那以后我们可能更多的是要对照一个科创的城市，看怎么样去提升我们的公共设施，这个我觉得是一直要去努力的。

主持人：谢谢吴区长，我们的政府不仅仅要为我们的企业、为我们的市场主体来做一些服务，更重要的也要为我们的老百姓做一些实实在在的公共方面的服务。除了“一网通办”，我们还实现了异地就医结算，档案异地查询等等，这些本来需要往返各地才能办理的事项，目前在长三角地区逐步实现异地办理。长三角一体化的发展对于我们吴江来讲，既是一种挑战，更是一种机遇。好的，再次感谢我们两位嘉宾，在长三角一体化进程当中，我们吴江也在积极探索，努力推进。相信在未来，吴江一定会做出应有的作为。感谢收听我们的《891新闻会客厅》，我们下周同一时间再见！

吴江区融媒体中心2019年播出

第二十四届苏州新闻奖一等奖

为了桦木沟村的父老乡亲

主创人员　张　超　李　彦　蔡靖佩　丁志荣

片花

【录音】谭云：倪淑英烈士，我来看你们来了！

【播音】在太行山深处的河北省涞源县南马庄乡桦木沟村，长眠着一名苏州籍的女烈士——倪淑英。

【录音】马山：大娘，不行！让咱们出去吧！出来抗日来了，不出去不行！

【播音】78年前，她牺牲在这里，牺牲时，腹中还有即将临盆的孩子。

【录音】倪冈：我姑妈是共产党员，我也是共产党员。姑妈能够为桦木沟村的村民们献出自己的生命，我也应该为老乡们脱贫做一点事儿。

【播音】70多年来，烈士、烈士后人和当地的父老乡亲们结下了一段跨越时空的情缘。请听《为了桦木沟村的父老乡亲》。

【录音】倪淑英烈士，我是谭国顶的儿子。我来看你们来了！

【播音】每年清明，和村子里其他乡亲们一样，桦木沟村村民谭云都会专程去村西的山坡上祭拜倪淑英烈士，今年也是如此。谭云还会跟烈士们说说话。

【录音】谭云：这几年比原先好多了。我们村里整个房屋是国家给盖了，粮食也够吃了。路也通车了。你们年纪轻轻就为革命牺牲了，没有你们就没有我们现在的幸福生活。

【播音】这个从父辈传下来的习惯，谭云保持了四十二年。

【录音】谭云：从我小学三年级就开始了，年年都祭扫。我父亲告诉我，她们为掩护军队和本村老百姓牺牲了，我们要记住这些恩情。

【播音】谭云的父亲谭国顶，是当年桦木沟村担架队的队长，倪淑英烈士就是他亲手安葬的。

【播音】经由父辈口耳相传，谭云和不少桦木沟村民都知道70多年前的那段往事。但谭云和乡亲们不知道，他们熟知的一切，正是1400公里之外，倪淑英烈士在苏州的家人们苦苦寻觅的。

【录音】倪淑英烈士的侄子倪冈：我姑父张国坚简单讲了，我姑妈就是为了保护党的机密，掩护战友突围，光荣牺牲。牺牲在涞源县桦木沟。到底保护了党的什么机密文件？不知道。掩护了什么战友？掩护了多少战友突围？不知道。怎么掩护的？不知道。牺牲在哪里？老实讲，也不清楚。

【播音】2015年，倪冈在网上看到了一篇名叫《寻访“花木沟”》的文章。作者介绍了倪淑英烈士牺牲的始末，并说，经过他的考证，倪淑英烈士所牺牲的地方不是过去大家认为的“花木沟”，而是“桦木沟”。

【播音】“花”和“桦”，虽然只是一字之差，但对于倪冈一家来说，意义重大。倪冈多方打听，终于找到了文章的作者。

【播音】原来，这位作者就是当年桦木沟突围的指挥者——冀中军区第七军分区第二十二团团长左叶的儿子。

【录音】倪冈：我到了北京，见到了左叶将军的女儿、儿子。大家把这些资料一凑，完全对上了。

【播音】在交流当中，一个细节让倪冈心头一热。

【录音】倪冈：左叶将军的儿子看到了两位女八路的安息地，还有老乡烧的祭拜的纸灰。

【播音】年近七旬的倪冈立即赶往桦木沟村。在那里，他看到了倪淑英烈士的牺牲处和长眠地，听到了乡亲们口耳相传的历史细节。

【录音】村民马山：这两位烈士一直住在我们家里头，都是孕妇。然后日本兵来了，我奶奶不让她们出来，就怕她们牺牲了。“大娘，不行！让咱们出去吧！出来抗日来了，不出去不行！”出来后，她们要掩护老百姓，被日本兵就在这儿给打死了。

【播音】在多方收集资料和与桦木沟乡亲的交流中，之前那些问题的答案逐渐清晰了起来。

【录音】倪冈：我姑妈，她是晋察冀边区的公安局秘书主任，携带的整个晋察冀边区干部的名册、电报的密码，如果当时落到敌人手上的话，那我们要有多少的地下工作者、党的干部遭到牺牲……

【播音】那是1943年10月，日本侵略者兵分两路向我涞源抗日根据地进行了为期3个月的大“扫荡”，形势非常危急。

【播音】此时，涞源县桦木沟村作为晋察冀边区较为隐秘的根据地，除了有乡亲们，还驻扎着八路军的伤病员、医疗队、步兵连等，也包括倪淑英——因为有孕在身，她被组织上安排到桦木沟村待产。

【播音】本村汉奸胡景秀出卖了这一千多位军民。300多日军由胡景秀带路，借着狂风和夜幕，悄悄地包围了桦木沟村。

【播音】哨兵发现日军之后立刻鸣枪示警，顿时枪声、手榴弹声响成一片。

【播音】倪淑英住在马山家里。外面枪一响，她就立刻和勤务员杨志毅一起销毁了随身携带的机密文件。她在分析敌情之后，指挥战友们向西突围。

【播音】战友们一路艰难地攀山而上，基本跳出了日军的包围圈。可这时，倪淑英她们却停下了脚步。

【录音】倪冈：她们到了大石头边上，实际上她们已经安全了，继续再往西走，就应该生还了。就是因为听到村子里面上千军民的突围激烈的枪声，她们就决定留下来，主动吸引、牵制日军，配合左叶将军他们掩护上千军民的突围。

【播音】桦木沟村里的上千军民成功突围了，但倪淑英、刘涑、王政阁和刘义这四位勇士却在击毙了十几个日军之后壮烈牺牲。

【录音】倪冈：老乡和那个八路军战士掩埋遗体时就发现，其他人都身中两弹、三弹，而倪淑英身中八弹。她怎么中了八弹？就发现，她是站在大石头最外侧的。

【播音】桦木沟村的父老乡亲们被深深地感动了，大家配合八路军安葬了倪淑英她们，并年年祭拜，72年来从无间断。

【录音】（压混）倪冈拜访马山家：我奶奶和你姑妈还有刘涑……

【播音】跟随马山和谭云，倪冈看到了倪淑英烈士生前曾经住过的房间，也看到了谭云家里窘迫的现状：住的还是土坯老屋，已成危房的老屋里，家徒四壁，连床单、被套都买不起。

【播音】那是2015年的桦木沟村，不只是谭云一家，全村的父老乡亲过得都很艰辛。

【录音】时任桦木沟村党支部书记的张大利回忆说：村里面临很多困难，居住环境啊，吃水困难啊。旱季的时候，村民得到一公里以外的地方挑水。交通也不方便。人均耕地也就0.5亩吧，人均（年）收入也超不过3000元。

【播音】倪冈觉得自己的心里像有团火在烧。

【录音】倪冈：我姑妈是共产党员，我也是共产党员。姑妈能够为桦木沟村的村民们献出自己的生命，我也应该为老乡们脱贫做一点事儿。

【播音】三年里，倪冈自费六上太行山，从被单、被套到太阳能灯，他为桦木沟的父老乡亲带去了自己力所能及的所有东西，并尽全力帮忙想脱贫的点子。

【播音】倪冈明白，单靠“输血”是不行的，可怎么才能让桦木沟的乡亲们自己学会“造血”呢？

【播音】倪淑英烈士的事迹和倪冈帮扶桦木沟村的故事感动了很多人。2018年的春天，多位企业家找到了倪冈。

【录音】倪冈：年轻的企业家，都是共产党员。他们先后三次到了桦木沟，做调查，看看能帮助做些什么。

【播音】在参观走访之后，企业家们和扶贫工作队、桦木沟村村干部、倪冈他们一起，提出了“红色旅游，消费扶贫，订单扶贫”的思路。有位叫丁青林的企业家当场就说，他很看好桦木沟村的小米。

【录音】丁青林：营销优势主要在三个方面。第一，的确是原生态的小米。第二，便于物流运输。第三，如果我们从当地农民的手中直接采购的话，的确比市场同类品质的小米的价格要便宜了好多。

【播音】2018年秋天，丁青林如约从江苏发来了订购邀约，要采购6000斤的新小米。乡亲们很振奋，踊跃卖粮。

【播音】就在这时，倪冈和张大利他们发现，村里小米的质量是一家一个样儿。

【录音】张大利：一看不行。加工的时候条件有限。它也不干净，有土，有沙子啥的。

【播音】机会就在面前，可该怎么过这个坎呢？张大利召集大伙一起想办法。聊着聊着，张大利就突然想到了自己在镇上做粮食加工的同学。对啊，为什么不请专业的人来做专业的事呢？

【录音】（压混）乡亲们对小米进行筛拣、外发。

【播音】合作很快就谈妥了。标准化的筛拣加工保证了桦木沟村小米的质量。6000斤桦木沟小米走出了太行山，远嫁到千里之外的江南，被端上了数千家庭的餐桌。

【录音】[（压混）桦木沟村民卖粮］这下高兴啦，卖到钱了！

【播音】而在桦木沟村里，看着自己用劳动换来的红彤彤的人民币，乡亲们的眼睛亮了，种粮的积极性提高了。第二年，就创下了产粮量翻一番的纪录。

【录音】张大利：头一年销售了有6000来斤吧，第二年又销售了12000多斤吧。

【播音】倪冈深知，对于整个桦木沟村脱贫致富的大计来说，卖小米只是杯水车薪。那么，自己该用什么来撬动现有的资源帮助乡亲们呢？

【播音】2019年的春天，在《银潮》杂志的促成下，“帮扶桦木沟村专题座谈会”在江苏南京举行。现场汇聚了9位专家和4位党员企业家，大家提出了不少金点子。

【播音】散会后，老专家黄开红拉住了倪冈的手，说他想去一趟桦木沟。黄开红曾任江苏省农业科学院农业现代化研究所和农产品加工研究所的所长，帮助农民致富很有办法。

【播音】出发前一天的晚上，倪冈却偶然得知，黄开红动过大手术不到一年。将心比心，倪冈又实在不忍让年过六旬的他去了。

【录音】黄开红：我光听听没有用，我要调查研究。我们一定要找到利用当地的资源做起来，有附加值的，投资不大的，让他们的经济收入能够极大地提高。

【播音】在桦木沟村，黄开红跋山涉水，深入了解桦木沟村各方面的资源。乡亲们看在眼里，疼在心里。谭云就精心准备了一桌饭菜。

【录音】黄开红：他特意弄了一点饼啊，弄了一点菜，放在一个小桌子上给我们吃。他们自己人还不吃。实在讲，我都吃不下。人挺好的，就是他们没钱、没路。

【播音】实地调研后，黄开红提出了不少新办法，其中一条是养鱼。

【录音】黄开红：看到那边有泉水。我说养泉水鱼，泉水鱼的价格非常高。

【播音】2020年，在多方的共同努力下，桦木沟村面貌焕然一新！红色旅游形成了体系，小米、柴鸡蛋等农产品销售上了正轨，全村胜利脱贫！

【录音】张大利：现在好多了！咱们政策也好。现在咱们村家家户户都盖上新房。用水、就学、就医方面都解决了。现在年平均收入已经到达8000元以上了。

【播音】2021年4月18日，71岁的倪冈第十四次踏上了桦木沟村的土地，他为乡亲们带来了不少科技助力乡村振兴的新思路。

【播音】从2015年第一次来到现在，6年过去了。倪冈苍老了很多，桦木沟村却越来越年轻。

【播音】河北省涞源县委、县政府派驻桦木沟村扶贫工作队队长、第一书记刘树生很感慨。

【录音】刘树生：父老乡亲们在最困难的时候，倪冈老先生伸出了双手，送衣、送粮，为桦木沟村的脱贫献计献策，真可谓雪中送炭，情深义重。

【录音】张大利：倪冈老先生作为一名老党员，继承他姑姑的革命先烈精神。他俩太像了。

【播音】在干净、坚固的盘山路上，谭云搀扶着倪冈，去为倪淑英烈士扫墓。烈士墓前，倪冈深深地鞠躬。回过头，看着整齐的村舍、干净的街道，倪冈许下了新的誓言。

【录音】倪冈：脱贫只是起点，后面乡村振兴的工作，路还很漫长。我就想做出一些新的举措出来，能够使得我们烈士用生命换来的桦木沟村，貌要变，人要变，生活更要变！

苏州市广播电视总台2021年播出

第十九届苏州新闻奖一等奖

沙钢集团：打好“去产能、促转型”的组合拳

主创人员　吴　克　严小娟　周宇卓　陈红霞

去年12月召开的中央经济工作会议明确了钢铁行业去产能的路线图。“十三五”期间，全国粗钢产能要压减1亿—1.5亿吨。11月9日，全联冶金商会去产能、促转型研讨会在江苏沙钢集团举行。作为全国最大的民营钢铁企业，沙钢集团在去产能、创新驱动、转型升级等方面的诸多扎实举措，为全国钢铁行业脱困求生提供了宝贵的经验。本台推出系列报道《沙钢集团：打好“去产能、促转型”的组合拳》，今天请听第一篇：

机器换人　提升效能

【播音】听众朋友，我现在位于沙钢电炉炼钢厂电炉车间，只见电炉门口一台从意大利引进的六轴自由度冶金版工业机器人正按照设定好的运动轨迹，对电炉钢水进行测温和取样。当机器人持检测探头插入钢水时，钢水温度及元素成分曲线数据直接在电脑画面上显示出来，整个检测25秒内就能完成。使用机器人对钢水快速在线自动测温取样，沙钢在国内同行属首创。

【录音】沙钢电炉炼钢厂设备部主任马建东：下一步减员增效，减少人员，然后安全上得到保障，炉子里钢水出来以后对人体有伤害，机器人没有关系，它测温、取样比人工测得更加精确。原来人工测温，它温度测不准。（对电炉炼钢有什么影响？）那么就会影响我们的冶炼节奏，我们的消耗会变多，如果说达到1600度，我们就正常导钢，它测不准的话，你以为它还没到，还会继续通电，它一分钟要烧几千度电了。

【播音】目前，沙钢已在线使用27个工业机器人，接下来还将继续在机加工焊接、机床上下料、精密铸造、冷轧卷贴标等岗位应用工业机器人，到2020年末完成

1000—1500个机器人替代岗位目标。

【录音】沙钢集团董事局主席沈文荣：从沙钢来讲，未来五年有明确要求的，就是减员增效，通过减员以后还要减轻劳动强度，减员以后还要提高效率。凡是能智能化的地方就是机械手、机械人，所以我为什么讲现在20000人要降到15000人以下，这5000人谁去搞，都是由信息化、智能化来代替。”

【播音】未来五年，沙钢计划投入12亿元，从烧结、焦化、炼铁、炼钢到轧材及其辅助车间，借鉴国内外先进技术，进行智能车间改造，实现工业4.0的目标。

【录音】沙钢集团董事局主席沈文荣：现在讲工业4.0，对我们的理解来讲，钢铁怎么机械化、自动化、信息化、智能化，现在落脚点信息化、智能化，这个智能化你怎么来衡量，我讲的意思就是劳动生产率，我们沙钢在全国的钢铁行业人均产钢大概1000吨左右，所以我们有一个五年规划，我们整体的人均产钢也要达到1500吨—1600吨，要接近世界最先进的水平。

【录音】江苏省钢铁行业协会副会长陈洪冰：张家港的江苏沙钢集团走出了一个很好的道路，沙钢要实现装备自动化、智能化、信息化、机械化，那么新四化目标目前也是我们协会努力的方向，我们希望通过协助沙钢来实现新四化，带动整个行业新一轮的转型升级。

【播音】以上是由张广记者吴克为您报道的。

张家港市广播电视台2016年播出

系列报道《沙钢集团：打好“去产能、促转型”的组合拳》，请听第二篇：

调优结构　剑指高端

【播音】我们来看一下我们做出来的实验结果，这个钢种要求的屈服强度大于200兆帕，目前的话，我们测试的强度在431兆帕。近日，记者来到沙钢集团钢铁研究院，研究人员正在对今年新开发的铬钼系耐热焊丝钢进行强度试验。所谓“屈服强度”，是指一种钢材抵抗高温高压的能力。普通钢材在450多度的环境下，压强达到100兆帕时，就会软化变形，而沙钢研发的这款铬钼系耐热焊丝钢，抗压强度达到了431兆帕。

【录音】沙钢集团钢铁研究院研究员郭慧英：我们这个钢材在454度，还有这么高的强度，完全可以胜任长期的高温运行。这个钢种里面主要是加了耐高温的两大元素，铬和钼元素。普通的焊丝钢的话，目前吨钢的利润在200—300元左右，而我们这个吨钢利润可以达到800—900元。

【播音】这个产品的问世，也标志着沙钢在高端合金焊丝钢领域达到国际领先水平。今年1—9月，铬钼系耐热焊丝钢累计销售2465吨，销售收入1416万元，成为沙钢产品结构优化、吨钢效益提升的新亮点。

【播音】今年以来，沙钢精准定位，相继开发出海工钢、管线钢和高强度建材钢等30多个新品。

【录音】沙钢集团有限公司总工程师张晓兵：大概有三分之一已经进入批量生产，然后进入市场，获得了一些比较可观的效益。我们今年效益比较好的有宽厚板、线材、螺纹钢筋、热卷板，还有冷轧产品，这五大系列产品，很多的产品结构呢发生了比较大的变化，我们单品种的盈利水平也得到了提高。

【播音】通过加大新品研发，提升产品档次，沙钢集团不断抢占新兴市场、高端市场，为企业在竞争中赢得了更多的话语权。

【录音】沙钢集团总裁龚盛：我们总的想法就是要使我们沙钢的产品整体档次得到全面提升，而且高附加值的产品占比提高，我们下一步的目标是要能够占到50%以上。档次高的，质量是非常稳定的，在用户中间是叫得响的，在产品定价中间是具有话语权的，这样你的企业是有竞争力的企业。

【播音】近五年来，沙钢共开发高科技含量、高附加值板线材新品250多个，新品销售收入超过660亿元，企业优特钢比达到了50%。

【录音】江苏省钢铁行业协会副会长陈洪冰：我们认为，首先是在技术上拥有独占型、排他型的、领先型的，以及我们高效益的，这个就是我们中高端的发展方向。在常规产品，我们要走差异化、精细化的道路，要能够在市场占有率有胜人一筹，那么这一类的企业也是能够适应未来转型方向的。

【播音】以上是由张广记者吴克为您报道的。

张家港市广播电视台2016年播出

系列报道《沙钢集团：打好“去产能、促转型”的组合拳》，请听第三篇：

追求卓越　紧贴市场

【播音】听众朋友，我现在是在沙钢集团棒线厂的生产车间，这条生产线上正在生产沙钢集团成功研发的600兆帕高强度螺纹钢筋。它比目前市场上普通螺纹钢筋的强度要高出2到3个等级。这项新产品使沙钢集团成了国内为数不多能够生产高强度螺纹钢筋的企业之一。

【录音】沙钢棒线厂负责人黄文克：这个钢跟普通的335和400相比的话，它能够节约用钢量，比335和400能够分别节约44.2%、33.3%，具有显著的节能减排效果。

【播音】以一个工程用钢1000吨计算，600兆帕螺纹钢能比335兆帕螺纹钢节约钢材442吨，减少成本100多万元。目前，我国正在制定新的螺纹钢国家标准，将600兆帕螺纹钢纳入其中，并逐步淘汰335兆帕等低强度螺纹钢。

【录音】沙钢棒线厂负责人黄文克：今后我们国家的螺纹钢是朝着高强度方向发展的，如果我们沙钢率先开发出600的话，我们就有一定的话语权，另外也能够使我们沙钢在螺纹钢这个市场领域，处在一个比较领先的行列。

【播音】一直以来，沙钢追求高指标、高附加值产品，始终紧贴市场规律，以实际需求为准绳。

【录音】沙钢集团有限公司总工程师张晓兵：我们开发产品的注重点就是结合用户的需求，开发适合用户使用的、质量可靠的、成本比较低的这样一些产品，让双方都在产品中获得效益，所以，我们每一个产品开发出来都是要考虑到产品是不是有市场竞争力，是不是满足用户需求。

【播音】下阶段，沙钢将对低端的螺纹钢、棒材、线材逐步进行淘汰，力争到2020年，沙钢本部2100万吨钢产量下降到1500万吨。

【录音】沙钢集团董事局主席沈文荣：如果说我们过去十年之前还要把钢铁做大，但是现在的思路是怎么把钢铁做强做精，第一是产品结构的调整，特别是围绕市场急需要的产品要加大研发的步伐。第二是产品升级换代，再通过三到五年的努力，使我们的产品质量70%—80%都要按照世界标准来组织生产。关键是装备水平提高，按照世界钢铁工业最先进水平作为我们的标杆，使我们企业核心竞争力全面提升，进入中国、进入世界的第一方阵。

【播音】以上是由张广记者吴克为您报道的。

张家港市广播电视台2016年播出

第二十届苏州新闻奖一等奖

创新创业风生水起,新型职业农民耕耘希望田野

主创人员 陈俏蕾 王 睿

物联网开启种植新模式

片花

【播音】当农村空心化、老龄化凸显,明天谁来种地?当农产品价格"天花板"和资源硬约束的"地板"日益趋紧,谁能来种好地?

党的十九大报告提出,乡村振兴,关键在人,抓手在培育新型职业农民。

【录音】(习近平)实施乡村振兴战略。培养造就一支懂农业、爱农村、爱农民的"三农"工作队伍。

【播音】习近平总书记在参加今年"两会"四川代表团审议时指出,要就地培养更多爱农业、懂技术、善经营的新型职业农民。

他们,拥有高学历、高知识,又充满创意。

【播音】《创新创业风生水起,新型职业农民耕耘希望田野》我们一起来关注。

【播音】在我们以往的固有印象里,农民,那就是面朝黄土背朝天,日出而作,日落而息。而在望亭的御庭农业现代产业园里,40个蔬菜大棚里,却几乎见不到有人耕种。那里的年轻职业农民,只要手捧一台平板电脑或者手机,就能浇水施肥,开关风机、天窗。从传统农业向物联网转换的过程,葛昊明是御庭现代农业产业园的功臣。

葛昊明是家里的独子,他的父母过去是乡下的农民,如今,也都在城里有了工作。当初,考大学、选专业都是和父母商量过的,但是这次找工作,回到农村则是他自己的主意。

2014年,他从苏州农业职业技术学院毕业时,家乡的御庭农业现代产业园正好需要计算机人才,而他在农学院学习的正是计算机专业,所以,他就报名来到了那

里。在他的建议下，产业园开始建立并完善电脑控制的远程遥控和检测系统。

在基地的总控中心，我们可以通过大屏幕看到各个大棚生长的蔬菜，除了监控之外，这个总控中心实现了运用云媒体对农业生产实施全程控制。

【录音】我们大棚里装了各种传感器，我们还可以通过它来控制温度、湿度。这个是风机，我来演示一下。

【播音】这边总控室点一下风机，那边通过监控就可以看到，大棚里的风机开始转动起来了。

【录音】这个就是我们的远程操控系统，这里离蔬菜大棚直径得有3公里，这个是通过网络，我从这边设备发出了一个信号以后，基地的设备接收到这个信号然后开始工作。

【播音】有了这套电脑控制的遥控系统，农业园里的40个大棚，完全实现自动化。天晴的时候，只要葛吴明动一下手指头，大棚覆盖的塑料膜就根据指令缓缓打开，大棚的温度、湿度和采光都在他的控制之中。

【录音】这个是我们浇水的喷灌系统，以前的话人工浇都要拿着水管浇，现在你看水管在上面，我们只要打开那个阀之后自然喷洒，更节水，而且它是模仿一种生态气候，像下雨一样，可能更符合植物的生长。

【播音】葛吴明回到农村，其实也是想在农业园里承包土地，他既熟悉这里的风土气候，又有从学校里学来的专业知识，还积累了很多种植和经营的经验。

【录音】打算在产业园弄一块地，因为我们有林姐，林亚萍，她是种草莓的。她一年几十亩地，挺好的，我准备向她学习。

【播音】他口中的林姐，林亚萍，是谁？为何会让葛吴明有了想在农业园承包土地的想法？《创新创业风生水起，新型职业农民耕耘希望田野》明天我们继续来关注。

女硕士成为“新农人”

【播音】《创新创业风生水起，新型职业农民耕耘希望田野》我们一起来关注。

【播音】一名硕士研究生，毕业后没有留恋繁华都市，而是一头扎进望亭农村，用智慧和汗水，创造了一片广阔的天地——她叫林亚萍。

【录音】用大棚膜跟地膜，让它提前发芽风化，然后到冬天的时候就可以结果。

【播音】现在的林亚萍，提起草莓种植，头头是道，其实，2008年她从扬州大学硕士毕业的时候，并没有想着要与土地打交道。

当时，只是想着离丈夫的工作地点近一些，于是就在望亭镇新梗村的蔬菜公司找了个文员工作。当时新梗村的书记吴钰明发现她是扬州大学毕业的研究生，学的又是植物营养学专业后，动员她承包20亩土地，试试种点什么。

【录音】她研究生毕业，她学的农肥，虽然专业不同，但是她有知识。其实我们就是喜欢有学历的大学生到农村来，我们需要这样年轻的、有文化的大学生来创业，重视农业，带领农业发展。

【播音】对于一个书生气未脱的女孩子来说，田间地头的活可不好干。虽然当时的她，是望亭镇农学学历最高的一位，可是并没有种地的经验。第一年，草莓勉强长了出来，然而长势不好，她又没有销售渠道，大部分草莓最后都烂在了地里。出师未捷，林亚萍损失了近五万元。

【录音】感触最深的就是一定要坚持下来，车到山前必有路，是问题就有解决的办法。

【播音】就在林亚萍务农之路变得顺利的时候，她又遇到了新的麻烦。她的草莓是每年9月份生长到第二年的5月份，这样长时间的连续种植，土地的肥力就开始下降，草莓的病虫害也很猖獗，如果在地里大量使用化肥和农药，就会降低作物的品质，还会损害土壤，并导致减产。林亚萍用自己所学的专业知识，想到了开启草莓和水稻的轮作试验。

【录音】解决草莓的连作障碍问题，然后就在我的大棚里种起了水稻，这样的交替土壤的自我修复功能会比较好。

【播音】2011年，江苏省举办了第三届农村青年创业大赛，林亚萍的“水稻与草莓轮作”成果，引起了社会的关注，在600多个农村青年项目中，她的项目获得这次大赛一等奖，并得到了5万元奖金。

【录音】第一笔金额比较大的奖金，看着比较激动。更激动的是，比赛结束后正好是草莓上市的时间，报道说：望亭有个种草莓的，拿了一等奖了。就有好多人拿着那个报纸找过来，采摘。

【播音】创业路上的骄人成绩，也让林亚萍成为苏州市唯一入选团中央“乡村创富好青年”的致富带头人。作为农业园现代农业的领军人物，她得到了当地政府60万元的住房补贴。

2015年，她在望亭镇买下了一套宽敞的三层小楼。今年，她又搬迁住进新房。在这里，为她的父亲、母亲和公婆都安排了房间。

【录音】现在住的是五间卧室，2008年刚来的时候只有10平方米不到的地方。

【播音】和刚到望亭时候租住的房子相比，现在自家的小楼，200多平方米是之前的20倍。林亚萍说一家人都聚在一起是她最快乐的时刻。这就是她想要的生活。她和她的家人已经深深地扎根在了农业园这片土地上。

林亚萍的草莓越种越好，她承包的土地，也从最初的20亩，扩大到了70亩。未来，林亚萍还打算借助互联网平台，在线展示农产品从播种到收获的全过程，打造一个线上到线下的生态农场。

海归留学生在“土壤”中寻发展

【播音】今年30岁的卢申宝，是个澳洲海归，因为发现了一种土壤，他走进了御庭现代农业产业园。

卢申宝的土壤是一种粉碎的椰子，把它作为一种培养土壤基质，这种基质有很多的神奇的地方，其中一点就是拿它在家里种植蔬菜不会有任何异味。

【录音】在南亚那些国家这个东西是一个废物，因为他们盛产椰子，他们经常把里面的椰肉挖了，椰汁喝了，这个椰壳随意丢弃了。在斯里兰卡、印度那一带把它打碎熏蒸过后我把它带到国内来，我用我们自己的菌种和配方在这个里面发酵，之后就变成了一个有土壤性质的土壤了。

【播音】远看这些土壤和泥土很像，棕黑色，但用手一摸就不一样了，很松，而且也不会黏在手上。

【录音】其实当时我们选椰子壳，也就是椰糠来做这个基质的时候，就是考虑到它的这种纤维的含量，它的保水、保气、保肥的效果都非常优秀的。

【播音】发达国家居民自己在家种植的蔬菜能够占到自家餐桌用菜的40%。他觉得在中国也会有人喜欢在自己家里种植蔬菜水果，这种种植方式很有前景。

于是，在澳大利亚学了六年机械工程的卢申宝，在2014年选择回到中国，开始进行市场调查。

【录音】在北京、深圳这种地方，这种有机的水果黄瓜基本要到30块钱一斤，正好用我们的方式来种黄瓜之后成本就降低了。

【播音】2015年，卢申宝准备大面积种植蔬菜，这个时候，他听说苏州御庭现代农业产业园可以承包土地，就来到了这里，承包了大棚，用椰壳基质种起了蔬菜，海归留学生满怀希望地加入“新农民”的职业。

卢申宝告诉记者，国内有机蔬菜占比少，价格高达普通蔬菜的10倍左右。而他在种植过程中，很好地规避了土壤的风险，并用珊瑚类海藻肥，弥补了肥力不够等不足，使自己菜园产出的有机蔬菜价格控制在比普通蔬菜高出2到3倍，换句话来说，他的大棚所产的有机蔬菜在市场上的价格只有同类产品的一半，很具有价格优势。

【录音】我们把生产成本降低了，那我们蔬菜的产量就提高了，提高了之后我们的蔬果在有机市场就可以有低价这样一个优势，品质其实没有下降，甚至是提高了。

【播音】最初，他只拿了3亩地试种，如今，又租了20多亩。“农村是一个广阔的天地，在那里是可以大有作为的。”卢申宝对此深信不疑。

近年来，苏州市职业农民培育管理制度逐步完善，市政府先后制定出台《关于进一步加强新型职业农民培育的意见的通知》《关于加快推进新型职业农民认定管理工作的通知》《苏州市新型职业农民社会保险补贴办法》等一系列政策措施。2015年以来，苏州市累计培育新型职业农民12307人。

越来越多像葛昊明、林亚萍、卢申宝一样高学历、有情怀的“知识型农民”，在农村找到了用武之地，他们将用自己的创新实践重新定义农业，在农村这片希望的田野上，播下金色的种子。

苏州市广播电视总台2017年播出

第二十一届苏州新闻奖一等奖

乡村振兴　港城田园

主创人员　房　吉　严小娟　徐　亮

开篇语:

今年中央一号文件明确了实施乡村振兴战略的总要求:产业兴旺、生态宜居、乡风文明、治理有效、生活富裕。这20个字,呼应了时代新发展,顺应了农民新期待,勾勒出乡村振兴的宏伟蓝图。从今天起,本台推出特别策划——《乡村振兴　港城田园》,张广记者将走进乡村田头,观察农业新变化,对话农民新理念,感受农村新气象。

今天请听第一篇:

百家桥村:边角料焕发新容颜

【播音】曾经沦为发展大潮中的"边角料",如今却留住生态"底色",在美丽乡村的文章上细细雕琢,为港城留住了一抹诗意田园的最"美"乡愁。今天跟随张广记者房吉一起,走进杨舍镇百家桥村,去品味"百家桥赏景田园中"的惬意和幸福。

【口播】穿过高楼林立的城西新区,拐上西二环,再一路往西,当车轮开到新修的"百福俱臻路"上,仿佛走上时光隧道。你会发现,高楼正渐行渐远,白墙黛瓦的自然村落开始映入眼帘,一条明亮的小河串起座座乡村老宅。鼻尖流淌着青草花香,耳边萦绕着虫鸣鸟语,仿佛置身"世外桃源"。

【播音】正在村口聊着家常的村民胡金龙告诉我,昔日的百家桥村,十年九涝,属于低洼地,一潭死水黑又臭。

【录音】以前水质很不好,很差的,黑的、臭的,死水一潭,灌溉庄稼也有影响,米、菜都不好吃了。现在很好了,水清,看上去就舒服了,垃圾也没有了,生活质量提高了。

【播音】地处杨舍镇最西端、濒临江阴交界的百家桥村就是我们常说的“城郊接合部”。过去,路通不到这里,发展碰不到这里,成了一块被人遗忘的“边角料”。

【录音】杨舍镇百家桥村党总支书记王利明:因为那里地势比较偏,地势低,像一个盆地,每年汛期,都要水淹的,首先我们把水系重新调整,形成了循环,全部打通,下雨天水自然地从南循环流向北边,北边有个排涝站,下雨可以控制了。

【播音】2016年,水系“经脉”疏通了,但是破旧泥泞的道路依然是发展的“断肢”。随后,一条宽阔大气的“百福俱臻路”从城西新区直接通到了村里。今年54岁的周国宇说,以前村里的小伙子都娶不上媳妇,现在可大不一样了。

【录音】(以前)一旦下大雨出不去了,外面也进不来,困在里面了,对老百姓家庭婚姻有影响的。现在车子都可以开到家门口,旁边就是高速,前面就是市区,市区里的人都愿意跑乡下来了。

【播音】路通了,水清了,百家桥村显现出的生态底色让人惊艳。为了留住这一份自然美,百家桥村全面取缔废品回收站;对村内道路、河坡、空地都进行绿化美化,增加绿化面积近8万平方米,村里绿化覆盖率超过60%。同时,新建文化休闲广场、亲水平台,对村道全部进行黑色化改造并新装路灯59只,乡村面貌焕然一新。2017年底,百家桥村成为苏州三星级美丽乡村。

片花

村民有话说

【录音】原来这里就是死角,路不好,水不好,也没什么企业。现在愿意回家了,日子不一样了,越来越好。

现在水也清了,马路也整洁了,晚上来跳跳舞、健健身,心里也舒畅了,感觉像世外桃源。

片花

乡村振兴进行时

【播音】杨舍镇百家桥村党总支书记王利明说,美丽乡村建设既要“面子”,又要“里子”,如何在青山绿水上打造金山银山,是他一直努力的方向。

【录音】一个是产业园,因为我们区位优势明显,紧靠疏港高速,引进的都不是工厂,主要是电商、物流。还有一个就是生态园,现在村庄基础设施好了,环境美了,疏港高速下边规划了30亩水面,做农家乐,里面做采摘区。

片花：记者手记

（现场跳舞音）夕阳西下，忙碌了一天的人们相聚在村里的广场上，跳着舞，唠着嗑……此刻，我也真正感受到“百家桥赏景田园中”的惬意和幸福。景美、人美、生活更美，这就是乡村振兴的最美缩影。

以上是由张广记者房吉发回的报道。

善港村：党建引领书写基层善治新样本

【播音】党建引领，村民参与，依法治理，近年来，经开区（杨舍镇）善港村探索出的基层治理之道让一项项影响村民利益的民生难题，在党组织、党员的积极作为之下被逐项破解，快速转化为一项项惠民成果，既赢得了民心，又提升了村党委的公信力。张广特别策划《乡村振兴　港城田园》，今天走进善港村，看那里如何通过农村党建，有效激发乡村振兴组织动力。

【录音】这个材料我陆陆续续全部交给你了，所以说我问一下能报多少？

【播音】下午2点，70岁的孙炳球老人来到善港村村民服务大厅。因为罹患恶性肺癌，孙炳球先后住院5个多月，花费15万多元，医保报销了8万多，还要自费6万多。按照村里的政策，这种情况他可以从村里拿到补贴。

【录音】孙炳球：以前的人生了大病已经拿到了报销款，6000多块钱报销了600多块钱。作为老年人，这个也是不错的。因为你（原来）生大病，年终的时候到村里来写个申请要报销1000块钱，很难（报得到的）。现在不用你写申请书了，就是你看好病，凭手续拿过来，就可以了。

【播音】去年7月，善港村在全市率先成立村级医疗互助会“善福康”，由村集体出资，委托第三方评估运营，让8000多位户籍村民有了“第二医保”。村民只要单次住院费用等于或大于3000元，就可以根据病种的不同，获得住院实际费用10%—20%的补助。

【录音】善港村群工办工作人员何芳：截至5月底，享受报销的人员大概有450人，金额已经超过53万。最少的是200元，最多的报销金额有3万多的。一个月内把报销款打到卡上。

【录音】善港村党委书记葛剑锋：村民是永远的村民，所以我们始终还是围绕一个亲情服务，让全体村民觉得村庄始终是一个大家庭。我们围绕善港村来讲，就是让老百姓始终觉得我这个村庄虽不是最富有，但是最幸福的。

【播音】善港村曾是一个出了名的穷村，2009年起，村里发挥基层党组织在农村现代化建设中的核心作用，依托新型生态农业，短短几年就让村庄改头换面。去年，善港村村民人均年纯收入达到3.65万元。

【录音】当时的路是比较窄的，2米多，出行的人比较多，车子也多，不能会车……

【播音】大寨河路是横贯善港村东西的主干道，沿线聚居着300多家农户。随着村级经济的转型和私家车的增多，这条路愈发拥堵。为此，2016年，村党委决定对道路进行拓宽改造。在改造的过程中，得益于村民议事会的沟通协调，沿路农户没有向村里要一分钱。

【录音】老党员、村民议事会成员葛洪才：这个路的下面、河边，都种了蔬菜、树木，什么都有。路修到我那里，我就自己把树去掉了，他们一看见，基本上是拥护的，也有个别农户说，要赔偿，种的树要赔，那么通过做工作解决。

【播音】2015年，善港村在全市率先探索成立村民议事会，议事会成员由村民"公推直选"产生。13名议事会成员中，有10名是党员。三年来，以村民议事会为主体，村里共实施河道整治、道路改建等民生实事项目29个，这一村民自治试点工作还被评为第四届"中国法治政府奖"。

片花

村民有话说

【录音】村民殷和城：现在基本上通到每个生产队的都是黑色的柏油路，都有了。以前这个路比较窄，现在这个路比较宽敞，这个是为人民造福。

【录音】村民曹龙：60岁以上都有福利，到天热就发西瓜、香瓜，到八月半就发月饼、红枣之类的，到过年的时候，60岁的500元，70岁的也是500元，80岁以上的就提高了，800元。

片花

乡村振兴进行时

【播音】"乡村治、百姓安"。在善港村党委书记葛剑锋看来，振兴乡村关键在党，要加强农村基层党组织建设，抓好带头人队伍和党员队伍建设，让加强党的领导这一政治优势在乡村振兴战略中落到实处。

【录音】善港村党委书记葛剑锋：乡村振兴，一切的落脚点，还是党员先行，党员要有模范作用。我们不断发展新的党员，而且我们时刻注重人才培养的梯队，我们现在的村班子的平均年龄是38岁，下一轮我们的年龄结构还要进一步调轻，让年轻人更有机会到村的第一线。

以上是由张广记者严小娟发回的报道。

支山村：打造“桃”名片助力乡村振兴

【播音】连日来，港城气温频频攀高，在高温的炙烤下，凤凰镇支山村的万亩桃园绿意葱葱、生机盎然。记者来到远近闻名的“水蜜桃村”——凤凰镇支山村。这里是凤凰水蜜桃的发源地，也是种植核心区。

【播音】一大早，在桃农樊卫良的桃园里，老樊拉着记者介绍起自家种植的水蜜桃。今年71岁的桃农樊卫良是一名老党员，2003年退休后主动响应支山村的号召，把自家4亩多农田全部用来种植桃树。樊卫良还是头一回种植桃树，他最需要的是攻克技术关。为此，他请技术人员到自家桃园现场指导。也正是在这“你来我往”中，樊卫良掌握了嫁接、施肥、剪枝、套袋等种桃步骤。

【录音】桃农樊卫良：我们支部看清了这个形势，从传统农业向高效农业发展，我现在71岁，种好桃子要靠脑子，要讲技术，没有好的脑子种不出好的桃子，没有好的桃子就没有市场。

【播音】从5月开始，只要不下雨，樊卫良几乎每天都在桃园干活。他告诉记者，今年天气适宜，雨水也不多，是个丰收的大年。今年他最看好“湖景”，这是他新引进的品种，发现种出来的水蜜桃好吃又好看。

【录音】桃农樊卫良：现在通过我的孙女在网上推销，我感觉只要品牌好，桃子好，就能吸引回头客。

【播音】樊卫良告诉记者，其实桃农们种的桃树大致相同，关键就是田间管理。支山村结合凤凰水蜜桃的生产特点，与镇农服中心对桃农进行技术指导，实现先进管理技术全面推开，使桃农不因技术失误而受创。

【录音】支山村村委会主任徐卫龙：以前村里的桃农观念比较陈旧，采用一些老的方式方法，收入也很低，一亩地才几千元，后来村里发现了这个问题，带部分桃农、技术人员去学习，把一些好的品种引进来，把一些好的技术进行现场培训，现在村里的桃农每年都在增种增收，原先几千元一亩地的收入变成现在每亩地有一万多的收入。

【播音】在凤凰水蜜桃种植专业合作社，合作社负责人徐建芬忙得热火朝天，除了忙着引导桃农、过秤结账外，还要分拣打包，给网上或电话订购的客户发货。

【录音】徐建芬：每天桃农把好的桃子送到我们这里，还要分拣，大小分类。早桃已经上市了，每天都要收五六百箱，每年收一万多箱，平均每箱五六十元。

【播音】来自支山村的桃农沈菊林告诉记者，每天趁着阴凉早上四五点钟起床摘桃，再把水蜜桃送到合作社，比之前路边摆摊设点销售省力省心，价格反而提高了。

【录音】桃农沈菊林：今天送桃子过来，我年纪大了，摆摊不方便就送到合作社里，之前种两亩田，现在种五亩田，今年肯定比去年好，收入要多一点。

【播音】为了扩大支山村水蜜桃的影响力，解决桃农的卖桃问题，水蜜桃合作社应运而生。将水蜜桃分级管理、统一包装后，再由水蜜桃经纪人进行销售，不仅让村民实现了增收致富，水蜜桃的品牌也是越打越响。从免费搭棚到日常销售，从经济合作社到桃农经纪人，“两个纽带”激活末梢神经，推动产业发展，打造了乡村振兴“支山模式”。

【录音】支山村村委会主任徐卫龙：我们发展桃农经纪人、成立经济合作社，让销售能力强的经纪人进行推销，并且村里和政府免费为桃农搭建了桃棚，让桃农集中在一起销售。

【播音】现在，支山村已经有了十多家合作社，“佳园”“红星”等水蜜桃品牌也已经远近闻名，近4000亩的桃林每年能给村民们带来5000多万元的产值，水蜜桃产业已成为支山村农民致富的甜蜜产业。

片花

乡村振兴进行时

【播音】村主任徐卫龙告诉记者，如果游客来了只是看个桃树、吃个桃子，谁还能淡定。接下来，支山村里还要在“桃文化”上做文章。目前，村里在打造桃花源项目，建造一个以田园社区、度假酒店、生态农庄等内容为一体的“世外桃源”。

【录音】支山村村委会主任徐卫龙：接下来村里有一个打算，把“桃经济”转为“桃文化”，结合文化旅游观光，里面有一些采摘活动、民宿，把支山村水蜜桃品牌打得更响。

【片花：记者手记】

【播音】采访中，记者一路走，一路看，一路想，两位桃农都是半路出家，种植桃树已经15年以上，自主的选择、观念的转变，以及这种坚守和耐心，印证了一个道理：欲速则不达，同时也源于他们对乡村、对土地的热爱。

乡村振兴，需要给力的政策、集聚的资源、创新的实践、果敢的行动，同样需要立足当地实际、高瞻远瞩的定位和久久为功的耐心。对正在求索乡村发展的地方而言，可以从支山村坚守生态理念与着眼未来发展中汲取一份智慧和力量。

以上是由张广记者徐亮发回的报道。

张家港市广播电视台2018年播出

第二十二届苏州新闻奖一等奖

苏铜携手·同心圆梦

主创人员　张良法　何　军　李　静　刘卫东

决战贫困　逐梦小康

【导语】刚刚闭幕的中央经济工作会议提出，明年是全面建成小康社会和“十三五”规划收官之年，要确保脱贫攻坚任务如期全面完成。而在中国脱贫攻坚主战场之一的贵州，苏黔协作，用精准出击的生动实践交出了决战贫困的精彩答卷。

根据国务院2013年发布的《关于开展对口帮扶贵州工作的指导意见》，江苏省明确苏州市对口帮扶铜仁市。在贵州省脱贫攻坚成效考核中，铜仁市已连续多年位列第一。临近岁末，铜仁又传来好消息，在之前6个贫困区（县）顺利脱贫的基础上，到今年底，又有3个县达到脱贫标准。为全面报道贵州东西部扶贫协作成果，《苏州新闻》推出系列报道《苏铜携手·同心圆梦》，今天播出第一篇：《决战贫困逐梦小康》。

【录音】铜仁的菌菇、茶叶类产品都好，纯天然的。那边青山绿水，空气新鲜、养分足，吃吃那个绿色食品，对身体好一点。

前天落幕的第十八届苏州农产品交易会上，贵州铜仁市组织了当地47家农业企业，带来了梵净山生态茶、食用菌、贵州野猪肉、竹荪等上百个优质农产品，吸引苏州市民争相抢购。铜仁市农业产业化办公室负责人龙文虎告诉记者，自2014年以来，他们已经连续六年组团参加苏州农交会，而这次无论规模还是品种，都创历年之最。

【录音】三天下来，现场销售额应该在20万元左右吧。我们带过来的东西运费太高了，主要是给老客户看样的，关键订单有200多万元，这是之前没有想到的。然后，在展会上畅销的产品，都有订单直接发过来，进货量也是比较大的。

自2017年以来，通过线上线下销售和各企事业单位采购，以及举办各类展销会、订货会的方式，“黔货入苏”销售额已累计达3.8亿元。如今，苏州市民只要点击打开“食行生鲜”“苏州银行”等APP，“梵净山珍”第二天就能送到家。从“黔货出山”到“黔货入苏”，一条高效运转的产销链让扶贫变得可感可触。而这一切，正是苏州产业优势对接铜仁生态优势所带来的结果。

（出现场除草机器声，压混）

在铜仁思南县鹦鹉溪镇翟家坝村白茶基地，郁郁葱葱的茶树苗漫山遍野。正在给白茶除草的村民周良萍告诉记者，在没有这个产业之前，她在家里也就是干干农活，养几头猪，家庭基本上没什么收入来源，生活比较拮据，而自从去年进入茶园场务工后，生活一下子改变了许多。

【录音】因为在这里务工就有经济收入了嘛，每月平均在2500元左右。这已经相当可以了，因为就在家门口，能够照顾到老人和小孩。

翟家坝村属深度贫困村，建档立卡贫困户85户366人，贫困发生率为40.6%，以前村民主要种玉米和红薯，收入微薄。2017年10月，对口帮扶思南县的苏州常熟市投资400万元，从浙江安吉引种“白叶一号”白茶，村民户均土地流转收益1098元，还吸纳了120多名村民种茶、采茶。在此基础上，今年常熟市再拿出东西部协作项目资金500万元，以利益联结方式在翟家坝村投资建设年加工能力达10万斤的名优茶加工中心，助推该村及周边地区茶产业发展。

【录音】常熟市尚湖镇党委书记、挂职思南县委常委、副县长王晓东：我们围绕思南的生态茶进行发力，预计到明年这个村达到100万元的茶青收入，未来五年内村集体经济由于茶青的收入达到近1000万元。

“荒山变茶园”的生动场景，在铜仁各地还有很多。作为贵州脱贫攻坚的主战场，铜仁所辖10个板块曾经均为贫困县。为了更好更快地“携手奔小康”，苏州10个区（市）分别与铜仁10个区（县）建立“一对一”帮扶关系。在此基础上，苏州进一步推动基层单位、条线单位、爱心企业、社会组织等与铜仁各部门广泛结对，镇结对镇，村结对村，学校结对学校，医院结对医院……甚至兜底到户，鼓励党员户与贫困户“结亲”，“一户一策”想点子，真正将精准扶贫落到实处。此外，近3年来，苏铜两市累计共建产业园区17个，引进以江苏为主的东部企业142家，实际到位资金134.2亿元。

【录音】苏州驻铜仁前方工作队联络人、挂职铜仁市发改委主任助理张皋：通过苏州和贵州铜仁的东西部扶贫协作，在2017年的时候，我们帮助铜仁的碧江区、万山区、江口县和玉屏县四个区县顺利脱贫了。去年的话，石阡和印江两个贫困县也顺利通过第三方评估顺利脱贫。今年，德江、思南、松桃三个贫困县也已经达到脱贫标准。然后明年的话，就是铜仁的唯一国家级的深度贫困县沿河县，也要顺利“摘帽”。

苏州市广播电视总台2019年播出

民生幸福　苏铜共享

【导语】崇山峻岭，挡不住贵州贫困群众对美好生活的向往。苏铜携手，千里驰援，补齐铜仁教育、医疗、就业等一个个民生短板，不断增强当地百姓的幸福感、获得感。系列报道《苏铜携手·同心圆梦》，今天请听第二篇：《民生幸福　苏铜共享》。

【出录音】（压混）我们的巴拿马运河是哪两个大洲的分轴线？是北美洲和南美洲……

在铜仁玉屏县第一中学的多媒体教学课堂，60名学生分别围坐在10张圆桌旁，正在上地理课“大洲和大洋”，大家面对面讨论交流、各抒己见。这间由苏州太仓市捐建、国内领先的多媒体教室，借助于现有的IP网络平台，加以先进的流媒体技术，将卫星电视、摄像机、VCD、手机、航拍等信号实时转换并同步直播。

【录音】太仓市第二实验中学副校长、挂职玉屏一中学副校长严卫中：有了这个远程教育系统以后，可以更好地推动小组合作学习；其次，这套系统可以自动地进行录播，有助于我们教师对上课中出现的一些问题进行很好地反思。我们希望让这边的孩子享受到更好的教育。

与苏州太仓相距1600公里的玉屏侗族自治县，是贵州铜仁武陵山区集中连片的贫困县之一。去年8月，对口帮扶的太仓市精心选拔三名资深教师，组成支教团队奔赴铜仁玉屏县，开辟“组团式”教育帮扶新路。短短一年，这所原本生源质量、师资都很一般的玉屏一中，所有学科考试平均分均比该县第二名学校高出50分，优秀学生比例排全县第一。今年6月，国家发改委将玉屏县教育“组团式”帮扶作为第二批新型城镇化试点经验在全国推广。

【录音】玉屏县教育局局长邹志：我们这个学校的管理团队、学校的老师，都是在他们的指导下选聘的。通过一年左右的时间，这所学校中考的成绩、学生的行为习惯和整个教师团队的建设，都取得了显著的成绩。

在支教上，苏州帮扶团队倾其所能，同样在支医上，也丝毫不逊色。日前，在铜仁市石阡县人民医院，与死神擦肩而过的患者兰军按医嘱前来复查，头上长长的手术疤痕清晰可见，但他身体基本恢复，已能做简单的家务。

【录音】刘建刚院长就是我们家的救命恩人，感激之情真的是无法言语！

兰军的妻子邱述香红着眼圈念叨。去年10月15号下午，石阡县驻村第一书记兰军在扶贫工作过程中突发脑出血。当晚7点多，石阡县人民医院副院长、苏大附一院驻点帮扶专家刘建刚博士亲自主刀，为患者进行“开颅血肿清除+去骨瓣减压术”。守在手术室外的邱述香几近绝望，因为此前家中一位亲戚，就因同样的病症抢救失败离开人世。5个多小时后，手术室门打开，露出刘建刚疲惫的面庞，在高倍显微镜下熬夜做手术，他的双眼布满血丝，但他只说了一句“手术很成功”，便匆匆离去，邱述香甚至连说声“谢谢”的机会都没有。

【录音】刘建刚：首先一点，他是驻村第一书记，在脱贫攻坚的过程中工作非常辛苦。另外一点，我在那里帮扶了一年多的时间，与石阡人民确实也结下了非常深厚的友谊，那么每一个病人，我都是当作自己的亲人来看待的，病人也对我特别的信任。所以，不需要感谢，这是我们医生的一个天职。

就业是民生之本！为让铜仁百姓有更多的获得感、更强的幸福感，近三年来，苏州市人社部门在帮助铜仁有近12000名贫困户就业脱贫，其中7100多人在苏就业的基础上，今年9月又创新工作模式，在苏州技师学院首次开设“铜仁班”，招收当地建档立卡贫困家庭学生。在苏州学习的三年间，苏州技师学院单独为34名铜仁籍学生编班，并配备优秀师资，制订人才培养计划学习。毕业后，将推荐到苏州相关企业就业。

【录音】苏州市人社局局长朱正：这个班应该办得很成功！明年我们将继续面向铜仁建档立卡贫困家庭的子女，再办一个班，也体现我们苏州人社及技师学院的社会责任与担当。

苏州市广播电视总台2019年播出

扶志扶智　治穷治根

【导语】山海相连，心手相牵。苏黔扶贫协作和对口支援几年来，苏州与铜仁聚焦脱贫攻坚难点和短板，在经济社会发展各方面开展全方位、多层次、宽领域的合作，取得显著成效。然而，两地帮扶终究是有期限的，如何变“输血式”扶贫为“造血式”扶贫？系列报道《苏铜携手·同心圆梦》，今天播出第三篇：《扶志扶智　治穷治根》。

【录音】（压混）刘老师，你好！我这里收了一个病人，是一位65岁的女性患者，她是头上开颅的……

铜仁石阡县人民医院神经外科主治医师刘忠杰正在通过电话，向帮扶挂职期满已经回到苏大附一院的神经外科副主任医师刘建刚求教疑难病症的治疗方案。针对治疗过程中遇到的几个难题，刘建刚一一进行了耐心细致的解答。

【录音】刘忠杰：我跟了他一年，之后又去了苏大附一院进修了半年，这样的话，现在80%—90%的手术我都能够做下来。如果现在还遇到不会的，可以继续通过电话等方式向他请教。

去年五月初，作为苏大附一院东西部扶贫协作首批派出的医疗队专家，刘建刚挂职石阡县人民医院副院长，为期一年。在此期间，刘建刚用自己精湛的医疗技术，为当地数以百计的患者解除病痛。在他挂职后仅半年时间，石阡县人民医院就从二级甲等综合医院跃升为三级综合医院，并设立了贵州省首家县级医院脑卒中防治中心，县域内外转率同比下降10%，县域内住院就诊率达到90%。由于贡献突出，刘建刚被授予“贵州省五一劳动奖章”。今年五一前夕，刘建刚帮扶期满回到苏州，但他仍然不间断地通过远程会诊甚至多次赶赴现场等形式，向石阡医院提供无偿帮扶。

【录音】如果我们简单地去帮，单单去做的话，实际上是提升不了他们的医疗水平的，等我们这两家的帮扶任务结束以后，他们还是回到原地。所以说，为当地打造一支带不走的医疗团队，这个才是我们最大的任务。

授人以鱼不如授人以渔。为提高人才支援强度，推动扶贫与扶智相结合，苏州一方面积极为铜仁干部群众提供就业、培训、学习机会，另一方面，持续不断地把优秀人才送到铜仁。两年来，铜仁先后有4326名党政干部、2570名专技人才来苏培训、进修。苏铜两市互派448名党政干部和3387名教育、卫生、农业等方面的专业技术人才开展双向挂职交流。2017年10月，昆山市张浦镇镇长孙道寻赴铜仁挂职碧江区委常委、副区长，短短1个多月时间，就走遍了碧江的13个乡镇。他心中只有一个目标——发挥好桥梁纽带作用，把昆山所能提供的资源与碧江所需紧密结合，加速推进两地协同发展。而在这中间，最关键的就是要“授人以渔”。

【录音】我们原来说，作为输出干部到这边来主要起到一个“双面绣”的作用，但我们也更多地感受到要起一个“双面胶”的作用，就是通过东西部扶贫协作来带动西部地区的发展，最后来实现共同富裕、全面小康。

苏州帮扶工作队及成员的辛勤付出，铜仁的干部群众看在眼里，记在心里。在国务院扶贫办开展的2017年东西部扶贫协作考核中，苏州与铜仁扶贫协作工作被定为“好”层次。苏州工作队被贵州省扶贫开发领导小组授予“全省脱贫攻坚先进集体”称号。今年7月1号，在贵州省及铜仁市的“七一”表彰中，工作队领队、区县工作组长等12名同志均被评为“全省脱贫攻坚优秀共产党员”，其余11名同志被评为“全市脱贫攻坚优秀共产党员”。而在他们身上，都有一个共同的内核——不仅谋一时一域，更立足全局长远。

【录音】贵州省扶贫办东西部扶贫协作处处长田维秋：苏州干部的这个思想观念在工作的互动过程中，肯定对我们本地干部是有很大的影响和带动的，也帮助我们这边培养和留住了一批带不走的脱贫干部。

苏州市广播电视总台2019年播出

第二十一届苏州新闻奖一等奖

中国太仓2018世界竞走团体锦标赛现场直播

主创人员　王　霏　顾琳娜　陆晓红　张　清　沈　雯

FM96.7太仓广播特别策划——

中国太仓2018世界竞走团体锦标赛现场直播。

五月的太仓,春江水暖,鱼米飘香。我们迎来了中国太仓2018世界竞走团体锦标赛,49个国家和地区的386名运动健将将在太仓一决高下;太仓也将通过比赛向世界展示自己最完美的一面。现代田园城,美丽金太仓,为运动健儿们加油!FM96.7太仓广播中国太仓2018世界竞走团体锦标赛现场直播,正在播出!

台宣片花+世锦赛片花

王霏:听众朋友们,早上好!我是王霏。

娜娜:我是娜娜。

王霏:欢迎收听我们FM96.7太仓广播为您特别策划的中国太仓2018世界竞走团体锦标赛现场直播活动。

娜娜:时隔四年,太仓再一次迎来了竞走世界杯。我们太仓广播今天特别策划了这一次现场直播活动,与广大听众朋友们一起见证这一国际田联的顶级赛事。

王霏:真的是非常高兴和激动,非常兴奋。2018年国际田联世界竞走团体锦标赛于5月5日至6日,也就是今、明两天举行。共有成年男子20公里、50公里,成年女子20公里、50公里以及青年男子10公里、女子10公里六个项目。

娜娜:每个项目都将产生个人和团体两项冠军。比赛赛道为公路绕圈环形赛道,每圈2公里。半小时之后,也就是8点整,将同时开始50公里竞走男子组和女子组的比赛。

娜娜:市民的观摩场地有两个入口,分别位于上海路、半泾路段安检口以及上海路、娄江路段的安检口。市民通过安检之后就可以观赛了。

王霏：在此之前，我们首先来关注一下今天的天气情况，让我们连线太仓气象局的工作人员。

王霏：您好，这里是太仓广播，我们想了解一下竞走赛这两天的天气情况。

气象局工作人员：好的，今天白天的气温在20到22摄氏度，体感比较舒适，风力在4到5级，明天午后到夜间，降水就有些明显，因为降水所以气温降低会有点凉，风力4到5级，阵风6到7级。

王霏：好的，接下来我们将连线现场记者沈雯，了解一下比赛场地上的情况。

王霏：沈雯你好，我们想了解一下目前赛场上的具体情况。

沈雯：现在离比赛正式开始还有一段时间，赛道上的工作人员已经在做最后的准备工作了，刚才我们看到裁判员已经入场了。

娜娜：现在现场的情况怎样，是不是很热闹，运动员们是否非常激动?

沈雯：对对对，运动员我们暂时还没有看到，但是我们看到马路边上已经站了很多观众，他们还举着横幅，在为中国队加油。在这边最忙碌的应该就是媒体，来自全国各个地方的电视媒体、平面媒体都在做前期的一些调试和准备工作。

王霏：为配合赛事，我市从5月3日至5月8日，对市区部分道路将实施交通管制。接下来我们将连线太仓市公安局交警大队的黄队长，了解一下路面上的交通情况。

王霏：黄队您好。

黄队长：主持人，您好。

王霏：其实我们从5月3日到5月8日这段时间都在实施交通管制，所以提前几天已经做好了安排和部署，运行下来之后今天的情况怎么样呢?

黄队长：因为今天是竞赛的第一天，为了确保交通管控、道路、路口、周边交通秩序以及市民的出行，我们交警于今天早上6点钟抽调百余名的警力在管控各个路口、路段，来回巡逻，确保道路交通的一个平稳有序。

王霏：请问具体是哪几个点位?

黄队长：这边我向听众朋友们做个介绍，有上海路—扬州路东侧、东亭路—县府街南侧、东亭路—朝阳路的北侧、娄江路—上海路的西侧以及县府街—半泾路、东亭路—郑和路、上海路—常胜路跟县府街—万和路，都有我们的警力对这些路口进行管控。

王霏：其实在管控的同时也主要是方便大家的咨询。因为我们本次的比赛规模非常大，这样的人员配备才能让比赛现场秩序平稳很多。非常感谢黄队，交警同志们辛苦了，再见。

王霏:这两天太仓真的是热闹非凡。

娜娜:是的,非常热闹。

王霏:那么大家最关心的,到底谁来了呢?本次竞走赛将有来自49个国家和地区的386名运动员、204名官员以及10多名中立运动员参与,总规模近千人,是历年来我市承办的体育赛事中级别最高、规模最大的一场赛事。所以真的是值得一看。

娜娜:而且这次比赛有很多的名将。

王霏:比如中国队有王凯华、杨家玉、蔡泽林,还有切阳什姐、王娜、王应柳等竞走名将参赛。

娜娜:赛出精神来,取得好成绩。

王霏:刚才说到我们本次比赛也是做好了很好的接待工作。

娜娜:是的,准备了很久了,为了这一场盛宴。

王霏:我们来听一下到底有哪些值得期待的事情,我们的旅游工作做得如何呢?

新闻录音:2018国际田联世界竞走团体锦标赛期间,作为东道主,我市更为运动员开启了绿色通道。

近日,我市各旅游景点都收到了一份通知,明确在5月2日至8日竞走赛期间,各景区景点对赛事官员和运动员凭证免费开放,并做好接待服务工作。眼下的南园,花开得正旺,衬托着绣雪堂、大还阁等古典园林建筑,每一处都是景中景、画中画。

园林工作人员:欢迎各国的运动员来领略江南园林不一样的风景,有兴趣的话可以多多停留,可以领略中国的古韵之美。

王霏:通过现场视频直播,随着发令枪响,我们现在看到比赛正式开始。运动员们冲出起跑线,往前冲去,大家都想趁着起步阶段,抢到一个很好的先发位置。下面我们马上来连线一下现场的记者芒果,了解一下出发时候的情况。

芒果:主持人你好。观众朋友大家好,听众朋友大家好,我现在是在第28届世界田联竞走团体锦标赛的现场,目前正在进行的是50公里成年男子和50公里成年女子的比赛,目前我们看到比赛现在非常激烈。走在最前面的应该是388号。现场也有很多的市民朋友前来观赛,现场啦啦队也是相当热闹。现场有很多的设施设备正在进行直播活动。

王霏:我们继续来关注一下本次竞走赛的一些具体情况。从名单上了解到本次竞走赛中国队的一些人员名单,比如王凯华、杨家玉等等。杨家玉是本次竞走赛的形象大使,她曾于2017年在太仓举办的国际田联竞走挑战赛和全国竞走大奖赛暨世锦赛20公里选拔赛中获得亚军,同时在2017伦敦世界田径锦标赛女子20公里竞走中获得冠军,很惊人的成绩。

娜娜：我再来介绍一位吧。这位呢，名字叫王凯华。王凯华这位名将也广为太仓人熟悉，他曾于2015年5月1日在太仓举办的国际田联竞走挑战赛暨全国竞走冠军赛男子20公里中获得亚军。

王霏：那我们再来看看还有哪些外籍名将。本次比赛值得期待的外籍运动员有来自意大利的竞走运动员Antonella Palmisano，来自葡萄牙的50公里竞走世界冠军Ines Henriques，来自哥伦比亚的20公里竞走世界冠军Eider Arevalo，来自日本的荒井广宙，他曾在里约奥运会上夺得铜牌，在去年的伦敦世界田径锦标赛上获得银牌。可以说全世界各地名将都来了。其实关于这个竞走赛我也简单研究了一下，我觉得可能之前对于体育方面关注得过少。听到太仓承办这个赛事之后做了一些小小的功课。这个竞走其实挺难的。

娜娜：非常难。

王霏：田径比赛规则规定：每步中，运动员在后脚离地之前，前脚必须着地，脚落地时，该腿必须有一瞬间的伸直。竞走运动员在比赛途中，如违犯了上述规定，第一次犯规裁判员举白旗给予警告，若再次犯规，裁判员举起红旗，取消其比赛资格。运动员在最后1圈犯规，可根据具体情况给予警告或直接取消其比赛资格。腿部动作是竞走技术的主要环节。前迈的腿在脚落地时要伸直，用脚跟先着地，这样可增大步长并能减小着地的制动。随着另一腿蹬地，身体重心前移，出现了单腿支撑阶段。当身体重心移至伸直的支撑腿上时，后腿屈膝摆至体侧。

娜娜：所以看着很简单，其实非常难。要这样扭五十公里，我也了解了一下比赛时间大概在三到四个小时，至少是三四个小时。所以来回走三四个小时，再加上技术动作，真是难上加难。

台宣片花+世锦赛片花

王霏：好，直播继续，比赛继续。接下来我们继续来连线一下芒果，芒果你好！

芒果：你好，听众朋友大家好！我现在是在第28届世界田联世界竞走团体锦标赛的现场。目前，我了解到的新的信息是，在今年的世界田联团体锦标赛现场设置了九位裁判，这九位裁判的每个人手里面有一张红牌。最新设置是有一个罚停区。罚停区（规则）是如果一个选手连续接到三个裁判的红牌，就要在这罚停区里面，只能在这个区域里面活动。这一项，也是今年最新设置的一个规则。那如果这个选手在罚停区等待之后再被出示一张红牌的话，他将会再被扣除五分钟的时间。

王霏：那就是时间不断地延长了？

芒果：对！

娜娜：离名次也是越来越远。

王霏：目前有没有犯规的情况？

芒果：目前还没有，还没有犯规情况。目前，男子组比赛领先的应该是日本团体组，因为他们在备战2020年的奥运会，所以他们全国在这个田径赛事上的投入的力量是非常大的。中国选手目前在第三方阵，时间方面还是有点差异的。关于男、女子的一个配速方面，其实我们可以看到现场是有男子组和女子组共同进行50公里的竞走。

王霏：对，刚刚我们听到好像在比赛中，如果说被罚区要有这个五分钟的时间延长，好像听着很长，其实也可以后来居上。

芒果：但是对运动员来说是有困难的。

王霏：好，接下来我们继续了解一下比赛目前的情况。

芒果：你好！主持人。

王霏：现在赛场上情况如何？

芒果：目前裁判给出了一张黄牌，它分两种，一种像大于号一样的，还有一种是波浪线。大于号这样的一张黄牌，是刚刚给出去的。这张黄牌对于运动员来说影响并不是很大。它主要的意思是，运动员在脚跟和脚尖之间的一个过渡阶段，有点弯曲，腿有点弯曲，因为竞走的时候，后脚跟和前脚跟之间的过渡，是不允许腿部有明显的弯曲的，不能有弯曲的。刚才给这张黄牌，就是肉眼可以看出来的明显弯曲。新的规定是三张黄牌要到罚停区，这个区域是新增的，每个裁判可以给出一张黄牌，到了这个罚停区以后，就会直接扣除运动员的五分钟时间，如果再是一张黄牌，就是第四张的话，就直接被罚下场了。

娜娜：说到竞走，其实也是咱们中国田径的一个传统的优势项目了，从1983年竞走运动员徐永久为咱们中国田径收获了第一个世界冠军，到1992年陈跃玲在女子十公里竞走项目中，为中国田径赢得了第一枚奥运金牌。中国奥运史上一共获得了八枚田径金牌，其中有五枚就是出自竞走项目，就在过去的两届奥运会上，中国竞走运动员就收获了三金三银三铜，是中国田径当之无愧的王牌之师。

王霏：是的，我国对田径事业的发展也是非常重视，国际田联每年都会有重要的赛事放在我国举办。像这个国际田联的竞走世锦赛，第三次在中国举办，两次就落户在太仓，作为一名太仓人，真是十分自豪，感觉很光荣。

娜娜：其实，一方面也是因为我们太仓市委、市政府的高度重视，还有另外一方面就是我们太仓有着深厚的群众基础。我们是全国首批体育先进县、江苏省首批体育强市，被国家体育总局授予2013至2016年度全国群众体育先进单位称号。

王霏：在昨天上午举行的开幕式上，前来太仓的国际田联理事会的理事，阿迪力·索马里瓦先生也对太仓做出了高度评价，接下来我们就听一下。

王霏：索马里瓦先生首先感谢了东道主的盛情款待，他代表国际田联主席萨巴斯蒂安科先生前来太仓出席这一活动，他表示，自2011年首次举办国际田联竞走挑战赛以来，太仓已经连续八年承办世界高水平竞走赛事，被誉为中国竞走之城。这些年来，太仓见证了陈定、王镇、蔡泽林、刘虹、切阳什姐、吕秀芝等一批优秀运动员的快速成长，也见证了中国竞走在2008年北京奥运会之后的重新崛起，成了中国竞走的真正的福地。经过多年经验的积累，太仓在承办赛事、运行组织方面的能力也受到了各界的广泛肯定，已经在国际田联中形成了品牌效应。在此，预祝比赛取得圆满成功，也祝运动员们好运。

王霏：是的，时间过得很快，一个半小时的直播马上要结束了。现场真的是热闹非凡，包括我们刚刚在闲暇之余简单浏览了一下朋友圈，发现朋友圈里面大家也都在观赛。

娜娜：对，不能够错过这样一次非常大规模的比赛。

王霏：今天的现场直播活动将告一段落，稍后我们将继续关注比赛的进程和结果。

12：30

台宣片花+世锦赛片花

王霏：好，听众朋友，这里是FM96.7太仓广播中国太仓2018世界竞走团体锦标赛直播特别节目，欢迎回来。经过四个多小时的紧张角逐，50公里成年男子、女子的比赛名次也是尘埃落定了。

娜娜：对，是的，我们要特别关注到就是在女子50公里的比赛中，我国选手梁瑞首次参赛就以四小时零四分三十六秒这样的成绩呢，打破世界纪录约一分钟的成绩夺冠，中国队另外一位选手尹航获得第二名，同时，由她们及两名运动员组成的中国队也获得50公里成年女子组团体金牌。

王霏：同时开始的50公里男子成年组的比赛中，中国选手王钦和王瑞分获第五、第六名，日本选手包揽了前三名，下面一起来听一听现场发回的采访录音。

【录音】50公里成年女子组冠军梁瑞：（竞走福地）太仓确实是这样的，每次赛前天气特别热，但是到比赛这两天天气就特别好，也利于我们发挥好成绩。

【录音】50公里成年男子组第五名王钦：这一次对于男子50公里来说相对还是比较困难的，因为日本和澳大利亚是强国，然后对于自己也算是一种挑战吧，能够发挥今天这个成绩。

王霏：好，恭喜选手们取得了好成绩，看来我们太仓也是选手们的福地。

娜娜：对，每次比赛都能够刷新世界纪录。

王霏：另外，今天下午还会举行10公里青年男子组合、20公里成年女子组的比赛，也希望各国选手们都能取得好成绩。

王霏：行走在春天的太仓，让我们一起敞开怀抱，迎接这些选手的到来，并祝愿他们在太仓取得好成绩，这里是FM96.7太仓广播中国太仓2018世界竞走团体锦标赛现场直播活动。我是王霏。

娜娜：我是娜娜。

王霏：再见！

娜娜：再见！

太仓市广播电视总台2018年播出

第十六届苏州新闻奖一等奖

四个百万亩，划出民生底线

主创人员　魏可（魏代岭）

苏州吴江七都的种粮大户姜孝雨承包了500亩稻田，对于种植水稻的前景，他十分看好，不断加大投入。昨天，他给本台记者打来电话，自己心里一直不踏实，担忧土地会不会突然变更，被收回去用来盖工厂。对此，吴江七都镇政府工作人员给出答复，他的这块稻田已经被录入国土部门的系统里，作为四个百万亩的一部分，予以重点保护。请听本台记者采写的新闻述评:《四个百万亩，划出民生底线》。

1月10日，苏州市十五届人大二次会议通过了旨在保护“四个百万亩”的决定，所谓“四个百万亩”，是百万亩优质粮油工程、百万亩高效园艺工程、百万亩特种水产工程、百万亩生态林地工程，确保农业总面积不低于410.56万亩，优质水稻110.56万亩，特色水产100万亩，高效园艺100万亩（其中蔬菜面积50万亩），生态林地100万亩，以立法方式吹响保护鱼米之乡的号角。

【录音】苏州市农委党委书记秦建国：落实到田块地图，从行政保护逐步向依法保护发展，另外一个呢，从被动保护转变成主动的建设性保护。

四个百万亩，通过立法守住耕地，划出红线，划定粮食安全线。

曾经，工业化转型、城市化提升，呈攻城略地之势，水稻田在快速发展中一次次失守，许多地方更愿意让耕地长出高耸入云的烟囱和摩天大厦。

【背景资料】苏州是鱼米之乡，历史上水稻田达500万亩以上。但工业化、城市化推进的同时，却是将近300万亩耕地的消失。据统计，2001—2004年，全市耕地减少71万亩；2005—2008年，减少38万亩；2010年初，苏州人均耕地0.58亩，远低于全省0.94亩、全国1.4亩水平，也低于联合国粮农组织规定的0.79亩最低警戒线。

根据相关数据显示，从1949年到1986年，苏州水稻面积始终维持在400万亩以上，1987年开始持续下滑，目前仅剩下125万亩左右。

【录音】苏州市人大常委会农经工委主任陈正新：这个数字是比较惊人的，而且现在这种趋势还没有完全得到遏制。

20世纪六七十年代，苏州曾是全国重要的商品粮输出基地，而如今苏州粮食的三分之二需要靠外地调运进来。

【录音】国家发展和改革委员会城市和小城镇发展中心研究员杨禹：在粮食问题的背后，我觉得就是地和人的问题。农村的地，地从哪里来？农民在土地上的权利怎么得到保障？

作为历史上著名的鱼米之乡，苏州在21世纪却遭遇了农业GDP占比不到2%、人均耕地不足半亩的尴尬处境。许多老苏州对本地产蔬菜、水果情有独钟，可最近几年，想要在农贸市场买到本地菜，越来越不容易，只能到路边去找那些提着小菜篮的本地菜农。

【背景资料】苏州常住人口有上千万，假设每人一天吃一斤青菜，一亩地生产青菜1000斤，1000多万斤青菜就要一万亩地。但苏州8848平方公里上就那么点土地，目前，人均耕地不足半亩，粮食自给率30%。市民的米袋子、菜篮子如何更稳定、安全?!

保证苏州100万亩水稻田，是确保粮食安全的底线，更关乎苏州走什么样的现代化之路，关乎城乡居民的生活品质的改善。

【录音】瑞穗证券首席经济学家沈建光：这里面其实不光包含着粮食安全问题，其实还是一个对宏观经济运行的安全问题，最近爆出来的很多土地污染、环境污染、水资源污染，这个其实对今后的粮食安全问题也会造成很大隐患，那么这个又考虑到增长模式的转换，它是对整个宏观经济、整个社会、整个环境的一个长远思考。

其次，四个百万亩划定生态保障线。

长期以来，我们习惯于只把稻谷产出看作水稻种植的收益，而忽视了其背后的生态功能。在苏州市农委党委书记秦建国看来，守护种植稻田和蔬菜的耕地，还有重要的生态意义，一亩水稻经济价值虽然只有几百块钱，但它在排涝、保湿和净化水质等方面的生态价值则要高得多，达到3840元，这其中生态效益占比就超过八成。

【录音】保护这四个百万亩，实际是保护了一个生态空间，我们知道，绿化也好，水稻也好，果树也好，湿地也好，是能够用它来平衡的。

【录音】江苏省委常委、苏州市委书记蒋宏坤：要坚决摒弃只讲数量，不讲质量，只要增长不要环境，只重GDP不顾健康的老路，宁可发展慢一点也要把生态环境保护好。

立法守护生态，现实困境在于一些乡镇并不积极，保护生态环境的好处不如引进工业项目来得快，如何确保四个百万亩划定区域内农民收入有保障、不吃亏呢？

【背景资料】2010年7月，苏州市委、市政府推出了《关于建立生态补偿机制的意见(试行)》,在全国率先建立了覆盖全市的生态补偿机制,按不低于每亩400元的标准予以生态补偿。2011年,苏州市、县级市(区)两级财政仅用于基本农田的生态补偿就达到了10亿元。同时,对水稻主产区,连片1000—10000亩的水稻田,按每亩200元予以生态补偿;连片10000亩以上的,每亩补偿400元。生态补偿实施三年多来,已取得明显成效。

苏州新区东渚镇长巷村,地处太湖金墅取水口一级保护区内,在生态补偿范围内,村民秦建英如今每年能从村里领到生态补偿金。

【录音】每年大概600元,钱虽然不算多,可是我感觉我是为我们的生态环境作出了贡献的,蛮自豪。

苏州市政协委员陈建荣认为,实施生态补偿其实是通过制度创新,让生态保护成果的受益者支付相应的费用,激励人们从事生态保护并使生态资本增值。既破解生态环境保护和经济发展的两难困境,又不让生态保护者"吃亏"。

【录音】凡是四个百万亩你承担职能少的地区,要用经济来补偿,想让承担义务多一点的地区来享受经济补偿。

最后,四个百万亩立法守住水稻田,划定水乡风貌线。

提起苏州,很多人会情不自禁地联想到水田相间的水乡生态风情,很难想象,如果没有了稻田,苏州还称得上是名副其实的江南水乡吗?如果稻米和地产蔬菜的产量日渐减少,还能称得上是鱼米之乡吗?

【录音】江苏省委书记罗志军:水乡特色,太湖特色,我们苏州的文化要注意突出特色来。

对苏州而言,水稻在几千年的种植历史中和人们的习俗、社会乃至情感深刻相连,甚至形成了独特的水稻社会和水稻文化。在苏州市政协副主席金海龙看来,水稻湿地不仅赐予人们晶莹清香的稻粒,还蕴含着人们世代传承的更为珍贵的东西,城乡一体化不能以破坏江南水乡风貌为代价。

【录音】没有水稻,没有森林,没有湿地,没有果树和菜地,这个城市肯定是不美丽的,怎么把这些保护好,对我们苏州历史文化的传承也是非常重要的。

留住鱼米之乡的风貌,前提是培育鱼米的沃土和环境还在,粮食和生态是人生存之本,苏州的精致和韵味很大一部分在于粮食之丰、生态之美,而这些,正是民生底线。立法实施"四个百万亩"工程既是继承和呵护苏州的传统文化,捍卫绿色生活空间,也是在探索一条转型升级的可持续发展之路。

苏州市广播电视总台2013年播出

第二十届苏州新闻奖一等奖

粮食托市收购还能托多远?

主创人员　张良法　蔡靖佩　汤　蕾

新闻评论片花

粮食收购政策关乎亿万农民的生存大计。面对逐年上升的种粮成本,面对不断加剧的市场竞争,我们用什么来守护“米袋子”,把饭碗牢牢地端在自己手上?

2017年秋粮收购工作全部结束。来自苏州市粮食部门的消息,由于种种原因,连续两年全市的粮库收储量出现下滑,粮食质量也不尽如人意。为了保护农民的利益和种粮积极性,稳定粮食生产和市场供应,今年在国家粮食最低收购价下调的基础上,苏州继续拿出了8500多万元用于粮食价外补贴。

秋收时节,在张家港沙洲中心粮库,不时有运送秋粮的车辆进出,质量检测、过磅称重、新粮入库……现场一片繁忙的景象。看着自己的粮食入库,种粮大户江许华并没有太多的喜悦。

【录音】产量跟往年比低一点,大概每亩在950斤左右,去年1000斤多一点,每亩基本上下降100斤甚至更多一点,下降的原因主要是天气。

江许华今年一共种了400多亩水稻,这一下子就少了好几万块的收入。

今年9月25日和10月1日两天,张家港地区分别遭遇了暴雨和大风,造成部分田块的水稻出现了倒伏。虽然今年收购入库的粮食质量基本都能达到中等标准以上,但产量下降已成为不争的事实。

【录音】张家港市粮食局购销调控科科长王东:今年全市收购毛粮6万吨左右,而去年收购总量要接近8万吨,相差2万吨左右。

而在吴江区平望镇,种粮大户沈天雄也是一脸的无奈。他说,遭受自然灾害损失仅仅是一方面,这几年种粮的成本是越来越高。

【录音】我们这边承包费每亩在800元左右,再加上劳动力的成本,原先我们的一个劳动力只要100元一天,而现在要120元、140元。农资这个生产成本也在增长。

【录音】种粮大户丁海云：农业上资本永远是少不了的，租地成本每亩出到780元，如果再加上农药、化肥和人工，水稻上每亩成本最起码在1100到1200元。

为了保护种粮农民的积极性，苏州的粮食部门严格执行国家粮食最低收购保护政策，全部按最低价收购农民的粮食。

【录音】苏州市粮食局购销调控处处长王栋华：前两年我们苏州全市每年收购粮食达到60万吨左右，粮食价外补贴每年为农民增收1亿元。那么今年由于夏粮和秋粮收购量有所减少，到目前为止，我们只收了50.3万吨，但是价外补贴仍然有8500万元左右。

托市收购是2004年以来，国家执行的保护性收储政策。这项举措有效防止了“谷贱伤农”，保护了农民的种粮积极性。在此期间，国际粮价几次年度波动幅度超过40%，而国内原粮价格涨幅保持年均10%左右的温和水平，成功应对国际粮食危机冲击，促进了我国宏观大局稳定。

但是，粮食托市收购这么多年托下来，到如今却托得越来越尴尬。首先，在粮农眼里，它是依赖，也是困扰。

【录音】种粮大户江许华：肯定有危机感，如果现在马上就不托，我们都受不了，像我们这边种田的（农民）年龄越来越大，积极性也会越来越低。

粮食收购不托不行，但托吧，粮农们又觉得最大的受益者不是自己。

【录音】江许华：你弄了个保护价什么，最后保护了谁呢？没有保护到我们，保护的是被租地的人，还有一个经销商、中间环节，都给他们笼统地弄去了，反正弄到最后我们种地的没有得到实惠。

出现困扰的不只是苏州的水稻种植。目前，全国范围每年用于粮食托市收购的资金都不下3000亿元，但令人尴尬的是，现在这个收购价几乎成了粮食市场的指导价。

【录音】全国政协委员、全国政协经济委员会副主任陈锡文：如果这个局面再搞下去，我作为搞农业搞了这么多年的人，我的一个基本想法，就是中国人想吃的产品跟人家一样好，价格必定是比人家贵，因为你的资源决定了量少质次。

正因为如此，粮农们倒也并不希望粮食托市收购价格波动太大，哪怕是提高收购价格，也会带来风险。

【录音】江许华：原来租金每亩在500元左右，后来粮价托市了，每亩租金就变成600元、700元、800元甚至1000元，越托，地租越高，你成本越高，我风险越大，放大效应啊！

种粮的不及卖米的。为了增加点收入,江许华和其他几个种粮大户不得不寻思着是不是也做点大米加工、自产自销的生意。但是真要跨出这一步也不容易,销路在哪儿呢?苏州执行粮食托市收购政策这么多年来,却没能托起苏州地产粮食的竞争力。

【录音】苏州市粮食局购销调控处处长王栋华:我们苏州地产的大米跟苏北的比没有价格竞争力,跟东北的比没有质量竞争力,东北米不便宜的,但是我们也没有竞争优势。

种粮大户江许华他们对自家大米的品质非常自信,但真正要走进市场去竞争,还是要看产品的性价比。目前,苏州市粮食批发交易市场大米的日上市量在2000吨左右,其中苏州地产大米的占比仅为1%。

再来看看国际粮食市场。2016到2017年度,全球粮食供应增加,用量下滑。受此影响,进口粮食的价位一路走低,比苏州的同类粮食收购价要低三分之一左右。

价格上没有竞争力,品质、品牌上也不具备明显的优势,面对这样的市场竞争,很多粮农输在了同场竞技的起跑线上,粮食托市收购成了他们最后的救命稻草。更令人担忧的是,久而久之,一些粮农已经失去了竞争的勇气和能力。

不可否认,早在2004—2005年,国际粮价明显高于国内粮价,那时实施粮食的最低收购价,确实很好地保护了农民的利益和种粮积极性。而到了2008年,国际环境发生了变化,国际粮价下行,进口粮食涌入,粮食市场的形势就发生了变化。

【录音】中国社会科学院农村发展研究所研究员李国祥:主要是加工企业跟生产者之间的利益冲突,加工企业就偏向于国际市场。那么进口粮一多,产量又高,用不完就进入了国库,国家储备的规模也越来越大,那么还带来财政负担的问题。所以,它的不可持续性非常明显。

目前,我国除了水产品产量居世界首位,其它的包括粮食在内的所有大宗农产品,在国际市场上基本不占优势。根本的原因就在于,国产粮食生产成本逐年上升,粮食市场价格相对偏高,而质量却没有优势,不少粮农产品还不及进口的。

也许有人会说,既然这样,倒不如直接进口粮食来得划算?

【录音】陈锡文:我说是可以进口,但是全球一年能提供出口的谷物,就是粮食3.5亿吨,而我国一年就需要6亿吨,所以全世界都卖给我也不够呀。如果中国的粮食都要靠进口,那中国的农民怎么办?

更严重的问题是,中国人的口粮一旦过度依赖进口,国家的长治久安如何保障?

【录音】李国祥:我们的地域这么大,我们在同样一个国内,像东北玉米收获季节运到南方来,运力紧张的问题都解决不了。那么中国一旦哪个地方受灾,或者哪个地方粮食供应紧张，进口粮食能不能及时运进去也是成问题的。还有一个，我们中国如果过度地依赖国际市场，那么国际市场的价格也是波动的，可一旦传到国内来，对整个中国的经济就会造成非常不利的影响。还有一个更重要的问题，如果世界政治发生变化，禁止中国进口，中国有钱买不到粮食的可能性也是存在的。实际上我们看到，2007—2008年全球大米紧张，那么所有的国家都把大米出口禁止了。

习近平总书记在党的十九大报告中强调，要“确保国家粮食安全，把中国人的饭碗牢牢端在自己手中”。

今年11月9日至12日，首届全国新农民新技术创业创新博览会在苏州举行，中央政治局常委、国务院副总理汪洋出席大会。在谈到如何化解粮食供需矛盾这个问题时，他指出：

【录音】凡是市场有需求的，特别是需求旺盛的，供给方一定会努力加大供给的力度，在一定的阶段一定会出现供过于求的状况。这种状况出现以后，它才会促进供给方提升自己的技术，改进自己的管理，提升自己的竞争能力，最后就会促进整个产品竞争力的提高。

根据目前我国粮食生产、销售的现状，粮食托市收购政策在一段时间内确实还有存在的必要，农民还离不开它的保护。但是，推动粮食供给侧结构性改革，让收储价格更好地反映市场供求，提高中国粮农、中国粮食的市场竞争力，已经刻不容缓。

【录音】中国粮食行业协会副会长任智：目前确实稻谷的库存压力非常之大，从去年推出玉米的去库存措施，应该说取得了非常大的积极的成效，从总的趋势来看，还是逐渐地、更多地按照市场经济规律去推动。

针对近年来我国粮食总量充裕、结构失衡的问题，中央从顶层制度着手理顺政府和市场的关系。2016年，中央取消东北地区的玉米临时收储政策，执行生产者补贴。今年，又全面下调水稻最低收购价。前不久，国家发改委对外公布的2018年小麦最低收购价，也首次下调。

【录音】陈锡文：那么让价格根据市场的供求关系来回归到合理的水平，农民第一会根据市场的供求来决定种多少、按什么价格卖，他自己会去按照基本的规律进行测算。从根上讲，就是按照习近平总书记所讲的推进农民供给侧结构性改革，农民的供给侧改革核心就是两个问题：第一个提高农业的综合效益，第二个解决农产品的国际竞争力。

在实现国内粮价逐步与国际粮价接轨，完善粮食托市收购及粮价形成机制的同时，农民的生产观念、市场意识也需要转变。

【录音】江许华：我看好以后的政策要改变。我儿子大学毕业也叫他回家跟我种地，农业前景肯定是好的。其实，我跟中央的指导思想是一样的，中国人的饭碗要端在自己手里。

作为生产者，农民也要关注市场，了解农产品价格的变化，并且不断提高生产水平和科技水平，在增加产量的同时，节约劳力成本和农资成本。此外，还要强化壮大除中储粮之外的流通主体，增强流通市场活力。这样，才能真正实现粮食价格由市场决定，实现粮食供销由市场决定。

苏州市广播电视总台2017年播出

第二十二届苏州新闻奖一等奖

勇闯基层司法实践“无人区”
——江苏首例“软暴力”黑恶势力犯罪案件的背后

主创人员　王潇彬　杨　捷　孙文涛　赵　菊

备受关注的江苏首例“软暴力”黑恶势力犯罪案件——“龚品文、刘海涛等九人组织、领导、参加黑社会性质组织案”，昨天（1月7日）终于尘埃落定。苏州市中级人民法院经二审审理后，驳回龚品文、刘海涛等人提出的上诉，维持原判。今天的节目，请听评论:《勇闯基层司法实践“无人区”——江苏首例“软暴力”黑恶势力犯罪案件的背后》。

先让我们把时间倒回2017年，这一年，被害人曾某（化名）因生意周转急需资金，经他人介绍后向龚品文、刘海涛等人借款十万元。他万万没有想到，这竟成了噩梦的开始。

【录音】写了个借条说借十万元，实际给了我八万元。后来就感觉不对了，那个利息会翻倍的，就是一开始我每个月是还六千的利息，但是有一个月晚了两天还利息，后来再去的时候就跟我说要翻倍了，每个月要一万二。然后再下个月好不容易凑齐了又去还，就跟我说，又翻倍了，变成两万四了。现在回想起来，他们收利息的时候，只收现金的，也不给你写收条，就根本没有什么凭证证明我还了钱的，但是那个时候就感觉被他们逼得快疯了，根本就想不到这些，就是觉得反正永远在还利息、还利息。

因为这十万的借款，曾某前后多次累计还了六十多万元的所谓“欠款”，但依然无法脱身，还遭受了严重的精神摧残。

【录音】朋友圈里发那种消息，欠债不还，要把你怎么怎么样，反正一看就知道是说我的。然后就到处堵我，厂里去，家里也去，大门口就喷字，拿刀砍门那种，后来我就吓得不敢回家了，到处躲他们。

多行不义必自毙。2018年上半年，这一黑恶团伙全员落网。当年10月23日，常熟市人民法院对龚品文、刘海涛等人组织、领导、参加黑社会性质组织案一审公开宣判，以组织、领导、参加黑社会性质组织罪等罪对九名犯罪成员判处有期徒刑二十年至二年六个月不等，并没收全部财产或罚金。一审宣判后，龚品文、刘海涛等人提出上诉。今年1月7日，苏州市中级人民法院二审审理认为，一审判决事实清楚，证据确实、充分，定罪及适用法律正确，量刑适当，审判程序合法，驳回上诉，维持原判。

【录音】常熟市人民法院刑庭副庭长吴向阳自豪地表示：本起案件的宣判，也是我们江苏省首起宣判的以软暴力为主要行为手段的一个黑社会性质组织，为以后的判决提供了一定的参考和借鉴，打造了一个先行先试的苏州样例，而且我们很自豪的是这个案例也是勇闯了司法实践的“无人区”，对于我们这个案件的判决，我们作为法院来说也是非常自豪的。

事实上，这一黑恶团伙为害已久，却迟迟未能伏法，根本原因是在这之前“软暴力”尚未在法律中明确。因此，虽然有不少受害人报警，但由于处理起来缺乏法律上的依据，迟迟未能解决。对门口喷漆、拉横幅等讨债纠纷行为，公安机关一度也只能按照普通民间借贷纠纷来对待、处理、调解。受害人报警后“不了了之”，让犯罪分子越发有恃无恐。

面对这样一个明显给社会带来恶劣影响的团伙，究竟能不能办？又究竟该怎么办？这无疑是对常熟市政法机关的巨大考验。

常熟市人民检察院第一检察部员额检察官侯颖慧告诉记者，作为连接公安和法院的中间部门，检察机关当时面对这一案件时，也承受着巨大的压力。

【录音】不管是我们提前介入期间，还是在我们审查起诉期间，我们发现案件事实非常多，180余笔的违法犯罪事实，但是其中绝大部分是违法事实，而非犯罪事实。那么对于这种违法事实是否可以入刑法评价，当时是我们遇到的一个难点，这也是这么多嫌疑人以及被告人自己所称的，他们都是违法事实，没有采用打打杀杀的手段，对于老百姓没有带来那么大的危害性。这也给我们后续在审理涉黑案件当中带来了困难。

常熟市人民法院刑庭副庭长吴向阳表示，法院方面在这起案件最终宣判之前，其实也面临着同样的顾虑。

【录音】说实话，当时是有点没有底的，还是没有可以遵循的一个判决，就在之前的话，我们国家也没有说构成软暴力。我们国家虽然笼统规定了软暴力可以构成黑社会性质组织的行为手段，对于本案实施的如贴字喷漆、拉挂横幅、摆放花圈，到底是不是呢？这个没有一个明确的规定。

但面对难题，常熟市政法机关并没有消极对待，而是主动作为，大胆探索，在吃透《关于办理黑恶势力犯罪案件若干问题的指导意见》的精神实质的基础上，从不同的案件中寻找突破口。

常熟市人民检察院第一检察部员额检察官侯颖慧表示，其实软暴力这个概念，并非常熟检方首创，早在2008年的时候，最高人民法院和最高人民检察院的司法解释中，就已经明确提出了软暴力这个概念，唯一欠缺的只是之前还没有任何以软暴力入刑的司法判决先例。但是既然有相关的规定，那就证明了两高对于软暴力这一行径并不姑息纵容。因此，常熟检方准确地把握社会趋势，很早就已经开始密切关注类似案件，这些经验也给了他们在这一基层司法实践先行先试的样板案例中突破和创新的底气。

【录音】从2015年开始，就已经关注了这种民间的非法金融所引发的这种社会矛盾，然后就是使用这种软暴力、滋扰方式进行讨债，那么我们在日常当中，也积极地梳理了这种软暴力入刑的司法沿革，吃透软暴力入刑的一个实质精神，就是为什么这个软暴力要入刑评价，所以我们就是精准地把握了这个刑法定义的一个实质。其次呢就是我们积累了相关经验，这种软暴力讨债，采用这种滋扰型的，我们在这个2·1案之前，已经办理了多起，都是以寻衅滋事罪来入刑评价的。最后呢就是我们在办理2·1案件期间，也称厚积薄发，就是基于前面的判断，包括我们经验的积累，我们就迅速判断出100多起的事实是可以入刑评价的，那么我们就对整个案件的定性，包括走向做了一个判断，这也给后续的侦查，就是公安机关的侦查吃了一颗定心丸，也是提供了一个支撑。

在公安和检察部门的有力配合下，常熟市人民法院最终严密论证该团伙符合黑社会性质组织具备的组织特征、经济特征、行为特征、危害性特征，端掉了这伙恶势力。

【录音】常熟市人民法院刑庭副庭长吴向阳：经过审理，我们发现，被告人龚品文等人的犯罪行为，虽然没有造成被害人肉体上的伤害，但是他们的行为导致有人离家出走，有人变卖房产，有人抑郁，致使一定区域内的多名群众不敢报警，或者认为报警无望，这种情况也构成一定的重大影响，符合黑社会性质组织的危害性特征。

案件已经尘埃落定，但我们回望这起案件的审判过程，却能够感受到其中的不普通之处，常熟市政法机关在这起案件中展现出的严守公平正义的决心，以及敢于破冰试水的勇气令人拍手叫好。

令人欣慰的是，在常熟这一基层司法实践先行先试的样板案例之后，2019年4月，最高法、最高检、公安部、司法部联合印发《关于办理实施“软暴力”的刑事案件若干问题的意见》，首次对“软暴力”给出明确的法律界定，常熟的创新和尝试，最终为全国的“软暴力”受害者们打开了维护自身合法权利的大门。

【录音】常熟市人民检察院第一检察部员额检察官侯颖慧：当时我们办理这样的一个案件，会引导一个社会价值观的取向，也的确是自从这个2·1案件办完之后，在我们常熟地区，包括苏州地区，这种非法讨债的势头得到了一个遏制，从我们后续跟公安机关的了解来看，警情是大幅度下降，几乎降为零。

常熟市广播电视总台2019年播出

第二十届苏州新闻奖一等奖

向世界展示中国的担当

——访亚洲基础设施投资银行行长金立群

主创人员　沈燕萍　顾海蓉　王潇彬　赵　菊　祁晓霞

【播音】作为亚洲基础设施投资银行行长，金立群虽然常年奔波在外，却时刻牵挂着家乡常熟的发展。5月20日，刚刚参加完江苏发展大会，从南京返回常熟的亚洲基础设施投资银行行长金立群欣然接受了家乡媒体的采访，说乡愁，谈教育，解读"一带一路"和亚投行，请听新闻访谈：《向世界展示中国的担当——访亚洲基础设施投资银行行长金立群》。

【播音】访谈人物介绍：金立群，江苏常熟人，曾就读于常熟学前小学、江苏省常熟中学。1978年以优异成绩考取北京外国语学院研究生，师从著名教授王佐良、许国璋。曾在财政部、世界银行、亚开行、中投公司、中金公司任职，2016年起出任亚洲基础设施投资银行行长。

【录音】主持人：现在提到亚投行，常熟人就会竖起大拇指，说您看，行长就是我们常熟人，您能不能用浅显的语言来跟我们大家解释一下亚投行的使命是什么？

金立群：亚投行是习近平主席提议创建的一个国际多边机构，邀请很多国家一起来参加、一起来组织治理、管理的这么一个机构，中国是最大的股东。一千亿元的资本金，中国占30%的股份。改革开放以后，中国得益于世界银行、亚行的帮助，也得到了很多这些创始成员国政府的双边援助，中国发展起来了，那么，中国发展起来，现在轮到我们对社会、对国际社会多做贡献。

主持人：那您个人在完成这个亚投行的使命过程当中，您所承担的工作是什么呢？

金立群：作为中方筹备组的组长，去跟有可能成为成员的那些国家去进行沟通、交流，有22个国家同意作为创始国来参加，主要是东盟有10个国家，还有中亚一些国家。那么，我们就成立了一个叫国际临时多边秘书处，我被选为秘书长，然后就是到第二步，制订章程。

主持人：那么，亚投行和"一带一路"之间到底是一个什么样的关系？

金立群：亚投行和“一带一路”都是习近平主席提出的倡议，表现了中国愿意为国际社会多做贡献，取得多赢、双赢，这是一个总的概念。但是“一带一路”跟亚投行又不完全是一样的。因为“一带一路”涉及六十多个国家和地区，大家一起来合作，来推动互联、互通。亚投行是一个国际多边机构，它的方式就是有理事会，理事会下面有董事会，董事会下面是管理部门，是完全按照一个公司的公司法来组织经营的。

应该说很多“一带一路”的沿线国家都是我们的成员，（是不是）只要是成员国的项目拿来都给他批呢？我们有三个基本条件：第一个，项目必须财务可持续的；第二个，环境友善，基础设施的建设应当有利于促进环境，有利于减排，有利于向低碳经济发展，有利于应对大气变化、气候变化；第三个，一个项目在一个地区进行，牵涉到如何保护当地的居民，让当地老百姓得益，其他整个地区或者整个国家都得益。

主持人：我们也关注到在这次促进资金融通平行主题会议上，您也是用非常幽默的方式来跟大家打招呼说，在座的各位都是我的老板，您为什么要强调这一点？

金立群：他们都是亚投行的股东，都是财政部部长，也有少数的是发展部部长，也有的是央行行长。中国创办这个国际多边机构绝对不是为了自己的利益，不是为了中国自己一家的利益，是为了共赢，这一点是非常重要的。

经过两年的筹建、一年多的运行，大家越来越明白，中国是要担当起为国际社会多做贡献这么一个重任。我们在国际上做的任何一件事情，不可能不考虑中国的利益，但是一定要考虑很多国家共同的利益，这就是中国到了这个阶段要承担起更多的国际责任。

主持人：在这次论坛上，其实对于亚投行，大家可能关注的热点问题有两个：第一就是成立以来取得的成绩；第二就是未来投资的一个重点。对此，刚才您说了就是我们投资的方向和原则，对这个问题，您怎么看？

金立群：首先，我想再强调一下，因为它是国际机构，它是有标准的。刚才，除了我讲的这三条是对项目的要求，那这个银行怎么管理呢？我当行长，我们有五个副行长，这五个副行长三个来自欧洲国家，两个来自亚洲国家，都是通过公平竞争，是一个民主的决策过程。

我们建立的这套管理制度是国际的准则。比如说，重大的决议都是董事会通过，然后，我们管理部门就要按董事会批准的政策来进行。我给你举一个简单的例子：能源。能源政策我们经过了一年多来反复的讨论，征求各方面的意见。因为能源是很敏感的问题，用不用煤？搞不搞核电？是不是慢慢地能脱离生化能源？这些都是问题，各方意见都很不一样。但是，经过一年多的讨论，基本上，董事会同意了。那么，这次我们在今年6月份的董事会上通过以后，我们就可以执行这个政策，这个是非常慎重的。

主持人：您怎么看“一带一路”之后，咱们亚投行即将面临的挑战、机遇？

金立群：“一带一路”给各个国家都会创造很好的发展条件，但是，确实是有挑战的。基础设施项目如果牵涉到很大的规模，或者说还有好几个国家加入，这里边的风险应该说是也是加大的。首先一个，它的建设周期比较长，资金的量也比较大。另外，它的基础设施在很大程度上是一个公共产品，（比如说）造一个电厂输变电供水，不能指望它有太高的利润。那么，这风险怎么处理呢？尤其是修一条铁路、穿过很多国家一条公路，这些都是不太容易的。

私营部门，单独让他们做，一般不太会。我们就要起一个中间的作用，能够把各方面资金调集起来，而且最重要的就是沿途的国家都要达成共识。那么，这里还有很多复杂的问题，比如说，一条河，这条河流经的流域、所经过的国家，他们对水资源都是很敏感的，你上游建了什么对下游就会有影响，是吧？那怎么处理？你都得把这些问题要处理好。

我们想就是有一个有利的条件，亚投行是国际机构，我们可以把各方面召集在一起，让大家能够把有些问题能够妥善地处理、解决，进去投资，另外，我们一进去以后，民营企业就有一种吃了颗定心丸（的感觉）。

主持人：今天上午在南京开江苏发展大会，您上一次回来是什么时候啊？

金立群：我其实有的时候回来就几个小时，因为工作的关系，我很少有机会回来看我母亲，我上一次是在春节期间待了一两天。

主持人：现在交通是很方便了，但是时间不允许，所以，我们特别感谢这次江苏发展大会的机会，能邀请您回江苏、回常熟来。

金立群：今天我在江苏发展大会上，我就讲到了我上了江苏省常熟中学、南京高级中学……有那么好的老师、同学，这么好的教育条件，如果没有这一切，我的人生轨迹恐怕就要重新划定。

我曾经有一段时间在财政部，支持贫困地区。我们一起推动的就是把特级教师他们的课程做成DVD，放到边远地区去，老师就在那里做辅导，学生学普通话、学英文，跟着做数学，让那些穷地方的孩子能够接受最好的老师的教育。

我记得，我们那个时候读书，德智体全面发展。工作以后，我从事世界银行的项目需要有各方面的知识，比如，我们搞电力项目、公路、铁路、港口……这些都是需要有比较广泛的知识。当然，很多知识都是以后学的，但是，基础打好了。

我们要培养一个全面发展的学生，但是，我现在更强调的是学生应该在思想道德方面一定要成为一个非常优秀的人。

一个民族应该是终生学习的民族，这个民族才是有希望的。而且，这个民族要思考、要创新，不能说去简单地拷贝、去抄袭。像这次江苏（发展）大会上，我们同无论是江苏省内的、国外回来的、全国各地的，大家一起交流，你就看到江苏为什么这么发展。

主持人：改革开放之后，咱们常熟的经济社会也迎来了一个比较快的发展期，特别是民营经济，您这个时候已经被派驻到海外去了，可以说，离家乡越来越远了，您这个时候还关注家乡的发展吗？

金立群：对，这几十年的发展非常快。我印象非常深的是好山、好水保护得非常好，它体现了经济发展和环境保护同时向前推进的这么一种发展模式，而经济发展不是以牺牲环境为代价的，这是一种可持续的发展模式。

主持人：这两年，我们常熟提出了要打造我们的精致城市，聚焦富民、聚力创新，您对常熟未来的发展有什么样的期待？

金立群：我首先一点感到常熟还是有很大的发展潜力，我希望常熟继续保护她很美好的环境；第二点就是希望能够在高新技术方面不断地往上攀升，要不断地去迎接新的挑战、不断地去创新，能够使常熟在下一轮的国际竞争中处于先进的行列；第三点，希望看到有更多的常熟的年轻一代不仅帮助家乡的建设，（而且还）能够为全国各地乃至世界各地的发展做出他们的贡献。

主持人：如果请您向中外朋友推荐您的家乡，您会说什么？

金立群：常熟，希望他们到常熟来看看，希望他们到常熟来投资、生活，因为常熟是一个开放、包容的美好的城市。

主持人：好，最后一个问题。金行长，离开家乡那么多年了，常熟话还熟练吗？能用常熟话跟常熟的家乡父老，曾经的老师、朋友们说两句吗？

金立群：（常熟话）我非常感谢常熟的老师、同学们给我的帮助。特别是我对常熟有很多美好的回忆，永远都不会忘记，特别想利用这个机会，感谢常熟的父老乡亲，谢谢！

主持人：乡音未改！这么多年过去了，故乡，一直在心里那个最柔弱的地方，那里有牵挂和守望，再次欢迎您回家，也感谢您接受我们的采访并对我们敞开心扉，希望您有时间常回家看看！谢谢您，金行长！

常熟市广播电视总台2017年播出

第二十四届苏州新闻奖一等奖

牛桥村的牛精神

主创人员　吕媛媛　虞　新　谢　莹　钱圆圆　戴　捷　王　宇

片头

搭建沟通平台　探讨公众热点

透视新闻事件　探寻幕后情感

欢迎收听大型新闻谈话节目《周末访谈》

虞新：听众朋友大家好！欢迎收听本期的《周末访谈》。我是主持人虞新。今年是牛年，"牛"在中国文化中是勤劳的象征，是默默奉献、诚实守信的代表，也是认真尽职的代名词。您知道吗？在我们苏州吴中区临湖镇有一个牛桥村，有5只可爱的卡通牛那可是名声在外，它们是巍巍、仁仁、明明、福福、吴吴，合起来是"为人民服务"谐音。这个辖区面积约5.38平方公里的村庄，共有22个自然村、5000多位常住村民、8000多名外来人口，这可是一个名副其实的大村了。村子大了，治理起来可不容易吧，可牛桥村不仅是苏州市先锋村、江苏省生态村，去年还被评为"全国文明村"，这不，最近又有好消息传来，牛桥村还获得了2021年全国乡村治理示范村的荣誉称号，它到底有什么秘诀呢？今天的《周末访谈》，就让我们一起走进吴中区临湖镇的牛桥村。

【播音】走进牛桥村，只见道路两旁整洁干净，村委会大门口五只卡通牛的造型格外引人关注。村委会墙上，党员志愿服务队照片特别醒目。其中的"老黄牛"志愿服务队，是一支由20多位、平均年龄60岁的党员组成的。67岁的老村主任金永根是其中一员。早上8点，金永根和其他志愿者一起，带着"八件套"出发了。

【录音】这个八件套，黄书记让我们出去的时候配好，做志愿的时候带在身边。

【播音】已退休在家的老党员金永根，如今"再就业"成了村里35户人家的大管家。大家房前屋后碰到点问题，总是第一时间找他。

【录音】退休了，我本身当电工的，当时组了一个"老年服务队"，有电工、有匠人、木工，反正有五六个行当，让我们报名参加的，作为一名党员也很开心，给老百姓做好了事,他们很感激的。

虞新:黄书记,我们走进牛桥村的时候,就觉得整个村的这个村容村貌特别干净,跟我想象的农村环境完全不同!我们前期采访也了解到,实际上是因为我们牛桥村在整治村容方面呢,有自己非常独特的一个方式,尤其是你们好像每个党员志愿者有一套神器,自己发明了这么一套八件套。是不是先给我们说说,咱们有什么神器?

黄永志:这个就是在人居环境整治当中,我们牛桥村有9名两委班子成员,就是把我们牛桥村分为9块来管理,每个班子人员管理一块。怎么会产生这个人居环境八件套的呢?因为我们在出去检查的时候,看到有小广告,以前是怎么做的?9个人每个人建一个群,在发现小广告或者我们的绿化里面有这个白色垃圾的时候,把它拍好照片传到我们这个工作群上。但是有的时候传上去以后,我们其他的工作人员有可能一下子还找不到这个小广告在哪个点位。

虞新:我懂了,就等于是发现了垃圾,但是清理呢有个过程,就滞后了,所以咱们现在就自己发明了这么一套八件套。

黄永志:对。

虞新:八件套就是你们都要自己带在身上,随时要清扫的,是这意思吗?

黄永志:对。

虞新:那来跟我们说说都有什么?八件套都干吗用的?

黄永志:它里面分别有长柄的那个钳子铲小广告的,如果铲不掉我们还配有喷壶。

虞新:噢,这已经三件了。

黄永志:最初这个八件套呢,就是我们一个老的两委班子叫陆菊华(最先用的)。因为我们在检查的时候,我看到他先拿一个铲刀在铲这个小广告,给了我灵感,后来我们就慢慢地形成了这个八件,但是八件套呢它不一定就是八件,有可能是十件,缺什么我们补什么。

虞新:黄书记,我们说新农村建设也要跟上时代的步伐,在整治过程当中,我听说咱们还利用了很多现代化的科技手段,让我们整个的村容村貌得到进一步提升,都采取了哪些办法呢?

黄永志:我们苏州市要率先实现农村农业现代化,作为我们牛桥村呢是苏州的一个村,我们也不能落后!我们牛桥跟农业银行苏州分行合作,打造了一个叫“智慧农村数字牛桥”项目。我们目前做好的主要就是村民的积分制。为什么要给村民积分呢?其实我们积分的目的啊,让我们大家更好地来维护我们牛桥村的一个村容村貌,给一个发展前景。怎么积?我们首先要建立一个村规民约,不要破坏我们的环境，对每一个牛桥村民，包括我也要这么做。如果有乱堆乱放，我们要扣分。

虞新：那如果做得好的话会加分吗？

黄永志：加分！

虞新：加分了以后对他有什么好处呢？

黄永志：农行做的叫“牛桥村民积分卡”，一个叫基础分，这个基础分呢每人都有，因为我们村里收入有将近两千多万元，我们每年要发放三到四百万元的福利（给村民），这样就是我们做得好的，加分。违反的扣分，加分的这个钱哪里来？我们就是把人居环境做好以后，我们村里就是管理成本降低，吴中区政府有奖励的，给村民加分来用！

虞新：我觉得这个方法特别好，就是说我们其实带动村民共同参与乡村的环境整治过程当中，需要有个长效的机制。我听说你们总结的这个叫“五牛工作法”，也是牛桥村很有特点的做法，跟我们说说你们这个五牛工作法是怎么来体现的呢？

黄永志：其实牛桥村的这个整治还要全员参与！我们说的那个五牛工作法什么意思？就是我们要牵好“牛鼻子”，牛鼻子代表什么？就代表我们的两委班子人员。

虞新：就是领导要带头。

黄永志：对，第二个呢我们要扎好“牛栅栏”。

虞新：这个牛栅栏指的是什么？

黄永志：是我们的党员要做示范，我们第一步搞党员示范户，我们的人居环境整治，有党员在带头，群众也在看党员。还有就是提振“牛气”，我们除了党员以外，我们还有一些群众，他也参与到我们的这个志愿者服务当中去。

虞新：就是在党员的引领之下，他就会主动来参与了。

黄永志：对，迈好“牛步”，整个牛桥的村民都参与了以后，我们就踢正步了，就是一起把牛桥村的这个环境搞好。还有就是我们要展示“牛劲”，因为我们的环境好了以后，各个村都看好牛桥的环境，他要来学习，当然我们也不能骄傲。

虞新：但是体现我们的精气神儿！

黄永志：对！牛劲就出来了。

虞新：的确如此。确实我们也看到了整个牛桥村的变化，非常漂亮，美丽乡村的理念得以特别充分的体现，那对目前牛桥村整个环境整治成果，您满意吗？

黄永志：作为一个村的带头人，我满不满意，这倒真的不重要，我感觉我们的群众满不满意，这是我想要的。

【播音】推动乡村全面振兴，不仅要让群众钱包鼓起来、人居环境美起来，更要让农民精神富起来。正如习近平总书记曾号召要“望得见山、看得见水、记得住乡愁”。近年来，牛桥村利用村史党建展区、宣传栏、宝树书院、孔子诗礼堂等场所，繁荣乡村文化、培育文明乡风，让“乡愁”根植于心。

【录音】我是中华人民共和国公民，在16岁成人之际，我立志成为……（压混）

【播音】每年“五四”青年节，牛桥村的孔子诗礼堂非常热闹，几十名学生在家长和老师的陪同下，将完成16周岁成人礼仪式。现场，老师代表和学生代表依次发言。

【录音】感谢父母给了我们生命，为我们遮风挡雨。也要感谢各位老师的辛苦栽培，为我们打开了一扇又一扇认识世界之窗……（压混）

【播音】在推进乡风文明建设过程中，牛桥村发挥拓荒牛的精神，勇于尝试，开展成人礼、国学讲堂等活动，设立“万里基金”和“阳光救助”平台，帮助优秀贫困学子完成学业。一系列举动不但增强了村民的认同感、获得感和幸福感，也鼓舞了村里的新乡贤纷纷反哺家乡，谢惠强就是其中之一。2018年6月，红木匠人谢惠强出资办起了公益书院，向牛桥村及周边村落的孩子们免费开放。

【录音】现在我们已经开了200多次课，我们的小孩学国学，学国画，学书法。我感觉我们中华5000年的文明，到我们这一代，不能把它丢了、淡了。

【播音】中华传统文化博大精深，《三字经》就是我国古代文明留下的珍贵遗产，经典的语句蕴含着古人的智慧。谢惠强带头编写了“三字经”版村规民约，通过“牛桥娃”的童声诵读，把文明新风吹到每一位牛桥人心坎上。

【录音】太湖边，牛桥村，历史久，风景优，新农村……牛桥牛，我的家。（压混）

虞新：黄书记，我们现在所在的这个地方叫孔子诗礼堂，听说在牛桥村孔姓是大姓，是这样吗？

黄永志：我们牛桥村呢，据这个镇志记载，它是孔子后裔聚集地。这个古宅有400多年，它的堂号叫诗礼堂，是明末时候的一个宅子。当时我们这边一个孔姓的后裔，传到这一代的时候，他把这个房子传给了他的外孙，姓赵，他到村里来要把它拆掉重建，我看了以后，觉得有点可惜，后来我跟他协商，我们把它收购下来了。

虞新：就是说它是一个很有文化底蕴的地方，是吧？收购下来之后把它做什么用呢？

黄永志：每个村都有文化，我们挖掘了一下它是孔子文化，我们就把它变成一个孔子的诗礼堂。主要在这里做我们牛桥村年满16周岁的孩子的成长礼，让小朋友有一个成长感，我们已经连续四五届了，效果非常好，我们定在哪一天呢？就定在5月4日。

虞新：正好是青年节。

黄永志：第一，他们到这个年纪以后啊，要读高中了，要离开父母，高中是不会在我们临湖镇读的，一般都要走出去，他们的行为要为自己负责。第二，他们的行为要为家庭负责。第三，他们的行为要为社会负责。我们一直跟我们的“牛桥娃”、我们的孩子说，我们哪怕没读那么多的书，但是我们要对社会做有意义的事情，这样才是我们的“牛桥娃”的精神。

虞新：太好了，其实我会觉得在新农村建设过程当中啊，农村居民的文明文化素养的提升，你们找到了一条特别有意义的路。黄书记，听说我们牛桥村有一个“三字经”版的村规民约，非常有意思，能不能给我们介绍一下？

黄永志：村规民约每个村都有，为什么我们要做一个叫“三字经”版的村规民约？我是这样认为的，村规民约不能把它锁在抽屉里，要展示出去，因为村规民约就是我们牛桥村村委会跟我们每一个村民的约定。“三字经”版呢，它朗朗上口，我们端午节举办了活动《诵民约》，就是所有牛桥的孩子在朗诵村规民约的时候，他的爷爷、他的父亲、他的妈妈、奶奶有可能就在听。这样做是为什么呢？制定民约，首先让人家要知道民约。怎么知道？就是要宣传。怎么宣传？让小孩子背。激励他什么呢？爱村的一种情怀。

结尾

虞新：这些年，在全体牛桥人的努力下，2020年的集体资产达到近3亿元；村级稳定性收入突破了2000万元，这个数字是2004年建村之初的9倍之多。村民的生活富裕了，生态宜居、乡风文明也为红火的日子更增添了一抹亮色，所以牛桥村连续收获了2020年“全国文明村”和2021年全国乡村治理示范村两个“国”字号的荣誉，在苏州美丽乡村建设中，牛桥村走出了自己的特色之路。

【录音】苏州市乡村振兴局副局长宋建华：苏州实际上是从2011年就开始系统推进美丽乡村建设，到现在整整10个年头，应该说也取得了很明显的成效，牛桥村就是涌现出来的一个典型代表，它实际上也是我们今后农村人居环境整治提升五年行动的一个方向。关键就是要变政府推动转向群众参与，这样才更加持续，更加持久，不断擦亮和提升苏州乡村振兴的底色与成色。

【录音】我是赵毅成，现在的牛桥村环境很漂亮，大家过得很幸福，作为土生土长的牛桥人，我感到很自豪。我是王征，我是新牛桥人。牛桥村是我的第二故乡，我有信心把我的小家过得越来越红火，也愿意为牛桥村这个大家贡献我的力量。我是谢瑜崑，我是“90后”牛桥人，我大学毕业后回家帮着父亲打理生意，因为现在牛桥发展得很好，给我们年轻人提供了很多有利的条件和创业的机会。

苏州市广播电视总台2021年播出

第二十五届苏州新闻奖一等奖

给农业插上科技的翅膀——“苏州模式”入选全国农业社会化服务典型

主创人员　李　京

主持人：李京

嘉宾：田超（苏州大域无疆航空科技有限公司总经理）

【今日热点片花】

【本期主题片花】小小无人机，实现农业大作为。“一村一机”苏州模式，入选全国农业社会化服务典型。今日热点，用声音为你展现新时代苏州农业社会化服务新面貌。

（垫乐起）

李：聚焦苏州，关注热点。听众朋友大家好，欢迎收听苏州新闻广播正在为你直播的今日热点，我是主持人李京。

提到无人机，大家能想到的用途有哪些呢？可以航拍美丽的风景，可以查看地形地貌。但你知道吗？无人机还有一个重要的应用场景，那就是农业作业。

近日，农业农村部发布了2022年全国农业社会化服务典型，苏州大域无疆航空科技有限公司全力打造以无人机共享为核心的现代农业社会化服务体系成功入选，这也是苏州首个入选案例。该案例通过实施“一村一机”服务模式，将专业的农业社会化服务下沉至村级市场，依托本地化飞手对土地服务需求的整合，最大限度地解决包括中小农户在内的农业社会化服务需求。

【混音】（无人机起飞，向农田喷洒农药）

李：现在，大家听到的，就是被称为“植保机”的无人机在吴中区临湖镇湖桥村作业的声音。一大早，植保无人机和飞手一起，就顶着烈日开始了一天的工作。眼下，正是水稻分蘖期，急需进行追肥。而这片250亩的水稻田，如果采用人工撒肥，需要15个人同时作业一整天。而现在采用无人机的效果如何呢？我们采访到吴中区临湖镇湖桥村临发农机专业合作社负责人潘明江。

【现场同期声】吴中区临湖镇湖桥村临发农机专业合作社负责人潘明江：已经三伏天了，人工的话撒肥非常吃力，人也受不了。而且，撒肥也不均匀。现在采用无人机，就是撒肥比较均匀一点，效率也比较高。今天一天的话，250多亩地，基本上8个小时能撒完了。

李：大家没想到吧，无人机在现代农业中的应用能够大大提高工作效率。今天我们邀请到苏州这家公司的负责人田超，来全面了解面向未来的现代农业社会化服务。田总您好。

田：主持人好，听众朋友大家好。

李：首先，要恭喜田总，植保无人机现代农业社会化服务体系入选了全国农业社会化服务典型。那当然了，项目被认可也是因为我们在农业社会化服务当中的创新尝试，所以，我想很多的听众朋友们应该和我一样都对这个“一村一机”服务模式很感兴趣，我们先来问一问田总，什么是“一村一机”服务模式？

田：嗯，一村一机，从字面上的理解，就是把每一台飞机的话放到村里去，然后在每个村找一个飞手，让这台飞机的话，为这个村里老百姓来服务。

李：嗯，那咱们的公司是怎么会想到应用无人机来做这些农业服务的？

田：其实无人机的话，这两年发展确实很快，但是它也是新兴的一个事物，一开始的话，我们也没有去做这种服务性的这种产业。那刚开始的话也是无人机，然后出来之后的话，我们以销售的方式，然后的话把它推向市场。

李：一开始主要是卖设备。

田：销售。

李：您把它运用在了农业当中，是从什么时候开始的呢？

田：2016年。

李：2016年。

田：对，我记得特别清楚。

李：目前来看我们这个效果如何呢？

田：还在不断地摸索和尝试，我们国家是一个农业大国，纵深也非常的深，每个地方的话其实种植的结构都不一样，种植的作物都不一样。那可能你让每个地方的老百姓因为到基层了嘛，就到村里了，让每一个地方的老百姓真正去接受它是需要一个过程的。包括我们自己的这种服务的方式，经营的模式也要多元化，要不断地调整，才有可能达到我们理想的状态。也是通过这两年国家推的一个新型的农业服务主体，它叫农业社会化服务体系。然后我们想通过这个体系来给老百姓服务。因为对于我们来讲，我们不可能到每一个农村，带着我们的飞机去给每个农户去服务。我们认为服务是要本地化的。所以说我们当时就想以县为单位，我们一个县推广一个农业社会化服务中心，让这个农业社会化服务中心在当地去帮我们去寻找合适的飞手，同时去招揽业务，包括在飞行的过程中，给这些飞手做培训，同时做飞机的维修，这样的话才能真正地落地，才能真正地本地化。

李：那如何落地，还要看效果。在2021年12月，苏州被国家发改委明确为帮扶城市，其对应的受帮扶城市是安徽阜阳。苏州被委以重任，将如何带动皖北城市发展呢？那结对帮扶的重点任务之一就是加强农业全产业链供应链协同。在阜阳市阜南县，就有一家提供植保无人机服务的专业合作社。下面，我们就来连线阜南县五斗农机专业合作社的孟远。孟远，你好。

孟：你好。

李：那能不能也是给我们来介绍一下我们当地的农户的情况是如何的呢？

孟：当时我们没有做这个无人机租赁之前，几乎是没有本地化服务企业的，只有一两家，也都是所谓的大户自己买的无人机。但是他们生产只能满足于他们自己的需求，无法去作业其他的东西。就讲我们现在刚刚做完的水稻的撒肥吧，还有一些藕塘的撒肥，比如说在以前的时候，水稻撒肥的时候，他们就需要农民自己拿着一个筐撒化肥，一般情况下一筐也就撒个二三十斤，人赤着脚，然后在田里面撒肥，比较累，自从我们今年用无人机给他们撒化肥之后，基本上两分钟就可以撒80斤左右的肥，效率非常高。

李：明白了！也就是说我们一些传统的中小农户，在以往的话，都是一种传统的农业作业的方式。

孟：对，都是传统的作业方式。效率肯定低下，不用说的，并且也比较累人，就是比较累，做起来的话，农民可能都不是很情愿了。现在，不像以前。

李：而现在采用我们的植保无人机“一村一机”这样的一种服务模式的话，其实可以大大地提高他们的一些农业的作业效率，同时呢还能让他们告别以往的那种艰苦的工作环境，是这样吧？

孟：我们自从推广“一村一机”之后，农民对我们的无人机的接受率越来越高，他们也认同了这个无人机打农药撒肥的这种效率，就收费的话他们也都是能接受的，一亩地收个10来块钱他们都能接受的，并且大大提高了他们的作业效率，同时也提升了我们培养的这批飞手在当地的收入。

【本期主题片花2】当前我国农业经济发展仍面临诸多问题，农业生产技术水平低，农业素质低下，劳动力数量锐减等，都阻碍了农业经济的发展。问题如何解决？农业社会化服务能起到什么样的作用？今日热点，正在关注。

李：听了孟远的介绍，确实让我们看到了植保无人机的好处。继续请教一下田总，你的公司能有这样的模式转变，是不是也和我们农业生产的现状是息息相关的呢？

田：是的，农业生产未来的发展方向就是现代化、机械化。我们希望，这样的现代化机械化的设备能进入更多的乡村，能为更多的老百姓去服务。所以有了刚才孟老师提的，在他那个地方落地的一种方式。

李：在这种方式当中，其实我们可以很直观地感觉到，植保无人机的使用能够大大地提高作业的效率。那虽然是效率提高了，但是反过来想，是不是也意味着有其他方面的一些难处和难点？

田：嗯，是的。刚才孟老师提到的，当然有好多地方它的效率确实很高，效率高的话反过来的话，他有他的痛点，比如说如果土地的面积，单块土地的面积不是很大的话，其实效率不高。你比如说我们的飞机一分钟可以撒一亩地，然后一般的农户，你比如说三五亩，我们可能把那个飞机拖过来需要一个小时，因为它很小，但是农村的路村和村之间半个小时，那半小时对于我们来讲的话就已经撒了几百亩地了，所以这里边还会产生一个矛盾，就是我们的飞手的话还是希望每天能多赚一点。所以它对于这些特别特别小的这些农田还是，不能说有选择性吧。他是喜欢干这些大田的。所以为什么我们在推"一村一机"，也是希望尽量能把飞机放到村里去，让更多的农户真正能用上这种现代化的设备。当然反过来讲，国家现在也在推动个别农村的建设，也在推动一些土地的整合，让单块的田越来越大，越来越规整。那这样的话包括我们的植保无人机、未来的农机，还有更多市场的空间。

李：也就是说我们"一村一机"的模式是真正解决了这样的痛点。

田：应该还有很多问题需要解决，比如说飞手。"一村一机"首先你在每个村要找到一个飞手，这个是个核心点，就是你必须得有操作机器的人。是的，其实一个很有意思的现象，我们的飞手在全国，目前我们大概有300个县，这300个县其实散布了大量的飞手，这些飞手的话，有1/3的其实是女性，准确地讲是留守妇女。因为她特别适合我们目前对飞手的一个画像。第一她要留在农村，第二的话，相对来讲要年轻一点，最起码你要会用智能手机，因为我们的飞机是非常智能化的。飞机在撒药施肥的时候，其实不需要人工操作，是全自动的。但是在前期的话，是要有些设定的，对智能化设备的操作有一个简单的要求，所以这两点的话，其实在农村照顾孩子、照顾老人的这个人群是我们的首选！但是，真正能做到"一村一机"其实这个事情还是蛮难的。大家都知道村里的年轻人比较少。

李：这也就是刚才所提到一个痛点问题，就是人手紧缺，从田总的讲述当中不难发现，可能现在呢在我们的农村地区，在我们的农业生产的过程当中，可能最紧缺的还是我们的年轻人。有没有什么方式可以解决这个问题,使我们的无人机就能够通过这样的一个高效率的运作来变相地解决这个问题。

田:我觉得这个问题特别好,就是怎么能让年轻人回到农村,去从事农业服务农业生产。我们现在是这样做的,每个飞手我们可以确保他的收益。目前的话你比如说在北方,比如说在山东、河南、河北这些地方的话,因为相对来讲它的种植作物比较简单,然后呢我们是确保他大概有25000元以上的收益的,因为农业生产其实它周期性非常明显,比如说咱们北方的小麦,就是2月份到4月份,加起来作业时间的话,也就是不到两个月,那两个月的时间给他25000元,那其实这个收益其实还是蛮可观的,但是也确实比较辛苦。当然我们希望这些飞手不只是飞手,他也可能是拖拉机手,他可能更多的是农业种植的从业人员,是农户,对吧?那如果他既是农户又是拖拉机手,又是植保无人机飞手的时候,那其实他的收入就是比较可观了。如果按这个方式去畅想一下的话,可能越来越多的年轻人就愿意回到农村,去从事农业。

李:其实这是一个我们现代农业一个非常美好的一个画像,那其实这也是通过我们社会化的服务来反哺到我们的这个农业生产,其实可以达到一种良性的循环。那想问问您那如果要是一种理想状态当中,您觉得是一种什么样的样子呢?

田:理想的状态?就是我们现在在做的样子,因为我们自己在苏州有两个试验田,一个在通安,一个在张家港,当然面积稍微大一点,都是1000多亩,我们每一块田只有两个人在管理。

李:1000多亩地,只有两个人,能做得过来吗?

田:没问题,这就是未来农业,包括农业农村现代化带来我们农业生产的改变,我们这两个人也是年轻人,只要给他足够高的收入,他就愿意去从事农业。另外一个方面的话,他可以在树荫下是吧,然后需要施肥的时候,植保无人机去施肥,需要撒药的时候,植保无人机去撒药,需要收割的时候,就在整个的耕种管收的所有的环节里面全程机械化。生产的效率提高了,土地的种植和收益就出来了。那我们就可以让整个农业生产的从业者赚到更多的钱,对吧?那这就是我们中国未来农业的样子,也是我们想象的样子。

【本期主题片花3】人机分离、飞手本地化、按需租赁、南北调度、快速服务,如何让农业社会化服务下沉至村级市场,最大限度解决包括中小农户在内的农业社会化服务需求?今日热点,正在关注。

李:在和田总的聊天过程当中,其实我们也能够感觉得到,未来我们也是希望能有更多的从农村走出去的年轻人,能够最终回归农村,继续扛起我们农业生产的大旗。当然了并不再是面朝黄土背朝天，而是现代的智慧农业的运作模式。那其实我们也能够感觉得到，“一村一机”的服务模式，还是比较适配小型农业化生产的，是吗？

田：是的。从目前我们这种“一村一机”的模式来看，虽然我们目前试点的区域还不是广泛的，只是说在局部区域推广。那从实验的结果来看的话，老百姓是非常接受的，在这些试点的区域的话，去创造了这些劳动就业岗位，那跟国家的乡村振兴，其实是契合的。包括农业农村现代化，因为我们国家是一个农业大国，每个地方它的农业结构和类型是不一样的，所以我们需要我们的方式要更多样化，要更适配更多的区域，所以我们也会努力地再往前走。

李：这也是“一村一机”苏州模式能够入选全国农业社会化服务典型的原因之一了。那在这儿也特别想请教一下田总，那目前我们的规模覆盖了多少地方？那接下来还会有怎样的规划呢？

田：目前还是在主要的农业生产大省，我们布局了300个县，在推动我们以县为单位的农业社会化服务公司，那其中在一些做得比较好的农业县社会化服务公司体系下，我们选择了一些“一村一机”的这种试点来推进。那当然从我们自己来讲，我们是希望有更多的地方能实现“一村一机”，我们也希望有更多的县，甚至有更多的省能覆盖我们这种经营模式。目前农业社会化服务公司这种体制也是国家在推动的、在提倡的农业生产的一种新的形式，我们国家要实现农业农村现代化，希望有更多的年轻人回到农村去务农，去从事农业生产。

【本期主题片花】小小无人机，实现农业大作为。“一村一机”苏州模式，入选全国农业社会化服务典型。今日热点，用声音为你展现新时代苏州农业社会化服务新面貌。

【录音】大疆无人机应该算是全国都是有名的牌子，特别是植保打农药什么，可以把整个地里的面积都可以测到位，整个的农药化肥用量也是比较均匀、更加科学，而且还提高产量。所以这次能够录用他为全国典型案例，这对全国的农业社会化服务起到一个借鉴推动作用。

李：稍早之前，我们的记者采访到市农业农村局农机处副处长汪渝，她表示，此次“一村一机”服务模式能够入围全国典型案例，可以带动更多小农户与现代农业发展的有机衔接。

“悠悠万事，吃饭为大”。粮食安全是“国之大者”。习近平总书记多次强调中国人的饭碗任何时候都要牢牢端在自己手上。近年来，我国粮食产量稳步增长，2021年已实现“十八连丰”。但同时也应认识到，我国粮食供求关系仍处于紧平衡状态，粮食安全这根弦一刻也不能松。面对当前复杂多变的国际政治局势与经济发展态势，加强粮食等重要农产品稳产保供，牢牢守住保障国家粮食安全的底线，是稳住农业基本盘、实现经济高质量发展、保障社会稳定和维护国家安全的重要基础。今年的中央一号文件提出“聚焦关键薄弱环节和小农户，加快发展农业社会化服务”的要求。完善农业社会化服务体系是实现农业生产降成本、增效益的有效途径，对夯实我国粮食安全根基具有重要意义。

【同期声】苏州市农业科学院智慧农业研究中心主任、研究员张青：怎么种地，谁来种地？是当前和未来摆在保证粮食安全农业发展面前一道迫切需要解决的难题。从实践来看，加快农业社会化服务体制、人才队伍和服务能力建设是解决问题的行之有效的手段。苏州“大域无疆”利用自身技术优势和网络优势，全力打造了以无人机共享为核心的现代农业社会化服务体系，目标方向清晰，市场定位准确，技术方案有较好的先进性和前瞻性。既能丰富农业，又有效培养了一批新型职业农民队伍，社会效益、经济效益良好，有较好的示范意义和推广价值。希望能进一步总结经验，优化模式，加快推广，为现代农业高质量发展发挥更大的作用。

（歌曲：《在希望的田野上》——压混）

李：我们的家乡在希望的田野上，我们衷心地祝愿“一村一机”服务模式能够飞进千村万户，也希望收音机前的农民朋友们能够搭上农业社会化服务的翅膀，越飞越高，创造出属于你的农业奇迹！

听众朋友，让共享无人机服务现代农业的故事就给您讲述到这里了，感谢收听今天的《今日热点》，我是主持人李京。我们下次节目再见！

苏州市广播电视总台2022年播出

第二十届苏州新闻奖一等奖

张广新闻

主创人员　陈　惠　徐　亮　朱　莹

各位听众，今天《张广新闻》的主要内容有：

2017张家港行张家港国际马拉松鸣枪开跑

我市与松禾资本签订战略合作协议

主题报道《“两聚一高”的张家港实践　发力“四大路径”》：张运机械：借创新之力　打造冷门行业中“明星”企业

张家港公厕“放大招”　人性化理念更突显

枇杷园里采出“黄金茶”

下面请听详细内容：

特别报道《奔跑吧，张家港》：

2017张家港行张家港国际马拉松鸣枪开跑

今天上午7点30分，随着一声发令枪响，2017张家港国际马拉松正式开跑。本次赛事是张家港市首次在中国田协注册认证的A类赛事，共设全程马拉松、半程马拉松、短程马拉松和迷你马拉松四个项目的比赛，吸引了来自21个国家和地区的10000多名运动员参加。

赛事起点设在世纪广场，由西向东环绕城区，穿越经济技术开发区（杨舍镇）、冶金工业园（锦丰镇）两个区（镇），途经暨阳湖金融街、梁丰生态园、大南水街、沙洲湖等重点区域景观，以及人民路等市区主干道，形成了绿色氧吧与城市风貌融为一体的景观赛道。

首次举办马拉松赛事，张家港就按照中国田协金标赛事组织标准，制定详细的竞赛组织方案，落实各项竞赛筹备工作，4500名志愿者助力赛事。细节处处体现港城的温度和文明，在赛事上设置了人性化的关门仪式、分时段封闭道路、赠送精美的完赛纪念卡等特有服务；在参赛物料保障方面，赛包中除了常规能量食物外，提供了首日封、文明纸巾、雨衣、垃圾袋等温馨小物；在现场设置了马拉松邮局、志愿服务驿站等为选手提供暖心服务。

——张广记者姜蓉报道

家门口的马拉松　我参与我快乐

马拉松赛事，使得冬日的港城格外热闹，10000多名跑者齐聚于此，开启了一场别样的赛程，欢呼雀跃的人们掌声与呐喊声嘹亮入耳，到处洋溢着节日的气氛，宛如一场盛世狂欢。来听张广记者发回的报道。

5公里迷你马拉松终点站时刻表停留在7：59，5公里迷你马拉松第一名产生，他是来自我市南丰镇某企业员工丁亚平，到达终点站后丁亚平满脸微笑地向大家挥手问好："非常高兴，我没想是第一名，欢迎大家加入这个队伍，跑步健康。"

8:02，8公里短程马拉松终点站，男子组第一名选手突破终点线，用时32分钟。这位获得第一名的小伙子今年18岁，来自山东菏泽，是一名专业体校的大学生，爱好马拉松的他，已经参加过大大小小的马拉松赛事很多次了，这也是他第一次来张家港参加比赛。

5分钟后，8公里短程马拉松女子组第一名产生，她是来自常熟的一名马拉松爱好者陈义月，陈义月今年45岁，接触马拉松只有2年的时间，这次能取得第一名的成绩很高兴。"半马参加很多次，平时自己跑跑，感觉还好吧，张家港人比较热情，一路上都有人欢呼加油，蛮热情的。"

——张广记者周锁峰、孙薇报道

首届张马全马、半马冠亚季军产生

开赛64分钟和2小时23分钟以后，马拉松赛半程和全程的冠亚季军就陆续产生，到底花落谁家。让我们跟随张广记者来看一下。

在早上8点35分左右，半马男子组第一名产生，现场主持人用内蒙古草原雄鹰在张家港赛场上翱翔来形容他的获奖，他是来自内蒙古的选手刘洪亮，之前参加过多场马拉松比赛，刘洪亮告诉记者，这次1小时04分40秒的成绩已经刷新他之前参赛的最高记录。

11分钟之后，女子半程马拉松第一名产生，来自扬州大学的体育老师郝晓帆以领先第二名肯尼亚选手近两分钟的成绩夺得第一，由于马拉松参赛人数众多，郝晓帆出发时间比第二名晚了近30秒，但她奋勇赶超，发枪成绩和净成绩都排名第一。

开赛2小时23分钟后，伴随着现场观众热情的欢呼和掌声，来自肯尼亚的选手Eliud冲破终点线，以2小时23分25秒的成绩摘得全马男子组第一名，难以抑制激动的心情，Eliud双手合十，向现场观众热情的祝贺表示感谢。领队欧辰表示，Eliud能够取得好成绩，得感谢赛事组委会的周到服务。

开赛2小时48分钟后，来自埃塞俄比亚的Jane抵达终点，获得了全程女子组第一的奖牌，来自中国的张新、曹凤英分获第二、三名。

——张广记者陈玮、姜蓉报道

我们在这里　你们放心跑
——文明港城全力护航国际马拉松

今天，国际马拉松大赛在我市举行。赛事离不开补给、医疗、交通等方面的保障，来听报道。

长达42公里的马拉松赛道，运动员们在途中需补充水分与营养，因此，赛道上每隔五公里就会设立一个补给点。这次比赛，共有1800名志愿者在这些补给点上默默服务。

作为一项极耗体力的运动，马拉松对运动员的体能要求非常高，如果运动员们没有准备充分，不免会出现身体不适、运动性损伤等情况，此次赛事每两公里设置一个固定医疗点，还配备了25辆救护车随时候命。

本次马拉松赛事举办期间，对赛事道路采取了分时、分段实施交通管制的方法，交警和交通部门也科学安排警力，通过设置固定穿越点、调整公交线路走向等途径，来最大程度上减少对市民出行的影响。在这里，我们向全体市民朋友致以诚挚的谢意，是你们的积极配合，给本次张家港国际马拉松赛提供了有力的支持。你们，向全体参赛运动员展现了文明张家港文明市民的亮丽风采。

——张广记者常红文、袁燕楠报道

《张广快讯》片花：

我市与松禾资本签订战略合作协议

昨天晚上，张家港市人民政府与深圳市松禾资本签署战略合作协议，共同推进张家港在战略性新兴产业上的发展。根据双方约定，张家港市通过市属国企成为松禾资本旗下基金的出资人，同时为松禾资本积极推介辖区内有潜力的优质高科技企业作为投资标的；松禾资本则积极推荐被投企业落户张家港，加速实现产业化发展，引荐知名投资公司落户张家港暨阳湖金融街，引导资本要素向张家港集聚，为企业发展提供金融支持。

——张广记者陈玮报道

350多项标准港城企业制定

昨天下午，我市举办高新技术企业标准化建设交流研讨会。我市先后印发了《张家港市技术标准战略实施意见》《开展质量强市活动的实施意见》等文件，引导和鼓励企事业单位做好标准化建设，累计划拨专项资金6000多万元。目前，全市共有100多家单位参与国家标准、行业标准、地方标准的编制工作，完成标准350多项，22个专业标准化技术机构在我市落户。

——张广记者徐亮报道

我市开展“国际残疾人日”系列活动

昨天下午，锦丰镇沙洲抗日政府纪念馆、大南水街、中央公园等地迎来了一群特殊的游客，他们有的坐着轮椅，有的在用手语沟通交流着，在爱心志愿者的陪同下，一边参观，一边认识和感受多彩缤纷的世界，心情十分愉悦。这是我市“国际残疾人日”系列活动之一——新一轮“喜看家乡新变化　残疾人游港城”。当天，共有30名残疾人参加了这一活动。

——张广记者姜蓉报道

我市规范小作坊食品安全

为进一步加强食品质量安全监管，规范食品生产加工小作坊生产经营行为，今年以来，我市全面开展以“创示范作坊、品家乡美味”为主题的食品加工小作坊整治提升工程。截至目前，我市共核发小作坊登记证115家。

——张广记者袁燕楠报道

《特别关注》片花：

主题报道《“两聚一高”的张家港实践　发力“四大路径”》：张运机械：借创新之力　打造冷门行业中“明星”企业

位于大新镇的张家港市张运机械制造有限公司，7年前从生产制造输送设备成功转型电梯轨道辅助机械，目前企业生产的除锈、贴膜等精加工设备占整个行业90%份额，激光检测产品占行业50%份额。这家企业如何抢抓机遇从行业内夹缝求生做到大展拳脚？来听报道。

在发货区，记者看到一排排机械成品整装待发，别看这些钢铁疙瘩其貌不扬，却都是电梯导轨生产企业不可或缺的辅助设备。

公司技术研发中心副主任薛跃：“这个设备对电梯导轨直线度检测手段，以前检测靠人工，效率低，精度不能把控，生产500支导轨抽检50支导轨，通过我们的设备，只需要一台电脑一台机器，工人开关机就可以实现全部在线检测，合不合格不需要人工分类，机械进行自动分类，精度提高了3倍。”

在竞争激烈中如何抢抓到蕴藏的机会，公司副总经理夏家兵告诉记者，借科技之力走创新之路是企业发展根本，“我们用机械化代替劳动做了很大文章，我们研发主要以自己团队为主，结合院校联合开发产品，在公司发展上、产值上、税收上都有大大的提高，我们将继续增加研发团队，高技能人才加快发展，取得更大成果。”

——张广记者周锁峰报道

《民生聚焦》片花：

张家港公厕“放大招” 人性化理念更突显

近日，习近平总书记对“厕所革命”作出重要指示，厕所问题不是小事情，是城乡文明建设的重要方面，要把这项工作作为乡村振兴战略的一项具体工作来推进，努力补齐这块影响群众生活品质的短板。记者从市城管局市容管理处了解到，我市将用两年时间开展“厕所革命”，完成绝大部分城市公共厕所的升级改造工作，让市民“方便”更方便。来听报道。

在泗阳路人民医院北出口的一个公共卫生间，刚刚在十月底完成环境改造提档升级。和改造之前相比，最大的变化就是多了一个“第三卫生间”，这里有婴儿护理台、婴儿安全座椅，还有适合幼儿使用的坐便器和小便池，避免了父母带孩子出行上厕所不方便的状况。

除了提升硬件，增加女性蹲位数量，改造后的公厕在管理上也将更加细致严格。目前很多公厕没有保洁员管理间，一个保洁员负责两三个公厕，忙不过来就会出现公厕保洁不到位的情况，改造之后，一类公厕都会有专门的管理间，方便专任保洁员驻点保洁。目前，我市城区共有公厕100个左右，市容管理处会逐步进行改造，预计今年年底，39处公厕将以全新的面貌呈现在大家面前。

——张广记者周锁峰报道

《田园梦想》片花：

枇杷园里采出“黄金茶”

枇杷花是一种黄白色小花，开于冬季，香气诱人，具有一定的观赏价值。但是，枇杷花的功效与作用可不仅仅在于观赏。在我市南丰镇海芸枇杷种植基地，果农们把原本应该零落成泥的花瓣，制作成了香飘四溢又能止咳利肺的枇杷花茶。来听张广记者房吉发回的报道。

在南丰镇民乐村190多亩的海芸枇杷种植基地看到，每棵枇杷树上都盛开了一簇簇黄白色的花朵，果农们正穿梭在树丛中，按照树的长势、叶子的茂盛程度，算好留下花朵的数量，然后掐掉树枝顶端的花。果农们所做的，就是为枇杷树疏花，可以保证来年果实的个头和品质。不过，跟普通的疏花有所不同，这里的枇杷花并没有被扔到地上，而是由工人们放到随身携带的筒子里收集起来。经过人工筛检，小拇指盖大小的花瓣被送到成品加工车间。基地负责人李刚正在对花瓣进行烘干炒制。

据《本草纲目》记载，枇杷花具有“止渴下气、利肺、止吐逆、去焦热、润五脏”以及“治头风、鼻涕清涕”等功效。不过，由于近300万个花瓣，才能制作一斤纯的枇杷花茶，极费人工，所以，枇杷花茶注定了要走高端路线，目前市场上每斤的零售价已高达2万多元。

——张广记者房吉报道

结束语：

好，听众朋友，这次《张广新闻》节目就为你直播到这里，本次节目责任编辑陈惠、徐亮，监制陈红霞、董平，主持人玖玖。您可以在手机APP客户端下载蜻蜓FM，随时随地收听我们的节目。您还可以在微信公众平台搜索“张家港广播”，加关注和我们互动。您的关注，是我们前行的动力！

张家港广播电视台2017年播出

第二十五届苏州新闻奖一等奖

昆广新闻

主创人员　姚　波　沈　莹　陆　鹏

听众朋友，早上好！今天是2022年9月15日，星期四，农历八月二十。

1.周伟、陈丽艳视频调度部署台风“梅花”防御工作

2.［防御“梅花”全城行动］水务部门提前降低河道水位　强化应急值守

3.［防御“梅花”全城行动］工地落实安全措施　绿化及时修剪加固

4.［防御“梅花”全城行动］“梅花”迫近　加固花灯保安全

5.［防御“梅花”全城行动］落实防台责任　城管排查隐患

6.［防御“梅花”全城行动］加固大棚　抢收蔬果保收成

7.［喜迎二十大　非凡二十年］沪宁高速公路跨青阳港大桥北半幅本月底通车

8.我市7家农企获苏州市农业科技创新项目

9.劳动者就业创业“首选课堂”2022区镇行系列首场活动开讲

10.三代人“接力”从戎保家卫国

11.小手拉大手　共筑网络安全防线

12.［深入打好污染防治攻坚战——昆山在行动］陆家镇一“散乱污”印刷小作坊被取缔

周伟、陈丽艳视频调度部署台风“梅花”防御工作

【导语】昨天18时起，我市提升防御台风“梅花”应急响应至Ⅱ级。当晚，市委书记周伟，市委副书记、市长陈丽艳来到市防汛抗旱指挥部，视频调度部署台风“梅花”防御工作。周伟指出，要深入学习贯彻习近平总书记关于防汛救灾工作的重要指示精神，按照省委、省政府和苏州市委、市政府部署要求，坚持人民至上、生命至上，以“时时放心不下”的责任感和使命感，全面落实落细各项防台防汛措施，做到

防御力量到位、预报预警到位、消除隐患到位、转移安置到位、险情处置到位，确保人民群众生命财产安全、城市运行有序。

【正文】视频调度会上，周伟、陈丽艳听取台风“梅花”最新路径走势和趋势预测分析以及防御措施落实等相关工作汇报，并对各区镇和相关部门做好台风防御工作进行全面调度、提出明确要求。

【正文】会议指出，要树立底线思维，强化组织领导。各区镇和部门要立足防强风、防内涝，进一步强化防台防汛主体责任，思想上不能有任何麻痹大意和松劲懈怠，坚决做到“守土有责、守土负责、守土尽责”。要严格落实应急响应要求，各区镇和部门主要负责同志要深入防御一线、靠前指挥调度，将各项工作抓细抓实。气象、水务等部门要加强会商，对雨情、水情、风情作出精确研判，及时发布预警信号，确保能够以最快速度将权威信息传递给广大市民。

【正文】会议强调，要坚持以人为本，做好闭环管控。各区镇和部门要结合当前防汛防台形势，切实组织做好船只回港避风、水上作业人员及养殖人员上岸避险工作；全力做好D级危房的住户转移，确保应转尽转、应转早转，不留死角盲区；做好电力保供、物资准备，科学配置各类抢险救援力量，确保时刻保持在岗在位、信息通畅；保障好环卫工人、果蔬经营户及广大师生的作业及出行安全，确保城市运行有序、市场供应充足、校园安全稳定。同时，要加强防汛防台宣传引导，及时向社会公布预警避险信息，切实将确保人民群众生命财产安全落到实处。

【正文】会议指出，要前置力量配备，完善应急预案。加强对一线河堤、防汛墙、水闸泵站等重点点位巡查值守，重点关注大型企业、危化品企业安全生产，做到管控到村、到户、到人、到具体点位。加强对所有收水口进行检查、清理，对高空构筑物、易倒伏物、悬挂物、建筑塔吊等要抓紧排查风险隐患。扎实做好城市内涝防范工作，全面落实低洼易涝点、下穿式立交、中环高架、地下空间等防汛排涝措施，一旦出现险情，确保快速响应、高效处置。

【正文】会议强调，要严格纪律规矩，加强督导检查。强化预警预报监测，充分发挥“四预”工作机制作用，不断提升防汛防台工作专业化水平。严格遵守纪律规矩，开展动态全面的督导检查，坚决做到责任闭环。加强值班值守，科学指挥调度，严格落实24小时值班和领导带班制度，确保各项防台防汛措施落到实处。

[防御“梅花”全城行动]水务部门提前降低河道水位　强化应急值守

【正文】为应对“梅花”可能带的强降水，市水务部门已提前预降圩内水位，全市内河水位均在可控范围，截至今天15时，我市外河平均水位2.87米，最高3.01米，均未超过警戒水位。同时，市水务部门还强化应急值守、加强巡查防守，并组织养护队伍及时疏通排水。

【录音】市防汛抗旱指挥部办公室工作人员浦云朦：密切关注天气变化，适时调整防台风应急响应，紧盯重点领域和重点环节，全力排除新增风险隐患，切实保障全市人民生命和财产安全。

[防御"梅花"全城行动]工地落实安全措施　绿化及时修剪加固

【正文】在江南云锦项目现场，市质安站工作人员正在检查施工单位的脚手架、起重机械、临时用电等设施以及防台防汛物资准备情况，要求施工单位加强各类工棚、宿舍区等的安全检查及加固工作，在恶劣天气停止所有室外高处作业，排查塔吊和高处建筑上有坠落风险的悬挂物。

【录音】江南云锦项目负责人王威：做了脚手架的加固连墙、大型机械设备的检查，还有临时用电安全的专项检查，同时我们还成立了应急救援小组，准备了抗汛防台的救援物资，以应对极端天气的发生。

【正文】市园林绿化部门也提前采取措施，对道路两侧浅根易倒伏的树木进行安全隐患排查，进一步加固树木支撑，修剪枯枝，防止树木倒伏、树枝掉落影响交通和行人安全。

【录音】市城市绿化工程有限责任公司养护科副科长金浩杰：尤其是针对绿地积水问题准备了50多台水泵，目前我们对中环内重要道路及其他框架道路进行了全面排查，消除安全隐患。

[防御"梅花"全城行动]"梅花"迫近　加固花灯保安全

【录音】花灯现场：这里是慧聚广场灯区，在我身后可以看到，工人们正在冒雨对花灯灯组进行加固。

【正文】记者看到，工作人员一方面用钢索对较高灯组进行加固，另一方面，在花灯底部增设沙袋等增重物资，保持稳定。为扎实做好第12号台风"梅花"的应急防御工作，开发区旅游公司快速响应，落实24小时应急值班制度，强化灯组及灯会临时设施巡查力度，同时，将根据气象实际情况，及时发布相关活动通告。

【录音】昆山开发区旅游发展有限公司董事长总经理袁桂根：迅速成立应急维

护小组，人数在25人左右，分为几个小组。一个是现场督查组，还有一个现场的维修组，在现场24小时进行值班，分为两个班组。整个区域我们大小有40个灯组，主要是把所有区域凳子范围内的安全隐患排查到位。

[防御“梅花”全城行动]落实防台责任　城管排查隐患

【录音】城管现场：我现在是在绣衣园街，在我身后大家可以看到工作人员正在这片存在安全隐患的围挡进行拆除，随后安装上彩钢板。

【正文】这片用来隔离S1线钢筋加工房的围挡约有130平方米，日晒雨淋下，破损严重。开发区综合行政执法局长江中队的执法队员在巡查中发现这一情况后，立即联系工地负责人，安排人员整改到位。

【录音】开发区综合行政执法局长江中队副中队长周勇：我们开发区长江中队实行的是24小时值班制度，每天会留守10人，一旦有大风，我们就会上路面进行巡查，对一些容易产生安全隐患的地方进行实时监测，争取把这种安全事故消除在萌芽当中。

【正文】截至目前，城管部门已对5598处户外广告和店招标牌设施进行了隐患排查，共发现安全隐患104处，目前均已完成整改。

[防御“梅花”全城行动]加固大棚　抢收蔬果保收成

【录音】农业现场1：现在是下午的2点钟，我现在所处的位置就是玉叶蔬食产业基地，现在的雨是逐渐密集起来了。通过我们的镜头可以看到，在我身后的工作人员正在对大棚的棚膜线进行加固。另外所有的大棚的顶棚以及侧棚都已经全部放下来，在户外成熟的蔬菜也是提前收割保存入库，并对基地内的沟渠进行疏通确保排灌畅通。

【录音】市玉叶智慧农业产业园经理周园园：在夜间做好值班人员安排。第二个方面我们会对大棚进行检修加固。第三个方面是对排灌设施进行检查。

【录音】农业现场2：现在我来的位置就是张浦镇的红美人基地。在我身后的这20亩红美人果树现在正在进行修剪，可以更好地抗击台风。此外，现场的大棚也都进行了加固，沟渠也都进行了清淤，可以更好地排涝。

【录音】市农业技术推广中心副主任孙权：对于已经成熟还没完成采收的果品，建议农户尽早把果实采摘下来，入库为安。第二个做好整个园区的疏浚排涝工作，提前预降水位，我们还是要建议广大农户积极组织人手，加固棚体设施，增强抗风能力。

［喜迎二十大　非凡十年］沪宁高速公路跨青阳港大桥北半幅本月底通车

【导语】今年8月6日，沪宁高速公路跨青阳港大桥顺利实现主桥北半幅贯通，这两天，施工方正紧锣密鼓地对北半幅路面开展沥青摊铺工作，预计9月20日实现通车。

【正文】在沪宁高速公路跨青阳港大桥的北半幅施工路段，两台摊铺机正在铺设路面，新铺设的黑色沥青还冒着热气，双钢轮和胶轮压路机随即来回碾压。为确保沥青下面层施工质量，中铁二十局从原材料的比选、配合比，以及拌合设备选择都力求精益求精，着力打造精品工程。沥青摊铺完成后，还将开展桥梁伸缩缝以及交通安全标识的施工作业，确保9月20日青阳港大桥北半幅实现通车。

【录音】中铁二十局集团申张线青阳港段沪宁桥项目部工程管理部副部长汪洋：北半幅交通转换完成之后，我们立马着手南半幅的施工工作，首先是桩基施工和老桥拆除施工，目前已经完成总体进度的2/3。

【正文】申张线青阳港段航道是国家规划的长三角高等级航道，也是我市规划五区一线、“三横一纵”中的重要环节，航道整治里程7.646公里，新建、改建桥梁9座。沪宁高速公路跨青阳港大桥是申张线青阳港段航道整治工程一期桥梁之一，因净空净宽不满足三级航道通航要求，需拆除老桥新建，满足通航升级要求。整个项目预计2023年9月竣工。

【录音】中铁二十局集团申张线青阳港段沪宁桥项目部综合办公室主任孙振：该桥建成后，可极大改善青阳港水运通航条件，也将具备通行千吨级集装箱船舶的能力，有利于促进区域产业布局、优化产业结构。

我市7家农企获苏州市农业科技创新项目

【导语】日前，苏州市科技局对2022年度苏州市农业科技创新项目予以公示，我市共有7家农企优质项目获评。

【正文】昆山青禾食用菌科技有限公司成立于2009年，是苏州市农业产业化重点龙头企业。作为此次获评项目之一，青禾申报的鹿茸菇工厂化栽培光照调控体系建立及应用研究项目，主要研究光照条件对鹿茸菇不同生长发育阶段的作用效果，建立不同阶段的光照条件及控制参数，从而提高产品的产量和品质均一性。随着国内食用菌产业向设施化、标准化生产转型升级的步伐逐渐加快，该项目研究成果将助推鹿茸菇工厂化生产产业技术升级。

【录音】昆山青禾食用菌科技有限公司总经理程继红：全部采用这种LED光照的方式，标准化管理有很大提升，鹿茸菇的品相也有很大的提升市场的竞争力，包括每公斤价格比竞争对手高1~2元，所以它的效益也可以体现出来。

【正文】近年来，我市大力推进实施乡村振兴战略和创新驱动发展战略，不断推动农业农村产业科技化、人才专业化、生态绿色化，2021年昆山市成功入选全国农业科技现代化先行县共建名单，在农业科技工作方面取得了阶段性成效。下一步，市相关部门将围绕全国农业科技现代化先行县共建，以科技为支撑、人才为引擎，强化共建机制，发展现代农业，建设“五美”乡村，为我市农业农村现代化发展腾飞插上科技的翅膀。

劳动者就业创业“首选课堂”2022区镇行系列首场活动开讲

【导语】近日，劳动者就业创业“首选课堂”2022区镇行系列活动首期课堂开讲，45家我市台企、“首选之窗”企业、“一镇一窗”推荐企业等企业代表参加活动，并通过网络直播方式，向全市各行各业企业和劳动者同步播出。此次活动为人才政策专场。课堂上，人社业务骨干通过典型案例分析，对各类产业人才计划、职称、技能人才培养评价相关政策进行了深入解读，并就劳资双方争议焦点和热点问题，进行逐一解答。

【正文】为打造劳动者就业创业首选城市，市人社局邀请了全市40多名相关单位的业务骨干，成立首选课堂讲师团。通过线上线下相结合的方式，多角度、全方位地为广大就业创业者答疑解惑，帮助他们更快更好地了解昆山、融入昆山，在昆山成长成才。作为市人社局为民服务的特色品牌，劳动者就业创业“首选课堂”自2021年3月启动首期课程以来，已累计开展各类政策宣讲活动27场，服务企业、劳动者等超18万人次。

三代人“接力”从戎保家卫国

【导语】日前，千灯镇秦峰社区的龚宇文顺利通过了今年的秋季征兵体检、政治考核，继爷爷、父亲后，他也成了一名光荣的军人，圆了三代人的军营梦。

【正文】记者见到龚宇文时,他正在市国防园进行集训。向往军营生活的他身着迷彩服,动作一丝不苟。受到爷爷和父亲的影响,龚宇文从小就励志从戎,保家卫国。

【录音】2022年秋季新兵龚宇文:我爷爷在我小时候把他行军水壶给我了,我当时很宝贝,因为我觉得这个东西特别有意义,也很帅。我爸也给我做榜样,每天早上起来被子都叠得很好,对家庭也很有担当。

【正文】龚宇文的父亲龚军锋1995年在武汉军械士官学校当通信兵,1998年因抗洪荣立个人三等功,爷爷龚水根1971年在陕西省原兰州军区服役。一根报国"接力棒"在祖孙三代手中传递了近半个世纪,变的是岁月,不变的是一腔热血报国心。

【录音】龚宇文爷爷龚水根:希望孙子在部队好好锻炼,为国家尽一份力量!

【录音】龚宇文爸爸龚军锋:他很向往的,从小就有这个志愿,我们当然大力支持的,希望在部队里能把他锻炼得更优秀。

【录音】2022年秋季新兵龚宇文:我希望能报效国家,成为我想成为的人!

小手拉大手　共筑网络安全防线

【导语】每年9月第三周为国家网络安全宣传周,近日,市委网信办联合市教育局、公安局、大数据资源管理中心等部门开展网络安全进校园活动,普及网络安全知识,提升师生网络安全防护意识。

【正文】下午,市公安局城中派出所的社区民警来到葛江中学,以"你我携手,反诈创安"为主题,围绕什么是通信网络诈骗、通信网络诈骗的常见形式、如何防范通信网络诈骗等方面展开宣讲,并结合实际案例,向学生深入浅出的讲解网络安全知识,增强他们网络安全及防诈骗意识。

【录音】葛江中学学生丁康宝:这堂课我收获了很多,比如网络诈骗有哪些形式,通过二维码或者通过链接来获取钱财,回家以后我也会向家长宣传,向朋友们(宣传)。

【录音】市公安局城中派出所社区民警钱云妹:以点带面、以小手拉大手的形式来带动反诈宣传,让反诈宣传的面更加广。

【正文】网络安全进校园活动是网络安全宣传进机关、进校园、进社区、进企业"四进活动"的一部分。活动中,我市其他学年段同步开展了"网络信息安全""国家利益高于一切　保密责任重于泰山""网络安全与文明上网"方面的主题宣传,进一步引导学生树立正确的网络安全意识。

[深入打好污染防治攻坚战——昆山在行动]
陆家镇一“散乱污”印刷小作坊被取缔

【正文】日前，市污防攻坚办对陆家镇进行暗访，发现建伟汽配城二楼有一家印刷小作坊正在从事标签印刷，现场气味难闻，印刷机未配套相关废气收集处理设施，废抹布、废油漆桶等危废杂乱放置。针对上述发现的问题，市污防攻坚办已向陆家镇发出督办单，并要求属地及相关职能部门建立常态化督查排查机制，彻底整治逃避监管、隐蔽生产、违规经营的“散乱污”顽疾。

昆山市融媒体中心2022年播出

视频类

2013—2022

第二十五届中国新闻奖三等奖　第十七届苏州新闻奖一等奖

植树节：是植树，还是过节？

主创人员　李文瑾　沈宇华

【导语】今天又到了一年一度的植树节，可是在吴中区的一场植树节活动上，志愿者们少了几分植树的热情，却多了几分过节的热闹。

【正文】上午9点钟，在东山镇环岛路上，吴中区机关单位和辖区企业的志愿者们，正在进行一场植树活动。

【现场】志愿者照相。

茄子，笑一个，走！

【正文】现场有植树的，有看热闹的，更多的是摆着造型拍照留影的，知道的这是在植树，不知道的还以为是在郊游。

【同期声】志愿者：（记者：不会弄为什么还要来？）单位组织的，我们不来又不行的，就当春游了。

【同期声】记者李文瑾：就在刚刚，有两三百个志愿者在这里进行了一场“轰轰烈烈”的志愿植树活动。可是当他们热热闹闹地走了之后，留在这片土地上的却是稀稀拉拉、横七竖八的树苗，而植树工人还要对此返工。

【同期声】绿化养护工：（记者：剩下的都要你们……）嗯嗯嗯，我们做啊。

【正文】与此同时，政府机关的志愿者们也在热火朝天地种着树，不远处有20多名养护工静静等候。等植树大军一走，他们就拿起铲子，颇为默契地回到这片林子里。

【同期声】绿化养护工：一棵一棵都要回土回起来的。（记者：如果不做的话，这个树会怎么样？）这个要死掉的。

【正文】养护工提前3天就买好了树苗，挖好了坑，为植树大军做好所有准备工作。

【同期声】绿化养护工：他们搞不好的。（记者：你们挖那个坑，挖了多长时间？）前天挖一天，昨天挖半天，一天半。（记者：20多个人一天半？）要50多个人。

【同期声】苏州大学地方政府研究所所长沈荣华：形式流于形式主义，（植树节）它当初的初衷、当时的那种良好的愿望，全会落空。

苏州市广播电视总台2015年播出

记者手记

2014年3月12号是新中国第36个植树节。和往年一样，各地都举行了形式多样的植树活动。在某个植树节活动现场，记者观察到，植树节活动背后是参与者的例行公事和敷衍了事。记者通过对现场的捕捉，志愿者、绿化养护工的采访，对形式主义的植树活动进行了批评报道。

报道以植树活动嬉闹的现场开场，通过对志愿者们忙于拍照、春游的生动记录，表现出志愿者们对植树活动敷衍了事的态度。再深入一层，记者又采访了绿化养护工，为了这场植树活动，养护工提前准备了近2天的时间，而志愿者们植的树，他们必须全部返工。最后报道再以专家对形式主义的批评作为总结，对这场“过节意味”大过“植树意义”的植树节进行批评。

近年来中央坚决反对“四风”，最首要的便是形式主义。群众对不求实效、弄虚作假、图虚名、务虚功等问题深恶痛绝、反映强烈。在当天众多的植树节活动中，这一“另类”的批评报道一经播出便引发了强烈反响。

专家点评

植树节去植树是很有意义的事，旨在用实际行动宣传环保、改善我们的生态环境。但是在一个植树活动现场，记者敏锐地捕捉到志愿者们大多忙于拍照，植树的坑是养护工提前挖好的，种下的树苗事后需要全部返工等细节，随即打破常规报道思路，并通过对现场各类人群的充分采访，发出植树节“是植树，还是过节？”的质疑。同时，将植树现场的种种不和谐，置于中央坚决反对形式主义、官僚主义、享乐主义、奢靡之风的背景之下，指出“流于形式主义，美好愿望会全落空”，点评言简意赅，却有深度有力量。这样“另类”却收获好评无数的报道，再次证明，一个好的记者不仅仅是记录者，更应当是睿智的观察者、思考者。

第二十五届中国新闻奖三等奖　第十七届苏州新闻奖一等奖

寻找“炎黄”

主创人员　朱智红　何　飞　席　征　刘永红　徐　钰　郭春燕
张　愈　顾　强　王晓雄　刘志刚　袁爱民　王一兵
邓　力　严　军　彭若男　张　莹

炎黄是谁?

【字幕】2014年11月20号下午2点14分，苏州市张家港城东派出所接到报警……

【字幕（同期声）】（警用执法仪）接到报警称：人民路邮政储蓄银行，有老人摔倒，现赶往现场出警。

【配音】此时老人已经被工作人员扶在长椅上躺下，他已经失去了意识，额头上还有瘀伤。工作人员说，晕倒前，老人曾办过汇款业务。

【字幕（同期声）】中国邮政储蓄银行工作人员：（民警：看看有没有身份证啊？）他没带身份证来，他是汇款不需要身份证。

【配音】情况危急，民警只好跟随赶来的救护车，先将老人送往医院治疗。

【字幕（同期声）】张家港市中医院主治医生陈天文：做了CT，生命体征监测目前病情还比较稳定。

【配音】医生表示，老人是突发脑梗死。这时老人已经恢复了意识，可是他的遮遮掩掩，引起了民警的注意。

【字幕（同期声）】张家港城东派出所民警许栋超：问他名字，他不肯说。问他住在哪儿，他也不说。问他为什么汇款，他也不说话。

【字幕（同期声）】张家港城东派出所民警许栋超：当时他的反应比较像被电信诈骗一样，就是怕被别人发现。

【配音】而他随身携带的三张汇款单的署名，更引起了民警的怀疑。

【字幕（同期声）】张家港城东派出所民警许栋超：这三张汇款单有两张署名“炎黄”，还有一张署名“黄炎民”。

【配音】三张汇款单，分别是2012年向祝塘中心小学汇款1000元，2013年向四川芦山汇款500元，2014年向云南鲁甸汇款1000元，最后一笔就是老人当天汇的款。四川芦山和云南鲁甸都是地震灾区，这时，民警突然想到，老人会不会是在捐款呢？

【字幕（同期声）】张家港城东派出所民警许栋超：后来我就在网上搜索了下“江阴炎黄”，结果网上跳出来一大堆的新闻条目，把我吓了一跳。

【配音】信息条目显示，“炎黄”这个名字，正和江阴祝塘有着莫大的关联。炎黄到底是谁，老人又跟炎黄有什么关系呢？

【字幕】2014年11月22号上午十点　江阴市祝塘镇……

【配音】当地市民告诉我们，整个江阴市，已经寻找一个叫“炎黄”的神秘人物，整整27年了。时间回到27年前，1987年6月，江阴市祝塘镇敬老院的前身祝塘幸福院，刚刚开始筹建，全镇有26名孤寡老人首批入住该院。孔德宝就是当时的第一任院长。

【字幕（同期声）】祝塘镇敬老院前院长孔德宝：镇里的钱也不多，各个村里就是三百四百都拿不到，都困难。

【配音】当时镇政府花了几十万元才将敬老院建造起来，没有更多的资金去支持敬老院的软件设施。很多孤寡老人的衣服、被褥都没有添置。就在敬老院最困难的时候，一位署名“炎黄”的人，向敬老院捐助了1000元钱。

【字幕（同期声）】祝塘镇敬老院前院长孔德宝：那数字是太大了。我当时的工资只有几十块钱，老人的零用钱只有三到四块钱一个月，这个数字很可观了。

【配音】一年之后，在1989年七一前夕，祝塘镇镇政府再次收到了来自“炎黄”的500元捐款，捐款附言表示：“去年因病未能如愿，以后每年履行这一义务。”其后，“炎黄”每隔一两年，就会向敬老院捐献一笔钱，少则几百，多则数千，从1987年一直持续到2009年。但是他从不留下真实的姓名和住址。

【字幕（同期声）】祝塘镇敬老院前院长孔德宝：我当时想，什么叫“炎黄”？后来（一想），对的，他不署真名，所以叫“炎黄”。

（转）

【字幕（同期声）】原祝塘镇宣传科宣传干事徐向东：像这个就是我们江阴市的慈善爱心特别奖，当时我代替炎黄上台去领的奖。

【配音】徐向东开始给各大媒体投稿，《江阴日报》《无锡日报》《新华日报》，“谁是炎黄”“炎黄，你在哪儿”，在众多媒体苦苦地追问中，炎黄仍然没有任何消息。1995年，《江阴日报》周末版记者单旭，发起了持续数月的“寻找炎黄”的系列报道。

【字幕（同期声）】原祝塘镇宣传科宣传干事徐向东：（记者：就是这封信？）信

上说：我刚从《新华日报》上看到你的报道了，我这样做不是为了名，不是为了利，希望你们以后不要这样做了，不要再宣传我的事情。

【配音】2006年，央视《走遍中国》栏目拍摄江阴专辑时，还将“谁是炎黄”作为主题之一，拍摄了20多分钟的专题片。这部《谁是炎黄》的专题片中，讲述了20多年来，江阴人如何苦苦寻找炎黄，却一无所获。而发起者徐向东更是数次根据线索前往无锡、上海等地，通过问询见过炎黄的人，甚至已经勾勒出了炎黄的画像。

【字幕（同期声）】《江阴日报》副主编单旭：他每次捐款肯定是有意的，不让别人发觉。好像就在身边，但是又找不到他，好像神龙不见尾的这个感觉。

【配音】后来，人们不再苦苦的寻找炎黄，但人们对他的挂念没有停止过。在江阴祝塘，人人念炎黄，人人学炎黄，那么这样一个藏匿了20多年的神秘人物，会不会就是晕倒在张家港的这位老人呢？民警经过多番对比查证，基本确认老人就是人们苦苦寻找了27年的炎黄。

【字幕（同期声）】晕倒老人：（警察：您就是炎黄？）对，警察抓到了我的证据，我赖不掉了。

【配音】老人真名叫张纪清，今年74岁，正是江阴祝塘镇人。因为看到鲁甸灾区困难，才前往张家港汇款。没想到，几张忘了整理的汇款单，让民警查明了身份。

炎黄是他！

【字幕】2014年11月24日，下午一点，祝塘老街……

【配音】这里是祝塘老街，是张纪清老人过去生活过的地方。这两天，张纪清就是炎黄的消息，传遍了大街小巷。不少熟悉这个名字的老祝塘人都惊诧不已。

【字幕（同期声）】张纪清好友钱泉：一看是张纪清，我都愣了。没有想到张纪清是“炎黄”，猜是猜了十七八个人，一个都没有猜准。他这个人个性很犟。

【配音】在很多人的印象里，张纪清执拗、古板，出身贫苦，但也曾经发过小财。谁也没有想到，这么一个人，竟然会是人人称道的“炎黄”。

【字幕（同期声）】邻居曹兴才：很吃苦。从小他放过牛，他读书时小学毕业，家境不是很好。

【字幕（同期声）】张纪清好友丁道昌：他最大的特点就是朴素，一辈子没穿过什么高档衣服，只要走得出去就好了。

【配音】现在张纪清和老伴就住在这套两室一厅的房子里，设施简陋。看得出，现在他们的生活也不富裕。他为什么要坚持27年捐款不留名呢？时间回到1980年，张纪清曾下海搞地鳖虫养殖，成了当地第一批的万元户。

【字幕(同期声)】张纪清:因为我那个时候有钱,不像现在没有钱。20世纪80年代我是万元户,我1980年就在镇上造了三间三层楼房。

【配音】1983年,张纪清在一家工地附近,看到不少十几岁的小伙子,成了少年犯。这些孩子不少是他熟悉的,因为缺少家庭关爱而走上歧途。

【字幕(同期声)】张纪清:我就算挣了个千万富翁有啥用,今后子女都不能理解我,有了钱有什么用,多一个小孩进学校,少一个人进监牢。

【配音】就这样,张纪清放弃了创业,开始资助周边一些贫困的孩子读书,并汇款给贫困山区的苦孩子,直到1987年,他得知镇里的敬老院正在筹建,就首次以"炎黄"的化名,汇出了那笔1000元的捐款。

【字幕(同期声)】张纪清:为啥起名叫"炎黄"?因为我是炎黄子孙,中华民族有优良传统,尊老爱幼、互相帮助、扶贫济困。

【配音】此后,张纪清资助的范围逐步扩大,当地的敬老院、小学、全国的希望工程以及其他灾区,都曾收到过他的捐款。27年来,张纪清留下线索的捐款,已有数万元,而他没有留下线索的捐款,更是无从统计。张纪清说,这些年,他之所以想尽办法,变换地址汇款,就是不想让别人找到他,给受捐人造成心理负担。

【字幕(同期声)】张纪清妻子黄琴芬:我有一次是在洗衣服的时候,在口袋里,看到了他的汇票。我看到他"炎黄"的字,我就问他,你怎么有这个东西的呀?他说"我没有告诉你"。

【配音】当时黄琴芬正是祝塘镇中心小学的一名教师,曾经带领过很多学生学习过炎黄。得知这个消息,让她心里非常不是滋味。

【字幕(同期声)】张纪清妻子黄琴芬:我是在1966年就入党的,实际上这些事情我应该要先做。他不是党员,能够做到这样,我从内心很佩服他。(张纪清:当第一次知道我做这个事情,她说:"这个事情应该是我先做啊!"她非但没有埋怨我,反倒说这些事情应该是她先做啊!)

【配音】就这样,在得知张纪清的行动之后,黄琴芬选择在背后默默地支持他,帮他保守秘密。

【字幕(同期声)】张纪清:我没有家庭的整体支持,是不可能做成事情的。做个一件两件,做个一年两年,我可以做好的。如果说像现在一些小青年,我做到今天,我子女不要对我大有意见啊?"你这个老家伙,原来我们很有钱,现在被你败得没有钱……"对不对啊?

【字幕(同期声)】张纪清:我救助人家和我今天被人家救助就更加坚定,做好事一定有好报。

还有炎黄！

【字幕】炎黄真的找到了吗？可接下来却发生了令人意外的一幕……

【配音】如今，记者将炎黄陈列馆里的捐款明细，带到老人家里。张纪清看了，却直摇头。

【字幕（同期声）】张纪清：（记者：1996年，5000元，祝塘幸福院，还有一笔，有两次5000。）这两个5000，都不是我捐的。（记者：你确定？）嗯，金额大的，我当然是有数啊！但是，你还是把这两个人要找出来。

【配音】这些署名炎黄的捐款，竟然不是老人捐的？那么其他的炎黄到底是谁呢？我们怎么才能找到他呢？我们发现，在江阴祝塘不只有人用"炎黄"的化名捐助，还有化名"炎黄姑娘""金盈""欧阳""周睿"等资助人。祝塘镇中心小学从1989年起，就成立了炎黄大队，每年都会举行帮助孤寡老人、结对互助、给灾区献爱心等活动，涌现出了一批批小"炎黄"。

【字幕（同期声）】祝塘中心小学德育处主任沈敏："炎黄"坚持了27年，我们炎黄大队也坚持了25年，我们用坚持来告诉孩子们，做有爱心的人不是只做一时，我们要做一辈子的好事。

【配音】27岁的大学生村官王冰钰，曾经受益于当地学习炎黄的爱心行动，在家庭最困难的时候，他得到一对一的爱心捐助，得以顺利完成学业。如今他当上了大学生村官服务村里的百姓，还和朋友成立了大学生爱心联盟，学习炎黄，服务社会。

【字幕（同期声）】志愿者：我觉得这个"炎黄精神"其实每个人内心都有，众人拾柴火焰高。

【配音】在这次一波三折的"寻找炎黄"的过程中，我们发现，炎黄并不只是张纪清一个人。也许，炎黄已经没有必要再寻找下去了，因为他可能就在我们身边，是我们的亲人、朋友，又或者是我们认识、不认识的人，是千千万万个普通炎黄子孙中的一个。

苏州市广播电视总台2014年播出

记者手记

2014年11月，一位七旬老人在张家港晕倒，得到现场群众和警方的热心救助，我和同事第一时间赶赴现场，却发现老人的身份不一般。他署名"炎黄"，可是却查无此人。而警方搜索发现，他与江阴市寻找了27年的"炎黄"高度疑似。

老人是否就是江阴的“炎黄”呢？我和同事带着疑问，多次前往江阴调查求证，最终确认老人就是江阴人苦苦寻找27年的“炎黄”，从而揭开了这个尘封了27年的秘密。27年来，老人张纪清化名“炎黄”持续捐助贫困生、敬老院、灾区等，从刚开始的万元户到现在自己只有几百元的生活费，从未停止。在他的感召下，江阴市形成了全民学习和崇尚“炎黄”的风气，也涌现出了千百个做好事不留名的“炎黄”。

从“炎黄是谁？”“炎黄是他！”到“还有炎黄！”，我们解开疑惑的同时，也深受感动和鼓舞，我们希望通过这篇报道把这份人间大爱传递给更多的人。

专家点评

从数百元到上千元，一位署名“炎黄”的市民连续27年向慈善机构捐款。本片是最先揭开27年秘密的新闻作品，从“炎黄是谁？”、“炎黄是他！”到“还有炎黄！”，该片一波三折、层层递进地展示了寻找“炎黄”的过程，以及因为参与寻找，不少人也成为“炎黄”的故事，美德就在这样的“行善”与“寻善”中，弘扬和传递了下去。

记者调查深入，语言生动，让受众看到了一个更“可爱”、更真实的“炎黄”——张纪清。这是新闻媒体深入基层一线“走转改”，发现并挖掘重大典型的范例，是宣传和践行社会主义核心价值观的佳作。

第二十六届中国新闻奖三等奖　第十八届苏州新闻奖一等奖

永远的萨克斯

主创人员　王晓雄　金　磊　高懿洁　李修利　陈绍铣　李业伟
沈宇华　吴　骥　左　政　严　军　彭若男　王一兵
顾　强

【字幕】2015年8月20日，上海市血液中心。

【现场】献血。

不用勾的呀。日期要写的。可以了是吗？对。嗯，好的。

【配音】2015年8月20号清晨，八位来自苏州太湖边光福镇的居民急匆匆赶到上海市血液中心，共同的目的是要救一个叫朱明宝的上海老人。

【同期声】朱明宝的儿子朱乐皞：我就在群里说了一下献血的事，苏州这边大概有20个家长立马就报名了。

【配音】最终8个人一共献血3000多毫升，这让血站的护士也有些意外。

【现场】学生家长和血站工作人员：

生病的是老师，我们是学生的家长。你们是不是自发为他献血的？对。

【配音】朱明宝是一个地道的上海人，他的命运跟这些苏州小镇居民之间有着怎样的牵绊呢？

【现场】1990年朱明宝吉他独奏音乐会。

【配音】朱明宝27岁成为上海爱乐乐团的首席吉他。1990年，独奏音乐会轰动上海滩。2005年，和帕瓦罗蒂同台演出。除了吉他，朱明宝还精通萨克斯，演奏水平在国内同样负有盛名。然而，2005年底一次交通意外造成的手指损伤让朱明宝逐渐淡出了舞台，转到幕后从事教学工作。2009年早春的一天，已经五十出头的朱明宝带着家人来到太湖边的古镇光福观光，一下子就被这里的山水吸引住了。

【同期声】乐队创始人朱明宝：光福山水都很好，而且我觉得这里人很朴实。

【配音】朱明宝在太湖边买了房子，打算提前享受退休生活。很快，镇上的一些小伙伴的境遇引起了他的注意。

【现场】朱颖种地。

【配音】像朱颖这样的留守孩子镇上还有不少，孩子们的课余生活都很枯燥。看到这样的现状，一个积压在朱明宝心中的情结再度“蠢蠢欲动”。

【同期声】乐队创始人朱明宝：在光福弄一个乐队对学生、对学校、对这个地方，应该会都不错。

【配音】朱明宝找到光福镇中心小学，想挑选20个孩子教他们萨克斯。然而，一开始家长和学校却并不领情。

【同期声】光福中心小学校长朱振华：这个人会不会是一个骗子？最多的就是质疑他的目的和动机。

【配音】20个孩子需要20把萨克斯，少说也要20来万元，有人担心朱明宝就是个变相推销乐器的骗子。于是朱明宝做了一个决定，他找到朋友拉赞助，为孩子免费提供萨克斯。

【配音】2011年9月，在一片质疑声中，由清一色20个农村娃组成的萨克斯乐队成立了。

【现场】乐队练习。

123456——从第七小节开始，知道了么？来，你们一起开始。

【配音】对于萨克斯这种冷门的西洋乐器，这群农村孩子几乎一无所知。

【现场】朱明宝上课。

【同期声】乐队学生谈靖：感觉不像是在吹萨克斯，而是在和朱老师一起愉快地玩耍。

【同期声】乐队学生朱颖：你想说什么就说什么，很自在，根本就不会因为我们年龄之间有代沟而不敢说什么。朱老师要是我爸爸就好了。

【配音】孩子们接受了“辫子爷爷”，也喜欢上了萨克斯，可是反对的声音再度袭来。

【同期声】乐队学生府苏阳：爸妈说对我没什么用，觉得有点浪费。

【现场】朱小燕走进茶园。

【配音】府苏阳的母亲朱小燕几年前出过一次严重的车祸，不能干重体力工作，只能在自家的茶园里帮忙。府苏阳的爸爸是镇里的公交车司机，收入也不高。全家人唯一的指望就是女儿将来能有出息。

【现场】朱小燕和府苏阳：

还要继续努力啊！总归前十名差不多。难的。

【配音】四年级下半学期的期中考试，府苏阳头一回跌出了班级前十名，朱小燕觉得，多半是学萨克斯让女儿分了心。

【配音】朱小燕要求女儿退出乐队，孩子大哭一场后，找到了朱明宝。

【同期声】乐队创始人朱明宝：你也知道我们中国是应试教育，但是我对她是诚心诚意的。我想她会理解我，所以我想用我的诚心去打动她吧。

【配音】朱明宝最终打动了家长，而府苏阳也用实际行动回报了朱明宝的诚意。

【同期声】府苏阳奶奶周素娟：没想到学习越学越好，每年都拿到了三好学生奖，还拿到了吴中区三好学生奖。

【同期声】乐队练习。

【配音】一年时间，孩子们从完全不会到能吹出完整的曲子。而一旁陪练的家长，也渐渐乐在其中。

【同期声】朱明宝挚友朱黎：每次学生家长送他也就是山芋什么的，他都跟我讲，他觉得这个是把他当家里人，这不是钱能买到的。

【同期声】学生家长吴永英：从来没想过哪个老师会这样，真的让人有受宠若惊的感觉。现在谈靖（儿子）还记得师娘做的一道红烧肉，和鸡蛋一起做的，他说很好吃，特别香。

【配音】按照上海市场的收费标准，朱明宝这个级别的老师给单个学生授课一小时至少要500块。虽然在光福买了房，但朱明宝在上海还有教学任务，每周不得不往返于两地之间。

【同期声】朱明宝爱人徐雅君：一个星期在上海待三天，苏州待四天。

【同期声】乐队创始人朱明宝：（记者：路费你一年得花多少？还有这一进一出，你本来应该收钱，现在不收钱，这个你损失大了。）同行说我们出来干什么，就为挣钱。你不挣钱你不是傻瓜吗？我说，对对对，我是傻瓜。

【现场】光福中心小学2015年儿童节萨克斯专场音乐会。

【字幕】2015年6月1日，光福中心小学。

【配音】四年里，孩子们一步步从小镇走了出去，在各类比赛中崭露头角。今年7月，在香港举办的第十一届世界华人青少年艺术节上，乐队获得了金奖。

【字幕】乐队部分荣誉：

苏州市青少年艺术节一等奖。

第五届江苏省青少年艺术节二等奖。

首届江苏省少年儿童才艺展示活动一等奖。

第十一届世界华人青少年艺术节金奖。

【同期声】上海交响乐团首席李沛：这种形式挺特别的。像这种萨克斯乐队平时比较少见，整体的配合还是不错的。

【同期声】乐队创始人朱明宝：因为我听到他们演奏出来的音乐，包括家长、小孩，我觉得很幸福。他们对我都很好，那就是幸福，那幸福是不能拿钱来衡量的。

【配音】乐队蒸蒸日上之际，孩子们却迎来了小学毕业。孩子们眼看将升入不同的中学，乐队又将何去何从呢？

【配音】不料，朱明宝做出了一个惊人的决定，要让孩子们待在一起，而且是在光福附近最好的重点中学——木渎实验中学。

【同期声】学生家长谈长冬：很困难，这个是非常困难的。学校有规定的，第一是看成绩。

【配音】木渎实验中学是区里的名牌初中，如果单凭成绩，乐队恐怕只有少部分孩子能够考入这所学校。为此，朱明宝把木渎实验中学的校长请了过来。

【同期声】木渎实验中学校长周先荣：尽管我们学校现在招生当中困难也是很大的，但是我觉得这些都不是困难。或许在我们学校这支队伍能够更好地发展。

【配音】正当朱明宝踌躇满志的时候，一场意外突然袭来。8月初，朱明宝冒着40摄氏度的高温，带着孩子到无锡参加第五届江苏省中小学生艺术展演活动，发着高烧依然坚持到了结束。

【同期声】朱明宝挚友夏国兴：他那件衣服就像从水里捞上来一样，非常湿。

【配音】连续一周高烧不退，8月9号，朱明宝被紧急送往医院，被诊断为重症热射病。光福家长闻讯后立即派代表赶往上海，于是发生了开始的一幕……返回苏州后，家长们仍然通过和朱老师家属组建的微信群随时了解信息。

【同期声】学生家长陈琳：他们天天都会看手机里的微信群消息，像我儿子沈东浩总是抢手机看。

【配音】可是，朱明宝病情持续恶化，陷入深度昏迷。弥留之际，医院最终同意由一名家长作为特殊代表进入病房探视。

【同期声】学生家长吴永英：我说你快点醒过来吧，真的，我一直在叫他。我说朱老师，如果你知道我是谁，你握一握我的手。过了一会，我感觉到他的手，很有力地攥着我的手，真的攥着我的手。我当时就想，朱老师你是不是要醒过来了，可是还是没有。

【字幕】2015年9月13日，经过35天的抢救，朱明宝因多脏器合并衰竭，在上海长征医院去世，享年57岁。

【同期声】朱明宝爱人徐雅君：我洗衣服的时候，我就感觉那个洗衣机里永远少了一件衣服。

【配音】在光福中心小学多媒体教室里，朱老师送给孩子们的谱架还在那里摆放着。黑板上，朱老师的字迹，学校一直都舍不得擦。在整理朱老师遗物时，家长们有了更惊人的发现。

【同期声】学生家长吴永英：朱老师根据孩子进度的不同，给每个孩子都配了一份谱子。以谈靖目前的水平来练习的话，整份谱子至少要两年以上，而且上面有些地方还标注好告诉他怎么样，哪些细节地方要注意，所以朱老师用心真的非常仔细。

他为孩子们铺上了一条很阳光的路，孩子们走上去了，但是朱老师落在了后面没有跟上来。

【配音】朱明宝的家属最终决定，把他的骨灰安葬在光福。

【字幕】2015年9月23日，木渎实验中学报告厅。

【配音】朱明宝去世后不到两周，木渎实验中学的排练厅里再度响起了萨克斯的乐曲。只是，现场指挥排练的换成了几张完全陌生的面孔。原来，孩子和家长们决定，为朱老师举办一场音乐会。

【同期声】朱明宝学生郑抑非：这次音乐会是为了纪念朱老师，也是对朱老师这么多年心血的一个小结、一个回报。

【配音】郑抑非虽然才高三，但已经师从朱明宝6年。靠着他和妈妈的奔走求援，同样来自上海的萨克斯演奏家姜汉超决定临时接管乐队。

【现场】姜汉超互动现场。

【同期声】郑抑非母亲、朱明宝挚友朱黎：姜老师感到很意外，他以前一直以为朱老师是收费的。

【同期声】旅欧古典萨克斯演奏家姜汉超：我真的相当震惊，也非常感动。

【配音】感动于朱明宝的事迹，姜汉超找来了自己的师兄孔令旨以及苏州青少年爱乐乐团的孟如松，4个人的临时指导团队就这样成立了。

【现场】排练。

【配音】排练开始后，家长们发现，每天放学后，孩子们都会自发到排练厅练习。即便没有老师看管，也没有人说话或者嬉闹。

【同期声】学生家长王平：一下子感觉到孩子长大了，只要拿到萨克斯，每个人都很认真。

【配音】孩子们的执着，家长的期盼，渐渐地改变了临时团队的想法。

【同期声】旅美古典萨克斯演奏家孔令旨：当时我真的觉得只是帮几次，但是他们这些小孩身上有些东西跟我以前在上海教的学生有点不一样，每一个学生上课的时候，眼睛会一直看着我。这点我一开始都不习惯，感觉就是不愿意从我嘴巴里浪费一个字。我想只有朱老师教学的这种感觉，用心去教小孩的感觉才会教出这么一帮非常渴求热爱音乐的小孩。

【**字幕**】2015年9月30日，木渎文体中心。

【**现场**】追思音乐会(《多瑙河之波》)。

【**同期声**】乐队学生朱颖：我一吹起他曾经创作的一些谱子、给我们指挥的一些谱子，我都会觉得，他就在我们身边。

【**同期声**】旅欧古典萨克斯演奏家姜汉超：如果这些人愿意的话，我愿意继续带他们到高中。

【**同期声**】旅美古典萨克斯演奏家孔令旨：我一定要把他们培养到，至少我心里面(认可)的一个程度。

【**现场**】追思音乐会(《天空之城》)。

【**同期声**】学生家长谈长冬：每个小孩以后也是一个爱的种子，他们能够在以后的人生当中把这种大爱精神永远地延续下去。

【**同期声**】乐队创始人朱明宝：当你学了音乐之后，愉悦了自己的心又宣泄了各种情绪，你会知道，音乐会给你一生带来意想不到的好处。

【**现场**】追思音乐会谢幕——叠画朱明宝照片。

【**字幕**】朱明宝(1958—2015)。

苏州市广播电视总台2016年播出

记者手记

这是一个人影响一群人的故事。

2011年，朱明宝最初想在光福小学无偿甚至倒贴组建萨克斯乐队时，家长们怀疑这样做的目的是什么？“骗子”一词始终伴随着朱明宝。

直到朱明宝去世后，朱明宝远在美国的好朋友西蒙揭晓了答案：朱明宝在上海曾经组建过一支乐队。他经历了作为小提琴手手指受伤—组建四重奏—乐队走红—成员出走—乐队解散—梦想破碎—患上抑郁症。

这段“乐队情结”正是朱明宝四年义务执教光福小学萨克斯乐队的动因。他因收到家长送的山芋，感觉被当成了“家里人”，收获到了“不能拿钱来衡量的”幸福感。这位大师级的艺术家，追求的是一种精神财富，这时的朱明宝，已由最初的“骗子”变成“傻子”。

朱明宝最终因热射病去世。一位家长说：“他为孩子们铺上了一条很阳光的路，孩子们走上去了，但是朱老师落在了后面，没有跟上来。”至此，在人们眼中，他是一位用生命诠释音乐与梦想的赤子。

2016年9月13日，朱明宝去世一周年之际，他的骨灰落葬于光福镇鲤山公墓。本来按规定，这里只能安葬本地户口居民。

光福小学的孩子们因为萨克斯改变了人生的轨迹，更多的音乐家无偿参与到乐队的建设中。朱明宝的事迹仍在打动和影响更多的人，这就是我们做这个节目的初衷。

专家点评

2011年，上海艺术家朱明宝“隐退”太湖边后，自费成立了一支由农村娃组成的萨克斯乐队。多年来，记者一直在跟踪报道朱明宝，也始终关注着这群农村娃。第一时间得知朱明宝病倒的消息后，记者前往上海采访，从而记录下大量珍贵的现场和细节。

节目以抢救朱明宝为切入点，采用两条线讲故事，表现力很强。贯穿全篇的萨克斯音乐，一步步地揭示出作品的主题：朱明宝用一腔赤诚乃至生命诠释了音乐和教育工作的真谛——充实和净化心灵。

第二十八届中国新闻奖二等奖　第二十届苏州新闻奖一等奖

让我们一起飞翔

主创人员　陆玉方　沈　玲　王晓雄　王钰萍　魏代岭　李修利
谭依晨　陈绍铣　夏仲静　王从明　尉迟众　佘文斌
何　山　王　通　常德俊　陈　丽　李　峰　宋　欣
丁　珏　王　然

【字幕】2017年12月2日，西藏，慈觉林机场。

【现场】加措航前检查。

【字幕】飞行员航前检查。

【配音】今天，藏族小伙加措即将迎来在慈觉林机场的首次飞行，他是全国首个藏族民用直升机飞行员。

【同期声】看下去的时候，感觉到不一样的拉萨的美。

【配音】加措的父母从老家堆龙赶到机场看望儿子，被邀请一起乘坐飞机，空中游览他们的家乡。

【现场】加措父母乘坐直升机。

【同期声】首位藏族民用直升机飞行员加措：可以算是我的一个理想实现了。

【配音】一年前，加措还是一名西藏大学的大四学生。当时，作为江苏省对口拉萨市的产业援藏项目，若尔通用航空、布达拉旅游文化集团联合成立拉萨雪鹰通用航空公司，筹建西藏地区首个通航机场——慈觉林机场，并为机场培养藏族飞行员。加措和另外27个小伙伴，是从拉萨市600个建档立卡的贫困家庭中选拔出来的。

【现场】苏州若航迎接学员。

【字幕】2017年1月12日，阳澄湖，若航苏州基地。

【配音】经过层层选拔，28名西藏学员到达了若航苏州基地。热烈的欢迎仪式结束后，等待他们的是第一轮的职场淘汰。

【同期声】若尔通用航空发展集团主席吕勇：第一次体检的时候，一次过关只有一个，这在我们过去的体检中间是很罕见的。

【同期声】航医赵春云：从上面高原下来以后有几个问题，一个是视力普遍比较差，高原下来心率偏低也有好几个。

【配音】高原紫外线强烈，眼睛的防护不当，导致孩子们的视力普遍较差。而长期处在缺氧环境下，心跳也会相对较慢。贫困家庭的孩子，从小食物贫乏单一，也带来了营养不良的麻烦。

【现场】直升机飞行训练。

【同期声】第一次穿飞行制服，以前只能在电视里看到，现在自己能穿上，心里高兴。

【配音】19岁的仁庆卓玛就是幸运儿之一，她马上就要开始“空中之旅”。卓玛的家在西藏拉萨林周县阿朗乡阿堆村。这是一个至今不通公路的村子，卓玛家靠养牦牛和种青稞维系生活。夏天，姐姐要在山上住几个月放牧，体弱多病的妈妈就独自在家。

【同期声】藏族学员仁庆卓玛：我想早点回去，早点学会。妈妈反正养我大，我肯定养你老。

【配音】卓玛想早点回报家庭，她也那么迫切地要拥抱蓝天。可是，当这一天真的来临时，她却畏惧了。

【同期声】飞行教练宗超：别人的紧张可能只有三个量，到她这边可能就翻倍了，变成六个量。

【现场】飞行训练。

【同期声】飞行教练宗超：整个人比较僵硬，很机械化在那里操作。

【同期声】藏族学员仁庆卓玛：有时候一开始操纵不好，下面开始紧张，更不好了。

【配音】紧张的卓玛遇上严厉的教练，这让她一直不能放松下来，而飞行员最需要的是沉着冷静。

【同期声】藏族学员仁庆卓玛：他们说如果你不行的话，你可以转机务。他们是这样说的，然后我说我还是学飞行，我不放弃。

【现场】卓玛在机库驾驶舱哭泣。

【同期声】飞行教练宗超：在驾驶舱里就流泪了，我就发现是不是哪边有些问题。我就在想，严师高徒这种方式是不是真的适合藏族学员，尤其是卓玛。

【字幕】2017年6月，西藏拉萨，慈觉林机场。

【现场】机场基建镜头，飞机组装。

【配音】慈觉林机场与布达拉宫隔河相望，山水交融。迎着雪域高原的“灯塔”，西藏第一架民用直升机即将飞向蓝天。

【现场】颁证仪式。

【同期声】拉萨市人民政府市长果果：庆祝拉萨雪鹰通用航空正式运营，一起翻过西藏无通用航空的历史篇章！

【现场】直升机启动程序。

【同期声】发动机启动开关打开，70UE可以起飞。飞到圣城上空看到布达拉宫、大昭寺，在拉萨河上空飞的话，感觉还是很震撼的。

【配音】空中俯瞰拉萨，颠覆了所有人对拉萨的固有印象，揭开了一个更美的新世界……

【字幕】西藏，拉萨当雄县，海拔4200米。

【配音】为了纳木错航线的试航，飞行员付志远已经在当雄驻扎了三天。近期，西藏机场要开通纳木错航线。由于气象、航路等因素复杂，飞纳木错航线，其实是陆地、天空同时进行的一场作业。地面人员会在沿途提前观测好各个重要地点的气象情况。

【现场】纳木错风景。

【字幕】那根拉山口。

【配音】那根拉山口，是跨过念青唐古拉山脉去纳木错的山间通道，是飞行中最后一个关键垭口。

【同期声】飞行员付志远：雪鹰雪鹰，那根拉山口海拔5190米天气适航，能见度大于十公里。

【同期声】飞行员吕广春：好的！ 70UE收到！

【现场】天气突变。

【字幕】半小时后。

【同期声】飞行员付志远：雪鹰雪鹰，现在天气能见度越来越低，不利于试航了。

【字幕】2017年8月19日，纳木错成功试航。

【配音】经过一周的等待，纳木错终于成功试航。海拔4700米的纳木错，对于像戴阳这样的资深飞行员来说，是一个全新的挑战空域，甚至重新刷新了他们对于飞行的概念。

【同期声】直升机飞行员戴阳：可以说是我飞过的最艰难的航线吧，高度上来说就是最高的，就是说从海拔3600米逐渐升高到5000米多的。那根拉山口因为它那里长年的风速是比较大的，有可能在这个山的这一头是阳光明媚的，但是可能你翻过这个山头，或者说你绕过这座山可能就是下雨。

【配音】挑战高原，挑战飞行极限，越过一个个艰险的垭口，就能到达美丽的纳木错湖。拉萨到纳木错的线路成功试航，代表着原来5小时的车程在空中缩短为1个小时。

【同期声】布达拉旅文集团董事长达瓦平措：在这种一个空旷120万平方公里，这么一个大西藏，我们希望通过这个产业的布局能够实现救援、救灾、环保的监督。这些直升机才能充分发挥出来作用。

【字幕】上海民航局考点，加措第二次汉语考试。

【同期声】加措：然后还是一样规则。与考试相关材料不允许带进考场。

【字幕】两周后，加措通过汉语考试，继续飞行训练。

【同期声】南航艾维国际飞行学院考官王宇：两位都能满足实践考试的标准要求，现在宣布下考试结果：两位均顺利通过商照实践考试。祝贺两位。

【现场】授肩章。

【同期声】飞行总教练吕进：好，恭喜你，从今天起成为一名职业飞行员！

【现场】学员欢呼。

【字幕】2017年11月8日，哈达挂在门口表示感恩。

【配音】今天是加措回拉萨的日子，张厚远一早赶来替他送行。

【字幕】泪水里，有喜悦、不舍、羡慕、鼓励。

【转苏州】

【字幕】半个月后，上海理论考试现场。

【同期声】同学也过了，我们全部都过了。

【现场】学员们欢呼拥抱。

【字幕】截至2017年年底，15名学员中7名通过理论考试和汉语考试。

【同期声】加措的父亲扎西多吉：就像庄稼成熟了一样，现在加措学成回来了，也该报效祖国和人民了，我很高兴也很自豪。

【同期声】白姆的爷爷曲觉：我的孙女赶上了好时候，圆了她的梦想，这是她的福气，这些都来自党的恩情，牧民和牧民的子女开飞机，这在过去是没有的。

【同期声】若尔通用航空发展集团主席吕勇：如果一个孩子成为飞行员或者机务人员，他们拿着几十万的年薪，对他们来讲，他们整个家庭都会因此而改变。

【同期声】江苏省委副书记、省长吴政隆：很不容易啊！在西藏有这个产业，有这份工作，全家人都骄傲。一家人的生活，也会好起来，钱要留给老人用，知道吗？

【同期声】这个好看吗？

【镜头】孩子手捧直升机模型，镜头拉远……

苏州市广播电视总台2017年播出

记者手记

2016年12月，西藏筹建首个通航机场。作为援藏项目，苏州要为西藏建设通航机场，并培养首批民用直升机藏族飞行员。2017年1月初，从拉萨市600个建档立卡的贫困家庭中选拔出来的28位藏族学员来到苏州，记者开始了长期跟拍。专题《让我们一起飞翔》以精准扶贫为主题，以全国首个藏族直升机飞行员实现“蓝天梦”为切入点，用倒叙的方式介绍了两地“一起飞翔”的全过程。在这部专题片中，我们大胆采用了平行式结构+交叉式结构的方式，苏州、西藏两线并行，最后两线交会，表达了两地人“一起飞翔和成长”的主题。

专家点评

在精准扶贫的关键时期，28位来自贫困家庭的藏族学员，从拉萨来到苏州学习直升机驾驶技术。记者通过长期跟拍，记录下大量温暖而励志的故事，并以飞向蓝天为主线，将个人的蓝天梦和西藏航空的建设融为一体，将家庭脱贫致富的强烈愿望与苏州人民的倾心相助融为一体。本片制作精美，音效富有鲜明的地域特色，丰富了汉藏同胞心连心，携手脱贫致富的主题表达。

第二十八届中国新闻奖二等奖

China　从这里出发

主创人员　严　军　李修利　薛　飞　严　帅
孟　海　吴　骥　余文斌

【字幕】2017年11月9日，太仓博物馆。

【配音】近日，太仓博物馆举行了一场以龙泉窑瓷器为主的展览，近300件瓷器吸引了不少观众前来观看。此次展出的元景德镇窑瓷器，器型罕见，弥足珍贵。点褐彩高足杯，不仅有褐彩缠枝花卉纹，还堆塑螭龙纹。青花缠枝花卉纹高足杯，内壁、底心、外壁、柄足都有花纹。孔雀牡丹纹碗底，孔雀呈行走回首状，纹样十分少见，为元青花纹饰研究提供了重要的新材料。

【字幕（同期声）】观众：瓷器本身的质量让人觉得，在元代的时候中国其实已经有非常好的制瓷、制陶的工艺。

【配音】展出的元龙泉窑青瓷，种类丰富、器型繁多。杂宝纹盘，足底心的白釉圈质感细腻，十分罕见。青釉鬲式炉接近梅子青色，存世极少。这些瓷器都来自太仓樊村泾遗址。自2016年年初发现遗址以来，这里出土了以龙泉青瓷为主的瓷片150多吨，可修复的完整瓷器有4万多件。

【字幕（同期声）】故宫博物院研究员王光尧：是在龙泉窑窑址区域以外最大的龙泉窑瓷器。

【配音】龙泉窑在浙江丽水市，太仓远在600公里之外。那么太仓樊村泾遗址怎么会出土如此多的龙泉窑青瓷呢？

【字幕】2016年3月15日，樊村泾遗址考古发掘现场。

【字幕（同期声）】樊村泾元代遗址考古发掘执行领队张志清：有口有底的，基本上就是一个，我们考古学上来讲，就是一个完整器了。

【配音】在太仓古城东南方向的这个考古现场，张志清他们已经工作了一年多。刚刚出土的是一只龙泉青瓷碗，它只是数万件文物中的一件。2016年1月初，太仓市樊泾河疏浚工程施工时，有人发现了大量的瓷片堆积。

【字幕（同期声）】挖掘机司机任峰：在这里挖的时候，一开始发现少量瓷片跟木桩，挖下去的时候，（挖）到前边的时候，有大量的瓷片，我们向领导反映。

【字幕（同期声）】张志清：几乎是没有使用的，都是作为新品、商品来使用、储存的。

【配音】在瓷片层的下面，工作人员又发现了房屋的基址。再结合太仓之前考古发现的沉船和海运仓，专家们认定这是一个存放瓷器的仓库。

【字幕（同期声）】苏州市考古研究所所长、樊村泾元代遗址考古发掘领队张照根：包括以前的海运仓的发掘啊，也是我们考古所来做的，所以一下子就跟贸易、跟港口联系在一起了。

【配音】随后考古人员在周围进行了调查勘探，已探明的遗址面积有近3万平方米，差不多有5个足球场大。而在西区发掘中，又有了新的发现。

【字幕（同期声）】张志清：这个房子是很大的，三开间的。这样子三开间的，一直推过去，中间有个小的庭院，后边还有三间，最后边那个是一个厨房间，有个灶台，长度是13米左右，宽度在12米左右。

【配音】随后，考古人员陆续发现了40余处类似的房屋基址。此外，还发现了道路、河道、水井等其它遗迹现象400多处。那么如此之大的一个遗址，它是什么年代的呢？

【字幕（同期声）】张志清：一个碗，一个花瓣形的碗，元代的碗底部是不施釉的，这是元代的一个特征。

【配音】在整理文物时，工作人员还发现两个带有至元四年铭文（后至元四年1338年）的瓷片。底部有纪年款的龙泉窑青瓷是非常少见的。

【字幕（同期声）】张志清和北京大学考古文博学院教授李伯谦：这个是有至元四年（1338）纪年款的，这两个上面是有纪年款的。这个“元”字在这。至元四年（1338）这两个是一样的，都是有荷花瓣。

【配音】据史料记载，太仓城于元末兴建，而这处遗址又在太仓的古城内。结合出土文物的特征、地层文化堆积，专家认定这是一处元代晚期的瓷器仓储遗存遗址。

【配音】在西部发掘区，每天都有大量的瓷片出土。考古人员发现一个很罕见的现象，不少房屋的地面都是用龙泉窑青瓷碗来铺设的。

【字幕（同期声）】故宫博物院研究员王光尧：在窑址上看到废弃的瓷器、匣钵垒的墙，铺铺地面不稀罕，稀罕的是拿着瓷器来铺地面、铺路，这也算是首次发现了。

【配音】专家们认为，这些瓷片应该都是运输过程中的损耗品。按照1%的损耗率来推断，在元末短时期内，有这么多的碎瓷片，说明这个瓷器仓库的规模是非常大的。

【配音】2017年年底，野外考古挖掘工作接近尾声，整个遗迹也逐渐清晰起来。以元代道路、河道等交通线为纵横框架，房屋基址密布其间。很明显，这是经过统一规划的，而它规模巨大，所以樊村泾遗址应该具有很强的官方背景。

【配音】樊村泾遗址的年代、规模等疑问解决了。可是新问题又来了，这些瓷器要运到哪里去呢？

【字幕】2017年7月10日，太仓博物馆。

【配音】樊村泾遗址出土的文物都暂时被存放在太仓博物馆。装满瓷器的箱子堆得像小山，工作人员正在对出土的瓷器进行整理和修复。一些龙泉青瓷的器型、花纹非常罕见，甚至连见多识广的专家也没见过。

【字幕（同期声）】张志清和北京大学考古文博学院教授李伯谦：都是印花的。对。这可能是外销的啊。没见过这样的。印花是一个特征，还有上面这个釉。比较亮一点。在龙泉那边也没见过。

【配音】新安沉船是1975年在韩国发现的一艘中国元代沉船，船上有二万多件青瓷和白瓷。学术界普遍认为，新安沉船是从庆元港，也就是今天的宁波港出发，前往日本途中在朝鲜半岛新安海域沉没。新安沉船的发现，对了解元代海外贸易情况，有重要的研究价值。

【字幕（同期声）】北京大学考古文博学院教授、中国陶瓷史专家秦大树：新安沉船发现的呢，大概占到60%多都是龙泉窑的瓷器。当然它的物品特别丰富，这个呢，它的这个船货的丰富可能还有一些特殊的原因。因为这个东西现在明确知道的是日本的一些寺庙的订货。它有一些就是像香炉啊，花瓶啊，或者当时在国内的一些文人士大夫阶层喜爱的那些高档的龙泉窑瓷器。

【配音】樊村泾出土的八卦纹奁式炉、乳钉纹三足洗、荷叶边花盆等龙泉窑完整器，新安沉船上也有同款。而在一个货架的下层，一块不起眼的瓷片却让沈琼华兴奋不已。

【字幕（同期声）】沈琼华和王光尧：还有这个韩瓶。这个多的，出土十来个。沈主任你看这个，你就更开眼了。哦，好兴奋啊，这个是什么沈老师？这是金华铁店窑的瓷片。

【配音】一个小小的金华铁店窑瓷片，为什么会让沈琼华这么兴奋呢？原来，金华铁店窑是南方人为了出口，特意从北方钧窑引进的技术。樊村泾遗址还出土了不少磁州窑的瓷器、瓷片，同样新安沉船上也有发现。

【字幕(同期声)】浙江博物馆研究员沈琼华：到现在为止，发现龙泉窑青瓷最多的那是新安沉船，就是两地这么高度吻合的，可能还真没有。不管是遗址也好、港口也好，就没有这么高度吻合的。

【配音】中国瓷器销往世界各地，主要通过海路。不过，它在哪里装船出海的，却一直缺少直接有力的考古证据。

【字幕(同期声)】王光尧：海上是怎么运出去的？要经过船和港口运出去，港口在哪？我们苦苦寻找的一个考古学证据，瓷器出去的码头在哪里？

【配音】以往，研究海上丝绸之路，从产地到销地都可以找到实物，而港口城市的遗迹实物并不多，太仓樊村泾遗址无疑为研究瓷器贸易提供了重要的实物依据。

【字幕(同期声)】北京大学考古文博学院教授孙华：海交史的实物证据里边最难保存的就是海港及其海港的附属设施，比如说仓库。

【字幕(同期声)】北京大学考古文博学院教授李伯谦：数量之大、规模之大，在我们现在考古发现的港口城市来讲呢，这是最大的一处仓储遗址。

【配音】可是，龙泉窑远在600公里外的浙江丽水市，为什么要在这里设立一个瓷器仓库？遗址又怎么被埋于地下600多年呢？

【字幕】2017年12月10日，太仓海运仓遗址。

【配音】2008年，文物部门曾经在这里进行考古调查，找到了历史记载的“海运仓”。今天的太仓北濒长江，前横娄江，东接大海，与上海崇明岛隔江相望。而在600多年前，太仓所在的长江还是入海口，娄江水深口阔，是一个优良的港口。

【字幕(同期声)】北京大学历史系主任、中国元史研究会会长张帆：每年大批的粮食要从这个地方装船运到北方。

【配音】元代太仓成为国家级的仓库，慢慢地这里也成为瓷器集散地。龙泉窑等瓷器运到太仓，再通过海路运往世界各地。

【字幕(同期声)】北京大学考古文博学院教授、中国陶瓷史专家秦大树：当时的一条主要的龙泉窑的外运路线，可能是通过从瓯江走一段陆路以后走新安江，然后在什么地方转，转到了今天的太仓。

【配音】如此大规模的经济活动，史料却没有记载。本次发现不但弥补了文献史料的不足，而且印证了太仓在元代确实是“天下第一码头”。

【配音】如此之大的一个瓷器仓库，为什么会被毁掉埋在地下呢？

【字幕(同期声)】苏州市考古研究所所长、樊村泾元代遗址考古发掘领队张照根：因为元末农民起义发生的战争，整个太仓城都毁灭了。

【字幕】2017年12月12日，郑和纪念馆。

【字幕（同期声）】郑和纪念馆馆长韩方浩：当时郑和的船队从太仓刘家港扬帆起锚之前，在太仓做这个物资准备的。

【配音】正因太仓有“六国码头”的基础，刘家港在明初被继续沿用，郑和下西洋也在这里起锚。当时，太仓有“粮艘商舶，高墙大桅，集如林木”的盛况。

【字幕（同期声）】北京大学历史系主任、中国元史研究会会长张帆：从装载货物的角度考虑，从这儿出发比较方便。

【配音】不过，明代海禁，清代闭关锁国。

【字幕（同期声）】北京大学历史系主任、中国元史研究会会长张帆：港口就是你得老用，它会做一些清理的、维修的工作。如果用得越来越少，这些维修维护就跟不上。最后这种自然淤积的现象，可能就慢慢地比较严重了。

【配音】龙泉窑瓷器，这个当年最重要的“中国制造”，也从此开始没落，并逐渐退出历史舞台。

【字幕（同期声）】北京大学考古文博学院教授、中国陶瓷史专家秦大树：龙泉窑，其实它真正的最繁荣，产品种类最丰富，产品的生产规模最大的时候还是元代。到了郑和下西洋的时候，应该是龙泉窑的威武的绝唱。

【配音】600多年后，这些瓷器重现天日。如今，经过改革开放近40年的发展，太仓港实现了江海联运，并将“中国制造”运往全世界。港口兴衰的背后，是执政者面朝大海时的心胸。

【字幕（同期声）】北京大学考古文博学院教授孙华：放眼看世界，那必然是一个太平盛世，必须是国家强盛的时期。

苏州市广播电视总台2017年播出

记者手记

太仓元代樊村泾遗址这个选题够宏大，如何跳出考古的范畴，提炼出贴近现实的主题，是这部专题能否成功的关键。在长达近一年的拍摄、创作过程中，我们充分运用“四力”找到新闻价值。

遗址挖掘出土了大量龙泉窑瓷器，证明龙泉窑瓷器在元代外销的盛况，但是因倭寇入侵，明代开始实行海禁，龙泉窑也由盛转衰，最终退出历史舞台。在考古现场，每天目睹那些被埋藏了600多年的瓷器陆陆续续出土，记者运动脚力，记录下珍贵挖掘瞬间；开动眼力，在“瓷片”里发现好故事；发动脑力，挖掘考古题材的现实价值；调动笔力，让专题充满思想的力量。

专家点评

2016年1月，太仓发现樊村泾元代遗址。2017年年初，记者开始了长达近一年的跟踪拍摄，记录下大量珍贵的发掘瞬间。

作为目前国内唯一的海上丝绸之路瓷器仓储遗存遗址，该遗址为研究元代瓷器贸易提供了重要实物证据，也填补了海上丝绸之路研究的考古空白。难能可贵的是，节目并没有停留在考古层面，而是通过“六国码头”的兴衰来点题：闭关锁国必然落后，开放带来繁荣，今天的中国要走一条开放的道路。题目巧妙借助英文China的双重含义，既是中国，又是瓷器，一语双关，意味深长。

第二十九届中国新闻奖三等奖

我爱你中国

——iSING！ Suzhou的故事

主创人员　沈　玲　徐　蕾　陈　军　谭依晨　朱智红　袁雅琦
张　莹　沈亦洋　张泽宇　薛子瞻　陶　然　王　然

【视频】苏州、上海、北京剧院外景+观众延时。

【字幕】2018年8月31日，苏州，文化艺术中心大剧院。

2018年9月2日，上海，上海交响乐团音乐厅。

2018年9月4日，北京，国家大剧院音乐厅。

【配音】从隽美姑苏，到申城上海，再到首都北京——2018年，iSING！ Suzhou为中国乃至世界观众带来了一场非同寻常的音乐会。来自中、美、英、法、意大利、澳大利亚等12个国家的37名青年歌手，用中文动情地演唱，以原创音乐剧的形式，向世界讲述中国改革开放四十年的光阴故事。

【同期声】iSING！ Suzhou艺术总监、男低音歌剧演唱家田浩江：现在请让我们再为大家演唱一首歌曲，这是我们大家的歌，这首歌的名字叫《我爱你中国》！

【字幕】《我爱你中国》。

【同期声】国家一级指挥陈燮阳：节目安排跟改革开放紧密联系在一起，那么多外国的歌唱家。看样子他们对中文，还有对中国歌曲、对中国，都是非常热爱的。

【同期声】iSING！ Suzhou组委会执行总监陈龙：您可以看到现场本身就有很多外国观众，出乎我们的意料，观众如此喜欢。

【同期声】观众（德国人）：我觉得这是一场非常棒的音乐会，情感充沛，组织得也很好。

【同期声】观众（美国人）：事实上我从来没有听过把中文跟西方歌唱形式结合在一起，这是一场精彩的演出。

【字幕】一个月前。

【字幕】2018年8月2日，苏南硕放机场。

【配音】8月，iSING！ Suzhou迎来了2018年的37名新学员。

【字幕】8月3日，苏州文化艺术中心。

【同期声】你好，我的名字是Sergey Stepanyan。我来自亚美尼亚，我是一名男低音。

【同期声】你好，我是Simone Di Giulio。我来自罗马。

【配音】今天是iSING！ Suzhou开营第一课。不少学员昨天深夜才抵达，还来不及调整时差，已经进入了学习状态。

【配音】作为一个公益性国际文化交流项目，iSING！ Suzhou采用的是全球甄选、中国学习、世界范围演出的模式。至今，来自世界各国的161位青年歌唱家先后入选艺术节。

【同期声】中央电视台，春节联欢晚会演出画面。

【配音】2018年2月15日，中国农历除夕，作为今年春晚的压轴曲目，iSING！ Suzhou的九位外国歌唱家和两位中国歌唱家同台演唱《我爱你中国》。

【同期声】2018年央视春晚总导演杨东升：2018年的春晚它要体现新时代的气象，主要是体现当今的中国在世界上强调的命运共同体那么一个新的概念。

【配音】随着iSING！ Suzhou影响力的进一步扩大，在今年的全球海选中，全世界近500名青年歌唱家踊跃报名，人数创下了历届之最。选拔出的学员，首先要攻克的就是语言、语音关。

【同期声】iSING！ Suzhou学员（意大利人）Simon Di Giulio：非常难，完全不一样，发音跟意大利语、英语很不一样，而且写起来很难，但是慢慢学好它是可能的。

【同期声】（练习苏州评弹《枫桥夜泊》。）

【配音】熟练掌握普通话歌词已经相当困难，而这两位美国姑娘这回却面临着更大的挑战，因为她们的任务是演唱苏州评弹《枫桥夜泊》。

【同期声】iSING！ Suzhou学员（美国人）Carina Di Gianfilippo：我觉得这个真的很有趣，它是全新的，不一样的。我们在其他任何地方都不会去尝试，非常酷。

（转场）

【字幕】8月13日，苏州文化艺术中心。

【同期声】（田浩江练习唱歌）

【配音】田浩江，著名男低音歌剧演唱家。他是迄今为止与世界著名歌唱家帕瓦罗蒂、多明戈等合作次数最多的亚裔歌唱家，也是iSING！ Suzhou的主要发起人。1983年，我国迎来了改革开放后第一次大规模出国留学的热潮，田浩江只身前往美国学习声乐表演。

【同期声】iSING！ Suzhou艺术总监、男低音歌剧演唱家田浩江：生活就从那一刹那开始变化。

【配音】经过在异国他乡近十年的艰苦拼搏，1991年，田浩江成为纽约大都会歌剧院里第一位来自中国的男低音歌唱家，一签约就是20年。在美期间，他与夫人廖英华一起创办了美国亚裔表演艺术中心，致力于中美文化交流。

【同期声】iSING！ Suzhou艺术总监、男低音歌剧演唱家田浩江：那么我就想，为什么外国的年轻演员们不能用中文来演唱中国的声乐作品和中国的现代歌剧。

【配音】2014年，iSING！ 觅得知音，正式落户苏州工业园区。一个国际化的音乐节和一个国际合作示范区之间，产生了奇妙的化学反应。

【同期声】iSING！ Suzhou艺术总监、男低音歌剧演唱家田浩江：从我们iSING！的故事来讲中国改革开放四十周年，如果没有中国的改革开放，也不会有iSING！，包括我自己的个人经历都是改革开放的成果。

【配音】为此，田浩江请来了一支国际顶尖主创团队。他们中有来自美国的戏剧导演、澳洲的乐队指挥、新加坡的服装设计。导师团队则汇集了来自美国纽约大都会歌剧院、悉尼歌剧院、意大利萨雷诺歌剧院、维也纳音乐学院以及北京国家大剧院的众多歌剧、声乐专家。而负责整场音乐会伴奏的苏州交响乐团成立于2016年，由来自20个国家和地区的70位乐手组成。

【字幕】8月16日，苏州文化艺术中心。

【同期声】（排练歌曲）

【配音】此时的排练厅里，俄罗斯姑娘Yana和来自中国黑龙江的小伙儿胡光正在排练合唱。他们此次合作的歌曲中，有一段互教唱歌的场景。田浩江说，这个情节的灵感正来源于这对跨国恋人的真实故事。

【同期声】iSING！ Suzhou艺术总监、男低音歌剧演唱家田浩江：有一个中国的歌唱家、一个俄罗斯歌唱家去年在iSING！认识，现在已经要喜结良缘了，所以他们就会交换他们互相学习的歌。

【配音】今年胡光和Yana约定，iSING！ Suzhou演出结束后就在中国完婚，这也让田浩江找到了创作灵感，决定将这对异国恋人的浪漫爱情在舞台上呈现。

（转场）

【字幕】《我爱你中国》（中央电视台，春节联欢晚会）。

【同期声】（朱丽叶春晚演唱《我爱你中国》）。

【配音】她叫朱丽叶，来自美国的花腔女高音歌唱家。今年已经是她第四次参加iSING！了。其实之前，朱丽叶对中文也曾是一窍不通。

【字幕】8月17日，苏州文化艺术中心。

【配音】直到2011年开始，参加完两届iSING！后，她对中国音乐、中国文化产生了浓厚的兴趣。

【配音】2014年，朱丽叶到上海同济大学专修中文。去年夏天，她成功通过了汉语四级考试。

【配音】这次，朱丽叶的身份由学员变成了老师，成为十位专家组成员之一，负责指导中国学员的英文。

【字幕】Juliet给中国学员上英文课。

【配音】今天休息，朱丽叶带着丈夫跟儿子来到了苏州园林。

【字幕】8月22日，苏州拙政园。

【同期声】iSING！ Suzhou语言指导老师（美国人）Juliet Petrus：苏州有很多很多美丽的园林。看看这些石雕，这里就是听雨轩。他是第五次来到中国。因为我知道苏州的园林和丝绸非常有名，我希望他（儿子）在这里有一点关于中国历史的体验和经历。我知道特别是这个园林，拙政园可能是苏州最有名的园林。

【同期声】（朱丽叶演唱《玛依拉》）。

【配音】今年，朱丽叶除了教课，也会参与演出。她演唱的曲目名叫《玛依拉》，是一首新疆民歌。结缘于iSING！这几年，朱丽叶跑遍中国，也深深爱上了悠久的东方文化。她还将中文歌曲带到世界各地，成功举办了多场中国歌曲演唱会。

【配音】2015年，朱丽叶录制了她的第一张中国唱片《千里之外》。这张中西合璧的唱片，真正将千里之外的两个国家，两种文化融合在了一起。

【同期声】iSING！ Suzhou语言指导老师（美国人）Juliet Petrus：很多人说，这是我第一次听到这个音乐，谢谢用音乐连接所有人。

（转场）

【字幕】苏州，田浩江公寓。

【配音】晚上，田浩江和妻子又精心策划了一场iSING！家庭聚会。

【同期声】iSING！ Suzhou学员（美国人）Chloe Schaaf：我感觉这是我在这里做过的一件最特别的事情，因为就像在家里的感觉，吃着家里做的菜。

【配音】以歌会友，学员们希望通过这样的方式拉近彼此之间的距离，他们唱着歌，跳着舞，走进人群，走进寻常人家，将歌剧艺术带入普通人的生活，也拉近了与这座城市的距离。

【字幕】8月29日，苏州文化艺术中心。

【配音】今天晚上，从灯光、舞美到表演，将第一次全程合练。

【配音】这次音乐会的舞美和多媒体设计由美国团队担纲。可此刻，当大屏舞美第一次亮相，视觉效果却很不理想。

【同期声】iSING！ Suzhou戏剧导演（美国人）Daniel Pelzig：我很尊重你。他说他是很尊重你们的。这个节目是关于改革开放的，每一首歌曲，你们都很熟悉。也许我们可以用一种新颖的方式来诠释这些音乐。

【配音】瞬间，无形的压力笼罩着整个团队。学员们拖着疲惫的身体坐上去往宿舍的大巴，而中外后期制作团队今晚却来不及休息，他们要再一次对视频制作展开紧急磋商。

【字幕】8月30日，凌晨。

【配音】因为是改革开放主题，这次的音乐会选择的歌曲都有着特定的时代背景。美国多媒体团队的后期技术强大，却无法准确表达出歌曲的文化内涵。

【同期声】iSING！ Suzhou多媒体设计师（美国人）Sean T.Cawelti：之前我们想得更多的是用一种更抽象、不那么直接的方式展现这些故事。当我来到这里之后，我发现用这样一种方式来对待这些音乐曲目是不礼貌的，因为与这些音乐曲目紧密相连的是一些特定的国家历史画面和概念。

【配音】怎么改？以谁的意见为主？成为中外双方最后磨合关头，必须明确的问题。

【同期声】苏州文化艺术中心管理有限公司、常务副总经理：那我们其实就要在一定程度上给予他们一个创作的空间，但是也要有符合（我们的）文化主题音乐会的一些基本要求。

【配音】一夜不眠，正式演出四小时前，大屏内容修改终于完成。

【字幕】8月31日，苏州文化艺术中心。

【同期声】（科文延时+观众延时）请携带好你的入场券，谢谢你的配合。

【配音】谁都没有想到，唱遍了世界各大音乐厅，演出上千次的田浩江在现场竟然数次落泪，哽咽忘词。

【同期声】（田浩江开场白+忘词停顿+哽咽）

今天你听到的歌，对不起，我跟你说，今天你们听到的歌，记录了中国改革开放四十周年的历程，也记录了我们的青春。

【同期声】（演唱《我爱你中国》+田浩江哽咽落泪+观众落泪）

我爱你家乡的甜蔗，好像乳汁滋润着我的心窝。我爱你中国，我要把最美……

【同期声】iSING！ Suzhou艺术总监、男低音歌剧演唱家田浩江：艺术其实是有一种非常奇妙的化学作用，既可以改变你，也可以改变世界。

【同期声】iSING！ Suzhou学员（俄罗斯人）Yana Safonova：如此有趣、如此优雅的文化，所以我想要了解更多，很难去解释为什么，也许这是与生俱来的。

【同期声】iSING！ Suzhou语言指导老师（美国人）Juliet Petrus：这是用音乐、用歌唱去改变世界、连接世界。

【同期声】iSING！ Suzhou学员（法国人）Sophie Delphis：我很喜欢苏州。中国现在已经开始变得相当熟悉了，我会想念这里，当我不在这里的时候。

【同期声】2018年央视春晚总导演杨东升：我们自己唱《我爱你中国》可能是我们习以为常，是一种情感的直白的表白，但是外国人来唱有新的情感冲击。中国文化和世界文化的交融，它是能达到另外一种新的共鸣。

【字幕】iSING！在林肯表演艺术中心进行美国首演。

近年来，iSING！在亚洲、美洲、欧洲的十几个城市举办了三十多场音乐会。

全世界1600多家媒体对iSING！进行了报道。

【字幕】我爱你中国。

苏州市广播电视总台2018年播出

记者手记

2018年农历除夕，来自iSING！Suzhou艺术节的9位外国青年歌唱家登上了央视春晚舞台，用中文演唱《我爱你中国》，这成了当晚的压轴曲目。之后，iSING！Suzhou又用一台原创音乐剧致敬中国改革开放40周年。在北京、上海、苏州三地的全国巡演，引起了世界的关注。而事实上，近年来iSING！艺术节早已从中国走向世界。先后在亚洲、美洲、欧洲的十多个城市举办了三十多场音乐会，全球1600多家媒体对此进行了相关报道。

始于2014年的iSING！Suzhou国际青年歌唱家艺术节是一个公益性国际文化交流与培训项目，也是江苏省、苏州市的中外文化交流与汉语国际推广重点项目。旅美多年的著名男低音歌剧演唱家田浩江是这个音乐节的发起人。2018年，他终于完成夙愿，用一台原创音乐剧献礼改革开放40周年。因为田浩江本人就是改革开放的受益者，也是反哺祖国的游子。而整个iSING！Suzhou融合世界的艺术表演形式，正是中国改革开放在艺术舞台上的缩影。《我爱你中国》是iSING！的代表曲目，这首歌贯穿全片，成为我们意在一语双关的标题。

苏州广电总台从这个项目落户苏州工业园区就开始了历时五年的跟拍，今年的这个作品，可谓是五年磨一剑。摄制组跨越全国三地（北京、上海、苏州）进行全程记录，结合五年来的素材积累，推出了年度作品——《我爱你中国》。本片记录了

12个国家的37名青年歌手在中国集训期间的学习、生活，直到最后的演出。重点跟拍了三组主要人物——四度参加艺术节，从而深深爱上中国文化，并把中文歌曲带到了全世界的美国歌手朱丽叶；因为iSING！结缘，成为伉俪的中俄情侣亚娜和胡光；受益于改革开放出国留学，又回国反哺的iSING！Suzhou发起人田浩江。除了这几个典型人物，本片还塑造了一组群像，他们是来自世界各国的年轻歌唱家们。五年来，他们成为iSING！故事的主角。通过这个国际文化交流项目，有人爱上了中国人，有人爱上了中国的美食、风景、民俗、文化。

专家点评

2018年，中国改革开放40周年，取得了令世界瞩目的伟大成就。苏州作为中国改革开放的前沿阵地，如何通过讲好中国故事，构建多元、立体、高效的国际传播话语体系，同时又要充分发挥自身的地缘优势和区域文化特色，如何在对外宣传中精准发力，《我爱你中国》就做了一个很好的尝试。节目通过对一个国际文化项目历时五年的跟拍记录，以此来展现世界文化的交融，作为改革开放40周年成果的一个缩影写照。全片制作精良，海内外反响热烈。这是一次非常有意义的挖掘和记录。对中国和世界如何和谐相处，在尊重世界情感的前提下如何更好呈现自己，做出了很有意义的探索。

第三十届中国新闻奖三等奖　第二十二届苏州新闻奖一等奖

医生·一生

——记85岁“儿科终身成就医师”盛锦云

主创人员　张　阳　李文瑾　朱智红　陈　军　慎雨晴
沈亦洋　张泽宇

【导语(前)】(男)最近,北京民航总医院急诊科医生杨文遇袭去世事件,在全社会引起了广泛关注。有关医患关系的话题,也再度被推到了舆论的风口浪尖。(女)在我们苏州,有这样一位年过八旬仍然坚守在门诊一线的儿科专家,她叫盛锦云,今年是她从医整60年。在2019年最后一个工作日,就让我们走近这位“最美”的医生奶奶。

【现场】一组儿童医院忙碌的现场剪辑。

【字幕】入冬后又出现儿童流感及呼吸道疾病就诊高峰。

【字幕】今年12月,苏州大学附属儿童医院接诊量超过8500人次/日,创下1959年建院以来历史新高。

【字幕(同期声)】刘凯飞,刘凯飞去哪儿了?

【字幕(同期声)】家长:晚上10点钟过来,人也是很多。

【字幕(同期声)】医生现场:一天看150个号应该不止的,因为有的时候要加号,平均三四分钟看一个病人。

【配音】在忙碌的儿科诊疗区走廊上,常常能看到这样一位推着小车、步履蹒跚的老人。她并不是来看病的病人,而是给人看病的医生。

【字幕(同期声)】第二次和第一次相差多久?那么住的最长的是几天?家里爷爷奶奶有抽烟的吗,有养狗狗、猫吗?什么时候有鼻窦炎的,挑食不挑食?

【配音】看起病来刨根问底、不厌其烦。她的门诊,一号难求。

【字幕(同期声)】家长:盛主任的号非常难挂,第一次去排队,好像排了好长时间,我记得有两次好像是凌晨去排的。

【字幕(同期声)】家长:挂了这次号以后,我就感觉像中了大奖一样。

【配音】她,就是中国儿童哮喘治疗领域泰斗级人物,85岁的盛锦云。前不久,从业60年的盛锦云获得了“中国儿科终身成就医师”称号。这是中国儿科医生的最高荣誉。

【配音】一时间，盛锦云受到各地媒体的争相报道，她被网友们称为中国“最美医生奶奶”。

在2019年的最后一天，我们走近这位85岁的儿科医生，记录下她盛名之下的坚守、忧虑与期望。

【字幕】上午9：00。

【字幕（同期声）】苏州大学附属儿童医院医生、教授盛锦云：不害怕啊，表演得多好。大家都等着看你呢，快点，响一点，太棒啦，慢一点，真棒。

【配音】面对孩子，八十多岁的盛奶奶常常也像个孩子。可面对家长，她却显得有些严厉。

【字幕（同期声）】盛锦云：没时间跟你讲了，你理念就不对，哪有这也不吃那也不吃的道理，瘦的衣服拉起来就是骨头，把你的精力放在孩子身上吧，孩子只有一个。

【字幕（同期声）】家长：对孩子很和蔼，对家长很严格。

【字幕（同期声）】家长：她有时候讲得非常详细，我们不是太清楚。信息量很大的话，我们会忘记，会有遗漏，我们会录下来。

【配音】儿科，因常年面对儿童甚至是不会说话的婴儿，而被称作“哑科”。家长的作用，至关重要。

【字幕（同期声）】盛锦云：国际上面就叫good company，好朋友，医生和家长是这样一个关系，那哮喘这个病才看得好。

【配音】哮喘作为慢性病，和其他儿科疾病相比，需要更长的诊断时间和管理周期。在盛锦云这里，平均每个患者要被问到十多个问题。

【字幕（同期声）】盛锦云：几岁的时候开始喘了，第一次喘在什么时候，第一次重不重，雾化吸药了吗？……

【字幕（同期声）】盛锦云：好，吸，1——2——3——，我们现在这个医疗模式要改变，每个孩子要花很多的时间，一刻钟甚至半个钟头，教他怎么吸，怎么吐气。要教他吸到位了，我才放他走。别的医生不能这样子做，规范的治疗，规范的药，它没到位。

【字幕】上午10：30。

【字幕（同期声）】盛锦云：小林帮我叫下一位。小林：您不喝口水吗？盛锦云：我不，我做骆驼，不喝水，喝了水要上厕所，要麻烦人家陪着我，我回家再喝。

【字幕（同期声）】苏州大学附属儿童医院退休护士周月丽：如果来了一个外地

的病人，他说盛主任我刚刚赶过来怎么办？那个时候盛主任说，小周，你去跟挂号室说一下，给他加个号。每个星期六基本上都是从一点左右到七八点钟结束。整个过程当中盛主任不喝水，等到她全天门诊结束了以后，她整个人都站不起来，无法一下子站起来。看得很心痛的。

【字幕（同期声）】盛锦云：抱着孩子，坐在你边上，就说你给我看看吧，我就等着你，等着你，你空了以后就给我看看。这样的病人你推不掉的呀。在边上喘着，你就说我要走了，这怎么能走呢？

【配音】这位母亲刚从杭州赶来。她5岁的儿子，一直伴有哮喘的症状。

【字幕（同期声）】感觉很心疼她。太累了。你们也看到了她的手在抖，还一直咳嗽，（哭）希望教授寿比南山。

【字幕（同期声）】家长：像她这个年纪，一般老人都在家享清福了，她就是为了我们病人着想。

【配音】据不完全统计，60年来，被盛锦云治疗过的哮喘儿童超过3万名。尽管已经年过八旬，可她依然坚守在门诊一线。最多的一天，甚至看了146个病人。

【字幕（同期声）】盛锦云：哎呀，再见。酸得，酸得不行，别拍了，我的狼狈相。脑子清楚，还可以做做吧，脑子糊涂了，可不能耽误人家。我总归有一天要不行，这一天到来之前，我就要离开，不能闯祸。

【配音】半天工作下来，盛锦云累得全身瘫软。尽管已经年过八旬，可她仍然每天坚守在门诊一线。而为大多数人所不知的是，她自己，其实也是一名病人。

【现场】盛锦云倒着走，坐到病床上。

【字幕】上午8：00。

【字幕（同期声）】盛锦云：这也是没有办法的办法，开刀后，疼得受不了，后来就说做体育疗法。

【配音】盛锦云身上一共有六处伤。最近一次受伤，是在门诊看病时摔的。

【字幕（同期声）】盛锦云：平时凳子是有靠背的，看完病以后我就往后靠一下，休息休息。那一天不知怎么换了一个没有靠背的，我习惯了往后一靠，相当于做了一个后滚翻。

【配音】接受了髋关节手术后，盛锦云很快回到了工作岗位，却因此落下一身病痛。

【字幕（同期声）】盛锦云：医生要做一次病人，才会体会病人怎么想的。你疼得要死要命的，他不在乎，他说等一等这个止疼药起作用了就不疼了，你就不能多说几句吗？做了病人以后就知道受不了，以后做医生态度就会不一样了。

【配音】1959年，盛锦云从上海第一医学院毕业，她是新中国成立后最早一批接受儿科教育的大学生。1982年，盛锦云曾参加全国协作组，完成了整个中国0到14岁儿童哮喘流行病学的基础调研。在广泛研究国内外临床资料后，她开始致力于推广儿童哮喘规范化方案，并成为中国这一领域最早的传播者。不过这些年来，她因儿童哮喘治疗现状而产生的深深焦虑，始终没有停止。

【CG】2018年世界哮喘日，盛锦云网络公开课。

【字幕（同期声）】盛锦云：这张图我大胆放出来了，很多官员看了会不高兴的。发达国家病死率只有千分之0.4，我们国家是千分之36.7，差距实在太大了。

【字幕（同期声）】盛锦云：哮喘日讲的那个东西，26万人听，哪怕里面再小再小听懂一部分，这部分也是受益了。

【配音】通过推广儿童哮喘规范化治疗，降低中国哮喘患儿的死亡率，是盛锦云毕生追求的目标。如今，她的学生们接过接力棒，也都成为业内的核心骨干。

【字幕（同期声）】盛锦云的学生、苏州大学附属儿童医院呼吸科副主任严永东：那时候有个孩子在我们这里看了之后，一直没有回访，盛奶奶就和我骑着自行车去寻找，最后根据单位地址找到了他的爸爸和小朋友，我们还给他带了药，后来这个孩子一直在我们手上随访。

【字幕（同期声）】盛锦云的学生、苏州大学附属儿童医院呼吸科主任郝创利：我们小儿呼吸科能有今天的成绩，包括个人也有不错的发展，跟盛主任对我的引领有很大关系。

（镜头过渡）

（转场）

【字幕】下午3：00。

【配音】38岁的庄皓是盛锦云20多年前治愈的一名哮喘病患者。多年来，他一直与盛奶奶保持着联系。明天就是元旦了，他特意带着家人前来探望。

【字幕（同期声）】盛锦云：你们来了，我就高兴。

【配音】1988年，还在上幼儿园的庄皓开始哮喘。整整4年，一家人到处求医问药。直到1992年，他们找到了盛锦云。

【字幕（同期声）】庄皓：当时第一次（见到盛奶奶）印象蛮深刻的，她看到我这么一个状况，挺生气的。不规范的治疗，其实副作用已经很大了。

【配音】多年来，庄皓的哮喘再也没有复发，他和盛奶奶也成了忘年交。如今，他的孩子继续找奶奶看病。

【字幕（同期声）】庄皓：能否经过这么长时间把它治好，爸爸妈妈我们都是非常感谢你。

盛锦云：改变了一家人的命运，不然家里一个孩子喘，全家都焦虑。

【**字幕**】下午4：00。

盛锦云家

【**字幕（同期声）**】盛锦云在家。

【**配音**】盛锦云和老伴儿金家骏从小青梅竹马。20世纪70年代，盛锦云响应国家号召支援农村医疗，远赴甘肃省酒泉总寨医院。金家骏作为家属，一同前往。

【**配音**】在甘肃虽然历经苦难，但精神却是富足的。来自患者的正向反馈，对盛锦云来说，是对医生这个职业最好的褒奖。

【**字幕（同期声）**】盛锦云：爸爸就是说坚持一定要让做个好医生。要有割股之心的人才能做医生，就说他这个病看下来要割他的肉，吃这个肉以后才能好，他才肯的，才能行。我妈妈说，我的女儿会有这种心的。

【**字幕（同期声）**】盛锦云的丈夫金家骏：她以前经常晚上3点钟睡觉，5点就起来去医院了，她可以牺牲掉自己，为病人，她做得到的。

【**字幕（同期声）**】盛锦云：我时间不多了，不知道什么时候走，走之前，我就得拼命干，我就是要看，能看好一个就看好一个。

【**字幕（同期声）**】患者：祝你新年快乐，寿比南山。

盛锦云：好，快快长大，学医，谢谢你的祝福，我一定听你的话，健康。

【**字幕**】根据2016年12月发布的《中国儿科资源现状白皮书》，中国儿科医生总数仅为10万人左右，平均一名儿科医生要服务2000名儿童。

儿科医学服务不到20%的人群，却关乎家庭、民族100%的未来与希望。

苏州市广播电视总台2019年播出

记者手记

我很喜欢拍老人，他们经常会无暇顾及那些正确的空话，着急地坦陈一辈子丰富经历所得出的箴言。盛锦云毫无保留地在镜头前呈现着自己，我们也很珍惜拍摄的机会，其间做了一个尝试，用纪录片的思维来观察她，我们发现她先后几次骨折，却无惧衰老和病痛，每天推着辅助车坐诊；我们几乎全程记录了两天的门诊过程，发现她对待家长毫不客气，对待孩子却极其温柔。在家里，她和90多岁的老伴儿相濡以沫，嘘寒问暖。在2019年的最后一天，她笑嘻嘻地鼓励幼小的患儿，长大了学医。我们探索着新闻人物标签以外的处境，记录盛名之下的悲喜。这些未经设计的细腻场景，既是盛锦云个人的活法，也反映出共和国培养的第一代医生的职业操守。而我所做的，仅仅是用心聆听，真诚记录。

专家点评

盛锦云是一位年过八旬，从业六十年整的儿童哮喘医学泰斗，是一位需要每天接受腿、髋关节治疗却坚持出诊的仁心医者。本条新闻专题片以真实的影像，记录并传播了这位85岁儿科医生盛锦云的“割股之心”。

主要特色：一是思想上立意高远。盛锦云老人年届八旬，仍无惧自己的病痛和衰老，将生命投入于哮喘患儿的治疗之中，她鲜明的个性与悲悯的情怀诠释着珍贵的医者仁心，也体现了共和国培养的第一代医生的职业操守。二是叙事上注意使用对比方式，增加人物的厚度。对患儿的温柔问诊和对家长的严格要求形成一组非常有冲击力的对比，体现出老人和蔼的性格与严谨的作风。三是形式上力求创新。除了现场跟踪拍摄的生动画面，本片在背景资料的收集和使用上做到尽可能丰富，通过融入老照片、老视频增加了本条人物专题片的厚度。

第三十一届中国新闻奖三等奖

果果的译语世界

主创人员　沈　玲　张　阳　陶一鹏　霍中杰

【场景】自然而嘈杂的现实环境同期声。果果的户外慢镜头。

【旁白】我叫果果，是一名聋人，我听不见，也不知道该如何发出声音。

【场景】自白+城市里行走的设计镜头。

【旁白】聋，让我偏离大多数人的方向。

【场景】镜头：相同方向的行人和有秩序的车流；果果穿过斑马线，与很多人方向相反。

【旁白】我仿佛与世界脱节，只能选择进更窄的门，走更远的路，在寂静的途中，寻找同行的人。

【片名】果果的译语世界。

【字幕】经果果同意，本片自白部分采用配音的形式。

【字幕】2020年10月24日，中国合肥。

【同期声】现在我宣布获得最佳公益团队奖的是译语智能手语翻译软件。

【旁白】这个场景，不是故事的开始，也不是故事的结尾。它是梦想照进现实的一刻。半年时间里，我们这个由聋人、重听人、健听人组成的团队，研发了一款名为"译语"的手语翻译软件，在9000多人报名参加的AI开发者大赛中，跻身决赛，在几个月前，这还是不可想象的梦境。

【字幕】半年前，2020年4月，中国苏州。

【同期声】欢迎来到第四季创赢未来海选路演的现场，这是我们财务的一个数据模型，今年大概预计会有一个一千万的收入，去年应该是三千万，我们的财表还没出来啊，疫情太严重，国外都没有生意做了现在。

【旁白】这是我第一次参加创业竞赛项目的海选，作为一个新公司，我们需要这样的舞台来获得关注，此前我从未想象和健听人同场竞技会是什么样。

【同期声】我是苏州市映日果科技有限公司的果果，多年来因为社会对聋人的认知不足，导致聋人就业率不高。沟通，是聋人就业发展最大的障碍，我们也在大量招收聋人为他们培训，让他们可以尽快地上岗工作。

【旁白】我还在路演结束后的兴奋中，公司的合伙人萱萱就给我浇了一盆冷水。

【同期声】50%的利润是来自后期衍生品，你回答评委的是关于成本的问题，而不是利润的问题，你要记住，我们现在找的是投资，找的是合作，找合作所有的人他不会在意你是聋人，他想要的是你对他有什么样的盈利点，他把钱投给你了，你拿什么给他赚钱。我没看懂“盈利”，锻炼少了。

【旁白】萱萱是公司唯一的健听人，我们两个像一对反义词，截然不同，又支撑彼此。在疫情的影响下，很多上游的同行业公司都已经倒闭了，我的先生也因此失业。一直习惯于埋头做事的我，这才有了紧迫感。

【旁白】萱萱负责公司运营，她时常替我充当“恶人”的角色，对员工极尽严厉，大家却很喜欢她，或许在这种严厉的背后，大家看到的是平等。

【同期声】萱萱采访

我是一个北方人，脾气性格很急，我经常因为一件事咆哮，但是我的这种咆哮在他们身上一点回馈都没有，我很郁闷，我没有把他们任何一个人当成一个身体有残缺的人，他们有能力，可以靠自己的努力去替自己发声。

【旁白】很快我就发现，是萱萱帮助公司默默度过了这场危机。

（转场）

【同期声】你来了嘛，我做做表情，笑笑，让她开心开心。我不会做手语，拿张纸写字，不怎么多交流，有的事情不会写，就只好咽下去，不好交流。

【旁白】加班闲暇之余，我和同事们聊了很多工作以外的话题，他们的故事，喜怒哀乐。但是这些故事，很少有外人听到。在中国，聋人有2700多万，这背后是无数家庭与社会沟通的壁垒。聋，让我们的心声无法传达，如果语音和手语可以直接互译就好了，那样我们才能打破与外界交流的障碍。

【旁白】今天公司来了一个新人面试，他是一个重听人，佩戴了人工耳蜗后，可以听到声音，因此他并不会手语，我们最终只能通过写字的方式来沟通。

【同期声】写字交流现场。

【旁白】杨阳此前所在的公司也是因为疫情，刚刚倒闭。得知他从事软件开发工作，我按捺不住，立马讲了制作手语翻译软件的想法。

【同期声】杨阳：在听人当中我是比较边缘的，在聋人当中我也是比较边缘的，有的时候就会感觉到比较孤独吧。

【旁白】杨阳最终接受了这个挑战，如果说翻译软件是为了沟通聋人与健听人，那么杨阳，恰好处在这两个群体中间，他最适合做这件事。

【同期声】杨阳：我在原来公司只能敲一些业务的代码，这边可以敲自己想敲的代码。

【同期声】但凡我们这个软件应用在哪一个地方，就是功德无量的事儿。

【旁白】在研发软件期间，公司另一组人投身原创。从过去简单的动漫加工，转型深度设计，大家释放着各自在影像方面的创造力。边学习边联系业务，终于在6月收支平衡。

【同期声】发工资现场。

【旁白】紧接着，我们开始为翻译项目寻找投资。

【同期声】洽谈现场。

肯定有几轮的这样一个交流，大家第一个互相了解，第二个你也会心里比较有底。

【旁白】对方希望借此成为我们公司的大股东，虽然无比渴求资金，但是我们又害怕资本的介入会让项目偏离初心，洽谈的合作最终还是没能达成。而与此同时，有的员工已无法坚持了。

【旁白】我意识到只有软件早日成形，才能缓解员工的收入压力。眼下只有杨阳还不够，我们急需一位既懂得手语语法规则，又能精确绘制手语动作的人。

【同期声】果果老公指导工作。

【旁白】这是我的先生小兵，他原本是一位游戏动画师，失业后一直在家里照顾女儿，现在公司遇到难题，只能让他义务上岗。

【同期声】小兵：开始创业的时候，我一直反对，我心情有点复杂，思绪比较乱，她坚持创业。现在疫情，有困难，经济收入不大好，开支太多了，常常吵架，但是后来明白了，每个人都有追求梦想的权利，我必须无条件支持她。

【旁白】我很幸运，这半年中，每次遇到难题，我身边就有人站出来帮忙解决。某种角度看，我们其实都是失意但不失志的人，带着各自的困境走到一起，抱团取暖。

【同期声】车站接人。

【旁白】我和小兵都毕业于上海市徐汇区业余大学，听说我们在研发手语翻译软件，已经十年没见过面的学校老师特意从上海来看望我们。

【同期声】车内。

你现在做的事情，我们学校的老师们也做不到。你的样子比较柔弱，不像会做这么勇敢的，要冲冲冲、前进前进前进那样子的人，其实内心是比较强大的。

【旁白】十年前我和小兵刚毕业时，曾在上海有过两年的创业经历，和今天一样，员工都是聋人，但是以失败告终。

【同期声】那个时候她可苦了，那时候真的老苦了两个人。

那个地方比这边还小，关键是碰上第一次（创业）失败以后，还能坚持下来，不容易，她是个特别有韧性的人。

一般碰到挫折的就算了，所以小兵觉得不要做了呀，自己的教训肯定是很深刻的呀。

你们做的这个软件我就觉得（不错），就像现在上课我们也在不断调整，原来我们上课完全依赖手语翻译，现在我们就觉得你光手语翻译不行，我们传递过程中有手语缺失，或者信息缺失，就达不到效果，我们就希望能够手语翻译加上语音识别一起来，这是一个信息相互补充的过程。

【旁白】原来小兵很早就有过做手语翻译软件的想法，软件中卡通人物的原型，就是我。

接下来的一个月里，杨阳每天与代码为伴。小兵和我也习惯了赶末班地铁回家。其间，我们还去上海回访了母校老师，获得了宝贵的人员和设备支持。这是一个没有“甲方”的作品，每一个参与其中的人，对它都视若己出。项目启动2个月后，我们的翻译软件终于有了雏形。

【同期声】DEMO做成，果、萱、阳、兵四个人围在电脑前，萱尝试软件。

大家好，我是果果，这是一家由听障者自主创业的动画公司，现在为大家所展示的软件是我们新研发的智能手语翻译软件。

【旁白】屏幕上舞动手语的卡通人物，仿佛刚刚降临的新生命一般。我们把她取名为“译语”，她将代表聋人去探索和对接更丰富的人群。很快，一家机器人公司，联系了我们。

【同期声】它这个是骨骼识别，我们骨骼识别的精度到这个位置，我可以把手的骨骼都做出来，成人之后整个骨骼是定型的，我们可能会建议，从手语到语音到文字的方法，就用这种方法建模，然后去做算法，可能精确度会更高一些。

通过神经元之间的相对位置变化，它去判断动作方向、起因跟结果。

【旁白】我们刚刚搭建好语音到手语的翻译框架，没想到在这个角落里，除了硬件技术，我们还找到了更为复杂的，从手语到语音反向翻译的方法。这让我们可以大胆畅想未来的使用场景，聋人对着摄像头比手语，软件就可以识别并翻译为文字和语音。

【同期声】从今天开始，我们两个团队可以紧密合作，然后往前去走，把这件事情做成。

【旁白】一切都像刚睡醒的样子，欣欣然张开了眼。

听力障碍，让我们在困境中辨识着各自的人生命题。如今，这个残缺又成全着大家的理想，我们为此建造心目中的通天塔。

生活还在继续，道阻且长，看清它的真相，不妨继续赶路。

【CG】动画手语：我爱这个世界。

苏州市广播电视总台2020年播出

记者手记

《果果的译语世界》聚焦苏州的一个听障团队的创业故事。拍摄之初我们就明确了一个思路，不要抱着猎奇和悲天悯人的心态去放大那些苦难。他们是一群与我们别无二致的年轻人，都有各自生活和工作里的喜怒哀乐。手中的摄影机不应该成为“捕猎”的工具。我们心无旁骛地关注他们的创业故事，直到他们站上了全球AI开发者大赛的领奖台。

果果团队的故事，让我理解了“看清生活的真相，并且依然热爱”的英雄主义。他们不被眷顾，无声又掷地有声。这样的故事能够被拍摄出来，是因为果果们敞开自我，在最艰难的创业过程中，时刻接纳我们在场，时刻直面镜头，一定程度上，是真性情的他们直接成全了这部作品。这也给了我很大的启示——遇到一位好的被拍摄者时，一定不要吝惜你的存储卡，他们是社会进步的文明之光，值得我们用心记录，大书特书。

专家点评

据说好莱坞电影共有一个不成文的故事线：人物欲望→人物行动→人物遇到困难→人物解决困难。《果果的译语世界》所聚焦的苏州听障团队便有这样的故事线。第一波：果果带着团队参加海选路演失败，紧接着疫情不期而至：“我的先生也因此而失业”，“账户里面就剩了两百多，如果我们要是倒了，外面那么多聋人，他们就没有工作了”，合伙人萱萱不得不卖车帮公司度过危机。第二波：因为疫情，公司原先主打的低端视频业务“没活儿”，果果便“按捺不住，立马讲了制作手语翻译软件的想法”,跳槽过来的杨阳与公司听障人士一起研发。第三波:软件研发过程,一波三折,员工情绪波动。第四波:艰难之际,引来两拨外援:一是老公“小兵义务上岗”,二是上海徐汇区业余大学的老师们。第五波:柳暗花明,软件开发成功,“一家机器人公司,联系了我们”,果果的创业故事“像刚睡醒的样子”。

故事线,其实就是动作线、情节线、情绪线,为镜头所捕获的各种冲突、细节与隐秘情感释放提供了恰当的铺垫。这是本片成功的关键。

第三十一届中国新闻奖三等奖　第二十三届苏州新闻奖一等奖

一个人的生产线

主创人员　吕劲波　杨　勇　骆　晨　严志平　左　政

【同期声】（袁传伟拉开卷闸门）。

【字幕】2020年2月12日9：00，苏州相城区望亭镇。

【同期声】袁传伟：大年初二，合作伙伴打电话给我说，年前生产的过氧化氢消毒器，现在武汉那边疫情暴发严重，医院里面急需要这种消毒设备。

【字幕】袁传伟是苏州相城区一家精密机械公司负责人。

【同期声】袁传伟：我不是把微信推荐给你了吗？

【字幕】接到200套订单请求的当晚，袁传伟立即复工，但面临一个现实问题。

【同期声】袁传伟：打电话给工人的，那时候村上已经不允许出来了。编程、刀具、加工、调试，我都会弄，所以自己先顶着吧。

【字幕】1月27日，大年初三，袁传伟紧急联系政府相关部门办理复工手续，当晚，生产线正式启动。与以往5名工人协助完成不同，这次只有他一个人。

【同期声】袁传伟：累了就稍微眯一会儿。

【字幕】手工操作后，机器会进入自动切割模式，20分钟刚好够他打个盹儿。

【字幕】从复工开始，袁传伟吃住都在工厂，每天24小时日夜不停连轴转。

【字幕】一套设备有10多个零部件，全员都在情况下，做完200套订单需要15天左右，袁传伟硬是一个人扛了下来。

【同期声】（装车交货）。

【字幕】一个人的生产线，整整运转了16天，今天，订单终于全部完成。

【同期声】袁传伟：一天总共加起来睡了两个小时。

【字幕】合作企业陆续复工，原料短缺问题得到解决，袁传伟决定再接210套订单生产任务，继续一个人战斗。

【同期声】袁传伟：我感觉我从来就没有一个人战斗过，大家都是在一起。心连心,医护人员要比我们付出更多,还有在每个卡口检查疫情的人,他们更加辛苦。

【字幕】一个人的生产线,不孤单,很温暖。在不同的地方战斗,你、我、他,一起加油!

苏州市广播电视总台2020年播出

记者手记

2020年年初,一场突如其来的疫情,打破了春节阖家团圆的节奏。苏州市相城区一家精密机械公司负责人袁传伟,在大年初二(1月26日)紧急接到消毒器生产任务的订单,产品要发往湖北战“疫”一线。在没有一名工人返岗的情况下,他义无反顾,一个人撑起一条生产线,日夜连轴转,吃住在工厂,硬是用16天时间,按时完成200套订单,迅速发货,驰援战“疫”前线。“巧”的是,2月12日,是袁传伟要按时交付订单的日子,在敏锐评估了这条新闻线索的价值后,我们团队也快速启动这条暖视频的“生产线”。向上,袁传伟的战“疫”故事紧贴中央精神冒“热气”;向下,人物典型接“地气”。

采访中,我们以“真”为基调,从“细”处切入,生动细腻地展现了袁传伟的干劲和韧劲,作品选题硬,内容实,用共鸣撬动了共情,不仅感动全网,更是发挥了强信心、暖人心、聚民心的引导作用。当天采制作品全网分发,众多网友点赞留言“平凡的人,伟大的事,向你致敬!”擅用身边典型教育身边人,使先进典型可信、可亲、可敬,通过这次采访,我们更加坚信,一个好故事胜过一打大道理。

专家点评

这是一部镜头语言生动细腻、主旨立意感人至深的新闻短视频。作品讲述的是2020年初疫情肆虐时,苏州市相城区一家精密机械公司负责人在紧急接到武汉消毒器生产订单后一个人撑起一条生产线的故事。

主要特色:一是主题重大且时效性强。该新闻作品发布时间正是抗疫最紧张的时期,正能量视频在短时间内凝聚起了强大的力量,激发了全国人民在艰难之时众志成城的援鄂热情。二是叙事上以小见大。本片抓住大事件中的小人物,以“真”为基调,从“细”处切入,定格众多战“疫”故事中一个有担当、有韧劲的个体微观缩影,生动讲述了全国人民凝心聚力共克时艰的中国故事。三是融合传播。该作品遵循全媒体传播规律，坚持移动优先在“看苏州”客户端首发后全网分发，抖音、微博等社交平台播放量均过千万次，实现了大小屏“全覆盖”。而后中央多家媒体都进行了转发推送，成为抗“疫”期间名副其实的“爆款”融媒产品。

第三十二届中国新闻奖三等奖　第二十四届苏州新闻奖一等奖

有光

主创人员　沈　玲　周　瑶　孙润伟　陶一鹏　乔伟力
路文欣　霍中杰

【字幕】在中国,大约有8500万残障人士,但很少有人真正走进他们的世界。

他们如何融入社会?如何通过劳动创造自己的价值?

在这里,我们看见共融社会的努力。他们的世界,一样精彩。

【同期声】今天特别特别急的是塑料球,还需要赶11000(个),所以大家工作的时候,要打起精神来。

【旁白】在这个车间里,41名全职的心智障碍员工从事着汽车和电器行业零配件的组装、加工工作。他们的薪酬、福利和劳动力市场基本一致。更重要的是,这里没有廉价的同情,而是平等的对待。

然而就业对于心智障碍者来说,却并不容易。

玛丽娜和丈夫纳达来自以色列,他们是融创工场的管理者。面对前来应聘的心智障碍者家长,玛丽娜说得最多的一句话就是——“相信他(她)”。

【同期声】姚爸:指望我们,就像我们这种家庭,你指望你家长比孩子多活一年,那是不可能的事情。

融妈:因为我们是奔着希望,就觉得她能就业的话,对于我们来说真的是,做梦都要笑醒的那种感觉。

姚爸:能够让他们在这个社会中间有尊严和存在感。

【旁白】面对庞大的残障基数,这间小小的工场更像是一束微光,它为努力生活的人们照亮。

【同期声】王丽:其实中德融创工场的话,主要是靠订单来维持我们的运营。我们的订单是嵌入在整个太仓的这个基于德国企业发展起来的汽车制造业上的……

【旁白】中德融创工场的诞生,与中德合作在太仓这座小城的务实深化,密不可分。这里集聚了约400家德企,合作模式也从单向投资深入到了文化教育、社会管理等各个方面。2015年，太仓欧商投资协会借鉴德国心智障碍者就业模式，创办了中德融创工场。

王丽今年3月刚刚加入融创工场，短短几个月内，类似的内容她讲过很多遍，但每一次讲，都还是感到压力。

【旁白】因为依赖太多的天时、地利、人和，融创工场的复制并不容易。所以他们不断地请别人来参访、进行残障平等意识培训，想要通过这些交流方式，让更多的人看到并相信，心智障碍者可以发挥自己的价值。

在培训别人的同时，王丽也在辨别着自我身份。她是一名心智障碍者的手足。弟弟小吉今年25岁，是融创工场的产线员工。

【同期声】小吉：张姐，拜拜。

张姐：拜拜。慢点啊！

小吉：丹丹姐，拜拜。

丹丹：拜拜。

王丽：到这边来以后，一方面就是有很多人跟他互动，有一个工作的场景，然后另外一方面就是，他有一个独立生活的空间。我觉得最大的变化就是因为有这两个东西以后，才开始有一种自我的意识。

【旁白】小吉一个人生活。王丽和同事合住在公司宿舍，为了方便照应小吉，她在附近给弟弟租了房。每天下班，小吉会做好晚饭，等姐姐回来吃，然后再陪姐姐散步，送她回宿舍。

【同期声】融融：早上好，张姐，谢谢！

张姐：不客气。

丹丹：你放的时候，你要放平整。你那个鼓起来的话，那肯定是有不良品的。

【旁白】在这个车间里，所有的工作流程和工装模具都经过了重新设计，为的是更加符合心智障碍者的使用习惯，从而保障他们的安全，保证产品的质量。融融是这里年纪最小的员工，为了让她能有一份体现自己价值的工作，他们从东北举家搬到了太仓。幸运的是，融融妈妈也在太仓找了一份社工工作。

【同期声】融妈：别人觉得，你看还有老人啊，95岁了，我们也带来了，开车来的，1500公里。但是没觉得难，觉得还挺开心的，因为我们是奔着希望。

【同期声】融妈：（融融）原来没弄微信，弄好微信了我说你自己起个名吧。然后她自己想了，后来说，叫小蝴蝶吧。

融融：我是小蝴蝶，我什么也不怕。

融妈：我觉得终于破茧成蝶了嘛！

【旁白】姚圣洁今年20岁，他常常沉浸在自我的世界里，对外界的变化非常敏感。丹丹格外关注他的情绪波动。

【同期声】丹丹：白板，为什么擦掉呢？

姚圣洁：没事。

丹丹：是不是写得不好看啊，我们不想让别人看啊？对吧，是不是？

姚圣洁：是的。

【旁白】但有时，他却很专注，动手能力不错，常常超额完成产量。

【同期声】姚爸：提前一个多小时到现场……

【旁白】在玛丽娜和王丽的鼓励下，姚圣洁爸爸和几位员工家长，组建了“不同之美”家庭小组。他们希望以互助的方式，共同前行。

家庭小组的第一次活动，是一场融合运动会。

【同期声】玛丽娜：一直希望给家庭、给家长、给员工工作之外提供一个平台。太感谢姚圣洁爸爸举手了，所以这个平台从今年终于开始了。多一起享受我们的生活，慢慢也是通过这个平台，可以帮我们员工融入这个社会。

【旁白】为了照顾姚圣洁，四年前姚爸辞职开了这家小店。

【同期声】姚妈：就是（姚圣洁）上班大概不到两周吧，就在这里，然后有个客户坐那里，然后我就跟客户聊天，我说你是做什么的？他说我是做编程的。他（姚圣洁）坐这里，我是做弹珠的，我是做弹珠的！这种自信，超开心，才上班两周，他就改变那么大。

姚妈：（这是姚爸）非常释放的一个出路，因为像他以前估计也是很压抑、很愁苦，孩子怎么办，怎么办？

姚爸：我下午讲的内容都被你讲完了，我下午没话讲了。

【旁白】今天下午是“不同之美”家庭小组的第二次活动，姚爸要向来自太仓本地和外地的心智障碍者家长分享他的心路历程。

【同期声】姚爸：分享我的经历，那不是今天下午一个半小时能分享完的，可能一天半、两天半、三天半，我也分享不完。我本来因为这个孩子我觉得前途一片黑暗，但后来，我突然觉得我因为这个孩子我的生活非常精彩。

【旁白】姚爸住在离太仓30多公里的昆山。自从儿子上班后，他承担了接送任务，一天两个来回、一百多公里。他有时开玩笑说，每月跑掉的汽油钱都快赶上了儿子的工资，但他每天还是准时上路，风雨无阻。

【同期声】姚妈：那天面试，也奇怪了，姚圣洁对答如流，是吧？（面试后）通知我们，就给我们答案了，可以上班了。那天我们一家四口就在太仓聚了一下，真的太兴奋了！

王丽：你准备了材料吗？你准备材料了吗？

姚爸：基本没准备，我不是跟你说了就带一张嘴过来，然后就可以了。

姚爸：孤独症孩子的爸爸，也就是中德融创工场里面一个员工的父亲。我们的“不同之美”家长组织还要努力地去接受更多的跟我们相类似的家庭。我们共同去努力。可能到我们孩子老的时候，社会环境又变了，已经变得不用我们，我们现在还在研究到我们老了孩子怎么办，也许几十年以后，不用我们担心了。

【旁白】随着预产期的临近，玛丽娜每天都很忙碌。她要赶在休产假前，为每个员工完善成长规划。

【同期声】同事：你什么时候生小宝宝？

玛丽娜：后天。

同事：住院还是什么？后天去不去住院？

玛丽娜：28号就生了。

同事：28号生啦！

丹丹：喝完水，上完厕所就上二楼，告诉你们一个好消息。

玛丽娜：你们都知道我怀孕了，对吧？可以看得出来，对吧？所以从明天开始，我就开始休假了，我估计后天要生了。到时候，如果你们要的话，欢迎来到我家，看看小宝宝。本来我是昨天已经开始休了，但是因为上个星期没有来得及，所以今天就来跟你们打个招呼，好吧。

众人：好。

【同期声】姚爸：我心里非常清楚，我儿子的变化是非常大的，工作以后的变化。我们努力地让他们能够融入这个社会和工作环境里，都能在社会中间找到自我，然后呢，得到很多人的尊重。

丹丹：这个是我们整个的车间。

【旁白】“不同之美”家庭小组，邀请了很多其他地方的心智障碍者家长，来融创工场参观。姚爸希望把自己的相信，带给更多的人。

【同期声】融妈：只要你认真生活，生活肯定也不会亏待你。不要害怕，真的，孩子不是我们的灾难。不要同情我们的孩子，我们的孩子不需要同情，他（她）是一个独立的个体，我们的孩子更多的是需要接纳。

融妈：谢谢你！

融融：妈妈。

融妈：这个是天天妹妹，我给你介绍一下。

融融：你好。

女孩：你好，融融姐姐。

融融：你好。

女孩：融融姐姐，让我们做朋友吧！

【旁白】在心智障碍者家庭开放日上，融融认识了一位新朋友。因为有着类似经历，女孩似乎想起了伤心事。想当心理咨询师的融融，就这样提前遇到了挑战。

【同期声】融融：别哭，别哭。

融妈：没关系，没关系。

女孩：我真羡慕你。

融妈：搂搂她，搂搂她，安慰一下。

【旁白】为了感谢社会各界的支持，融创工场每年都会举行一次企业社会责任颁奖典礼。还在休产假的玛丽娜，赶来主持。

【同期声】玛丽娜：你好，你好，你好！

朋友：生完啦？

玛丽娜：生完了，他在这边。儿子。

王丽：在共同富裕的大背景下，我们聚焦共益，社会融合是我们的共同利益，也让我们共同获益。

玛丽娜：如同每年一样，我们的奖项将由我们的员工来颁发。

王丽：姚圣洁上台颁奖！

【同期声】融爸：加班不能过来了。

融融：哦，知道，我妈妈加班很忙的。

融爸：融融，看看咱们的新家。

融融：要把这屋贴满蝴蝶。因为我就是小蝴蝶呀！

【旁白】融融一家克服困难，在太仓买了房，他们准备在这里度过来太仓的第一个新年。

【同期声】融妈：我相信她会越来越好，所以我们每天都很努力，都很认真地生活。

【旁白】姚圣洁的执着，让他牢记着家里每一个重要的纪念日，特别是妈妈的生日。

【同期声】姚圣洁：今天是妈妈生日，后天是妹妹生日。

姚爸：姚圣洁看爸爸。你能不能笑一下？哎，对对对。

姚爸：值得骄傲的一点，这20年我坚持下来了。虽然说我很辛苦，但是我很幸福。

【旁白】小吉还是每天做饭，等姐姐回来。只是，他陪姐姐走的路越来越短，而他越来越独立。

【同期声】王丽：走到啦？你要回去啦？好吧，那你回去吧。你要导航吗？再见，再见！

王丽：所以他们把这种相信带了过来，那可能我们就是把这个相信再继续往外扩吧。你要相信有一个相对美好的未来在前面。

【旁白】在融创工场和这些人的身上，我们看到了共融社会的努力，它让我们学着接纳、理解和共情。也许有一天，这束光，会变成几千盏灯。

苏州市广播电视总台2021年播出

记者手记

中德融创工场并非刚刚建成，如何对一个已经存在的新闻事物进行新的观察、新的思考，并从中挖掘新的力量？长期深入现场，是捕捉细节的过程，是接近、理解、走进心智障碍员工内心的过程，更是洞察中德融创工场成功背后要义的过程。通过四个月的跟踪拍摄，我们对助残模式有了新的深层次的感悟和认知。在这个小小车间里，没有英雄式的人物，没有可歌可泣的事迹，也没有惊心动魄的故事，但所有人为了推动“残健融合”发展所付出的艰辛、投入的情怀和彼此连接产生的涟漪，却具有很高的记录价值、报道价值和传播价值。

回顾《有光》的创作过程，能打动人心、引发共情的作品，归根到底全在一个“真”字——真实，真诚，真情。深入现场的事实，经过故事化的生动表达，见人见事见精神，才能拥有直击人心的力量。

专家点评

本片的成功获奖并不意外。一是平等、平视的创作理念。平等是社会中人人祈求却又人人难以如愿的重要价值观之一。本片拍摄者摒弃猎奇心态，以平等之心、平视之态看待中德融创工场的心智障碍员工。在记者的视野中，“没有英雄式的人物，没有可歌可泣的事迹，也没有惊心动魄的故事”，却有足以打动人心的日常生活、人伦情怀。

二是记者的用心守护获得了充分的回报，给电视观众带来了几个非常有个性、有看点的心智障碍青年，如姚圣洁、小吉、融融，他们在镜头前真实而坦率的言行促使其冉冉上升到“主角”或“C位”。姚爸、姚妈、王丽,包括作为融创工场管理者的玛丽娜和丈夫纳达也都因为这几位富有魅力的“主角”散发着人性的光辉!

三是细节的抓拍让人印象深刻,比如在心智障碍者家庭开放日上,融融认识了一位新朋友,两位“陌生人”无缝对接成为“朋友”,相拥而泣,温暖而又震撼人心!

第三十三届中国新闻奖三等奖

一线调研：信心从何来?

主创人员　集体

【字幕（同期声）】一点现场。

【字幕】2022年10月16日中国共产党第二十次全国代表大会开幕。

开幕前“党代表通道”首场采访活动在人民大会堂举行。

【字幕（同期声）】大家好，我叫周伟，是江苏省昆山市委书记。

【字幕（同期声）】《经济日报》记者：请问周伟代表，外界一直有外资撤离中国的言论，作为利用外资比较集中的地方，昆山是否遇到了类似的现象？谢谢！

【字幕（同期声）】党的二十大代表、昆山市委书记周伟：我想和你分享一个我身边的例子。不久前，一家知名的光电企业在2013年投资我市13亿美元的基础上，新近又追加18亿美元的投资，启动项目二期，持续增资我们昆山。今年8月，我们已经提前4个月完成了外资到账的全年目标任务。

【配音】今年10月16日，党的二十大“党代表通道”采访活动上，面对记者提问，昆山市委书记周伟的这番回答一下子成为现场焦点。在经济全球化遭遇逆流，国际贸易和投资增长普遍乏力的当下，地方主政领导如此自信、笃定地回答，无疑是一颗“定心丸”，也是一针“强心剂”。

【字幕】目前，昆山累计注册台资企业超过5600家，集聚了全球78个国家和地区的9300多个外资项目。2022年前11月，昆山规上工业产值连续4个月单月实现两位数增长，实际利用外资同比增长252.4%，再创新高。

【字幕（同期声）】丰田工业电装空调压缩机（昆山）有限公司总经理藤井晶良：对于我们来说，我们希望今后继续在昆山这片土地上，为全世界的汽车行业发展作出贡献。

【字幕（同期声）】斯沃博达汽车电子（昆山）有限公司总经理康拓斯：我们仍然相信，中国是一个发展良好的市场，非常繁荣。

【字幕（同期声）】世硕电子（昆山）有限公司副总经理潘聪明：这个团队是有战斗力的，是真的能做事的。

【字幕（同期声）】经济学家、西交利物浦大学执行校长席酉民：一个理性的企业，它更关注的不是短期的优惠，而是长期的规则性、它的服务，但是真正的商业人士，他会知道什么地方有市场，什么地方会有未来。

（转场）

【配音】江苏昆山，为什么行？外资信心，从何而来？昆山吸引外资最大的底气是什么？带着一个个有待探寻的问题，我们的记者兵分几路，开始了一线调研。

【标题字幕】一线调研：信心从何来？

【统一后制】封面：一线调研报告

调研地点：世硕电子（昆山）有限公司。

2022年5月在昆山又增设5条产线，预计今年全年产值同比增长超30%。

【字幕（同期声）】一组火热的物流场景。

【字幕（同期声）】世硕电子（昆山）有限公司副总经理潘聪明：这边是我们的出货区，出到海外去的大概占我们的75%，出到国内市场的大概占25%，预估今年全年产值会达到900亿元左右。今年跟去年比较，我们大概增长了30%左右。今年4月份，我们几乎停产了1个月，那后面是非常辛苦的，把4月份的这个停产进度追上，而且还要超前，还要有增长，这是一件非常不容易的事情。

（时间倒转）

【字幕（同期声）】（新闻播报）

苏州新增新冠肺炎确诊病例18例。

当前，周边城市和全球疫情形势依然严峻复杂。

我市外防输入压力凸显。

【字幕（同期声）】2022年4月13日0—24时，上海新增本土新冠肺炎确诊病例2573例和无症状感染者25146例。

【配音】提起2022年的开局之难，对于昆山这些制造企业来说，至今记忆犹新。2月，苏州再遭新冠肺炎疫情袭击。4月，上海疫情加剧，日新增数万人。昆山，作为苏州的东大门，又紧邻上海，防疫形势极其严峻。

【字幕（同期声）】厂内员工场景。

【配音】拥有4万多名员工的世硕电子，是昆山最大的智能终端制造商。这里，成了昆山综合保税区的重点防疫单位。

【字幕（同期声）】昆山综合保税区管理局副局长、世硕电子防疫“点位长”邵志强：作为昆山最大的工厂，人数最多，员工的集聚度最高，疫情防控压力会很大，大规模人群的隔离非常困难。

【配音】机关干部下沉企业一线，全力推进疫情防控工作。尽管在前期企业已实施了近一个月闭环管理，但到4月10日，还是发现了第一例阳性病例。一时间，整个厂区静默，生产停摆，4万名员工在宿舍区集中隔离。

【字幕（同期声）】世硕电子（昆山）有限公司副总经理潘聪明：交叉感染如果不及时控制的话，它呈几何性增长，那个可能是几万例的事情，后果不堪设想。人又那么多，在那么短的时间内，他们要吃饭，怎么办？

【配音】4万人的吃饭问题如何解决？其他生活物资又如何保障？关键时刻，设点企业的"防疫指挥小组"立即升级为"前线指挥部"。

【字幕（同期声）】昆山综合保税区管理局副局长、世硕电子防疫"点位长"邵志强：在我们下沉的三个点位，都有三位正局长来负责，政府的直接参与人员，长期在蹲点的工作人员，公安、城管、医疗、交通等等一系列部门的人员配置，4万人的隔离，就相当于要有1000名我们的工作人员。

【配音】在指挥部统一调度下，4个小时后，从全市各地紧急调集的4万份泡面被送到了世硕员工手上。第二天，从十几家团膳公司组织的定制盒饭全部到位。

【字幕（同期声）】昆山综合保税区管理局副局长、世硕电子防疫"点位长"邵志强：那天晚上正好下大雨，指挥部所有的成员全部第一时间冒雨，每人3箱，就冲到雨里送泡面。那天已经到了凌晨1点多钟了，一个手接了个电话，其实真的是很困，当时脚不稳，就摔在那个台阶上面，手脚摔破了。摔在地上的时候，睡了一会儿。

【字幕（同期声）】一组现场照片剪辑。

【配音】就这样，在数千名政府工作人员和志愿者的共同努力下，"4万人大隔离"得以平稳渡过，世硕成为这场战"疫"中昆山市首批复工复产的企业。

【字幕（同期声）】（员工现场视频）

我们在世硕，我们复工啦！

【字幕】2022年4月26日，世硕电子成为昆山首批复工的企业之一。

【字幕（同期声）】世硕电子（昆山）有限公司副总经理潘聪明：多拖一天，我就多400万美金的损失。如人饮水，冷暖自知，如果你没有跟政府合作过，你不知道政府的速度到底有多快；你没有跟政府合作过，就没有办法发现政府的力量有多强。他们的人全部都在岗位上，每天跟我一直熬到半夜，却是为了我的事情。这个团队是有战斗力的，是真的能做事的。

【字幕】2022年5月，渡过这场疫情考验后，世硕电子所在集团又将5条产线移至昆山，昆山分公司成为集团最大手机组装厂区。

【配音+后制】一线调研报告——

“4万员工大隔离”得以平稳渡过的背后，是数千名政府工作人员和志愿者的协同作战、共同努力。非常时期的非常考验，让企业看到了昆山各级政府高效的运转效能和办事效率，看到了他们服务企业的精神与诚意。他们，是真的和企业站在了一起。

【字幕】信心，来自危机下的考验。

【配音】在二十大“党代表通道”上，昆山市委书记周伟提到的那家不久前又在昆山投下18亿美元建设二期项目的知名光电企业，引起了我们的很大好奇。据了解，这也是截至目前昆山外资单体投资最大的产业项目。如此大手笔、大魄力的背后，他们的信心又来自哪里呢？于是，调研第二站，我们来到了友达光电。

【统一后制】调研地点：友达光电（昆山）有限公司

2022年增资18亿美元用于升级产线和扩大产能。

新项目全部达产后，公司年产值将突破百亿元。

【现场】林耀文更换无尘服准备进入车间。

【同期声】友达光电（昆山）有限公司总经理林耀文：我每个礼拜都会走进来，看一下整个工程进度和我们的安装进度、测试进度，到底有没有符合我们的计划。厂区很大，一次进来，你逛2个小时可能都逛不完。

【配音】临近年底，并不是液晶面板的出货旺季，但林耀文却比以往更加忙碌，新项目的设备正在不断运抵。

【同期声】友达光电（昆山）有限公司总经理林耀文：这个应该是全球最新的曝光机，我们的产品越来越高阶的时候，它的分辨率越来越高的时候，它的线宽越小的时候，都必须靠这种最新设备才能做得出来。

【配音】友达光电是全球排名前三的大尺寸液晶面板生产厂商。林耀文介绍，新能源汽车的车载显示屏，是友达二期项目新产线的主要产品。

【同期声】友达光电（昆山）有限公司总经理林耀文：我们今年的汽车屏幕营收跟去年相比，大概增长一倍。其实我们也看到整个汽车产业的发展，我们才会针对这一块在昆山继续投资。

【字幕】2022年3月7日，友达光电（昆山）有限公司首台低温多晶硅二期项目曝光机正式入场。

【配音】林耀文表示，友达敢追投，还把最新的设备和更高技术的产品放在昆山，看中的正是这里正在发生的变化。一直以来，昆山的电子信息产业链都名声在外。林耀文发现，这几年，当地正在大力布局新能源汽车产业等新赛道，这让原本因电脑市场不景气而遇到发展瓶颈的友达，看到了新的机会。

【同期声】友达光电（昆山）有限公司总经理林耀文：整个昆山这个区域，可以供应我们的材料，大概四五十项都没问题。

【配音】同样看到机遇的，还有老牌德国企业斯沃博达。

【统一后制】调研地点：

斯沃博达汽车电子（昆山）有限公司。

2022年四期新厂房投用。

【同期声】斯沃博达汽车电子（昆山）有限公司总经理康拓斯：如果你8个星期前来这里的话，这地方是空的。6个星期前，我们把这台机器运来了。4个星期前，我们又运来了那台机器。再过4个星期，我们将交付自动化系统，它将被安排在我们现在站的地方。

【配音】斯沃博达一直为传统燃油车提供汽车电子装置的研发与生产。如今为了赶上新能源汽车产业赛道，他们专门建了新厂房，买了新设备，准备大干一场。

【同期声】斯沃博达汽车电子（昆山）有限公司总经理康拓斯：在过去几个月里，我们能够获得的所有项目都是在自动驾驶、电池技术、高电压应用方面，或任何与这些新能源汽车有关的。所以从这个角度来看，我认为斯沃博达已经为未来做好了充分的准备。

【配音】目前，昆山市已聚集新能源汽车关键零部件制造企业超100家，覆盖6大核心系统50多个种类。以新能源汽车为代表的一批新兴产业链，正在昆山崛起。

【同期声】昆山市工信局副局长夏晔：已经基本形成了汽车零部件产业链全覆盖。我们昆山还积极引育了一批涵盖汽车电子、新能源电池，以及智能网联汽车平台在内的产业链相关企业，可以说，昆山汽车及其相关产业已经成为拉动经济增长的重要增长极。

【配音】而当我们回头看昆山产业链生长的足迹，从无到有，撒下一片“金种子”，“小六子”长成了“大个子”；建圈强链，扎稳发展的步子；布局新赛道，打下未来发展的“家底子”。没有路，造路；没有链，造链。从“昆山之路”到“昆山之链”，每一步都踏在人前，创时代之先。

【字幕】调研地点：昆山丘钛微电子科技股份有限公司。

2022年，全新布局元宇宙产业。

【配音】一脚踏进圈，你就进入了元宇宙的世界。在这个用3D渲染出来的世界，每个人都有属于自己的虚拟身份，去游戏、购物、会面……充满着关于未来的想象。

您注意到了吗，怎样进入元宇宙呢？

【字幕（同期声）】昆山丘钛微电子科技股份有限公司新技术部总监杨坤：消费者要进入这个元宇宙的虚拟世界，最重要的就是要通过这个VR头显和AR眼镜这样的硬件设备，这也是我们正在不断攻关和进行布局的部分。

【配音】过去14年，丘钛微一直为汽车、手机研发摄像头模组，这正是元宇宙关键设备的核心部件。今年，昆山邀请他们一起踏入了这条最前沿的产业链。从研发部件到生产整机，附加值能提高数十倍。

【字幕（同期声）】昆山丘钛微电子科技股份有限公司新技术部总监杨坤：突破的难点就是我们要在这个VR的整机里面，如何更轻、更小地把它研发出来，就是通过我们在核心的光学系统能力上，我们将传统的菲涅尔镜头用了一种新的光学设计跟镀膜工艺，实现了最新的一代，叫“Pancake”的光学光机。

【配音】2022年11月，《昆山市元宇宙产业创新发展行动计划（2022—2025年）》正式发布。这个人们听起来似乎还有点玄乎的新名词，正成为昆山未来又一条新的产业链、新的增长极。

【字幕（同期声）】昆山市委书记周伟：经过这么多年的积累，我们昆山正在从加工制造向智能制造和产品创造转型，把原来的加工环节向产品的微笑曲线的两端延伸，特别是我们既能够面向国际市场，又能够面对日益增长的国内的需求。

【同期声】中小城市研究院院长、中国社科院原城市发展与环境研究所所长牛凤瑞：一个庞大的与时俱进的制造业体系，这是我们维持18年位居全国百强县首位的一个最重要的、直接的原因。

【配音+后制】一线调研报告——

曾经的昆山，笔记本电脑一行独大。在很多外资企业看来，这既是特色优势，也面临一定的贸易风险。如今，在做好主打产业的同时，产业链多点开花，与时俱进，创新融合，让外资有了更多选择，也给昆山自身创造出了更多发展机遇。

【字幕】信心，来自一条条创新之链。

（转场）

【画面】厂房航拍。热闹的施工现场。

【地点字幕】2022年12月，昆山开发区，丰田工业电装空调压缩器二期项目。

【配音】再过10个月，这片钢架就会变成厂房，日本丰田集团要在这里生产专供新能源汽车的电装空调压缩机。从拿到土地到办妥开工建设审批的五个核心证书，所用时间，只有一天。

【同期声】丰田工业电装空调压缩机（昆山）有限公司人事总务课主任黄渭：你

看，这就是我们一天之内取得的五证。分别是不动产权证书、建设用地规划许可证、建设工程规划许可证、施工图审查合格证书，以及最后一个关键的建筑工程施工许可证。

【字幕（同期声）】丰田工业电装空调压缩机（昆山）有限公司总经理藤井晶良：说实话，我们都以为不可能的事情，但结果一天拿到了五证。

【配音】一天发五证，被誉为“昆山速度”再创新纪录。为什么这么急呢？原来，受疫情影响，直到今年9月底，企业才拍回新厂房的土地。

【字幕（同期声）】丰田工业电装空调压缩机（昆山）有限公司总经理藤井晶良：主要是我们与客户之间的交货日期已经约定好了。

【字幕（同期声）】丰田工业电装空调压缩机（昆山）有限公司安全卫生环境室主任李逢时：倒推下来就是10月1号，最晚10月1号就得开工。如果不开工的话，那我们面临的可能就是失去订单，那拿齐5个最主要的证照一般来说，办得快也得2个月。

【配音】两个月压缩到了一天，究竟是怎么办到的？下一站调研地点，我们来到了昆山开发区行政审批局。

【字幕】调研地点：昆山开发区行政审批局。

一天发五证，“昆山速度”再创新纪录。

【字幕（同期声）】（现场）

这是我们的大厅，不动产窗口，还有税务窗口就在这边。

【字幕（同期声）】昆山开发区一站式服务中心副主任季琳：这个就是我们的重点工程督办进度表。年初，我们就把丰田工业列为我们重点工程的服务对象。

【配音】季琳是服务丰田项目的专员。企业急，她跟着急，去行政审批局牵头，招商、资规、住建，几个部门开了几次碰头会，要牵手为丰田跑一场前所未有的接力。

【字幕（同期声）】昆山开发区一站式服务中心副主任季琳：我们一天也不要耽误，一秒都不要耽误，拿到土地合同后，我们一天给你把五个证都办齐。其实这确实是我们之前没有过的尝试，就是还是有信心的，这个信心就来自我们有一套靠谱的保障机制，叫做“一轴、两端、三保障”。

【配音】这是他们服务了上百个重大项目后摸索出的一套高效的“服务套餐”。一轴，就是企业根据需求，定下的倒排目标时间轴；两端，一端是企业，一端是政府，各自努力；三保障则是功能强大的平台、贴身盯进度做联络的人员，以及碰到难点就随时启动的跨部门、跨层级协调机制。

经过无数次实战，这套服务上的各个环节已经配合得非常默契。可这一次，当时间轴上五证集齐的时间压缩到了极致的一天,谁也没有经验。2022年9月28日,项目拿到土地合同那一刻起,一场惊心动魄的接力冲刺开始了。

【字幕(同期声)】紧张的音乐。

【字幕(同期声)】丰田工业电装空调压缩机(昆山)有限公司安全卫生环境室主任李逢时:就在那一天,我们公司也几乎全员出动,政府各个部门的人员也是全力配合我们。

【字幕(同期声)】昆山开发区一站式服务中心副主任季琳:他们发一个证,我们另外一个环节马上要对接上去,下午5点钟之前,我们建筑工程施工许可证出来了,这时候还拍了一个合影。

(合影定格画面)

【配音】李逢时在群里对接了整个过程,从前期准备开始,他每天沟通最多的就是项目服务对接人季琳。从客气到熟悉再到成为朋友,项目开工不久,他的孩子也出生了,他第一时间跟季琳分享了初为人父的喜悦。公司年历上,他在五证到手那一天画了一个粉红色的圆,纪念这暖暖的、扎扎实实的心意。

【字幕(同期声)】昆山开发区行政审批局副局长王甬旭:审批是有边界的,但服务是无边界的,我们一直说营商环境只有更好,没有最好。

【配音】百舸争流,每一次大项目落地,都是一场对城市营商环境的大考。今年,在纷繁复杂的国际形势下,在各地激烈的"抢项目大战"中,昆山新设外资项目261个,增资项目104个,交出了漂亮的高分卷。

【字幕(同期声)】昆山市商务局党委委员、招商服务中心主任徐俊:我们昆山的营商环境品牌叫做"昆如意":外商投资昆山,包你万事如意。我们跟外商说要从"BEST"成为"FIRST",成为大家投资创业首选地。

【配音+后制】一线调研报告——

2022年9月28日,五证齐发;9月29日,企业新项目破土动工。名副其实"拿地即开工"。企业说,这是他们从没想到过的体验。而对于政府职能部门来说,这也是从没面对过的挑战。从追求"更好"到"最好""第一",是最大的竞争力。

【字幕】信心,来自最暖的"昆山服务"。

【画面】(黑场转场　机场)

【地点】2022年12月9日,南京禄口国际机场。

【配音】12月9日,苏州包机赴欧洲招商,视频在全网刷屏。这是疫情近三年来,中国第一次由招商部门、企业组成大型经贸团赴欧洲见客户,争订单。而3个星期前,苏州赴日本招商小分队已经带着10亿订单归来。我们来到出发的机场,为招商团送行。

【字幕(同期声)】昆山开发区经济发展促进局副局长贾二微：这是我刚刚拿到的护照，这也是我们3年来，第一次要外出招商，到欧洲招商。过去这3年错过了很多，所以我觉得现在机遇来了，可能找到了以前招商时候的那种工作状态。(这是什么样的状态？)就是要把昆山带给全世界，要把全世界的项目带到昆山。

【字幕(同期声)】昆山市商务局副局长沈睿智：我们带去一颗种子，希望未来能够开出更多的花朵。

【字幕(同期声)】(机场现场)

欧洲，昆山来啦！

【字幕】依旧浪漫的巴黎、冰雪纷飞的慕尼黑、银装素裹的施托卡赫，近10天的行程里，昆山5支小分队分头行动。2个项目现场签约，同时，收获14个意向合作项目，达成意向投资总额2.66亿美元。

【字幕】招商小分队队员拍摄。

【字幕(同期声)】启德航中国有限公司总经理、合伙人Dr. Christian Haug：新冠疫情之后，你们能够再次组队来到德国，我们感到由衷高兴。

【字幕(同期声)】福伊特造纸首席财务官Dieter Hecht：非常感谢过去几年，中国对福伊特造纸的大力支持，我们非常需要中国市场和开拓中国业务。

【字幕(同期声)】施瓦茨公司董事Benjamin Wilden：我们认为，此次代表团的来访影响巨大，将提升欧洲，尤其是德国企业在华决策的信心，我们公司将在昆山新建一个工厂，扩大产线。

【配音】相聚的喜悦，来自年复一年用服务浇灌出的情谊，更来自志同道合的路上，并肩前行的能力。

【字幕统一后制】一线调研报告：

信心，来自坚持高水平对外开放理念的指引与践行。

【字幕(同期声)】中国开放的大门不会关闭，只会越开越大。

我们将坚持对外开放的基本国策，坚持以开放促改革、促发展、促创新，持续推进更高水平的对外开放。

昆山市融媒体中心2022年播出

记者手记

在“党的二十大”这一重大主题背景下，通过“百强县”之首——昆山，来看中国未来改革开放之路，折射出中国对外开放的政策坚定不移。

作品从素材积累到最终完成用时近一年。去年12月，作品在采制的关键阶段，我们的主创人员和采访对象，都陆续感染了新冠病毒，为作品完成带来了前所未有的困难。但是大家在创作的过程中没有一人请假，仍然坚持加班到深夜。虽然高烧，我们依然在写稿、剪辑、修改。这样一份特殊的经历，让我深切地感受到作为新闻工作者，对新闻事业的热爱与执着。

在这个开拓创新的时代，精品始终会立于潮头。希望每一位新闻人都以奋斗者的姿态继续奔跑。

专家点评

昆山，连续18年位居全国百强县之首。2022年，成为全国首个GDP突破5000亿元的县级市。这一年也是中国踏上全面建设社会主义现代化国家新征程，向第二个百年奋斗目标进军的开局之年，是党的二十大胜利召开之年。站在这一特定的历史时刻，透过昆山来看中国改革开放发展之蓝图，无疑是非常具有代表性和说服力的。

外资信心从何来？本片通过长达一年的多方调研，给出了最终答案：信心来自于4万人隔离的“大考”；信心来自于一条条“昆山之链”；信心来自“一天发五证”的最暖心“昆山服务”；信心来自坚持高水平对外开放理念的指引与践行……调研报告形式创新，逻辑严密，采访深入扎实，结构前后呼应，作品冲击力强、启示意义大。是一篇紧扣时代脉搏、上接天线、下接地气的新闻专题佳作。

第二十七届中国新闻奖一等奖

《锦绣纪》海外版

主创人员　集体

2016年12月，江苏苏州镇湖镇的绣娘们，正迎接一幅大型苏绣作品巡展归来。

苏绣《西出长安》，讲述的是2000多年前中国人从当时的国都长安出发，一路向西开辟丝绸之路的故事。以刺绣为生的绣娘们，对丝绸和那条以丝绸命名的商贸之路，有一种与生俱来的亲切感。为绣制这幅作品，37位绣娘，用了整整三年时间。236套色系，3776种丝线，使久远的历史变得清晰生动。

中国被誉为丝的国度，养蚕缫丝的历史其实一直可上溯至7000多年前。

岁月流转，古今交替，盛产丝绸的国度有太多与丝绸有关的故事。

天还没亮，也蒙村的耿老木就起床照看家中已经开始吐丝的蚕，她让蚕直接把丝吐在一个木板上，揭下来便是一块丝绸。然后，耿老木带领晚辈，在这样的丝绸上刺绣，做成苗族的节日盛装，她们称之为"百鸟衣"。

【同期声】黔东南苗族侗族自治州也蒙村村民耿老木：这是蝴蝶，这是鸟。

丝绸，记录着这个民族的历史，包括他们养蚕而不缫丝的习惯。

和大山深处的苗族不同，早在4700年前，浙江钱山漾的先民，就用缫过的丝织出了最早的平纹织物——绢。

魏耀林以织绢为生，他的丝绸厂为意大利的奢侈品牌提供白绢。生产之余，他将积累的资金用于保留传统的织绢技艺。2000多年前，魏耀林所在的山东昌邑被叫做齐鲁之地，"齐纨鲁缟"是当时极负盛名的丝绢品种。

昌邑的绢质量好，相邻的潍坊人便用来做风筝。张克杰是做风筝的高手，几十只风筝全部用丝绢扎制。

现在，方圆上百里，只有魏耀林那里能够用手工织造这种绢。手工织造绢，要经过络丝、牵经等八道准备工序。其中刷机最为关键。先将丝线浸入豆浆，然后用特制的刷子将豆浆再一次刷上经线，力道的均匀、干湿的程度决定着织造的顺利和绢的质量。现在只有一位79岁的老师傅，还掌握这项技术了。

筘，控制着丝绢的宽度和密度。一般幅宽为56厘米的绢布，经线要穿过1170个筘齿，成语“丝丝入扣”就来自这里。

综是织机上最为重要的部分。综框上牵拉着综线，每根综线上有个称为综眼的套，经线从综眼中穿过。最简单的织物，单数穿一片综，双数穿另一片，综使1000多根经线编组工作。

织布人脚踩踏板，拉动综片上下，使经线形成开口，梭子带着纬线穿过。织一匹长30米，宽不及1米的布，需要半个月的时间。所以，在古代，绢属贵重物品，一般人穿不起。

最简单的丝织物，最古老的技艺，带着祖先的温度，穿越时空。

清华大学美术学院教授李薇正在用丝绸完成一幅水墨画，这是她的清、静、远系列之一。画作把世间万物提炼得如烟似梦、飘逸旷达，这是中国文化中不可缺少的意境。李薇在寻找一种比绢更轻、更薄、更透的织物。

【同期声】清华大学美术学院教授李薇：丝绸有绫罗绸缎，还有一些绡纱等等，那么这些不同的丝绸，它的视觉感观也不同。我的这种水纱包括绡，它的材料特点就是特别轻、薄、透，这种透的话就像你把无数个透纱给它重叠之后，它就会呈现出这种山的层次关系，它看上去轻薄，但是有它的内张力。

纱的薄取决于丝的细。一般春茧茧丝长900到1500米，缫丝时，七八根茧丝合在一起，成为一根纺织用线。那么一根茧丝到底有多粗呢？测纤度的仪器告诉我们，它只有0.02毫米。几千年来，茧丝以轻搏重，令我们的历史和文化独具特色。

【同期声】清华大学美术学院教授李薇：1972年，在长沙马王堆出土了一件素纱禅衣。那个时候就有这么美妙的材料，它的那种轻柔的感觉我觉得压根就没见过，但是这种材料就是我心里头感受到的中国传统文化最精彩的那个材料。

在长沙马王堆1号墓边厢中，有件轻薄的素纱禅衣，用料约2.6平方米，重量仅有49克。离开古墓，素纱禅衣开始发黄变脆，所以必须复制。1985年，南京云锦研究所接受了复制的任务，但要达到原品的重量对现代人来说是一个挑战。

【同期声】讲解员：这件素纱禅衣呢，一共是有三个特点，分别叫做轻、薄、透。整件衣服团在手里，大约就只有鸡蛋般大小，反复折叠十层以后，把它平铺在报纸上方，在最上方您还能够很清晰地看见报纸上的每一个文字。

第一次试织的禅衣，重量竟然达到120克，原因是丝太粗了。

丝的细度单位用旦尼尔来表示，一般纺织用丝，是20个旦尼尔，而素纱禅衣的用丝，是10个旦尼尔。获得细一倍的丝，成了当务之急。

历史上，为追求蚕茧的产量，经过长期人工淘选，蚕从三眠进化为四眠，从而躯体增大，吐的丝也更粗。

1985年，中国农科院蚕业研究所的专家在筛选防治蚕病的药物时有了意外的发现。

【同期声】中国农业科学院蚕业研究所研究员沈中元：这个药物原来是第二军医大学合成的，用于防治人体的真菌病的。我们当时就是把那个药物拿过来，防治我们家蚕的真菌病。结果偶然发现，这个药物有诱导家蚕从四眠蚕变成三眠蚕这样一个效果。

吃了喷洒药物的桑叶，蚕三眠后便抽丝了。研究所用这种细而长的茧丝缫出了10个旦尼尔的丝线。

【同期声】中国农业科学院蚕业研究所研究员沈中元：在1988年的时候取得了国家技术发明二等奖，有关媒体就报道了这个事情。南京的云锦研究所看到这个报道后呢，就找到我们所里来了。后来，我们所里就把这个生丝的原料提供给他们了。

有了细旦蚕丝，耗时13年，复制而成的素纱襌衣，勉强达到49.5克。为了减轻重量，缝制时连边都没有折。带着一丝遗憾，它在云锦博物馆展出了。

在距离浙江杭州不远的桐乡，清明时节，人们会举行祭蚕仪式。这里出产的蚕丝是制作杭罗的最好材料。

表演者在竹竿上模拟蚕吐丝做茧的动作，以古老的方式，人们诉说着人与蚕与丝的相知相敬。

郑英是杭州十四中学的退休教师，因为酷爱杭罗，经常穿城而过到邵官兴的工厂购买衣料，高兴了就会上机织两梭。

【同期声】杭州十四中学退休教师郑英：你说没电气化的那段日子，完全靠人工，真的是来之不易，来之不易。

【同期声】国家级非遗杭罗代表性传承人邵官兴：这个机器是从我们爷爷手里传下来的，从清代一直保留到现在。

杭罗织物上有等距离的纱孔，因而穿着透气凉快。与其他丝织物不同，织造前，用作纬线的蚕丝浸入祖传的秘制水中进行半脱胶，然后带水织造。为了防止织造中纬线干燥缩水，用竹片将门幅撑住，这样织出的杭罗挺括，不易缩水变形。

【同期声】国家级非遗杭罗代表性传承人邵官兴：1937年，我妈刚结婚。日本人来了，我妈把杭罗、棉布、麻布埋在地窖里边。到了黄梅天过后拿出来晒，棉的都变成灰了，麻的也变脆了，但杭罗完好如初。

邵官兴是如今唯一掌握杭罗全套织造工艺的人，他尤其熟悉织机上的一个重要机件——枷身线。杭罗靠经线的绞动产生纱孔，综片又控制着经线绞动的方式，怎样形成这样的控制，秘密全在一副绞综里，俗称“枷身线”。没有枷身线，就没有杭罗的经线相绞。

【同期声】国家级非遗杭罗代表性传承人邵官兴：这副线是很关键，我们这里规定，传媳不传女。从20世纪90年代后呢，这副枷身线只有我太太一个人会打。

邵官兴每年都会将祖辈自制的衣物翻晾，这些清末的马面裙，让他和外孙感受手艺留下的亲情。

【同期声】国家级非遗杭罗代表性传承人邵官兴：同治年间，推出去一车杭罗，拉回来一车粮食啊，油盐酱醋啊，包括腌肉，一年好吃的都有了。

对邵官兴和郑老师来说，杭罗或许是生命中最重要的物件，它寄托了一份难以割舍的家族情感和历史余温。

作为丝绸设计师和经营者，梁子夫妇对植物充满了热情，他们将自己住房的顶层开辟成植物园。20多年前，他们从中国的西北来到亚热带的南方——广东顺德。

【同期声】天意莨绸保护基金会监事黄志华：当然，我院子里边还有好多其他的植物，比如说一种野生植物，薯莨。薯莨的藤，它攀在这些树的上面呢，它不会长太多的藤，太多的叶，所以它长得很好，被它攀缘的这个植物也长得很好。

薯莨的价值在于根块，外表虽然灰黑，从当中剖开却鲜红耀眼。它既可入药又能作染料，特别是与丝绸碰撞还会催生出奇迹——一种有着金属质感的丝绸面料，广东人叫“莨绸”。

梁子不动声色地将莨绸引入时尚，行走于T台。每到晒绸的季节，她都要到晒绸场感受自然馈赠的那份美好。

莨绸的染整，是纯手工操作。精练的白坯绸放入浸槽，让薯莨汁充分浸渍，自然脱水后，纬向绷挺，平放于晒场的草地上，等到布料干透了，再洒上五六遍薯莨汁，并即时用葵叶扫把涂抹均匀。浸泡晾晒的工序反复10多次后，丝绸织物呈现出薯莨汁的赭红色。下面独门秘籍登场，在没有光照的情况下，拖把蘸满河塘里的淤泥，均匀地涂刷在半成品的正面，按中线轻轻对折，移至沙地平摊。为保证塘泥和薯莨充分接触，半小时后用河水洗掉塘泥，刷塘泥的一面已经变成黑色。最后的任务依然需要阳光来完成，晒莨工艺需要适宜的光照和温度，因此一年中莨绸生产的时间只在四月到十月。阳光、薯莨、塘泥共同成就了一种特殊的丝绸。

【同期声】天意莨绸保护基金会监事黄志华：这个塘泥当然跟顺德这个地域有关系。顺德靠海，地质时代有几次的沧海桑田，让它的塘泥里边含有一些特别的成分在里边。

为了一探究竟，黄志华把塘泥送进了实验室。将塘泥进行微波消解，然后用电感耦合器等离子发射光谱仪测试它的金属含量，大量铁离子呈现出来。薯莨中含有的单宁酸遇到铁离子立刻变黑，塘泥和薯莨奇妙地碰撞，孕育出独具魅力的莨绸。

一缕丝线，在不同地域，在不同人手中，幻化成不同的织物。为了让这些织物更具灵动的装饰美感，人们创造了刺绣。

实验者正在切割几种纺织用线的横截面。显微镜下，棉线的截面呈耳朵形，它不发光。人造丝的截面呈圆形，光感过于明亮。蚕丝是两个三角形，因而光泽柔和。刺绣利用蚕丝线发光的特性，在线条的不同排列对比中造成明暗关系。

【同期声】国家级非遗苏绣代表性传承人余福臻：竖的呢，它比较突出来，横的呢，比较隐下去。线条排列，也跟丝线光泽有关系的。

中国的刺绣分苏、湘、蜀、粤几大流派，余福臻被誉为苏绣界的“猫王”，退休后与当年的同事聚会，她总要回忆一番绣猫的经历。

【同期声】国家级非遗苏绣代表性传承人余福臻：我们绣小猫呢，就是三丝四丝打底，然后加到上面，越加越细，基本上要绣十几层，要加十几层的颜色，边缘的毛也是越来越细。

苏绣是个极细的活，绣小猫飘动的毛，用线三十二分之一；绣金鱼的尾巴，甚至分线六十四分之一。当然用六十四分之一的线调和颜色，变化也更加细腻。

历史上，苏绣本是装点生活用品的手工，但因为与昆曲和书画艺术的结合，逐渐登上大雅之堂，成为独立的艺术。早在100多年前，苏州绣娘沈寿就以一幅《世界救主耶稣像》获得了国际大奖。从西洋绘画中吸取养分，沈寿的作品已不再只是苏绣“精细雅洁”的风格，而更像是一幅形神兼备的油画。继承传统又突破传统，这样的血脉如今依然流淌在苏州绣娘身上。

苏州古城西侧的镇湖镇被誉为“苏绣故乡”。镇湖的绣品街，云集了四百多家绣坊。78岁的马惠荣是镇上最老的绣娘。作为绣品街的明星老太，不时被游客们簇拥拍照。

更多的时候，马惠荣倚在窗边，一针一线地刺绣，时光仿佛定格。绷架的搁手板上写着她的名字和一个日期——这是她出嫁的时间，绷架正是她的陪嫁。镇湖的女人如果不会刺绣是嫁不出去的。

梁雪芳就在这样的氛围中长大。从记事起，母亲就手把手教她劈线、穿针。慢慢地，她也成了刺绣行家。

2005年，梁雪芳得到一个机会，去清华美院做访问学者。

【同期声】苏州工艺美院特聘教授梁雪芳：因为我常常几个小时待在这个荷塘

边，所以呢，欣赏到很多平时看不到的一些东西。一会儿一个燕子过来了，麻雀也来了，或者一只青蛙扑通一下，跳下去了。还有那种水鸟，一下子扎到河水里边了，一会儿又起来了。蜻蜓，它一会儿站在这个花尖上，一会儿换一个姿势……哎呀那个美的感觉，我都没法说。

自有苏绣以来，大概从来没有人敢于绣没有一片叶、一朵花的荷塘。在参加国内的刺绣交流比赛中，《荷韵》因为“看不出绣工”而让专家评委感到为难。

【同期声】大英博物馆工作人员：有一个独特的外观。

2013年，《荷韵》被梁雪芳带去英国参加世界生态纤维艺术展，却被留在大英博物馆，再也不曾回来。

【同期声】大英博物馆中国部负责人霍吉淑：它适于我们的收藏，是因为我们可以从它追溯到唐代，能从针织品的角度连接历史上的收藏。

【同期声】苏州工艺美院特聘教授梁雪芳：我觉得刺绣就应该以少胜多，用最少的话说清楚最多的问题，或者丰富的内涵要把它表现出来。

在没有原生桑树的遥远他乡，梁雪芳展示着苏绣艺术的神奇，也吸收着现代艺术的营养。然后，她再次回到了拥有最多桑树的老家。

在距离镇湖4000多公里的西藏林芝县，有一棵世界上已知的最古老的桑树。

日本植物学家将全世界的桑树分为30个种，4个变种，其中约20个起源于中国，而喜马拉雅地区正是桑树起源最主要的中心。

【同期声】西南大学教授赵爱春：桑树的传播途径主要有两种，一种是自然传播，一种是人为传播。这种人为传播，它是桑树传播最主要的途径。经考证，在十二世纪中国的白桑经东南亚、印度半岛、波斯，传到了西西里岛，然后通过西西里岛传遍了整个欧洲。

通过丝路之旅，中国的蚕桑技艺和丝绸文化播撒到世界各地。如今在故乡，它依然像这棵桑树一样根深蒂固、枝繁叶茂。

一针一线，一梭一缕，贯穿着人与人、人与自然的关系，也寄托着人对于美的眷念和追求。

春天，小蚕挣脱了卵壳，去履行又一次使命。

自然就这样在四季里轮回，在时光中流连，然后以各种方式给我们最无私的馈赠。

苏州市广播电视总台2016年播出

记者手记

《锦绣纪》(海外版)以讲好中国故事,传播好中国声音为诉求,在创作上我们抓住了三个"真"。

第一是"真实"。这是一部讲述中国蚕桑技艺和丝绸文化的纪录片。历时近两年,我们走访了大半个中国,选取具有代表性的丝织技艺和传承人,以他们为前景和聚焦点,用人物来讲织物,用今人来说古人。

第二是"真情"。《锦绣纪》片长43分钟,包含了6个大故事和4个小故事,涉及13个主要人物,"形散而神聚"成为一个重要创作课题。将众多的人物和故事连缀起来,节目用的是一根情感的线索,无论古往今来,无论东西南北,人们都热爱自然的神奇造化,都追求美好的情感和幸福的生活。

第三是"真诚"。《锦绣纪》记录的是一群不平凡的普通人,他们的故事彰显的不只是工匠精神,还有勤劳、智慧、善良、坚韧、创新和奉献等等,他们用行动和梦想阐发中国精神、展现中国风貌,汇聚成真实可感的中国力量。以对等的工匠精神记录那些不知疲倦的创造者,创作组不仅以艺术审美的眼光,也以科学求证的严谨执着于每一个细节。

专家点评

43分钟的《锦绣纪》(海外版)服务于"一带一路"倡议,从原则上讲属于机构媒体尽职履职的具体体现,不折不扣的属于"命题作文"。但问题也来了,把中国独有的蚕桑技艺和丝绸文化讲给外国人,不仅要"讲好",还要让目标受众"看得清""听得懂",如何办到?《锦绣纪》的办法就是"讲故事",不仅要用镜头语言展示织绢、水纱、杭罗、莨绸、苏绣、桑树等中国元素的独有风韵,还要以丝为"媒",勾连起织绢、水纱、杭罗、莨绸、苏绣、桑树背后的时代、历史、风物、婚俗、地理、山川、孝道、爱情、婚姻等。

其实,客观而言,织绢、水纱、杭罗、莨绸、苏绣、桑树这些不仅对外国人"如说天书",就是对大部分的中国普通百姓来说,恐怕也是"只知其一,不知其二"。《锦绣纪》在对织绢、水纱、杭罗、莨绸、苏绣、桑树等中国丝绸文化的叙述中,不断插入跟13个主要人物相关的孝道、亲情、乡情、时尚、幸福、美丽等国外观众人所共知的人性元素,打破传统丝绸叙事既定的线性链条,不断释放丝绸自身独有的模糊性与动态性,延展了这一中国文化符号的跨文化表征。

第二十九届中国新闻奖三等奖

金寨，不能忘却的记忆！

主创人员　沈　玲　徐　蕾　李文瑾　温梦舟　李秋月　朱智红
陈　军　沈亦洋　张泽宇　曹　欢　董维海　陶　然
王　俊　周　文

片头

#VCR1：“希望老人”　百次金寨行

【**字幕**】2018年5月，“希望老人”周火生第一百次赶赴金寨县。

【**现场**】5月18日，昆山市千灯镇。

【**配音**】弯腰驼背、步履蹒跚，84岁的周火生在大家的搀扶下，再次坐上了开往安徽省金寨县的大巴车。

【**现场**】周火生唱歌。

春天在哪里？春天在哪里？春天在那希望的学校里。

【**配音**】行驶在蜿蜒崎岖的山路上，这位耄耋之年的老人精神抖擞，完全看不出，其实他是刚刚才出院的脑梗患者。

#访谈部分

第一部分：百次金寨行的背后

【**字幕**】回到昆山，这位84岁的老人脑梗再次发作，又病倒在床上。

【**字幕**】11月20日，昆山市千灯镇周火生的家。

主持人：周老师最近身体情况怎么样？

周志刚：金寨100次回来以后，又一次脑梗，住了一段（时间）医院。（现在）脸色气色都很好，但是他非要回来，（最近）刚回来，回来还要卖书。

主持人：听说您100次去金寨，当时是刚出院就去了，为什么一定要去100次？

周火生：真正要做一件非常有意义的事情，（对）金寨老百姓、金寨的孩子的一种承诺。我觉得做事应该要有承诺，有了承诺之后，就一定会努力做到。

【字幕】投身希望工程，坚持爱心助学23年。

带动各界捐款、捐物达1200多万元，先后资助1300多名金寨县学生。

因为病情，老人正渐渐失去记忆。

但关于金寨的一切，已被他深深刻在心中。

【字幕】经过半个月的筹备，我们在周火生当年教师生涯起步的地方——千灯中心小学举办了一场特殊的班会。

主持人：就让我们用热烈的掌声有请周老师！

主持人：很多人不太了解，就在想周老师为什么要去金寨？

周火生：金寨是我朝思暮想的一个地方，出了59个共和国的将军。我们现在过上好的日子、好的生活，有金寨的同志、老百姓他们当年献出了宝贵的生命，包括财富。所以我特别地感动，我一定要去看看金寨贫困地区的一些乡亲们。

#VCR2："希望老人" 百次金寨行

【配音】周火生，昆山千灯镇人。1993年，当他从报纸上了解到全国第一所希望小学——金寨县希望小学的情况后，做了一辈子乡村教师的他，第二天就给学校汇去1000元。1995年，周火生又跋山涉水赶到金寨。从此，每凑够10个孩子的资助款，周火生就会亲自跑一趟金寨，当地人亲切地称他为"希望老人"。

【现场】爱心捐助现场（1995年资料）。

我们昆山人民不会忘记你们贫困地区的小朋友。希望你们好好学习，知道不知道？

【现场】周火生给贫困学生捐钱（1995年资料）。

这两百块钱给她拿好。（那不能要。）拿好。不是不是，因为上中学费用比较大一点。

【配音】23年来，100趟来回，12万公里，这是"希望老人"的记忆，也是昆山和金寨永远不能忘却的记忆。在"希望老人"的感召下，苏州各界近1万名志愿者走进金寨，参与爱心助学行动。他们的足迹还从金寨拓展到全国8个省的23个县。

主持人：周老师您看看这张照片，这是2002年，2002年周老师第23次去金寨的时候。

周火生：就这一位，易三梅。

主持人：对，您还记得这个姑娘！这是16年前的照片。那16年过去了，这个当年的小姑娘，现在早已经长大成人，成了金寨县当地的一名公务员，这就是易三梅。

易三梅：那个时候我的母亲瘫痪在床，我的父亲年迈，家里面还有两个弟弟、妹妹。当时考上了大学，然后我自己就偷偷地把通知书藏了起来。因为那个时候对一个农村的孩子来说，上大学确实是一件遥不可及的事情。周爷爷后来回到昆山，帮我联系了田慧阿姨和张毛弟叔叔，在他们共同的帮助下，资助我完成了大学学业。是他们的爱心为我搭起了一座通向幸福生活的桥梁。他给我们的，可能不仅仅是金钱上面的资助，他给我们的更多的是一种精神上的馈赠。

主持人：那么我再给大家看一样东西，这也是很有年代感了。这个仅仅是在1995年下半年，我们周老师给金寨希望小学汇款的一个汇总，共有将近7000元。1995年，23年前的7000元意味着什么？

余天明：相当于四分之一小户型房子的房价。

主持人：金寨当时1995年7000元又意味着什么？

孙用奇：我们的孩子那时候的学费，一年就是百把块，一百多元，可以七十多个孩子上一年学校的学费。

主持人：您还记不记得1995年的时候，您的退休金是多少呢？

周火生：退休金不足一百块。

主持人：大家算一算，一个月退休金不足一百块，可是那个半年捐出了七千元，这个数字是非常惊人的，对不对？那可能更让人意外的是周爷爷的家。

#VCR3："希望老人"的家

【字幕】昆山市千灯镇，周火生的家。

【配音】眼前这栋老房子建于20世纪90年代，"希望老人"周火生的家就在二楼。

【同期声】退休老师周火生（84岁）：我要通过省吃俭用，节省一点钱。

【配音】而在子女的心中，老人的节俭似乎有点过了头。

【同期声】周火生的儿子周志刚：我说把你的卫生间，我帮你搞一下。你现在有个浴缸，我说把浴缸去掉，搞个淋浴房。两次脑梗了，再说你没有命的。跟他讲不通，关键这个要花钱的。

主持人：你们周老师的家，去过没有？

易三梅：我第一次去的时候是我上大学的时候。当时一推开门，我惊呆了，因为在我的想象中，周爷爷的家应该是非常漂亮的，但是当我推开家门的时候，我看到的就是这些简陋破旧的家具。

孙用奇：他对他自己，确实很抠门。那个时候交通很不便，他通常都是坐着二十几个小时的车，通常都是下半夜才到我们金寨县南溪镇。那时我们的旅馆费才20块钱一晚，他都舍不得住。他宁愿在门口蹲到天亮，然后等我们学校开门了，孩子们到学校去了，再去见我们的孩子。

主持人：爷爷这些年来，累计个人捐款达到60万元，但是算来算去，一个教师能有多少收入？这些钱究竟是打哪儿来的呢？其实就和周老师家里的那些图书有关。

#VCR4：义卖图书23年

【现场】周火生义卖图书现场。

10块钱要不要？10块。大别山的山区里面，资助贫困的孩子们读书的。

【同期声】昆山小学生：我买了很久了。每次周爷爷来，我都买。

【配音】周火生只是一位再普通不过的退休老党员，刚退休那几年，和老伴一个月的收入，加起来不过三四百元。1995年第一次从金寨回来后，他便打定主意，起早贪黑去上海文庙收购旧图书，拉回昆山义卖。

【同期声】退休老师周火生（84岁）（1995年资料）：我买那个批发书，所以出版社、图书门市部给我一些优惠。我用优惠的钱，积下来支援希望工程。

【字幕】每周至少到4所学校义卖。

23年来，他骑坏了4辆三轮车。

23年来，他的脚步踏遍昆山100所学校。

23年来，爱心义卖的图书达到15万册。

主持人：我们今天在场的老师、同学还有志愿者，你们有买过周老师图书的请举手示意下，还有好多把书都带来，是吗？

千灯中心小学学生：我的家乡其实也是在安徽的，我当时特别感动，于是我也想捐（献）一份爱心，我就买了一本书。后来我回去读，发现它十分励志，于是我就给同学看，让他们也去买，让大家都能捐（献）出爱心，让那些山区的孩子有更好的条件去读书。

千灯中心小学老师：我是千灯小学的一名教师，我也曾经买过周老师的书，包括我的孩子都买过。20世纪80年代，我就读于千灯的长泾小学，周老师和他的爱人林老师，都是我的老师。

主持人：其实这些年来有一个人，用自己的一生都在支持着周老师，这就是周老师的爱人林菊英。她也是一位老师——林老师。不过很遗憾，今天林老师已经不能够来到我们现场了，那我们再来回忆一下林老师。

第二部分：遗憾与误解

#VCR5：默默支持的爱人

【字幕】1995年，妻子林菊英全力支持周火生开始义卖图书。

【同期声】退休教师周火生（84岁）：本来我出去义卖图书的，林老师一直都配合我，帮我提书，帮我推着三轮车一起前进在路上。但是后来她不可能帮我做了。日夜相处在一起的人，慢慢地我看她走了，我的心怎么不痛呢？

【配音】2010年，老伴中风卧床不起，可周火生依旧没有停下奔波的脚步。

【同期声】退休教师周火生（84岁）：（对她说）我又要到一次金寨，回来之后我再补偿对你的照顾。（她说）你去吧，你也放心吧。她对我是很支持的。

【同期声】周火生的儿子周志刚：我妈妈在临终的时候，在临终的那一段时间他还去卖书。我对他说这段时间多陪陪妈妈，还是讲不通。

【字幕】2017年3月1日，林菊英因病去世，享年80岁。

第三部分：爱心传递　播下希望的种子

#VCR6：走进金寨

【字幕】金寨县希望小学新校区。

【字幕（同期声）】周火生资助的贫困生彭显达：现在像这个塑胶的跑道，还有小型的足球场，这些我们原来都是不敢想的。

【配音】彭显达的父亲患有精神分裂，家中还有三个姐姐，家庭的贫困曾一度令他差点辍学。上初二时，他也幸运地遇到了“希望老人”，从此，受资助一直到大学毕业。如今，刚过而立之年的彭显达已经成为金寨县古碑镇的副镇长，投身到家乡的希望工程建设中。

【字幕（同期声）】周火生资助的贫困生彭显达：现在我们看到宽敞明亮的教室，包括更好的教学设备，其实都融入他的每一丝心血。

【音乐+字幕+画面】学校、县城航拍。

1995年，金寨县有30%的儿童濒临失学，仅1/3的孩子能读完小学。

2003年，经“希望老人”牵线，昆山市千灯镇与金寨县南溪镇结为友好乡镇。

2016年，金寨县适龄儿童入学率达100%。

23年来，周火生及志愿者捐款捐物累计达1200多万元，捐助1300多名金寨县学生，使金寨县16所希望小学面貌得到提升。

主持人：这个片子里这些画面、这些采访，周老师看到应该是最欣慰的，一切都是为了这些，是吗？

周火生：我每一次到金寨，虽然辛苦一点，但是到了那里，看到张张笑脸在欢迎我，看到老师们还是辛勤地艰苦地伏案工作，或者在课堂上很有精神地讲课，这方面使我触动很大。我觉得希望小学的面貌在逐步改变，变得越来越美好了。

主持人：那周玉梅也是"希望老人"周老师当年资助过的一个孩子。现在已经成为金寨县希望工程的负责人了。

周玉梅：2016年的时候，我们金寨县成立安徽省第一家希望公益服务中心，也就是专程实施希望工程工作的。那我受家乡领导邀请，让我回金寨负责希望工程工作。正是因为这些爱心人士们，所以金寨发生了翻天覆地的变化。特别我们希望工程，也是我们教育脱贫的一个重要的部分。我们金寨县有128所希望小学，包括希望教室、希望厨房等等，这些都来源于爱心人士。那我要更好地把这些爱心人士的爱心传递下去，把他们的爱心实施好、落实好。

周志刚：很感动，真的很感动，值得！父亲所做的这一切值得！

#VCR7：爱心的传递

【配音】2010年，在"希望老人"的感召下，更多爱心人士一起成立了"昆山市周火生希望工程志愿者协会"，并在民政局注册。从此，周火生的爱心助学融入了团队精神，有了坚强后盾。

【音乐+画面+字幕】

爱心图书义卖。

"衣衣布舍"旧衣回收捐赠。

爱心鲜花义卖。

设立爱心图书室。

加入协会的爱心志愿者超过2000人。

以买书方式支持爱心助学行动的苏州市民超过10万人。

主持人：李梅就是我们志愿者协会一名骨干了。我听说周老师做了23年助学行，你自己成为他的铁杆粉丝做了22年，这里头一定也有不平常的渊源。

李梅：我是在1996年10月份和周老师认识的，周老师那个时候，正好到我们学校义卖图书。

主持人：那时候你还是学生。

李梅：是的。接触周老师之后，是他告诉了我，什么是希望工程，然后了解到大山深处的很多故事。不光是我，包括我们周火生志愿者协会所有的成员，都是这样被周老师的精神所感动。

第四部分：一名党员老教师的初心

主持人：这些年来，也有很多人做了种种的猜测，“希望老人”这么做究竟是为了什么？

主持人：这位余老师，是周老师的好朋友，也是老同事。

余天明：我在职的时候，是搞人事工作的。整理过他的档案，也给他整理过材料。今天我带来了一样东西，这就是一份周老师当年入党的志愿书。他是1956年入党的，他的答案就在这里吧。

主持人：答案就在里面？周老师，这是62年前您的入党志愿书，您今天还能给我们念一念吗？

周火生：我愿意向这种人学习，愿意艰苦奋斗，为祖国最终实现共产主义社会贡献出全部力量。做一个优秀的共产党员，这是最光荣的事。申请人签字：周火生，1956年6月28日。

主持人：这个太珍贵了。

周火生：我是共产党员，哪里有困难，就把钱捐到哪里去。

主持人：接下来我们要请上来自金寨的小朋友的代表——王靖涵。

王靖涵：周爷爷你好，我叫王靖涵。

周火生：王靖涵，你好！带了什么东西？

王靖涵：小朋友们写的信。从1995年到2018年，从昆山到金寨，从周爷爷你一个人，到整个昆山市的爱心人士，你的温暖千里传送，我们也会将这一份情传递下去，让爱心之火，生生不息！

主持人：周老师，我们节目组，也给您准备了一份特殊的礼物。这个小册子，里面我们刻了光碟，这里有23年来，“希望老人”金寨助学行很多重要节点的一些照片，还有珍贵的视频。我们希望通过它，帮您也帮我们所有人，能够记住这段“金寨，不能忘却的记忆”！

#片尾视频

【字幕】爱心之“火”“生”生不息——“希望老人”周火生。

苏州市广播电视总台2018年播出

记者手记

昆山“希望老人”、84岁的退休乡村教师周火生，用他的一生100次奔赴革命老区，践行着教育扶贫、精准扶贫的理念。他往返金寨的足迹达12万公里，个人捐款60万元。同时，还带动苏州市各界捐款、捐物累计达1200多万元，资助近1300名金寨县贫困生。在他的影响下，支持金寨“希望工程”的苏州市民超过10万人。

节目以周火生完成第一百次金寨行的新闻事件切入，通过一场特殊班会的形式，将金寨受助的学生、金寨希望小学校长、周火生志愿者协会志愿者、周火生的家人以及老同事聚到一起。节目通过深度访谈，将百次金寨行背后的坚守与不易、党员老教师的初心、“教育”和“知识”对山村孩子命运的改变等娓娓道来。节目组走出演播室，表现形式不拘一格，同时，以新闻事件为线索，穿插了从1995年到2018年23年间，苏州（昆山）几代媒体人所记录的“希望老人”百次金寨助学行的珍贵画面。这是一档体现人性光辉、人文关怀，立意深远，具有历史纵深感，充满着正能量的访谈节目。

专家点评

84岁的周火生往返金寨12万公里，捐资60万元，带动各界捐款捐物累计1200多万元，1300名金寨贫困生受益，超10万的苏州市民积极加入……这是一个公众熟知的希望工程“典型”，如何让“老典型”焕发新生机？该片的主要做法是新闻策划，以视频资料+深度访谈实现“老典型”的现在化、可视化、可感化。

现在化，主要是通过金寨县受助的学生、金寨希望小学校长、周火生志愿者协会志愿者、周火生的家人以及老同事之口让周火生的个人捐助史“倒流”，重新在新的节目影像中序列化。

可视化，一是跟拍采访周火生第100次的金寨之行，现场的人物反应与同期声是周火生事迹的最好明证；二是过往的影像资料，虽然因时间及技术所限，难免模糊与摇晃，却在“史”的意义上指向了捐资助学的真实性。

可感化，通过问题的设问来拉近先进典型与普通人的心理差距，比如“普通乡村教师哪里有这么多钱”“家人对捐钱捐物是不是支持”“周围的人如何看待老周的捐钱捐物”等等。这些疑问在访谈中借助当事人或知情人之口弥补了观众与“典型”之间的信息落差，典型人物由此既可感，又可佩。

美中不足的是，该片的立意似乎仍停留在“好人好事”的评价模式上，缺乏新时代价值观下对先进典型的多方位打量；题目似乎也易引发歧义。

第十七届江苏新闻奖　第十六届苏州新闻奖一等奖

中国首条省际地铁开通
昆山直通上海轨交11号线

主创人员　王　丹　摄像　胡家鹤

【导语(前)】今天,上海轨交11号线花桥段通车试运营,这是国内首条跨省市运营的地铁线,也开创了全国县级市地铁的先河。

【配音】副市长徐惠民和上海地铁运营方共同为通车剪彩。

【字幕(身份)】记者王丹:可以看到我身后,开通首日就换上了全新的上海轨交网络运行图,昆山境内的兆丰路、光明路和花桥3个站点已经纳入整个运行图当中。

【配音】随后,花桥段发出首班车,苏沪两地不少市民第一时间乘车进行了体验。家住上海曹杨路的杨先生,平时到花桥上班地铁加公交要一个多小时,通车后他就少了换乘的烦恼。

【字幕(身份)】上海居民杨先生:很快呀,我刚刚看了一下时间,7点44分上车,现在8点半就到了。

【字幕(身份)】乘客:而且上海的朋友,过来这边吃大闸蟹或干什么,都方便很多。

【配音】通车后,上海轨交11号线从江苏路站分别通往嘉定北站和昆山花桥站,全长达72公里,成为目前上海最长的地铁线。而从昆山境内出发,一小时左右即可进入上海市中心各地标场所。一个多月前上海自贸区正式获批,当"同城化"遇见"自贸区",苏大教授段进军用大齿轮和小齿轮来形容这种带动效应。

【字幕(身份)】苏州大学东吴商学院经济系主任、博导段进军:这个大齿轮转一圈,可以带动我们小齿轮转十圈,有利于构筑长三角网络型的空间结构、要素在更大范围内实现优化配置。

苏州市广播电视总台2013年播出

记者手记

2013年10月16日，上海地铁11号线昆山花桥段开通运营，成为国内首条跨省地铁线路。江浙沪的亲密程度毋庸置疑，但当时还没有“包邮区”这个网络称谓，长三角一体化的进程也没有如今这般风起云涌。但这条跨省地铁线路的开通，在当时无疑也是“大事件”了。开通前夜我接到电话通知，领导好好嘱咐了一番第二天的采访任务，希望这个报道能够出彩，当时已经意识到这又将是一次媒体同题比拼。果然，第二天除了苏州媒体，上海、南京的媒体同行也都在场。

开通仪式在花桥站举行，参与过这类采访的记者都清楚，仪式类活动很难出彩。从新闻报道的角度来讲，一是较为程式化，二是采访时间不充裕。尤其是地铁线路的开通，整个仪式非常简短，日常运行的地铁就一趟趟发班了。现场时间如此紧张，记者同行们的“操作”都差不多。伴随着地铁轰鸣，站台上的我“心慌”之余，一张上海地铁11号线的线路图引起了我的注意，仔细一看，花桥、光明路、兆丰路三个昆山站名已纳入其中，融入感扑面而来。总算有具象的细节，我就在站台上做了一个现场出镜播报。这也是这个一分多钟的短消息报道中，我个人较为满意的地方。此外，开通仪式后，我找到苏州大学段进军教授，请他点评了一下，段教授打了一个大齿轮带动小齿轮的比喻，用来形容苏沪关系和长三角一体化，非常形象和贴切，也为整个报道增色不少。在那之后，段教授成了我们的新闻特约评论员，大小齿轮的绝妙比喻沿用至今。历史车轮滚滚向前，在开通之前一个多月，我国首个自贸区上海自贸区成立。在那之后，长三角一体化上升为国家战略，十年后的2023年6月24日，苏州轨交11号线开通运行，并与上海轨交11号线无感换乘，苏州、昆山市民可直达上海徐家汇、迪士尼等地。十年进程，苏沪“双11”号线接连创下我国区域交通多项纪录，长三角一体化不断加速深化。

专家点评

作为1分30秒的短消息，这条报道有三个方面的优点：首先，导语点题，体现了记者对报道内容的理解能力，“这是国内首条跨省市运营的地铁线，也开创了全国县级市地铁的先河”，这就让一个地铁开通仪式的活动报道，体现出跨区域合作在制度探索方面的意义。其次，细节的捕捉体现了记者的现场发现能力。通过出镜报道，记者把上海地铁11号线的线路图中三个站点进行了强调，会让观众留下深刻印象。最后，采访对象的选择体现了记者开阔的视野。乘客采访揭示了地铁与沪昆两地市民生活的关系，苏大学者采访揭示了沪苏互通与长三角一体化发展的战略意义。整体来看，报道元素的使用丰富，同期声很好地调节了叙事节奏，地图、动画、航拍等表现方式让信息更加形象直观。

第二十届江苏新闻奖

千名坚强妈妈　十年书写“魔豆传奇”

主创人员　郑又淳　徐　蕾　张　莹　薛子瞻　刘澄宇　张　屹

【导语】（女）不久前，在南昌举行了一场特殊的十周年公益纪念活动，50名来自全国各地的困难妈妈，在这里受助，走上创业之路。

（男）然而，很少有人知道，这一份延续了十年的爱心，已经前前后后帮助了全国上千位母亲。在它的背后，是一位苏州坚强母亲的动人故事，也承载着一份网聚的大爱。

【字幕】2016年11月18日，江西南昌。

【配音】眼前这个坐在轮椅上的人，名叫邹美英，四年前的一次意外让她高位截瘫。尽管行动不便，她却特意赶来参加“魔豆宝宝爱心工程”十周年特别活动。

【字幕（同期声）】“魔豆宝宝爱心工程”受助人：我特别想来，昨天连夜赶来。

【配音】十年来，这项公益项目，已经帮助了全国上千名困难妈妈。今天，邹美英以及来自全国各地的其他49位困难妈妈也都将在这里受助，从此开启自己的创业路，重拾生活的勇气。与此同时，十年来，另一份爱心的奇迹也在不断延续着。

【字幕（同期声）】周丽红的父亲周银根：能坚持满十年，我当时没想到，真的没想到。

【配音】2005年，身患癌症的苏州女教师周丽红，在淘宝创建了一个名叫魔豆宝宝小屋的网店，不久之后，她便因病去世。但周丽红的家人却惊讶地发现，十年来，女儿的网店不仅不曾打烊，几乎每个月，还会收到一笔从网店打来的1千元汇款。

【字幕（同期声）】周丽红的父亲周银根：这有账的，有了钱就打，有了利润就打过来这个样子。

【配音】十年来，不仅善款在增加，帮助打理网店的好心人也越来越多。有的，周银根也曾通过一两次电话，但大多数人除了网名，根本没有留下任何信息。很少有人知道，无论是这家延续了十年的网店，还是这项帮助了上千名困难妈妈的公益项目“魔豆宝宝爱心工程”，其实都源于十年前，周丽红，这名坚强母亲的动人故事。

（转场）

【字幕（同期声）】周丽红（周丽红生前资料）：我相信，我女儿也可以从我的身上学到一点东西，就是一个人不管在什么样的困难中，只要坚持，只要自己不放弃，生活总是会有希望的。

【配音】这几张照片拍摄于2005年，照片中的女孩叫周煜，那年4岁。躺在床上的是她的妈妈周丽红。

周丽红是苏州的一名小学老师，2002年她不幸被确诊为乳腺癌晚期，医生预言活不过半年。就在她四处求医的时候，丈夫离开了这个家。2005年12月，由于癌细胞扩散，导致周丽红下肢瘫痪，每隔两三个小时的疼痛让她生不如死，只能靠打哌替啶度日。在疼痛发作的间隙，周丽红在网上开了一家童装店铺，取名为魔豆宝宝小屋。尽管那时候，她每天睡不到四个小时，不能翻身，疼痛发作的间隙也越来越短，但只要恢复一点体力，周丽红都会坚持躺在床上进货、发货。她的自强自立和给女儿的这份有尊严的母爱，感动了全国网友，可是就在大伙发起急征爱心代理，拯救魔豆宝宝的行动时，周丽红却永远离开了人世。

【字幕】2006年5月14日，母爱永续“网络妈妈”征集活动。

【配音】周丽红去世后，爱心并没有停止。2006年，在苏州广电总台举办的《母爱永续》大型直播中，各方筹集义款18万元，而根据这名坚强母亲的遗愿，善款中的一半被捐给了苏州市红十字会。

【字幕（同期声）】苏州市红十字会秘书长马红英：真的是体现了一种非常无私的这样一种奉献精神。

【字幕（同期声）】阿里巴巴集团社会公益部工作人员李杰：我们和红十字会总会一起商量，怎么能更好地用这个钱。商量出来的办法就是成立一个专项的基金，把周丽红这种精神能够更广地传播出去，帮助类似周丽红这样身处困境但是自强不息的妈妈。

【配音】2006年底，由中国红十字会总会发起，网络支持的“魔豆宝宝爱心工程”启动，启动资金正是周丽红捐出的10万元。这一工程旨在帮助那些身处困境却又自强不息的母亲。作为一起大型网络公益活动，中国红十字总会在淘宝网上开设“魔豆宝宝爱心账户”，但凡加入“爱心宝贝”的淘宝卖家，每成交一笔交易，就可自动向“爱心账户”，按自己设定的金额进行捐助。很快，十座城市的10245家网店迅速加入，聚沙成塔，2013年网络捐款突破了1000万元。

【字幕（同期声）】阿里巴巴集团社会公益部负责人、“最美妈妈”吴菊萍：每一笔的捐赠是很小很小的，但是它聚在一起的力量是非常大的。

【配音】“魔豆宝宝爱心工程”启动后，资助的每一位困难妈妈都可以获得1万元的创业启动基金和1台电脑的资助，并定期接受专业培训。而这些受助人有着一个共同的称呼：魔豆妈妈。它象征着和周丽红一样身处困境却自强不息的人。而也正是这群“魔豆妈妈”，让这家“魔豆宝宝小屋”延续至今。

（转场）

【字幕】杭州。

【配音】初冬的杭州，已经有几分寒冷。

【配音】在这里，我们见到了全国第一位受助的“魔豆妈妈”游林冰，而她也是“魔豆妈妈”中第一批接管“魔豆宝宝小屋”的志愿者。

【字幕（同期声）】“魔豆宝宝爱心工程”受助人、周丽红网店第一批志愿者“魔豆妈妈”游林冰：一起来您就在弄淘宝啦？对，要做活动。

【配音】让我们有些吃惊的是，游林冰是一位高位截瘫的残疾人，坐在轮椅上已经近20年了。

【字幕（同期声）】“魔豆宝宝爱心工程”受助人、周丽红网店第一批志愿者“魔豆妈妈”游林冰：这里全部是我们的账单，这个是2015年时候的，这个是2014年时候的所有的账单。

【配音】这一条条账单名录，记录着5年来，游林冰管理“魔豆宝宝小屋”的点点滴滴。生意好的时候，她常常会忙到晚上一两点钟，累的时候只能躺在床上办公。

【字幕（同期声）】“魔豆宝宝爱心工程”受助人、周丽红网店第一批志愿者“魔豆妈妈”游林冰：那时候（累得）经常起不来。

【配音】在她的精心打理下，“魔豆宝宝小屋”延续了下来。尽管5年来，网店的维持越来越艰难，产品也从原来的童装店换成了现在的家洁用品。游林冰还是给小周煜打了5万多元的生活费，并为孩子存下了4万元作为大学的学费。

【配音】年轻时的游林冰，曾有着让人羡慕的工作和家庭。30岁时，她便担任着一家日资公司的中方厂长，儿子可爱懂事。1997年，在赴日本进修的路上，游林冰遭遇了一场可怕的车祸，丈夫在车祸中不幸离世，而游林冰则因为胸椎受损而高位截瘫，再也没能站起来。

【字幕（同期声）】“魔豆宝宝爱心工程”受助人、周丽红网店第一批志愿“魔豆妈妈”游林冰：不知道将来可以做什么，还能够做什么，生命还有什么意义吗？

【配音】命运像是给她开了一个大大的玩笑。跌入谷底的游林冰，再也没有生活下去的勇气，她甚至一度想到自杀。但为了4岁的儿子，她决定好好活下去。2006

年1月，她在网上开起了一家丝网花店，可是，由于没有足够的经验，常常亏本，不久后，游林冰从网上看到了有关“魔豆宝宝爱心工程”的介绍，最终申请成为一名受助妈妈。得到救助后，游林冰的网店渐渐成型，每个月的收入达到了三四千元。马云曾亲手为她披上黄马褂，这是对全国淘宝卖家最高的荣誉奖。

（转场）

【字幕】湖南岳阳。

【配音】来自湖南的杜忠美主动从游林冰手中接过了管理“魔豆宝宝小屋”的重任，如今她成了“魔豆妈妈”中的第二批志愿者。每天，她都精心打理着网店，看到这个月有了利润，杜忠美立刻打了一千元钱给周丽红的家人。

【字幕（同期声）】“魔豆宝宝爱心工程”受助人、周丽红网店第二批志愿“魔豆妈妈”杜忠美：源于这个魔豆宝宝店，才有我们的受益。我是最大的受益者，所以我应该付出。

【配音】不到1岁时，杜忠美便被不幸烧伤，导致食指与中指弯曲变形，3岁时，从自行车上的一次意外摔下又导致她左腿残疾。大学毕业后，外贸英语专业毕业的她，却一度因为身体残疾，找工作屡屡碰壁。

【字幕（同期声）】“魔豆宝宝爱心工程”受助人、周丽红网店第二批志愿“魔豆妈妈”杜忠美：我受助是2011年5月，我们这一路走过来，其实很不容易的，付出了很多，但是我们一直有梦想。

【配音】带着周丽红家人的心愿，我们走过了全国10个城市，寻访了20多位受助的“魔豆妈妈”，她们的故事，有心酸，有绝望。

（转场）

【配音】赵智芬是我们见到的“魔豆妈妈”中最特殊的一位。1993年，25岁的赵智芬双手不幸卷入了工厂的机器。这种痛彻心扉的绝望，以至于过了整整23年，赵智芬还是不愿意再提起当年的那场意外，直到听到周丽红的故事，知道了“魔豆爱心工程”。

【字幕（同期声）】“魔豆宝宝爱心工程”受助人赵智芬：跟她比起来我们还算幸运儿，她都有心来帮助我们，所以我觉得，我们就应该更好地把这个学好。

【配音】在网上都不知道如何买东西的赵智芬，竟然开起了属于自己的网店。用电脑，需要打字。没有手，赵智芬就用手肘，一个个按键盘上的按键。需要两只手时，她就干脆将一支笔绑在右手肘上，甚至用上了脚趾头。说不清练习了多少次，手肘上留下了多少老茧，如今，她一分钟终于能打下40个字，在网上交流也自如起来。如今的赵智芬，自信开朗。从不爱出门的她，也能大大方方走出去了。她和老伴更是加入了徒步队，经常出门散心、旅游。每张照片上，都留下了她灿烂的笑容。

【字幕（同期声）】“魔豆宝宝爱心工程”受助人赵智芬：就是说（也要）让孩子看到我积极向上的这一面，学会遇到什么事情不那么悲观。做什么事情，遇到什么困难，都会学着去勇敢面对。

【字幕（同期声）】爱心电商企业董事长徐小波：如果没有第一个苏州的魔豆，可能就没有现在这样成百上千的甚至上万的魔豆，我觉得更多的是她们每一个人都会找到自己的价值所在。她希望她的精神可以传承给她的儿女，所有的魔豆都是这样。

（转场）

【字幕】2016年11月18日，“魔豆宝宝爱心工程”十周年之际。

全国首个电商企业加入“魔豆宝宝爱心工程”。

预计至2017年6月，将帮扶5000名“魔豆妈妈”网上创业。

【配音】十年来，随着全国各地越来越多爱心企业、网友的加入，受助的“魔豆妈妈”不断增加。截至2015年年底，全国的“魔豆妈妈”达到了1020位。她们的命运正因为周丽红悄然发生着改变。而她们中的很多人也选择了回馈社会。有的妈妈帮助他人培训开网店，有的人定期给“魔豆宝宝爱心工程”捐款，还有很多妈妈自愿成为魔豆小屋的志愿者，接过了管理小店的重任。

【字幕（同期声）】“魔豆宝宝爱心工程”受助人赵智芬：就是说，那像是我们的大本营一样的，是这种感觉。

【字幕（同期声）】“魔豆宝宝爱心工程”受助人、周丽红网店第一批志愿“魔豆妈妈”游林冰：我们就是要把她这种坚强的精神传承下去，就是通过我们的努力，一群很困难的人可以做一件很大的事情，可以做一件很好的事情。

（转场）

【配音】其实《魔豆传奇》是周丽红女儿周煜最喜欢的一部动画片。在《魔豆传奇》里，魔豆长出来，豆瓣上会写着一个“爱”字，周丽红的故事又何尝不是一个现实版的“魔豆传奇”呢？她种下了爱，传播了爱，同时也收获了爱。

【字幕】2012年7月，“魔豆宝宝爱心工程”获得中国目前最高规格的慈善类奖项——中华慈善奖。

据中国红十字会统计，截至目前，“魔豆宝宝爱心工程”推动社会公众33亿人次参与，累计2.8多亿买家、150多万卖家参与公益，累计筹集善款1.59亿元。

苏州市广播电视总台2016年播出

记者手记

2016年是“魔豆宝宝爱心工程”成立十周年，这个公益项目曾荣获中国慈善奖，让全国千名妈妈受益。然而，它的缘起却是苏州一位普通母亲。

十年前，我们就开始了跟踪报道，在时间长河中，见证了一位伟大母亲和一场感人至深的爱心大行动。苏州妈妈周丽红，身患绝症，却为了女儿，创建了名叫“魔豆宝宝小屋”的网店，她的自强故事经过报道后，在网络上广泛传播，发展成了轰动全国的新闻事件，根据周丽红的遗愿，淘宝网与中国红十字会总会，创建了“魔豆宝宝爱心工程”，意在帮助和周丽红一样，身处困境却自强不息的母亲。这项工程在爱心网友的支持下，成了一个惠及20多座城市，造福数千母亲，拥有数亿网友参与，覆盖助医、助学、助老等社会公益项目的国家级公益基金。

报道过程中，最让我们感动的是，十年中，周丽红的网店——“魔豆宝宝小屋”，在这些受益妈妈的手中得以延续和传递，她们传递的不仅是网店，更是一种自强不息的精神。

专家点评

这是一个跨度长达十多年的发生在众多普通人身上的感人故事，如何讲好一个长故事，对创作者的叙事能力是一个考验。可喜的是，这部专题在这方面表现亮眼。

首先，在结构上，纵向叙事与横向叙事相结合。前半部分采用纵向叙事，从南昌的“魔豆宝宝爱心工程”现场活动切入讲述，进而用倒叙手法讲述此爱心工程的由来与苏州一位叫周丽红的妈妈的故事。通过对周丽红家人的采访，既讲述了周丽红令人感佩的生命故事，塑造了她坚强妈妈的形象，同时也讲述了苏州红十字会与阿里巴巴社会公益部、苏州媒体等社会组织如何促成了这个公益机制的形成，整个脉络非常清晰。后半部分则采用横向叙事，走向遍布全国多个城市的受益人，讲述她们如何从这个公益活动中受到帮助，并得到精神上的升华。其次，在表现手法上，大量的现场声和采访同期声的使用，让这些坚强妈妈们获得了自己的主体性，她们不再是被凝视或被同情的另类“她者”；同时镜头表现上大量主动性动作的特写镜头，淡化了她们的残疾特征，增强了感人的力量，一些细节体现了妈妈们对生活的热爱，令人动容。

总体看，这个报道连续十年追踪活动进程，既在日常新闻播出中不断介入推动了此工程的社会传播，又积累了一个个独立的报道单元，最后合成分量厚重的专题报道;既有每个具体人物的故事讲述,又有活动整体情况的统计概括,可以说有点有面,有细节有轮廓,有案例有数据,报道立体,故事生动。

第二十一届江苏新闻奖 第二十届苏州新闻奖一等奖

程开甲：国家需要 民族骄傲

主创人员 汤慧蓉 劳骏磊 王胜定

【片头提要】一颗丹心为报国，一生纯粹科学人。隐姓埋名二十年，戈壁荒漠核试验。两弹元勋核司令，八一功勋程开甲。

【口播】1945年8月，在日本广岛和长崎上空爆炸的两颗原子弹，打倒了曾经不可一世的日本帝国，也震惊全世界。作为20世纪最伟大的发明之一，人类敲开了原子的大门，把原子能从核子深处释放出来，制造出破坏力惊人的原子弹、氢弹。20世纪50年代拥有核武的超级大国经常挥舞着核棒要挟讹诈其他国家。面对威胁，我国提出了以自主研发为主的核武研发计划。而我们今天要说的这一位就是中国核试验事业的开创者和奠基人、被称作“核司令”的程开甲。

【字幕】2017年7月29号，记者跟随吴江区委工作人员到程开甲家中送贺信。

【配音】已是百岁的程开甲之所以这么高兴，是因为昨天上午，他刚刚获评“八一勋章”，中共中央总书记、国家主席、中央军委主席习近平为他颁授勋章和证书。作为我国核武器事业的开拓者之一，我国核试验科学技术体系的创建者之一，程开甲此前已获得“两弹一星”功勋奖章、国家最高科学技术奖，此次又获“八一勋章”，成就可谓无人能比。但对很多人来说，程开甲是个神秘而又陌生的名字。

从“年年老板”到程BOOK

【主持人现场】杨勇：这里是江苏省苏州市吴江区盛泽镇银行街的一座民宅，1918年8月3号，程开甲就出生在这里。祖父在其出生前就取好“开甲”之名，希望他的孙子能金榜题名。但儿时的程开甲十分顽劣，读书时成绩常常倒数第一，小学二年级连续留级3年，落得个“年年老板”的绰号。

【配音】年幼的程开甲由于家道中落，曾饱受苦楚。8岁时父亲死了，作为二房的母亲不堪忍受歧视，乘船离家出走，家中基本无人管他。

【同期声】盛泽小学退休教师唐至煜：他为了寻母亲，坐在善嘉桥的桥洞里，等阿有船开过，看他的娘阿在里面。后来他一个人闯到上海要去寻娘。住在上海一个多礼拜，而且一点吃的东西也没有，别人扔掉的大饼他捡起来吃。

【配音】被家人带回后的程开甲心性大变，读书也开了窍，从四年级直接跳到了六年级，之后以优异成绩从嘉兴秀洲中学考到浙江大学，再赴英国爱丁堡大学留学，师从诺贝尔物理学奖获得者马克思·波恩，获博士学位，并在超导研究上获得很大成就。而无论在中学、大学还是留学期间，程开甲的勤奋几乎无人能比，他曾创下了两天两夜不合眼一直看书、计算的记录，因此他的绰号变成了“程BOOK”。博士毕业后，程开甲在波恩的推荐下担任英国皇家化学工业研究所研究员，年薪750英镑。然而拿着高薪的程开甲过得并不开心。

【同期声】国防科技大学教授熊杏林：在国外，他说看不到中华民族的出头之日，海外的华人心中很闷、很苦，寄人篱下的屈辱和苦闷更激起了他为中华之崛起而读书的强烈愿望。

【配音】1950年，尽管了解国内很苦、经济状况很差的程开甲还是拒绝了老师的多次挽留，行李箱中装满了有关固体物理和金属物理方面的书籍和资料，带着一颗年轻、沸腾的心，一腔报国的情怀，回到了百废待兴的新中国。

【同期声】程开甲二女儿程景玉：我敬佩他的一点就是奉献，确实是奉献。你说他在英国留学，他能够放弃那么优厚的条件。当时工资是几百英镑，在当时的年代，这些钱已经不得了了。他能放弃那么优越的生活，能够马上回到国家来，为国家做贡献，这一点我是敬佩的。

【配音字幕】我们每个人都有自己的追求，作为中国人，追求的目标应该符合祖国的需要。当年我从英国回来，想的是祖国的需要，是怎样为祖国出力，怎样报效祖国。——程开甲

（黑场）

从程BOOK到程瓦特

【字幕】2017年6月17日。

【配音】今天是中国第一颗氢弹成功试爆的50周年，眼前这位已经87岁的老人叫朱明发。每天中午都要午睡的他，今天却一反常态，怎么也睡不着，反而拉着老伴翻看起以前的老照片。一张张稍显模糊或发黄的黑白照片，记录着朱明发投身中国

核试验的峥嵘岁月，让他的思绪又回到了戈壁大漠，想起了那些和他一起在茫茫荒漠中奋斗的战友。

【同期声】参与核试验的科研人员朱明发：他普通话不太好的，跟我们一样，有点吴江口音。

【配音】朱明发口中这位普通话不好的战友就是时任国防科委核试验技术研究所副所长的程开甲。1963年，朱明发从哈尔滨军事工程学院原子工程系核物理专业毕业后，就被分配到核试验技术研究所专门负责核爆炸产生的放射性沉降预报，在苏州老乡程开甲的领导下工作。

【主持人现场】杨勇：我身后是南京大学的北大楼，四十多年前程开甲曾在这里留下一张和同事的合影。如今漫步在这所百年名校，仍能时时处处感受到其“诚朴雄伟，励学敦行”的科学精神。1950年回到祖国的程开甲，在浙江大学短暂工作后，就来到南京大学任教，一手创建了南大核物理专业，其间他还入了党，参与制定国家十二年科学规划，在行业内可谓声名鹊起。可1960年后，在学术上已颇有建树的程开甲却在众人面前销声匿迹了。

【配音】此时，由钱三强点将、邓小平批准，程开甲到了北京第二机械工业部第九研究所，秘密进入了中国核武器研制队伍。当时原子弹的研制，是国家的最高机密。程开甲知道参与这项工作，就要做到保密、奉献，不参加学术会议，不发表学术论文，不出国，与外界断绝联系，不随便与人交往。即便如此，他依然一往无前，只因为“国家需要”四个字。

【同期声】程开甲二女儿程景玉：如果他不走，不到北京，不隐姓埋名的话，他可能会在科技方面有重大的发展。因为他很早的时候，在上学的时候就和诺贝尔奖擦肩而过。

【配音】当时美、英和苏联都已成功研制出原子弹，但这方面的资料却是绝密。虽然苏联此前答应过帮助中国，却已在1959年单方面撕毁协议，撤走了援助中国的全部专家。因此中国的原子弹研制，一切都要“自己研究，自己试验，自己设计，自己制造，自己装备”。程开甲陷入了一种疯狂的工作状态，几乎是没日没夜地思考和计算，满脑子除了公式就是数据，有时吃饭时突然想到一个问题，就会把筷子倒过来蘸着菜汤在桌子上写写画画。

【同期声】程开甲大女儿程漱玉：半夜躺在床上，想到一个事他马上起来了。他就说这个事一想起来必须把这问题再继续考虑，只有这样才能把一些问题想得很深入，才能找到一个更好的办法，所以他们说他点子多。

【配音】富有创造发明精神的程开甲，因为面对难题就能想出解决方法，像英国发明家瓦特一样，因此，同事赠送绰号“程瓦特”。他在国内首次推算出原子弹爆炸时弹心的温度和压力，还研究出炸药爆轰聚焦的原子弹内部机理，在核武器的开拓性研究中做出了突出贡献。

【配音】1962年夏，我国第一颗原子弹研制的关键理论研究和制造技术取得突破性进展，程开甲却再次受命负责原子弹爆炸试验的技术研究。虽然清楚自己的优势是理论研究方面，但程开甲再次因为国家需要，又一次转变专业方向，转向了原子弹爆炸试验。他起草了首次核试验测试的总体方案，力排众议，提出了与苏联专家意见相反的百米塔爆试验，又提出了弃无线用有线测控系统。

【同期声】物理学家程开甲：我提出来要用有线。第一个是把握大，可靠性大。第二个是保密，因为我们用无线电，人家马上就知道了你在做试验，信号被人家抄了去就糟糕了。用有线电，他一点办法都没有。

【同期声】参与核试验的科研人员朱明发：他也是认死理不买账的，哪个领导来他也不管，反正他坚持他自己的观点。

【配音】不唯上，不迷信专家，程开甲只相信科学，相信通过无数次计算得来的数据。

【配音】在烈日、风沙、苦水的相伴下，程开甲和数万名科研人员一起利用简陋的计算尺和手摇计算机，算出几十万个数字、数万条曲线，为原子弹试爆定爆心、定工号、定布局，独立自主研制出1700多台套测试、取样、控制用的各类机器设备，取得了从无到有的开创性突破。

【字幕】1964年10月16日15时，第一颗原子弹正式试爆。

【同期声】物理学家程开甲：我在工壕里我是看到第一个信号的。这个仪器的指针“咣”一激灵，起爆，“哗”，动了。我心里就有数了，成功了。

【配音】升腾而起的蘑菇云，让朱光亚、王淦昌等诸多研究人员激动地泪洒当场，中国从此在国际上拥有了话语权。程开甲他们独自研制安装调试的各类测试设备也完整、准确地拿到了全部测试数据，而此前法国第一次核试验时，测试仪器没拿到任何数据，美、苏、英的第一次核试验也只拿到了很少的数据。

【配音字幕】这一声巨响，不但让世界重新认识了中国，而且让所有的炎黄子孙扬眉吐气。——程开甲

从程瓦特到核司令

【字幕】2017年9月1日。

【配音】今天是开学第一天，程开甲的家乡吴江盛泽也举办了一场特别的揭幕仪式，以程开甲先生名字命名的程开甲小学投入使用。由于年事已高，程老没能亲临家乡见证学校的落成，但他不仅让女儿带来一封贺信，殷殷叮嘱青少年们努力学习，知识报国，还录了一段视频。

【同期声】物理学家程开甲：小朋友们，好好学习，天天向上，长大成才！

【主持人现场】杨勇：这里是程开甲小学的开甲事迹展览馆，馆中陈列着这样一组照片，详细记录了程开甲在新疆罗布泊主持各种核试验的过程，介绍了程开甲为强大祖国国防、大漠默默奉献20年的事迹，展现着这位核司令创新、拼搏、奉献的一生。

【配音】1964年10月我国第一颗原子弹塔爆成功后，美国国防部长曾大放厥词“中国五年之内不会有运载工具”，也就是说中国不可能有用于实战的核武器。殊不知，塔爆成功后，程开甲并没有放松，已经着手制定原子弹空爆试验方案，并在八个月后，实现我国第一次原子弹空爆成功，用铁的事实狠狠打脸美国国防部长。

【配音】此后，程开甲又马不停蹄地投入氢弹试验中。很快，我国定于1967年6月17日进行第一颗氢弹空爆试验。

【配音】1967年6月17日上午8时20分，我国第一颗氢弹在预定高度试爆成功，其威力数十倍于原子弹，中国一举跨入世界核大国行列。

【配音】在我国首颗原子弹和氢弹成功试爆后，程开甲在“文革”的干扰下，顶着压力继续成功设计和主持了包括导弹核武器、平洞、竖井和增强型原子弹在内的几十次试验，由他建立发展的中国核爆炸理论经过历次核试验，不断被完善验证，成为中国核爆炸总体设计安全论证、测试诊断和效应研究的重要依据。

【同期声】程开甲二女儿程景玉：坑道里刚爆炸的原子弹，他就爬进去取样，这个危险性非常大。那个剂量大得不得了，是冒着生命危险的。

【配音】在戈壁大漠生活了20年，程开甲在技术上决策主持了30多次各种方式的试验，作为中国指挥核试验次数最多的科学家，他也成为名副其实的“核司令”。1984年，组织考虑到程开甲的年岁已高，把他从戈壁滩调到了北京，但他的科研工作并没有停止，而是进入了新一轮的开拓创新。一方面，他在抗辐射加固和高功率微波领域努力；另一方面，他为材料科学的发展提出了新的研究思想与方法。如今，已是百岁高龄的程开甲依然常常在这块跟随了他几十年的小黑板上写写画画，一如当年在核试验场区一样。

【同期声】物理学家程开甲：我觉得人生的价值在于贡献，为人民贡献，为国家贡献，这个才是价值。

【配音字幕】现在，我可以自豪地说，我一生遵循热爱国家、热爱科学的信条，为了国家的强大不断创新、不断拼搏，用自己的科学知识报效国家。——程开甲

【口播】干惊天动地事，做隐姓埋名人，程开甲给了中国人一种“让敌人知难而退的安全感”。而他在回首往事时表示：“如果当初不回国造核武器，可能个人在学术上会有更大的成就，但绝不会有像现在这样强烈的幸福感，因为我现在所做的一切，都和祖国紧紧地联系在一起！”一切缘于国家需要，最终成就了民族骄傲！好，感谢收看本期节目，下期再会。

吴江广播电视台2017年8月播出

记者手记

获得“两弹一星”功勋奖章、国家最高科学技术奖和八一勋章，这样的成就无人能比。2017年是我国第一颗氢弹成功试爆50周年，也是我国首次评选八一勋章获得者，这些都和“核司令”程开甲紧密联系在一起。

记者抓住首次八一勋章颁奖这一重大新闻，千方百计联系到程开甲家人，从苏州赶赴北京拍摄并采访到百岁老人程开甲，留下了程老开心激动的珍贵画面。程老依旧保持着浓浓的乡音，虽已是百岁老人，却思路清晰，健康乐观，也依旧保持着写写画画算算的习惯，高兴时还会在钢琴上弹奏一曲。记者对程老的一生做了非常详尽的了解，在撰稿时则别出心裁地从程开甲在各个不同时期的绰号入手，通过三件具有新闻性的事件切入，以四个不同时期的绰号变化，讲述了程开甲为国家强大无私奉献的一生，充分展现了程开甲为改变中国在世界舞台上的地位所做出的贡献，一切为了国家需要，一心报效祖国的高尚情怀，并将这种报国精神不断传承，具有极强的时代意义。

作品播出后，社会反响强烈，作为程开甲的家乡，吴江社会各界举办各种活动，宣传程开甲事迹，传承其爱国精神，盛泽还有一所以程开甲名字命名的小学，很多孩子因为程开甲都树立了科技报国、知识报国的志向。

专家点评

作为一个县级媒体，能够千里迢迢赶赴北京采访到程开甲先生，其难度和艰辛可想而知，也难能可贵。而更难能可贵的是，创作者为专题设计了一个很好的结构，

从而让叙事变得井井有条又趣味横生。这个结构围绕着程开甲在人生不同阶段的绰号展开，“从年年老板到程BOOK”“从程BOOK到程瓦特”“从程瓦特到核司令”，这三个板块，很好地呈现了程开甲在求学、回国、工作、主导核工程研制等各个阶段的经历。绰号的使用让这位获得“两弹一星”功勋奖章、国家最高科学技术奖和八一勋章等最高荣誉的功勋人物变得亲切可感、平易近人；同时，众多与程开甲关系密切的人物采访，丰富了故事的细节，增强了历史叙事的真实性，也让程开甲的形象丰富立体。

第二十二届江苏新闻奖

清溪河的“断”与“合”

——江浙界河17年治水变迁记

主创人员 沈 玲 徐 蕾 朱智红 李修利 陈 军 甄 军
凌春明 袁雅琦 沈亦洋 张泽宇 左 政 陶 然
王胜定 金 尧

【字幕】江苏、浙江两省有一条界河。

因为地理位置的特殊，多年来，治水成了难题。

2018年6月，两地出资1亿元，实施清溪河（麻溪港）联合清淤工程。

【字幕（同期声）】2018年11月22日，清溪河联合清淤I标段验收现场测量。

边上2.1米，出来5米，1.8米，10米，2米，15米，0.2米，20米，−0.2米，25米，−0.5米，30米，−0.56米，10米，好好好，停。

【字幕（同期声）】苏州子午测绘园区分公司负责人杨明：经过本次验收测量与实际断面相比较，141个断面都能够满足设计要求。

【字幕（同期声）】苏州市吴江区水利局副局长孙建忠：竣工验收委员会一致同意，江浙界河清溪联合清淤I标段吴江段通过验收。

【配音】仪式上，来自苏州吴江区和嘉兴秀洲区的河长以及村民们，共同见证了这个历史性的时刻。

【配音】如今，两地握手言欢，携手清淤。然而谁能想到，17年前，清溪河上却上演了这样一幕。

【字幕】2001年11月22日，清溪河，盛泽镇与王江泾镇交界处。

【配音】2001年11月22日凌晨，由王江泾一带渔民发起的民间“零点行动”一度引发中央关注。300多个渔民动用8台推土机、数万只麻袋，沉了28条水泥船，在两省交界处筑坝阻断了清溪河。国务院为此专门成立多部门联合调查组，进行调查和协调。

【字幕（同期声）】苏州市吴江区环境监察大队大队长宋雄英：我去测那个溶解氧，最差的时候基本上没反应，就零点几，你可以想象还有什么生物能生存。

【配音】17年前，两地关系剑拔弩张，甚至断河，如今却联合清淤。从“断”到

“合”，这当中，究竟发生了什么呢？

（转场）

【配音】苏州吴江区和嘉兴秀洲区，两地区境线犬牙交错，水系相通。清溪河，就是跨省界河之一。它全长10465米，西起澜溪塘，东至京杭大运河。

【字幕（同期声）】苏州市吴江区盛泽镇圣塘村村级河长、原吴江祥盛纺织染整有限公司办公室主任张晓峰：在我们江苏，这一段叫清溪河，然后在浙江那一段叫麻溪港，是我们盛泽的一条母亲河。

【配音】盛泽，享有中国绸都的美誉。在不到60平方公里的建成区上，如今，散落着2500多家纺织企业，纺丝总产量约占全国的7%。资料显示，2001年，吴江的工业总产值接近200亿元，盛泽一个镇就占到60%。

20世纪80年代末，乡镇企业蓬勃发展之时，原本退伍后在圣塘村担任村支书的张晓峰，“下海”承包了村里的纺织厂。后来，他进入吴江祥盛纺织染整有限公司，担任办公室主任、外贸部经理。

【字幕（同期声）】苏州市吴江区盛泽镇圣塘村村级河长、原吴江祥盛纺织染整有限公司办公室主任张晓峰：这张照片是我在香港一个展销会上的。那个时候，我们已经开始做外贸，占整个我们祥盛销售的60%。

【字幕（同期声）】苏州市吴江区经信委主任朱云根：盛泽的纺织业对我们整个吴江的国民经济来说，是一个举足轻重的作用，在扩大就业，确保一方老百姓富裕方面，也是一个重要的组成部分。

【配音】“绸都”的辐射效应，也影响着一水之隔的王江泾镇。

【字幕（同期声）】嘉兴市王江泾镇原渔民、褚佳磊的父亲褚永泉：当初的时候经济很紧张的，都是借的，从这里借一点，从亲戚朋友处借一点。

【配音】年初投入鱼苗后，褚永泉期待着丰收的时刻。然而，没想到1993年5月的一天，他被眼前的一幕惊呆了。

【字幕（同期声）】嘉兴市王江泾镇原渔民、褚佳磊的父亲褚永泉：那个大河里，都是死的鱼，都浮起来了。风吹过来，都是白茫茫的一片，鱼虾都死了。

【配音】随后几年，这样大规模的死鱼事件每年都要发生两三次。事实上，王江泾一带数百名渔民，都成了受害者。

【字幕（同期声）】（2000年，《东方时空》新闻资料）

从河里刚拿上来，就全死了。我们一千多万元全都扔在这里了。

【配音】2001年12月，王江泾渔民一纸诉状把吴江印染企业告上了法庭。

【配音】20世纪90年代初期，盛泽大力招商引资。全国各地的纺织企业开始聚集到这里。虽然盛泽早就建起了污水处理厂，但是处理能力远远跟不上发展的速度。加上监管不那么严格，企业偷排现象比较严重。太湖流域管理局发布的资料显示：20世纪80年代末，江浙两省交界处的水质尚处于III类状态，90年代开始逐年急剧恶化，1992年起，水质劣于IV类，1996年起全面劣于V类。

【字幕（同期声）】苏州市吴江区水利局副局长孙建忠：当时我们的发展定位就是说以GDP推动，对水环境的要求没这么高。

【字幕（同期声）】苏州市环保局副局长蒋勐：每天排入这个河道的污泥量达到500吨，你看到的这个都是黑水。

【配音】最终，这起“水污染纠纷”事件在国务院和相关部委协调下，江浙两省达成协调意见。原国家环保总局要求，盛泽排出治污时间表，削减排污总量，污水必须达标才能排放。

【字幕】嘉兴市秀洲区王江泾采测分离国控断面。

【配音】2012年1月29日，原国家环保总局还在王江泾北虹桥附近建立了水质监测站，24小时监测。大家把这里称为“国控断面”。

（转场）

【字幕】苏州市吴江区盛泽镇圣塘村。

【字幕（同期声）】苏州市吴江区盛泽镇圣塘村村级河长、原吴江祥盛纺织染整有限公司办公室主任张晓峰：这里以前是我们一个生活区，把食堂拆了，然后建成这么一个污水处理系统。一级过滤，两级过滤，COD（化学需氧量）降得很低了，不像十年、二十年以前直接排了。

【配音】在祥盛干了十几年的张晓锋，见证了盛泽镇纺织企业这些年来痛定思痛后的“蜕变”。

【字幕（同期声）】苏州市吴江区盛泽镇圣塘村村级河长、原吴江祥盛纺织染整有限公司办公室主任张晓峰：（记者：这一套设备建下来，花了多少钱？）估计要1500万元，现在买的染料都是环保的染料，就是在每一米布上的成本起码要增加三成。

【配音】2016年底，江苏全省上下启动“两减六治三提升”专项行动。通过两到三年时间，着力解决一批环境问题。借此契机，吴江区对喷水织机行业开展了重点整治。目前，盛泽镇有喷水织机13万台，每天污水排放量近39万吨。根据计划，2017到2019三年间，盛泽镇在减少30%喷水织机的基础上，中水处理率也要从10%提升到100%。

【字幕（同期声）】苏州市吴江区环境监察大队大队长宋雄英：从39万吨到明年

年底，我们一吨水都不排出来，全部实行回用。

【配音】盛泽镇所在的吴江区，还在江苏省率先推出了工业企业资源集约利用综合评价体系。将企业按“亩均税收”“单位主要污染物税收”等指标进行打分排名，排名靠前的A级企业享受税收、土地、用水、用电等多方面优惠，排名靠后的D级企业则将被限制发展。

【字幕（同期声）】苏州市吴江区经信委主任朱云根：这样的话也就倒逼你。如果你始终处于低端，也不肯改造，污染又大，那你未来的生产成本会越来越高。

【配音】而这十几年来，在清溪河下游，嘉兴市秀洲区也在进行着一场轰轰烈烈的“治水行动”。2014年起，浙江省推出“五水共治”举措，从治污水、防洪水、排涝水等五方面来全面提升水环境治理。

【字幕（同期声）】嘉兴市秀洲区治水办主任曹志斌：我们近几年来进行了大量的产业结构调整。去年以来淘汰了4万台喷水织机，污水就达标性的污染减少了每天12万吨。大家基本上是不约而同，因为我们产业结构都是基本相同的。

【配音】2012年6月，吴江区和秀洲区正式启动边界环境联合交叉执法，由此拉开合作序幕。2017年2月，两地签署交界区域水环境联防联治联席工作机制协议，并正式建立跨省联合河长制。

【字幕】2018年10月10日上午8点，苏州市吴江区盛泽镇圣塘村。

【字幕（同期声）】苏州市吴江区盛泽镇圣塘村村级河长、原吴江祥盛纺织染整有限公司办公室主任张晓峰：发现对面浙江嘉兴的岸边有一堆乱放的垃圾，这是我们省际的边界联防联治的一个群，然后我们发到那个群里面。等会儿，他们浙江嘉兴那边会派人来处理的，反应比较快的。

【配音】2011年，褚佳磊大学毕业后回到西雁村。现在，他也成为一名村级河长。

【配音】作为跨省河长群的成员，张晓峰和褚佳磊最重要的任务，就是守护好各自境内的内河与界河。随着合作的深入，两地原本的隔阂慢慢消解，曾经的冤家，成了亲密的合作伙伴。去年8月，两省交界处水葫芦泛滥，王江泾的河长主动调来设备，增援盛泽的河长们。原本半个月的工作量，三天就完成了。今年，在从嘉兴引进的打捞机的帮助下，盛泽及时控制住了从上游漂来的水葫芦。

【字幕（同期声）】嘉兴市秀洲区王江泾镇“四位一体”办副主任、联合河长孙琪：通过几次联防联治互相之间的交流之后，我们改变了观念，我们认为这个事情不能分得太清楚。

【字幕】（转场）（2018年4月资料）

【同期声】马达发动熄火，没法开了。这是怎么回事啊？这整个机器都在泥里面了，没法开。

【字幕（同期声）】苏州市吴江区盛泽镇河长办工作人员庄良华：下面全部是淤泥了，你看看，我估计有两米多的淤泥了。

【配音】今年4月，跨省河长们在联合巡河时发现，清溪河的淤泥已经数十年未清理，平均堆积达一两米深，严重影响了水质改善和防洪安全。以前，处于下游的王江泾也曾想过要清淤，但因为两地各自为政，工程一直没能实施。如今逐步畅通的合作机制，让几十年未清淤的清溪河，终于迎来了联合清淤。

【字幕】2018年6月，联合清淤签约仪式。

【配音】2018年6月，嘉兴秀洲区与苏州吴江区签订合作协议，共同清淤。清淤工程一度面临很多困难，比如，横跨浙江、江苏两省的万米河道，仅淤泥量就约100万立方米。这么多淤泥往哪里堆放，成了第一个难题。

【配音】双方最后商定：由盛泽和王江泾各腾出一百多亩农田堆放淤泥，等淤泥进行处理之后，再将农田复耕。盛泽镇的坝里村，是这次入选的第一个村庄。

【字幕】经过四个月的努力，吴江盛泽段完成了近50万方的淤泥清理。

【配音】11月22日，苏州段顺利完工。同一天，“接力棒”交给了嘉兴。

【字幕（同期声）】嘉兴市秀洲区委副书记、区长吴燕：应该说，我们跟吴江区的联合治水为我们长三角一体化的战略推进做了探索。

【字幕（同期声）】苏州市吴江区委副书记、区长李铭：共建、共治、共防、共享，这样的话，使得我们两地能够有更深的合作。

【字幕】（音乐+画面）两地联防联治进程回顾。

2001年11月22日，嘉兴渔民发起民间“零点行动”筑坝阻断清溪河。

2012年6月13日，吴江区和秀洲区两地正式启动边界环境联合交叉执法。

2017年2月23日，吴江区和秀洲区共同签署两地交界区域水环境保洁联防联治联席工作机制协议。

2017年3月28日，吴江区和秀洲区两地工作人员首次开展跨省联合巡河行动。

2017年4月27日，两地“联合河长”第一次巡河，商定年内“联合河长”全覆盖目标。

2018年4月9日，吴江秀洲水环境保洁联防联治一周年。两地开展跨省联合巡河，召开江浙省界巡河推进会。

2018年6月12日，吴江区与秀洲区共同签署联合治理清溪河的合作协议书。

2018年7月8日，清溪河（麻溪港）清淤工程正式开工。

2018年11月22日，清溪河（麻溪港）清淤工程苏州吴江段举行验收仪式，嘉兴秀洲段接力清淤。

【配音】在江南大地千年流淌的清溪河，17年间，由断到通、由污到清，折射出江浙两地在十八大以后发展理念的巨大转变。

【字幕】2018年11月5日，习近平总书记在发表演讲时指出，将支持长江三角洲区域一体化发展并上升为国家战略。

苏州市广播电视总台2018年播出

记者手记

这篇电视专题，是苏州和吴江多名记者、多年接力跟拍记录的成果，整个片子的影像记录，时间跨度长达17年，积累了很多珍贵的历史资料。17年前，也就是2001年的11月22日，清溪河上曾经上演了嘉兴渔民因为水污染而引发的“沉船断河”事件。这事件一度引发中央关注。此后，江浙两地都开始反思，并采取积极举措。环境压力倒逼企业转型、产业提升、联合治水、启动系统化治水工程。

经过17年的努力，清溪河由“断”到“通”、由“污”变“清”。江浙两地一系列合作机制，正在日益深化。治水变迁的背后，也折射出江浙两地在党的十八大以后，发展理念的巨大转变：从曾经牺牲环境单纯追求GDP，到产业转型升级，走向生态保护系统化治理之路。在习近平生态文明思想的指引下，两地同心、合力治河。人心通了，行政藩篱化解了，水才能清。人与自然、人与人才能和谐相处，长三角区域一体化也才能实现共荣、共享、共发展。

专家点评

新闻是历史的草稿。拉长时间的跨度，才能清晰地看到每个新闻事件背后所蕴含的历史发展脉络和时代变迁足迹。这篇电视专题报道用长达17年的新闻记录影像，通过呈现一条河流的曲折故事，折射了中国跨区域联手治理环境污染的历程，也成为新发展理念和生态文明进程的经典诠释。

报道不是简单地叙述，而是记者对新闻事件的认识和表达，记者的认识水平决定了报道深度。新闻缘起一条普通河流的清淤工程通过验收的仪式活动，然而由于它是江浙界河，又是两地联合河长制启动后的第一个合作项目，同时在过去又曾经因为水污染而发生过断河的纠葛，就使得这个工程验收仪式具有了非凡的意义。该节目主创顺藤摸瓜,从17年前的“沉船断河”事件,追溯了17年来吴江和嘉兴两地在企业转型、产业提升、联合治水、启动系统化治水工程等方面的艰苦努力。这就让一个新闻事件衍生出一个颇具寓意的历史故事。

电视报道要有电视的特点。一是要有现场感。节目开头用水下摄影镜头拍摄了水质检测过程,检测员报数字的现场同期声,将观看者卷入现场,从而激发观看兴趣;大量的现场同期声采访,呈现了一个个治水环节的现场;而过去的新闻资料镜头和现场声,也展现了曾经的矛盾冲突。二是要有人物故事。整篇报道是一篇宏观的生态观念变迁报道,但是要落实到具体人物身上,才能让事件报道人格化。这个专题找到了事件中的两个人物作为视角,一个是造成污染的盛泽印染企业的管理人员张晓峰,另一个是遭受污染的嘉兴渔民褚佳磊,他们曾是矛盾双方,如今都是跨省联合河长群的成员,参与合力治河。他们身上的命运变化、观念变化、身份变化,让经济发展与环境保护的生态文明进程得到了形象的诠释:人心通了,行政藩篱化解了,水才能清;人与自然、人与人才能和谐相处,长三角区域一体化也才能实现共荣、共享、共发展。

第二十六届江苏新闻奖 第二十五届苏州新闻奖一等奖

直播|“村晚”演绎新生活 长江村里展笑颜

主创人员 集体

【地点】坐落于长江边的长江村村民家门口。

【现场】现场村民热议长江村“村晚”的声音。

【现场同期声】长江村村民徐文秀：这个是我媳妇，这个是我媳妇。

（站在中间的这位，又唱又跳。）

【现场同期声】长江村村民郁桂秀：看我家孙子。

（这是你的孙子。）

【现场同期声】长江村村民冯惠琴：她孙子蛮能干的。

【同期声】记者赵海云：长江边，长江村。今天下午，苏州张家港长江村将要举办年度“村晚”，这可是村里的一件大事。虽然天气已经降温了，但是大家可以明显感受到我这里的现场非常火爆。看得出来大家对自己家乡的“村晚”非常重视，是不是啊，阿姨们？

（是的。）

来，跟我们的镜头打个招呼。

（大家好，欢迎来到长江村。）

【同期声】记者赵海云：刚刚，我们大家一起在聊家乡的“村晚”。想问一下阿姨，今年您上“村晚”吗？

【同期声】长江村村民许文秀：我不上“村晚”，我媳妇上“村晚”。

【同期声】记者赵海云：你媳妇上了几届了？

【同期声】长江村村民许文秀：每年都去的。

【同期声】记者赵海云：你媳妇对家乡的事情非常有热情。

【同期声】长江村村民许文秀：是的。

【同期声】记者赵海云：阿姨，您今年上“村晚”吗？

【同期声】长江村村民郁桂秀：我不上“村晚”，我孙子上“村晚”。

【同期声】记者赵海云：刚看到您手机里，孙子正在展示才艺。

【同期声】记者赵海云：我们看到，今天阿姨们穿得非常喜庆，都是红色的衣服，还配了红围巾。这个衣服是一样的？

【同期声】长江村村民冯惠琴：这个衣服是我们村里发的，夏天和秋天都有，丝巾是儿媳妇买的。

【同期声】记者赵海云：阿姨您呢？

【同期声】长江村村民徐文秀：我这个丝巾也是儿媳妇买的，你看，还有郁金香。

【现场】冯惠琴的手机语音：

各位村民大家好，我们的“村晚”马上就要开始了，大家早点去啊。

【同期声】长江村村民冯惠琴：好的，好的，我们马上去。

【同期声】记者赵海云：这是发语音来催我们了，那我们话不多说，出发吧。可以看得出来，现场大伙儿都非常高兴。我们也相信，前方彩排的现场也非常热闹。我们现在将镜头交给前方的嵇程。

【地点】长江村长江大酒店“村晚”现场入口处。

【同期声】记者嵇程：好的，海云。为推动党的二十大精神走实走深，入脑入心，每年年底都是张家港长江村最热闹的时候，一年一度的长江村“村晚”即将上演。电视上有春晚，长江村里有“村晚”，那么家家户户都争着想上的“村晚”到底是什么样的呢？今天就通过我们的直播镜头提前带大家去揭秘。

【地点】长江村长江大酒店“村晚”彩排现场。

【现场】台上彩排场景。

【同期声】记者嵇程：大家看，舞台上阿姨们的表情非常有感染力。如果我不说，大家甚至都觉得她们是专业的舞蹈演员。长江村“村晚”举办至今已经是第七届了。从最初村民自办自演，到如今这么大的舞台。想问一下现场的导演，今年的“村晚”和往年相比有哪些亮点？

【同期声】长江村村民周晓兰：今年最大的亮点是，党的二十大闭幕后，我们通过“村晚”的形式学习、宣传、贯彻党的二十大精神。今年舞台节目的质量和精神内涵比往年都有所提高。

【同期声】记者嵇程：通过这几天的现场彩排来看，虽然这是一场我们村民自办的村晚，但是整体的节目质量都很高。您给咱们观众推荐一下今年有哪些具有代表性的节目呢？

【同期声】长江村村民周晓兰：今年着重推荐三个节目和一朵花，第一个是我们长江村的老年阿姨们表演的《长江之歌》,咱们还有一个是讲述共同富裕的《奋斗路上》,还有一个具有力量感的《家乡的号子》。剧透一下,其中一朵花,它是一朵特殊的花,背后也有一段感人的故事,大家可以期待一下。

【同期声】记者嵇程:好的,谢谢导演,不打扰您了,谢谢您。

【地点】长江村长江大酒店"村晚"老年舞蹈队彩排现场。

【现场】阿姨们好,咱们是哪个节目的?

(是《长江之歌》。)

这就是导演口中所说的,演员的平均年龄最大的一支团队。咱们今年都多大了?

(我59岁。我60岁。我64岁。我72岁了。)

这位阿姨都72岁了,完全看不出来,这就是"50后""60后""70后"。阿姨们都是第几次参加"村晚"?

(我是第七次了。)

在没有"村晚"之前,平时都喜欢干什么?

(我们喜欢搓搓麻将、打牌,在一起聊聊家常什么的。)

有了"村晚"之后,这个日子是不是一下丰富了?

(生活过得丰富多彩了,我们经常出去演出,在市里和镇上都得了奖。)

听说村里还给咱们装修了新的跳舞场地了?

(对,就在村委4楼,舞蹈室里面的设施还是比较好的。)

阿姨们现在穿的这些非常漂亮的演出服,都是村里给买的,是不是?花钱没花钱?

(我们不花钱的,都是村里买的。)

好的,谢谢阿姨们。

【同期声】记者嵇程:我们长江村的"村晚"举办至今有七届了,已经成为长江村一个靓丽的文化品牌。通过这几天我在长江村的观察,发现通过举办"村晚",乡亲们的精神文化生活丰富了起来。村民讲村里的事,演身边的人,也展现了村民积极向上的新风貌、新的奋斗精神,同时将党的好政策融入其中,让党音宣传接地气、入人心。

现在在我身后正在彩排的是情景朗诵《奋斗路上》,在奋斗路上,长江村不仅经济强,产业旺,这里美丽的风景也是远近闻名。每年的春天都是长江村的郁金香季,这些美丽的郁金香不仅扮靓了风景,也带动了赏花经济,吸引了很多游客慕名来这里打卡。现在,我的同事谷慧正在郁金香园,请她来带我们看看美丽的郁金香。

【地点】长江村郁金香园。

【同期声】记者谷慧：大家平时看到的郁金香都是这样的，颜色各异，特别漂亮，现在这个季节的郁金香是什么样的呢？大家看，我手中这盆就是正在冒出嫩芽的郁金香。从嫩芽到鲜花，这背后离不开村民的奋斗与努力。每年春天，占地2000多平方米的郁金香会全部盛开，扮靓整个长江村。现在大棚里就有不少的村民正在干活，在我身旁就是郁金香园的负责人吴秋平吴阿姨。

【同期声】长江村村民吴秋平：你好你好，我每天都要来大棚，看看郁金香的长势如何。

【同期声】记者谷慧：我看着郁金香长得特别好，每株都特别有生机，我们村是怎么想到种郁金香的？

【同期声】长江村村民吴秋平：当时就是考虑到经济价值高，所以我们才种郁金香。我们成立了土地股份专业合作社，每亩地给老百姓1350块钱的收入，在盈利之后再二次分红，老百姓的收入比以前高得多了。

【同期声】记者谷慧：可不可以这么理解，有了土地合作社，大家就像把土地存入了银行，每年都有钱拿？

【同期声】长江村村民吴秋平：是的，把我们这个叫"绿色银行"。我们村姓郁的人很多，郁金香也是我们长江村的村花。

【同期声】记者谷慧：原来是这么来的。这些花什么时候开？

【同期声】长江村村民吴秋平：明年春天就开了，我手机上还有郁金香的花景视频。

【VCR】郁金香花景视频。

【同期声】记者谷慧：吴阿姨，我看郁金香旁边还种了苗。

【同期声】长江村村民吴秋平：我们为了更好地利用土地，在郁金香旁边还种上了西红柿。明年开春，大家既能赏花，又能采摘，买到新鲜的农副产品，到时候欢迎全国的朋友来张家港长江村打卡"白相相"。

【同期声】记者谷慧：刚刚我们吴阿姨用方言来欢迎我们全国网友来张家港长江村打卡，如此乡村美景一定要来一饱眼福，这也是真的实现了百姓住在花香里，日子美在心坎里。党的二十大报告提出，建设宜居宜业和美乡村，我们也相信长江村将会像郁金香一样越来越美，越来越香，欣欣向荣。好的，主持人，我这边的情况就是这样。

【地点】长江村长江大酒店"村晚"《家乡的号子》演员化妆室。

【同期声】记者嵇程：谢谢谷慧，现在我来到了"村晚"的化妆室，找到了导演所说的最具力量感的节目《家乡的号子》的演职员。来看看演员们准备得怎么样了，小伙子们准备得怎么样了？

【现场】长江润发（张家港）机械有限公司参演职工。

准备好啦！

【同期声】记者嵇程：听起来也是信心满满。

【同期声】长江润发（张家港）机械有限公司参演职工蔡嘉诚：我是来自润发机械的蔡嘉诚，我们是男子群舞《家乡的号子》组的，我们排练这个舞蹈已经一个多月了。

【同期声】记者嵇程：平时都是利用什么时间来排练？

【同期声】长江润发（张家港）机械有限公司参演职工蔡嘉诚：我们这次机械厂一共有18名同事参加“村晚”，我们都非常骄傲，非常积极，都是在工作之余集合来参加排练的。

【同期声】记者嵇程：您刚刚说您是长江润发的，其实一提到长江村，很多人都能想到这个集团，我们这个集团主要是生产什么的？

【同期声】长江润发（张家港）机械有限公司参演职工蔡嘉诚：我们润发机械集团主要生产的是电梯导轨，质量非常好，远销海外。我是一线的一名质检员，我们公司的导轨质量非常有保证。当然，我们这次舞蹈的质量要求也非常高，大家可以期待一下。

【同期声】记者嵇程：听完嘉诚的描述，真的希望马上能够看到他们最精彩的演出，预祝他们成功。现在，我的同事丁瑜天就在长江润发机械的车间现场，来连线一下看看他那边的情况如何。丁瑜天你好。

【地点】长江润发（张家港）机械有限公司智能车间休息室。

【现场】声音合唱。

“咱们工人有力量！嘿！咱们工人有力量！”

【同期声】记者丁瑜天：我现在在长江润发机械的智能生产车间里，好像在轰隆隆的机器声中传来了阵阵歌声，让我来看看这个车间的歌神是谁。您好，打扰一下，是准备上“村晚”吗？咱们是第几个节目？

【现场】很遗憾，我们今年落选了，但是我们有兄弟去演《家乡的号子》，我们再练练，争取明年上“村晚”。

（这首歌是谁选的？）

我们余总选的。

【同期声】记者丁瑜天：余总你好，我们为什么要选这么有力量的一首歌曲？

【同期声】长江润发（张家港）机械有限公司工程师余晓英：因为我们觉得长江村人本身就很有力量，我们的技术有力量，我们的团队更有力量。可以看一下我们生产的电梯导轨，在我们长江村人民的心目中，它不是一根普通的导轨，它是我们长江村从农业到工业发展的一个导轨，也是引领我们发家致富、节节高升的一个导轨。

现在我们的导轨年产量已经达到了30万吨，精度已经达到了超高精度，比如说超高精度导轨，它全长5米，它的弯度不能超过0.05毫米，它的对称度只有0.02毫米，相当于我们头发丝的1/3，现在我们的导轨已经应用到国内的最高楼——上海中心大厦里面的高速梯上，它的速度达到了每秒18米。

【同期声】记者丁瑜天：咱们生产导轨的技术有什么过人之处？

【同期声】长江润发（张家港）机械有限公司工程师余晓英：我们花了将近10年的时间进行工艺设备的研发，经过了5代的迭代，现在的车间已经实现了智能化的生产，拥有了十多个专利，但是我们并没有将这些专利封闭起来，而是将它们分享给了行业。我们不仅把我们的产品带向了世界，我们也把我们的技术分享给了世界，这也算是我们长江村人的一种格局。

【同期声】记者丁瑜天：好的，谢谢余总。我在现场也切切实实感受到了长江村人的力量，找到了他们的致富密码，那就是始终坚持用科技创新来驱动发展。可以说一根导轨让长江村人富了起来，强了起来。而通过创新成果的分享，让全世界也感受到了来自小村庄的大力量。

【地点】长江村长江大酒店“村晚”演员休息区。

【同期声】记者嵇程：谢谢丁瑜天，让我们看到了一根神奇且致富的导轨。在今天直播的一开始，导演给我推荐了三个节目和一朵花，我找寻了全场终于在这些孩子们的头上找到了这朵花，关于这朵花的背后还有一个非常励志的感人故事，我们通过一段VCR去了解一下。

【VCR】长江村村民张婷患尿毒症后，全村帮助她看病。成功换肾后，张婷自学缠花，尝试在网上进行售卖。

【同期声】记者嵇程：现在张婷来到了我的身边。现在你的身体恢复得怎么样了？

【同期声】长江村村民张婷：恢复得非常好，我现在吃什么都香，睡觉也很香。

【同期声】记者嵇程：看到她状态这么好，我也是真心替她高兴。现在当你再回忆起那段比较痛苦的经历的时候，当初是什么样的一个信念一直在支撑着你？

【同期声】长江村村民张婷：应该是大家对我的关心和照顾，家人、朋友尤其是村里人，在我最艰难的时候帮我渡过了难关。救了我一命，甚至给了我一份工作，让我可以开始有一个重新生活的机会，不然我现在都不知道自己是一个什么样的情况。

【同期声】记者嵇程：现在你在村里也有一份新工作是吗？

【同期声】长江村村民张婷：对的，我现在在我们村的家风馆做一名讲解员，我希望以这样的形式把我们村非常有爱的氛围传递出去，让大家都能感受到。在工作之余，我会做一些自己喜欢的手工艺品，所以每天都过得非常充实，也很快乐。

【VCR】在国内外各个岗位上的长江村村民同唱长江村村歌《堂堂正正长江人》。

苏州市广播电视总台2022年播出

记者手记

村民是主角，百姓登台唱。通过接地气的“村晚”学习贯彻党的二十大精神，在全国也具有很强的创新性。

岁末迎新之际，在江苏省张家港市长江村，一场由村民自导自演的“村晚”正在火热地演出。火红的灯笼、特色的民歌、欢快的舞蹈，村民的幸福生活在长江村不断上演。

如何报道好今年的“村晚”？我们通过直播的形式，采用多机位、多角度和“走基层”的手法，聚焦长江村第七届“村晚”开演前几个小时内，村民们各自的情绪与故事。

我们将镜头对准田间地头、工厂车间、彩排现场、农家院里，拍摄他们由心而发的笑容，倾听他们质朴的语言，将乡村干部、村民、职工等串联成一组具有积极向上精神和扎根故土的新时代农民群像，展现出党的二十大召开后的大背景下，长江村走共同富裕道路，物质文明和精神文明相协调，人与自然和谐共生的新面貌。

专家点评

长江村“村晚”从2016年开始举办，从“家和万事兴”到“永远跟党走”，由村民们自编自导自演主题鲜明、内容新颖、情感真挚的各类节目，生动演绎出在党的引领下村民们的幸福生活。

这档直播以学习宣传贯彻党的二十大精神为内核，紧紧围绕“三农”这一故事线，将长江村干部、村民、职工等串联成一组具有积极向上精神和扎根故土情怀的新时代农民群像，展示出在党的政策指引下，长江村在物质文明和精神文明方面跨越式的提升，题材重大、主题突出。此次直播方式也凸显新意：主创团队并不是简单地直播晚会，而是聚焦晚会彩排，捕捉台前幕后的生动细节，并将开场选择在靠近长江边的农家，村民的欢声笑语和热烈讨论，极富感染力，有力提升了直播主题。

第十八届江苏新闻奖

千年宋锦："活态保护"是最好的传承

主创人员　甄　军　马　宏

【字幕】2014年11月10日，北京水立方，APEC晚宴。

【配音】10号晚，中国国家主席习近平和夫人彭丽媛在水立方举行欢迎宴会，各经济体领导人偕夫人拍摄"全家福"时所穿的特色新中装一时间成为焦点。除了大伙能够看到的立领、对开襟、万字纹、海水江崖纹、祥云纹等中国传统元素，新中装的核心面料宋锦，也引来了许多关注。

【同期声】APEC领导人服装主创设计师楚艳：宋锦作为一个非常有特色的，能够充分展现传统纹样、传统色彩的值得推荐的面料，在我们这次整个设计方案的甄选过程中胜出。

【同期声】苏州市政协委员、苏州大学艺术学院教授袁牧：宋锦与APEC会议很好地结合，让世界上其他国家的人知道，在中国有一个古老的非遗的形式叫宋锦，宋锦是很美丽的。

【导语】宋锦的这次精彩亮相，唤起了全国人民对宋锦的记忆。事实上，作为有着千年历史的世界非物质文化遗产，宋锦淡出人们的视线已经很久很久，几乎被人们所遗忘。甚至在宋锦的主要生产地苏州，人们对它的了解，也少之又少。宋锦的传承，曾面临着生死存亡的考验。

【同期声】苏州工商档案管理中心工作人员许瑶：这是我们馆藏最早的一批宋锦。它的年代是明代的，它的织造技艺是三维斜纹的。你看这上面用真金丝做的有龙有凤的图案，当时在明代这个技艺就非常高超了。

【配音】宋锦起源于宋代，由于其色泽华丽，图案精致，质地坚柔，被称为中国"锦绣之冠"，因产地主要在苏州一带，故又称"苏州宋锦"。苏州宋锦与南京云锦、四川蜀锦一起，被誉为我国的三大名锦。

【同期声】苏州市丝绸行业协会秘书长商大民：历史上在清代曾经有过记录"东

北半城，万户机声”，就是现在的苏州古城的东部。当时从业人员要达到几万人，织机要一万台以上。

（手工织机现场过渡）

【配音】这台典型的传统木织机上，两名老匠人正在缓缓织锦。1厘米40围，将近280梭，两位匠人合作一天，也就能织出八九厘米宋锦，因此民间也有着“寸锦寸金”的说法。由于产量低、成本高，很长一段时间，宋锦的用途仅限于书画和装裱等领域。

在苏州城北城乡接合部，有一处挂着“红星宋锦织造坊”牌子的老厂房，走进去，三四个工人正在机器上生产着宋锦。王荣妹是这里的老板娘，她告诉记者，这个小厂开了有二十多年，是目前苏州为数不多能够生产宋锦的企业之一，但如今的经营状况只能用惨淡来形容。

【现场声】宋锦生产企业负责人王荣妹：我们的产品主要是用做高档装裱的，生意不好。这些存了多长时间啦？去年下半年到现在吧，这个都是，你看。属于积压产品了？对对，我做不下去只能关掉，没办法。

【同期声】苏州市非物质文化遗产办公室主任龚平：原来就是做点礼品或者做点用于装裱上的原材料，这个市场毕竟不是太广。

【配音】坚守传统，市场萎缩，导致宋锦的产量越来越少。在市场经济的浪潮中，原本还在生产宋锦的企业，纷纷倒下。据了解，目前整个苏州大市仍在织造传统宋锦的丝织机加起来还不到20台，宋锦产量从高峰期的一年五六十万米，下降到如今的不足万米。

【同期声】苏州地方志办公室原主任、文化学者徐刚毅：如果说非遗项目完全跟社会或者我们的生活脱节，也很难生存下去，也就免不了进入博物馆的命运。

【同期声】苏州市政协委员、苏州大学艺术学院教授袁牧：把它供到比如说是博物馆里或者说是用文字的方式、图像的方式把它记录下来，这样的保护只保护了一个壳，但是没有保护它的生命。

【导语】历史悠久的非物质文化遗产，该如何更好地传承，是所有国人一直在思考的问题。从即将进入博物馆，到成功登上APEC在世界舞台闪耀光芒，宋锦究竟是如何华丽转身的呢？揭秘它背后的故事，或许能让我们找到非遗保护传承的密码。

【配音】她叫钱小萍，是苏州丝绸博物馆原馆长，也是宋锦技艺唯一的国家级传承人，对于宋锦的没落，她曾在两会上大声疾呼。

【同期声】苏州宋锦技艺国家级传承人钱小萍：（宋锦）难道真的在我们现在的

苏州古城衰亡了吗？我们苏州人是不甘心的。

【配音】2006年、2009年，宋锦分别入选国家和世界非物质文化遗产。入选之后，该如何更好地传承宋锦，钱小萍也是一筹莫展。直到2011年，钱小萍遇到了一位吴江企业家。

（驱车赶往吴江盛泽）

吴江盛泽自古就有绸都的美誉，如今更是拥有各类纺织企业2500多家，现有无梭织机13万多台，年产纺织品100亿米。不过，在众多厂家中，目前还在坚持生产宋锦的，就只剩下鼎盛丝绸了。作为鼎盛丝绸的掌门人，吴建华是一名从业25年的老丝绸人。

【同期声】吴江鼎盛丝绸有限公司董事长吴建华：正好2011年快年底的时候，看到《苏州日报》登了一篇文章，就是钱小萍老师在呼吁，我们苏州宋锦面临着人亡技消的尴尬境地，那个时候我突然眼前一亮，我说这个宋锦是不是可以挖掘中国传统的一些产品，然后我们赋予时尚的元素重新做，那这个东西肯定是一个创新。

【配音】作为一个老丝绸人，吴建华坚定着复苏宋锦的想法。他聘请钱小萍担任公司的技术顾问，但他不认为传承就意味着因循守旧，而是要走创新之路，让宋锦融入现代生活，实现“活态保护”。

【同期声】吴江鼎盛丝绸有限公司董事长吴建华：很多传统产业为什么会萎缩，甚至没落，面临人亡技消的境地？有一部分跟市场有关，但是我认为更多的是行业自身根本的原因，是它的创新不够，产品研发、生产没有跟上时代、时尚的发展脚步。

【同期声】苏州市政协委员、苏州大学艺术学院教授袁牧：所谓“活态保护”，就是让这种非遗跟我们当下的生活结合起来，让它既有传统的外在的依附，还有它的生命的存在。这种生命的存在，就是这种非遗项目能够与我们现在的生活结合起来，延续下去。

【配音】那么，宋锦究竟该如何进行“活态保护”呢？吴建华走出的第一步，就是对生产宋锦的设备，进行技术改造。

【现场声】鼎盛丝绸有限公司董事长吴建华：这是我们的保密车间，一般不允许参观，平常也不允许拍照或者摄像。（重点的一些技术都在里面？）都在里面。

【配音】在这个保密车间里，是吴建华2012年投入700万元大胆引进的意大利剑杆织机和法国提花龙头。在此基础上，他很快研发出了世界上第一台应用于传统宋锦制造的剑杆电子提花织机。正是这台拥有两项专利的关键设备，解决了传统宋锦织机花样单调、效率低下等瓶颈问题。如今只要动动鼠标，就可以生产出复杂花型甚至浮雕感图案的宋锦面料，而且剑杆电子提花织机的生产效率比传统机型提升了50多倍。

【同期声】吴江鼎盛丝绸有限公司董事长吴建华：这是我们独创的，现在这个产品我们有专利的，你摸这个产品，跟普通宋锦完全不一样，耐劳性、耐混性都很强，我手指刮一下都没事。

我们总共申请了2个发明专利、5个实用新型专利，现在我们所有开发的（产品）都有版权。

【配音】技术的改良、花样的丰富、产量的提高，为宋锦实现产业化打下基础，这也是“复活”宋锦的第一步。在吴建华看来，要实现“活态保护”，更重要的是用新的设计让宋锦变得更时尚，为现代人所接受。

（谈论）

【配音】吴建华的投入付出，引起了一个人的关注，他是中国服装设计最高奖“金顶奖”得主，也是此次APEC领导人服装设计团队核心成员——曾凤飞。出于对宋锦的喜爱，曾凤飞主动为宋锦设计花色和搭配，以更加适应现代人的消费需求。

【同期声】APEC领导人服装设计团队核心成员曾凤飞：宋锦本身要在服装上提炼，必须要有当下的状态。当下的状态，就是时尚。

【配音】此次北京APEC会议召开正值深秋，在曾凤飞的建议下，新中装宋锦面料除了传统桑蚕丝成分，还加入了羊绒、羊毛。这样一来，宋锦面料柔软度增强，色彩层次更加丰富，保暖性提高，成本还下降了，靠着这项新技术，鼎盛获得了又一项专利。而正是加入羊毛成分的宋锦，获得此次APEC组委会的首肯。

（转场）

其实早在2011年4月29日，威廉王子婚礼上，鼎盛丝绸生产的新宋锦，就成为凯特王妃唯一私人定制的婚纱面料。当时这一事件就曾在业内引起热议，因为它意味着，中国丝绸产品真正走向了现代世界的高端时尚舞台！

为了让传统宋锦与现代时尚结合得更加紧密，近几年，吴建华还远赴引领世界时尚潮流中心的欧洲，高薪聘请意大利设计师，为宋锦产品做最时尚前沿的外观设计以及实用产品开发。领带、围巾、披肩、服装、箱包……都成了宋锦的产品载体。

【同期声】吴江鼎盛丝绸有限公司董事长吴建华：这是我们第一款做国礼的包，是送给美国国务卿克里夫人的。这个是我们意大利设计师设计的图案，这个宋锦图案已经完全不是传统图案了，我们已经是一个时尚的新的图案。

（黑场过渡、一段声画现场）

【同期声】中国国家主席习近平：看到各位都穿上中国式服装，既充满了中国传统元素，又体现了现代气息，让我们更感亲近。中国老百姓看了以后，也会感到亲切。

【配音】2014年11月10日，北京，水立方。对于许多丝绸追梦人来说，如此场景将令他们终生难忘！千年宋锦终于走出深闺，在国际舞台上焕发出耀眼的光芒。正如此次APEC会议上，习近平主席对宋锦新中装的命名，其根为“中”，其魂为“礼”，其形为“新”，合此三者，谓之“新中装”。苏州丝绸人的多年坚守与大胆创新，让传统文化与现代时尚交相辉映，让东方文化走出国门，走向世界！

【同期声】吴江鼎盛丝绸有限公司董事长吴建华：不管你宋锦也好，什么锦有五千年历史、一万年历史，跟消费者都没关系。他如果喜欢你的产品，他买你的产品，你的一千年历史、五千年历史，你才有机会跟人家讲。

【同期声】国内著名服装设计师、APEC领导人服装设计团队核心成员曾凤飞：你所有这些（传统技艺）都得要提升跟改造它，而不是在博物馆里面放着做展览。这个只能说文化传承没有传到位，传到看没有传到用。我们承载是什么，承载是生活要所用。

【同期声】苏州市非物质文化遗产办公室主任龚平：能够让非物质文化遗产活在当下，能够为当代的百姓所接受、喜欢，特别是能够融入当下的生活，这个非遗它就能活下去了。所以说，让非遗活起来，活态保护从根本上保护了这些非遗项目。

【字幕】北京APEC会议之后，宋锦“新中装”广受消费者追捧。截至目前，中国共有世界非物质文化遗产代表性项目30个，国家级非物质文化遗产代表性项目1372个。

【导语】一个国家、一个民族的强盛，总是以文化兴盛为支撑的，中华民族伟大复兴需要以中华文化发展繁荣为条件。非物质文化遗产是中华民族博大精深、丰富灿烂的优秀传统文化的重要组成部分。对此，习近平主席就曾指出，要结合新的时代条件传承和弘扬中华优秀传统文化，传承和弘扬中华美学精神。宋锦“活态保护”成功的经验，让更多的非遗保护者看到，只有以改革创新的精神，让传统文化与现代时尚相结合，才能让中国文化得到最好的传承。

苏州市广播电视总台2014年播出

记者手记

北京水立方APEC晚宴，这条新闻价值重大，但离我们地方台似乎有点遥远。好在各国领导人穿的新中装，让我们有了接地气的机会。

我们惊喜地发现，新中装的面料居然是来自苏州的传统非遗宋锦，但翻阅资料，有关宋锦的报道却极少，这让我们陷入了思考。

宋锦究竟是什么？为何现在鲜为人知？它又经历了怎样的故事，成为向世界展示中国文化的闪亮明珠？带着这些疑问，我们开始了寻访。

在采访中，有对工艺的惊叹、有对市场的唏嘘、有对坚守的感动、有对创新的赞许。

在我们看来，这不仅是一篇报道，而且希望唤起更多人重新认识传统文化的当代价值，让“活态保护”的经验传播得更广，让更多“宋锦”焕发新生，推动文化自信、自强。

专家点评

苏州拥有的丝绸制造技艺“非遗”项目占据全国的半壁江山，宋锦是其中著名代表之一。在2014年的这部作品中，苏州媒体和苏州“非遗”从业人士提出“活态保护”的概念，这个提法紧扣习近平总书记对中华优秀传统文化“创造性保护、创新性发展”的要求。千年宋锦的织造技艺不能在当代苏州人的手上丢了，沿着这一思路，记者剥茧抽丝、理出头绪、经纬交织、提花敷设，讲出了苏州几代丝绸人的艰辛与奋斗，更为苏州丝绸制造技艺的传承与发展，给出了完整的方案。

第二十五届江苏新闻奖

追光的孩子

主创人员　沈　玲　荀思浩　徐　蕾　李文瑾　胡　超　张泽宇
左　政　缪　言　宋希平　吕劲波　董维海

总起

【画面】城市车来车往、地铁站人来人往的延时大景。

【字幕】苏州轨交4号线,孙武纪念园站。

【字幕】这是一场特殊的影展。

【字幕】139件作品,48个山里娃,跨越9年创作。

【同期声】小朋友:世界上还有很多美好的东西都值得去发现。

【同期声】苏州市民:有了这些美好,他们的内心就会变得更加坚强。

【同期声】小朋友:我就是想去大山,看看到底是什么样子的。

【同期声】摄影志愿者:一台相机就是一粒艺术的种子,能够影响他观看世界的一种方式。

【现场】记者看照片的一些场景。

【记者旁白】记者李文瑾:2021年,这场苏州地铁里的公益摄影展打动了许多人。拍摄这些照片的都是大山里的孩子,他们来自彝、侗、苗、瑶等10个民族,平均创作年龄只有10岁。9年间,这些留守少年用一个个光影瞬间记录下了最真实的生活与变迁,而在这背后,是一个关于摄影家和山里娃的追光故事。

【人物身份】

李文瑾　记者

郁大波　苏州市摄影家协会副主席

龚　刚　苏州市摄影家协会主席

赵培根　摄影家、“春风行动”公益摄影项目志愿者

【志愿者基地访谈】

【字幕】苏州市摄影志愿者基地。

【现场访谈】几位摄影志愿者在办公室进行策展讨论。

郁大波：为了做这次影展，要从这个10万张左右的照片里面进行一个筛选工作，这个工作量还是非常大的。

李文瑾：怎么会有十万张这么多？

龚刚：其实这是一个很庞大的系统工程。现在拍出来的片子参差不齐，我们也不框死他们，要去怎样怎样拍，什么场景都可以拍，那么他们也拍了大量的作品。半个月或一个月传过来了以后，我们就给它们归类、建包（档），我们定期、不定期给他们办一些展览。

【高铁访谈】

【现场】一组高铁的镜头。

赵培根：他们拍的时候也是感觉好玩才拍，像这一张他睡着了。

李文瑾：照的那一下就是当下最真实的感情流露，这个是不是我们最亮眼的？

赵培根：其实我们发现的时候是在2016年，感觉这张照片非常棒，几乎每个人看了都会到心里去。

李文瑾：她的眼睛很吸引人。

赵培根：那个时候，在平遥国际摄影展的时候，影响力非常大。

李文瑾：当时他拍这个照片的时候多大年纪？

赵培根：12岁。

【记者旁白】记者李文瑾：与光影世界的邂逅，对这些大山中的留守儿童，究竟意味着什么？第一站，我们将去见见那双大眼睛背后的孩子。

“看见”成长

【人物身份】

李文瑾　记者

且沙子拉　彝族，16岁，学习摄影5年，2017年平遥国际摄影展“新蕾奖”获得者，布拖中学七年级学生

赵培根　摄影家、“春风行动”公益摄影项目志愿者

王玉龙　原布拖县火烈乡依作老哈小学老师

【画面】一组大凉山的风土人情画面。

【字幕】四川省凉山彝族自治州布拖县火烈乡。

【字幕】2021年11月20日，彝历新年第一天。

【学校现场访谈】依作老哈小学门口。

【字幕】凉山彝族自治州布拖县火烈乡依作老哈小学。

且沙子拉：这是我以前的老学校，叫依作老哈小学。

赵培根：《大眼睛》那张照片在这里拍的。

且沙子拉：一个小女孩，特别小，跟着她姐姐来到教室。然后她个子太小，那时候小，那个桌子高。她就只能这样看着我，手这样抓着，一直看着我、盯着我，眼睛特别大，然后我就把相机放在她面前拍了一张。

#VCR 1

【字幕】2017年9月19日，山西平遥，第十七届平遥国际摄影展。

【配音】平遥国际摄影展，在国际摄影界都享有盛誉。2017年，在这样一个世界级摄影家的盛会上，60多幅来自大山深处留守少年的摄影作品让很多人震撼。

【配音】尤其是这一双大眼睛，专家评委们经过一夜紧急磋商，决定要打破惯例，为这个作品专门增设一个"新蕾奖"。

【现场】中国摄影家协会副主席柳军：我们苏州市摄影家协会通过摄影的方式培养了他们一双发现的眼睛。

【配音】2013年春节前，苏州市摄影家协会给10个在苏务工人员的子女一人发了一台相机，并进行一对一、手把手的教学。一个寒假之后，从家乡返苏的孩子们带来了意外的惊喜。

【字幕】2014年2月2日，贵州省黔东南州麻江县龙山中心学校。

【同期声】中学老师、"春风行动"公益摄影项目志愿者朱岳明：这些孩子的眼睛看见相机、看着我们志愿者是发亮的，是对我们最大的感动。所以我们坚持把这个活动继续做下去。

【配音】此后，更多志愿者加入了这场公益行动。苏州的摄影家们先后前往贵州、四川、云南等地，在那里的山区学校建立了7个公益摄影基地。一台台相机、一张张照片，犹如一颗颗种子，在孩子们的心中生根发芽。

【大山山顶访谈】

李文瑾：那你自己喜欢拍些什么东西？

且沙子拉：想到什么拍什么，看见什么觉得好看就拍了，花、动物，还有人。我拍的大部分是那些小的孩子流着鼻涕在这里，那些老人坐着、穿着彝族服装。

李文瑾：第一次拿到相机的时候是什么感觉？

且沙子拉：好奇吧。感觉这是什么东西？只是在电视上见过，然后没真实看过，他们说子拉，给我看一下，我只摸一下或者我只看一下。然后就还给我，你别怕，我不会弄坏的。

#VCR 2

【配音】大凉山，是我国最大的彝族聚居区。曾经，这里被称为“中国最贫困的角落”。且沙子拉，就来自于这里大山深处的一个留守家庭。

9年前，爸爸因病去世，不久后，妈妈又涉毒入狱。年仅15岁的哥哥挑起了家庭重担，外出打工，供两个弟弟上学。

【配音】2016年，苏州市摄影家协会的志愿者们第一次来到大凉山，设立了公益摄影基地，小子拉的改变也正是从这时候开始了。

【大山山顶访谈】

且沙子拉：我爸不在了，我妈又不在。我根本就不喜欢说话，我不喜欢跟别人接触。如果我们村里的一个人他走那边，然后我在这边，我都害怕他会不会跟我说话。

李文瑾：没有爸爸妈妈在身边会觉得很孤独、很压抑吗？

且沙子拉：有，感觉被这个世界抛弃一样的。

李文瑾：拿了平遥的奖，刚跟你说的时候你是什么感受？

且沙子拉：我都不知道照片还可以拿去比赛，村里的那些人说，你可以百度里搜“子拉”，他的名字可以出来的。同学他就搜了一下，他就说，哇，你成明星了，然后跟我合影。

李文瑾：那个时候，有没有觉得自己很厉害。

且沙子拉：有啊，感觉自己还是蛮优秀的。现在拍照这么厉害，然后干其他的更努力一点。是不是比这个更优秀一点，努力肯定有回报，加油一点。

“看见”变迁

【字幕】贵州省铜仁市碧江区。

赵培根：现在铜仁应该是4个摄影公益基地。

李文瑾：4个是吧？为什么我们7个有4个选在铜仁？

赵培根：因为我们苏州跟铜仁是对口帮扶城市，每年两次是必须来的。

#VCR 3

【配音+字幕】易地扶贫搬迁，是指将生活在缺乏基本生活保障条件地区的贫困人口搬迁安置到其他地区，并通过改善安置区生产生活条件、拓展增收渠道等，帮助贫困人口脱贫致富。

【配音】经过多年努力，铜仁市共有6万多户偏远山区家庭通过这一政策住上了城里的新房子，而他们的孩子也得以就近读更好的学校。

2019年，铜仁市第三十三小学正式投入使用。崭新的教室、宽敞的操场、先进的教学设备，来自土家族、苗族、侗族等不同民族的山里娃娃们在这里享受着现代化、多元化教育。

【配音】2020年，苏州市摄影家协会在三十三小学设立了第7个公益摄影基地，成立了摄影社团，让更多山里孩子举起相机，爱上了光影世界。

【学校现场访谈】

罗杨：这些都是我们摄影社团孩子们拍的一些日常，在校园周边拍的一些（照片）。你比如说像这幅图，翁伊凡小朋友抓拍的，刚好是我们低年级小朋友在奔跑。这种动态，抓得就很好。他们有时候拍的照片会让人眼前一亮。这个小朋友有那么灵动的一个瞬间，有那么活泼、那么生动的一个瞬间可以从每个小孩子的脸上看出他的校园生活还是非常开心的。

【摄影教室访谈】

李文瑾：今天一来，我就感觉我们学校的小朋友都特别活泼开朗，看见陌生人都很主动地去打招呼的。

黄红：孩子们一开始来的时候，我们进行了一个摸排，有好多孩子的爸爸妈妈在外面打工，孩子们和爷爷奶奶在一起生活，或多或少存在着一些问题，孤僻、不阳光、不自信，不敢大胆地和别人交流等等。

罗杨：刚来这个地方他不太适应的话，那么他对于老师，或者对于一些比较陌生的同学，他的眼神其实是有躲闪的，就是那种有点怯怯的感觉。

黄红：那么我们就想，通过什么方式让他们变得更阳光、积极、自信。刚好苏州市摄影家协会给我们一个机会，成立了这么一个摄影社团。除此之外，我们还成立了十多个专业的社团，让孩子们在社团中得到交流。他们找到了成就感，自信自然地就被激发出来了。

罗杨：更加开朗，也更加愿意去表达自己的想法，这是一个最大的转变。

黄红：龙佳妮同学上半年去苏州参加影展。她说我第一次坐飞机，我的爸爸都没有坐过飞机。我说因为什么你坐上了飞机。她说因为我参加了这个社团，拍了好多照片，老师给我鼓励，原来外面的世界那么精彩。反过来她又和我说，我如果要努力地学习，把知识学好，把本领学好，我可以到外面做我想做的一些事情。当时我非常震撼，非常震撼。

【记者旁白】9年公益接力，如今最早一批学习摄影的孩子已经长大成人。照片中这个拿着相机一脸自豪的瑶族小姑娘，已经长成了一个大学生，从农村走向城市。今天，她的追光故事还在继续吗？

“看见”希望

【人物身份】

姚　静　瑶族，19岁，学习摄影8年，作品入围2017年平遥国际摄影展

#VCR 4

【配音】2014年，姚静就读的贵州麻江县龙山中心学校，成为第一个“春风行动”公益摄影基地，她也幸运地成了获得相机的学生。

《老黄牛》是姚静拿起相机拍摄的第一张照片，这张照片在3年后入围了2017年平遥国际摄影展。

【同期声】温州职业技术学院人工智能学院学工办主任张慧慧：她在摄影方面有自己独特的见解。

【学校草地现场访谈】

李文瑾：相机陪伴你的这8年，有些什么样的影响？

姚静：小时候就是陪伴自己长大的，算是一个小伙伴吧。然后长大之后，也是自己在学习生活上面展示的一个能力、技巧。我在学院宣传部的话，就是拍照、（写）新闻稿、写推文，教了二十几个大一刚进来的学弟学妹，教他们怎么拍照、写推文、写新闻稿，感觉也是很高兴，有老师能够这样子信任我。

李文瑾：一个小小的相机给你的人生打开了一扇窗户。

姚静：对，见证我每个阶段的成长，到高中、大学，可能到快毕业，以后工作，都会一直在我身边。我以后回到老家的话，可以去那些宣传类的部门工作。毕业回家之后，我也会坚持拍下去，然后把我们贵州的一些人情风情、一些民风民俗、一些少数民族的服饰、一些旅游景点，把它拍好，让更多的人看到贵州不一样的一面。

尾声

【时间线】

2013年，“家在苏州　把苏州带回家”摄影小使者行动启动。

“把苏州带回家”公益摄影展。

2014年，贵州省麻江县龙山中心学校建立公益摄影基地。

“放飞梦想”公益摄影展。

2015年，贵州省铜仁市瓮慢中心小学建立公益摄影基地。

2016年，四川省布托县依作老哈村小学建立公益摄影基地。

2017年，云南省宁蒗县永宁乡可口可乐希望小学建立公益摄影基地。

山西平遥“天目”公益摄影展。

2018年，贵州省石阡县高王小学建立公益摄影基地。

2020年，贵州省石阡县石固仡佬族侗族乡九年制学校建立公益摄影基地。

2020年，贵州省铜仁市第三十三小学建立公益摄影基地。

2021年，江苏苏州山湖情“山娃·象”公益摄影展。

湖南凤凰山湖情“山娃·象”公益摄影展。

【字幕】9年来，由苏州30多名志愿者发起，这一公益行动辐射至贵州、四川、云南3省4市。

志愿者们跋山涉水，深入西部山区19次，总行程超过10万公里。

受助学生中90%以上是少数民族，大部分是留守儿童。

他们，点亮了远山孩子们的希望之光；

他们，也找到了自己的生命之光。

苏州市广播电视总台2021年播出

记者手记

本访谈通过一场苏州地铁站的摄影展进入，作者来自彝、侗、苗、瑶等10个民族，平均创作年龄只有10岁，大多是留守儿童。而在这背后，是一场长达9年，由一群苏州摄影志愿者发起的摄影公益行动。为了探寻这个追光故事，记者跨越上万公里，去走访那些当事人。在四川大凉山，孤僻自卑的且沙子拉，因为接触到摄影，为他的人生打开了一扇窗；在贵州铜仁，龙佳妮用相机记录下家庭、家乡“脱贫摘帽”的历史变迁；在浙江温州，贵州走出的大学生姚静，通过摄影获得认可，也坚定了她建设家乡的信念；而苏州的摄影志愿者们从山里娃的身上，也领悟到更多纯真、美好的生活真谛……而他们，也都成了中国精准扶贫战略的亲历者、见证者。

该作品巧妙地借助了孩子的纯真视角，以真挚乐观的文本和视觉语言，传递着积极奋斗的勇气、乐观向上的正能量以及奋勇向前的希望与动力。记录下孩子们的成长与蜕变，也见证了祖国大好河山的伟大变迁以及各民族的团结与融合。紧紧围绕全面脱贫后的“扶志与扶智”这一主题，讲述了不同民族的留守儿童们通过摄影这门艺术获得自信，找到推开外面世界大门的钥匙，埋下梦想种子的“追光故事”。

专家点评

《追光的孩子》这个题目是一个双关的表达，既是山里娃用光影反映自己的生活、表达自己的感受，也是这批孩子在追光的过程中推动自己、家庭和地方共同成长。山里的孩子得到了相机，记录下生活的点滴瞬间，电视台记者再去拍孩子们拍照片的故事，这里面形成的“拍与被拍”“看与被看”的关系耐人寻味。作品以“持相机的孩子”切入，经由记者的寻访，最终点出“脱贫致富中的精神文明建设”的成果，其中镶嵌的若干个小故事，推动观看者的兴趣点不断向前。

第二十三届江苏新闻奖 第二十二届苏州新闻奖一等奖

消逝的渡口

主创人员 沈 玲 陆玉方 吴 好 王晓雄 吕宇蓝 魏代岭
李修利 叶 栋 赵海云

【地理坐标图示】上海市青浦区金泽镇南新村,江苏省昆山市周庄镇东浜村。

【说明性字幕】南新村、东浜村仅一河之隔,轮渡是两地村民重要的出行方式。10月31日,历时一年多,东垞港桥终于建成。

【采访同期声】周庄镇东浜村村民陈雪华:如果现在到晚上,我可以到我姐姐、姐夫家去了。这本来是根本不可能的事情。

【采访同期声】周庄镇东浜村村民杨弟:现在周庄人也会去走一走,就好像散步,走过去。那边村上的人也来散步,走到桥上来。

【采访同期声】上海市青浦区金泽镇南新村村民陆季云:现在桥造好了真方便,晚上8点钟可以,晚上10点钟可以过来,对吧,老百姓最方便了。

【出片名】《消逝的渡口》。

【说明性字幕】9月5日,周庄镇南新渡口。

【采访同期声】南新渡口渡船驾驶员顾春荣:这个船因为跨省运行的,所以特殊一点。原来摆渡的人,以前就有的。一代接一代,老了就给儿子接班。像我们这一代,到我是最后一个了。这个渡船听说开了100多年了,摆渡的人很多很多的。

【采访同期声】周庄镇东浜村村民杨弟:上一代人都知道这里有渡口,一直保存下来。以前的船好像是私人的,木头船。

【采访同期声】南新渡口渡船驾驶员顾春荣:有人就摆,原则上是没有休息天的。大风、台风天、下雪天,只能休息了。我们两地联姻的人,很多的,他们跑亲戚,来来去去的。基本上在17点30分之后,我们下班,这一点就不方便。

【说明性字幕】9月15日,周庄镇东浜村陆美玲一家。东垞港桥即将建成通行。

【采访同期声】周庄镇东浜村村民陆美玲:这是最后一次坐渡船了。阿二,你看桥长不长啊。

我的小孙女没坐过渡船。我说，走，我们去一次，马上这个船要没有了。

【说明性字幕】上海市青浦区金泽镇南新村，陆美玲姐夫家。

【采访同期声】周庄镇东浜村村民陆美玲：我老公的舅舅、姨妈，都是上海那边的。晚饭一直不吃的，因为那个船晚上不摆的。如果要吃晚饭就只能骑车绕路。

【动画图示】宽仅100米的泽同港，绕行距离却要近18公里。

【采访同期声】周庄镇东浜村村民陆美玲：我去舅舅那边时候绕过的，走路1个小时，骑电瓶车差不多40分钟，真的不方便的。白天没时间去，晚上想去转一转的时候，跑到河边上，想想不好过去了，就回去吧。

我老公的舅舅死了，要去看的，去了不可能一会儿就回来的。

【采访同期声】周庄镇东浜村村民陈雪华：我舅舅是2017年12月去世的。当时我们得到消息以后，他们来告诉我，船夫人不在摆渡船那边，一定要等到他们来了以后，我们才能过去。除非我们去打的，从那边绕过去，一般你想马上过去是不可能的。舅舅相当于是家里面一个很重要的人物，舅舅毕竟是家里的老大。记者：在那边操办要好几天吧？三天时间。不好回来的，你想回来都不可能的。麻烦的，还不如就住在那边。这个桥要是早一点通，我们就能多陪我舅舅几天。我们关系一直很好的，当初的时候没有桥，只能陪三天了，确实有点遗憾的。

【说明性字幕】10月17日，周庄镇东浜村。

【采访同期声】周庄镇东浜村村民陈雪华：我是做木工的，上海的活多是多的，就叫我们去干，就是不方便的。你晚上如果要收工晚一点，这个船就没有了，他们（船夫）人都不在了，你回都回不来了。那时候根本不能想，叫你吃顿晚饭都不行的。不好吃晚饭的，东家留你吃晚饭也不能吃。所以有活也不能去干，只能叫上海那边人自己去干。

【说明性字幕】10月31日，周庄镇南新渡口。

【采访同期声】上海市青浦区建设和管理委员会党委书记、主任陆章一：2011年，当时我们就提出来了，以撤渡建桥为原则，来解决村民的具体出行问题。以前涉及资金的问题，主要是两个地方的地域行政审批。正因为在长三角一体化的推动下，我们得以顺利地完成。

【说明性字幕】10月31日，周庄镇东浜村陈雪华家。

【现场同期声】对岸亲戚来陈雪华家做客。

美玲，我们来了。真的来啦，来了蛮好。桥终于通了，可以来吃顿晚饭。真的，晚饭好久没来吃了，上次来吃晚饭，还是老二出生的时候。一会儿我们吃好了，去古镇街上逛逛。

【说明性字幕】周庄古镇景区。

【现场同期声】对岸亲戚与陈雪华一家夜游周庄镇。

你们从来没看过、没逛过（夜周庄）。十块钱拿一个吧，妹妹拿，妹妹拿。这个就是万三蹄店。

【说明性字幕】南新渡口正式停航，顾春荣26年的摆渡生涯正式结束。

【采访同期声】南新渡口渡船驾驶员顾春荣：我年纪大了，应该退休了，应该退休了。

【说明性字幕】宽约100米的泽同港，如果绕行要多走近18公里，苏州最后一个跨省渡口撤销，两地居民往来将越来越便捷。在长三角一体化进程中，苏州正在打通8条省际“断头路”。长三角一体化给居民带来看得见、摸得着的红利。

看苏州APP2019年播出

记者手记

江苏昆山市周庄镇的东浜村和上海青浦区金泽镇的南新村之间隔着一条宽约100米的河。百余年来，沪苏两地村民往来一直靠渡船。由于涉及沪苏两地行政审批等原因，人们盼望的桥一直没能建成。

随着长三角区域一体化上升为国家战略，沪苏两地终于联手在此地建起了一座桥，苏州最后一个跨省渡口终于撤销。

在持续近3个月的跟踪拍摄中，记者挖掘了两条人物故事线：一条线是摆渡人顾春荣；另一条线是周庄的村民陈雪华家人。

该视频专题以通桥当天的现场为切入点，用倒叙的方式讲述渡口的历史、村民出行的不便以及对桥的渴望等等。

该作品以“撤渡建桥”为小切口，透视时代大背景下的变迁，反映长三角一体化战略给人们带来的幸福感和获得感，引发广泛共鸣。

专家点评

两个村子一河之隔，因为分属上海、江苏，所以多少年来只能靠舟楫摆渡作为主要交通方式。乘着长三角一体化的东风，一桥横跨两岸，彻底解决了两岸群众的出行困扰。稿件深入长三角一体化的第一线，选择上海市青浦区金泽镇南新村和江苏省昆山市周庄镇东浜村的典型案例，以村民、摆渡人、基层管理者等不同视角，共同讲述了“修桥撤渡”对于发展和交流的重要意义。在6分钟的体量中，短视频容纳了非常多的信息，显得饱满、生动，有说服力，感染力。

第十六届苏州新闻奖一等奖

沙钢转型物流业　三年再造一个“新沙钢”

主创人员　杨　溢　陈永泽

【导语】昨天，美国《财富》杂志发布了2013年世界500强排行榜。沙钢集团以营业收入345.58亿美元位列第318，比去年上升了28位，这是沙钢连续第五年上榜。然而面对接近世界前300强的喜讯，沙钢集团的掌舵人沈文荣谈得更多的却是反思：

【同期声】沙钢集团董事局主席沈文荣：我们刚进（世界500强）的时候，（利润）要超过6亿、7亿甚至8亿美金。我们发现，今年的利润9000多万美金，5亿多人民币，形成很大的反差。从这个角度来讲，我们要反思、要总结、要研究钢铁行业怎么转型升级的问题。

【解说】在行业产能过剩的背景之下，处在微利时代的钢铁企业可谓步履维艰，今年上半年，全国钢铁行业平均利润率仅0.13%，吨钢利润一度只有0.43元，两吨钢铁赚的钱不够买一支冰棍。众多钢铁企业要么减产，要么停产。然而，沙钢集团在过去八个月里，铁、钢的产量均有不同幅度增长，利润在去年基础上实现了110%的增长。这背后的关键因素就是沙钢投资300亿元新建的玖隆钢铁物流园的快速崛起。

【现场同期声】记者杨溢：在我身后这片用铁丝网围起来的区域，就是玖隆钢铁物流园保税物流中心的施工区域，目前这里正在进行打桩施工，我们通过这个展示板，可以初步了解一下，这个保税物流中心总的占地面积是800亩，总投资是8亿元，这个保税物流中心全部建成以后，将大大提高整个玖隆钢铁物流园的服务功能。

【解说】在做强钢铁主业的同时，沙钢在发展业态上积极转型。投资新建玖隆钢铁物流园就是最好的例证。截至目前，已有1000多家钢铁物流和钢铁贸易企业入驻，去年实现营业收入425亿元。如今，玖隆钢铁物流园仍在加大项目建设投入，不断完善园区功能。同时玖隆钢铁物流园还将打造电子商务平台，实现在线交易等功能，减少企业贸易成本。目前门户网站建设已进入内部测试阶段，将在今年年底正式上线。

【同期声】沙钢集团第一副总裁刘俭：通过这样的运作，我们讲沙钢3000多万吨的生产能力，但是玖隆物流可能会销售6000多万吨、7000多万吨、8000多万吨，这个可能都存在，不限于沙钢，也不限于加工沙钢的东西，形成综合性的超市性质的、有质量和信誉保证的、成本低的服务现代化的这样一个物流园。

【解说】目前，整个物流园投资已超80亿元。根据沙钢三年行动计划，到2015年最终建设成为集现货交易、仓储加工、物流配送、电子交易等于一体的钢铁产业服务集聚区。预计完成销售2000亿元，实现三年再造一个“世界500强”的目标。

【同期声】沙钢集团董事局主席沈文荣：总结世界钢铁工业发展历史，它们都是在搞好钢铁的同时，达到一定规模的时候，搞多元化的发展。所以，围绕这个中心，我们要去搞钢铁物流，应该是未来5至10年新的发展的增长点。

张家港市广播电视台2013年播出

第十八届苏州新闻奖一等奖

公益组织当上环境诉讼案原告

主创人员　支燕萍　骆　扬

【导语】今天上午，苏州市中级人民法院开庭审理了一起环境污染案，这起案件早在半年前就提起了公诉，被告人赵某已被判刑，那么这次开庭又是为了什么呢？来看报道。

【配音】自2011年起，赵某在我市城北一厂房内从事非法电镀作业，将废水直接排放，导致周边环境被污染。去年2月，赵某因污染环境罪被判处有期徒刑一年。

【同期声】市环保局环境监察大队三中队副中队长王华斌：环境修复需要成本，所以我们在追究当事人刑事责任的同时，还希望能追究民事责任，赔偿环境修复费用。

【配音】谁损害谁赔偿，这是法律的基本准则，但由于环境污染的受害主体是全社会，所以，由谁来当这个原告，一直存在法律争议。

【同期声】市人民检察院民事行政检察科科长赵庆：四中全会提出探索建立检察机关提起公益诉讼制度，新《环保法》也对提起环境公益诉讼的社会组织资格进行了明确界定。我们认为，以社会公益组织为原告、检察院为支持单位，这在法律上是可行的。

【配音】年初，昆山市环保公益联合会作为原告，昆山检察院作为支持单位向苏州市中级人民法院提起了民事公益诉讼，要求赵某等人赔偿环境污染修复费用70余万元，被苏州中级人民法院受理，也成为苏州地区首例环保公益诉讼案。

昆山市广播电视台2015年播出

第十八届苏州新闻奖一等奖

“16+1”领导人同坐高铁 “高铁外交”奏响最强音

主创人员 郑又淳 徐 蕾 王 丹 徐 坚

【导语（前）】今天，结束在苏的系列活动后，李克强总理邀请中东欧各国领导人共乘高铁从苏州赴上海。

【配音】上午，蓝白相间的和谐号列车静静停靠在苏州北站，车身上，“16+1 > 17”的字样分外醒目。10点50分，李克强总理和各国领导人登上列车，行驶5分钟后，列车便提速到301公里。不少领导人都是第一次乘坐中国高铁，他们看看这儿，摸摸那儿，饶有兴致。李克强总理则如数家珍，向客人们介绍起近年来中国高铁的发展情况。此次乘坐的是我国拥有完全自主知识产权的CRH-380A型高速动车组，设计时速可达380公里，是目前世界上速度最快的高速动车组。从苏州到上海91公里，全程仅花了22分钟。

【字幕（同期声）】（现场声）国务院总理李克强：（记者：李总理，高铁坐得怎么样啊？）大家都感觉到很舒适，尤其是安全。（记者：为什么一定要把高铁往外推销呢？）因为它代表着中国装备技术的综合水平。

【配音】近年来，中国高铁以技术含量高、建造成本低，成为中国推动国际产能合作的重要抓手，就在昨天，中匈、中塞共同建设的匈塞铁路，在苏州正式签署了合作文件。

【字幕（同期声）】国务院总理李克强：使我们的“16+1”在高速列车上飞奔，打造推动经济增长的新引擎。

苏州市广播电视总台2015年播出

第十八届苏州新闻奖一等奖

第一车第一排第一座
最年长老兵光荣受阅

主创人员　田　野　李继明

【导语】在今年的胜利日大阅兵中，抗战老兵乘车方队被安排在最前面，而坐在老兵方队第一车第一排第一座的正是苏州102岁高龄的老兵陈廷儒。

【大阅兵现场画面】昔日为国建功勋，今日受阅展风采。现在，抗战老兵乘车方队开过来了。

【配音】抗战老兵们满头白发、熠熠生辉。主席台上，习近平总书记起身致意。而在直播画面中首位亮相的老兵正是苏州老英雄陈廷儒，陈老在北京颤抖着右手敬礼，让人动容，而远在苏州的家中，老老少少一大家子亲人则早早围在了电视机前看直播，当陈老在直播中出现时，一家人都抑制不住内心的激动。

【同期声】陈廷儒妻子程璧珍：虽然年纪大了，102岁了，但是他的风采不减！

【同期声】陈廷儒的孙女陈丹丹：爷爷精神看起来非常好，根本就不像一个百岁老人。

【配音】满屋的书画诗集，透着浓浓的文人气息。然而，这家的主人102岁的陈廷儒却是一位戎马一生的老战士。1914年1月，陈廷儒出生在苏北涟水县的一个农民家庭。师范毕业后，25岁的他成为当地一所小学的校长。1939年初，日军将战火烧到涟水，县城很快沦陷，容不下一张平静的课桌。

【同期声】陈廷儒妻子程璧珍：他的伯父被日伪军打死了，国仇家恨，更激发他对革命的向往，他坚决走上了这个道路。

【配音】不久，陈廷儒暗地里加入了共产党领导的敌后抗日游击队，发动群众共同抗日。

【同期声】抗战老兵陈廷儒：白天是分散，看不到有部队，那么夜晚就集合起来到一个村庄开会，给群众宣传抗日，开展教歌曲这些活动。

【配音】在陈廷儒的努力下，当地抗日力量逐步壮大。在与日伪军的多次交战中，陈廷儒也慢慢由一名新兵成长为战斗经验丰富的游击队中队长。

【同期声】抗战老兵陈廷儒：那时候就是“扫荡”、反“扫荡”，“蚕食”、反“蚕食”。虽然我们不跟他（敌人）硬碰硬，碰不过，但是我们要坚持，要长期（斗争），我在本地总是有有利条件，可以坚持。

【配音】1942年，陈廷儒加入中国共产党。不久，他被任命为李集区区长。陈廷儒一边带领老百姓躲避扫荡，一边又与日伪军作战。抗战胜利后，陈廷儒参加了淮海、渡江等战役战斗，历经大小战斗百余次，先后被授予独立自由勋章、解放勋章、独立功勋荣誉章。

1981年，陈廷儒从福州警备区顾问职务上离休，与夫人程璧珍一起回到苏州休养。退休后的陈廷儒放下枪杆子，提起笔杆子。陈老的书法遒劲有力，一提笔就和革命相关。

【同期声】抗战老兵陈廷儒：青年人就是要记住这个（抗战）历史，而且要吸取过去的教训，落后一定会挨打，这个是铁的教训。

【同期声】陈廷儒的儿子陈晓山：纪念抗战70周年胜利，我觉得是一个很好的契机，就是让年轻人得到一次更好的教育。

【同期声】陈廷儒的孙女陈丹丹：我觉得我们应该继承老一辈的那种精神，就是为国家、为民族可以牺牲自己的那种精神，把我们的祖国建设得更加富强。

苏州市广播电视总台2015年播出

第十九届苏州新闻奖一等奖

一条改革建议　让综保区在国内外两个市场发力

主创人员　苏州台与昆山台合作（集体创作）

【导语（前）】日前，海关特殊监管区域企业增值税一般纳税人资格试点工作在全国七个综保区正式启动。今后，区内企业在内采内销时不再需要走进出口流程，而是直接开具一般纳税人增值税发票，进一步畅通内销渠道。

【字幕（同期声）】记者冯威：现在是凌晨的零点三十分，这里是位于昆山综保区的扬皓光电。在我身后，企业的财务人员正在开出全国综保区企业内销的第一张增值税专用发票，这也标志着由昆山提出的海关特殊监管区企业增值税一般纳税人试点改革在全国七个综保区实质性落地。

【配音】开具增值税专用发票，意味着综保区企业在原材料内采时，可以享受增值税全额抵扣，降低生产成本。同时，在产品内销时，也无需按进口产品增收相应的关税。

综保区被视为“境内关外”，一大特点是“两头在外”：生产材料以进口为主，制作成品以出口为主。但近年来，海外市场低迷，原先在保税区内，享有种种优惠政策，产品远销海外的企业，因政策限制无法开展内销业务，反而面临着产能过剩的问题。

【字幕（同期声）】昆山扬皓光电有限公司总经理王锦坤：你想直接在保税区内去做国内的生意是有一定的难度的。为了要做内销市场，我们必须在综保区外开设一家公司。

【配音】区内区外设立两个工厂，也是目前许多综保区企业普遍采用的方法。但这种模式不仅影响生产效率，更增加了企业的运营成本。为了有效解决这一问题，2015年12月，借助深化两岸产业试验区部省际联席会议平台，昆山正式提出综保区企业增值税一般纳税人资格试点的改革建议。

【字幕（同期声）】昆山市发改委研究室主任周元鹏：当时提出这个试点，主要是基于企业的一些诉求。随着经济形势发生变化，企业扩展内销的需求非常迫切，所以我们提出要开展优化贸易方式、优化监管模式和完善税收政策。这个试点的核心，就是赋予企业增值税一般纳税人资格试点。

【配音】基于昆山提出的改革建议，2016年10月，国家税务总局、财政部、海关总署共同发布了《关于开展赋予海关特殊监管区域企业增值税一般纳税人资格试点的公告》，从11月1日开始，率先在全国七个综保区开展试点工作。新政实施后，保税区企业的发展潜力被极大释放出来。扬皓光电因外销生意下降所造成的近2000平方米闲置厂房被重新利用起来，目前正在积极布置新产线，投产后一个月可以生产4000到5000台投影仪专供内销，预计释放年产能1000万元以上。

【字幕（同期声）】昆山扬皓光电有限公司关务经理林廷叡：最主要是打破一个藩篱，然后加上"营改增"也能带给我们相对的红利。对企业的发展，我们可以去争取更多的内销订单，因为未来国内的市场是全球最大的市场。

【配音】一张小小的增值税发票，不仅充分化解企业的剩余产能，同时还引导企业积极调整产品结构，优化产业布局。在苏州工业园区综保区，生产通信电缆的康普科技，就计划在原本只做出口业务的基础上，再承接一些国内委托的加工订单，并尝试发展不同的经营业态。

【字幕（同期声）】康普科技中国区运营副总裁石志宏：目前我们主要是重视生产制造业务。由于这个政策的出台，以后我们可以做贸易和物流的业务，这样公司就更加多元化了。我们可以在苏州地区把综合保税区作为一个全球的物流配送中心。

【配音】一条改革建议引出了一项让区内企业向国内国外"两种资源，两个市场"同时发力的改革政策，在供给侧改革中，需要更多这样的建议。

苏州市广播电视总台、昆山市广播电视台2016年播出

第二十届苏州新闻奖一等奖

太仓樊村泾遗址出土大量元代瓷器遗珍 填补“海上丝绸之路”的考古空白

主创人员　严　军　李修利　薛　飞　严　帅　孟　海　吴　骥　余文斌

【导语】轰动全国的太仓樊村泾元代遗址发掘工作刚刚结束。今天，“大元·仓——太仓樊村泾元代遗址出土文物展”就在浙江省博物馆拉开了帷幕。

【配音】本次展出的瓷器，种类丰富、器型繁多。点褐彩高足杯，不仅有褐彩缠枝花卉纹，还有堆塑螭龙纹。杂宝纹盘，底心的白釉圈质感细腻，十分罕见。

【字幕（同期声）】观众：对古代中国人的这种智慧，感到非常钦佩。

【配音】展出的这些文物全部来自太仓樊村泾元代遗址。自2016年1月发现遗址以来，历时20多个月的考古发掘工作终于结束，共出土了以龙泉青瓷为主，也有广涉南北的瓷片150多吨，可修复的完整瓷器有4万多件，引起业界和社会广泛关注。

【字幕（同期声）】故宫博物院研究员王光尧：是在中国境内发现的在龙泉窑窑址本身区域以外最大的一个龙泉窑瓷器遗址。

【配音】此次考古发掘面积达到了13000多平方米，陆续发现了房屋、道路、河道、水井等遗迹现象共400多处。在发掘中，工作人员还发现，这些瓷器大多没有被使用过的痕迹。

【字幕（同期声）】樊村泾元代遗址考古发掘执行领队张志清：作为新品，是作为商品来使用（储存）的。

【配音】结合出土文物的特征、地层文化堆积，专家认定这是一处元代晚期的瓷器仓储遗存遗址。而这些瓷片则仅仅是运输及储存过程中的损耗品。樊村泾出土的八卦纹奁式炉、乳钉纹三足洗、荷叶边花盆等龙泉窑完整器，在韩国新安沉船上均有同款。专家们认为，樊村泾和新安沉船上的瓷器相似度非常高。

【字幕（同期声）】浙江省博物馆研究员沈琼华：（龙泉窑瓷器出口）到现在为止，发现龙泉窑青瓷最多的那是新安沉船，两地这么高度吻合的，真没有。

【配音】新安沉船是1975年韩国发现的一艘中国元代沉船，船上有二万多件青瓷和白瓷。学术界普遍认为，新安沉船是从中国出发，前往日本途中，在朝鲜半岛新安海域沉没。

【字幕（同期声）】北京大学考古文博学院教授、中国陶瓷史专家秦大树：在新安沉船上发现的龙泉窑的瓷器，质量特别好。除了龙泉窑以外，还有景德镇的东西，甚至还有北方的东西。

【配音】元代，背靠太湖的太仓成为海运漕粮的基地，但关于瓷器贸易却没有史料记载。本次发现，弥补了文献史料的不足，也印证了太仓在元代确实是“六国码头”。

【字幕（同期声）】北京大学考古文博学院教授孙华：那么通过这次考古发掘，我们就知道太仓这里是当时海上丝绸之路一个很重要的港口城市。

【配音】海上丝绸之路是中国瓷器销往世界各地的主要通道。不过，它都是从哪里装船出海的，却一直缺少全面有力的考古证据。

【字幕（同期声）】北京大学考古文博学院教授李伯谦：数量之大、规模之大，在我们现在考古发现的港口城市来讲呢，这是最大的一处仓储遗址。

【字幕（同期声）】故宫博物院研究员王光尧：有了我们现在发现这个点，我们就说瓷器是装船，在这地方装船出去的。

【字幕（同期声）】浙江省博物馆研究员沈琼华：太仓这个遗址，它不仅是太仓的，不仅是中国的，而且是世界的，是中国瓷器走向世界的一个重要的节点。

【配音】太仓港的兴衰，也为我们研究中国古代独立自主的海外贸易以及海洋观念、文化、道路，提供了佐证。

苏州市广播电视总台2017年播出

第二十届苏州新闻奖一等奖

全国首个24小时无人公共文化驿站启用

主创人员　徐　苗　钱莫畏　苏　泉　黄绍玮

【导语】你可能听说过“无人超市”，但你听说过“无人文化驿站”吗？就在昨天（3月31日），全国首个24小时公共文化驿站在张家港市塘桥镇启用。除了是24小时全天候服务，驿站还有一个特点就是无人值守。

【现场】记者徐苗：现在是晚上8点，图书馆、文化馆等不少文化场所都已经闭馆，但是我所在的这家24小时公共文化驿站，却是灯火通明，大伙在这里，有的在看书，有的在鉴赏艺术，有的则在进行书法创作。

【解说】这个文化驿站设在塘桥文化中心，在150平方米的驿站内，设立了数字阅读、藏书、书法体验等八个功能区。记者在现场并没有看到工作人员的身影，市民通过市民卡就能刷卡进出，享受文化服务。

【同期声】张家港市塘桥文化中心主任钱丽萍：都是人体感应的，在市民进入我们驿站以后，灯和空调系统都会自动打开，那么在市民离开十分钟以后，它就会自动地熄灭。

【解说】张家港作为较为发达地区，文化设施的建设保持了与经济发展的同步。但对于日常“上班一族”而言，朝九晚五的文化场馆作息时间，让他们只有在节假日才能享受到这些文化设施提供的服务，而24小时无人公共文化驿站的启用，有效破解了以往公共文化服务受时间和空间限制的难题。

张家港市广播电视台2017年播出

第二十一届苏州新闻奖一等奖

进一扇门办两地事
全国首个跨省政务通办平台启用

主创人员　荀思浩　郑　晨

【导语（前）】今天，浙江嘉兴南湖区和我市吴江区共同启动全国首个跨省政务通办服务平台，建立跨城办事新模式。

【配音】上午，在南湖区行政服务中心，南湖居民沈德胜通过自助服务机，很快就办好了道路运输从业人员在吴江的继续教育签注审批手续。对于在南湖与吴江两地跑运输的他来说，以往每年须在两地分别提交材料申请签注，而现在方便多了。

【字幕（同期声）】浙江省嘉兴市南湖区居民沈德胜：就不用两地跑了。不然跑来跑去，最起码要一天吧。

【配音】进一扇门、办两地事。从今天起，吴江与南湖两地的企业、居民，通过24小时自助服务机或两地通办窗口，就可异地办理涉及公安、民政、商务等部门的43项事项，打破政务服务的时间、空间限制。

【字幕（同期声）】吴江区副区长刘佳：接下来，我们和南湖区的合作会更加深入。预期每个月都会有一批新推出的（通办）事项。

【配音】此次两区政务通办为全国范围内的先行先试。下一步，在G60科创走廊沿线的上海、嘉兴、杭州、金华、苏州、湖州、宣城、芜湖、合肥等9个城市，还将开通政务一网通办，让企业和群众“少跑腿、好办事、不求人”。

【字幕（同期声）】G60科创走廊联席会议办公室常务副主任陆峰：在九城市率先打破行政区划，统一市场准入。这对长三角地区以后整体优化营商环境，提高激发市场活力，肯定是有一个很大的促进作用。

苏州市广播电视总台2018年播出

第二十一届苏州新闻奖一等奖

于海明今日无罪获释

主创人员　朱　达　陈佩华　刘　毅　王　懿

【导语】来看一条最新消息，今天下午5点23分，市公安局对近阶段备受关注的“8・27于海明致刘海龙死亡”案的调查处理情况发布通报。

【同期声】我们是昆山市公安局刑警大队的民警。这是撤销案件决定书，你看下上面的内容。

【同期声】于海明：看清楚了。感谢国家，感谢人民政府，感谢人民警察，对这件事情做出了公正的裁判。

【正文】警方通报称，依据《中华人民共和国刑法》第二十条第三款规定，最终认定于海明的行为属于正当防卫，不负刑事责任，公安机关依法撤销于海明案件。

【同期声】昆山市公安局刑警大队副大队长吉强：从于海明当时的情况来讲，追击的行为和之前的几刀，他是连续的连贯的一个过程。时间都很短，他前五刀时间只有持续7秒钟，追击时间也是紧接着发生的。从上述行为来看，于海明他自始至终都是为了保护自己不受不法侵害。

【正文】案发后，检察机关当即依法提前介入侦查活动，查阅证据材料，对侦查取证和法律适用提出意见和建议，并依法履行法律监督职责。

【同期声】市人民检察院刑事检察一部检察官王宇嵘：根据《刑法》规定和查明的事实，本院认为，公安机关对此案做撤案处理符合法律规定。

昆山市广播电视台2018年播出

第二十一届苏州新闻奖一等奖

43天展示120个剧种
2018戏曲百戏（昆山）盛典闭幕

主创人员　张　斌　吕　科　张　伟　钱　月

【导语】昨晚，备受全国戏曲界瞩目的2018戏曲百戏（昆山）盛典在昆山保利大剧院落下帷幕。

【正文】作为2018戏曲百戏（昆山）盛典的压轴大戏，国家京剧院新编现代京剧《红军故事》昨晚精彩上演。43天，120个剧种、156个剧目、133家剧团、4000多个参演人员在昆山一一亮相，秋冬的昆山，如同一座姹紫嫣红的“百花园”，各类戏曲之花争奇斗艳，尽展梨园芬芳。

【同期声】天津评剧院演员、“赵锦棠”扮演者、国家一级演员曾昭娟：我把昆山之行比作赵锦棠和昆山在深秋的一次约会，让昆山的观众领略到评剧《赵锦棠》至真至爱的魅力。

【正文】百戏盛典是戏曲的盛会，更是百姓的节日。78场演出，5万观众走进剧院，全城掀起观戏热潮。有些戏迷购买了所有场次的折子戏门票，每晚“打卡”，场场不落；不少新昆山人纷纷组团来看家乡戏，感受家乡情；“我陪父母去看戏”更是成为秋冬昆山最温暖的风景线。

【同期声】昆山市民葛步洪：她（母亲）以前一直喜欢看戏。这次看到有戏，就带她过来看看，开心得不得。

【正文】此外，百戏盛典网络观看量超100万人次，新浪微博话题阅读量超1.1亿，真正做到把来源于群众的戏曲回馈给群众。戏曲百戏（昆山）盛典将全国地方戏曲剧种普查的成果由文献数字转化为舞台呈现，计划三年内，对348个剧种的代表性经典作品进行巡礼展示。其中，有像梨园戏仅有一个国办团体的剧种、濒危剧种等。百戏盛典就是为这些不同形态、不同发展状况的剧种，提供了一个无差别、不分类进行集中展演的舞台。

【同期声】全国地方戏曲普查办公室副主任王晓珊：这么多剧种如何去帮助它

们或者是扶持它们，使得它们发展得更好，提供再多的表格都不如一个真实的舞台展现来得直观和清楚。

【同期声】中国戏剧家协会顾问白淑贤：通过这次我们倾情展演，可能就会救活一个剧种，也救活了一个地方文化。

【正文】在此次展演过程中，剧目同质化现象、人才断层等问题较为突出，专家学者分别提出对策良方，共同探讨戏曲传承的未来路径。

【同期声】山东省文化和旅游厅原副厅长陈鹏：它会激励各剧种朝着自己的特色，朝着自己最有优势的方向，朝着自己的文化根源努力，而且会有很大的成效。

【正文】作为“百戏之祖”——昆曲发源地，昆山承办百戏盛典，是对“举旗帜、聚民心、育新人、兴文化、展形象”的自觉承担，也是新时期昆山文化高质量发展走在前列的重要举措。昆山将以各参演单位捐赠的服饰、道具、剧本等为基础，建立戏曲博物馆，为昆山今后成为独特的中国戏曲剧种的重要研究基地奠定坚实的基础。此外，还邀请各参演单位种植了象征本剧种的树木，共建“百戏林”，设立剧种铭牌，永远留存全国348个剧种的身影，真正做到“让城市留下记忆，让人们记住乡愁”。

【同期声】中国戏剧家协会名誉主席尚长荣：看到我们文化戏曲艺术的蓬勃发展，我感到非常之欣慰，更受到了很大的激励。我们只有撸起袖子加油干！

【同期声】国家京剧院副院长袁慧琴：我想，百戏展演在我们中国戏曲历史上也将会是一颗非常璀璨的明珠。

昆山市广播电视台2018年播出

第二十二届苏州新闻奖一等奖

自砸招牌断财路　永联停办江鲜节

主创人员　苏　泉　陆　健　蒋晓峰　王　锋

【导语】已连续举办9年的江鲜美食节，是张家港市永联旅游的金字招牌，每年可为村里增收1亿多元。然而就在今天，永联村主动宣布，永久停办江鲜美食节。

【解说】永联村紧邻长江，盛产150多种水产品。经过九年打造，吃江鲜到永联，成了永联的金字旅游招牌。每年4月，10万名江浙沪游客会奔“鲜”而来，吃掉61吨江鲜。

但生长在长江边的永联人知道，在发展经济的同时，更应保护环境。所以近两年来，永联村积极参与长江渔业资源增殖放流活动，共放流60万尾鱼苗，同时，萌生了停办江鲜节的想法。

【同期声】永联村党委副书记陈华斌：把自身发展融入“长江大保护”的大环境中。

【解说】停办江鲜节，永联把旅游业的重点聚焦在江南田园风情小镇的打造上，将观光体验、购物娱乐、休闲度假融入农业产业链，游客不仅可以观光，还能体验江南田园生活。通过一、二、三产融合发展，探索发展乡村产业的新路径。

【同期声】永联村党委副书记陈华斌：表面上看，停办江鲜美食节舍弃了上亿元进账。但是，秉持绿色发展理念，整合产业链上下游，未来的收益可能超过一亿元，甚至达到十几亿元。这就是习近平总书记所说的，绿水青山就是金山银山。

张家港市融媒体中心2019年播出

第二十三届苏州新闻奖一等奖

践行长江大保护！
5尾子二代中华鲟首次在长江苏州段放归

主创人员　杨　勇　张良法　何　军　吴蔚青

【导语】昨天（12月8日）举行的苏州市长江水生生物增殖放流活动现场，5尾子二代中华鲟首次在长江干流苏州常熟段欢腾入江。来听广电全媒体记者张良法的报道。

【出现场】（压混）第一次放流中华鲟……

【配音】这次放流的5尾子二代中华鲟，是经过湖北中华鲟繁育基地和苏州常熟中华鲟监测救护中心历时三年的驯养，目前体重均已达到20多斤。

【录音】中国水产科学研究院首席科学家危起伟：常熟这个地方有很多的滩涂、沼泽湿地，很适合中华鲟摄食生长。

【配音】中华鲟是国家一级重点保护野生动物。监测数据显示，20世纪六七十年代，整个长江干流有不下10000条中华鲟，而如今却只剩20多条。

【录音】中国水产科学研究院首席科学家危起伟：因为很多因素影响，包括水电工程建设、水污染和捕捞等。

【配音】长江是世界上生物多样性最为丰富的河流之一，也是维护国家生态安全、推动长江经济带绿色发展的基础和纽带。

【录音】中国水产科学院长江水产研究所所长邹桂伟：中华鲟对水质的要求比较高，如果它没有了，就证明整个长江的生态系统遭到了破坏。所以，我们给它装了芯片。

【配音】长江苏州段拥有岸线157.96公里，保护长江水生生物资源多样性责无旁贷。

【录音】苏州市渔政监督支队副支队长王众：在继续增殖放流的同时，也要加大执法力度，共抓长江大保护。

苏州市广播电视总台2020年播出

第二十三届苏州新闻奖一等奖

一条路　一个蓝本

主创人员　沈　玲　荀思浩　徐　蕾　李文瑾　张泽宇　陆劲云

【导语（前）】今天，康力大道对接东航路项目正式通车。作为长三角生态绿色一体化发展示范区成立以来建成的第一个跨省域道路互联互通工程，该项目推进过程中，沪苏两地大胆试、自主改，通过制度创新为长三角一体化深入推进提供了又一可复制的蓝本。

【CG】11月9日上午9点，康力大道对接东航路项目正式通车。

【现场】启动通车。

【字幕（同期声）】上海市政府副市长汤志平：对于消除行政区域之间的交通瓶颈，促进区域要素流动，推动经济社会发展，具有十分重要的意义。

【字幕（同期声）】江苏省委常委、苏州市委书记许昆林：以交通互联互通为突破口，与上海全方位深化经济社会各领域互动合作。

【配音】吴江汾湖和青浦金泽隔湖相望，元荡是两地的天然分界。该工程全长约4.5公里，关键环节就是通过修建元荡桥，将康力大道与东航路打通。过去，两地居民往来只能绕道G50高速公路或318国道，通车后，两地行车时间从40分钟缩短至5分钟左右。

【字幕（同期声）】上海市青浦区居民：现在有了桥，跨过这个湖，出行、工作都很方便。

【字幕（同期声）】苏州市吴江区居民金银卫：我们就是水系连着的，更加地接近了。

【字幕（同期声）】记者冯威：我们了解到，这个工程的投资总额大概在4亿元左右。建设方介绍，无论是工程的体量，还是投资的总额，都不算是一个大工程。可为什么这在长三角一体化深入推进的过程中，能成为一个新蓝本呢？

【字幕（同期声）】长三角生态绿色一体化发展示范区执委会生态和规划建设

组组员沈永飞：在我们示范区范围之内，这是第一个跨省域的涉水审批、联合审批项目。

【配音】一条省际“断头路”的打通，承载着两地居民长期以来互联互通的渴望。不过此前，仅元荡桥的建设就需要建设方在上海、苏州两地分别审批，哪怕最后拿到两张批文，由于技术标准不同，桥梁可能还是建不起来，打通“断头路”更无从谈起。

【字幕（同期声）】江苏省汾湖高新区建设局局长姚俊：之前没有模板，行政审批的程序、标准也不一样。

【字幕（同期声）】上海市青浦区建设和管理委员会重大项目推进科科长张卫福：东航路是县道，而康力大道是城市道路，在设计、防洪、施工、验收上，这些标准也不统一。

【配音】2019年11月，习近平总书记在上海考察时指出，要聚焦重点领域、重点区域、重大项目，把长三角一体化发展的文章做好。康力大道对接东航路项目就是沪、苏、浙三地成立长三角生态绿色一体化发展示范区后推进的首个跨界工程。

【字幕（同期声）】上海市水务局政策法规处处长李剑：上海的水务局可以批到江苏去，这在法律上是一个空白。

【字幕（同期声）】苏州市水务局工程运行管理处科员袁野：委托上海市水务局这边统一出批文。

【配音】仅围绕元荡桥的涉水审批，示范区执委会就牵头开了十多次协调会。今年7月13日，沪、苏第一张跨水域项目水务准予行政许可决定书出炉，从而也诞生了一个全新的审批序列号：示范区涉水001号文件。

【字幕（同期声）】苏州市水务局工程运行管理处科员袁野：我们与上海市水务局共同研究制定技术标准。在没有先例可循的情况下，我们用自己的勇气和担当来创造这个先例。

【配音】打破行政边界，建立联合审批新机制，两地还在建设标准、后续监管等方面进行统一，以该项目为蓝本，为示范区乃至长三角后续项目的推进探索了一条新路子。

【字幕（同期声）】长三角生态绿色一体化发展示范区执委会生态和规划建设组组员沈永飞：这个手册也是从我们项目中衍生出来的，总结提炼的一套相关的标准。下一步我们示范区之内大概10余条道路，就可以参照这个手册来进行推进。

【配音】一体化发展，重在融合。交通跨界一小步，意味着制度创新走出一大步。

【字幕（同期声）】苏州大学东吴智库执行院长段进军：我们这一体化，它包含着很多深层的一体化，比如产业的一体化、教育的一体化、医疗的一体化，（这个蓝本）为我们以后深层的一体化提供了一个重要的借鉴。

苏州市广播电视总台2020年播出

第二十三届苏州新闻奖一等奖

“衣白褂，破楼兰，赤子今日平安还”

主创人员　李海燕　胡　磊　姚　晟　李振伟

【导语】结束了在苏州14天的休整，常熟第二批援湖北的37名医务人员今天顺利返回常熟。至此，常熟两批共43名援湖北医务人员全部安全回家。

【配音】“衣白褂，破楼兰，赤子切记平安还。”六十七天前，市二院护师李勤的丈夫张育峰在送别妻子出征武汉时，高高地举起写着这句话的牌子，给无数人留下了深刻印象。当李勤走下大巴车时，一眼就看到了早早守候在人群里的丈夫，冲上去与他紧紧相拥。

【现场画面同期声】(夫妻拥抱，李勤泣不成声。)

【配音】这次出征武汉，也是结婚十八年来，夫妻俩第一次长时间的分别。

【同期声】市第二人民医院副主任护师李勤：知道我从武汉撤离的那一天，他说了一句：谢谢这么好的你！那我也要回他一句，谢谢这么好的你！是他这52天，不光是出征那一天举牌的那个行为，包括在这一段援鄂期间，他对我的鼓励，他在我背后默默的支持，都是支撑我走下去的动力。

【配音】在等候李勤归来时，记者问张育峰，他最想对妻子说的话是什么，这位理工男害羞地红了脸。

【同期声】李勤丈夫张育峰：不善言辞，可能就抱一下。

【配音】不过，他在妻子回来之前，再一次用写诗的方式表达了自己的心意。“家国齐安危，千载不相违。举语寄千里，守得一日归。”

【同期声】李勤丈夫张育峰：出发的时候，家国大义面前，我希望她还是勇于担当，勇往直前，但是作为家人，作为丈夫来说，还是希望她能够平安归来，所以去的时候可能心情比较复杂一点，现在平安回来了，很欣慰。

常熟市融媒体中心2020年播出

第二十三届苏州新闻奖一等奖

打造世界级纤维“硅谷”

江苏首个国家级创新中心在苏州吴江开工建设

主创人员　孙　鹏　曹晓峰　陆　涛　顾艳秋

【口播】今天苏州吴江半年度重大项目集中开工建设，59个项目总投资约881.8亿元。至此，苏州吴江区省、市重点项目实现了上半年全部开工。在今天集中开工建设的项目中，吴江国家先进功能纤维创新中心尤为引人注目，它的建设将有利于加快先进功能纤维领域关键共性技术突破，增强产业创新能力，构建国际竞争新优势，支撑化纤强国建设。

【配音】吴江国家先进功能纤维创新中心总投资11.5亿元，占地225.5亩，是全国第13个国家级创新中心，也是省内第一个国家级创新中心，同时是全国第一家由民营企业牵头建设的国家级创新中心。

【同期声】东华大学研究院副院长、国家先进功能性纤维创新中心总经理王华平：在一些新的领域里面，包括我们纳米纤维、智能纤维、生物用纤维这些领域里面，我们战略布局制高点。我们希望打造得像硅谷一样，要在吴江打造纤维谷，在世界打造有名的纤维谷。

【配音】据了解，中心计划建设集研发实验室、检测中心和中试基地为一体的创新中心产业园，重点攻克纤维材料高效柔性化制备技术，研发前沿纤维新材料等纤维共性关键技术。中心总体的建设，旨在不断实现先进功能纤维技术革命性突破，支撑我国纤维产业升级和可持续发展，支持我国纺织及终端制品领域取得竞争优势，逐渐成为关键核心技术的“发源地”、科技创新资源的“集聚地”、科研成果转化的“助推器”。

吴江区融媒体中心2020年播出

第二十四届苏州新闻奖一等奖

科创板迎来苏州“双响炮”
吴江两家智能装备龙头企业同日上市

主创人员　李婧蕾　沈　锋　杨　勇　王丽礼

【口播】今天上午，来自吴江的苏州明志科技股份有限公司和博众精工科技股份有限公司同时登陆上交所科创板，可谓“并蒂花开”“一炮双响”，开创了江苏省同一天一个县域地区两家企业上市的先河，为资本市场“苏州板块”的发展添上了浓墨重彩的一笔。

【同期声】融媒记者李婧蕾：Hello，大家好，时隔不久，我们今天又来到了上海证券交易所，今天的上交所可以说是非常热闹，对于我们吴江来说也是双喜临门。我区的装备制造企业博众精工和明志科技今天同时在上交所挂牌上市，也充分彰显了我区企业步履不停、奋斗不息的干劲。下面就跟随我们的镜头一起来感受一下上交所属于吴江的高光时刻。

【配音】9点30分，伴随上海证券交易所内清脆的锣响，明志科技、博众精工正式挂牌上市。明志科技和博众精工是吴江高端装备制造业中的佼佼者，十余年来，企业始终坚持以创新驱动发展，快速成长为高端铸造和智能装备领域的“行业冠军”。两家企业的成功上市，也充分展现了吴江大力发展高端装备制造产业、推动企业智能化改造和数字化转型的自信，充分彰显了吴江企业聚力强创新，强力促转型，倾力拓市场的良好态势。

【同期声】明志科技副总经理范丽：我们将充分利用资本市场平台，始终专注于砂型铸造领域，践行“做强铸造装备、做大铸件生产、做精铸造服务”的发展策略，致力于引领和推动我国铸造行业技术更新与产业升级，为铸造产业绿色智能发展赋能。

【同期声】博众精工副总经理李芳：上市对于我们公司来说是一个宝贵的机遇，我们将充分借助资本市场的平台，在未来的发展中，将持续发挥自动化设备系统集成技术的优势，秉承追求卓越、和谐、共赢的经营理念，践行让我们的智慧在外太空为人类服务的使命，不断加强技术专家团队建设，完善管理体系，提升综合服务能力，成为装备制造业可持续发展的世界级企业。

【配音】作为长三角生态绿色一体化发展示范区的重要板块，近年来，吴江高度重视企业上市工作，积极抢抓资本市场全面深化改革重要机遇，出台了促进利用资本市场实现高质量发展的政策，进一步加大对企业上市和上市企业的支持力度。至此，吴江累计境内外上市企业达24家，其中今年上半年新增4家，创下历史新高。

【同期声】吴江区金融监管局局长吴誌：我们吴江区制订了企业上市三年行动计划，立足总规模为200家建立上市后备企业库，通过“企业上市服务专班”为企业上市提供全方位的服务，力争“十四五”期间上市公司数量翻番，累计不少于40家，其中新增科创板10家以上。

吴江区融媒体中心2021年播出

第二十四届苏州新闻奖一等奖

创新驱动发展（张家港）指数为县域创新“精准画像”

主创人员　任黎明　周锁峰　李　敏　余继峰

【导语】7月11日，由中国经济信息社、张家港市政府联合编制的“创新驱动发展（张家港）指数”正式发布。

【同期声】江苏省科学技术情报研究所科技统计中心主任余景亮：这个指数既为张家港创新驱动发展“精准画像”，又为全国县域经济体开展同类型研究提供参考借鉴。

【解说】指数从创新投入、创新主体、创新人才、创新生态、创新产出、创新惠民六个维度构建评价体系，包括6个一级指标、13个二级指标和39个三级指标。

【同期声】市科技局副局长孙东亮：科学客观系统地厘清我们创新工作发展的优势和未来方向，为决策部门提供“行动指南”。

【解说】实施创新驱动发展战略，县域是重要基础。

【同期声】科技部中国科学技术发展战略研究院农村与区域发展研究所副所长龙开元：张家港先行先试打造县域创新模型，通过数字化手段剖析创新发展活力，构建开放协同生态体系，为全国县域创新发展提供经验。

张家港市融媒体中心2021年播出

第二十五届苏州新闻奖一等奖

“外资纷纷加码昆山　持续看好中国” 二十大代表昆山市委书记周伟10月16日亮相“党代表通道”

主创人员　陈佩华　姚启文　王　超　张孝亮

【同期声】记者姚启文：这里是人民大会堂一楼中央大厅，中国共产党第二十次全国代表大会首场“党代表通道”在这里举行。党代表们在这里接受境内外记者采访，这其中就有昆山市委书记周伟代表。

【正文】10月16日上午8时40分，周伟与另外两位代表一起走上“党代表通道”，接受采访。

【同期声】《经济日报》记者：请问周伟代表，外界一直有外资撤离中国的言论。作为利用外资比较集中的地方，昆山是否遇到了类似的现象？

【同期声】二十大代表、昆山市委书记周伟：我想和你分享一个我身边的例子。不久前一家知名的光电企业在2013年投资我市13亿美元的基础上，新近又追加18亿美元的投资，启动项目二期，持续增资我们昆山。

【正文】在国家实行更加积极主动的开放战略的背景下，昆山坚持“缺什么招什么”，全力打造产业创新集群。近三年新增外资项目超过1000个，总投资超过170亿美元。今年，昆山全年进出口总额预计将继续突破1000亿美元，排名有望进入全国城市的前15位。

【同期声】二十大代表、昆山市委书记周伟：尽管国际形势严峻复杂，但是越来越多的外资企业纷纷加码昆山，持续看好江苏，看好中国。

昆山市融媒体中心2022年播出

第十六届苏州新闻奖一等奖

大爱髓缘——当生命遇上生命的故事

主创人员　集体创作

【字幕】2013年9月25日，苏州·南林宾馆。

【配音】这是一场看似非常平静的聚餐，入席的有老有少，有男有女，可他们脸上或激动或严肃的表情却在告诉人们，今天的聚会一定有着某种特殊的意义。

【同期声】现场介绍：这是我们苏州大学附属第一医院临床医学院副院长。

【配音】这时一位老者的入场让气氛达到了高潮。

【同期声】现场介绍：也是中华医学会血液分会的副主任委员，我们吴德沛教授。

【同期声】苏大附一院血液科主任吴德沛：大家从远处过来，我们明天可以看到给我们捐献造血干细胞的，给我们生命之源的人，心里肯定很期待。我们作为医疗团队，也会去见证非常感人的场面，陪大家一起感受爱，感受人间的真情。

【同期声】大家一起合影。

【配音】在场的这些人都是曾经的白血病患者及家属，这一次，他们是特意过来赶赴一个生命之约，与捐献造血干细胞的志愿者见面！

【特效】转场。

【字幕】第一篇章：《爱·有缘》。

【字幕】2013年9月26日上午，苏州·南林宾馆。

【配音】虽然活动要到下午1：30才举行，从香港赶来的李羲琳却早早做起了准备，或者说她一夜没睡。

【同期声】李羲琳：她救了很多人的命，我要给她一个大大的拥抱。但是我怕我太激动了，一直在……你知道人很怕的时候就是不能动，就是这样子，我是要给她一个很大很大的拥抱。

【字幕】一个月前……

【字幕】香港，天水围。

【**同期声**】现场声：孩子玩耍。

【**配音**】这是香港天水围一个幸福的三口之家，女主人名叫李羲琳，才过不惑之年的她却已经历了人生三次磨难和转折。

【**同期声**】李羲琳：我需要的就是一个健康简单的家就可以了。

【**配音**】2000年，当时29岁的李羲琳经常觉得浑身无力，颈部也出现了肿大。经过医院检查，她被确诊为淋巴癌晚期。然而就在她最需要人陪伴的时候，丈夫却突然选择了离婚，坚强的李羲琳不得不独自面对与病魔的抗争。好在这个时候第二份感情不期而至。

【**同期声**】现场声：李羲琳和丈夫交流。

【**配音**】他叫吴家玮，是李羲琳现在的丈夫。两人相识于2001年，正当两人一度认为生活重新开始的时候，李羲琳却再次病倒。

【**同期声**】李羲琳：因为我有一次失败的婚姻，我跟他说，如果你觉得我给你太大压力的话，你可以走，我不愿意我拖累别人的人生。但是我老公说，没关系，我跟你一起走下去，我们要牵着手一直走下去。

【**同期声**】李羲琳的丈夫：无论她是好还是不好，她要走还是不走，我都跟刚刚说的一样，我会珍惜每一分每一秒。

【**配音**】有了爱人的陪伴，李羲琳接受了自体骨髓移植，坚强地挺了过来。2007年，她决定放弃工作，转而申请在家里做寄养妈妈，收养了患有先天性心脏病且智力发育迟缓的残疾孩子，淼淼。

【**同期声**】李羲琳：其实我们都没有小孩子，我好想照顾小孩子，我觉得我有全部的时间24小时去照顾一个人。

【**配音**】李羲琳对这个孩子几乎倾注了全部的心血。然而在照顾淼淼四年后，李羲琳的癌症再度复发转移。

【**同期声**】李羲琳：很多朋友也跟我一样在等别人的骨髓，但是还没有等到，他们都离开了，一个一个走了……还没有等到。

【**特效**】转场。

【**字幕**】2013年9月26日13：30，苏州·科技文化艺术中心。

【**配音**】下午，大爱随缘相见欢活动正式开始。此刻的李羲琳带着儿子淼淼坐在舞台一侧，她的眼里充满了期待，而离她十米开外的舞台另一侧，她的骨髓捐献者，来自江西的吴发兰也在默默等待着。

【**同期声**】吴发兰：什么都不知道，不知道是哪里人。应该是男的，我猜应该是男的。

【特效】转场。

【字幕】一个月前。

【配音】吴发兰是江西新余一家足道馆的普通技师，每天的工作就是为顾客们舒压按摩。2008年6月，吴发兰带着女儿逛街时，偶然看到了献血车。

【同期声】吴发兰：等于就是一次偶然的机会，给我家女儿做个好榜样，因为我家女儿的胆子太小了。

【配音】在工作人员的建议下，吴发兰当天还多留了血样，成为一名造血干细胞捐献志愿者。正是这个举动让她跟李羲琳的生命红线有了奇妙的交会。2011年，李羲琳接到消息，大陆的一位志愿者和她配型成功，此刻她并不知道，同样接到电话的吴发兰正面临着内心的抉择。

【同期声】吴发兰：我说我再考虑几天。然后我把手机也就关掉了，关了几天机。我好害怕，那时候对我来说我肯定不想去了。

【配音】整整三天，吴发兰没有打开手机，她拼命在网上搜索关于捐髓的信息，最终吴发兰说服了自己，要给对方一个肯定的回答。

【同期声】吴发兰：还是说还是要去，不去，自己会内疚一辈子，这种想法。特别是我老妈极力反对，她说我去，她就以死相逼，那时候心理压力好大。但那时候真的没有顾及我老妈，我就一心想去救她，捐那个给她，没有想那么多。偷偷去的，跟着我家老公跟女儿，我就说我们出去旅游。

【特效】转场。

【字幕】2011年7月20日，北京道培医院。

【配音】就这样，2011年7月20号，在北京道培医院经过五个小时的采集，吴发兰的造血干细胞被转移至香港骨髓库。

【同期声】李羲琳：我没有想到，我是可以等得到。我还在这里看着，看着血液（造血干细胞）放到我身体里，我真的没有想到，这么大的礼物我怎么受得起。

【配音】这份牵挂终于在今天变成了熟悉的陌生人。

【同期声】活动现场画面。

【同期声】李羲琳：我要跟我的家人、我的朋友，跟你说一声，谢谢你救了我。你不但是救了我的命，还救了我的家庭，还有我爸、我妈，真的要谢谢你！

【同期声】吴发兰：没有，我觉得很值得，这是我应该的，我也没有付出太大的代价。

【同期声】主持人孟非：儿子过来，你知道这个阿姨是干什么的吗？干妈，干妈是吧，真的很短，但是很感人。

【同期声】主持人:小朋友好幸福,你有两个妈妈了,要不要跟吴妈妈也拥抱一下,抱一抱。

【特效】转场。

【字幕】第二篇章:《爱·无悔》。

【配音】根据国际惯例,骨髓移植的供者和受者原则上不能私下建立联系,所以参加这次见面活动的骨髓捐受双方,都在中华骨髓库相关工作人员的全程陪护下,分别入住在不同的酒店。

【字幕】2013年9月26日上午,苏州·南林宾馆。

【同期声】你好,是于嘉良的妈妈是吗?对对,你好你好。起来了吗?刚起来。昨天晚上睡好了吗?他现在刚起来。睡着了吗?睡着了。几点睡的?11点多。

【配音】马上要跟给自己捐髓的姐姐见面了,于嘉良显得有点羞涩。

【同期声】这个十字绣是谁挑的?我和妈妈一起挑的。

【配音】于嘉良和妈妈把对那位陌生姐姐的感恩,都织在这幅十字绣的一针一线里。毕竟时隔三年重新回到课堂的于嘉良,曾经经历过常人难以想象的悲喜两重天。

【特效】转场。

【字幕】2013年9月1日,开学第一课。

【同期声】老师上课前介绍:大家也许不知道,嘉良其实是我们初三五班的大哥哥,如果不是三年前的那一场病,他可能现在已经坐在高三年级的教室里。

【配音】2010年6月,当时还在念初二的他被确诊为急性白血病。

【同期声】于嘉良:最害怕就是像他们一样,一觉醒来之后,看不见我妈了吧。

【同期声】于嘉良的妈妈杨秋英:真的,那时候我说天都塌下来一样。

【配音】八个月之后,中华骨髓库传来好消息,一位志愿者和于嘉良配型成功。可就在志愿者注射一天动员剂后,却突然提出不捐了。

【同期声】于嘉良的妈妈杨秋英:好心人来帮帮我,帮帮我。

【配音】事实上,2012年苏州就曾经发生过一次类似的事件,24岁的女大学生蒋静在做好了洗髓等一系列骨髓移植的准备工作后,遭遇了志愿者的两次反悔,最终只能被迫接受母亲半相合的骨髓移植,在坚强地撑过五个月之后,抱憾离开了人世。此时此刻,于嘉良的情况和蒋静十分相似,他已经进入了净化仓,前期的药物一大半已经注入了体内。

【同期声】苏大附一院血液科主任吴德沛:如果要是没有得到外源的细胞,对他来说是有生命危险的。

【配音】当一家人陷入绝望之时,第二天晚上医院突然传来消息,另一位和于嘉良配型成功的志愿者姐姐愿意火速捐献，于嘉良记得和造血干细胞一起到来的还有一张祝福卡，写着“健康成长，快乐生活，感恩父母，自强不息”。

【特效】转场。

【字幕】2013年9月26日15点，苏州·科技文化艺术中心。

【配音】在舞台的另一侧，任志丽带着给于嘉良的礼物紧张地等待着见面的那一刻。

【同期声】任志丽：我就非常激动，想看到一个健康快乐的他。

【配音】任志丽今年三十一岁，山西人，北京在读药理学博士，孩子今年还不满一岁，回忆起那次惊心动魄的捐献，任志丽显得很平静。

【同期声】任志丽：晚上十点多接到电话，说孩子进了无菌仓比较紧急，反正就是说立马我就住院了，当天晚上就赶来了。

【特效】转场。

【同期声】活动现场画面，两人相见。

【特效】转场。

【字幕】第三篇章：《爱·无界》。

【字幕】2013年8月8日，北京空军总医院。

【同期声】北京空军总医院医生：打针都会疼一下，就疼一下。

【配音】今年8月8日，23岁的天津小伙张毅正在北京空军总医院捐献造血干细胞，到场的媒体很多，捐献的量也特别大，张毅分两天一共捐献了350毫升干细胞，而普通的干细胞移植捐200毫升就够了。

【同期声】北京空军总医院医生：一个是对方体重，再有一个它路途也遥远。

【配音】这究竟是怎样的一位患者呢？

【同期声】丹麦奥胡斯医院移植代表Lina：您好，非常感谢您。

【配音】这些干细胞的捐献对象是一位远在丹麦的白血病患者，张毅成为中华骨髓库首位与白种人配型成功的志愿者，这份跨越欧亚大陆的髓缘得益于中华骨髓库一年前的一次跨越。

【同期声】中华骨髓库副主任刘静湖：上传数据启动仪式现在开始。

【配音】2012年7月30日，中华骨髓库上传的首批5万份中国志愿者数据实时显示在了世界骨髓库的网络页面上，中华骨髓库正式加入了世界骨髓库的大家庭。中华骨髓库志愿者人数目前已突破170万人，位居世界第四，而世界骨髓库共有来自51个国家和地区的2000多万份捐献志愿者资料。中华骨髓库的加入，首先获益的自然是同宗同族的海外华裔。

【特效】转场。

【同期声】活动现场画面。

【同期声】主持人：她们母女俩来自遥远的意大利。

【配音】走上场的这对母女是林文洁和她的母亲，她们都是意大利籍华人。

【同期声】林文洁的母亲林秀：很紧张，很紧张，因为我们都等了五年，她捐了五年给我们，我们就期盼着见她。

【同期声】主持人：为了这次捐髓，她特意推迟了怀孕的计划，就让我们请上美丽的张颖。有请。

【同期声】活动现场见面拥抱。

【配音】同样在祖国找到生命火种的还有美籍华人孔女士的儿子仔仔。这是仔仔第一次来到中国。

【同期声】活动现场见面相拥哭泣。

【配音】远在美国的菲律宾白人混血儿乔纳斯也是中华骨髓库的受益者之一，还在康复阶段的他无法来到现场，但他特意录制视频，向捐献者薛居冰表达了诚挚的谢意。

【同期声】受髓者乔纳斯（美籍菲律宾裔）：对于这样的恩人，我该如何感谢呢？怎么来报答他？你得让自己的生命更有意义，更有目标。

【同期声】主持人任志宏：法国的历史学家密修莱曾经说过这样一句话，当生命遇上生命，会发出光芒，带上磁性。

【同期声】音乐（唱歌）：当你伸出双手，帮助别人的时候，生命从此不同，因为我们不再冷漠……

【字幕】9月26日下午，一共有11对跨越地域、跨越种族、跨越国界的骨髓捐受者赶赴这场生命之约。

【同期声】音乐（唱歌）：感恩在心间，温暖满人间，让世界跟着我们改变，用爱画一个圆，当你伸出双手，需要帮助的时候……

【字幕】中国约有500万白血病患者，每年约增加8万人。中华骨髓库志愿者配型资料已达170多万份，为3000多位白血病患者捐献了造血干细胞。志愿者反悔率约为20%。截至目前，中华骨髓库已向韩国、日本、新加坡、美国、加拿大等国家和地区提供了125例造血干细胞。

苏州市广播电视总台2013年播出

第十七届苏州新闻奖一等奖

电梯隐患　不容忽视的“城市病”

主创人员　申　秦　仇中晴　曹继云　钱　哲

【**配音**】小区居民投诉电梯存在安全隐患，却被一拖再拖。

【**同期声**】迎春华府居民：这个跟物业协商过了，讲了好多次了。反正每次讲，都是会安排的。安排吗？安排不知道怎么样。

【**配音**】物业公司、维保单位推卸责任“踢皮球”。

【**同期声**】物业公司沙经理：很多东西我是不清楚的。我只是按照领导的要求，让我怎么做我就怎么做。

【**同期声**】维保单位唐经理：设备本身的这种所有权都不是我们的，我们没有办法去对它进行一些实质性的维修、调整。

【**配音**】《电梯隐患　不容忽视的“城市病”》法治吴江敬请关注。

【**口播**】观众朋友们晚上好，欢迎收看《法治吴江》。近年来，随着经济社会的快速发展，高层建筑逐年增加，不经意间，小区、单位、商场，我们的工作和生活的各个地方，几乎离不开电梯了。这电梯用得多了，它也会“出毛病”。但我们不能不当回事，还就得较较真。

【**配音**】2014年5月23号，苏州市吴江质量技术监督局接到12365热线转来的一小区居民的举报称：其居住的高层建筑有两台电梯存在安全隐患，多次和物业反映情况，却一直未得到解决。

【**同期声**】迎春华府居民：一部电梯已经停掉了，另外一部电梯反正是半正常。（什么叫半正常？）装的按钮也不是很灵的，包括开门的按钮、上下的按钮，有的按钮不是很灵的，年检日期那个牌子也没有的。（然后你就觉得这个电梯应该是存在问题，有安全隐患是吧？）对。包括这个感应门也不太好的。这个我有一次亲眼看到一个小孩晚了一步，正好夹到他胳膊了。

【**配音**】接到举报后，执法人员在第一时间赶赴了该小区进行检查。现场检查确认情况属实。执法人员随即又对小区内在用的其他电梯进行抽查。结果发现另有一幢居民楼的四台电梯居然是经过定期检验不合格的！

【同期声】苏州市吴江质量技术监督稽查大队大队长沈园：对这几台存在安全隐患的电梯都进行了查封。然后呢？当时就是我们也去找了使用单位的责任人，因为对小区来说，这个使用单位的责任人是物业公司。

【配音】该小区的物业是一家名为江西燕兴物业管理有限公司吴江分公司的企业。它是从2011年12月12号开始接管该小区的。对于执法人员的到来，物业公司态度消极，百般推诿，拒不配合。

【同期声】物业公司沙经理：（沙经理）我不是经理，我只是具体做这个事情的。其他的，我不知道的。其他因为很多东西我是不清楚的，我只是按照领导的要求怎么做我就怎么做，因为这个事签字什么的都是管总签的，对吧？

【配音】眼前这个人，是物业公司的安全主管沙经理。从他那里执法人员了解到：物业公司之前的负责人一直是管经理，现在管经理已经辞职不做了。物业公司目前的负责人是陈经理。执法人员找到了陈经理，但陈经理表示自己刚来这里，也不太了解情况。

【配音】随后执法人员又把电梯维保单位——苏州麦锡颖工程技术有限公司负责人唐经理叫到了现场。执法人员认定：物业公司和维保单位的电梯维保合同是2014年1月份签订的。执法人员现场检查了上述六台电梯的日常维护保养记录。

【同期声】维保单位唐经理：日常维保记录里面发现，你们第一次是5月26号维保的，但是第二次，发现这个记录上好像有点颠倒，2月9号。填错了，但是中间我们发现三四月份都是空白的。

【口播】居民承担了相应的物业管理费，就有权利享受相应的服务和安全保障。电梯安全隐患不及时排除，就可能酿成事故，严重威胁居民的生命财产安全。那么，电梯“带病”运行没人管，居民反映之后不及时处理，执法人员到了现场还是如此这般，究竟是什么原因呢？

【配音】电梯偶尔发生故障是比较正常的，停电、机械故障、乘坐不当和电梯内环境被污染等诸多原因都会使电梯发生故障。从平时反映的故障情况来看，多数故障发生源于维护保养不力、管理不善和超负荷使用。可是发生故障后一直拖着不解决问题，原来是因为开发商、维保单位、电梯销售商与物业公司存在经济纠纷。

【同期声】维保单位唐经理：这里面有一些之前原设备制造单位遗留下来一些问题，就是我们当时接手就存在了一些问题，比如说像4号楼2单元那台电梯一直停在那里，就是它原来有些事情没处理掉，导致年检没有办法做。那么这个里面还有另外一个问题，就是因为之前的制造单位是在免保期里面做的，那么免保期到期以后呢，他跟原来的物业公司在合同价格上没有谈拢，所以说他们后来就没有继续做下去。

【配音】就这样，上述电梯存在的诸如钢丝绳长短、涨紧轮轴承铁锈等问题一直未解决而耽搁了报检时间。物业公司既不想因此影响业主正常的生活，又不想另外支出一笔钱给现在的维保单位，才导致涉嫌使用检验不合格电梯违法事实的发生。

【同期声】苏州市吴江质量技术监督稽查大队大队长沈园：一些经济纠纷在里面，但是对我们市民，包括对整个的一个管理规范来说，这个不是理由。你肯定是违反了我们国家的一个相关的法律法规。

【配音】根据1月1号刚刚实施的《特种设备安全法》，住宅电梯“出毛病”物业公司负首责。使用检验不合格的电梯已无须先经责令改正，逾期未改才予处罚，而是可以直接给予三万元以上三十万元以下罚款。6月3日，苏州市吴江质量技术监督局对江西燕兴物业管理有限公司吴江分公司涉嫌使用检验不合格的电梯的行为予以立案。

【口播】目前我区在用的电梯数量超过6500台，并以每年20%以上的速度递增。放眼全国，电梯保有量更是已经超过300万台，每天有超过2亿人乘坐电梯。频频曝出的电梯惊魂、人员伤亡事故本已触目惊心，关系到这么多人安危的“城市病”自然是不容忽视的。

【配音】事实上，《特种设备安全法》没有出台以前，电梯出了毛病，制造厂家、维保单位和使用单位互相“踢皮球”，在全国很多地方都是司空见惯的。究其原因就在于责任主体不明确，违法成本也比较低。现在看来，只要质监部门严格按照新法进行处罚，这种情况以后是可以减少甚至杜绝发生的。

【同期声】律师叶谦：如果说他不主动对出现的事故隐患进行消除，进行维修，并向质监部门进行备案，首先作为居民有权向当地的质监部门进行反映。如果所在地的质监部门不及时处理，我们还有权向上一级部门、上一级质监部门进行反映，可以同时向本级人民政府进行反映。

【配音】可是依旧有一些问题引发我们的思考。首先是电梯维保。按照国家市场监督管理总局颁布的《电梯使用管理与维护保养规则》，使用正常的电梯每月至少要维保两次，每季度、半年、一年各要进行一次大型维保。但业内人士透露，没有照此标准进行维保而在运营的情况时有发生。

【同期声】苏州市吴江质量技术监督局特种设备安全监察科副科长郭利华：我们部分维保单位可能就是说存在“以修代维保”，就是说他主要精力放在修理上，而没有放在这个维保上，然后维保没有完全按照我们安全技术规范的要求进行维保。

【配音】一台电梯每年的正常维护费用在两三千元左右，有的维保单位在品牌电梯过了质保期限后，就以明显低于市场的价格吸引物业与之签订维保合同。有的降到五百多元，有的甚至降到两百元。它还能给你按要求维保吗？“电梯三分靠质量，七分靠安装和维保。”已成为业内共识。然而超期“服役”却始终是一个绕不开的话题。如果按照15年使用年限来计算，我国相当一部分电梯已经“老龄化”。由于国家没有文件规定电梯报废年限，电梯只要通过质监部门的年检，合格后获得“电梯使用标志”后即可使用。

【同期声】律师叶谦：我们现在的情况是，已经投入使用的特种设备出现了大量的触目惊心的安全事故，我们还给特种设备、过期的特种设备开这样一个继续运行的口子。

【配音】的确，超期运行的电梯安全隐患很大，仅靠修修补补、换换零件，无法从根本上解决问题，一些“高龄”电梯带“病”运行，已成为危害群众生命安全的“不定时炸弹”。最后我们关注的是电梯事故发生后，赔付很难实现的问题。许多电梯安全事故发生后，多数是由电梯安装方、使用方、维保方等相关方面协商解决，善后处理复杂，多方扯皮，容易引发社会矛盾纠纷。而能够解决这个问题的电梯责任保险却不属于强制险范畴，是否为电梯投保，主要取决于业主的意愿。

【同期声】律师叶谦：对特种设备安全进行投保，那么我们认为不是鼓励，而是应当强制。因为特种设备它涉及所有的使用人，实际上它包括我们所有的老百姓。这样就防止出现比如说法院判决对某起电梯事故物业公司应当承担民事赔偿责任。可能他的全部资产只有几台旧电脑、几部旧的办公桌椅，他根本就赔不起。这种情况下，强制险它就发生作用了。

【口播】消除电梯隐患必须做到防微杜渐，防患于未然，决不能等发生了事故才痛定思痛地“重视”、出了人命才亡羊补牢地“整改”。我们也希望我们的法律、制度能够进一步完善，解决好一些后顾之忧。

吴江电视台2014年播出

第十七届苏州新闻奖一等奖

探索政社互动

主创人员　胡志强　徐　琴　朱　青　洪　月

导视

【同期声】双凤镇凤中村村民：是不是要来帮我们改造一下老环境？

【同期声】双凤镇凤中村党委书记潘雪荣：等这些自拆、自建好以后，马上就来实施。

【解说】“政社互动”太仓模式，是太仓市在社会治理方面的一项创新实践，引起社会各界的高度关注。

【同期声】中国社科院研究员史卫民：它这是继行政审批改革之后的第二次革命。

【解说】太仓的“政社互动”到底是一种怎样的理念？太仓的实践给基层自治组织带来了怎样的活力？

【同期声】太仓市社会办专职副主任葛为平：通过一个时期的基层民主的锻炼，让基层民主很好地成长起来。

【同期声】城厢镇东林村党委书记苏齐芳：我们这个循环农业就是他们提议下实施的，就是还权于民、村民自治的结果。

【同期声】城厢镇中区社区居委会主任王金亚：我们有更多的时间、更多的精力深入到我们的老百姓家中，为我们老百姓解决一些生活中的不便。

（出节目标题）

探索“政社互动”

【主持人出镜】这里是双凤镇凤中村的会议室，我们面前摆的一大堆台账都是村里边以前为了应付市里、镇里的各项工作检查特别准备的，这每一项的工作任务布置下来都要做好几本的台账。据村里边的干部告诉我们，以前各个单位布置下来的任务最多的时候多达70多项，而且每项工作都会签订工作责任书。

【同期声】双凤镇凤中村村委会主任张学军：这一本是我们创建苏州市级体育

健身俱乐部的申报材料,包括体育、文体活动。这本是我们凤中村创建苏州市文明村的一些台账。这个台账总的有六本,图片、地图,还有一些负债、资产的说明,项目的招标等。

【同期声】城厢镇中区社区居委会主任王金亚:以前我们自己感觉像政府的一个职能部门,不像一个自治组织。

【解说】太仓地处长三角腹地,是江苏省经济最为发达的县(市)之一。改革开放以来,太仓经济持续发展,综合实力连续多年位居全国百强县(市)前十名。村务公开和民主管理工作也一直走在全国前列。然而,随着经济的快速发展,城乡居民生活水平的提升,人民群众的服务需求也在不断增加,利益诉求更加复杂多样,大家参与民主管理的意识迅速增强。一个需要引起深思的问题摆在了太仓市领导们的面前:为什么政府年年投入大量资金,办了不少好事、实事,但老百姓并不完全买账,各种矛盾纠纷依然不少?

【同期声】太仓市人民政府副市长周文彬:那我们在想,是不是我们政府提供的服务和老百姓的需求不完全匹配,还有一个原因,是不是我们政府做了一些本该由老百姓自己做的事情,包揽过多,可能对我们群众自治不放心。主要是政府太强势了,我们长期以来,政府对社会的管理是单向的。

【解说】党的十七大报告中提出,"要加强基层政权建设,完善政务公开、村务公开等制度,实现政府行政管理与基层群众自治有效衔接和良性互动"。这段文字给了太仓市领导很多启示,创新社会治理,提升基层群众组织的自治能力是一个突破口,如果让社会多元一起参与治理,那么,社会和谐一定会呈现出更加喜人的景象。一项政府自我削权,还权于民,让基层自治组织更加充满活力的社会治理机制——政社互动,在太仓悄然孕育。

【主持人出镜】政社互动是一种全新的治理理念,到底应该怎样操作,没有模式,也无可借鉴。要破解这一课题,唯有探索实践。

【同期声】太仓市社会办专职副主任葛为平:很多的村居组织,它的自治能力比较弱。弱化的原因是什么呢?很多的自主的权力没有真正地得到保障。特别像村居组织发展的决定权、村居干部的考核权、村居事务的准入权,还有村居财务的监管权,这些权力都要回归到自治组织,只有这样,通过一个时期的基层民主的锻炼,让基层民主很好地成长起来。

【解说】经过市法制办、民政局、政法委等部门的逐项认真对照,经过专家审核、村居组织讨论、社会公示等程序,太仓市人民政府于2010年3月19日发文公布了"基层群众自治组织协助政府工作事项"和"基层群众自治组织依法履行职责事项"

两份清单，明确属于自治组织依法履职的事项有10项，属于自治组织依法协助政府管理的事项有28项。而之前政府下派给村居的协助事项多达78项，这明显减轻了村居组织的工作负担。

【同期声】太仓市社会办专职副主任葛为平：那么废止之后应该用什么样的方式来确立它们的关系，我们经过大量的调查研究和思考，最终采取契约式的一种方式，就是采取政府和村居组织之间签订协议书，通过协议书让村居组织依法来开展对政府相关事务的协助。

【解说】太仓市设计的这份《基层自治组织协助政府管理协议书》，既明确了村居组织协助政府管理的项目和要求，又明确了政府必须提供的行政指导和相应的成本支付，还明确了双方的违约责任，高度体现了政社之间的平等关系。2010年8月13日，全国第一份《基层自治组织协助政府管理协议书》在太仓签订，成为太仓社会治理模式的分水岭。时任双凤镇凤中村村委会主任的潘雪荣至今还记得当时跟镇领导签订协议书的心情。

【同期声】时任双凤镇凤中村村委会主任潘雪荣：原来我们和政府签责任书，就是一个上下级的关系。签订了协议书以后，我们法律关系就平等了，我们与政府之间。当时我们签的时候还有些不太适应，认为这样到底能不能够实施？通过一段时间以后，我们也适应了，也有自治的底气，能够自己管好自己。

【主持人出镜】协议书的签订，明确了政社双方在相关行政服务事项上的责、权、利。然而，对于履行协议条款的情况该如何评价？这又需要有相应的办法。经过多番研究，太仓市采取了双向评估的方式。

【解说】根据评估办法，由基层政府组织的评估小组对村居组织的履约情况进行评估，评估结果关系到村居干部的工作绩效，同时与财政实际支付的资金挂钩。由村居组织的评估小组则对政府的履约情况进行评估。评估结果与基层政府、责任部门和责任人的绩效考核挂钩。这样通过互动评估的方式将协议确定的各项目标任务落到了实处。

【采访同期声】太仓市政府法制办主任徐志豪：双向评估制度把以前基于行政隶属关系的行政考核，变成了现在基于契约关系的双向评估，这样使得基层政府和自治组织处于完全平等的社会主体地位。

【解说】至此，“两份清单、一份协议、一个双向评估的办法”，成为政社互动的太仓模式。中国社科院研究员史卫民一直十分关注太仓在政社互动机制上的创新实践。他到太仓深入调研后认为，太仓发布的“两份清单”是继我国行政审批改革之后行政体制改革的“第二次革命”。

【采访同期声】中国社科院研究员史卫民：为什么说它是“第二次革命”，它继行政审批事项改革之后又对下放的各种行政职权进行一次彻底的清理，尤其是协助工作的职权进行一次彻底的清理，所以这份清单来得并不容易。从自治组织来说呢。它就用契约的形式，用契约化的管理，把过去的行政责任制改成了行政委托制，来建立一种新型的互动关系，那么这种互动关系既能保证政府要社区、村委托的各种事项能够顺利地进行，也使得自治组织有了更大的资源和自治的空间。

【主持人出镜】在试点一年的基础上，2011年4月，太仓的“政社互动”开始在全市各镇区全面推开。随着村居组织自治权利的回归，太仓从社会管理向社会治理转变，从为民做主向由民做主转变迈出了具有历史意义的一步。那么，推行这样一种全新的社会治理机制，基层自治组织的活力有了怎样的变化？太仓在实践中到底取得了怎样的成效呢？

【解说】这里是太仓市城厢镇东林村的合作农场，盛夏时节，1000多亩富硒稻正拔节生长，田野里到处散发出禾苗的清香。

走进生态养羊场里，看到的则是一片热闹的景象，羊儿满圈，欢叫声此起彼伏。这个养羊场占地50亩，羊舍面积近1.5万平方米，一年可以饲养优质羊3万多头。

这个占地100多亩的精品果园里，葡萄已经成熟，一串串挂在绿叶之间，让人垂涎欲滴。这里几天后就会迎来采摘的大批游客，所有葡萄不出大棚就能销售一空。

苏书记介绍，他们东林村抓住机遇在2010年完成了村民住房的整体拆迁安置工作，大家的土地全部集中到合作社经营。在村党委的领导下，由村民代表大会表决，一致同意成立了合作农场，大力发展高效农业、循环农业和生态农业，土地亩均效益正向一万元迈进，全村3000名村民每年都可以从合作社分到一笔可观的股份收入。

【同期声】太仓市城厢镇东林村党委书记苏齐芳：还权于民以后，我们觉得压力增加了。为什么呢？我们要听群众的话，他们出了很多的主意，包括循环农业，是在他们提议下实施的，每年我们都有这块的讨论，大家一起参与，实际上形成了一种活力，变一个人想为大家想，变大家想为大家干，这样形成了一种比较好的局面，就是还权于民，村民自治的结果。

【同期声】朱青：现在推行政社互动，强调的是还权于民，实施村民自治，那咱们党组织在这里面发挥了什么样的作用呢？

【同期声】太仓市城厢镇东林村党委书记苏齐芳：党员的堡垒作用我们觉得还是很实在的。比如党员议事组当中，很多党员的优秀分子，他们在提建议、提想法，村民看到，哟，党员跟普通老百姓真的是不一样，他们在为富民为强村出了很多主意，包括和谐这一块，他们出了很多金点子，使党员当中的凝聚力、号召力增加了，那么村民感觉离开了党的领导他就会没方向，所以我们老百姓跟党员的关系还是比较融洽的。

【解说】政社互动的推行，像东林村这样的基层自治组织的发展权、经营权和管理权都牢牢掌握在了自己手中。与此同时，村居群众对村居干部的考核也落到了实处。村居干部的工作业绩怎么样，再也不是过去由镇政府来考核，而是现在的由村民、居民说了算。实现由谁选举由谁考核，让谁满意，从而促使村居干部眼睛朝下，主动围绕村民、居民的意愿行事，真心实意为百姓办好事、办实事。

【主持人出镜】政社互动是一种全新的社会治理理念，需要社会主体各方，尤其是政府部门迅速转变固有的观念。客观地说，这会有一个过程。为防止以前政府行政管理模式的反弹，太仓市的政社互动机制也在不断完善之中。

【解说】推行政社互动机制以后，为了防止出现还有政府部门随意给村居组织分派工作任务的情况，太仓市实行了严格的行政事务到村居的进入制，凡法律规定范围外的行政工作事项进入村居，一律要先征得村居组织的同意，并实行购买服务。为了让基层政府的爱民理念、惠民政策和利民措施更直接地告知村居群众，同时也为了防止村居自治变为村居干部自治，太仓市从加强村居组织的民主决策、民主管理和民主监督入手，不断深化政社互动的形式，规定每年1月10日和7月10日为固定的民主决策日，并要求在决策日当天同时开展政社互动面对面活动。从而，让广大村居群众参与自治的权力得到更好落实。

【现场同期声】双凤镇凤中村村民：那边鱼塘里装来的泥，汽车弄来，像小山一样很多很多。最近又在运出去，这个运输费怎么算？这个泥怎么买进来的？我们就弄不懂了，但是建管所有没有在管？这个我们不晓得。

【现场同期声】双凤镇建管所所长：开挖地基过程当中多出来的土方。多出来的土方呢，我们本来想拉走的，那么拉走呢，考虑拉来拉去也不方便，堆放在西面，西面有两个项目，接下来如果缺土，就利用这点土，就不去浪费掉了，这个跟大家讲清楚。

【解说】这是今年7月10日双凤镇凤中村开展的民主决策日暨政社互动面对面活动。在这天的活动上，镇政府领导通报了镇里推进民生实事的情况。村委会主任报告了村里上半年的各项工作。不少村民就自己关注的问题当场提问，让相关的单位负责人和村委会干部感受到了不小的工作压力。

【同期声】双凤镇凤中村村委会主任张学军：有些问题我们也觉得头上冒汗，但是我们村委会也是积极面对老百姓提出的这些问题，只有一个一个地把这些问题都解决好了,那我们村干部才能赢得老百姓的信任。

【解说】太仓的“政社互动”从2008年启动,到如今已经探索实践了6年。这项创新实践促进了社会治理体系的重构,促进了社会治理能力的再造,促进了社会治理方式的转变。通过互动共治的方式,及时有效化解了很多社会矛盾,保障了社会和谐稳定。中央书记处书记赵洪祝等领导作出重要批示,充分肯定了太仓的做法。

创新实践没有完成时,只有进行时。太仓市正在拓展“政社互动”范围,努力覆盖企业、社会组织和机关单位,尤其是推动民营企业参与社会治理创新,努力形成更加“多元惠民,和谐善治”的良好局面。

【采访同期声】国家民政部副部长窦玉沛:太仓政社互动的经验完全符合党的十八大和十八届三中全会关于实现政府行政管理和基层群众自治有机结合,创新社会治理服务的有关要求。它使政府职能归位,自治能力增强,社会治理和服务创新,人民群众得到了实惠,在全国具有推广的价值。

(结尾音乐+字幕)

2012年6月,苏州市委、市政府决定在全市推广“政社互动”太仓模式。

2013年7月,江苏省推行“政社互动”推动社会管理创新工作会议在太仓召开,明确“政社互动”在全省推开。

2013年4月下旬和5月中旬,由民政部基层政权和社区建设司、中央组织部组织二局主办的两期全国乡(镇)长示范培训班在太仓举行,大力推广太仓“政社互动”经验。

太仓市广播电视台2014年播出

第十七届苏州新闻奖一等奖

百名县委书记港城骑车看文明

主创人员　杨　溢　朱　文　金浩昊　赵　科　宋海涛

【现场】记者杨溢：我现在是在世纪广场，今年全国文明城市现场会有一个特殊的内容，就是让他们骑着公共自行车在我们这个城市寻访文明细节。那么，他们这一路上会有怎样的所见所闻和所感呢？下面就让我们跟他们一起去看一看吧。

【同期声】现场

【解说】邓杰平是湖南省宁乡县委副书记，骑上公共自行车，他开始了此次的文明之旅。邓杰平告诉记者，长沙也有公共自行车，但张家港的管理模式更方便老百姓使用。

【同期声】湖南省宁乡县委副书记邓杰平：你这个管理好，挺方便的，你这边这个磁卡，借车的人用着挺方便的，方便老百姓。我们那要办卡付押金，等于租，你这边就没有，非常好。

【解说】十年前，邓杰平就曾来过张家港，这次回访他感觉港城的变化很大。走过一个十字路口，他停了下来，说这个人行道上的排水系统就是变化的一个重要方面。

【同期声】湖南省宁乡县委副书记邓杰平：我们那里有些地方搞一个枕石，下面一个平石，它成本也高，老百姓出行还不方便。这个是非常好的，人性化，节约成本，管理方便，老百姓出行方便。这是一整块，流水也方便，成本只有那样成本的三分之一。

【解说】骑着车，一路走一路看，邓书记告诉记者，他对公共自行车管理系统很好奇。随后，他来到了市民卡服务中心。

【同期声】市民卡服务中心工作人员：市民卡中有一个自行车功能，有一个芯片，可以借自行车，开通一下就可以到外面骑自行车。

湖南省宁乡县委副书记邓杰平：办卡得多少钱？

市民卡服务中心工作人员：办卡都是免费的，首次办卡都是免费的。

【解说】交谈中，邓杰平了解到，这张小小的市民卡不仅能免费借用公共自行车，还可以坐公交，交社保，还能当电子钱包使用，他觉得这些举措都非常有创新性。

【同期声】湖南省宁乡县委副书记邓杰平：把信息技术引入到为老百姓服务，蛮好的，办那卡还蛮快的，说是一分钟，谢谢你，向你学习。

【解说】邓杰平说，10年前张家港给他留下印象最深的步行街，这次他还想去看一看。另一边，来自贵州省的文明办专职副主任朱文东，更关注的是普通百姓的生活状态。于是，他骑着车来到了邵巷社区，这里的新市民之家吸引了他。

【现场】贵州省文明办专职副主任朱文东：你们这个相当于是居委会。

【解说】朱文东说，贵州贵阳也是全国文明城市，但在基层社区的文明创建上，还存在诸多薄弱环节，而这里的发展经验正是他们需要的。

【同期声】贵州省文明办专职副主任朱文东：社区的志愿服务，社区便民服务中心，道德讲堂，这些工作都做得好，值得我们来学习。我们贵州也做了，但是在精细化的程度上还有一定差距。我们回去以后把会议精神带回去，结合张家港的经验，特别是在一个县级市的创建上，我们把细节做好，争取赶上去。

【解说】走出邵巷社区，朱文东向下一站进发。

而此时，来自河北省安新县的县委常委、宣传部部长付建宾，已经到达了他的目的地——梁丰生态园。河北省最著名的白洋淀自然保护区80%的水域在安新县，300多平方公里的水域面积几乎是安新县县域面积的一半。如何保护、利用、开发好这些自然资源，是县里当下最重要的事。一走进梁丰生态园，付建宾就拿起相机拍起了照，原来他是准备把梁丰生态园的护坡法记录下来。

【同期声】河北省安新县委常委、宣传部部长付建宾：这些都是生态护坡，这个两边还可以的，应该有借鉴意义，公共服务的设施建设与景区打造怎么结合起来，应该也有很强的借鉴意义。

【解说】在付建宾认真记录的同时，邓杰平来到了步行街，并径直走进了位于步行街东面的诚信驿站。

【同期声】诚信驿站工作人员：我们这个诚信驿站，主要是在市民当中倡导诚信理念，作为诚信建设的一个实体平台，我们这边有免费借用的东西，像雨伞、轮椅、打气筒，便民服务的一个设施。我们借用不用交押金，不要证件抵押，只要填这么一张卡片，他提供一个归还时间，他在规定时间来还就可以了，这边都是市民在我们这边借的登记卡片。

湖南省宁乡县委副书记邓杰平：这里志愿者有多少？

诚信驿站工作人员：我们志愿者是排班的，周一到周五白班我们是一个志愿者，跟一个工商工作人员。每天晚上六点钟开始我们是两个志愿者，周末跟节假日每个班都是两个志愿者。

【解说】走出小屋，邓杰平沉默了好一会。随后他告诉记者，建一个诚信驿站容易，但要凝聚起一大批热心公益的志愿者不是一件容易的事，这恰恰是文明城市建设的关键所在。

【同期声】湖南省宁乡县委副书记邓杰平：我刚才为什么要问它的情况？我们的志愿者，有些地方的志愿者队伍是团委、妇联、工会、社区组织一些人。这个不是真正的志愿者，不是出于内心的志愿不会长久，所以我问他们怎么排班，怎么组织人（可能建一个诚信小屋容易，但是要建立这样一个志愿者队伍不容易）。不容易，真正用心做这个事情，不容易。我们要向你这里学习。

【解说】就这样，与会代表骑着车，一路走，一路看，一路问，寻访中的一个个文明细节，让他们感悟良多。

【同期声】湖南省宁乡县委副书记邓杰平：最大感受就是张家港抓经济建设，抓物质建设的同时，抓精神文明建设，抓城市管理，抓人的素质，抓得特别好，抓得特别到位。比如说，人的素质非常高，我十年以前也来过，这次来看到人的素质提高了，整体素养提高了，意识提高了，因为张家港人保护、爱护自己的家园，遵守文明守则，这个意识增强了。

贵州省文明办专职副主任朱文东：文明城市要干净整洁，绿树成荫，但是更体现在人的素质上、人的一言一行上，主要是人的素质的提升。我觉得我们社区的管理非常好，市民的素质很高。刚才说了，体现在大街上都没有果皮箱，说明我们市民没有什么暴露垃圾，说明市民在乱涂乱扔方面都很自觉。

河北省安新县委常委、宣传部部长付建宾：城市功能比较完善，对于一个县级市来讲，在全国是绝无仅有的，分区比较明显，因为这边有九个大的公园，有几个文化体育科技设施应该比较集中，给我印象最深的就是你们把最好的位置留做公共服务设施，比如说我们刚才看到的几个社区，都把沿街的门面留作搞社区服务，我们那边还做不到，这是我们需要学习借鉴的地方。

云南省瑞丽市委副书记李枝济：以后我们要结合我们当地的实际，借鉴非常好的经验，把我们社会的爱心凝聚起来，把公民的道德素质提高起来，志愿者在这块我认为充当了先锋的作用、引领作用、典型的模范树立作用。

【现场】记者杨溢：百名县委书记骑车看文明，这样的“单兵作战”的走访方式能让与会人员更加真实、深入地了解我们这座文明城市，挖掘出最有温度、最有人情味的文明细节。当然，骑车看文明也是对我市城市文明的一次大考，考验着我们的城市文明建设必须是整体的、全面的，必须经得起推敲，经得起质疑。而从这些领导干部在骑车寻访之后的感受来看，他们最有感触的还是我们城市中人的文明。的确，人的文明是城市文明的动力之源，而文明人格的培养和塑造，也恰恰是文明创建的题中之义。

张家港市广播电视台2014年播出

第十八届苏州新闻奖一等奖

保健品放长线“钓”老人
如何化解老人保健“瘾”

主创人员　潘晓亮　李浩宇　张玉平　赵静静

【导语】在市区古松弄一间不大的店面，一早一晚总是有一群老人扎堆在门外等候，出来一批又进去一批，日复一日，老人们乐此不疲。这店面里究竟藏着什么，对老人有如此大吸引力？老人进去，又是在做什么？

免费体验　故弄玄虚

【配音】这是老人等在店面门外的场景，这群老人翘首期盼多时，终于等到上一批老人出来，轮到他们入场。

【同期声】创义美健康理疗体验馆员工：来给你们都验个电。（啥意思？）手摊开就可以了。您看这个它亮了，就代表你们手上已经通电了，坐我们这个凳子主要就是通电了。你可以用手摸边上的墙壁，有没有感觉，会麻的，对吧？

【配音】体验馆员工介绍，这个是为身体通电的健康理疗仪，通过特制的电线，通到每个椅子的坐垫上，人只要坐在上面，就会通电。

【同期声】创义美健康理疗体验馆员工：你看我们全身都通了电流，电专门帮助我们活血的，所以毛病才能得到改善。您是睡不着觉对吧？ 20天，睡眠肯定可以改善，是改善，不是好。

【配音】员工宣称，失眠、头痛、颈椎痛、腰腿痛等疾病统统可以治，不少大医院都在他们公司购买理疗仪给病人治病。

【同期声】创义美健康理疗体验馆员工：几家三甲医院都有。（就是用你们创义美？）对。

【配音】员工称体验店只做宣传，不卖产品，他们的产品只卖到大医院，给市民做免费体验就是想赢得好口碑，接到大医院的订单，大家想做还可以到医院去做。

不过随后又改口，说如果确实想要，也可以与总部联系试试。

【同期声】创义美健康理疗体验馆员工：我们市场价的话是2万多元。你可以自己打电话，我们有公司的联系方式。您要买我们还不一定卖给您。（为什么呢？）我们在医院里可以使用我们的机器，在上海的几家大医院都有的。

【配音】退休教师陈德明一度痴迷于此类保健品，家里除了各种理疗仪外，还有堆积如山的保健食品。

【同期声】陈德明：羊肚菌、富硒米，还有蓝莓、酵母、深海油、葡银蜂两箱。

【配音】这些只是陈德明家里地下室的冰山一角，能叫得出名字的保健品都是成箱购买，前后花去老人近20万元的积蓄。而这20万元的投入，都是从一张写着“来就送礼品”的邀请函开始的。

各种诱饵吸引老人　感情牌圈住老人

【同期声】陈德明：他早上到市场上去发的，太仓华旭（华旭酒店）早上6点。（邀请函上面是不是写了哪些内容？）就是有礼品送。

【配音】邀请函上简单明了地写着“送鸡蛋10个”。据陈德明回忆，不少老人都是冲着礼品去的，但结果，领回家的却不只是简单的礼品而已。

【配音】不少和陈德明一起去的老人，都给自己算了一笔账，这保健品1万多元的就可以吃半年，按照推销人员的说法，能够延年益寿，每一年自己能有几万元的退休金，如果吃了保健品真的能延年益寿，那么半年1万多元花的完全值当。为了让老人们深信保健品的疗效，推销人员更是当场表示，有事实可以证明疗效，如果没有可以退款。

【同期声】陈德明：还有就是到泰州免费体检，都是免费接送的。

【配音】满满几车人，来到泰州的某个医药城。所谓的体检结束后，体检人员给每个老人提供的体检报告上，显示结果几乎是清一色的血压、血糖等多项身体指标偏高或偏低。

【同期声】陈德明：第一次接触买了，吃了一万五千多，感到心率好了，那么相信了。第一次有点效果，慢慢就相信了。

【配音】那么老人们是如何相信，吃了这些保健品有效果的呢？

【同期声】陈德明：吃了半年再去（泰州某医药城）检查。我原来（指标）是5，我都有记录的。他说你好了，指标是3了。

【配音】从身体各项指标“不正常”，到吃完后恢复“正常”，这所有数据都出自这家医药城的体检报告，根本没有去正规医院体检过。自此之后，这批老人当中有人便开始迷恋保健品，不论是口服的胶囊还是保健枕，保健床垫等等，都去尝试。

【配音】不过更让老人无法抵抗的，还是保健品推销员的热情。

【同期声】张连生：家里留的电话。一直来。（来拜访您？）一直来拜访，一直说好话。你当心身体，天冷了你要多穿点衣服。像今天送的，明天是重阳节送的重阳糕。

【配音】更有甚者，在老人花几万元购买一台市场价只有千元的净水器后，组织员工陪老人免费旅游，讨老人欢心。一位不愿透露姓名的市民，因此非常苦恼，自己平时很忙，没有很多时间陪老人，偶尔一次回去，家里居然有个陌生年轻人。

【同期声】市民王先生（化名）：在我家里拖地板。他有空陪半天，我妈最喜欢有人聊天。聊天熟了以后再叫你买东西，橱柜放了多少所谓的保健品药。如果我们子女再说他，老人会和你子女翻脸的。他们已经信得很厉害了。你说每个月被你们骗掉两三千，我也就算了，但问题是吃了这个等于在吃毒药。

保健品“包治百病” 实含大剂量西药

【配音】市中医院内科副主任中医师夏建东，在多年的工作中，接触了不少因为服用保健品不当而前来就医的患者。

【同期声】市中医院内科副主任中医师夏建东：市面上的一些保健品尤其是混合在一起的胶囊式的，只标明中药成分。这个要注意，里面就有一些不明的成分，或者一些西药的成分。而这些成分到底是什么，量多少，实际上并不知道，他也不会告诉你。靠这些西药临时的一些作用，好像有很大疗效，如果你长期吃某些保健品而里面确实含有不明成分或带有西药治疗作用，实际上不是在保健，有可能就是打着保健品的名义给你吃一些药。

【配音】王先生的母亲就是受害者。

【同期声】市民王先生（化名）：（电话变声）我母亲睡眠不好的。她说吃了那东西睡眠是好的，但是吃了那东西不是睡眠好，是一天到晚昏昏沉沉，实际上里面就有安眠药。

【配音】医生介绍，保健品的准确定义应该是增强体质的食品，首先必须安全，再者起到强身健体的作用。但现在很多保健品的成分却是药品，俗话说：是药三分毒。

【同期声】市中医院内科副主任中医师夏建东：药物是通过肝肾代谢的。消化科最多看见（长期服用保健品导致）肝损害，而且一些肝损害早期没有明显的一些症状，实际上这种肝损药物性的损害很隐匿，症状几乎觉察不到。

【配音】一旦出现症状，损害已经相当严重。在认识到保健品的危害和虚假宣传后，部分老年人选择沉默，部分老年人虽然想维权但比较困难。

保健品推销手段隐匿　执法部门取证执法难

【配音】因为部分保健品推销点，往往几天之内卖掉产品，随即人去楼空。有些虽然还在，但据市场监管部门介绍，这些保健品推销点往往证照齐全，而他们夸大宣传的疗效，往往又是口头形式，消费者举证难，执法取证同样难。

【同期声】市场监督管理局工作人员沈红兵：现在做这个保健品，来了以后立马把相关该办的手续、执照、许可证都办了。你到他店里去一看，他别的没有，证件都很全，而店里没啥东西。他的销售过程很多时候是一对一的。你在路边走，拉你进来跟你聊。

【配音】此外，因为长期服用保健品导致老人身体功能组织损坏的，也难以把病因直接归咎于某些含有大剂量西药的保健品。

【同期声】市中医院内科副主任中医师夏建东：这个问题是由药物或者保健品引起的。我没有直接的证据证明吃了这个东西引起了肝功能损害，我无法直接去证明。因为你一定要有依据的，但事实上对于药物性的保健品引起的肝损害是没有一个指定标准的。

【配音】不少违法销售的企业，就是钻了这些尚未规范或无法规范的空子，向老年人推销保健品，并且逃避法律的制裁。虽然政府多次提出促进发展健康产业，国务院还印发了《关于促进健康服务业发展的若干意见》，但具体到市场，依然鱼龙混杂、泥沙俱下，相关的执法部门权责不清，削弱了市场监管力度，对违法企业形成不了大的震慑，维护此类消费者合法权益相对困难。

孤独是老人症结所在

【配音】而除了政府部门不断规范保健品市场外，社区老年服务机构及老人的子女也应当反思，一些老年人为何会执迷于保健品。

【同期声】心理咨询师须洪元：他们老年人最主要的一个需要就是健康；第二个需要就是家庭和睦、家庭关爱；第三个就是需要得到人家的尊重。但是做不到，子女现在工作压力确实也很大，都是上班或者创业，自己都在拼命工作，很少关心老年人。现在推销保健品手法刚好迎合了他们的心理需求。关心老人，爷爷奶奶叫得挺热络的，经常到家里去看看，帮他们买点东西，或者组织一些活动，发一些小的礼品，正好迎合了老年人的心理空虚、心理孤独的需要。满足了他们这种需要以后，老年人对他们没有什么防备，这个该不该消费，这都不考虑了。

【配音】保健品推销人员打出感情牌，又夸大其词让老年人相信保健品包治百病延年益寿，迎合老人对健康、被关爱的需求。因而须洪元建议，一方面社区养老机构，要重视老年人对于健康的需求；另一方面子女平时要多关心家里的老人，常回家看看。

【同期声】心理咨询师须洪元：最主要的是呼吁家庭成员对他们多关心、多爱护。

【导语】老人受尊敬，是人类精神最美好的一种特权。一个老人频频陷入保健品迷局的社会，显然不是公众之福。从保健品市场秩序入手，从老人的精神需求入手，关爱老人的晚年生活，这是全社会都该关心的良心命题。

太仓市广播电视台2015年播出

第十八届苏州新闻奖一等奖

共话电梯安全

主创人员　张兰飞　于　靓　吴伟华　王胜定　孙江波　江忆萍

【**配音**】曾经被困电梯，至今心有余悸。

【**同期声**】当时我吓得一阵汗，脑子一片空白，不知道怎么办。

【**同期声**】我也不知道在几层，后来我就乱按这些键。

【**配音**】96333，一个电话能否化险为夷？

【**同期声**】我现在被困在电梯里了。

【**同期声**】我们会及时跟他电话联系，同时也是安抚他一下，不要着急，我们大概在几分钟之内达到现场。

【**同期声**】其实我们在全程地监督整个救援过程。

【**配音**】救援十万火急，平常更要加强监管爱护。

【**同期声**】保养，我们分为半月度的保养项目、季度保养项目、半年度保养项目、年度保养项目。

【**同期声**】在装修前将所有的电梯进行产品保护。

【**同期声**】在电梯里的话，不要吵闹，不要蹦跳。

【**配音**】《共话电梯安全》，欢迎收看。

主持人：现场以及电视机前的观众朋友们，大家好，欢迎收看本期《民声》，我是张兰飞。

现如今咱们吴江的高层建筑是越来越多，但是最近这几年来，国内大大小小的电梯安全事故的发生，总是让咱们老百姓在乘坐的电梯的时候，有那么一点点担心。所以今天的《民声》节目，我们就来聊一聊电梯安全的话题。首先来认识一下我们今天的嘉宾，他们是政协委员庞利英，吴江区市场监督管理局副局长周学忠，欢迎二位。我们在座的还邀请了住建、公安、消防等部门，小区物业、商场、维保单位、电梯企业代表们，以及我们的社区居民们，欢迎大家。

主持人：庞委员，您今天坐在嘉宾席上，主要是因为您今年写了一个提案，就是关于电梯安全的，我们特别想知道你为什么会写这个方向的提案？

吴江区政协委员庞利英：电梯安全已经和我们市民的生命安全息息相关了，去年我就开始关注这个课题，展开了一定的调研，所以我在去年写了一份提案《关于加强吴江区住宅小区电梯安全管理的建议》。这份提案被我们民进吴江总支部作为集体提案提交到今年一月份的政协全会上，全会立案之后，这份提案就由我们吴江区市场监管局进行主办。

主持人：你自己有没有这样的亲身经历，就是碰到电梯故障？

吴江区政协委员庞利英：唯一一次出现了电梯突然下沉，但是下沉得不是很厉害，一会会就恢复正常了。

主持人：你怕不怕当时？

吴江区政协委员庞利英：有点担心，但是因为我前面调研中间，（市场监管局）严科已经给我介绍了专业的知识，所以还好，马上镇静下来了。

主持人：我就想问问咱们在座的市民朋友，你们在平时乘坐电梯的时候，有没有碰到过一些电梯故障的情况发生，然后你是怎么应对的？

【互动一】

市民：我进电梯上去了以后，指示灯全都不亮了，后来我想到电梯里面有个铃一样的按钮，我没用过，我想试试看，一按之后，社区值班的人就问我话了。

主持人：消防的同志，这种处理方法对不对？

吴江消防大队副大队长马清骅：刚才那位老师傅讲得对的，上面有个铃，而且我们现在整个苏州大市有96333的电梯救援应急电话。

主持人：被困电梯求救的电话，占咱们接警量大约有多少比例？

吴江消防大队副大队长马清骅：8%—10%。

主持人：在这我特别想问一下咱们电梯企业，电梯设备到底可不可靠，我们特别关心电梯的安全问题。

康力电梯质量管理中心总监秦成松：电梯是否安全？首先回答是肯定的，因为电梯有很多很多的保护，比如说超速的保护，就是超过额定速度的范围，它会有限速器，还有底坑的缓冲器，即使轿厢掉到底部了，缓冲器有缓冲作用，人的伤亡会减少，扶梯也有很多保护装置，比如说我们的紧急开关，还有防逆转的附加制动器。

主持人：电梯发生特别严重的，就是有可能伤及人命的事故概率到底有多大？

康力电梯质量管理中心总监秦成松：世界航空平均故障率是每百万小时0.22次，我们折算一下，2014年电梯数我们全国保有量有360万台，每台电梯每天运行

14个小时，折算下来360万台，故障率是10亿分之0.26。所以和飞机的安全比一比，我们要安全到三个数量级的单位。

【短片一】尽管电梯的安全系数远远高于飞机，但是根据国家市场监督管理总局发布的通报，2015年1—7月，全国共发生电梯事故30起，其中27人死亡，11人受伤。电梯在人们的心中不再是便利的通行工具，而是能够造成人员伤亡的“夺命电梯”。那么，这些悲剧因何发生，又如何才能避免呢？

主持人：周局您是负责电梯安全监管的部门，您认为碰到电梯故障，咱们老百姓正确的处理方法是什么？

吴江区市场监督管理局副局长周学忠：如果一旦发生乘客被困电梯了，不要惊慌，可以通过拨打96333应急救援电话，接线员会引导这台电梯的专业维保单位，来及时地实施救援，千万不要采取扒门等危险方式，以免发生人身伤害事故。

主持人：那据您了解咱们吴江一共有多少部电梯？

吴江区市场监督管理局副局长周学忠：目前吴江总共有各类电梯8102台。

主持人：那一年当中发生的故障有多少，有没有统计？

吴江区市场监督管理局副局长周学忠：就拿今年下半年以来，我们通过96333救援电话，我们处理了被困起数是325起，解救被困人员576人次。

主持人：我们记者冒充被困在电梯里，体验了96333救援的全过程，接下来我们看一个短片，看记者体验。

【短片二】观众朋友大家好，我现在在吴江一个入住率较高，电梯数量较多的一个小区，今天我们就选在这儿做96333热线的一个体验。一进电梯我们就能看到96333的标识被贴在了一个很显眼的地方，现在我选择一个到6楼的楼层。现在我们已经被困在6楼了，现在我先看一下96333的标示，应该是直接拨打就可以了，上面写的是24小时的应急救援电话，那我现在拨一个看看。我现在被困在电梯里了，您看一下96333的纸上有一个电梯编号的，你把编号告诉我就行了。编号是905796。您那里是吴江的，是吧？对，地址是金域华府1号66号楼东台是吧？对的，电梯里有几个人？两个。有小孩和老人吗？没有。女士想问一下电梯停在几楼？现在停在6楼。是这样的，我们这边马上帮你去联系维保，你这边在电梯里耐心等待一下好吗？好的，大概多久能到？我们要求是半个小时之内一定要到现场的，基本上他们会提早到的。好的。我刚刚拨打完了96333的热线，现在做一个计时，看他们到底多久能到，现在是2点02分。现在已经快要到10分钟了，就在我们等得有点焦急的时候，电梯外响起了救援人员的声音。你停在几楼啊？我们在六楼，六楼你们当心，站在正中间往后一点。好。往后站，对。刚刚我和摄像在电梯里一共被困了有10分钟，这个10分钟对于我们来说还是蛮漫长的，幸亏维保人员及时赶到把我们解救出来，维保人员告诉记者，在吴江的各个角落中，遍布着许多的维保点，这些维保点能确保居民被困在电梯中，在30分钟内收到救援。

主持人：整个救援过程看起来还是比较顺畅的，虽然在现场我们感觉是一对一的，通过一个热线电话跟对方交流，其实96333背后是一系列的相关单位齐心协力地协作结果，比如说物业、商场、维保单位。

上海新湖绿城物业服务公司吴江分公司经理毛建国：业主乘客一旦在电梯里面发生紧急故障以后，第一时间可以启动紧急按钮，通过紧急按钮联系我们的监控中心，在了解了某一台电梯出现了故障之后，我们监控中心的秩序维护员，首先要舒缓乘客和业主的情绪，使他保持冷静，通俗地讲，聊聊天、拉拉家常，到现场陪聊，不要紧张。其次立即向96333或者我们电梯的维保单位马上取得联系。

上海冠菱电梯有限公司维保部经理于雪刚：接到96333的信息通知之后，我们会按照信息上面的电话号码，也就是被困人员的电话号码，我们会及时跟他电话联系，同时也是安抚他一下，不要着急，我们大概在几分钟之内达到现场，这么一个入场的过程。到达现场以后我们会确认电梯被困的位置，不是说贸然去救，达到我们的技术安全规范之后才能去实施救援的工作，同时我们也会同步告知96333，我们的救援工作已经在进展当中，把被困人员放出来之后，我们会及时地回复，96333还会询问被困人员的状况，假如一切正常之后，再去检查电梯，确保电梯没有后续的安全隐患的前提下，再次投入正常的运行当中。

主持人：我们之前对吴江的电梯状况梳理了一下，但是近些年国内电梯事故频出，你们觉得是什么原因导致？

吴江区政协委员庞利英：主要还是使用，还有管理和维护这两个方面。

江苏省特种设备安全监督检验研究院吴江分院副院长黄伟华：第一是使用单位没有落实安全责任主体，疏于管理，使得我们的设备状况很差；第二是我们维保单位缺乏必要的责任心，工作马虎，发现问题没有及时地告知使用单位；第三就是有好多电梯的使用者本身的不安全乘梯行为；第四就是我们非专业人员的救援，导致的二次事故所造成的伤害。

主持人：咱们作为电梯的管理部门，周局我们监管模式是怎么样的，怎么样来更好地管理这些电梯的运行？

吴江区市场监督管理局副局长周学忠：我们按照《特种设备安全法》的相关要求，实施对电梯的监管，包括对电梯实施定期年检，对电梯管理人员和作业人员进行培训考核。最近苏州市人民政府下发了《关于加强全市电梯安全管理意见》，在这里它提出了几个明确,一是明确了各镇、街道属地管理的责任,二是明确了市场监管、住建、安监等部门的职责,三是明确了商务、旅游、教育、卫健委等部门,对本行业、本系统电梯使用实施监督管理和协调,要构建电梯安全工作的多元共治的工作格局。

主持人:那咱们维保单位到底是怎么维保的?

上海冠菱电梯有限公司维保部经理于雪刚:制订好一个月度的保养计划,每次的保养周期不能超过15天,在进入现场保养的时候,首先做好停用电梯的告示牌。在作业区域、施工场所做好安全的防护。保养我们分为半月度的保养项目、季度保养项目、半年度保养项目、年度保养项目,经过我们维保过的电梯,应该能够达到电梯相关的安全技术规则。

主持人:庞委员您在提案中也提到一条,强化物业管理的考核,为什么您特别注重这一块?怎么样强化这方面,您有什么想法吗?

吴江区政协委员庞利英:电梯应该说是我们所有业主的共同资产,业主不可能去盯牢维保单位,怎么样来维护保养,这个工作就要靠物业管理公司去做,希望物业管理公司把电梯安全管理作为自己的本职工作来做,这也是你不可推卸的责任,所以我们在提案中间也提到了这一点。

主持人:还有一部分电梯是分布在各大商场、公共场所的,之前我们也讲到有一些商场比较注重这方面的安全,特地在电梯口辅助乘客,对于员工我们还有没有其他的一些电梯安全方面的培训?

润良(大润发)商业有限公司客服副理杨国军:营业过程中电梯可能出现的情况,会做一些这方面的培训,另外我们也会做一些现场的演示,类似演习、危机怎么处理的演示。

主持人:咱们在座市民朋友你们知道怎么样正确地来乘坐电梯吗,知道在电梯里的时候哪些事情是不能做的吗?

【互动二】

市民:在电梯里的话,不要吵闹,不要蹦跳。

市民:乘电梯的时候不要靠着门,有时候有的人抽烟,香烟头不要乱扔,万一掉到缝里,会损害电梯。

主持人:到底我们在电梯里哪些事情能做,哪些事情不能做,我们来看一个短片。

【短片三】现在就让我来告诉大家吧,首先不要乘坐没有检验合格标签的电梯;电梯在维修保养期间,是不可以乘坐的;小孩乘坐电梯时,要有大人陪同;千万不要这样去扒电梯门，小心坠入井道；当超载报警铃声响起时，请后面进来的人退出电梯；也不要在电梯门的中间停留，小心被门夹伤；不要带易燃易爆物品进入电梯；不要在电梯里追逐打闹，用力蹦跳也很危险；不要将身体靠在电梯门上，以免电梯开门的时候摔倒；发生火灾的时候不要使用电梯。

主持人：最后剩下的时间，我们还是留给咱们在座的市民朋友，还有哪些问题想问？借这个机会提出来。

【互动三】

市民：（电梯）如果出了问题，人停在里面，会不会给人造成窒息？

江苏省特种设备安全监督检验研究院吴江分院副院长黄伟华：它的密闭性并没有我们想象得那么好，也就是说首先它是透气的。第二，我们在电梯轿厢的顶上一般都装有风机，我们所谓的在电梯里面被困，胸闷、气短的感觉，可能由于紧张、恐慌而引起的。

市民：小区电梯里贴着96333这个标识，可是电梯里没信号我该怎么办？

江苏省特种设备安全监督检验研究院吴江分院副院长黄伟华：我们在电梯的操作面板的上部、下部有两个按钮，一个带有小的铃铛标志的，那个是一个警铃按钮，你通过按压这个按钮，我装在轿厢的警铃就会响，这个时候发出警铃的声音，可以提醒旁边的人对你进行帮助。边上还有一个应急通话按钮，通过按压这个按钮就可以和使用单位的值班室或者是监控室取得联络，然后请求值班人员来帮助你。

主持人：周局，您看今后在电梯安全监管方面还有哪些工作要做？

吴江区市场监督管理局副局长周学忠：从两方面去落实，一是我们要进一步完善电梯安全方面的齐抓共管、多元共治的良好的工作格局。二是刚才庞委员讲到的，我们要进一步通过新闻媒体加强对电梯安全知识的宣传和普及，这么多的住宅电梯，我们的每个用户，我希望像对待自己家里面的家用电器一样来爱护好我们小区里面的电梯，来正确地使用电梯，保障电梯的安全，来保障我们大家的人身安全。

主持人：好的，感谢我们在座的所有朋友参与本期节目的访谈，感谢各位观众朋友的收看，再见。

吴江电视台2015年播出

第二十二届苏州新闻奖一等奖

带路寻梦

主创人员　蒋　恺　王乐飞　朱新国　高　明
瞿亚健　舒　婷　姜　熠　张　叶

【画面】剪纸动画。

【配音】小时候，妈妈对我说，我们生活在最高、最大的陆地上，火热的阳光给了我们黝黑的皮肤，肥沃的大地让我们有了香甜的咖啡，这就是我的故乡——杜卡姆，埃塞俄比亚的一个小城，在这里无论走多远，似乎也到不了世界的尽头。生活的困境以及天灾人祸，经常给我们带来困扰。直到几年前，城里建了一座东方工业园，在那里，很多人找到了一份稳定的工作，收入也不错。这个工业园来自地球另一端的东方古国——中国。我从没想过有一天我会去到中国，带着我的梦想。

【画面】埃塞俄比亚工业园管理干部培训班开班仪式会场。

【同期声】苏州市政协原副主席、昆山经济技术开发区管委会主任宣炳龙：今天，在这里，我们又跟埃塞俄比亚工业园管理干部的朋友相聚，真心地希望我们埃塞俄比亚工业管理公司的高层领导跟我们昆山开发区的高层领导，每年有一个交流的计划。

【画面】大卫·戴维斯在中国的学习生活。

【配音】我叫大卫·戴维斯，是个土生土长的埃塞俄比亚人。我在埃塞俄比亚当了10年律师。2012年的时候，作为法律顾问，我进入中土埃塞铁路项目组，从此跟中国结下了不解之缘。

【画面】培训班昆山培训学习。

【配音】今年，我参加了阿瓦萨工业园管理人员培训班，我和其他30名埃塞俄比亚工业园发展公司的特聘人员成为学员，开始为期8天的课程。这是中国开发区经验输出的首个境外设置的专业培训中心。这也是我第一次来到苏州昆山。

【画面】宣炳龙授课、座谈。

【同期声】宣炳龙：实际上，现在我们建的这个工业园呢……

【配音】这是我的导师，宣炳龙先生。他在埃塞俄比亚大名鼎鼎，是我最崇拜的人，他5年11次前往埃塞俄比亚，他让昆山经验在非洲结果。在培训中，只要我有什么问题，他都是“手把手”为我传授经验，答疑解惑。

【同期声】宣炳龙：作为我们来讲，习近平总书记倡导的“一带一路”就是希望把我们国家改革开放40年积累的成果跟世界上其他国家共享。所以说，我们现在帮助非洲落后国家发展经济，面对面地和他们来进行交流，这样使他们能够真正学到我们国家改革开放的一些经验，把好的做法带到他们国内。

【同期声】埃塞俄比亚阿瓦萨工业园第二批管理人员培训班学员大卫·戴维斯：我在中国的时候，感觉更舒服，更有家的感觉。我想你的心在哪里，你会更舒服。我爱这里的食物，我爱这里的文化。我喜欢人们的好客，因为我的心在这里。

【画面】上海大学校园学习生活。

【配音】现在我在学习中国商法和中国文化。我的同学有来自哥伦比亚的、马里的、印度的，我们经常在一起讨论专业知识，一起吃饭，这让我觉得特别舒服，他们总能给我带来不一样的收获。

【画面】跟中国朋友在一起。

【配音】当然，我还有很多中国朋友，他们经常请我品尝中国美食，你看我现在筷子就用得很好，我特别喜欢吃中国菜，苏州的菜吃着都甜甜的，这让我感觉非常有幸福感。

【同期声】大卫·戴维斯：非常非常好吃。

【画面】剪纸动画。

【配音】在没来到中国之前，我就听说过“上有天堂，下有苏杭”，都说苏州美得像天堂一样，我当时就想，来苏州寻找这份美丽，也是必不可少的一堂课。

【画面】参观昆山科技文化博览中心。

【配音】为了更了解这里，我还去参观了昆山科技文化博览中心，这里有昆山在发展过程中的很多实际经验。

【同期声】大卫·戴维斯：昆山不仅是科技之城，她的文化遗产也很丰富。上一次，我有机会看一场昆曲，那太精彩了。

【画面】《浮生六记》选段。

【配音】这座城市就是这么奇妙，在玩乐中都能学到很多知识。

【画面】游览昆山巴城小镇。

【同期声】大卫·戴维斯：10月份是吃螃蟹最好的时候，对吗？

朋友：10月底的时候，是吃螃蟹最好的时候。

大卫·戴维斯：是的。上次我也来这里，让我给你看看图片。

朋友：阳澄湖大闸蟹好不好吃？

大卫·戴维斯：非常好吃。

【画面】参观昆山科技文化博览中心.

【同期声】在1984年，昆山还只是一个以农业为主的县城，但现在各种高科技产品都能在昆山生产。我相信，我也希望如果我们能够吸取昆山的经验，我们也可以取得同样的成功。

【同期声】宣炳龙：我们昆山这个城市，我们在更高层次的开发过程中，我们做一点贡献，就是奔着去参与"一带一路"工作的开展。

【画面】大学宿舍内和家人视频通话。

【同期声】同学：你现在在干什么？

大卫·戴维斯：我在看我女儿。

同学：太可爱了！

同学：她叫什么？

大卫·戴维斯：贝拉。

【画面】上海大学校园内学习。

【配音】回到埃塞俄比亚，我会把在苏州学到的东西用在我的工作上，我热爱我在东方工业园的工作，这给我的生活带来了太多的变化。

【同期声】大卫·戴维斯：我在中国待了很长时间，这一次我想要架起更高层次的中国和埃塞俄比亚之间的一座桥梁，在中国，在非洲。

【画面】剪纸动画。

【配音】这几年，我经常来回埃塞俄比亚和中国，希望这样的学习交流一直进行下去，就像妈妈小时候对我说的那样，要我做非洲的雄狮，保护好家人，带给他们美好的生活。这是我梦想，这是我跟中国苏州共同的梦想。

【同期声】大卫·戴维斯：因为我的梦想很大，还有很长的路要走，所以我一直在努力。埃塞俄比亚加油，昆山加油！

苏州新闻网2019年播出

第二十二届苏州新闻奖一等奖

明天会更好

主创人员　许　军　杨怡芳　章敏辉

【字幕】赞比亚、西北省、卡伦比拉镇、汤西普村。

【字幕】清晨，村民欢庆当地“播种节”。

【解说词】在汤西普村东头这处有些低矮的房子里，居住着杰姆斯一家。早晨七点，他的家人开始制作一种被当地人称为“西玛”的食物，就是用木薯淀粉调和烧煮而成。

杰姆斯一家并不是本地人，他来自赞比亚的另一个省份——铜带省，距离此地约有四百公里。目前，他带着妻子及两个孩子租住于此。

【同期声+字幕】（吃早餐）杰姆斯：以前我们只能吃西玛，现在我们生活好多了，我们可以在早上7点在这喝茶。我们有茶、咖啡，还有面包配黄油。

当我来卡伦比拉之前，我卖过鱼和蔬菜，我还卖过啤酒。

【解说词】在汤西普村，杰姆斯虽然属于“外来户”，但从去年开始，他却突然成了村民们极为羡慕的对象。

【同期声】（上班路上）我每天走路去工厂，大约3公里，就是走路，走30分钟就到了。

【解说词】杰姆斯赶去上班的工厂，名叫艾梅伊龙腾耐磨材料（赞比亚）有限公司，由来自中国江苏省常熟市的龙腾特种钢有限公司投资开办，专为位于此地的世界第四大铜矿——第一量子卡伦比拉矿山生产配套产品——耐磨球。

2018年10月，投资6000万美元的艾梅伊龙腾公司正式投产，正在寻找工作的杰姆斯，如愿以偿地进入了公司。由于这份工作来之不易，因此杰姆斯十分珍惜。

在当地招收的近200名工友中，最让杰姆斯佩服的，是同样来自铜带省并且已经当上车间主任的同乡菲利。

与小摊贩出身的杰姆斯不同，大学毕业的菲利在来到艾梅伊龙腾公司工作之前,一直在铜带省的一家冶炼厂工作,有着18年的采矿业从业经历。

【采访】菲利:在我的印象里,中国是一个伟大而神秘的国家,这促使我辞掉了原来的工作,然后向艾梅伊龙腾递交了入职申请。在完成了所有入职手续后,我加入了一个8人小组,有机会去到中国培训新技能。这是我第一次出国,这次培训在我的生命中记录了一个转折点。

【解说词】回到赞比亚,菲利就担任了车间主任一职,成为公司生产部门职位最高的一个当地员工。

【培训+解说词】尽管此前互不相识、经历各异,但在进入公司后,杰姆斯和菲利却有了一个共同的师傅,他就是艾梅伊龙腾公司技术副厂长徐志强。

【同期声】(绘图)来这里开厂后,我们不光要为当地人解决就业,重要的还要给他们传授技术。比如杰姆斯,他原来是小贩出身,什么也不会,开始只能安排他做园丁,种种花草,后来他主动找到我,想学点技术,然后觉得他有这个愿望非常好,就推荐他学习线切割。现在他已经掌握了线切割技术,目前成为工厂为数不多的当地技术工人之一。

【解说词】目前,在这家已成为当地最大的制造业企业里,共有8名中方管理技术人员像徐志强一样在异国他乡工作。

由于工厂地处矿区、远离城市,生活上十分单调、枯燥,每周吃上一顿中国口味的丰盛晚餐,就成为中方员工的共同愿望。但要买到这些食品,却并非一件易事。负责技术的徐志强就主动承担起外出采购的任务。

【同期声】制砖

【解说词】这段时间,杰姆斯除了上班外,还在忙一件大事,就是建造房子。

这天,是杰姆斯的休息时间。他请来两个村民一起做帮工,用当地随处可见的蚁山泥土制造砖头。

【同期声】杰姆斯:这个是我的房子,三间卧室的房子。再有一个月,我的家人就能入住了。

【解说词】这块用于建房的土地,是杰姆斯参加工作有了一点积蓄后,花了一笔钱向当地的酋长购买的。

现在,有了一份稳定工作,又即将拥有自己的房子,曾经靠贩卖水果蔬菜为生的杰姆斯一家,在生活安定下来后,也对未来有了更多的希望。

【同期声】杰姆斯:很高兴,因为公司给了我这个工作的机会,让我有钱来建房子,所以我很高兴,很高兴。

【解说词】随着工业从无到有的发展,以及移居人口的迁入,原本一片荒芜的卡伦比拉，不仅形成了新镇区，而且还建起了卡伦比拉工业园。

【采访】卡伦比拉市政建设部门负责人迈克：我们很幸运，能够得到艾梅伊龙腾来这里投资，这个投资创造了卡伦比拉工业园，也创造了很多就业岗位，让我们对卡伦比拉的发展更有信心。

【解说词】这段时期正是当地的旱季，卡伦比拉矿山加快了生产进程，对耐磨球的需求量也大幅增加。正当公司为此加足马力提高产量时，不料其中的一条生产线却突然出现了故障。徐志强只得赶紧投入抢修之中。

【同期声】抢修现场

这个球在漏出来，平头比较大。像这个，这个平头，这么大。这个材料可能也有问题，再讨论一下具体怎么做，接下来。你先把它停掉吧。

那个球上面你看到了有筋，没滚圆。

昨天那个辊子拿去车了一下，不知道是不是没车好。

还有一个轴承可能坏了，也有这种情况。如果轴承坏了，这个就比较麻烦了，因为当地不一定买得到，待会我们到现场把这些问题一个一个确认一遍。这几天因为生产任务比较急，大家辛苦一点，抓紧时间把这些问题解决掉。

对了，明天亨瑞斯叫我吃喜酒，这样的话我去不成了，我打个电话给他，小龚你帮我跟他说一下，让石科长去，让他代表我去一下。

你好，亨瑞斯，有个情况，徐先生明天有事不能参加你的婚礼。

哦，师傅不能来，太遗憾了。

【同期声】车上

艾梅伊龙腾耐磨材料（赞比亚）有限公司司机摩顿：上个星期我自己也买了一辆汽车。

石国伟：什么车？丰田？

司机摩顿：是的，这车给我带来了快乐。我的很多朋友来看我，我的家人也受益，开车带我的家人出去游玩，我很自豪。

石国伟：我想也会有更多的本地员工，都像你一样拥有自己的汽车。

【同期声】婚礼现场——铜带省基特韦市新郎亨瑞斯家

石国伟：我们带来最好的祝愿，祝福你、你的妻子和你的家人。

亨瑞斯：非常感谢，我们会在屋子里举行婚礼，所以新娘会自己过来。

石国伟：你在这等就行了吗？

亨瑞斯：对，就等着。

石国伟：非常好，这是你一生中最开心的时刻。

【解说词】今年31岁的亨瑞斯，家住铜带省省会基特韦郊区的一个小镇上，兄弟姐妹共有7人，他自大学金属制造专业毕业后，因在本地未能找到满意的工作，所以才远赴西北省的卡伦比拉，在艾梅伊龙腾公司谋得一份专业比较对口的职业。

【采访】我去年加入的艾梅伊龙腾，11月25日，2018年。我很高兴艾梅伊龙腾让我的生活发生很多变化，你们可以看到，我很开心，我结婚了，有一个非常漂亮的妻子。

【解说词】一个月后，杰姆斯的新房终于造好。汤西普村的村民们主动前来，打起鼓，跳起舞，用当地特有的形式表示庆贺。

【同期声】村民跳舞

【解说词】转眼之间，时间已经过去半年多，徐志强也到了远赴赞比亚工作的预定期限，就要返回中国。这天恰逢中国传统节日——端午节，中方同事准备包粽子为徐志强送行。杰姆斯和菲利等一些当地员工闻讯后，也一起参与了进来。

【同期声】今天是中国的传统节日，我们叫端午节（龙舟节）。

在这一天，我们中国人会吃这种传统食物，我们称为粽子。

现在他来教你们如何包粽子。

把米放好，压实，把长的那一端折过来，一定要绑紧，不绑紧米会漏出来。

【解说词】当这根细细又长长的棉线，裹起一只只粽子时，也已将中国和赞比亚两国员工的心，紧紧地连结在了一起。

【同期声】来来来，大家一起来尝尝我们包的粽子。

为我们的美好生活，干杯！

【采访】赞比亚商务贸易和工业部长克里斯托弗·亚卢马：在像卡伦比拉这样的农村建立一个工厂，改变了当地的经济，这是一条正确的道路，这个工厂给赞比亚和周边国家带来了巨大的利益，甚至惠及整个非洲。

常熟市广播电视总台2019年播出

第二十三届苏州新闻奖一等奖

雪域天堂——通往富裕的林周苏州路

主创人员　苏州市广播电视总台精品制作中心

【字幕】1994年，中央第三次西藏工作座谈会确定“分片负责、对口支援、定期轮换”的援藏方式。在西藏历史性地消除绝对贫困后，2020年8月召开的中央第七次西藏工作座谈会，为建设社会主义现代化新西藏开启了新征程。

【配音】林周县位于拉萨市东北，距市区65公里，是拉萨市贫困人口最多，脱贫攻坚任务最重的县。26年来，江苏省苏州市选派82名党政干部、专技人员来到林周援藏，先后投入援藏资金9.8亿元。2018年，林周县全面脱贫摘帽。2020年，在脱贫攻坚决胜之年，苏州广电总台记者实地走访林周。

【同期声】席与斌：我们已经是这边最强的力量了。

【同期声】次仁扎西：保证公平，这次是平均分班。

【同期声】洛桑塔青：（学校）条件好了，自然而然学习动力也就好起来了。

【同期声】韦国岭：翻天覆地变化的一个缩影。

【配音】“人间天堂”苏州持续26年的援助，让雪域高原林周的基础设施日渐完善。

【同期声】仁庆卓玛：这里还能看到我的高中。

【同期声】陈飞：我觉得我这么做，做对了。

【同期声】索朗平措：已经达到（亩产）700斤左右。

【同期声】次仁卓玛：今天早上（每家）分了3600多元。

【配音】用“苏州理念”建设的新林周，让“天然沃土”爆发出勃勃生机。

出标题：雪域天堂——通往富裕的林周苏州路

【现场】剖宫产手术

【配音】在我们刚刚抵达林周的当晚，就接到了县医院的电话，一位藏族产妇难产，苏州专家正在全力抢救。

【同期声】苏州市第14批援藏医疗队队员、林周县人民医院产科主任马金春:心里想过无数次,但还是发生了。梦里都害怕做这个梦,因为咱林周没有血源。

【同期声】苏州市第14批援藏医疗队队员、林周县人民医院儿科主任孟柳明:当时已经开始上产钳了,上产钳说明这孩子难产,心里就咯噔一下。

【配音】难产造成胎儿持续缺氧,再耽误下去,产妇和胎儿都有生命危险。马金春决定采用应急方案,在产房进行剖宫产手术。

【同期声】苏州市第14批援藏医疗队领队、林周县人民医院常务副院长席与斌:我们没有凝血因子,如果出现了我预料当中的最紧急的情况,我们将束手无策。

【配音】从胎心减速开始,到紧急剖宫产,再到胎儿娩出,一共只用了5分钟。手术很顺利,几位专家紧绷的神经终于放松下来。年初,他们从苏州来到4000多公里外的林周。如今,他们每个人都像一支队伍。

【同期声】席以斌:必须拿下,因为没有人给我们做后盾,我们已经是这边最强的力量。

【同期声】马金春:我心里踏实是什么原因,我有个保护神啊!儿科医生。来!咱握个手。

【配音】由于分娩过程长,胎儿剖出后,危险并未解除。为了做进一步的检查,婴儿被救护车连夜送往了拉萨市人民医院。所幸并无大碍。

【配音】林周,藏语含义为天然形成的沃土,但是当年的基础设施却非常薄弱。改善林周教育、医疗、交通等基础设施建设的输血式援藏,一直是历届援藏干部工作的重点。

【同期声】苏州市第九批援藏干部、林周县委常务副书记、常务副县长韦国岭:当时(援藏干部)来了之后,输血式的援藏,应该说对受援地面貌的改善是非常大的。

【配音】1995年,范建坤来到林周县。改善办学条件,成为苏州第一批援藏干部的首要任务。

【同期声】苏州市第一批援藏干部,时任林周县委副书记、副县长、常务副书记范建坤:小学里面人很少,既没有教室又没有凳子,有的都是六十年代初期留下来的破凳子,没钱更换。向苏州市的领导汇报,能不能在林周建一所学校,改变他们的命运,让他们所有想读书的儿童都能够读书。

【现场】苏州景范学校一个小孩(捐款)。

【配音】苏州市的党员、团员和爱心人士共同捐款120万元,在澎波河畔建成了苏州小学。随着入学人数的增多,苏小陆续新建、改建了教学楼、综合楼、体育馆等,苏州去年援建的实验综合楼也在新学期投入使用。用“苏州标准”建设的苏小,在拉萨市也极具知名度。

【同期声】西藏自治区拉萨市人大常委会党组成员副主任、林周县委书记次仁顿珠：整个拉萨市区范围里面，（苏小是）比较有名的一个小学，每年考上内地西藏班的（学生很多），升学率很高。

【配音】20年前的小树苗，已长成参天大树。苏小送走了一批批毕业生，又迎来一批批新生。今天是苏小开学的第一天，天微亮，旺曲边珍带着女儿次仁吉姆，已经上路了，和大多数同学不一样，他们是从120公里外的唐古乡赶来的。今年苏小入学人数达到287人，比往年多出一个班。

【同期声】林周县苏州小学校长次仁扎西：以前很多家长有意见，认为我们会分重点班和普通班，城市户口和农村户口的学生分开，这次放心，这种就没有了，这次我们是平均分班，保证公平，请家长们放心。

【配音】次仁吉姆最终被分到了六班，为了能够就读苏小，一家人提前做了很多准备。

【同期声】次仁吉姆爷爷达瓦坚才：我儿子在林周县检察院找了临时工，我们全家在这里租房陪读，都是为了孙女能在这里上学。

【配音】26年来，从县城到乡村，从政府到民间，从硬件到软件，遍布林周的20多所学校都有苏州援藏资金倾注其间。全方位的教育援藏，改变了林周教育落后的面貌，为林周一个个家庭带来了希望。

【字幕】拉萨市林周县唐古乡，热振国家森林公园。

【配音】“拉北环线”汇聚了拉萨最精彩的人文和自然景观，唐古乡就处在环线上。

【同期声】林周县唐古乡党委书记赵继荣：大概10年（柏树）生长还不到3厘米。

【配音】海拔4000多米的热振国家森林公园内，有22万株罕见的千年古柏。不过，想要去唐古乡却没那么容易。早上8点，苏州援藏干部王俊、李祥就从县城出发了，这是他们今年第七次去唐古乡。

【现场】堵车。

【配音】修路造成路面坑坑洼洼，一个小石子又耽误了行程。

【现场】补胎。

【配音】从南部县城到北部唐古乡大概是120公里，经过堵车、爆胎后，他们走了近5个小时才到达目的地。

【同期声】苏州市第九批援藏干部、林周县发改委副主任王俊：每次来都是想解决一些核心问题，今天来的话是把工作界面交接清楚。

【配音】561国道延伸工程年底前将竣工，林周县城到唐古乡的路程将缩短到2小时左右。

【现场】发放救灾物资（1997年资料）。

【配音】1995年，苏州干部刚来林周援藏时，林周县还是一个不在国道上的县城。

【同期声】范建坤：从拉萨到林周一共70公里路，其中20公里在318国道上，50公里要经过50多个小山坡。

【配音】我们来到林周时，苏州路正在实施改造升级。第二批援藏干部争取150万元援藏资金，修筑了林周第一条柏油马路——苏州路；第三批援藏干部重点实施了拉萨至林周561国道的建设，由此拉萨市也实现了县县通公路的目标，此后太湖路、澎波路等一批县城主干道也相继开通。

【同期声】韦国岭：也是整个林周这么多年翻天覆地变化的一个缩影。

【配音】拉萨到林周县城的直线距离只有20多公里，但是澎波果拉山横在中间。绕道达孜这个U字形的路长达65公里，历届援藏干部都希望在彭波果拉山中修一条隧道，这一愿望即将实现。

【同期声】次仁顿珠："可研"和初步设计一些前期工作已经做完了，评审完了，批了以后可以马上实施。

【配音】几十年来，道路在120多万平方公里的雪域高原四处延伸。路让藏族同胞走出贫穷，走出落后。

【字幕】拉萨市林周县强嘎乡，林周农场旧址。

当时早期还有（苏州援建的）希望小学了，这个就是（林周）第一条柏油马路苏州路。

【配音】今天，苏州的援藏干部、援藏医生来到林周农场旧址参观学习。始建于1966年的林周农场，是"老西藏精神"的产物。当年进藏干部和知青来到这里，建设农场，带领当地群众改造水利设施，以实际行动造福当地村民。

【现场】20世纪70年代纪录片。

【配音】1994年，中央第三次西藏工作座谈会后，"人间天堂"苏州和雪域高原林周携手奔小康。2001年，苏州援藏干部协调资金8700多万元，对虎头山水库及辅助水渠进行整治。第八批援藏干部对礼堂、窑洞进行维修加固，林周农场成为林周县党员党性教育基地。

【现场】宣誓：对党忠诚，积极工作！

【配音】如今，虎头山水库依然哺育着周围上万亩良田，知青们栽种的白杨树越长越高，一批又一批援藏干部离开水乡江南苏州，来到雪域高原林周，踏着前人的足迹，同西藏人民一起，传承和丰富着“老西藏精神”。

【同期声】苏州市第九批援藏干部、林周县文旅局副局长李祥：临走的那天，我不让（妻子、女儿）她们送，我自己背包拖个行李，她们俩就在那边流泪。我就把门关好，门关好以后，我知道她们在门里哭。

【同期声】王俊：我想我会错过儿子女儿成长最可爱的阶段。

【同期声】范建坤：在民族地区，你的工作方法要改变，你更要有民族情怀。

【同期声】苏州市第八批援藏干部、时任林周县委常务副书记潘志嘉：我更希望，我是林周全面小康路上这样一个建设者。

【同期声】韦国岭：把援藏的工作做在国家的大局上，做在百姓的需求处。

【字幕】拉萨市林周县强嘎乡，曲嘎强村。

【同期声】曲嘎强村党支部书记索朗平措：这个（青稞品种）是“藏青2000”，产量也挺高，长得也挺高。

【配音】索朗平措曾在拉萨打过工，办过公司。作为一名共产党员，索朗平措放弃在拉萨的事业，于2013年回到村里带领大家一起致富。

【同期声】索朗平措：乡里来电话，我就回来了，当时（乡党委）书记和我说的时候，让我在村里待一年，一年以后再（回拉萨）。那我直接过去搞工程了。

【配音】当年，索朗平措就争取到高标准农田改造项目，“客土”改善土层较薄的问题，修水渠使得农田旱能浇、涝能排。

【同期声】索朗平措：后来土地平整了以后，我们那边已经达到了（亩产）550斤左右。去年的话，一亩地已经达到了（亩产）700斤左右。一年到了以后到了换届的时候，老百姓不愿意我出去，所以我待在（曲嘎强村）这里。

【同期声】曲嘎强村村民巴桑贡吉：选举索朗平措，因为他年纪比较轻，见过世面，对大家都很好。从党员里选的，大家都选他。

【配音】2014年，根据村里地多人少的实际情况，结合驻村工作队的项目支持，曲嘎强村成立了农机合作社。合作社从最初只有3台拖拉机，发展到现在拥有大小农机具近百台，总价值700多万元，去年村集体经济收入突破200万元。

【同期声】索朗平措：（农机）合作社外面过去干活的话，也是收入比较高的。

【配音】村集体经济强大了，村民种地可以享受免费的全程化机械播种和收割。近年来，曲嘎强村发展特色饲草种植，实现户均增收近2万元。

【同期声】曲嘎强村村民、饲草种植户次仁卓玛：今天早上（每家）分了3600多元。（这个就是捆钱的纸）对，在这里。

【同期声】索朗平措：我是共产党员，我出去（开公司）也是我一个人发展（富裕），我留在（村里）我们全村有110户，（大家）生活水平都已经提高了，这个就是我们党员工作的目的。

【配音】今年援藏资金又为村里修建广场，改善道路。曲嘎强村变美了，村民们的日子更有奔头了。

【同期声】范建坤：我（援藏）回来那么多年了，我每年寄，每年上半年和下半年，我都会寄一点东西过去。

【配音】这里曾是林周县政府机关大院，普布的母亲卓玛当年是县政府食堂服务员，普布和范建坤是邻居。

【同期声】范建坤：（普布小时候）他不会讲汉语，只会讲藏语，我们慢慢教他讲汉语。

【配音】母亲去世后，普布的父亲身体不好，家庭生活很困难。于是范建坤和第二批援藏干部王建康开始资助普布。普布告诉我们，没有援藏干部的帮助，他不可能走出林周，也不会有今天的自己。

【同期声】林周县甘曲镇下沉干部普布：就像家人一样，一直在关心我。

【配音】普布先后在常州、太原、成都完成学业，大学毕业后考上了公务员，目前在甘曲镇觉布村工作。今天早晨，普布像往常一样沿着苏州路去上班。苏州路的尽头是觉布沟，山的那边就是拉萨，未来隧道建成后，林周到拉萨的路程只有20多分钟。26年来，一批批援藏干部走了又来，援藏任务也一棒接一棒往下传，林周的面貌一年比一年变化快。与此同时，一批批林周干部群众也走出雪域高原，去到心目中的人间天堂苏州学习和交流。他们在林周和苏州之间搭起了一条越走越宽广的小康路，沿着这条小康路，6.4万林周人和苏州人一起走向富裕，迎来更美好的生活。

苏州市广播电视总台2020年播出

第二十三届苏州新闻奖一等奖

Gogi马的C计划

主创人员　沈　玲　吴　妤　周　瑶　孙润伟

【旁白】2020年12月5日，一场汇集中国与中东欧国家艺术精华的晚会在苏州昆山举行。中东欧驻华使节齐聚苏州，共商合作，这让全球疫情下的寒冬，充满了希望。

【字幕】八个多月前。

【同期声】Gogi：我今天跟朋友通话了，克罗地亚有大概1000人感染新冠肺炎，他们非常缺乏医疗物资。老百姓在店里买不到防疫物资，所以我得加快速度筹集物资。

【出片名】Gogi马的C计划

【字幕】2020年3月底。

【旁白】时隔一个多月，克罗地亚人Gogi终于从家乡回到了自己位于中国苏州的拳馆。此时，中国疫情刚出现拐点，全球疫情处于爆发前夜。

【旁白】2020年3月22日，克罗地亚首都发生5.3级地震。地震使陷入疫情危机的克罗地亚雪上加霜。心系祖国的Gogi立刻想到要筹集一批防疫物资送回去。拳馆合伙人小葛建议他去疾控中心找相关专家寻求指导。

【同期声】专家：他家人应该没什么问题吧？

小葛：你家人都好吧？

Gogi：是的。

小葛：就一对老父母在家。他哥哥在德国，（那里）也蛮严重的。

专家：那他现在就是要尽快采购一些物资。

【旁白】专家给出两条建议：一是给医护人员的口罩和防护服；二是检测试剂，尽量做到应检尽检。

【同期声】小葛：得赶快，我们出发！

Gogi：我们要尽快开始，谢谢！

【字幕】2020年1月22日，国家卫健委确认苏州首例新冠肺炎确诊病例，该病例为江苏省首例。

2020年1月24日24时起，江苏省启动突发公共卫生事件一级响应。

【旁白】2020年年初，新冠肺炎疫情突袭中国。在苏州生活了五年的Gogi，早就不把自己当外人，迅速加入爱心援助队伍。

1月底，Gogi费尽周折托国外亲友联系到一笔2万只的口罩订单。

2月14日，他从南通工厂抢购了500只N95口罩送到医院。

2月15日，他又发挥专业特长，制作了6集居家防疫训练视频，在网络发布。

因为国际物流受阻、运力骤降，2万只口罩一直积压在克罗地亚没法运到中国。2月16日，Gogi决定飞回去“人肉”把口罩背回来。

【同期声】克罗地亚驻华大使：亲爱的中国朋友们，在这个特殊的时刻，你们是有朋友们可以依靠的。

【同期声】克罗地亚钢琴家：请保持安全、勇敢，在这种情况下，尽一切可能互相帮助。

【旁白】然而此时，全球疫情已不容乐观。当地时间2月25日，克罗地亚报告首例新冠肺炎确诊病例。国际航班不断取消，Gogi不得不在克罗地亚停留了一个多月，口罩也一直滞留在运输环节。

【旁白】4月2日，回到苏州不久的Gogi，接到了海关的纳税通知。

【同期声】小葛：你有麻烦了，知道吗？

Gogi：我就是个麻烦制造者。

小葛：他们（海关）让你把（口罩）退回去，他们不让你的（口罩）入关，他们有充足的理由不让你的口罩入关，因为他们不知道这是用来捐赠的。

【旁白】在得知这批来自克罗地亚的口罩是捐赠用途以后，海关人员帮助他们办理了相关手续。

【同期声】Gogi：城市复苏了。

小葛：城市活了。

【旁白】此时正逢苏州开始分批次错峰复学，在苏州工业园区慈善总会的协调下，这2万只口罩捐赠给了园区学校帮助复学。

【同期声】教育局领导：我也代表我们园区16万学生感谢您。

小葛：绵薄之力，绵薄之力。

【旁白】Gogi出生于克罗地亚体育世家，先后为克罗地亚国家拳击队和摔跤队效力，获奖众多，朋友们都称他为“拳王”。2015年，Gogi来苏州帮助经商的哥哥办了一场拳击赛。后来，哥哥回了欧洲，Gogi却留了下来，在这里开了一家拳馆。

【旁白】母亲心脏不好，Gogi原本计划今年把她接到苏州来做手术，现在也只能搁置着。因为对家的牵挂，Gogi更加为祖国的疫情焦虑了。

【字幕】2020年4月3日。

【旁白】辗转之下，Gogi找到了其中一家生产防疫物资的企业，寻求帮助。

【同期声】Gogi：谢谢！

Gogi：新冠疫情在我们国家爆发了。也许我可以用一些来交换，我必须尽快。

【旁白】因为拳馆尚未复工没有经济来源，Gogi只能尴尬地提出一个交换建议。

【同期声】Gogi：如果我们能拿到几吨防疫物资，我可以帮整个公司进行健身训练。

小葛：不要笑。

企业代表：（我们也听说了）马国伦（Gogi）的一些事迹，我们免费捐1万个（口罩）给马国伦先生，这个没问题。

小葛：他说帮你们做门卫，他这么高，可以帮你们做门卫。不知道怎么感谢你们。

企业代表：没关系，这个是我们的一份心意，而不是就讲交易。

【同期声】Gogi：我应该买辆大一点的车，为了（拿到）更多的捐赠物资。

小葛：你还挺幽默的嘛。

Gogi：非常好的公司，人也非常好。你知道吗，最打动我的是什么？疫情最严重的时候，他们还在坚持工作。他们冒着生命危险，仍然为了帮助抗疫而工作。

【旁白】轻松拿到第一笔捐赠物资的Gogi，决定乘胜追击，兴冲冲地赶往一家生产试剂检测设备的企业。

【旁白】这是一家小型企业，因为市场需求陡增，生产压力很大，加之设备本身成本昂贵，企业最终还是拒绝了Gogi的提议。

【同期声】大堂经理：您好，请问办理什么业务？

Gogi：你好。

小葛：我们想咨询一下办理贷款的业务。

【同期声】Gogi：我有一个拳馆，现在有点麻烦，因为疫情影响，我们没有生意，没有人来，因为他们不能来。所以我想贷点款来度过这段时期。

贷款经理：因为像今年的话，疫情也是属于一个比较特殊的情况。所以的话，这个政策没有问题。

Gogi：我听到有什么“没有”。

小葛：不是，他没有说“没有”，他说没有限制，没有限制你，所以你可以(贷款)。

贷款经理：如果他的拳馆有一定的不动产，包括里面的健身器械，这种其实我们也是可以做一部分抵押。

【字幕】2020年4月12日，中国援助克罗地亚抗疫物资抵达萨格勒布。

【字幕】截至当地时间4月12日下午，克罗地亚累计确诊病例1600例，累计死亡病例23例。

【旁白】在复工复产热潮中，Gogi的拳馆也逐渐热闹起来。克服了疫情早期的恐慌，人们在努力使生活和工作尽快地恢复正常。

【同期声】小葛：你的心态，天哪，心态比你的命都重要。先保证活着吧。

Gogi：是的，但是……

拳馆教练：中国人和中国政府做了很好的工作。

Gogi：唯一的，唯一的。(中国)一切迅速就位，我们也应该这样做，也许就不会有1000多人(感染新冠肺炎)了。

小葛：你找他吗?

学员：嗨，Gogi，我买了点口罩……

小葛：给你的国家。

Gogi：谢谢，谢谢!

【旁白】一个学员给Gogi送来了几百只口罩，这让他倍感温暖。

【同期声】小葛：他问我你之前是不是坐在那个长凳上哭。

Gogi：因为这没有用，如果我哭的话。我需要行动。

【旁白】刘春艳是位外企高管，今天她送孩子来上拳击课。因为都有在异国生活的经历，Gogi和她一见如故。

【同期声】刘总：你的计划是什么？因为每个人的能量有大小。我理解你的感受。

Gogi：我们没有核心科技，没有龙头企业。我们依靠旅游业，但只依靠旅游业是不行的。比如今年，因为疫情，旅游业就不行了，谁去旅游，没有人。今年，完蛋了。但是我也试图在经济方面想办法，推荐一些国际项目。

刘总：我看到有人在朋友圈寻求帮助。

小葛：他不肯的。

刘总：为什么不呢？

小葛：他说那个上面都是他的学生，发了不好，有点道德绑架他们。

刘总：但是你做这些不是为了你自己，是为了你的国家，这没有什么不好意思的。

刘总：如果你不发的话，你就不会发现，现在你到底有多少真朋友。

Gogi：也许只有5个。

刘总：不对，现在是6个了。

【旁白】今天，Gogi要去领取一批医疗物资。为了回馈他对苏州的爱心，加上苏州口罩紧缺情况得到缓解，园区政府协调了3万只医用外科口罩交由Gogi捐赠给克罗地亚，为全球抗疫加油。

【同期声】主任：正如你了解的，我们（园区）在中国很特别，因为我们有来自（中新）两国的支持。

【旁白】在Gogi的牵线下，克罗地亚经济商会代表郝德生来园区参观。这场疫情大流行带来的经济不稳定，波及到了每一个普通人。这让Gogi明白，重大危机面前，没有谁可以独善其身。他萌发了为两国经贸合作尽一份力的念头。

【旁白】由于疫情原因，克罗地亚包机航班逐渐减少，Gogi筹集到的物资只能通过海运送往克罗地亚。今天，他和小葛要把这85箱物资送到上海洋山港的集装箱仓库报关。

【旁白】在朋友和学员，以及苏州工业园区政府部门的帮助下，Gogi一共募集到了67000只医用外科口罩、3500只N95口罩和3万元善款。

【字幕】6月26日，克罗地亚卫生部通报，克罗地亚累计确诊病例2539例，累计死亡病例107例。

【新闻】内容大意：在中国疫情最严重的时候，克罗地亚前国家拳击手Gogi帮助当地筹集口罩。现在，他又在当地政府和友好人士的帮助下，筹集物资支援克罗地亚抗疫。这批爱心物资已经到达克罗地亚。

【字幕】2020年6月26日，Gogi筹集的医疗物资抵达克罗地亚。

【旁白】拳馆终于恢复了集体训练课。蛰伏一冬的人们，爆发出积蓄已久的能量。

【同期声】Gogi：快点，快点，快点，大家！

【旁白】Gogi的拳馆，从一开始只有十几个外国学员，积累到如今的1000多人。拳击，这项起源于西方的古老运动，在愈加开放的苏州受到欢迎。

【旁白】这几天，拳馆的气氛很高昂，一年一度的慈善拳击赛终于可以如期举行。Gogi的大日子来了。

【字幕】2020年10月17日。

【旁白】2018年俄罗斯世界杯上，克罗地亚获得亚军，这让体育成为克罗地亚一张极具辨识度的名片。正因如此，Gogi请来了不少苏州商务部门人员和企业家，他希望通过这次赛事，吸引关注，为助力克中两国的贸易合作搭建一个平台。

【旁白】在这个拳击台上，无论年龄，无关背景，大家都在为爱挥洒力量。慈善拳击赛的初心不变，Gogi将办赛所得的10万元收益全部捐赠给苏州工业园区慈善总会，用来救助5名困难家庭患大病儿童。

【旁白】11月5日一大早，Gogi就赶到了上海，他领取到了一个新的身份——第三届中国进博会参展商。克罗地亚经济商会希望借助Gogi这个“中国通”的体育明星魅力，为展台集聚人气。

【旁白】虽然全球范围内新冠肺炎疫情仍在蔓延，但中国国际进口博览会为疫情之下艰难复苏的世界经济注入了强大能量。

【旁白】这是Gogi第一次参加进博会，也是他第一次站在了除体育赛场之外的国际舞台上。

【旁白】此届进博会，克罗地亚有9家多个行业优势企业联合参展，企业数远多于前两届。中国是全球最具潜力的大市场。Gogi希望这些他引以为傲的家乡企业，能和他一样，成为中国发展的合作者和受惠者。

【旁白】12月7日，克罗地亚驻华大使达里奥·米海林来到了Gogi的拳馆。因为携手抗疫结下的情谊，大使对这座城市充满了感情。

【同期声】达里奥·米海林：我坚信，通过地方层面的合作，相比中央层面的交流，更能够丰富双边交流的肌理，更利于增强人与人之间的联系。苏州的开放，向世界证明了开放态度对于发展的重要性。

【旁白】把苏州当作第二故乡的Gogi，又有了新计划。

【字幕】2015—2020年，Gogi共举办8次慈善拳击赛，累计捐赠比赛收益40余万元。

2020年，作为连接中克友谊的纽带，Gogi荣获江苏省人民政府颁发的“江苏友谊奖”。

【字幕】你为什么做这些？

Gogi：谁都可以帮助别人，只要尽他所能。

【字幕】你富有吗？

Gogi：我内心富足。

【字幕】怎么评价你?

Gogi：我只是一个想做好事的小人物。

【字幕】下一个计划?

Gogi：我生活在日新月异的中国，谁知道未来会怎样呢。

苏州市广播电视总台2020年播出

第二十四届苏州新闻奖一等奖

夏和他的“中国之家”

主创人员　沈　玲　孙　欣　黎一笑

【主持人导语】太仓市,地处江苏省苏州市东南部长江口南岸,紧邻上海。

在中德合作的大舞台上,这座小城占有重要一席。400多家德企在这里花开蒂落,1000多德国人在这里定居生活,太仓被誉为“中国德企之乡”“中德合作典范城市”。

来自德国的夏建安,是上海和太仓两家德国中心的董事长。作为中德合作的推动者和受益者,20多年来夏建安在中国成就了怎样的事业和人生呢?

【解说】2021年12月17日,对德国人夏建安来说,是一个重要的日子。作为上海和太仓两家德国中心的负责人,他是今天聚会的主角。

【同期声】夏建安:这是最重要的,火钳酒,这是今晚的主角。

【解说】火钳酒是最具德国风情的节日饮品。每到新年来临前,夏建安都会邀请在苏州太仓和周边城市工作生活的德国同胞,以及当地的朋友们欢聚在一起。

今年的聚会,夏建安邀请到了一位身份特殊的嘉宾——德国驻上海总领事贺德满。

在夏建安看来,总领事的到来是对他长期致力中德两国交流合作的肯定。

【采访】德国驻上海总领事贺德满:经济迅猛发展对双方都大有裨益,带动两国之间的文化和社会交流也比以往发展得更快,太仓市就是一个范例。

【解说】夏建安定居中国已经20多年了,他是中国女婿,拥有一个幸福的跨国家庭;他主导的德国中心,为在华德企提供咨询和服务,为身处异乡的德国人带来更多家的感觉,被誉为德国中小企业的“中国之家”。

【出片名】夏和他的“中国之家”

【采访】上海德国中心董事长、首席执行官,太仓德国中心董事长、总经理夏建安:我叫克里斯蒂安·索默,我的中文名字是夏建安。我来自德国基尔。25年前,我开始定居中国。

【同期声】夏建安：让我介绍一下（上海）德国中心。这里是我工作的地方（之一）。德国中心现有100多家租户，主要是德国公司。我们很高兴成为能够真正体现中德之间业务增长的地方。

夏建安：早上好！你们早。

【解说】夏建安，1963年9月出生于德国北部基尔市，就读于当地著名的基尔大学的法律专业。大学期间，他认识了一位来自中国的乒乓球小伙伴。乒乓球是中国的国球，大学毕业后，夏建安决定到中国看一看。那一年是1994年，夏建安31岁。

当时，中国对外开放的大门早已打开，一批德国知名企业相继进入中国市场。

眼前的场景与他在西方媒体中看到的完全不同，带着好奇与探究，夏建安在上海德国中心开启了人生的新篇章。

【采访】太仓高新区管委会副主任郁颖珠：是在2010年左右，那么作为太仓，我们要壮大德资企业的集群，所以我们主动对接联系了上海德国中心，在当时认识了德国中心的负责人夏建安，我们与德国中心就建立了长期的这样的合作关系，和他们一起举办一些推荐的活动，共同来把太仓这个城市向德国企业做一个宣传和推广。

【解说】太仓，地处苏州东南部长江口南岸。这里的港口始兴于隋唐；元代曾是各国商船云集的“六国码头”；明代达到鼎盛，郑和七下西洋都从这里起锚出发。如今，太仓“列队”中国百强县“第一方阵”。传承久远的开放基因，使这座江南小城在改革开放以来呈现出越发蓬勃的活力。

【同期声】工作人员：三、二、一，开始！

阿福：欢迎收看营销中国广播！您和您的团队的最新项目是位于太仓的德国中心，您能和听众讲一讲太仓吗？

夏建安：是的，我们在2016年在太仓开设德国中心。如今，这座城市拥有400家德国公司。这意味着对于德国经济，对于德国中小企业来说，它是高科技公司投资的核心城市。

【解说】这样的推介，夏建安已经坚持了10多年。从2008年开始，在夏建安和德国中心的协助下，太仓市在德国各州多处城市成功举办了13届“太仓日”活动。

【采访】上海德国中心董事长、首席执行官，太仓德国中心董事长、总经理夏建安：我认为最成功的“太仓日”是在慕尼黑的巴伐利亚银行德国中心总部，我们组织了100多家公司参加，中国的总领事也来到慕尼黑参加我们的活动。巴伐利亚银行的董事会成员、中国总领事、德国和中国的公司代表都出席了慕尼黑的活动。这正是“太仓日”的意义所在，我们可以真正地共享信息，从太仓获得更多信息传递到德国。

【解说】截至2021年，太仓已集聚了400家德企，其中50多家是行业内的“隐形冠军”，曾经的江南小城成了名副其实的“德企之乡”，成为中国德资企业聚集度最高、发展质效最好的地区之一。

随着长三角一体化发展的推进，夏建安发现，因为中国政府的大力倡导和推动，在太仓有半数以上的德企正开展本土化研发创新，这些企业将中国区总部和研发中心设在了太仓。

【同期声】安迪：中国已从制造基地发展成研发基地。比如这个产品，在我们慧鱼集团，除了中国厂，其他地方都没有生产，我们是该产品在全球第一家完成自动化生产，并成功推向市场的公司。中国是汽车领域的创新大国，这里的研发速度更快，可以进行快速试验和应用。

安迪：看上去很眼熟，对吧？我们用的也是德国车站的标志：H。这里也确实是个车站，是材料车的停靠站，前面过来的那辆车在这里停靠……

【解说】伴随中国经济的崛起，越来越多的中国企业开始谋求国际化发展。近期，太仓德国中心正在上线一个面向中国企业赴德投资的培训项目，夏建安经常会亲自上阵。

【同期声】夏建安：由于历史原因，德国西部比东部更加国际化，德国东部的国际业务，特别是与中国的业务，总的来说相对较少。所以你可以想象，如果你想在德国投资，在德国东部地区，人们会更加开放。政府会更开放地支持你，因为他们希望赢得更多国际公司，获得更多国际业务。

【解说】20多年致力中德经济交往与合作，夏建安如今越发觉得在经济共荣的同时，人心相融更重要。他将自己的工作重心，慢慢转向了中德文化交流，乒乓球运动成为他的首选。

【采访】太仓乒乓球协会秘书长方杰：夏总和波尔的友谊也是非常深厚的，所以他能把波尔请到我们太仓来。

【解说】波尔是德国著名的乒乓球运动员，曾经拿到乒乓球世界杯男单冠军。

【同期声】夏建安：波尔的太仓行也开启了一个新的故事。太仓说，波尔来了，夏先生，我们能不能组织一个太仓和德国之间的中德友谊赛？我说，好的，我们来组织。

【解说】夏建安一手策划、牵线搭桥的“中德友谊杯”乒乓球国际邀请赛，自2016年开始已经连续举办4届，轮流在中国太仓和德国英戈尔施塔特举行。它在德国的知名度甚至超过在中国，很多德国人因此认识了太仓。

【同期声】夏建安：我想向你们介绍我们的摇滚乐队“上海高压乐队”，我们都是德国公司的经理人。今天晚上，我们在这里排练。你们看，我是贝斯手。

【解说】每年9月，夏建安必定会参加在太仓举办的啤酒节。这里有纯正的德国美食，有许多太仓本地和周边城市的德国友人前来相聚。作为太仓德国中心的负责人，夏建安带领自己的乐队参加开幕表演。他们要用这样的方式，感谢当地政府给予的支持。

【同期声】李建：克里斯蒂安，你可以把菠菜洗一下吗？

夏建安：好的。

李建：谢谢。

夏建安：多一点，对不对？

李建：对，洗干净一点。

【解说】在中国，夏建安不仅迎来了自己的事业，他把家也安在这里。刚到中国那段时间，在一次同事的朋友聚会上，他认识了李建。

【采访】上海德国中心董事长、首席执行官，太仓德国中心董事长、总经理夏建安：在吃饭的过程中，有一位女士基本上一直在厨房和桌子之间跑来跑去，把一个个菜端到桌子上，所以那个晚上，我一直在看那个身影，那么有趣，那么有魅力。后来，那个人，李建，成了我的妻子。

【解说】李建是上海姑娘，当时在一家外资企业工作。夏建安的中文名字，就是她给起的。

【采访】夏建安妻子李建：他那个索默（姓），刚好是夏天的“夏”的意思，克里斯蒂安，我有个“建”字，克里斯“建”，最后一个字要不就放个“安”吧，寓意着我们俩平安，所以就叫“夏建安”。

【同期声】李建：克里斯蒂安，三文鱼配米饭还是配面包呢？

夏建安：我想，米饭，好不好？

【解说】1996年，夏建安正式成为了中国女婿，从此定居下来。他们的生活就像德式烤三文鱼搭配中国白米饭，看上去很有趣，味道也很不错。

【采访】上海德国中心董事长、首席执行官，太仓德国中心董事长、总经理夏建安：对我来说，生活中最重要的一点，就是要有家的感觉。很明显，如果没有我的妻子，我就不会有这种感觉。我们确实有明显的文化差异，它们并没有引起矛盾，似乎事实恰恰相反。我们真的过着相当和谐的生活，有着非常好的相处。25年来，这是非常令人惊讶的。

【采访】夏建安的妻子李建：经过那么多年的婚姻，差不多是25年、26年的婚姻，这个感情还是很新鲜。

【解说】夏建安的儿子李阳今年已经24岁，在德国法兰克福大学攻读商科硕士。

【采访】上海德国中心董事长、首席执行官，太仓德国中心董事长、总经理夏建安：当你问他，你是更中国还是更德国？我想，有时候他会说我是中国人，因为他的母亲也是中国人，另一方面，他上的是德国学校，所以他的环境很德国。我很有兴趣看看他未来的人生将如何进一步发展。目前他在德国，他正在找一份中德之间的工作，或许他会在中国做与德国有关的工作，或者在德国做与中国有关的工作。具体我们还不知道，但我认为他会继续在中德之间架设桥梁。

【解说】20多年的中国生活，夏建安真切感受到中国社会日新月异的变化，这种变化成就了他的事业，成就了他的朋友圈，也成就了他最爱的家庭。夏建安说，成为这种变化发展的见证者和推动者之一，他感到十分荣幸。而未来，会有更多像他这样远涉重洋的德国人，把太仓当成“第二故乡”，在这里和当地人一起，经营自己美好的生活。

【主持人结束语】夏建安参与和见证了中德两国交流合作的历程，从最初的隔膜到密切的经贸互动，从单纯的投资设厂到本土化研发创新，从德国企业引进来到中国企业走出去，从经济共荣到人心相通。在中国夏建安成就了“变形金刚”般的人生，他是苏州市荣誉市民，是企业董事长，也是乒乓运动员和摇滚乐手。

2022年，中德两国将迎来建交50周年，国之交在民相亲，夏建安的故事还在继续。

苏州市广播电视总台2021年播出

第二十五届苏州新闻奖一等奖

云朵，你好！

主创人员　集体

【出现场】华南虎出场，心跳声1……2……3……东张西望……

【字幕】它叫云朵，故事，要从它出生的时候开始讲起。

【字幕】云朵，你好！

【配音】谈天说地，虹扬为您说天气。从今天开始，我国正式进入清明节气。今晨苏城的天空阴沉，早晨的最低气温为11.8℃。没有阳光，还有一点小冷。

【同期声】中国华南虎苏州培育基地饲养员张艳：冬天还会用羊腿加这个。这称了多少斤。现在这个公虎的话，9斤10斤的样子。冬天会多一点，冬天会到12斤13斤，夏天就会少一点。现在是14只华南虎，过段时间就不是了，因为美美怀孕了。我这边切完肉，给它们送过去以后，就去看看美美。

【出现场】食材装车，出发。

【同期声】中国华南虎苏州培育基地饲养员张艳：这就是美美，它现在快要生了，你们就不要靠近了。就不要靠太近是吧？对的。美美现在是43个月，它是第一次当妈妈。它的老公叫蛋蛋，就是和它在一个笼舍的。因为从小它们就在一起长大的，然后这里的华南虎，其实都是“沾亲带故”。像美美的小姑子叫皮皮，皮皮就是去年和宝宝生下了“日、月、星、辰”四只母虎的，然后美美的爸爸、妈妈、外公、外婆，还有公公、婆婆也都生活在这里。它外婆申申，今年20岁了，相当于我们人类的80岁左右，是这里年纪最大的虎。

【字幕】华南虎的孕期在103天左右，经过饲养员推算，美美的预产期在4月27日至5月1日之间。

【现场声】石老师，美美大概什么时候会生？这两天吧，这两天晚上。晚上的时候？对，之前的话都是凌晨的时候生的。根据经验来看，凌晨一两点钟的时候。

【同期声】中国华南虎苏州培育基地饲养员石晋韬：这边你们要慢一点，轻一点，你们要马上进笼子了。

【字幕】4月29日下午3：50，石晋韬当天第四次来到笼舍。

【同期声】中国华南虎苏州培育基地饲养员石晋韬：这边我们先出去一下，先出去一下，先安静一点。美美可能现在，马上就要生了，可能一两个钟头吧。

【字幕】石晋韬说美美已经蜷缩在笼舍里，他电话通知了值班的另外两名饲养员。

【同期声】中国华南虎苏州培育基地饲养员石晋韬：你们现在进去的话只能在这个门口。就是走廊那边，对，走廊那边。因为现在美美，它看到陌生人还有机器会比较紧张的，会影响它生产的。

【字幕】华南虎是中国特有的虎亚种，属于国家一级保护动物。联合国1996年发布的《濒危野生动植物国际公约》，将华南虎列为世界十大濒危物种之首。截至目前，尚未发现野生华南虎。

【同期声】中国华南虎苏州培育基地饲养组组长刘星：没想到这么快，我在那边开会就赶紧回来，开始舔了。就赶紧通过，就开了一点点门缝，把那个草塞到它的水池里面。

【字幕】4月29日下午4：29，美美生了一只幼虎，饲养员发现是死胎。

【同期声】中国华南虎苏州培育基地饲养员张艳：这种情况对于华南虎来说，也是可以预料到的。因为它幼虎的存活率，差不多也就是50%左右。这个和遗传、母虎的体质、环境都有关系。一般来说，华南虎一胎会生育2到4只幼虎，但真正存活到6个月以上的，总体数据来说，可能差不多只有一半。

【字幕】下午4：40，美美又生下了一只幼虎。

【同期声】中国华南虎苏州培育基地饲养员张艳：刚出生的那个小虎，它表面会有一层那种膜一样的，美美要给它舔干净，同时也是在刺激它的一个生命力。

【字幕】晚上刘星通宵值班，通过监控密切关注美美和孩子的状态。

【同期声】中国华南虎苏州培育基地饲养组组长刘星：你们在干吗，在看什么？看监控，咋了？美美把小的叼出去了，在水泥地上。把它叼出去了，什么时候？就刚刚12点28左右，对。

【同期声】中国华南虎苏州培育基地饲养员张艳：外面的天气是阴天啊，温度其实只有十几度。水泥地又比较冷，有一个多小时美美都没有把小虎要再叼回来的意思。再下去的话，小虎就可能要被冻死了。所以决定，刘星去把它拿出来，我们首先要尽可能地减少死亡。

【同期声】中国华南虎苏州培育基地饲养组组长刘星：你们先别进来，我先看一看。哦，好。

【字幕】4月30日下午2：00，刘星将幼虎拿了出来。

【同期声】中国华南虎苏州培育基地饲养员张艳：一旦拿出来，它就不太可能回到母虎身边了。因为华南虎其实都是靠气味辨别对方的，我们拿出来以后，就带了我们人类的气味。所以对于母虎来说，它可能会认为是一种异常的味道，它们两个就相当于是陌生的个体。我们人工饲养的风险也很大，因为奶粉肯定是比不上母乳的。有些幼虎，它吸收不好，慢慢地状态越来越差，最后会死掉。有些可能会相对活得久一点，但是体质上来讲，也没有母虎饲养的好。另外，我们人工带的话，发育相对会比同期的小虎迟缓一点。但是现在没有办法，只能先拿出来。

【同期声】中国华南虎苏州培育基地饲养组组长刘星：小虎在中间，两边是暖水袋。捂了一会感觉还不行，就贴在怀里面给它捂，下午4点多的时候那个体温就回来了。

【字幕】体温回升后，幼虎被第一时间放进育婴箱。

【同期声】中国华南虎苏州培育基地饲养员张艳：设备相比之前，肯定是要提高了很多的。它的温度、湿度都可控，然后再给它做一些预防性的处理。比如说打一些抗生素，还有是给它喂一点点糖水，让它先获得一点能量。然后再尝试给它喂奶。

【同期声】中国华南虎苏州培育基地饲养员韩世昌：吃也是能吃，就是没那么有力，有一口没一口的。

【字幕】为了看护云朵，5名饲养员开始24小时值班。需要每2个小时给幼虎喂一次奶粉。

【同期声】中国华南虎苏州培育基地饲养员张艳：待会我喂完，还要有一个煮沸消毒的过程。尽量保证不会有什么感染的状况。看它的频率很高，你得去触摸一下它体温，观察它皮肤黏膜的颜色是否正常，吮吸奶瓶的劲头有没有在增加，睡觉的时候呼吸是不是平稳，醒来活动的时候，是不是能有力地爬动和叫喊。即使我们不在那个房间里面，我们也可以通过手机监控来看。

【同期声】中国华南虎苏州培育基地饲养员张艳：好在它的求生欲也很强，在保温箱里度过了一天以后，第二天它的状态就好了很多，特别明显的就是它喝奶。

【同期声】中国华南虎苏州培育基地饲养员韩世昌：哇，那个吸的样子。我奶瓶往这竖着，然后它吸吸吸，我再抬高，它能吸着那个奶瓶。上去，它吊那。一个星期之内就变好了。第几天？第三天第四天就好了。嗯。

【同期声】中国华南虎苏州培育基地饲养员王俊：蛮振奋的一件事情，到后来是蛮振奋的，然后三天，就说是一个星期、十五天、一个月，慢慢这样过去，稳定下来了。到一个多月以后，大家那个时候才能松口气，这个小家伙活下来了。

【字幕】满月后，第一次来草地散步。在育婴箱待了42天后，小家伙有了新的小窝。第一次，见到自己的爸爸。双满月了，第一次称重。

【同期声】中国华南虎苏州培育基地饲养员张艳：其实，它不是我们养大的唯一的华南虎。它的爸妈美美蛋蛋，还有姑姑皮皮都是我们带大的。苏州人工繁育华南虎，其实在39年前就开始了。

【同期声】电视新闻资料：华南虎是世界极度濒危物种，野生华南虎种群存在的可能性已经不大，苏州多年来一直致力于华南虎的移地保护繁育。

【字幕】1983年，苏州从南昌引进了一对华南虎。意外的是，没多久其中一只公虎不幸死亡。

【同期声】联合国教科文组织金色勋章获得者、被誉为"华南虎之父"黄恭情：只有一只母虎华南虎在那边，那没有办法，只能养了。我就再到南昌去，要了一只公的华南虎，就是157号公虎。

【字幕】然而当时，包括黄恭情在内，没人有饲养华南虎的经验。

【同期声】联合国教科文组织金色勋章获得者、被誉为"华南虎之父"黄恭情：就是自己在实践当中学，向兄弟动物园学，向老饲养员学，向所有懂的人学。没有休息，没有白天黑夜。我们很注意它的温度。饲料要干净，环境要清洁卫生。要定期消毒。

【字幕】不断学习和观察，为了尽快熟悉华南虎的生活习性，饲养员们几乎24小时守在笼舍周围。

【同期声】联合国教科文组织金色勋章获得者、被誉为"华南虎之父"黄恭情：你既然做了华南虎保护了，你就是做它的保姆的工作。

【字幕】在黄恭情和同事们的精心照料下，147号母虎成功受孕。

【同期声】联合国教科文组织金色勋章获得者、被誉为"华南虎之父"黄恭情：那么，我们1988年就开始繁殖了。

【字幕】苏州的繁育成功，率先打破了华南虎移地圈养后人工繁殖为零的纪录。

【同期声】联合国教科文组织金色勋章获得者、被誉为"华南虎之父"黄恭情：一定要从实际当中来，实践出真知。都是靠人怎么爱护它，怎么来做好虎的护理工作，这个是最关键的。这一对虎，通过我们的培育，创造了三个世界纪录。第一个，虎的生殖年龄。我们的147号母虎的话，在16岁的时候还生了4只小虎，创造了这个虎的世界生殖纪录。第二个母虎繁殖了42头小虎，这个公虎是生了54头小虎的爸爸。第三个纪录，就是在1992年，这一对虎一年生了9头小虎，成活7头，创造了世界上华南虎的繁殖纪录，所以我们的虎的繁殖得到国内外的认可。从东北到西南，都有苏州我们的华南虎。

【字幕】1988年至1999年，苏州繁育华南虎60头，其中成活35头，支援上海、南昌、重庆、洛阳等全国各地动物园26头幼虎。

【字幕】1995年4月，中国华南虎移地保护国际研讨会在苏州召开，会上决定成立华南虎保护协调委员会。相继制定出台了华南虎移地保护纲要、公约和华南虎饲养管理规范、指南等文件，并开始为当时已有的华南虎建立“家谱”。

【字幕】1999年，苏州成立了全国首个华南虎培育基地。

【字幕】2002年，拯救中国虎国际基金会、中国国家林业和草原局野生动物研究中心和拯救中国虎国际联合会南非项目中心签署合作协议，在中国虎的繁育、野化和重新引入中国野生栖息地等项目上，开展合作。

【同期声】联合国教科文组织金色勋章获得者、被誉为“华南虎之父”黄恭情：移地保护的目的，最终就是通过野化训练，让华南虎回归大自然，保护生态系统平衡。

【字幕】从2003年开始，陆续有5只华南虎被送到南非老虎谷进行野化训练。2007年4月，在苏州培育基地出生的华南虎“327”赴南非老虎谷参加繁殖计划。

【同期声】“拯救中国虎国际基金会”工作人员：国泰和“327”都很好的。

【字幕】公虎“327”在南非曾繁育多只后代。2011年，“327”冲入附近的老虎营地被另一只公虎咬死。

【同期声】联合国教科文组织金色勋章获得者、被誉为“华南虎之父”黄恭情：难过的，很难过的，但是也没有办法。

【字幕】根据中国动物园协会统计显示，截至2016年，南非老虎谷有华南虎18只。

【同期声】联合国教科文组织金色勋章获得者、被誉为“华南虎之父”黄恭情：因为我们已经有以前的基础了，有一些经验了，应该是更上一层楼。

【字幕】中国华南虎苏州培育基地，2022年7月13日。

【同期声】中国华南虎苏州培育基地饲养员张艳：现在已经从2个小时喂一次奶，变成了4个小时喂一次了，而且也慢慢开始吃肉了。先从肉泥开始，不要剩饭，对不对。

【字幕】和“虎妈”一起玩球啦，“虎妈”“虎爸”们还要悉心照顾其他华南虎。第一次尝试吃兔腿。

【同期声】中国华南虎苏州培育基地饲养员张艳：如果是跟着妈妈的话，它这个时候也已经吃了，可能还要更早一点，因为它看到嘛，都试试了。

【字幕】开始和“虎爸”闹着玩。在“虎妈”帮助下排便。“虎妈”帮着擦擦身子。

有的时候,还蛮调皮的。

【同期声】中国华南虎苏州培育基地饲养员张艳:哈哈,太逗了。

【字幕】“虎爸”“虎妈”定期清洁小家伙的窝。快三个月的小家伙,认真看着“虎爸们”干活。第一次爬楼梯。第一次下楼梯,还有点小忐忑。每次淘气都被“虎爸”“虎妈”们逮回来,还学会了撒娇。

【同期声】中国华南虎苏州培育基地饲养员张艳:7月29号,老虎日这天。我们通过社会征名,确定了小家伙的名字,就叫云朵。这个名字就和它的堂姐姐们的名字,“日、月、星、辰”一样,寓意着自然。

【字幕】研究发现,随着种群数量的提升。华南虎的近交系数不断增加,基因多样性问题严峻。

【同期声】中国华南虎苏州培育基地饲养员张艳:抽血就是为了做一个亲子鉴定,就是为了确定父母的信息,才能在以后跟其他虎配对的时候,你更好地得出适配系数,要不然这个适配系数就不准了呀。这次比较重要的还有一个,就是它的体内要接种一个芯片,这个芯片记录了它的身份信息。对的,要寄到四川大熊猫基地。他们那边会做一个亲子鉴定,然后鉴定完了以后,会给云朵一个谱系号。谱系号是什么意思,就是它的编号。对,它的编号。你像美美、蛋蛋708、714。云朵到时候也会有这样一个编号。身份证?对,它相当于它在家族里面有个号,就是这个意思。上族谱了?对,差不多这个意思。

【字幕】平时,基地饲养员们也会进行科普宣讲,向大小朋友们介绍华南虎。

【同期声】基地饲养员:好,小朋友大家下午好。这个就是我们的中国华南虎苏州培育基地,我们这个基地是2013年从石湖搬过来的。但是随着我们的植物、我们的猎物、我们的水源在不断恢复,我们也在一起努力,把我们的华南虎种群扩得更大。将来我们肯定能够看到这个希望。而且环保和保护野生动物,是我们所有人都可以一起参与到其中。如果将来有一天,它们能够真正生活在更广阔的野外,是件很幸福的事情。

【字幕】8月30日,气温降至30℃以下,云朵搬至新笼舍,开始独立生活。云朵的笼舍在爸爸妈妈隔壁,但因为气味不同,在对方眼里都是“陌生人”。陌生的华南虎之间存在攻击性,分开居住也是为了保护云朵。刚开始,云朵只是默默地看着爸爸、妈妈。爸爸、妈妈也在观察着云朵。一段时间里,云朵都在自顾自玩耍。

【同期声】中国华南虎苏州培育基地饲养员张艳:当你真的了解华南虎,你会觉得它们是很有魅力的动物。每天看到它们对我来说,是一件很高兴、很享受的事情。华南虎的话,不管宏伟的目标说是让它们去到野外嘛,但是它们这一代,肯定是要在这个笼子里度过的。就是，尽可能好一点吧。可能我们这一代做不到让它们回到野外。但是没关系，我们还有下一代，下下一代。只要坚持，我相信最终我们可以实现。

【字幕】2022年10月3日，云朵的姑姑皮皮顺利生产一公一母两只幼虎。39年来，苏州共繁育成活华南虎60头。截至2022年初，全国共有16家单位饲养或繁育华南虎，华南虎的谱系号已编至827。中国积极推进生态文明建设和生物多样性保护，一大批珍稀濒危物种得到有效保护，生态系统多样性、稳定性和可持续性不断增强，走出了一条中国特色的生物多样性保护之路。

苏州市广播电视总台2022年播出

第二十五届苏州新闻奖一等奖

来处,也是归途

主创人员　沈　玲　周　瑶　孙润伟　路文欣

【施爱伦采访同期声】因为我从未见过我的祖父母,所以很想知道更多关于他们的故事。

【同期声】王莉:她的奶奶自己绣的。

施爱伦:太棒了!

沈洁:就是因为时间引起的这个金属(丝线)的脆(化)。

居民:我母亲还健在。

施爱伦:很多很多人。

施爱伦:我的爷爷非常英俊。

施爱伦:阿姨,再见!

施爱伦:太热情了!

【施爱伦采访同期声】一想到我在苏州,一百年前我祖父母在这里相爱成婚,简直不可思议。我想多了解这个故事缺失的部分。他们在这做什么?他们生活得怎么样?他们取得哪些成就?他们与谁有过交集?

我不是要为故事画上句点,我只是其中一部分。

每个人都是家族的延续,也是家族历史的传承。我很希望(祖父母)他们会为我感到骄傲。

【出片名】来处,也是归途

【施爱伦采访同期声】我总说,我们"塔奇斯通"大家族在苏州落地开花。收到西浦(西交利物浦大学)工作邀约后,发现工作地点正是我祖父母相遇并结婚的城市,我觉得,这一切仿佛早就注定好了,对吧?好像有个指路的大箭头,指引我来到苏州。

【旁白】施爱伦,社会责任与可持续商业教育领域的专家。2012年从美国来到苏州，已经在此工作生活了整整十年。

【同期声】施爱伦：我在新冠核酸检测站当志愿者，然后收到了这份荣誉证书。

【施爱伦采访同期声】我计划要去做志愿者，首选医疗机构，我祖母曾是医院护士长，这是我纪念她的一种方式，在这场疫情危机中尽我所能。

【旁白】徐欣晔是一位历史爱好者，他对20世纪初苏州的中外交流做了不少研究。今天，施爱伦找他去寻访祖母曾经工作过的博习医院。

【同期声】施爱伦：这是我在祖母那儿找到的一个项链吊坠。看看上面写了什么？

徐欣晔：写的像是“救命”。

施爱伦：我知道，是的。

徐欣晔：可能她希望通过这种方式与中国人交流。

【施爱伦采访同期声】她通过这种方式表达自己的心意，向他人伸出援手。我倒是从来没想过，这是她的交流方式。我以为她用吊坠提醒自己要“救助他人”，也可能有人感激她的救命之恩，所以送了这个礼物。

【同期声】居民：你好。

施爱伦：你好。

居民：你是？你有亲戚在博习医院工作过吗？

施爱伦：我的爷爷和奶奶在苏州了。我的奶奶，她的工作在这里。

居民：我母亲，她是在1947年在博习医院工作的。我母亲还健在。

施爱伦：噢，真的吗？

居民：要不要去坐一会儿？如果我母亲看到你，她会有好多事情跟你说。

居民：妈，她的奶奶是你们医院的护士长。

施爱伦：爱伦，爱伦。

居民：她叫爱伦。

施爱伦：你好，你好。

居民母亲：坐吧，坐吧。刚刚学校毕业，就到老博习（医院）。厚德载物。

施爱伦：我的新朋友，我的新朋友。我想给您看看这个。您看看，要不要摸一下？

居民母亲：医务人员就是要治病救人。

施爱伦：她看过新建的医院吗？很多很多人。

【同期声】徐欣晔：那个时候，人们通过夜航船来到苏州。这是克劳写的手册，上海的一个记者，他写的一本就是《中国旅游手册》，它这里面有一张苏州地图。这是东吴大学，这边是双塔。

施爱伦：那时从上海到苏州要多久？

徐欣晔：需要在船上过夜。

施爱伦：真的吗？

徐欣晔：从东（城）门进入苏州，就在这一带，当时这里叫“天赐庄”。

【施爱伦采访同期声】来到中国，在苏州生活，这里与我家的过去有很深的渊源。我想象祖父母曾经生活过的地方，是不是就在我的脚下？他们应该很难想象，自己工作生活的足迹会与整整一个世纪之后的孙辈相重合？

【旁白】施爱伦在2021年带领学生发起了一个名为“15周15种方式”的碳减排倡议。今天，应同事常莹的邀请，她来到吴江鲈乡二村的社区花园分享这一理念。

【同期声】常莹：她的祖父母是一百年前在苏州相遇相爱。

施爱伦：我是苏州人，不是新苏州人，我是苏州人！

【施爱伦采访同期声】我刚到中国的时候，不确定中国人会怎么看待我祖父母的这段过往。刚提这事的时候，我有点紧张。而对方一听，直接发出惊叹，这太棒了，谢谢他们！

【同期声】常莹：请爱伦老师给大家介绍一下我们在西交利物浦大学进行的可持续发展的一些创新的行动。

施爱伦：对不起，我的中文不好。

【旁白】施爱伦告诉大家，每个人都可以从物品、娱乐、出行、投资（消费）和食物这5个方面来推动生活方式的改变。

【同期声】施爱伦：我的“豆人”在哪里？“豆人”在这。豆子是蛋白质。

常莹：黄豆其实是很好的蛋白质来源。

施爱伦：大家要动手参与、亲身体验。快乐不靠买东西，靠的是一起共度时光，玩拼图，做园艺，和朋友聊天，问问老一辈的故事，结识不同的人，比如我。

施爱伦：你好，悠悠。

悠悠：谢谢！

施爱伦：不客气！不客气！

众人：谢谢你们！非常感谢爱伦！再见！

施爱伦：再见，阿姨，再见！我的朋友。（天气）太热了！

【施爱伦采访同期声】改变从我做起，这一点很重要。我想认识更多人，促进社区和谐，教会孩子可持续发展的重要性。我的祖父母，尤其是祖母，救了很多人的命。我不是在救死扶伤，但希望能改变人们的生活。

【同期声】王莉：干妈说，她的外甥女还有她的朋友，叫奥利维亚的人都很优秀，所以她给你取了这个名字。

施爱伦：门牙！我的天哪！我有六个月没见你，你门牙掉了。

【施爱伦采访同期声】我结识了一批中国好友。中国文化里，干妈也会呵护孩子成长。我们关心彼此的生活，像一家人。

【同期声】徐云鹏：根据你们提供的信息，我们找到了一些档案材料。

王莉：这是哪一年的书啊？

徐云鹏：1918年。

施爱伦：这是他（祖父）结婚前的照片。这是1922年，他看起来成熟多了，结婚生子，有了两个孩子。

【旁白】1917年，卡里·塔奇斯通和梅布尔·爱伦·托马斯分别从美国来到苏州，一位担任东吴大学的财务主管和校长英文秘书，一位则在博习医院担任护士长。他们在苏州相爱并结婚成家。为了更好地融入当地生活，他们还学习了苏州方言。

【施爱伦采访同期声】他们在我出生前就过世了。我只能从家人口述或找到的物品中追溯过往，拼凑出他们的形象。我找到祖父担任摄影俱乐部顾问时的照片，找到一本相册，里面有诗。我猜他和学生一起去采风，到苏州各地去拍照，这是很有可能的。

【同期声】施爱伦：这位先生写了很多日记，里面提到了我的祖父。

【旁白】在祖父同事约瑟夫·怀特塞德的日记里，祖父卡里为人轻松、风趣，祖母梅布尔则富有爱心，喜欢动物。

【同期声】徐云鹏：苏州东吴大学全校平面图，这边是老师的宿舍，如果当时卡里在学校，他就在这些地方住。

施爱伦：我的祖父。

徐云鹏：感觉像是在我们学校的操场上拍的。有点像的，钟楼嘛这个，可能因为时间比较久了，可能边上这个附建筑没有了，有的只是主建筑了。

【施爱伦采访同期声】我想多了解他们的故事。他们一定非常优秀，愿意走出舒适区，不远万里来到这里，勇气可嘉。看得出来，他们真切希望中国实现现代化。回到美国之后，他们生活得相当艰难。可能直到去世，他们也不知道苏州的医院或东吴大学发生的变化。他们可能永远无法了解自己对中国的贡献，如果他们还在，我敢肯定他们会非常惊讶。

【同期声】席酉民：祝愿各位成功向前迈进！

【施爱伦采访同期声】以我个人的经历和体会来说，我认为这个世纪是亚洲世纪。我在中国生活了十年，看到高等教育体系发展壮大，医疗系统也得到长足发展。

我愿意留在这里,参与中国和其他亚洲文化的崛起进程。

我喜欢新与旧的并置。我喜欢姑苏的活力,我喜欢身边围绕着充满活力的人。如此美丽、如此纯正、如此真实的中国,非常非常迷人。

【同期声】施爱伦:去新学校以后,上小学了,你会认识新朋友。我昨天认识了一位新朋友,你想看照片吗?

王莉:谁呀?

施爱伦:我的新朋友。她是苏州大学附属第一医院的护士,96岁。

王莉:96岁了。

施爱伦:我们在路上与她儿子偶遇。她给我西瓜。

王莉:奶奶给干妈吃西瓜。

施爱伦:黄色的西瓜。

【同期声】徐苏君:很高兴见到你。

施爱伦:很高兴见到你,我是爱伦。

徐苏君:我是徐苏君,欢迎来到双塔。

施爱伦:我有东西要给你们看。能帮我拿一下吗?

王莉:没问题。

施爱伦:马上揭晓。

王莉:干妈有东西给我们看。我们来看看是什么东西。

施爱伦:这件物品非常珍贵,所以我要特别小心地打开。

王莉:这是很珍贵的东西,所以要很小心地打开。

施爱伦:这是什么?看起来像什么?

王莉:奥利维亚,看看这像什么?看看后面的这个。

施爱伦:对的对的,双塔。

施爱伦:我觉得是我奶奶绣的,也许寓意着她的两个孩子。

王莉:或者代表夫妻。

【施爱伦采访同期声】这件刺绣品在我身边10年了,我一直不知道绣的是什么。直到去年,我参观了双塔,总觉得自己见过这个景色,看起来很眼熟,回到家就把这件刺绣拿了出来,一下子认出了双塔。这里绣的就是双塔,真的很酷。是的,我绝对和我祖母站在同一个地方。

【同期声】徐苏君:也许你祖父母曾经来过这里,而现在你也站在这里。

施爱伦:我今天和双塔很配。我的裙子,黄色的、红色的、绿色的。

徐苏君:以前,人们说双塔像毛笔,所以小孩到双塔来,以后会成为硕士、博士,就是中状元。

施爱伦：奥利维亚，我很高兴今天把你带来。

徐苏君：苏州出了很多的状元。这是个美好的寓意。

【同期声】施爱伦：你知道，一百年前，一百年了。保佑你。我的爷爷和我的奶奶，在苏州了。我的爷爷他来虎丘了。他拍了照片，他还写了一首关于虎丘的诗。虎丘很漂亮。

施爱伦：看这里，这张照片是我爷爷拍的，100年了。

【旁白】和干女儿的双塔、虎丘之旅，让施爱伦觉得与祖父母之间多了更多连接。她错过了他们，但她在苏州找回了他们平凡却又努力生活过的痕迹。

祖父母的故事，帮助施爱伦消除了最初的陌生感，拉近了她与今日中国的距离。加强交流与合作，成为施爱伦重要的人生信条。而她也在以自己的方式连接着苏州这座城市。

【施爱伦采访同期声】坦白讲，这十年一晃而过，难以置信。我在中国的生活和美国很不一样。我来到中国，看到中国的发展速度非常快，数字科技迅猛发展。我得到了许多发展机会。我们将在西浦国际商学院持续发力，在苏州、长三角乃至全中国产生影响。我和学生一道联合商界和社区做好这件事。

【同期声】施爱伦：小猫，我看见你们了。小宝贝，我想你，吃吧。

施爱伦：你们今天好吗？很棒！东西好吃吗？好吃吗？

【旁白】施爱伦带领西交利物浦大学学生创立了“可持续发展未来人才”协会，他们发起的“15周15种方式”碳减排倡议，旨在推动可持续的积极行为改变，同时也给“个人为实现《2030年可持续发展议程》必须做出的贡献”提供了全新视角。

【同期声】施爱伦：“15周15种方式”这个碳减排倡议荣获国际奖项。

常莹：还记得那个吴江社区花园吗？今年夏天，系列活动结束之后当地居民自愿去花园喂蚯蚓，完全是自发的。

施爱伦：对，这说明产生影响了，对吧？

【同期声】志愿者：我们现在来到这个独墅湖医院，我们就要拍一下，让爱伦教外国人怎么去就医。

施爱伦：现在，我们在独墅湖医院，这是苏州大学的附属医院。

医生：我给你做一下检查。

志愿者：一百年前，她的奶奶也在这里当护士的。

施爱伦：你觉得我长得像她吗？谢谢你，谢谢你！今天，我们去了三家医疗机构，设施齐全，配套先进。希望这个视频能帮到你，再见！

【同期声】主持人:在苏州非凡十年的发展进程中,工业园区成了许多外籍精英人士的第二个家,他们有的在这片沃土上求学,有的在园区扎根企业,有的甚至成为了新苏州人。下面首位登场的这位,就是来自西交利物浦商学院的教授爱伦,她将为我们哼唱一曲法语歌曲。

王君:唱得很棒。

施爱伦:谢谢!

王君:喝的什么?

施爱伦:不是热水。也许明年,我会开始喝热水。这对我来说更好,对环境也好。之前我做得不好。现在我努力践行可持续、健康的生活方式。

【施爱伦采访同期声】我会用心把真正重要的事做好。我认为,特别是现在,世界如此之小,我们需要相互理解,我们要增加互动,大家应该相互了解。我善于灵活调整自己,遇到新环境,不会惊慌失措,我认为这是家族遗传。

【同期声】沈洁:这个和我们传统的用法不太一样。我大胆猜测一下,会不会是她的祖辈在苏州的时候是特意去定做的。因为这些东西和我们平时看到的真的太不一样了。应该说是中西文化的一个,就是有西方的人士他对我们中国文化的一个解读出来的一个作品。

施爱伦:真的吗?太有意思了。

沈洁:我觉得我们传统的里面,好像真想不出它是用在哪里。

施爱伦:我想用上这个手袋。不知道能不能修复它。我想保持它的原样。

孟小绌:缺失了,有点缺失了。

沈洁:里面有点破了。

施爱伦:有没有可能在12月25日前修好?

孟小绌:因为有年代感了,一定要拆开重新做,以旧修旧,时间上很费工夫,难度也很大,不是一点点,因为要全部复原……

【旁白】施爱伦想要修复祖母留下的包。但专家告诉她,因为破损严重,修复过程很可能会损失物品原有的气息。施爱伦决定放弃修复,虽然有些遗憾,但她选择完整保留这份记忆。

一百年前,施爱伦的祖父母选择来到中国,成为他们家族国际交流的先行者。一百年后,施爱伦带着对中国天然的亲切感来到苏州,在此延续家族的教育事业和志愿服务精神,更见证并参与了当代中国的非凡十年。

施爱伦触碰了被历史拨动的家族情感,对她来说,来处,也是归途。

【施爱伦采访同期声】我对在中国度过的十年时光满怀感激。我知道,可以通过不同的方式，讲述我们家族的故事。我不是要为这个故事画上句点。我的祖父母，他们是先行者。然后过了一百年，我回到这里，为中国做贡献。也许再过20年，另一位“塔奇斯通”的后人会来中国。我不希望这个故事出现句点，我希望继续与中国和苏州保持联系。

苏州市广播电视总台2022年播出

第二十五届苏州新闻奖一等奖

蝶城之约

主创人员　徐学渊　徐敏峰　李　祥

【音乐剧《蝶恋天山》片段】苍穹之上，天山脚下，曼妙的歌舞豪迈奔放，爱情的故事在草原流芳，在四季轮回中，把多民族融合的大美新疆演绎得淋漓尽致。这是原创音乐剧《蝶恋天山》的精彩片段，它凝聚了新疆巩留县和张家港市两地文艺工作者的智慧和汗水。2022年7月29日，《蝶恋天山》首演拉开了帷幕，在巩留精彩亮相。

【出片名】蝶城之约

【解说】新疆巩留，“塞上江南”，空中俯瞰，犹如一只彩蝶，翩翩起舞，巩留也被誉为蝶城。2022年，作为“文化润疆”工程的重点项目，音乐剧《蝶恋天山》的创作由此展开。

【字幕】张家港市锡剧艺术中心。

【解说】《蝶恋天山》由巩留县歌舞团和张家港市锡剧艺术中心联袂排演，剧情以旅行者为线索，讲述了来自张家港和巩留的一对年轻人的爱情故事，展示了“蝶城”巩留的四季美景和人文风情。2022年6月，巩留县歌舞团先选派了主要演员，来到张家港市锡剧艺术中心进行首次排练。

山都哈西，哈萨克语的意思是“山里的百灵鸟”，也是剧中主角努尔古丽的扮演者，巩留县歌舞团的“台柱子”。然而，第一次接触音乐剧，这位“百灵鸟”就遇到了难题——“念白”。

【同期声】山都哈西：舞蹈的时候，我就很自信，一说念白，我就愣到那儿了，脑子里什么也不知道了，空白。

（董红与山都哈西排练互动）

【同期声】山都哈西：哭过，压力还挺大的，晚上就睡不着，一直在背台词、念台词。

董红：她也许会忘记了，就给她录下来，录下来就让她回到宿舍自己去听。

（董红与山都哈西排练互动）

【同期声】山都哈西：我感觉董团长有一种魔力。我说，哎呀，董团长，我笑不出来，我弄不来。她说你可以的，你一定行的。她一遍遍把我的自信给激发出来。

【解说】音乐剧是音乐、歌曲、舞蹈、对白结合于一体的戏剧表演艺术，对白和演唱往往由主角担任，并贯穿故事情节和人物关系，因此对主要演员的综合能力要求较高。

为了揣摩人物心理和表情，丰富自己的表演内涵，锡剧艺术中心每次排练锡剧，山都哈西都要去观摩。多听、多看、多练，在张家港的二十天时间，山都哈西硬是将自己“逼成”了能说会唱的多面手。

【同期声】董红：这个念白虽然对她来说有难度，我觉得既然接受了，在她身上我们也要传递一下张家港精神，让她也要自加压力。我们现在对文艺工作者的一些新要求，崇德尚业，我们都要从人物出发，从作品出发，从艺术出发，从而对我们观众有个很好的交代。

【解说】整合两地资源，打造原创音乐剧不是件容易的事，文化背景、创作理念、艺术形态的差异化事实上增加了排演的难度。艺术创作是严谨的，作为总导演的董红，经常要和巩留歌舞团白祥荣团长商量，讨论剧本，完善服装、音乐的设计，至此，《蝶恋天山》剧本已经改了37稿。

【字幕】张家港市锡剧艺术中心。

【解说】6月中旬，巩留歌舞团的团长白祥荣也来到了张家港，对她来说，心中牵挂的不仅是《蝶恋天山》的排演，同时也在关注着张家港锡剧艺术中心的节目生产和经营管理。

【巩留歌舞团与张家港市锡剧艺术中心座谈研讨现场同期声】白祥荣：我们那边歌舞团也面临改革，咱们内地是先行者，我这次来也想取取经。

董红：因为我们是基层的专业院团，必须要求我们演职人员都要一专多能。

白祥荣：像艺术中心肯定有专门的创作人员，对于这些我们怎么克服？

董红：好多作品其实是可以共用的，比如说你们的舞蹈让我们来跳，我们的观众也是很欢迎的，我们有些节目给你们来演，当地观众也会接受。

白祥荣：搭建平台，我们资源共享。

【字幕】6月20日巩留县，《蝶恋天山》排练场。

【解说】6月20日，参演《蝶恋天山》演出的10位张家港的演职人员来到了巩留，和巩留歌舞团的30多名演员进行第一次全体合练。

新疆舞蹈豪迈奔放，洒脱厚重，这对张家港舞蹈演员是一次学习的机会，经过几天的合练，双方的形体动作逐渐整齐划一。在不断磨合中，演员们慢慢形成了默契。然而，好事多磨，排练中，白祥荣听了音乐剧中哈萨克族婚礼一段伴奏后，又发现了问题。

【同期声】白祥荣：它这个音乐的风格里，加了维吾尔族的音乐。

董红：我们有的时候，比如说唱锡剧，整个主旋律是锡剧，但也许我唱唱，会过渡到沪剧的一个旋律上，有这个可能的。

白祥荣：你们只管跳你们的，音乐怎么改是我们的事情，和你们没有关系，你们该咋跳咋跳。

董红：我看音乐总监张团好像不太开心。

白祥荣：我还是那句话，任何事情都是在矛盾中达到统一，我们要有什么办法来说服她，让她去认可才行。

董红：那就要全部听一下，别到时候再出现问题。

【解说】白祥荣认为，新疆各民族的歌舞有着自己的音乐符号，要尊重他们的文化传统，而董红觉得，艺术是多元的，源于生活高于生活，不同民族的音乐元素适当交融会更有艺术感染力。类似的问题在整个创作过程中经常发生碰撞，双方往往在不断磨合中达成一致。

【同期声】董红：我觉得在这个过程当中，我们可能会有一些碰撞，觉得意见不同。但我觉得创排工作就是这样的，发现问题我们就解决问题，而不是说我们逃避问题。

白祥荣：当然这里面还有好多的细节，还需要雕琢加工，最后才能完美地呈现给观众。

【解说】随着演出日期的临近，排练的强度明显加大，所有演职人员都憋着一股劲。作为主演的山都哈西，更是勤学苦练，对每个舞蹈动作精益求精，白天、晚上连轴转。

【同期声】（晚上加班排练）山都哈西：演出快到了，所以想着多练练，提升一下自己。

【现场】去山都哈西家的路上（5—10秒）窗外飞驰而过的美景。

【字幕】山都哈西家。

【解说】持续的高强度训练，让大家略感疲惫。为了缓解紧张的情绪，周末，山都哈西邀请张家港的演员到自己家里做客，体验一下哈萨克族的风土人情。

【现场交谈同期声】（解说）在欢声笑语中，往日的疲惫烟消云散，以歌会友，增进了彼此了解，哈萨克人的热情好客成为演员们巩留之行的美好记忆。

【字幕】巩留县融媒体中心演播大厅。

【现场彩排同期声】（解说）经过两个月的紧张排练，双方演员的默契度越来越高，之前困扰的音乐伴奏问题，在大家的集思广益下，通过舞蹈动作的转换，达到了统一，音乐剧《蝶恋天山》进入正式演出倒计时。

【同期声】白祥荣：如果现在把音乐整个换掉，等于我们要重新作曲，要重新作曲的话，我们时间也不够，对不对？最后我们就想，那这样吧，在文化融合的情况下，我们还按原来的。但是跳舞的演员跳维吾尔族的动作，哈萨克族一个是手腕往里弯，维吾尔族一个手腕是这样子，往外，区别可能就在这儿吧。嗯，所以改过来了，挺好的。

【字幕】巩留县歌舞团。

【解说】参考张家港市锡剧艺术中心绩效考核，经过一段时间的酝酿，白祥荣召开了巩留歌舞团党小组会议，就如何优化歌舞团的管理机制进行了专题讨论。

【同期声】白祥荣：他们张家港市锡剧艺术中心那边牵扯到和他的职称挂钩，和他的工资挂钩。干，你就多劳多得，不干没有，甚至还可以被淘汰。

巩留县歌舞团党小组成员：我们激励制度是欠缺的，不存在评职称，也不存在有几个档位工资的这种竞争。

巩留县歌舞团党小组成员：没有一个他（演员）可以达到愿望的一个东西，最多就是我们把工作干好，把工资拿上，他们没有一个更高的期望。

【同期声】白祥荣：管理这一块儿，我肯定要学习，我觉得没有规矩不成方圆，制度肯定要摆在第一个，但是还要给大家一个目标和积极性让他朝着目标去，这样无形当中也能促进我们歌舞团整体的发展。

【字幕】巩留县融媒体中心演播大厅。

【现场同期声】（解说）2022年7月29日，《蝶恋天山》拉开了首演的序幕，这是巩留第一部原创音乐剧，也带给了观众全新的体验。

【演出现场】（解说）梦幻的舞台，华丽的服饰，奔放的歌舞，令人心旷神怡，如痴如醉；穿梭于四季美景，眷恋于这片土地，感受远方的思念和离愁，蝶城巩留多彩的人文情怀挥之不去。

演出获得了巨大成功，雷鸣般的掌声是对所有演职人员最好的褒奖。夏夜凉风徐徐，巩留灯火璀璨，今夜注定无眠。

【同期声】夜市碰杯庆祝。

【同期声】董红：两地的年轻人在相互学习中，提升了自我，所以，文化需要交流和互鉴，产生的共鸣是全方位的。这台剧同时也是一座桥梁，把不同民族的文化、风情、亲情、爱情融合在一起，大美新疆，润物无声，让观众充分感受到了中华民族一家亲的美好愿景。

【字幕】8月2日，巩留县，张家港市援疆工作组驻地。

【解说】巩留的演出暂时告一段落，演员们将回到各自的工作岗位，相聚的时光总是那么短暂，来不及沉醉，也来不及回味，两个多月的朝夕相处，从陌生到熟悉，为了共同的理想，携手并进，友谊弥足珍贵。

【同期声】董红给山都哈西勉励。

【解说】从“江海明珠”到“塞上江南”，张家港和巩留虽然相隔万里，但血脉相连，手足情深。蝶城之约，情怀炽热，中华民族的优秀文化穿越了万水千山，润泽辽阔壮美的库尔德宁草原，绽放出民族团结和进步的盛世芳华！

张家港市融媒体中心2022年播出

第二十五届苏州新闻奖一等奖

野性江南·鸟儿的天堂

主创人员　集体

【字幕】苏州，阳澄湖。

【配音】春晖洒落湖面，凤头鸊鷉从遥远的地方飞到阳澄湖。它们要在这里上演一场难得一见的舞蹈秀。

【字幕】野性江南·鸟儿的天堂。

【配音】那些求偶经验丰富的雄鸟，是最出色的舞者。或许捡一根合适的水草作为礼物，会有所帮助。

【配音】舞蹈的节奏非常关键，需要对方配合默契。表演结束后，彼此通过赠送水草确定它们的关系，这是它们对未来的承诺。同时也为种族的延续，带来了希望。关系确定后，凤头鸊鷉就开始夫妻同心建设家园，在水面上忙碌起来。

【配音】但留给它们筑巢的时间并不多，因为不久之后这里的水塘将会长满荷花，属于它们的建筑材料将会非常稀缺。

【配音】凤头鸊鷉要在炎热的夏季到来之前，将所有的蛋都孵出来，这是繁殖季最后的机会。

【配音】待到宝宝出壳，鸊鷉妈妈在家照顾小宝宝。爸爸外出觅食养家，但粗心的爸爸一开始总是犯错。几次之后，初为父母的凤头鸊鷉才学会了养育之道。凤头鸊鷉的雏鸟出壳时，有黑棕条纹的保护羽翼，这是它们避免敌害的伪装衣。尽管如此，也只有四分之一的雏鸟可以长到成年。因为它们身旁潜藏着无法预料的风险。

【配音】曾有观鸟者亲眼看到，一条大鱼潜入凤头鸊鷉的巢中，一口吞掉了它的雏鸟。所以凤头鸊鷉父母又承担着很大的责任。它们不光要外出觅食，还要严格看好自己的小孩。

【配音】一个月后，父母带着孩子开始下水，并教它们捕鱼。但是这块天然平静的水面，也会引来领地的掠夺者。另外一对凤头鸊鷉正在靠近它们的家园，鸊鷉妈妈在一旁护着孩子，爸爸准备战斗了。

【配音】最后，勇敢的爸爸驱离了来犯之敌，赢得了这场战斗的胜利。位于阳澄湖的这块水域，水面平静，水质良好。鱼类和水生植物都比较丰富，成为鸟儿们互相争夺的栖息繁衍圣地。

【字幕】苏州，桐泾公园。

【配音】大自然是最好的调色师，翠鸟背部的宝石蓝和胸腹部的橙红色，形成鲜明的对比色，让它们成为自然界最漂亮的鸟儿之一。

【配音】夏初，翠鸟的繁殖季如约而至。雄鸟将面临一场来自爱情的大考。实际上，雄鸟喂食雌鸟的行为，并非简单地讨女友欢心，而是一场准鸟妈对准鸟爸的考验。

【配音】一是看它捕到的食物，能否满足整个家庭的温饱。二是看它抓来的鱼虾种类大小，是否符合未来宝宝的消化需求。

【配音】每次捕到鱼，雄鸟都要使劲将小鱼甩晕，将鱼头转向外侧，再给宝宝喂食。避免鱼刺卡住宝宝的喉咙，这一切都必须合格。

【配音】桐泾公园的这座假山是由太湖石堆砌而成，这些石头来自苏州太湖边。由于长年受到水浪冲击，产生许多空洞。造型奇特，姿态万千，是大自然鬼斧神工的作品。而太湖石上的各种窟窿空洞，便成了翠鸟筑巢的绝佳选择。小翠夫妇便试图在一处隐蔽的石洞中刨土筑巢，夫妻两个轮番上阵，各司其职，只为了下一代能有个安全舒服的家。

【配音】建设新的家园异常辛苦，还需要提防一些意想不到的危险。

【配音】但小翠已经是这里的主人了，它们懂得如何趋利避害。公园是城市生态系统的重要组成部分，也是城市中动植物资源最为丰富的地方。对于改善城市居住环境，保护生物多样性起着积极有效的作用，是人们放松身心，融入自然的惬意空间。

【字幕】苏州，天平山。

【配音】看这只鸟儿头戴胜冠，人们称呼其为戴胜。戴胜一家生活在苏州天平山脚下，这里的小公园人烟稀少，却意想不到地成了鸟儿的乐园。

【配音】乌鸫在树上叽叽喳喳，白鹡鸰在草地上欢快地跳跃，蜡嘴雀仔细端详着地上的植物果实。棕背伯劳寻找属于它的猎物，小松鼠在树洞间窜来窜去，找到美味的坚果啃噬起来。

【配音】戴胜妈妈用自己长而尖锐的嘴巴，一步一啄犹如耕地。不断地翻动泥土，泥土里有它们最喜欢吃的甲虫。当它翻找出虫子，会很细心地先啄掉甲虫坚硬的外壳，再给孩子们享用。

【配音】它从早到晚不辞辛苦，只为了养活刚刚出巢的孩子。所谓戴胜知时节，正如欧阳修在《啼鸟》中所写，陂田绕郭白水满，戴胜谷谷催春耕。

【字幕】苏州，天福湿地。

【配音】又到了一个播种插秧的季节，这里是天福湿地马场修复区，几年前其实是一个满是沙地的跑马场，但现在却成了鸟儿的天堂。

【配音】我国一共有1400多种鸟类，而这里竟然生活着150种，究竟有什么魔力，让这块湿地吸引了全国近十分之一的鸟类。这里开辟了不同水深的若干水塘，并将周边恢复成农田的种植。通过对各个水塘不同的水位控制，以及植被的种植。逐渐将这里恢复成自然环境，满足不同季节不同鸟类对栖息地的需求。

【配音】夏季调高水位，抑制芦苇的过度生长。秋冬季节，收割完的水稻田灌上水，成为鸟类优良的栖息地。鸟类在水田的停留，抑制杂草及越冬昆虫的生长。鸟类排泄物增加土壤肥力，减少了农药化肥的施用，提升了稻米的质量和安全。

【配音】多塘复合系统收纳了农业尾水的排放，实现了尾水闭环处理。为农田提供了高效的营养物质，农田与水塘的交互循环，实现了人与候鸟共享稻田模式，提升了区域环境的生物多样性。

【配音】同时，当地还依托湿地公园成立了自然湿地学校。开展丰富多样的公民科学活动，让公众参与到湿地的管理中，实现人与自然的和谐共生。

【配音】天福湿地紧邻上海，在经济发达寸土寸金之地。苏州人用这种方式，来保留一片湿地。

【配音】环境好不好，鸟儿说了算。2012年，天福地区的鸟类只有56种。经过十年时间，目前已观测到210种鸟类。湿地野生鸟类多样性的观测数据，恰恰是国际公认的评估湿地生态状况的重要指标之一。2021年，天福国家湿地公园入选全球“生物多样性100+全球典型案例”。

【字幕】苏州，金鸡湖。

【配音】这些斑嘴鸭为什么会出现在金鸡湖呢，每年10月，斑嘴鸭从我国北方，千里迢迢抵达苏州。次年四月春暖花开时，再结伴回迁，回到北方草泽繁殖后代。但是也有部分斑嘴鸭，它们适应了苏州的气候环境，就此定居成为留鸟，在苏州的夏天繁衍后代。

【配音】不过，个体繁殖的斑嘴鸭。常见于苏州郊外湖泊，在繁华的城市中心湖泊非常少见。

【配音】斑嘴鸭别名中华斑嘴鸭，中国有一部分家鸭就是从斑嘴鸭驯化而来的。

家鸭丢失了部分孵化的习性，以前农户人家散养的鸭子，还要借母鸡孵鸭蛋。从野鸭向家鸭的驯化过程，也让我们明白为什么不建议给野生动物随意投喂食物。因为那会弱化它们的生存能力，不投食物，保持距离，这是小鸭子和人们无言的约定。

【配音】一大早，鸭妈妈就带着孩子们出来觅食。金鸡湖有什么美食呢，原来在金鸡湖的北岸，有一条长长的湖岸线。芦苇、狭叶香蒲等水生植物，隔出一个开阔又隐蔽的空间，成为斑嘴鸭中意的觅食天堂。

【配音】除了高大的挺水植物，这一带水域还有丰富的浮水植物。比如长势茂盛的浮萍、水鳖、满江红、细果野菱，水下有雁鸭家族都爱吃的苦草，有荤有素，伙食着实不错。鸭子们的安全是鸭妈妈最操心的，九只小鸭子的作息和生活纪律很重要，鸭妈妈也会随时教育破坏纪律的孩子。

【配音】黑水鸡是水禽中的狠角色，即使是对于同胞，打起架来也毫不手软，不分个你死我活决不罢休。

【配音】在这片静谧的水面上，斑嘴鸭一家同样面临黑水鸡的侵扰。鸭妈妈的警觉性很强，为了小鸭子的安全，鸭爸爸也闻讯赶到。时刻警戒，用心守护下一代。

【配音】2022年7月，苏州最高气温达四十多摄氏度。鸟儿们张大了嘴巴，不停地鼓动着腮帮子散热，缓解高温的炙烤。小斑嘴鸭们必须抓紧时间长大，以面对秋天到来时，生平第一次的长途飞行。

【配音】这些小鸭子躲过了黑水鸡的驱赶、高温天气的考验，它们羽翼已经丰满，即将开始自己独立的生命之旅。

【配音】每年几十万只雁鸭迁徙苏州，一路上千难万险，生死未卜。它们跨越山河无所畏惧，只为生存和繁衍。

【字幕】苏州，大阳山。

【配音】清晨，溪水从大阳山的石缝中缓缓流下。阳光透过树梢，洒落在溪流之上，这是林鸟们最欢快的时刻。白头翁站在桑树枝头召唤伙伴，灰鹡鸰在石头上跳来跳去，寻找秘密的饮水洗漱点。绣眼鸟倒挂在树枝上，享用着还未成熟的果实。

【配音】如果你因为粉墙黛瓦的素雅之色认识了苏州，便也会因为五彩缤纷的自然之色爱上苏州，这些融入自然之色的小精灵。无论是善于伪装的，还是光彩夺目的，总能带给我们意想不到的惊喜。

【配音】苏州地处长三角经济圈核心地带，工业发达，人口稠密。同时，这里也是鸟类迁徙的重要驿站。

【配音】在这里，越来越多的人被大自然的美妙所吸引。他们走进自然观察湿地，加入生态保护的行列当中。十年的调查发现，这里生活着400多种鸟类。它们种类和数量的增加，是苏州湿地生态环境持续向好的重要指标。

【配音】冬去春来，四季轮回。在江南这片土地上，鸟儿们迁徙、繁殖，自由自在地生活。上有天堂，下有苏杭。大自然中鸟儿的多姿多彩，让天堂苏州更加美丽。

【字幕】2022年11月5日，《湿地公约》第十四届缔约方大会在中国武汉举行，这是我国首次承办该国际会议。大会主题是：珍爱湿地，人与自然和谐共生。青山为笔，绿水为墨，苏州正深入推进湿地保护的"苏州模式"。

【字幕】10余年间，苏州自然湿地保护率从8%提升至70.4%，全市鸟类种数增加了100余种，"园林之城"又迈向"湿地之城"。珍爱湿地，守护未来，绘就人与自然和谐共生的天堂画卷。

苏州市广播电视总台2022年播出

第十六届苏州新闻奖一等奖

幸福“五有”昆山梦

主创人员 吴 凡 李雅文 沈 莹 张 伟 邹 雏 张 彪

学有优教：教育资源“给力”现代化教学

【导语】今年，我市在更高水平推进率先基本实现现代化的进程中，出台了《关于实施民生幸福五有工程的意见》，将“学有优教、劳有厚得、病有良医、老有颐养、住有宜居”的民生幸福作为推动现代化的重要主旨。半年将至，《昆视新闻》推出《幸福“五有”昆山梦》系列报道，今天来看第一篇。

【同期声】记者许嘉：这里是昆山杜克大学的工程建设现场，预计在明年9月份，这所大学将建成投用。到时候，昆山将拥有一所高品质的、一流的、国际化大学。

【配音】昆山杜克大学是昆山市与美国杜克大学、武汉大学三方合作共建的一所综合性大学，学校建成后将可满足约700名教师和7000名在校学生开展教育与科研活动。项目一期工程包括6栋建筑，总建筑面积68000多平方米。目前，除了实验楼外的5栋楼已经完成封顶，施工人员正在进行幕墙和室外市政工程的建设。为了把昆山杜克大学建成一所国际化的学校，工程项目主管范晓玲坦言，虽然已经参与过娄江实验学校、文化艺术中心等多个重点项目的建设，但是杜克大学的建设要求是最高的。

【同期声】昆山杜克大学一期工程建设项目主管范晓玲：图纸在原来设计上实际已经完成，又进行了重新一轮的深化设计，就像一个小朋友，如果原来他考95分，我现在要求他得到100分。这个5分的差距，实际上花得这个努力（非常大）。

【配音】昆山杜克大学投用后将引进美国杜克大学的课程体系和跨学科教育模式，涵盖学士、硕士和博士学位，设立医学、法学、商学、公共政策等学科，建设全球前沿的科学研究与技术研究中心，国际一流的大学梦将在昆山变成现实。

【同期声】昆山杜克大学一期工程建设项目主管范晓玲：非常了不起的一个事

情。昆山人自己家门口就能够上到世界一流的大学，确实是昆山人的一个骄傲。

【配音】除杜克大学外，同在城西的西部高级中学也正在加快建设，目前学校的多个建筑体已经完成主体施工；市青少年活动中心完成了初步规划方案论证，江苏电大昆山学院易地新建工程的选址及设计任务书也已完成。

【配音】（幸福档案）（字幕配画面）今年，我市计划开工学校项目50个，目前已开工项目25个，年底计划竣工8所中小学和10所幼儿园。“十二五”期间，全市计划建设学校项目共计131个，其中改扩建及异地新建学校项目43个，新增各类学校88所。

【配音】基础教育装备和信息化建设也是教育资源的重要体现。一直走在全市教育信息化前列的培本小学，去年开始把戴尔“青少年互联创未来”试验项目应用到实际教学中，教师可以通过电子白板、多媒体机和笔记本电脑，与学生进行教学互动。已经教了6年英语的陈丽婷老师对此很有感触，她说，这一信息化系统形式新颖，让教师和学生的课堂感受都变得更加轻松。

【同期声】培本小学英语教师陈丽婷：用这个戴尔模式，我起到一个示范的作用，学生就可以自己去学习，体现了学生的自主性。

培本小学六（3）班学生徐康怡：可以增加我们的兴趣，然后还能通过游戏的方法来让我们学到一些更多的东西。

【配音】目前，培本小学已经在语文、数学、英语和科学4门课程中加入了这样的数字化互动教学，信息化课改大大提升了教学品质。

【同期声】培本小学校长黄惠林：主要是对学生的学习方式的转变，对教师的课堂教育管理的模式进行的探索，应该说非常有利的。

【配音】（幸福档案）得益于教育装备的大力度投入，全市学校的办学条件大幅提升。常规教育装备方面，目前，我市已完成了中小学图书馆、理科实验室和艺体文科实验室等三个建设年专项工程。今年，我市还正式启动“智慧教育”项目工程建设，以云计算、物联网、三网融合等技术为支撑，打造“一网、二库、三中心”，构建便捷、高效、智慧的教育云服务。

【字幕】一网：昆山高速教育城域网专网及相应的基础支撑体系，二库：昆山教育基础数据库和教育资源库，三中心：昆山教育数据中心、昆山教育资源中心和昆山教育应用服务中心。

【同期声】（幸福语录：音乐）

葛江中学学生李晔：现在教学都采用了很先进的设备。抽象化的东西变得形象化、立体化，让我们学生学得也更有兴趣。

娄江实验学校教技室副主任沈嘉幸:加大教育信息化的建设,促进教育教学的开展,进一步推动“智慧教育”建设。

昆山杜克大学一期工程建设项目主管范晓玲:希望通过我们的努力,能够为昆山的教育提供更好、更美、更优质的环境。

教育局发展规划与财务科副科长黄伟强:按照最好的标准、最好的硬件设施去建设,为全市老百姓提供最优质的硬件配置的教育资源。

病有良医:优化资源配置　提供均等优质服务

【配音】自从异地新建的开发区蓬朗社区卫生服务中心启用后,邓善永原本头痛的孩子疫苗注射问题迎刃而解。新中心的计免门诊,不仅面积是以前的好几倍,而且引进候诊、预诊和留观为一体的自动服务系统。

【同期声】开发区居民邓善永:老的地方比较拥挤一点,就一个窗口。新的地方窗口比较多,宽敞,不怎么拥挤。

【配音】位于开发区新星路398号的蓬朗社区卫生服务中心建筑面积15200平方米,设内、外、妇、儿等多个临床科室以及检验、影像等医技科室。除配有彩色多普勒超声诊断仪等先进医疗设备,中心还设有98张病床。每个病房都配有独立的卫生间,安装空调、电视等配套设施。每周都会有三级医院的医生前来坐诊。前些日子,孙阿姨血压升到200多,幸好社区中心诊治及时。

【同期声】开发区居民孙青霞:这个医院近,跑过来就三五分钟。如果(到市里去)车子一颠一颠,人可能不行了。医生、护士都蛮好的,像我血压高,他们一天要来量几趟血压。问问你感觉怎么样,市里的医院也不过这样。

开发区蓬朗社区卫生服务中心副主任张杰:定期邀请人民医院的专家对我们进行专家坐诊,包括一些业务指导、业务查房。开通一些远程的会诊系统,来提高我们的诊疗水平。

【配音】(幸福档案)以居民集聚区、商贸集聚区为重点,我市不断调整社区卫生服务机构的网络布局。在全市社区卫生服务全覆盖的基础上,注重质量提升。今年,夏桥、南港、同心等一批社区卫生服务中心都将按照省级标准建设。

【配音】在锦溪镇长寿东路北侧,市老年病医院一期外立面已基本完成,内部装饰与外部污水管网等配套设施建设正齐头并进,预计今年年底可投入使用。

【现场】记者吴凡:来到老年病医院给我的第一感觉就是宽敞。比如说我身边的这个门,它的宽度就达到了1.5米。

【同期声】市老年病医院项目负责人倪卫荣：老年病肯定要有家人来服侍或者护工来服侍，所以他可能有两三个人并行的，所以要适当的宽一些，还有利于我们老年病人在走廊里做康复训练。

【配音】市老年病医院采用“大专科、小综合”发展模式，将在锦溪人民医院综合性医院基础上为老年病人提供基本医疗、康复、护理等特色服务。其中一期总建筑面积近2.9万平方米，设床位260张。

【同期声】市老年病医院项目负责人倪卫荣：专门引进了德国的一条康复训练的天轨系统，在华东地区也是很少见的。老年人只要在我们护工或者医护人员的帮助下，他就可以自己进行康复锻炼了，不需要另外有人服侍他了。

【配音】（幸福档案）今年，我市还将加快市老年病医院、妇女儿童医院、康复医院二期、老年护理院等特色专科医疗机构建设。同时继续做好妇女儿童、中医药、康复和精神卫生等四大专业体系的延伸建设。

【现场】记者吴凡：除了加强硬件建设外，卫生部门还不断推出一些创新举措，像健康班车服务近日就来到了陆家镇。

【配音】今天一早，来自市一院、中医院等全市各医药卫生单位的专家就在菉溪广场忙活开来，给百姓开展各类健康咨询服务。居民魏宾腿脚有些酸疼，来自市一院关节外科副主任医师钱荣勋仔细检查了他的情况，并给出了针对性建议。

【同期声】陆家镇居民魏宾：这儿的服务还是挺不错的，对百姓还是负责任的，可以量血压、量血糖，还有市里的专家直接到家门口服务。

【配音】贯穿全年的“健康班车”活动，每月深入一个区镇，走进家庭、学校、企业等地，共将举办百场健康义诊、开展千场健康知识讲座、发放万份健康宣传资料。

【配音】（幸福档案）今年，我市将加快东西部两大市医疗中心建设，建立健全以三级医院为龙头、二级医院为骨干、社区卫生服务机构为基础、专业医院为特色的医疗服务体系。

【同期声】（幸福语录）市第三人民医院精神科主治医师孙玉军：作为临床医生，最主要是把我们的基本技术一定要打扎实，更多的是做临床方面的实践，把自己的工作做踏实，让病人更加满意。

陆家镇居民张雪芳：现在小病到社区看，大病到医院看，也蛮好的。我希望医生水平再提高一点，流程再简便一点，看病再方便一点。

开发区居民盛惠林：我希望有更多的专家到我们（基层）医院里来，让我们医院做得更加好。

开发区蓬朗社区卫生服务中心护理部护师周德珍：继续提高我们的优质护理能

力，看到患者满意后的笑容，这也是对我们工作最大的肯定。

老有颐养：专业化服务撑起养老“幸福伞”

【导语】“老有颐养”是社会进步、人民幸福的重要指标。我市努力健全以居家养老为基础、社区养老为依托、机构养老为支撑、各类养老服务组织协调发展的社会养老服务体系，其中，各类养老机构呈现出多元化、专业化的发展趋势。

【现场】记者徐卉：在周庄福利院，每个月都会为在这个月生日的老人过一次集体生日会，让他们能感受到福利院的关爱。

【配音】戴帽子的老人名叫沈根金，这一天是他78岁的生日，福利院专门为他买了一个大蛋糕。大家一起唱生日歌、吃蛋糕，十分温馨。沈根金说，他住进周庄福利院已经有16年了。这么多年来，他在这里感受到的是比家还温暖的幸福大家庭。

【同期声】周庄福利院寄养老人沈根金：生活蛮好，看看电视，走走玩玩，散散心，活动活动。

【配音】吕倩是一名年轻的护理人员，对她来说，照顾老人是一件开心的事。平日里，陪老人活动谈心，看看老人的衣柜里是否需要添置衣物，吕倩总能把欢笑带给老人们。

【同期声】周庄福利院护理人员吕倩：他们很需要年轻人陪在他们身边，每个星期五都有上海专家来培训我们怎样护理老人，怎么样去关爱他们，以后会慢慢学得更多。

周庄福利院院长朱巧林：从2007年开始，机构也在做调整，向年轻化、专业化的方面去发展。我们这里的服务工作人员大概都在35到45岁之间，年纪轻的二十几岁都有。

【配音】周庄福利院占地10000平方米，目前有床位48张，配有专业护理工作者10人，其中专职医生1名，中级护理工6名。每月，福利院都会开展老年人门球、桌球比赛，举办集体生日会、志愿者和老人互动游戏等各类活动。

【同期声】周庄福利院寄养老人蒋雪生：自己的衣服可以自己洗，洗不动有工作人员洗。平常打门球，还有康乐球。

周庄福利院寄养老人王阿奇：我最喜欢沪剧。我自己买了VCD，放放录像，和几个要好的聊聊天，国家大事，新闻什么，都要讲的。

【配音】（幸福档案）目前，我市共有各类养老机构13家。除民办养老院外，其他机构入住老人基本为本地户籍的老人，其中三无老人和社会供养老人的比例接近

1∶1。今年，市福利院分院将启动建设，规划新增450张护理型床位，建成后将成为我市规模最大、设施最全的养老机构。

【同期声】周市人民医院老年康复科康复治疗师施加加：这个是关节松动术，做的是膝关节松动术，主要是方便老人筋骨平台的活动，让老人膝盖活动更充分，走路更轻松一点。

【配音】周市人民医院老年康复科的医生每天都会给病人做类似的康复治疗术。81岁的裘阿龙两年前身体状况很差，生活不能自理。自从开始康复锻炼后，裘阿龙不但腿脚日渐灵活，精神状态改善更为明显。

【同期声】老人裘阿龙：我现在争取一直向前看，没什么后顾之忧。

【配音】康复科配备有上下肢智能运动训练系统等治疗设备以及心脏除颤仪、72小时动态血糖检测系统等先进的医疗设备，为60周岁以上，生活不能自理，冠心病、中风后遗症等患者，提供理疗、针灸等全方位的康复治疗。科室还特别开设了病人活动室，老人可以在这里下棋、看报，增添生活乐趣。

【同期声】周市人民医院老年康复科患者黄彩娥：他们服务也比较周到，这里按摩师都很好的。

周市人民医院老年康复科副主任医师程会兰：许多老年人到我们这里康复治疗以后，从生活不能自理到部分自理，有的病人甚至完全自理，希望所有的老人都能健康起来，快乐起来。

【配音】（幸福档案）依托医疗机构，我市不断拓展老年护理工作。2010年，通过福彩公益金资助的形式，在周市人民医院设立50张老年康复床位。2011年，结合锦溪人民医院重建，建立昆山市老年病专科医院，设立150个老年护理床位。

【同期声】周庄福利院寄养老人冯巧生：生活过得非常好，越活越年轻。

周庄福利院护理人员吕倩：他们把我们也当子女一样对待的，我们对老人也都是像对自己家里亲人一样对待的。

老人黄彩娥：住在这里心也很稳，我们只要身体一天一天慢慢地好起来就高兴。

周市人民医院老年康复科副主任医师程会兰：以我的爱心和耐心服务每一位老人，以我的知识和我的奉献精神奉献给社会。

昆山市电视台2013年播出

第十六届苏州新闻奖一等奖

中国梦的苏州篇章

主创人员　甄　军　王　丹

(一)

【导语】中国梦,就是要实现国家富强、民族复兴、人民幸福,这也是每个中国人的美好梦想。作为我国改革开放的一面旗帜,苏州始终致力于推动经济不断发展、百姓安居乐业。从今天开始,苏州广播电视总台《苏州新闻》和《联播苏州》两档栏目将同步推出系列报道《中国梦的苏州篇章》。今天播出第一集。

【同期声】中共中央总书记习近平:我坚信,中国共产党成立100周年之时,全面建成小康社会的目标,一定能实现。我坚信,中华人民共和国成立100周年之时,把我国建成富强、民主、文明、和谐的社会主义现代化国家的目标,一定会实现。我更坚信,中华民族伟大复兴的梦想,一定会实现(掌声)。

【配音】这是2012年11月29日,新一届中央领导集体在国家博物馆参观《复兴之路》展览时,习近平同志发表的重要讲话。这也是当选中共中央总书记不久的习近平,第一次阐述中国梦的概念。实现中国梦,苏州无疑是个值得研究的样本,而谈到如今苏州所展现出来的面貌,则要从30年前邓小平同志的苏州之行说起。

【同期声】记者王丹:江南好,风景旧曾谙。30年前,小平同志也曾登上游船,泛舟太湖。当时小平向苏州提出了著名的三个问题:有没有可能翻两番?人均800美元会是怎样的图景?农村走的是什么路子?正是在苏州的所见所闻,让小平同志对实现小康充满信心。

【配音】在《邓小平文选》第3卷第26页,收录了1983年3月2日,小平同志视察苏州等地回北京后和几位中央负责同志的谈话。小平同志用"人们喜气洋洋,新房子盖得很多,市场物资丰富,干部信心很足",描绘自己一路上看到的情况。他认为"四个现代化希望很大。到本世纪末实现'翻两番',要有全盘的更具体的规划",

并着重提出“苏州市的工农业总产值人均已经接近800美元”，解决了人民的吃穿用、住房和就业等问题，中小学教育普及了，人们的精神面貌也变化了。

在小平同志视察后，苏州的发展进入快车道。历任党和国家领导人江泽民、胡锦涛、习近平等曾多次来苏视察，高度肯定苏州的发展，并提出殷切希望。

【同期声】时任中共中央政治局常委、国家副主席习近平：苏州是经济最发达的地区，也是江苏的重中之重，江苏的核心地带。从中央到兄弟单位，你看看国际上，也愿意到这里来看看，中国道路怎么走，看看苏州。

【配音】这是去年7月，习近平来苏出席第二届中非民间论坛，亲切接见苏州市四套班子领导时的场面，历经改革开放30多年的探索发展，苏州经验受到高度肯定。

【同期声】时任中共中央政治局常委、国家副主席习近平：我想今后我还会来这里解剖麻雀，调查研究，总结经验，把握规律。祝你们工作顺利，祝你们在这里，为中国特色社会主义道路创造一些经验。

【配音】国务院总理李克强，也曾多次来苏州调研经济发展，他把这里看作是我国经济的晴雨表和风向标。

【同期声】时任中共中央政治局常委、国务院副总理李克强：昆山、苏州工业园区，也可以说整个苏州在我们国家开放型经济当中是很具有代表意义的，国际经济形势复杂变化当中，从这里可以触摸到变化的情况，乃至于走势。相信苏州会打造成我们国家向东开放，并且向西拓展内需市场的“航空母舰”。

【配音】从30年前小平同志来苏，印证小康社会的现实可行性，提出“三步走”的发展战略，到“三个代表”重要思想、科学发展观、中国梦，这些发展战略和指导思想一脉相承、与时俱进。苏州正是在这些思想的指引下，始终高举改革开放大旗，经历了“农转工”“内转外”“量转质”的一次次跨越，锤炼出“张家港精神”、“昆山之路”和“园区经验”三大法宝。这片热土上的生动实践，也诠释和丰富了“创业创新创优”、“争先领先率先”的新时期江苏精神。

【同期声】江苏省委常委、苏州市委书记蒋宏坤：建设宜居新苏州，就是要让我们苏州天更蓝水更清，空气更新鲜，食品更安全，要把我们苏州打造成最佳的宜居城市，打造创业新天堂，就是使我们的创业环境、政府服务、我们的经济结构、经济质量，在全国最具有竞争力。共筑幸福新家园，就是要城乡一体发展，共同发展，不断提高城乡收入水平，使我们的社会更文明有序、安定和谐。

(二)

【导语】发展,是实现梦想的基石。如何在外部环境的不断变幻中始终保持优势?苏州正在走一条从要素拉动转向创新驱动、从制造业为主转向以服务业为主的经济转型之路。

【配音】打开中国版图,位于江苏省最南部的苏州,看上去像一张拉开的弓,厚实的弓背里,水网密布、物产丰饶,呈现出富庶的江南水乡风貌。自公元前514年建城以来,苏州便长期作为江南地区乃至全国的经济和文化中心之一。如今的苏州依然是中国发展最快、经济最发达的城市之一。

【同期声】记者王丹:我手上这瓶白色的药水,就是用来测量微观世界下物体长度的计量工具,名叫纳米微球。这个产品别看它的重量只有0.1克,成本也不过才几块钱,但它的售价却高达两三千元,也充分体现了高科技产品的高附加值。

【配音】位于苏州工业园区的纳微科技,2007年由归国博士江必旺创办,除了用于计量外,纳米微球产品还能应用在液晶显示屏生产和生物医药研发领域,分别打破了原本只有日本和美国企业才掌握的技术垄断。现在,纳微科技员工不过100多人,但年产值已近亿元,有望在3年内实现上市的目标。

【同期声】纳微科技公司董事长江必旺:以前很遗憾的就是我们国家这个里头的核心材料全是依赖进口,现在纳微是在中国唯一的能把这个材料国产化的,我们的技术在同行业中让日本、美国的公司三番五次地要买我们的专利技术。

【配音】以纳米产业为例,在工业园区,他们把纳米产业作为转型升级的头号产业,重点予以扶持。不仅是纳米产业,近年来,苏州的集成电路、生物技术、医药、节能环保、高端装备制造业产值都保持10%以上的增速。苏州新兴产业占规模以上工业总产值的比重,已从2010年的28.8%增加到2012年底的43%。在产业布局的优化下,越来越多的新兴产业企业在苏设立研发中心。

【导语】近年来,苏州金融风生水起,2010年9月,挂牌开业的苏州银行,仅用了两年时间,就在全国城市商业银行中排至第12位。

【配音】2012年6月,全国地级市第一家法人保险——东吴人寿在苏开业。当年苏州新增的各类金融机构75家,总数已达605家,实现金融业增加值800亿元,占地区生产总值的比重达6.7%。

【同期声】苏州市委副书记、市长周乃翔:要很好地用好国家“营改增”的政策。因为“营改增”的政策它本身就是引导企业来发展现代服务业,我们要重点支持金融业、信息产业、创意设计,包括软件和服务外包、现代物流,包括电子商务等等。这样一些生产性服务业的发展及时地帮助服务业企业，解决面临的一些瓶颈，比如土地、资金、人力资源等等这些方面。

【配音】创新是转型升级的灵魂。在今年的第三届中国自主创新年会上，苏州以“精心描画经济园林”的生动实践跻身“十大创新城市”。大会给苏州的颁奖词是：园林、昆曲、双面刺绣是这座城市的古老面孔，高新产业、国际化是这座城市的现代风貌。当外向型经济、制造业、产业规模到了一定高度之后，她选择了向新兴产业和服务业的华丽转身。2012年9月，昆山杜克大学正式揭牌。杜克大学在全美排名第8，世界第19，这是我国首次在县级市设立高水平中外合作办学项目。今年5月，新加坡国立大学苏州研究院也正式启用。新加坡国立大学是一所百年名校，综合学术排名位列全球第22名。

【同期声】新加坡国立大学苏州研究院院长许国勤：我们通过把新加坡国立大学的研究成果和新加坡本国的研究所的成果带到苏州来，进行本地的产业化，同时国立大学的教授、科研人员对（苏州）本地的企业做一些技术上的支撑。

【配音】在苏州独墅湖科教创新区，南京大学、中国科技大学、四川大学、东南大学等名校设立的研究院以及西交利物浦大学、中国人民大学中法学院云集于此。目前这里已有23所院校入驻，在校生达7.2万人，在读研究生约1.8万人，成为名副其实的人才高地。在加快人才培养的同时，苏州还加大了人才引进的力度。连续举办五届的国际精英创业周成为吸引人才的重要平台。人才优势已成为苏州转型升级的不竭动力。

【字幕（身份）】人社部副部长王晓初：我觉得这个（苏州国际精英创业周）活动意义不仅在苏州，也不仅在江苏，它的经验对于我们全国，特别是创业型人才、高层次创业型人才的引进，也具有很重要的示范作用。

（三）

【导语】苏州是全省唯一的城乡一体综合配套改革试点城市，以科学规划为前提，以富民优先为导向，创新制度、大胆实践，践行了一套城乡统筹发展的有效机制。目前，苏州城乡居民收入比为1.93∶1，是全国城乡收入差距最小的地区。延续千年的城乡“二元”结构，在苏州这块极具活力的土地上，正逐渐被打破。

【同期声】记者甄军：这里是昆山千灯镇的炎武社区。从2005年开始，全镇已经有8000多户居民通过“三集中、三置换”的方式，安置迁入到我身后环境优美、配套齐全的新小区，而他们的身份，也从农民变成了新社区里的新居民。

【配音】所谓“三集中、三置换”，就是让农民居住向社区集中、工业企业向园区集中、农业用地向规模经营集中，并鼓励农民将集体资产所有权、土地经营承包权、宅基地及自建房置换成股份合作社的股权、城镇保障和住房。汤凤元是炎武社区的居民，2006年，他将宅基地和自建房置换成炎武社区总面积200平方米的两套产权房，将集体资产所有权和5亩地的承包经营权，置换成城镇保障和社区合作社的股权后，一家人就过上了“住高楼、领工资、拿分红”的新市民生活。

【同期声】昆山市炎武社区居民汤凤元：早上起来，到公园里散散步，室外体育场锻炼锻炼。吃了饭以后，老年活动室看看电视，相当高兴了。

【配音】和汤凤元一样，目前苏州通过“换股、换保、换房”进城的新市民，已超过全市330万农民中的三分之一，达130万人。近年来，苏州不断完善城乡规划体系、强化片区规划理念，优化城乡的工业、农业、居住、生态、水系等规划布局，积极推进“三集中”。全市90%的农村工业企业已经进入工业园、88%的承包耕地实现规模经营、50%的农户迁入集中居住点，城乡资源配置更趋合理、城乡空间布局明显优化。

【同期声】国务院发展研究中心副主任韩俊：三大并轨：低保、医保、养老保险，已经全面实现了城乡并轨。这在全国来说，目前还是唯一的。这样一来，使得我们的城乡一体化在制度建设方面可以说为全国摸索了经验。

【配音】在张家港永联村，居民陈介国的户口本上已经不是农业户口了。他每月能拿到1000多元的退休金，看病也不再用农保卡，而是用上了跟城里人一样的市民卡，医保报销水平跟城里人一样。

【同期声】张家港永联村村民陈介国：以前报销很少很少，现在不管怎么样，90%以上。

【配音】2011年，太仓市在全国率先试行“大病再保险”，由政府出资，向商业保险公司购买大病补偿保险，城乡居民无论身份、无论病种，医保报销之后的自费部分超过一万元的，即可再享受二次报销，大病实际报销比例超过80%，此举有效破解了因病致贫的顽疾。2012年，“大病再保险”的太仓经验，被推广到全国。

【配音】目前，苏州城乡一体化进程率先在城乡发展规划、资源配置、产业布局、基础设施、公共服务、就业社保和社会管理“六个一体化”方面取得突破。而要真正破除城乡“二元”坚冰，增加农民收入是关键。苏州通过发展新型股份合作制经济，把村民变成股民，社区股份合作、土地股份合作、富民股份合作三大合作组织，成为农民收入持续稳定增长的制度支撑。

【同期声】记者甄军：这里是吴中区临湖镇的湖桥村，从2005年到现在，湖桥村通过发展三大股份合作社，村级收入从最早的每年100多万元发展到现在的每年8000多万元，可以说七年时间翻了六番，而村民的收入也实现着每年两位数的增长。

【配音】湖桥村村民朱小兴，2007年土地置换后，就入股了村里的三大股份合作社。如今，拿着三本股权证，他每年能分得8000多元的分红。加上自己在村里的企业打工，和其他政策性福利补贴，一年收入超过3万元，而且每年都有10%左右的增长，比种田强多了。

【同期声】吴中区湖桥村村民朱小兴：一年比一年增，老百姓一年一年的工资肯定高。

【配音】“家家有资本、户户成股东、村村有物业、年年有分红”。股份合作，为苏州农民构筑了一种长效增收的机制。目前，全市各类股份合作经济组织近4000家，持股农户比例达96%。农民人均纯收入连续10年实现两位数的增长，去年达2万元，是全国城乡收入差距最小的地区之一。

【同期声】苏州市委农村工作办公室主任顾杰：苏州农民的收入跟过去一个最大的不同点，就是最近几年我们通过发展合作经济组织，来增加农民的财产投资性收入。

【导语】党的十八大报告对统筹城乡发展作出了新的部署，明确指出未来城乡一体化就是要促进工业化、信息化、城镇化与农业现代化同步发展。

【配音】如今的苏州，紧扣“农业”和“现代化”两个关键词，继续推进农业发展载体、农业经营机制和农业支持保护制度这“三大创新”，着力发展现代农业示范园区，加快推进“水稻规模化、蔬菜设施化、水产标准化、营销现代化”。

【同期声】记者甄军：这里是张家港现代农业示范社区常兴社区，大家可以看到我身后这个万亩良田，它的水稻栽培技术和以往是完全不一样的，我们注意到水稻中间有一个被称为节点的装置，它可以测量水稻的光照、二氧化碳浓度，包括温度等等，从而实现对水稻的高科技种植。

【同期声】田娘农业科技有限公司董事长高健浩：以前你这个家庭不管有收无收，是你自己一个人的事。现在不是这样，现在有服务的人帮你服务。插秧的时候，有插秧队；收割的时候，有联合收割机来收割；稻子可以进入烘干机烘干；由合作社承担这个责任，劳动效率也提高了。我们公司按照标准化种植的，我们提高5到15元的收购价，每一亩土地80元到200元之间，农户可以提高收入。

【配音】这种“龙头企业+合作社+农户”的新型合作经营方式，使得分散的农户，可以集中起来，进行规模化、机械化种植，种田效率大幅提高，农民收入也持续增长。目前，田娘农场规模经营的土地面积达6000多亩。今年4月，国务院总理李克强来到常熟田娘农场考察，对于苏州农业告别“小打小闹”，发挥规模优势，创新现代农业经营新模式，保障农民可持续增收给予充分肯定。

【字幕】中共中央政治局常委、国务院总理李克强：你这个探索带有方向性，家庭农场股份合作社专业合作社。在我们目前承包制的基础上是向现代农业发展的一个新的载体，而且也只有在这方面探索出路子来，我们现代农业才能发展起来。大胆探索，在探索的过程当中积累经验，不是光给苏南，给江苏，给全国，都能提供经验。

【配音】事实上，在苏州，像田娘农场这样，从事农业规模化、集约化、商品化生产经营的主体不断增多。2012年，苏州的农业基本现代化进程监测得分为84.46分，位居全省第一名，继续领先其他省辖市。

【同期声】国务院发展研究中心副主任韩俊：从实现“中国梦”的角度来讲，我作为一个长期研究“三农”的学者，我最大的期待就是城乡的各项差距都消失，农民真正成为一个令人羡慕的职业，农村真正成为一个令人向往的地区。我想，苏州在一步一步往这个目标迈进，也就是说，城市让生活更美好，农村让人们更向往，真正打造一个人间的天堂。

苏州市广播电视总台2013年播出

第十八届苏州新闻奖一等奖

聚焦机器人产业

主创人员　姚启文　张　伟

机器人时代是否来临?

【导语】今天,全球机器人领域的专家学者和知名企业云集首都北京,参加首届世界机器人大会。作为中国百强县之首的昆山,也有6家企业应邀参加。而就在上周,我市出台《关于加快推进机器人产业及智能制造发展的实施意见》,把机器人作为未来新的产业优势和经济增长点加以培育。这两件看似巧合的事情,其实正释放出一个强烈的信号:目前,全球机器人产业炙手可热,那么这股热潮从何而来?在这其中,昆山将如何审慎研判,迎接机器人产业的浪潮?在现有基础上,我们还需要做哪些工作,才能让机器人产业成为新的引擎?今天起,本台推出系列报道《聚焦机器人产业》,围绕这些问题展开探究。首先,跟随我们的特派记者,到北京看看从世界机器人大会上能找到什么答案。

【同期声】记者姚启文(现场):2015世界机器人大会就在我身后的国家会议中心隆重举行。这里云集了最为先进的机器人以及产学研领军者200多家来自世界各地的企业、高校、科研院所,在这里也集中展示了世界上最新的科研成果、应用产品以及解决方案。其中,来自昆山的6家企业在这里登上了国际舞台。

【配音】在国家会议中心两万多平方米的展厅中,汇聚了来自全球的机器人。搬运玻璃基板的,陪练羽毛球的,能完成纳米级操作的机械手,还有难辨真假的人形机器人……

【同期声】加拿大国家工程院院士、多伦多大学教授孙钰:我们精度差不多0.1纳米左右,差不多就是一个分子的尺寸。

北京欣奕华科技有限公司战略技术与市场拓展中心总监张弥:这台设备也是全球最大的机器人搬运设备。我们欣奕华也是国内唯一可以生产这样设备的企业。

【配音】展会上，工业机器人“四大家族”来了三家，沈阳新松、哈工大集团等国内大佬也纷纷拿出拳头产品。而在这200多家参展企业中，昆山占到六席，两个独立展台，展示了不可小觑的技术实力。华恒带来了长期被国外垄断的核心部件之一——减速器，瑞泰也带来了全球第一款产品化的模块化机器人。

【同期声】昆山瑞泰智能科技有限公司销售部经理李超：北京来了很多小朋友，对我们的酷博模块化教育机器人非常感兴趣。未来有可能和我们在北京的合作伙伴共同去打开北京的机器人教育市场。

北京客商曹静：瑞泰的，行动也特别好，编程也特别缜密，牵拉模式也不同于国内的，所以很能锻炼学生的计算机能力、编程能力。

【配音】如今，一股机器人热潮已经在全球铺开。美国希望通过发展人工智能技术、机器人技术和数字制造技术，重振制造业。欧盟提出新工业革命概念，强调大力推进包括机器人在内的新兴产业。日韩将机器人列为未来战略新兴技术。中国也寄希望于通过机器人来完成对制造业的转型升级。持续多年的互联网热潮，为我们创造了一个几乎无所不能的虚拟世界，面临如今新一轮的工业革命，机器人成为人类科技发展的新一轮驱动。

【同期声】德国汉堡大学教授、昆山工研院智能机器人研究所所长张建伟：前几年的革命是计算机、移动互联网，我们就期待我们的技术不只是在虚拟世界给我们提供服务，而且在物理世界。这就是机器人，它能够改变我们的生活方式，助老助残，救灾救援，又在生产中能够快速地提高我们生产的技术。

【编后语】无论是工业4.0还是中国制造2025，制造业的新一轮升级离不开机器人产业的发展。因此，各地竞相发展机器人产业，但又难免陷入无序竞争的怪圈。经济学里有一句话，叫个体理性导致集体非理性。当全世界都笼罩在机器人热潮中时，昆山也把机器人产业及智能制造发展作为下一步的主攻方向。站在集体的利益上思考，我们在这场战役中是否具备优势，优势在哪里，是否容易被复制呢？明天，我们继续关注昆山的机器人产业。

“邂逅”机器人　昆山优势何在？

【导语】与其他产业不同，机器人并不是一门单一学科，而是集多门学科技术于一身。因此，要发展好机器人产业，离不开坚实的技术储备和完备的产业基础。多年来，我市在机械、电子、传感器等基础技术方面已经具备了相当的优势，也因此网罗了一大批人才，这也让我们的机器人产业发展得以站在更高的起点上。

【配音】由于技术瓶颈问题，我国机器人在三大核心零部件上，大都依赖进口。其中，减速器的成本最高，接近本体的40%。而华恒在这台机器人中，使用了自主研发的减速器，部分指标已经领先国际水平。采访时，孙子健教授正在对减速器上的摆线盘作失效分析，准备进一步降低材料损耗。而这正是保持减速器的精度长期稳定的关键。

【同期声】华恒技术顾问、原哈工大教授孙子健：我们现在是用一种比较快速的办法，冲击试验发现经过三千次猛烈的冲击以后，剩余下来的精度比日本的好。我们至少赶上了国际水平。

【配音】在多年发展中，华恒逐渐领悟到，人才是技术创新的第一要素。无独有偶，昆山工研院七年前就设立了智能机器人研究所，长期通过产学研合作等办法来吸引各地人才，人才集聚带来的技术优势已经开始显现。

【同期声】德国汉堡大学教授、昆山工研院智能机器人研究所所长张建伟：我们可以吸引高校的学生来我们这儿实习。我们可以把那边教授的最新成果来这儿做产业化的尝试。我们现在有170多项专利，涵盖了这些未来机器人产业化的主要技术。

【配音】从华恒和工研院的例子可以看到，是人才推动了技术，是技术让企业在机器人领域中站稳了脚跟。而在川崎机器人公司，则可以看到我市在配套能力上的优势。

【同期声】川崎机器人（昆山）有限公司董事总经理山内茂树：我们机器人上所用的零部件，包括我们昆山以及附近的企业基本上100%的产品全部是从国内的供应商采购的。

【配音】作为行业龙头，川崎机器人落户周市短短几年，已经从一家企业，发展成了一个机器人产业园。如今，川崎近七成的零部件，在3公里以内就能采购到。作为川崎的下游客户，星派克也只在1公里之外。这种产业的高度集聚，讲成本也好，讲效率也好，都是企业最理想的发展环境。

【同期声】星派克智能装备（苏州）有限公司董事长夏卫星：变成了邻居，这就是一个集群效应。集群效应大大地提高了效率，降低了成本。

【配音】这几年，我市聚集起了传感器、模具、高端装备制造、软件、电路板等与机器人产业息息相关的产业载体。机器人产业所涉及的电子信息、人工智能、自动控制、传感器、精密机械、光机电一体化等技术领域，也都是昆山的优势产业或正在积极发展的重点产业。这为我市发展机器人产业提供了丰沃的土壤。目前，我市已经引进和培育了徕斯、柯马、艾博、穿山甲等50多个国内外高端机器人项目。

【同期声】市经信委主任陶林生：加大新兴产业的发展是我们今后工业经济保

持可持续增长的重要支撑。所以现在来说，时间、要素等方面也迫切需要我们加快工业经济结构的调整，发展机器人产业跟智能制造正是在这个情况下被提出来的。

【编后语】十年磨一剑，在多年制造业发展中，我市已经形成了非常完善的产业配套系统，这为机器人企业创造了最适宜生长的条件。与此同时，企业为了生存和发展，不断地吸引人才，发展技术，为机器人的下一步发展，打下了扎实的技术基础。市场这只“看不见的手”，已经为我市的机器人产业发展事先埋下了伏笔。正是在这样一个时间点，我市提出要把机器人产业及智能制造发展作为下一步的重点，并出台实施意见。把政策作为催化剂，使物理集聚的机器人产业真正产生出化学反应。

如何让政策成为产业腾飞的“催化剂”？

【导语】整体与局部是辩证统一的。放在我市的机器人产业上，局部就是一家又一家企业，整体则相当于全市的机器人产业。企业的自主研发、科技创新，无形中推动了全市的机器人产业发展，那么接下来，如何从全市的角度入手，来实现整个机器人产业发展的最优目标，成了亟待解决的问题。今天的《聚焦机器人产业》，让我们一起来关注企业的发展难题在哪里？政府是否能拿出破题办法？

【配音】在昆山，无论是生产企业，集成商，还是应用市场，无不展现出对机器人的青睐。瑞泰公司积极与教育部门合作，把模块化机器人在我市中小学校中率先推广使用，深受学生喜爱；华恒的智能货柜、艾博的自动上下料机器人，一经推出就受到市场青睐；集成商星派克已经和库卡、川崎、ABB、发那科等多家国际知名机器人品牌建立了合作关系，帮助他们打开中国的机器人应用市场；仁宝加快机器换人步伐，加速产品转型，在高基数上实现稳增长；富士康通过实施“机器换人”计划，节约基础人力5000多名，生产效率大幅提升。

【同期声】昆山艾博机器人股份有限公司董事长周伟：就像我们中国的乒乓球，有这样一个大的基础在这里，它自然就不缺乏高手。我们昆山也是一样，因为机器人这个领域在昆山是普遍开花。

【配音】即使如此，机器人产业的发展仍是一场持久战。让一个机器人从实验室走进市场，瑞泰公司花了20多年。

【同期声】昆山瑞泰智能科技有限公司总经理程胜：比如说它的可靠性、稳定性、一致性怎么去保证，这里边都需要我们的工程师、工程技术人员做大量的工作。

【配音】这其中有技术的原因，也有资金的原因。而另一个不可忽视的原因，就是整体如何统率部分，使所有的要素形成一个合力来发展。为此，我市出台了《关于加快推进机器人产业及智能制造发展的实施意见》(以下简称《实施意见》),把机器人产业作为全市的重点工作来抓。《实施意见》中提出了六大工作任务,四大保障措施,涉及技术、人才、应用以及产业发展等方方面面。力争从整体上发力,形成新的产业优势和经济增长点。

【同期声】市经信委主任陶林生:市政府专门成立了昆山市机器人产业及智能制造促进中心。同时,我们市政府专门成立了一个专项资金,结合现有的政策,整合现有的政策资源,设立一个不少于5亿元的机器人产业专项发展资金,来加快推动机器人产业和智能制造的发展。

【配音】把推进机器人产业及智能制造发展作为主攻方向,完善"产、学、研、用、政"体系,加快"机器换人"步伐……这些发展举措一一在政策层面得到了支持,无疑为企业下一步发展注入了更强动力。

【同期声】昆山瑞泰智能科技有限公司销售部经理李超:文件中提到的关于人才集聚的计划。我相信政府会拿出更多、更优惠的、更大的力度来引进各方面的人才。

昆山华航威泰机器人有限公司董事长钱进:有政府在里面牵头,我们的精力可以放到技术的研发上去,可以更好地为企业去服务,更好地去做我们"机器换人"这个事情。

【同期声】德国汉堡大学教授、昆山工研院智能机器人研究所所长张建伟:我们(昆山)正好处于能够集中精力,集中我们的资源,集中各方面的能力,来专注做机器人的这么一个环境,发挥我们政府直接跟投资者,跟用户,跟开发者,跟技术集成者,联合资助机器人产业的优势,鼓励我们在未来机器人技术的技术创新。

【编后语】在机器人这个产业上,我们已经有丰富的产业基础、科研资源和应用市场。随着《实施意见》的推出,又将获得极具针对性的政策支持和金融助力。政策的适时推出,是企业的福音,也是我市机器人产业发展一个新的开始。虽然要素已经集齐,但是对于机器人产业的发展之路来说,我们依然任重道远。我们需要继续在产业发展中强化优势,弥补不足,坚持"实践是检验真理的唯一标准",通过不断实践推动产业发展。

昆山市电视台2015年播出

第十九届苏州新闻奖一等奖

拾荒人的秘密

主创人员　郑又淳　徐　蕾　朱怡岚　张　莹　王世录　何　珊

三年资助女儿上大学　安徽大姐寻找苏州好心大哥

【导语（前）】今天，安徽的一位薛女士专门从老家赶到苏州，她找到我们，说是要找寻一位苏州恩人。因为这个人在三年前帮了她家的大忙，但却不留名、不留姓，让她感恩至今。

【字幕（同期声）】（薛大姐，你好，听说您这次专门从安徽过来，是吗？这次来主要是做什么呢？）薛大姐：我主要来找那个好心人。

【配音】薛大姐说，三年前，自己在安徽一家饭店做服务员，因为一时疏忽，给一位苏州来的客人上错了菜。

【字幕（同期声）】薛大姐：他要菜，我把他的菜上错桌子了，上到别人桌子上去了，然后他问我要菜，别人把菜吃掉了，我赔不起他，我就哭了。

【配音】薛大姐告诉这位客人，自己是单亲妈妈，有一个女儿马上就要上大学了，家里很困难。了解了大姐的情况，没想到，对方不但没有提赔偿的事，还主动表示，愿意资助薛大姐的女儿上大学。

【字幕（同期声）】薛大姐：他说不要赔了，然后还留个电话号码给我。我小孩上学没有钱，他就给我卡里打了七千块钱，打了三年了。

【配音】在这位好心人的帮助下，女儿眼下已经顺利读到大三，这让薛大姐很感激。

【字幕（同期声）】薛大姐：我特别感激他，估计没有他我女儿可能上不了大学。（因为没有钱？）没有钱，嗯，应该是个老板。（知不知道他叫什么名字呢？）不知道。（知不知道他在哪呢？）不知道。（一概不知？）嗯，有他的电话号码。

【字幕（同期声）】（拨打电话）

（我说你有没有捐助过一个安徽的大学生啊？）捐助过，怎么了？（捐助过是吧，你们家住在哪一边啊？）住在苏州哪一边？东山。

【导语（后）】薛大姐从安徽来到苏州，就是为了见到好心人董大哥，而经过初步联系，这个董大哥就在东山，我们也约好了，第二天和他见上一面，那么，这位好心人到底是谁，他会是怎样一个人呢？

好心大哥竟靠捡废品为生　捐资助学十年不留名

【导语（前）】昨天，安徽的一位薛大姐找到我们，想和三年来一直在资助她女儿上大学的苏州好心人见上一面。经过记者的初步联系，助学者董大哥就在东山。今天一大早，记者带着薛大姐赶到了董大哥的家。可是结果让人倍感意外。

【字幕（同期声）】邻居：（有没有姓董的这附近？）有，前面有。前面哪一家姓董啊？

【配音】一路打听，记者终于找到了董大哥的家，不过眼前的情景却令人震惊。

这位好心人董大哥，不仅没有像薛大姐想象的那样家境宽裕，相反，50岁的他居然是一名以靠收废品为生的残疾人。

【字幕（同期声）】薛大姐：这么不容易，真的，和我想象得不一样，等我小孩放暑假了，我叫她过来看看他（哭）。

【配音】我们这才知道，董大哥真名叫董士红，今年51岁，来到苏州已经十几年了，他自己的生活其实也很拮据。至今，一家人还租住在一个破房子里艰难度日。

在这个家里，可谓是家徒四壁。连一件像样的家具都没有。

【字幕（同期声）】董士红：（一年资助她多少钱？）七千块钱，就七千块钱，不多。（怎么想的呀？这两万块钱对你来说是不小的数字吧？）哎，只当抽烟了，我也不抽烟、不喝酒的。（你这一年收入在这边，你自己的收入能有多少？）没有多少，反正挣了钱都花了呗。

【配音】而更令人吃惊的是，多年来，这位拾荒人所资助的贫困大学生，其实并不止薛大姐女儿一个。这一张张单据显示，仅仅从2014年12月到2015年1月，他就捐出了两万六千元给贫困大学生。粗略算算，即使每年只捐两万，他也起码捐出了20多万元的善款。有的时候，他还主动跑出去，寻找资助对象。

【字幕（同期声）】董士红：一个烟台的，山东烟台的，一个吉林的，一个泰安的，就一个北京的。有（每年给）五千的，有（每年给）六千的，不一样的。（都是大学生啊？）都是，北京的孩子现在读研究生了。

【配音】我们也了解到，从十年前起，董士红就开始做这些好事，而这一切都瞒着家里人。

【字幕（同期声）】董士红弟弟：（你听没听说哥哥把挣的钱，每学期都去捐给这个大学生啊？）不知道，那我不知道。

【字幕（同期声）】董士红妈妈：（儿子去帮助他人，您支不支持啊？）支持支持。

【配音】董士红说，这些年自己感到最愧对的就是家里人。两个孩子和年迈的父母，至今都没有跟着自己过上好日子。

【字幕（同期声）】董士红：（房子倒几年了？）倒两三年了，回家都没地方住，我这次回家。（你就没想着再攒点钱，回老家盖个房子？）想啦，盖不起。

【配音】一个居无定所、靠捡废谋生的残疾人，为何要隐名埋姓，坚持助学近10年呢？尽管我们再三询问，董士红却不愿意提及自己的过往，也不愿意说原因，甚至一度拒绝我们的拍摄。

【配音】一番争取，我们终于联系上了董士红资助的另外两位大学生。两个孩子表示，他们也是第一次了解捐助人董大哥的真实境况。

【字幕（同期声）】烟台大学药学院大三学生顾鹏（视频采访）：（你觉得在你印象当中，他应该是一个什么样子啊？）怎么说，反正不应该是这个样子。（这就是他平时收的废品，这是他平时骑的三轮车。）反正就觉得，心里很难过的。

【字幕（同期声）】山东财经大学大三学生郝洋洋（视频采访）：我觉得第一个是比较震撼吧，没想到叔叔的条件没有想象中那么好，只是一般吧，却帮助了这么多人，真的也是很不容易的一个人，很伟大，希望有机会可以回报叔叔。（洋洋你就好好学习就行了，我不要你回报，你回报社会就行。）

【导语（后）】对于我们的采访，这位好心人其实不大配合。问他为什么做了这么多年好事却不留名，人家也是轻描淡写，不愿多说。但不管怎样，一个或许本该被帮助的残疾拾荒人，却拥有着如此高的思想境界，不得不让人肃然起敬。

千里赴山东　助力孤儿走进大学门
好心人董大哥人生坎坷　爱心播撒多人感恩

【导语（前）】不知道大家还记不记得，前一段时间，我们曾报道了拾荒人董士红默默捐资助学近十年的事儿。看到我们的节目后，近日，又有一位北京的何女士也给我们打来电话，说是自己也曾经受到董大哥的帮助，她也想见见这位苏州好心人。不过，当我们联系董士红的时候，却发现最近他不在苏州，而是为了一件要紧的事情去了山东，到底怎么回事呢？

【字幕】烟台火车站。

【配音】这是51岁的董士红人生第一次坐高铁，他此行的目的地是几百公里外的山东省会济南。而他要见的人，正是自己捐助多年的大学生，郝洋洋。

【字幕（同期声）】山东财经大学大三学生郝洋洋（资料）：帮助了这么多人，真的是很不容易的一个人，很伟大。

【配音】原来，一个多月前，郝洋洋在和我们的视频通话中，第一次了解了董士红的真实状况后，心里感到特别愧疚，他打算抽空尽快来苏州，看望这位好心人。听说小伙子要过来，董士红却有些坐不住了。

【字幕（同期声）】董士红：本来学费挺拮据的，来了得花钱，我看看他生活到底怎么样，吃得好吗？住得好吗？

【字幕】三个小时后，我们终于到达省会济南。

【配音】郝洋洋目前在山东财经大学读大三。董士红说，他之所以心里一直放心不下这个21岁的大男孩，是因为他的身世太特殊了。

21年前，洋洋出生在山东烟台的农村。五岁那年，父母离异，从此，洋洋就再也没见过母亲。爸爸外出打工，他被托付给奶奶照顾。然而，四年后，奶奶因为心脏病突发离开了人世。更为残酷的是，洋洋16岁那年，爸爸也因为脑出血离世。

【字幕（同期声）】山东财经大学大三学生郝洋洋：感觉这个世界上没有一个在乎我的人，也没有爱我的人。我再努力学习，为了什么？

【配音】然而，苦难并没有影响到洋洋的学业，相反，他以高出重本线70分的成绩，高分考入了山东财经大学。两年前，董士红通过朋友介绍，资助了山东一个贫困大学生杜鹏，而杜鹏告诉董士红，自己还有个同班同学郝洋洋，家境更贫困。了解洋洋的身世后，董士红决定一并资助他。从此，每到开学前，洋洋都会准时收到董士红汇来的5000元学费。

【配音】洋洋说，如果没有董叔叔的帮助，他的大学梦也许就会中断。因此，他更懂得努力和节约。看到洋洋身上穿的衣服已经明显破旧，董士红强拉着他来到商场。

【字幕（同期声）】现场

太贵了叔叔。（没事没事。）真的有点太贵了。（没事没事。）要不就拿两件吧，别拿三件了。（没事没事。）太贵的话，你挣钱不容易。（没事没事，我这不有钱呢。）

【配音】回到苏州后，联系我们多次的何女士执意从北京赶到了苏州。

【字幕（同期声）】何女士：哎呀大哥，可找着你了，你怎么老不让我来啊？

【配音】原来，何女士在北京靠拉三轮车为生。几个月前，偶然的机会董士红坐上了她拉的三轮车。得知何女士一个人抚养两个孩子，非常辛苦，其中一个孩子还在上大学。董士红马上取了5000元给她。之后又资助了7000元，帮助何女士的儿子交学费。

【字幕（同期声）】董士红：过去就让它过去吧，不提。（为什么不提呢？）不提，过去了。（是不是很苦？）

我现在过得挺幸福的，我说实话，因为什么呢，毕竟社会有那么多的人帮助我，我才能回馈一点社会，说实在，我不想讲过去的那些事情。

【配音】直到这时，董士红才向我们吐露心声。原来15年前，那时的他住在北京，经营着一家饭店、一家超市，拥有自己的住房，小日子一度很滋润。然而，原本幸福的家庭，却因为后来生意的失败而欠债累累，妻子也一去不回头。

【字幕（同期声）】董士红：爬得高，摔得响，还不如不辉煌呢，过来这边一无所有，开始捡破烂，当时我女儿来的时候是14周岁，儿子就11岁。

【配音】刚来苏州，常常吃了上顿就没下顿。董士红觉得最愧对的就是自己的女儿。

【字幕（同期声）】董士红：她成绩不算最好的，也是数一数二的，结果初中没毕业就辍学了，来帮我捡破烂了，像她那一帮的学生，考了好几个大学生，不如她的，都考上大学了。她现在……耽误了孩子的一辈子。

【配音】内疚一直藏在董士红的心里，他边捡垃圾，边想着法子和一些企业建立了联系，废品来源不断，种类也变得多了起来。他自豪地说，最多的时候，光卖废品他一年能赚个七八万元，但他全都不留，把这些钱基本上都捐了出去，主要都是用来帮助那些贫困大学生。

【字幕（同期声）】董士红：（你全捐了，那你自己怎么办呢？）我没有什么怎么办，我就简简单单地吃三顿饭不就行了。

【字幕（同期声）】何女士：这不好骑。（这车你骑过吗？）没有骑过，我没有骑过那么大的，我那是小的，就坐两人的。

【配音】这是董士红专门拉废品用的三轮车，远道而来的何女士决定帮恩人干点活、出点力，一起去厂里拉废品。

【导语（后）】跟踪报道两个多月时间，董士红，这名普通拾荒人的善良、淳朴、乐观的生活态度感染了我们每个人。更可贵的是，这份爱心还像火炬接力一样得以传递。是啊，正是无数普通人的善举，才汇集成最伟大的平凡。董大哥，为你点个赞！

苏州市广播电视总台2016年播出

第二十届苏州新闻奖一等奖

让诚信成为城市文明底色

主创人员　顾　艳　茅晓华　杨　捷　孙悦意　周枕戈

全国县级市信用排名指数出炉　常熟跻身全国前五

（系列报道之一）

主创人员　顾　艳　茅晓华

【导语】社会信用体系是市场经济体制和社会治理体制的重要组成部分，对增强社会成员诚信意识，营造良好信用环境，提升整体竞争力，推动经济社会健康发展，都具有重要意义。日前，由国家信息中心组织监测评审的全国362个县级市城市信用指数排名正式出炉，常熟位列第五位，也是全省唯一排名前五的县级市。

【配音】今天上午，记者来到市政务服务中心文广新局窗口时，市民张德宏正在申请办理娱乐场所经营单位变更法定代表人。按照相关规定，办理这一事项首先要核查申请人的信用状况。只见窗口工作人员迅速打开公共信用信息系统，很快就查询到了相关内容，并据此通过了审核。

【同期声】歌厅负责人张德宏：对我们企业来说，方便很多，也节省了不少时间，一个窗口都可以搞定了，简单了很多。

【配音】信用信息系统是实现信用归集、共享和应用的基础设施。2013年，我市在全省同类城市中率先启动公共信用信息平台研究和建设，通过借力“智慧常熟”，借助数据交换中心及五大库项目，建立了常熟市公共信用信息系统。目前，这一系统已对接公安、市场监管、环保等61个部门，归集入库288项公共信用信息数据，1193万条数据量。如今，常熟企业、个人在“诚信常熟”网上实名认证后，就可以查询自身信用状况。

不仅如此，公共信用信息平台还融合了信用信息的发布、查询、共享、分析、核查以及反馈功能于一体，面向政府部门提供在行政过程中查询行政相对人的信用状况并出具信用报告。同时，我市还把公共信用信息系统纳入智慧城市建设和运行管理联动机制，实现信息共享。在市民卡中心，记者看到，在常熟智慧城市自助服务终端上，市民通过刷市民卡就能很快查询到自己的信用情况。

【同期声】市民卡中心工作人员顾铭娇：这边会查询到自己有无失信记录，如果没有的话这边是显示“无”，如果有像失信的话主要是针对的各部门那种行政处罚的人，还有法院公布的老赖，像欠税、欠薪等的行政部门（公布）的黑名单，这边会显示有的。

【配音】一旦出现失信行为，市民不仅会被暂停借阅图书、租赁公共自行车等服务，同时，“诚信常熟”网上的“红黑榜”，也会重点曝光严重失信主体，引导全社会共同监督。截至目前，网站已累计接收“红黑名单”160批次，其中严重失信“黑名单”超过20万条，先进荣誉“红名单”1万多条。

【同期声】市经信委副主任叶斌：下一步，我市将积极按照国家和省级规划纲要的要求，进一步完善公共信用信息归集，不断拓展守信联合激励和失信联动惩戒范围，创新工作内容，全面推进政务诚信、商务诚信、社会诚信和司法公信建设，努力打造城市诚信新名片。

常熟市广播电视台2017年播出

“红黑榜”筑牢社会诚信体系基石

（系列报道之二）

主创人员　周枕戈

【导语】加强诚信建设是培育和践行社会主义核心价值观的重要内容。近年来，常熟积极引导建立公正公开的诚信“红黑榜”，健全守信激励和失信惩戒机制，对守信主体实行优先办理、简化程序、“绿色通道”等激励政策，对失信主体进行约束和惩戒。各地各部门结合实际积极建立并不断完善诚信“红黑榜”发布制度，结合实际出新招、出实招，营造了诚信为本的社会氛围。

【配音】近日，记者在琴湖路、沙家浜路交界处的建设工地上看到，我市民生工程琴和家园项目正在紧张施工中。该项目由苏州华亭建设工程有限公司承建，苏州华亭是国家一级总承包施工企业，近几年来承建了世联学院常熟分校、崇文实验小学、保障房项目等一批工程，获得各类省级以上质量安全奖项。公司负责人告诉记者，他们的监管部门——住建部门会对他们这样的施工企业实施信用等级评定制度，通过信用评定不断促进他们加强企业内部管理，也提高了诚信经营水平。

【同期声】苏州华亭建设工程有限公司总经理唐有根：每年年底要组织所有企业进行综合考评，按照考评分数分A、B、C、D四个等级，列入A等级给予一定的政策扶持，列入低等级进行业务限制。比如我们苏州华亭建设工程有限公司每年都列入苏州A等级，享受有关的评优评先政策的支持，同时，农民工工资保证金也进行了减免，这些都是对我们企业切实的好处。

【配音】根据这些企业信用等级评定结果，住建部门会进一步梳理出社会法人和自然人的守信、失信名单，并公布在“诚信常熟”网上，分别进入“红黑榜名单”。

【同期声】市住建局局长蒋向阳：特别是近年来，我们紧密结合工作职能，通过了科学的考评、信用评级、结果运用和信息化管理各方面手段，全面推进了我们住建系统诚信体系的建设，实现“建筑、房产、物业、绿化、市政公用、燃气”等六大行业的全覆盖。下一步，我们还将加大对失信行为的曝光力度，及时把失信者的信息通过网络、电视、电台各种媒体对外公布，强化部门联动，实施联合惩戒，切实提高失信惩戒措施的效力和震慑力。

【配音】近些年，常熟逐步建立完善守信激励和失信惩戒机制，实施信用“红黑名单”公示制度，把恪守诚信者列入“红名单”，把严重失信者列入“黑名单”，向社会公示，推动形成了良好的社会诚信氛围。我市制定实施《常熟市诚信“红黑名单”制度（试行）》以来，累计公示红名单1万多条，黑名单20多万条。

【同期声】市经信委副主任叶斌：以榜单的形式来公布社会诚信现状，更加直观形象，起到的促动效应也更加明显，“红黑榜”涉及范围广，惩戒力度大，可以让更多的人感受到失信的严重性。我们建立“红黑榜”，就要及时发挥其效应，营造“守信光荣、失信可耻”的诚信氛围，逐渐推进诚信体系制度化、常态化，为社会秩序和市场经济的正常运行提供保证，真正做到让守信者一路畅通，让失信者寸步难行。

常熟市广播电视台2017年播出

诚信受益　失信惩戒　常熟双向发力打造诚信社会

（系列报道之三）

主创人员　杨　捷

【导语】社会信用体系是市场经济体制和社会治理体制的重要组成部分。近年来，常熟通过双向发力，努力在全社会营造“诚信受益、失信惩戒”的浓厚氛围，积极建立诚信社会，助推全市经济社会发展。

【配音】近日，记者在市地税局的业务大厅看到，市民郭鲲正在办理诚信纳税信用贷的相关手续。他告诉记者，自己正打算买辆车，从4S店了解到，我市有一项针对自然人纳税人的信用贷款业务，就决定来试试。拿着银行查询到的良好的纳税记录，买车的钱很快就有了着落。

【同期声】市民郭鲲：非常方便快捷。因为依法纳税是每个公民应尽的义务，而且我平时都是正常地向国家纳税，我就很顺利地拿到了这笔贷款。

【配音】郭鲲所说的贷款就是今年常熟地税局联合中信银行和宁波银行，推出的针对自然人纳税人的诚信纳税信用贷，帮助具有良好纳税记录的自然人纳税人在消费方面减轻资金压力。而早在去年，常熟地税局就联合建设银行探索推出为中小企业提供贷款服务的“税易贷”，当企业的纳税信用等级保持两年以上A级，就能无担保、无抵押贷到比一般贷款利率更低的款项。

【同期声】常熟地税一分局宣传咨询股副股长姚明龙：我们通过诚信纳税信用贷，主要是弘扬一种“诚信纳税、激励守信”的氛围。接下来，我们常熟地税局对企业类纳税人和自然纳税人会进一步出台激励措施，在全社会营造诚信纳税、守信光荣的氛围，为常熟打造诚信社会贡献自己的力量。

【配音】诚信受益，反之失信就要受惩戒。今年4月，常熟市人民法院、常熟市社会信用体系建设领导小组办公室联合下发了《常熟市失信被执行人联合惩戒办法（试行）》，从任职资格、优惠政策享受、政府采购、高端消费等方面对“老赖”进行全面限制。这也是我市首次出台的针对失信被执行人实施联合惩戒的规范性文件。去年6月，常熟法院还与网易新闻联合开展全国首例“网络直播抓‘老赖’行动”，4个小时吸引300多万网民围观，参与互动人次26万，探索了一条惩治“老赖”的新路径。为加大对“老赖”的威慑力，2016年至今常熟法院共拘留332人次，限制出境93人，追究“拒执罪”7人。2016年至今共将10718名“老赖”同步纳入最高院失信人员名单和常熟征信平台，通过官方微博、微信等发布451名“老赖”高清照片和名单，并同步在户外大屏、公交车、出租车电子屏上滚动播放，形成打击“老赖”的高压态势。

【同期声】常熟市人民法院执行局综合科副科长王宇：我们在原有的基础上要进一步加强宣传力度，知道失信带来的影响是非常大的，知道这个惩戒是非常严厉的，涉及生活的方方面面。比如说失信“老赖”的子女入学积分，包括其他的一些社会福利，都会受到影响。我们还将进一步加强与各部门的联动，进一步压缩“老赖”的生存空间，争取努力做到人人守信。

常熟市广播电视台2017年播出

第二十一届苏州新闻奖一等奖

为了太湖美

主创人员　沈　玲　李修利　沈亦洋　李文瑾　张泽宇

"一只蟹"富了渔民　也"富"了太湖

【导语】眼下太湖网围养殖设施移交工作进入尾声。这也意味着，中国第三大淡水湖自此将告别30多年的网围养殖史。从发布通告到完成评估，从启动签约到移交设施，太湖拆围的过程中遇到了哪些困难呢？

【字幕】2018年12月13日，吴中区网围养殖设施移交现场。

【字幕（同期声）】蟹农钟三男：今天签了字，就完了。渔民（未来）怎么生存就不知道了。

【配音】将最后几条船移交给无害化拆解公司，钟三男24年的太湖网围养殖经历到此结束。52岁的他，依依不舍地上岸了。

【字幕（同期声）】太湖渔政三大队副队长余家庆：（竹）桩全部放倒，然后就粉碎，送造纸厂去。

【字幕（同期声）】苏州市吴中区横泾太湖拆围负责人周明：确保无害化处理，像我们的混凝土（水泥船）全部要进望亭无害化处理中心的。

【配音】2019年6月底前，东太湖4.5万亩网围养殖区将全部拆除。

【字幕（同期声）】江苏省太湖渔业管理委员会办公室主任王小林：这样就标志着太湖30多年的养殖历史，告一个段落。

【配音】太湖是我国第三大淡水湖，湖面2338平方公里，苏州占据其中的2/3。为了增加水产品供应量，20世纪70年代末80年代初，太湖开始推广网围养殖，后来发展成以养中华绒螯蟹为主。

【字幕（同期声）】研究员、中国科学院南京地理与湖泊研究所党委书记谷孝鸿：太湖或者东太湖的网围养殖，应该正式规模（养殖）从1979年开始。

【配音】为了鼓励太湖渔民养蟹，当时政府还发放贴息贷款，并着力打造太湖大闸蟹的品牌。太湖大闸蟹目前已成为知名品牌，年均产量2700吨，产值5亿元左右。

【字幕（同期声）】江苏省太湖渔业管理委员会办公室调研员、新闻发言人吴林坤：（大闸蟹）是太湖渔业的一项支柱产业，也是（一项）富民工程。

【字幕】苏州市吴中区东山镇，光荣村。

【配音】市场需求越来越多，蟹农们的钱袋子也越来越鼓。2004年，钟三男耗资160万元造起了这座四层高的独栋别墅。而存下这160万元，钟三男只用了两年时间。

【字幕（同期声）】蟹农钟三男：有钱嘛，到岸上去啊。居民的日子也要享受一下的。

【配音】渔民养蟹赚到了钱，便纷纷上岸造起了别墅。光荣村就是渔民上岸集中居住的一个村，即便是如今，这里的“别墅群”依然显得十分高调。

【配音】网围养殖富了蟹农，也让太湖富营养化。网围养殖原本属于氮、磷负增长的一种环境友好型养殖模式，可为了提高产量，网围养殖在20世纪80年代末渐渐地发展为投放饲料的精养。

【字幕（同期声）】研究员、中国科学院南京地理与湖泊研究所党委书记谷孝鸿：冰鲜鱼（投）下去或者投饲料下去以后，其实它真正的利用率可能也就是30%至40%，没有被河蟹或鱼所利用的饵料大量沉积在底泥（中）。

【配音】研究结果表明：在不投饵的情况下，每生产1公斤螃蟹要从湖中吸取氮102.73克，磷12.48克。而在投饵的情况下，每生产1公斤螃蟹向湖中净输入氮171克，磷38.8克。经过对比，养殖区的总氮要比网外高近2.3倍。随着蟹农们不断扩大养殖面积，整个东太湖几乎都被网围所覆盖。

【字幕（同期声）】研究员、中国科学院南京地理与湖泊研究所党委书记谷孝鸿：到了2003年，整个东太湖几乎被网围覆盖了，超大规模地养殖、大量地投饵，对于整个东太湖水域的污染，养殖是罪魁祸首。

【配音】生物所需的氮、磷等营养物质大量进入水体，引起藻类等生物迅速繁殖，被称为水体富营养化。2007年，东太湖水体中总氮、总磷，相比1998年分别上升了160%和38%。

【配音】这一年，太湖整体进入中度富营养化水平，81%的湖面都是劣V类水。太湖蓝藻事件导致上百万无锡市民饮水困难。

【配音】为了追求更高的经济效益，蟹农投放蟹苗的量至少翻了两三倍，相应的饵料投放量也在增加。一个15亩的网箱至少投放5000公斤玉米，冰鲜鱼1万公斤。

按50%的利用率计算，3005个网箱，每年大概要在湖底沉积玉米750万公斤，冰鲜鱼1500万公斤。2017年，东太湖富营养化水平由轻度转为中度。

【字幕（同期声）】中国科学院特聘研究员、江苏省人大常委会委员胡维平：（跟）农田里面追求高产量（一样）高强度地施肥，实际上它也会对整个环境造成重要的影响。

【配音】太湖发展网围养殖，付出的代价是惨痛的，它对太湖生态的损害有些已无法逆转。

【字幕（同期声）】研究员、中国科学院南京地理与湖泊研究所党委书记谷孝鸿：（网围养殖）取得的经济效益可能某种程度上还不足以去维持（修复）整个生态保护的投入。

"一只蟹"影响千万人喝水

【导语】2017年，东太湖富营养化水平由轻度转为中度。可以说，"一只蟹"甚至威胁到了苏州、上海等地的饮用水水源地。是继续享受大闸蟹的美味，还是保障上千万人的喝水安全呢？继续来关注太湖拆围。

【字幕】庙港饮用水水源地——苏州市吴江区东太湖。

【配音】太湖养育了流域内6000万人口。江苏的苏锡常，浙江杭嘉湖地区以及上海，都直接或间接从太湖取水。吴江区近130万人的饮用水，主要来自位于东太湖的两个饮用水水源地，庙港水源地距养殖区只有1公里左右。

【字幕（同期声）】研究员、中国科学院南京地理与湖泊研究所党委书记谷孝鸿：沿（太湖）湖岸大大小小的水源地可能有一二十个，所有的功能都要让位于饮用水源地功能。

【配音】目前，国内多数湖泊都设立了各类不同级别的保护区，保护区中存在网围养殖违反了相关的管理条例。处在长江下游的太湖，也要回归其生态功能的定位。

【字幕】2018年4月13日，太湖拆围新闻发布会。

【配音】2018年，太湖苏州市行政区内的围网全部拆除，收回养殖使用权。

【字幕（同期声）】中国科学院特聘研究员、江苏省人大常委会委员胡维平：太湖水面它属于全民所有，不能变成一小部分人谋取利润的一个场所。

【字幕（同期声）】蟹农钟三男：我们养老方面一块，政府能贴一部分给我们。

【字幕（同期声）】江苏省太湖渔业管理委员会办公室主任王小林：在太湖里面

养殖的蟹农大部分是渔民，第一，他们还持有捕捞证；第二，从政府的角度来考虑，对他们进行就业培训；第三，社保问题，纳入当地政府的社保范畴。

【配音】补偿标准是在经过调研近年太湖养殖收益，参考周边地区补偿标准、依法依规的基础上制定出来的。

【字幕（同期声）】（扔进去干吗？）喂螃蟹，给螃蟹吃。

【配音】水草是螃蟹的食物，也为它脱壳提供隐蔽空间。由于养殖密度过高，网围内的水草已满足不了螃蟹的需求，蟹农只好到外面收割水草。

【配音】历史上，太湖东南部一直是水草茂盛、水质清澈的草型生态系统。如今只有在湖岸边才能看见成片的水草。数据显示，2017年5月，85%以上的太湖水域已经没有大型水生植被的覆盖，水草面积只有2001年的1/7。水位上涨、水质变差以及不科学地收割是东太湖水生植被退化的主要原因。

【字幕（同期声）】副研究员、中国科学院南京地理与湖泊研究所太湖湖泊生态系统研究站副站长杨宏伟：不科学地收割（水草）也会对水草大面积的消失，产生了很多的影响。

【字幕（同期声）】蟹农钟三男：现在你看烂得只有这么长，以前这个水草要这么长。（是什么原因烂的？）（第一个原因是）高温，第二个（原因是）水质不好。

【配音】水生植物具有稳定基底、提供各类动物栖息场所、抑制藻类生长和改善水质等重要功能。东太湖水生植被退化，导致其“净化器”的功能大大降低，下游用水安全受到严重影响。

【字幕】2018年7月25日，太湖拆违评估现场。

【配音】一大早，评估公司的李光就来到养殖户的看护棚上，对养殖设施进行评估。

【配音】看到拆除围网是大势所趋，加上补偿标准也比较合理，不少蟹农的心理也慢慢地发生了变化。

【配音】整整一个夏天，由省太湖渔管办、乡镇政府、评估公司等人员组成的10个评估组，一直在太湖里忙碌。8月20日，评估工作按时完成。

“金山银山”难换绿水青山

【导语】太湖拆围耗资近20亿元，用“金山银山”能够“赎回”绿水青山吗？历经多年的经营，太湖大闸蟹形成了良好的品牌和完整的产业链，拆围后太湖大闸蟹的品牌会不会倒？蟹农的出路又在哪里呢？

【字幕】2018年9月7日，太湖拆围东山工作点。

【配音】在签约环节，对于评估折旧不满意的蟹农，几乎每天都有。

【字幕（同期声）】蟹农朱根福：你三级的船怎么要（赔）700多（元），我这个二级船怎么只有500多（元）？

【配音】朱根福是众多有疑问的人之一。他觉得，自己的一条船评估价太低了。

【配音】蟹农斤斤计较的背后，是对未来生计的担忧。

【字幕（同期声）】蟹农钟三男：最好政府出台个（政策），搞个什么池塘养殖，让我们自己搞。

【配音】太湖拆围仅补偿蟹农一项就需要20亿元。此外，还要面临蟹农安置、养殖设施无害化处理等诸多矛盾。用“金山银山”能“赎回”绿水青山吗？

【字幕（同期声）】副研究员、中国科学院南京地理与湖泊研究所太湖湖泊生态系统研究站副站长杨宏伟：任何一个湖要它变坏可能用十年，你要把它变好，你可能要用几十年的时间。

【配音】专家建议，春季应该适当降低太湖水位，以保证水草嫩芽的发育和生长。拆围后蟹农不再打捞水草，有助于东太湖水生植被的恢复。

【字幕（同期声）】中国科学院特聘研究员、江苏省人大常委会委员胡维平：从水文角度来说，东太湖处于下游地区，所以它（直接）影响的只是它下游的地区。

【配音】过去十年，太湖治理取得了一些成效。但是2017年太湖依然整体处在中度富营养化水平，水质好坏的决定性因素仍然是总氮。在对北部太湖的观测中，水体中氮的来源，生活污水比重超过一半。

【字幕（同期声）】中国科学院特聘研究员、江苏省人大常委会委员胡维平：（生活污水）处理过的尾水，实际上它的氮和磷的含量比我们河道的（水）、比我们太湖的（水）要高个三四倍，它入了太湖以后实际上也是一个重大的污染源。

【配音】对美味的追求，催生了庞大的大闸蟹市场，进而对母亲湖造成了严重的生态损伤。太湖拆围后，每个人都践行节水、爱水的绿色生活方式，对母亲湖进一步“减富”是至关重要的。

【字幕】2018年9月19日，太湖拆围东山工作点。

【字幕（同期声）】签字啊？签字往里面走，按个手印。按这里啊？对。

【配音】评估补偿公示一结束，钟三男就和家人一起来签约了。五张网围养殖证，钟三男一家可以拿到近260万元的补偿金。

【字幕（同期声）】评估公司沈磊：简易结构打完折（每平方米）只有200多块钱，你这个（木结构三级）肯定不止200多块钱，（简易结构）打完折是228（元）。

如果给你算简易结构的话，你肯定是接受不了的。

【配音】通过耐心细致的解释，绝大部分蟹农都接受了评估折旧并完成签约。9月30日，3005本网围养殖权证只有一本因蟹农与他人存在纠纷，而没有按时收回，其余3004本全部收回。

【字幕（同期声）】江苏省太湖渔业管理办公室调研员、新闻发言人吴林坤：（蟹农）从不理解到理解，从理解到支持。

【配音】太湖美，不仅美在太湖水，还美在太湖里的虾兵蟹将，鱼翔浅底。拆围后市民还能吃到太湖大闸蟹吗？

【字幕（同期声）】江苏省太湖渔业管理办公室调研员、新闻发言人吴林坤：也是在生态允许的前提下，我们适当地放流太湖大闸蟹（蟹苗），这是保护品牌的需要，也是产业发展的需要。

【字幕】苏州市吴江区七都镇，浦江源太湖蟹生态养殖示范区。

【配音】三年前，吴江区在七都镇规划建设了1.5万亩的生态大闸蟹养殖基地，已经全部被蟹农承包。

【字幕（同期声）】研究员、中国科学院南京地理与湖泊研究所党委书记谷孝鸿：太湖流域的池塘养殖水平也非常高，而且水环境也保持得良好，它的品质也不一定比东太湖这种高密度集约化养殖的品质要差。

【字幕（同期声）】苏州市吴江区七都镇农业服务中心副主任张敏：就是垂直流人工湿地，对养殖尾水表面流湿地处理以后，我们就基本上能够达到一级（排放）标准。

【配音】苏州市计划用3年时间，推广改造带有尾水净化功能的标准化池塘。蟹农可以承包标准化池塘，继续养殖太湖大闸蟹。

【字幕（同期声）】蟹农钟三男：规划好了一种生态养蟹，我们渔民就指望这一点。

【字幕（同期声）】研究员、中国科学院南京地理与湖泊研究所物理湖泊与水文研究室主任张运林：网围养殖跟其他方式相比，是比较低的（养殖方式）。为什么不能把这个（太湖）还原到一种自然状态，这样能够获得更多的生态价值。

【字幕】截至2018年12月30日，太湖网围养殖设施移交率达100%。2019年6月，拆围工作将全部完成。中国第三大淡水湖结束了30多年的网围养殖史。

苏州市广播电视总台2018年播出

第二十三届苏州新闻奖一等奖

用青春描绘心中的“理想村”

主创人员　姚启文　李雅文　薛春鹏　宋新波　徐　卉　杜　江

汪涛：乡村逐梦新青年

【导语】乡村振兴，关键在人。在昆山，越来越多的年轻人选择回归农村。他们有着新的身份、新的职业、新的理念，在希望的田野上谱写青春之歌。《昆视新闻》推出《用青春描绘心中的“理想村”》系列报道，讲述年轻人实现自身理想和社会价值的奋斗故事，展现昆山乡村振兴路上的青春力量。今天，我们走进锦溪镇计家墩村，认识一位从城市回归农村的新青年。

【字幕】拉坯、泥条盘筑、釉下彩绘

【正文】我是两个孩子的妈妈，以前是媒体人，在上市公司工作过几年。那时候，忙得没有时间去看身边的风景，也没有精力细想，未来要过什么样的日子。2016年，锦溪计家墩的“理想村”乡村振兴实践模式，吸引了一群年轻人回到乡村。陶庐是我自己亲手打造的梦想家园。

【同期声】陶庐慢活艺术空间创始人汪涛：因为锦溪是中国烧金砖的故乡，锦溪这边也非常擅长烧制瓦，还有砖。我们特意保留了这一面墙，也敲掉了一部分墙，然后在敲掉的这部分里面嵌入一些我们从别的地方搜集来的老瓷片、老窑遗址的东西，以表达我这个制陶的手艺人用外来的一个文化，对当地文化的一个致敬，也表达了我们这个新建筑对老建筑的一个致敬。

【正文】在陶庐，有孩子们喜欢的陶艺制作体验，有陶艺发烧友课程，有足够大的后院。楼上有9间以陶瓷命名的主题客房，一到周末或节假日，这里和周边的民宿都会满房。

【同期声】游客：后面的应该是稻田，金灿灿的，很美。有好几个民宿就嵌在这个稻田里，就像到了另外一个世界。

【正文】陶庐开业以来，我和团队开启了“锦溪窑火复兴计划”。

【同期声】陶庐慢活艺术空间创始人汪涛：为什么说锦溪窑火呢？是因为这个里面的泥土我们特意调配了锦溪当地的，测试了将近一年才测试成功了这个泥土。这个“墩墩鹅”也是我们锦溪计家墩村的一个IP形象。

【正文】我们推出了一系列主题手作展览，也在打造系统化的陶艺课程，希望可以服务更多学校和培训机构。在计家墩，像我这样的“新村民”还有很多。我们职业不同，背景不同，但都有着对乡村的热爱，已经成为最亲密的邻里伙伴，在实践梦想和追求的同时，给乡村注入新的活力和生命力。

【同期声】陶庐陶艺老师朱雯：同事之间的关系也很好，然后老板也像姐姐一样。平时下班之后也可以去做一些自己设计的东西。

水牛书店主理人陈敏秋：我会觉得在乡村更容易生活，更容易回归到生活本身。年轻人的创业有可能在城市，但是乡村是一个无比广阔的空间。

【正文】如今，计家墩已集聚了20多家民宿品牌和体验项目，在这里，人们放慢生活步伐，体验沉浸式的乡愁，每一个平凡的日子都闪闪发光。

殷勤：梦想如花般绚丽绽放

【导语】晚秋时节，昆山东榆农业科技有限公司的花房里依然姹紫嫣红，花香四溢，各个品种的蝴蝶兰婀娜多姿，争奇斗艳。花的主人殷勤正在忙碌，儿时的梦想如同这花儿般，和着芬芳，入了泥土，在家乡生了根。

【正文】我从小热爱自然，喜欢花卉。本科学的是旅游管理专业，但最终还是选择了花卉行业。2012年，我成立了昆卉生态园林工程有限公司，一门心思搞起了花卉种植。

【同期声】殷勤：如何克服了种种困难，一路发展壮大？

【正文】边经营边摸索，我积累了一定花卉种植经验，并先后获评“苏州市十佳新型职业农民”“昆山市乡土人才”等，有了这些荣誉，让我更坚定了发展花卉这项“美丽事业”。党的十九大提出实施乡村振兴战略，为了扩大生产规模，进一步带动乡村振兴效应，我和丈夫商量，于去年投资300多万元收购了这个37亩地的蝴蝶兰基地。

【现场】殷勤：今年，我们这边种植了20万株的蝴蝶兰。目前我们20万株苗已经全部进入催花阶段，就等过年前集中上市。70%~80%的花已经被预订掉，所以今年我们对这个市场还是非常有信心的。

【正文】陈师傅是基地的技术骨干，拥有30多年的蝴蝶兰种植经验，正是有了他的技术支撑，我们才果断加大投入。我们先后投入了500多万元进行标准大棚的改造和建设，增添了物联网设备，通过传感器检测光照度、温度、湿度等，实现了风机、空调、内循环自动控制，保证大棚内的花卉茁壮成长。

【现场】这个600平方米的催花房是今年5月份刚刚建成的。大家印象中蝴蝶兰是过年时候才有的花，我们有了这么一个催花房之后，就跳开了年宵花的局限，一年四季都有鲜花开放。

技术总监：年轻有为，很有干劲，很有冲劲，所以我来帮她。所有的技术我都帮她指导。

【正文】“老把式”的经验与现代化技术相结合，再加上我们的一股冲劲，半年不到，东榆的蝴蝶兰就打开了周边市场，今年基地共种植了80余种蝴蝶兰品种，年销售预计达到800万元。投身“美丽事业”让我找到了人生发展的目标，走上了勤劳致富的康庄道路，公司里上班的基本都是周边的农户，我们组建了由当地劳动力组成的专业生产、销售和施工养护队伍，带领大家一起奔小康。

【同期声】养护队伍领班曹惠娟：做这个活好像老有所乐，还有一点额外的收入，叫我做领班，带带班，一个月也有4000多块钱。对我们来说，再加退休金，生活比较充实，比较宽裕一点。

【正文】目前，我们基地正在创建江苏农村科技服务超市，江苏省、苏州市的专家来基地进行现场验收。验收完成之后，省级专家会点对点来进行指导，帮助解决生产、销售等问题，进一步提高我们蝴蝶兰的品质。

【同期声】江苏省生产力促进中心农村科技服务中心主任助理高逸慧：通过科技服务超市这么一个平台，把企业的形象提升。另外把企业的产品变成一个高品质的产品，市民才有更好的产品获得，这样是一个很完整的链条。

【正文】在昆山发展的这些年，我见证了花卉产业从无到有，逐渐发展壮大，成为我市农业产业结构调整和促进农民增收的亮点。希望通过自己的努力，让更多的产业人才回到昆山，在家乡实现自己的美丽梦想。

朱秀妹：阳澄湖畔“美农人”

【导语】土生土长的水乡姑娘朱秀妹扎根在阳澄湖畔的悦丰岛有机农场已有十余年，她用自己的青春陪伴着每一粒稻谷的春耕、夏长、秋收和冬藏；带领着乡间农人和远道而来的大学生，用知识与汗水，拉近城与乡的距离，让我们一起走进这片土地。

【正文】14年前，这里是一片荒地。它位于两块水源保护地——傀儡湖和阳澄湖之间，有着几千年的稻作文化。我想守护这片土地，让更多人感受到万物蓬勃生长的力量。

【现场】悦丰岛有机农场总经理朱秀妹：让我们来看看，看看它饱不饱满，长得胖不胖？

【正文】现在是收获的季节，不少学校会组织学生和家长到我们有机农场，亲眼看看从一粒稻谷到一碗米饭的历程。

【现场】悦丰岛有机农场总经理朱秀妹：我们的大米饭到底是怎么来的？（这个谷里面剥开这个壳就是一个米粒。我吃掉了，没什么味道。）没什么味道是吧？但仔细嚼一嚼，是不是有一点点淡淡的甜味。

【正文】我们的农场取名悦丰岛，寓意丰收的喜悦。2013年，昆山城投集团和中国人民大学可持续发展高等研究院，共同构建了一个集有机农业生产、青年耕读学习和科学研究于一体的学习与实践平台——“青澄计划”，青澄米由此诞生。2015年，悦丰岛有机农场、青澄计划和绰墩山村三方合作，在绰墩山村开始种植有机大米。2018年12月，悦丰岛正式取得有机大米的认证，成为昆山第一家获此认证的企业，与常规种植相比，有机种植的亩均收入增加约1000元。

【正文】在我看来，悦丰岛不是一个传统意义上的农场，“青澄米”也不仅仅是一碗米饭。我们和巴城镇信义小学合作，将“有机农场”搬进校园，打造“信义小学农耕教育基地”。

【同期声】昆山市信义小学学生颜笑逐：学到了书本以外的知识，也见证了一颗种子到一盘菜的过程，也是比较有成就感的。

【正文】我们积极开发二十四节气、自然观察体验等系列课程，一年举办活动100多场，接待约12000人次。2019年，悦丰岛有机农场被评为“苏州农耕科普教育基地”。

【现场】学生家长严先生：看到了植物、动物，小朋友们在城市生活中很少会看到。

学生陶陶：我见到蜜蜂一直都很害怕，结果这边这么多蜜蜂，我一下子就进来了，不害怕了。

【正文】悦丰岛有机农场还为200多名有着农业梦想的年轻人提供了农业实践的平台，让乡村的“种子”在他们心中扎下根来。

【同期声】悦丰岛有机农场活动策划部专员杨淇栋：一、二、三产融合，我觉得在这个方面悦丰岛可以越做越好，让我们觉得更有的放矢，让我们大胆地创新，让我们能够了解客户、了解游客真正的需求点，能把农场经营得更舒心。

【正文】我想把悦丰岛有机农场打造成一个真正的自然学校，从这里出发，把关乎土地、关乎农业的“种子”撒播向四方，让更多人感受乡村、关心土地。

昆山融媒体中心2020年播出

第二十三届苏州新闻奖一等奖

精准帮扶“四个一” 携手共圆小康梦

主创人员 王嘉楠 浦 江 余继峰 陈 型 闵 京

一片“叶子” 铺就产业富民路

【导语】11月23日，贵州省人民政府公告宣布：沿河土家族自治县退出贫困县序列。自2017年3月，张家港市与沿河土家族自治县正式建立东西部扶贫协作关系以来，两地不断深化帮扶合作内涵，共同描绘了一幅“决战脱贫攻坚、决胜全面小康”的壮丽画卷。今天起，《张家港新闻》栏目推出系列报道《精准帮扶“四个一”携手共圆小康梦》，聚焦一片“叶子”打造沿河“洲州茶”品牌、一把“手术刀”帮设医院胸外科、一条“生产线”帮建沿河“产业军校”、一间“玻璃屋”搭起新时代文明驿站等扶贫工作经验。今天，首先让我们跟随记者前往沿河，寻找帮助百姓脱贫致富的那一片“叶子”。

【解说】眼下正值冬季茶园管护的关键时期，在沿河土家族自治县晓景乡暗塘村的茶园里，茶农冯碧珍和大伙儿正在茶树间除草，为来年春茶丰收奠定基础。冯碧珍丈夫因病早逝，一个人拉扯3个孩子，生活十分艰难，他们家曾是建档立卡贫困户。自从在茶园里负责起除草、施肥、采茶等工作后，冯碧珍就有了稳定收入。

【同期声】茶农冯碧珍：我一个月两三千块钱，下班了回去还早，还可以回去喂两头猪，种点玉米、稻谷。你在外面打工，肯定都没有这种好处，不能照顾孩子。

【解说】如今，冯碧珍不仅还清了家里的债务，还将3个孩子送进了大学。家门口常见的茶树变成了“摇钱树”，这在三年前，冯碧珍想也不敢想。沿河种茶、制茶历史悠久，但过去受交通、资金、工艺等因素制约，茶叶走不出大山，也卖不出高价。2018年1月，张家港市组织企业和茶学专家，对沿河茶产业进行深入调研，提出利用东西部扶贫协作平台，将全县茶叶资源进行整合，沿河茶的命运就此迎来转机。同年8月，贵州沿河洲州茶业有限责任公司成立，沿河首批茶叶地域公共品牌

"洲州茶""洲州红""洲州绿"注册成功,同时安排东西部协作资金300万元新建了一座茶厂。

【同期声】沿河土家族自治县县委副书记宋选文:一个是代表张家港,过去(叫)沙洲。另外一个州就是代表沿河县,过去叫思州,取两地古代之名、过去的名字。

贵州沿河洲州茶业有限责任公司副总经理席芬芳:农户手中的茶园,他没有生产能力,没有加工能力,也没有销售渠道。他的茶园只是茶园,还没有成产品。我们公司覆盖全县茶农的基地,我们来负责生产、加工、销售,让茶农能够在种植中产生收益。

【解说】张沿两地还签订了"梵净山·洲州茶"品牌销售合作框架协议,积极为"洲州茶"搭建展销推介平台。在"洲州茶"的引领下,沿河各茶叶合作社、茶企统一旗号、统一标准,抱团出山,进军苏州、南京、上海等全国30多个大中城市。

【同期声】沿河土家族自治县县委副书记宋选文:张家港市派出专业技术人员来到沿河县,把张家港市、苏州市的工艺留在了沿河。我们现在能够生产出符合江浙、长三角一带的人口味的茶叶,同时也打开了长三角的市场,通过技术上的帮扶和消费扶贫把市场打开,带动了全县茶产业的发展。现在全县的茶产业接近20万亩,一片"叶子"带动了一方百姓致富。

【解说】今年,"洲州茶"销售额突破2000万元,带动沿河全县183个行政村、4.5万人实现增收。一片小小的茶叶撑起了农民增收、农村富裕、脱贫攻坚的一方天地。其实,"一片叶子"的故事,只是张家港帮助沿河发展产业的一个缩影。对口帮扶工作开展以来,张家港市累计安排张家港市级以上财政对口帮扶资金2.4亿元用于沿河产业发展,实施各类产业项目173个,涵盖沿河生态茶、生态果蔬、生态畜牧业、生态中药材、食用菌等产业,覆盖建档立卡贫困人口5.8万人。帮扶资金"输血"、产业项目"造血","洲州茶""幸福李"、珍珠花生等一批沿河特色产品走出了大山,变成了老百姓的"致富果"。

【同期声】张家港市政协副主席、沿河土家族自治县县委常委、副县长陈世海:以进一步增强沿河"造血"能力为着力点,从根本上转变产业发展的短期化倾向,我们要更加注重全产业链建设,实现生产、加工、运储、营销等各个环节的相互连接、衔接配套,着力构建可持续的产业发展长效机制。两地进一步做好高峰有机农业产业园区和官舟食用菌产业园区合作共建,打造园区共建典范。

一把“手术刀”刻画民生幸福景

【导语】助力沿河脱贫攻坚，张家港市既舍得财政资金“输血”，又注重产业项目“造血”，并结合当地所需，强化人才支援，加快补齐民生短板。系列报道《精准帮扶“四个一” 携手共圆小康梦》，今天让我们一起来关注一把“手术刀”，给沿河百姓生活带来的变化。

【现场】查房。

【解说】上午8点，沿河土家族自治县人民医院普外科帮扶专家王君正带领医生查房，一边了解患者病情，一边进行业务指导。王君来自张家港市第一人民医院，是该院胸外科医疗组组长，今年7月来到沿河挂职后，实施了当地第一台胸腔镜手术。

【同期声】张家港市第一人民医院胸外科医疗组组长、沿河土家族自治县人民医院普外科帮扶专家王君：我记得（患者）是79岁了，他以前有直肠癌病史，但是肺上也有转移的病灶。跟家属沟通了以后，做了一台胸腔镜下结肠癌肺转移的手术，术后效果也很好，病人恢复也很快。

【解说】在此之前，沿河医生无法开展胸外科手术，病人需前往遵义、贵阳等地就诊，这让王君感到重任在肩。用“一把手术刀”解除沿河百姓病痛的同时，他也将丰富的临床医学经验手把手示范、传授给当地医生。

【同期声】张家港市第一人民医院胸外科医疗组组长、沿河土家族自治县人民医院普外科帮扶专家王君：以前胸外科就是零基础，现在相当于要起步培养了。我把我们的制度也带过来了，组成一个（胸外科）医疗小组，然后每个月给他们讲课，把一些胸部疾病的常规治疗、最新的诊疗规范、并发症的处理，这些东西都给他们讲一讲。

【解说】在一次次传帮带中，王君的胸外科医疗小组快速成长。2017年以来，以张家港市第一人民医院为牵头单位，张家港市对沿河土家族自治县人民医院开展“组团式”帮扶，各个专业的医疗骨干走进沿河，带来了永久性心脏起搏器置入、无痛肠镜、冠状动脉支架植入等技术，填补了当地多项医疗技术空白。

【同期声】沿河土家族自治县人民医院门诊部内镜中心主治医师杨涛：以前我们有了肠镜（设备），我们还不会做。得到了张家港刘健老师的大力支持，在他的带领下手把手教我们。现在通过他的教导，我们自己能做肠镜（检查）了，还包括一些内镜下的息肉切除，我们也在做。检查近千例，治疗有五六十例了，都没有发生不良反应。

沿河土家族自治县人民医院院长张栩：我们医院2020年1到6月份，跟去年同期相比，我们减少外出住院的病人近300例，门诊病人的增长率达到40%，重症病人数量同样是两位数的增长。危重新生儿、危重孕产妇两大（救治）中心，还有中国胸痛中心，就是在张家港帮助下（创建）通过的，应该说极大地缩短了我们发展的时间，缓解我们地方病人看病难的问题。

【解说】对口帮扶工作开展以来，张沿两地在全国县域医疗卫生系统率先实现县级医院、镇级医院、公共卫生单位“三个全覆盖”结对帮扶，张家港市11家医疗卫生单位以“一对一”“一对多”“多对一”等形式结对帮扶沿河24家医疗卫生单位，带动提升当地医疗服务水平。类似的结对帮扶模式，也在教育领域发生。张家港市62所中小学幼儿园与沿河88所中小学幼儿园结对帮扶。

【同期声】沿河中等职业学校校长何高：从师资、从先进的教育管理理念，都对我们学校有很大的帮助。从2019年到今年，我们总共有100名学生进入了组团帮扶的“千人培养计划”中，我们采取的是“2+1”人才培养模式，我们的学校直接与张家港中等专业学校进行对接，学生今后的出路有了保障，升学有了更好的落脚点。

【解说】病有所医，学有所教，随着越来越多技术团队、人才团队进入沿河，越来越多专家俯下身、沉下心，帮助提升沿河贫困群众教育、文化、健康水平，激发脱贫内生动力。

【同期声】张家港市政协副主席、沿河土家族自治县县委常委、副县长陈世海：接下来，依托全域结对帮扶机制，结合沿河所需和张家港所能，围绕学校、医院重点专业、重点学科人才需求，要继续选派张家港市骨干医生、教师、农技专家等专业技术人员到沿河开展帮扶活动，推动张家港学校、医院与结对帮扶的沿河学校、医院积极对接互动，落实更多、更新、更有效的帮扶措施。

一间“玻璃屋"催开文明之花

【导语】小康生活不只要有“仓廪实”“衣食足”的底气，还要有“明礼节”“知荣辱”的修为。在对口帮扶沿河的过程中，张家港市始终坚持物质文明扶贫协作和精神文明扶贫协作“两手抓、两手硬”，在送去“一片叶子”“一把手术刀”和“一条生产线”后，不忘送上“一间玻璃屋”，以新时代文明实践扶贫协作助力沿河决战决胜脱贫攻坚。今天的系列报道《精准帮扶“四个一”　携手共圆小康梦》，让我们一起走进乌江畔的24小时新时代文明实践驿站，看文明之花如何扮靓沿河。

【解说】晚上8点，沿河土家族自治县乌江广场上，歌声飞扬，舞姿翩跹。在广场一角，有一间明亮的玻璃屋，屋内书架上摆满了图书，不少学生围坐在书桌旁，安静地看课外书。黄冰和她的儿子也是这里的“常客”。

【同期声】居民黄冰：以前就网上买便宜的（书），沿河图书馆还是很少的。我们每周礼拜六来，他喜欢看书，每次都来借。

【解说】这间玻璃小屋是融公共图书馆和志愿服务工作站于一体的24小时新时代文明实践驿站，在为群众提供公共阅读空间的同时，也给群众提供了参与新时代文明实践的平台。驿站投用后，文化志愿者肖妹花主动申请来到这里打扫卫生、整理图书，为读者提供服务。

【同期声】文化志愿者肖妹花：我们在这里开展了朗读比赛，还有手工制作，在这里指导他们阅读。我觉得能为下一代服务，能够指点、教给他们一些东西。如果他们（在这里）学得多了，我感觉我也有一种成就感。

【解说】沿河的24小时新时代文明实践驿站，与张家港市图书馆驿站+志愿者驿站模式一脉相承。像这样的驿站，张家港市已在沿河赠建5家。截至目前，各驿站累计接待读者20余万人次，设计并实施文化志愿服务项目28个，参加文化志愿服务3000余人次，服务总时长1万多小时，惠及百姓6万人次。在24小时新时代文明实践驿站带动下，沿河新时代文明实践中心、所、站建设全面推开。

【同期声】沿河土家族自治县文明城市创建中心主任刘真强：目前沿河有新时代文明实践中心1个，实践站、所45个，组建了9大志愿服务支队、28支文明实践服务小队和459支新时代文明实践志愿服务分队。围绕“善行沿河·和美土家”志愿服务主题，创建了“绿挎包”“小村播报”“微孝大爱”等志愿服务项目。

【解说】一个个文明实践站点、一支支志愿服务团队，就像一颗颗“火种”，让新时代文明实践在沿河发芽、开花、结果。

【现场】四点半课堂。

【解说】在沿河易地扶贫搬迁安置点沙沱社区，社区志愿者带领孩子们跳土家族的传统舞蹈——摆手舞。为解决学生放学后无人看管等问题，社区开办了“四点半课堂”，党员干部、志愿者轮流值班，带孩子们学习、做手工、玩游戏等。

【同期声】学生安永望：来这里做作业，有不会的，老师都会教我们。在体育课上可以跟小朋友们玩，开心。

【解说】新时代文明实践阵地建设如火如荼，志愿服务活动“遍地开花”。目前，沿河志愿者注册人数达7.3万人。去年5月21日，全国西部地区首个县级志愿服务网——“志愿沿河”网上线运行。这是张家港市的又一帮扶亮点。从志愿者注册到志愿服务需求对接，再到志愿团队招募等，“志愿沿河”网帮助沿河组织化、规模化培养志愿服务队伍，推动志愿服务规范化、专业化。在张沿两地的共同努力下，沿河在贵州省率先形成新时代文明实践志愿服务体系，在“互联网+”志愿者工作方面，实现与东部沿海地区齐头并进。

【同期声】沿河土家族自治县县委副书记宋选文：把文明实践活动在沿河广泛开展起来，对我们群众提升文明素质，浸润心灵发挥了很大的作用。我们的很多干部、群众也参加了脱贫攻坚、文明卫生、整脏治乱等等文明城市创建、卫生城市创建的志愿服务活动，通过活动的设计，让群众共建、共享，在参与中有收获，也在服务中有提高。

张家港市融媒体中心2020年播出

第二十四届苏州新闻奖一等奖

破冰——沪苏首次干部交流任职手记

主创人员　全媒体编辑中心

大“吕”治水记

【导语（前）】今年是长三角一体化发展上升为国家战略三周年。三年来，一系列改革举措深入推进。去年底，上海与苏州两地联手下了一盘“人才交流”的大棋，8名干部首次实现跨省市任职。今天起，《苏州新闻》推出系列报道《破冰》，关注一年来，交流干部在新岗位上的实践与思考。首先，我们走进长三角生态绿色一体化发展示范区，认识一位“长三角干部”。

【字幕（标题）】2020年8月，习近平总书记主持召开扎实推进长三角一体化发展座谈会，要求“要探索建立同长三角一体化发展相适应的干部交流机制”。

沪苏两地快速响应。2020年年底，8名交流干部首次探索跨区域任职。分处级、科级两个层面进行试点，打破人事管理权限、打破层级限制，这被看作是长三角一体化干部交流的一次重要破题。

【字幕】出总标题：《破冰——沪苏首次干部交流任职手记》

【配音】我叫吕剑，这是我从苏州到上海工作的第212天。

【字幕】2021年6月15日，北京。

中国国际发展知识中心（CIKD）第四期交流沙龙。

【字幕（同期声）】吕剑：雪落漾，位于金泽镇和吴江黎里镇交界处……

【配音】这一天，成为我43岁人生中最难忘的时刻。多国驻华大使、联合国教科文组织代表，还有10个国际机构的负责人，听我这个来自长三角一体化示范区的基层干部，讲述了雪落漾一体共治的故事。

【字幕（同期声）】外国友人：雪落漾？ What is Xueluoyang？

吕剑：它是上海和苏州交界处一个美丽的湖泊，跟它的名字一样美。

【配音】走上国际舞台，你问我啥感受？那就是……

【字幕】出分标题：《大“吕”治水记》

【配音】这故事，还得从一年前说起。

【字幕】2020年11月16日，上任第一天。

【配音】去年11月，作为苏州和上海首批跨区域交流任职干部之一，我从苏州桃源来到了上海金泽。

【字幕（同期声）】吕剑：因为我是土生土长的浙江人，也在杭州读的大学，大学毕业以后呢，来到（苏州）吴江工作，将近工作了20年。这次作为交流干部，又到上海来工作，所以有些人笑称我“长三角人”。

【字幕（同期声）】（后制动画）江+浙+沪=“长三角干部”

【字幕（同期声）】一组同事之间的互动。

【字幕】工作方法一：迅速熟悉人和事

【字幕（同期声）】吕剑：早啊，小余啊！

【字幕（同期声）】这个主要是做信息化。

【字幕（同期声）】这是规上服务业的，你这几个怎么没有完成的？

【字幕（同期声）】这个东西村船多得不得了，就是靠水吃水嘛。

（转场）去村里

【字幕】工作方法二：走访当地百姓　了解当地文化

【字幕（同期声）】吕剑：你怎么过来了？我空了过来转转。

【字幕（同期声）】上海市青浦区金泽镇东西村党支部书记夏卫：他就一个人开个车，过来了。吕镇，你怎么过来了？怎么不打电话？（他说）我打电话干吗，你书记不是一样的呀！我就是了解一些事情，看看，就这样，就很实在的样子。

【字幕（同期声）】上海市青浦区金泽镇东西村村民董海根：到我这里来过三四次了，很平易近人的，没有架子。

【配音】来之前，我就做了功课。金泽镇，是上海的西大门，上海有21个1平方公里以上的天然湖泊，其中19个在金泽。长三角生态绿色一体化发展示范区成立，金泽处于核心位置，所以水的事儿，那可是重中之重。

（转场）

【字幕】工作方法三：做好环境资源功课　着力绿色生态发展

【配音】这片湖泊，就是雪落漾，是沪苏两地的界湖。

【配音】虽然名字诗情画意，可曾经的它，却是这番模样。

【字幕】由于周边渔民网箱养殖泛滥，雪落漾的水环境一度持续恶化。

【字幕（同期声）】上海市青浦区金泽镇副镇长吕剑：有时候这个水葫芦，它到底是算你的还是算我的？搞不清楚，有点扯皮，受行政壁垒的关系，你怎么迈过去呢？

【配音】苏州和上海行政层级不一样，养护标准不一样，审批流程不一样，财政政策也不一样……对我来说，最难的，就是如何打破这些“不一样”。我这个“交流干部”的作用如何体现呢？这时候，我想到了求助吴江的老同事。

【字幕】工作方法四：从“联合”到“融合” 创新突破体制壁垒

【字幕（同期声）】时任吴江汾湖高新区农村工作局局长周宇：我们原来也就比较熟悉，那么相对来说，我们做这个事，沟通也比较顺畅，主要还是要打破体制机制的问题。

【字幕（同期声）】上海市青浦区金泽镇党政办主任曹莹莹：有的时候可能我们要拐几个弯的事情，在吕镇看来就是一个直线就到了，充当的就是一个桥梁的角色，他把我们两个地方沟通起来了。

【配音】在老同事、新伙伴的共同努力下，苏州吴江区和上海青浦区雪落漾一体化共治方案渐渐有了眉目。今年世界水日，一种全新的长三角跨区域一体化治水模式诞生了。

【字幕】2021年3月22日，元荡桥。

【字幕+现场】上海市青浦区金泽镇和吴江汾湖高新区签署《雪落漾一体共治备忘录》，这标志着长三角生态绿色一体化发展示范区内首个跨界河湖一体治理项目正式启动。

双方将雪落漾作为一个整体标的，采用一体化养护标准，实行一体化招标模式，选取专业公司进行整体水域管理养护。

（转场）

【配音】如今的雪落漾，湖水清了，湖面净了，湖岸线也不再杂乱无章，它又变回了原来秀丽的模样。而由雪落漾“一体化共治”衍生出来的两地合作新机制、新探索，也在一步步深入推进。

太湖生态岛医疗Plus计划

【导语（前）】继续来看系列报道《破冰》。立足于长三角一体化发展的大背景，苏州提出，要打响“太湖生态岛”品牌。今年3月，“支持苏州建设太湖生态岛”还被列入江苏省“十四五”规划纲要。就在几天前，太湖生态岛上举行了一场“云签约”

活动，引进了首个上海三甲医院的专家团队，将合作共建专科联盟。在这背后，一名交流干部的努力功不可没。

【字幕】2020年8月，习近平总书记主持召开扎实推进长三角一体化发展座谈会，要求“要探索建立同长三角一体化发展相适应的干部交流机制”。

沪苏两地快速响应。2020年年底，8名交流干部首次探索跨区域任职。分处级、科级两个层面进行试点，打破人事管理权限、打破层级限制，这被看作是长三角一体化干部交流的一次重要破题。

【字幕】出总标题：《破冰——沪苏首次干部交流任职手记》

【配音】我叫谢兴潜，今年45岁，是一名在上海医疗战线工作了21年的“老兵”。2020年12月，上海、苏州首次开展干部交流任职，作为4名双向交流的处级干部之一，我来到了苏州。

【字幕】出分标题：《太湖生态岛医疗Plus计划》

【字幕】2021年12月15日，一个重要的日子。

【配音】12月15日，这是一个重要的日子，上海仁济医院与苏州吴中区金庭地区人民医院正式签订合作协议，上海“三甲”医院和苏州“社区一级医院”的“沪苏联盟”合作新模式，从此诞生了。这片岛屿上的百姓，从此，将成为长三角一体化医疗合作的受益者。

【字幕（同期声）】苏州市卫生健康委员会副主任谢兴潜：我们通过血透中心再辐射，把别的学科如老年医学、全科医学，还有慢性病的，把这些小学科也相应地给带起来。

（转场）

【字幕】缘起：太湖生态岛的诞生。

【配音】西山岛是全国淡水湖泊中面积最大的岛屿，也是长三角核心区非常重要的生态服务功能支撑地。刚来苏州，我就见证了一件大事，那就是太湖生态岛的诞生。未来，以西山岛为核心的27个太湖岛屿和水域，将围绕“全球可持续发展生态岛的中国样本”的目标，高标准建设。那么，作为沪苏交流干部，我能为此做些什么呢？

（转场）

【字幕】2021年4月15日，赴西山岛调研。

【配音】太湖生态岛总共约800平方公里，目前，只有一家社区医院。许多病患要辗转好几个小时车程，去苏州市里的大医院就诊。尤其这里的一些尿毒症患者，每周要进行好几次透析，奔波往返，对患者和家属来说，都是沉重的负担。去年底，当地打破原来的医院层级限制，在金庭地区人民医院开设了江苏省农村地区第一家社区医院血透中心，不过，这个好不容易扶起来的“小苗苗”，却存在着一些先天不足。

【字幕（同期声）】金庭地区人民医院副院长张丽娜：对我们医院来说，最大的困难就是人才的培养，对我们医疗服务能力水平这一块要求更高。

【配音】一家上海三甲医院要和苏州一家社区一级医院达成专科联盟，这，还从来没有过先例。

【字幕】困难：层级不对等，没有先例。

【字幕】2021年11月4日，赴上海仁济医院。

【字幕（同期声）】苏州市卫生健康委员会副主任谢兴潜：领导给我们压力就是让我管长三角一体化，要我们用好上海的资源来提升我们苏州。现在的血透中心已经建好了，而且按照现在的标准建得还是不错的。

【配音】只要功夫深，铁杵磨成针。这不，两家原本层级、医疗水平差距甚远的医院，终于打破惯例，牵手成功。

【字幕（同期声）】上海交通大学医学院附属仁济医院肾脏科血透中心主任陆任华：在一级医院建立透析中心，其实在整个上海是没有这样的先例的，我们真的是非常钦佩。

【字幕（同期声）】地点：金庭地区人民医院血透中心。

【字幕（同期声）】患者：谢谢，也谢谢这边的政府，还有医院，帮我们联系到这么好的资源。

（转场）

【配音】这一年里，在医疗卫生领域，沪苏携手共建的故事其实还有很多。

“最小局”来了个“非典型”局长

【导语】继续来看系列报道《破冰》。苏州市地方金融监督管理局，成立不过两年多时间，正式编制只有20个，被称为苏州最年轻也是最小的局。去年底，上海交流干部谢善鸿走马上任，成为这个局的领头人。一年来，他参与并见证了苏州一系列金融大事件。

【字幕】2020年8月，习近平总书记主持召开扎实推进长三角一体化发展座谈会，要求“要探索建立同长三角一体化发展相适应的干部交流机制”。

沪苏两地快速响应。2020年年底，8名交流干部首次探索跨区域任职。分处级、科级两个层面进行试点，打破人事管理权限、打破层级限制，这被看作是长三角一体化干部交流的一次重要破题。

【字幕】出总标题：《破冰——沪苏首次干部交流任职手记》

【配音】2020年12月29日，谢善鸿这个名字突然成了网络上的搜索热词。就在这一天，原上海市地方金融监管局金融发展协调处处长谢善鸿走马上任，成为苏州市地方金融监管局党组书记、提名局长人选。

从上海谢处长，到苏州谢局长，这将是一个怎样的开始呢？

【字幕】出分标题——《“最小局”来了个“非典型”局长》

【画面】办公室门口视角。

【配音】新官上任，谢善鸿给苏州同事们留下的第一印象就是对工作的高标准、严要求。此刻，他正在和一份工作月报“较劲”。

【现场同期声】你上次的数据不就是1到8月份了吧？为什么还是1到8月份，稿子你们就没看，就交给我了，就这个事。

【同期声】苏州市地方金融监管局监管二处四级主任科员安晓波：他还是非常严格的，很多的同事也被他批评过。

【同期声】苏州市地方金融监管局副局长冯恂：不是一位传统意义上的那种局长。

【配音】2019年1月，在新一轮机构改革中，苏州组建成立了市地方金融监管局。这个只有20个正式编制的年轻部门肩负重任。

（谢善鸿边走边介绍）

【配音】20名在编人员，要面对的是苏州300多家地方金融组织的日常监管，近百万家企业的金融服务。压力，确实不小。

【字幕】工作目标一：当好金融“守门人”服务员

【同期声】苏州市地方金融监管局局长谢善鸿：但这个事情我就是说，在你们拍之前就定了，要给你们解释一下，我本来是想暗访的，看看他们平常监管工作是不是到位，是不是流于形式。但是这些都是日常工作，他们原来做得比较好，我更关注的还是苏州金融业怎么实现高质量发展。

【配音】其实，不管是谢处长还是谢局长，做的事情都不一般。2003年，谢善鸿入职上海市金融办，十多年来，全过程参与了上海国际金融中心的具体工作。如今，又来到正致力于建设功能性金融中心的苏州。有媒体评价他，是站在两个金融中心“风口”上的人。

【字幕】2021年10月21日，冯梦龙村。长三角三省一市与会代表参观全国首个数字人民币试点村。

【配音】长三角地方金融监管局圆桌会议，今年开到了第八年。在谢善鸿的争取下，这一次，会议放在了苏州。作为苏州谢局长，他向上海的老同事们介绍起了苏州的金融创新，希望能争取更多合作。

【同期声】讲解员：使用数字人民币支付还是非常方便的。

【现场同期声】苏州市地方金融监管局局长谢善鸿：这个我觉得不太好意思了，把你们拉过来消费了。这个也还不错。这个不行，这个有点花里胡哨的了。

【字幕】工作目标二：架起桥梁，让沪苏走得更近

【配音】谢善鸿算了算，来苏州的这一年，对外接触比在上海十几年加起来还要多。而这一年，沪苏两地的金融交往，也前所未有的密切。

【字幕】工作目标三：创新突破，重磅政策来加持

6月，苏州出台《关于推进金融业高质量发展的若干措施》，八大项针对性措施，高达5000万元的奖励，支持力度前所未有。

6月11日，14家金融机构落地苏州，13个长三角一体化沪苏同城金融合作项目现场签约。这一天，被媒体叫做是“苏州的金融日”。

7月22日，科创板开市两周年，苏州拥有了第200家上市企业。

【画面】转场，周末。

【配音】每到休息日，忙里偷闲的谢善鸿会骑着自行车，走街串巷，去零距离感受这座城市的烟火气。

【同期声】苏州市地方金融监管局局长谢善鸿：我之前是不发朋友圈的，但是来了苏州之后，这边会发一些。因为我在上海的一些朋友或者熟人，他们说是看我的朋友圈了解苏州的，觉得苏州每天日新月异。

【字幕】继2020年底首批沪苏交流干部到岗上任后，2021年3月，长三角三省一市共同签署《推进长三角一体化干部交流工作合作备忘录》，17名苏浙皖干部和17名上海干部再次跨区域任职。

“以一体化的思路和举措打破行政壁垒、提高政策协同。”“要在一体化发展战略实施的过程中，发现人才、培育人才、使用人才。”

“破冰”之旅，正在步步深入……

苏州市广播电视总台2021年播出

第二十五届苏州新闻奖一等奖

卓越工程师：逆袭之路

主创人员　集体

铁甲蛟龙

【字幕】泰州靖江。

【字幕】水下1米至水下82米的变化。

【字幕】盾构机，基建工程中的国之重器，也被称为“钢铁穿山甲”“地下蛟龙”，是衡量一个国家地下施工装备制造水平的重要标志。

曾经，中国工程建设所用的盾构机长期依赖进口。

直到2008年，中国首台国产小型盾构机研制成功；2011年，首台国产超大型盾构机也取得关键突破。

从此，这条“东方蛟龙”逆袭崛起，铸就了又一中国制造的奇迹。

【字幕】2022年11月11日。

江阴靖江长江隧道项目。

“聚力一号”掘进第197天。

【延时+现场音剪】

【字幕】国内最大直径盾构机“聚力一号”，即将迎来越江攻坚中最大一次考验。

【现场】中交天和总工程师、教授级高级工程师周骏：在长江底下，现在基本上就接近最深槽了。这个施工水压目前是全国最高的，压力大就容易造成整个土体塌掉，危险系数最高的一个地方，对整个盾构机设备的考验是最大的时候。

【字幕】《铁甲蛟龙》。

【字幕】苏州常熟。

【字幕（同期声）】档案室画面。

【配音】档案室里，这整整一面墙的设计图纸，揭开了中国第一台超大直径盾构机的襁褓模样。

【字幕（同期声）】中交天和设计研发总院结构所副所长倪鸿斌：有7000多张图纸，是我们第一代工程师经过日日夜夜的辛苦工作做出来的。

【字幕】南京纬三路过江隧道工程定制的“天和号”，是国内首个超大型盾构机。

【字幕（同期声）】中交天和总工程师、教授级高级工程师周骏：这一台盾构机更重要的（意义）是我们中国人自己能够设计、制造这么一台超大直径盾构机。对于我们来说，信心比黄金更重要。

【配音】2010年，中交天和成立之初，已在业内颇有建树的周骏来到苏州，担任企业副总经理、总工程师。一上任，他就接到了一个非常任务——要为南京纬三路过江隧道工程，定制直径超过14米的超大型盾构机。

【字幕（同期声）】中交天和总工程师、教授级高级工程师周骏：要么你就去买德国人的产品，要么你就自己干，就是诚惶诚恐，不行也得行啊！

【音乐剪辑过渡】

【配音】南京纬三路过江隧道是我国首个复合地质条件下的超大型隧道工程，也是当时世界上同类隧道中规模最大、距离最长、水压最高、地质条件最复杂的隧道，堪称一项超级工程。

【字幕（同期声）】中交天和总工程师、教授级高级工程师周骏：国内从来没有造过8米（直径）以上的大盾构，我们如果能够造一台直径15米的盾构机，就可以不让国外厂商卡我们的脖子。

【字幕（同期声）】中交天和董事长、时任南京纬三路过江隧道工程指挥长张伯阳：当时需要采购两台盾构机，德国人在谈判的时候，因为他们是世界上唯一一家，一台7个亿，我们觉得价格高了。谈判僵持了近半年，谈不下来，所以我们中国必须要有自己的技术。

【字幕（同期声）】中交天和总工程师、教授级高级工程师周骏：当时就下了这么个决心，我们认为是能干得成的，这就是一种勇气。

【字幕（同期声）】中交天和董事长、时任南京纬三路过江隧道工程指挥长张伯阳：这并不是钱的问题，我认为，你要掌握这个技术，才不会受制于人。

【配音】就这样，周骏带着20人团队，开始了国产超大型盾构机的破冰之旅。他们吃住在公司，一边建厂房，一边搞研发。

【字幕（同期声）】中交天和总工程师、教授级高级工程师周骏：当时就这么一个彩板房，也没有食堂，也没有住宿的地方。早上天不亮起床干活，晚上12点看到星星下班，“5+2”、“白加黑”，确实那个时候时间不够用，图纸都设计了整整一屋子。

【配音】一台盾构机，拥有十几万个零部件。而要实现从小型到超大型的突破，难度更是可想而知。

【配音】历经14个月的攻坚克难，2011年12月，足有5层楼高、长达130米、重达4800吨、直径15.03米复合式泥水平衡盾构机“天和号”正式下线。这第一台中国造超大型盾构机，在当时世界上都属首屈一指。

【字幕（同期声）】当年记录的装车的现场。

【字幕（同期声）】中交天和总工程师、教授级高级工程师周骏：盾构机，我们下线不是搞了一个下线仪式嘛，下线仪式，我是第一个跑上去跟盾构机拍了个照。很激动，那确实很激动，觉得这个产品我造出来了，非常开心。

【配音】江阴靖江长江隧道，是目前国内断面直径最大、承受水压最高的超大直径隧道。受长江深槽影响，最大水压达到0.82兆帕，覆土最薄处仅11米（后制），施工难度极大。作为此次掘进任务的项目负责人，周骏也是“聚力一号”的总设计师。

【字幕（同期声）】中交天和总工程师、教授级高级工程师周骏：这样的水压在我们这样超大直径盾构的公路隧道里面，还从来没有遇到过。

【配音】“聚力一号”从研发到投用历时近2年时间，数以百计的工程师投身到这个项目中。隧道水压高、直径大、距离长、水下环境复杂，面对一系列难题，团队通过多项国内首创技术，为这个大家伙量身定制了全防护方案。

【配音】这一天，“聚力一号”终于推进至江底最深点，所有人严阵以待。

【施工现场】推力在19万（kN）左右。

接触力在4万3（kN）。

目前注浆速度保持在80（1/min）到90（1/min）之间。

【字幕（同期声）】中交天和总工程师、教授级高级工程师周骏：现在切口压力是多少？

7.20（bar）。

【字幕（同期声）】中交天和总工程师、教授级高级工程师周骏：最深的地方因为水流最大，所以施工也是个难点。

【施工现场】机头在-4（mm），机尾在14（mm）左右，推力数据还是非常合理的，油缸行程已到位，准备停机。

可以停止推进，长江隧道最低点1020环顺利通过（鼓掌）。

【拼装管片的延时】

【配音】深槽顺利通过，中国探索长江的历程，又迈出了历史性一步。

【字幕】此时此刻，还有更多中国工程师正驾驭着“铁甲蛟龙”出征四海。

【字幕】目前，中国国产盾构机在全球市场已占三分之二以上份额，产销量、施工里程均居世界第一。

苏州市广播电视总台2022年播出

赤子之“芯”

（片头）

【字幕】

1961年，在中国科学院院士王之江主持下，我国第一台红宝石激光器研制成功。

1962年，在中国科学院院士王守武（苏州籍）主持下，我国第一台半导体激光器研制成功。

1964年，在中国“两院”院士钱学森提议下，这种新能源拥有了中文名“激光”。

1980年，中国研制出第一台长寿命半导体激光器，为激光产业应用奠定关键基础。

2012年，中国企业首次突破国外垄断，研制出激光芯片并实现量产。

2021年，“信息光子技术”被列为“十四五”国家重点研发计划重点专项。

【字幕】《赤子之“芯”》。

【字幕】长光华芯展厅。

【字幕（同期声）】长光华芯首席技术官、教授级高级工程师王俊：这是中国科学院长春光机所赠送我们的中国第一台激光器的模型，这是1961年在中国激光之父王之江院士主持下建造的。当时，离世界第一台激光器也就只差一年，但后来我们跟国外的差距，在激光器方面相差几十年，我们落后了。我们现在就是要把失去的光阴找回来，我们要只争朝夕。

（转场）

（公司夜景灯光）

【字幕】截至今年12月，这条产线上已经诞生了数亿颗国产高功率激光芯片。

这背后凝聚着一群中国工程师十年来的不懈奋斗。

（一组现场剪辑）

【配音】全副武装走进没有厕所、没有食物的超净间，在这里，王俊经常一待就是一整天。

【字幕】外延生长，激光芯片制造第一步。

【字幕（同期声）】长光华芯首席技术官、教授级高级工程师王俊：这一个小小的芯片，像我们头发丝这么大，可以出30瓦将近40瓦的功率。因为越小它越亮，就像刀一样，它越锋利越好。

【配音】激光，人们称它“最快的刀、最准的尺、最亮的光”。激光产业，作为近年来我国重点突破的战略性新兴产业，其核心部件却曾长期依赖进口。

【拍摄+后制】一颗激光芯片大约只有5毫米长，500微米宽，100微米厚。而其中真正有效出光面积，只有200微米×1微米。要知道200微米，差不多就是3根头发丝的直径。

【配音】就是这颗小小芯片，是未来信息产业的重要基础和核心支撑之一。不过直到2012年之前，没有一家中国企业能够真正实现商业化量产。

【字幕（同期声）】长光华芯首席技术官、教授级高级工程师王俊：我们国家长期存在着有器无芯的局面。我们有器件，但是没有芯片。这是长期存在的“卡脖子”的问题。作为一个中国工程师，就是有一种使命和责任吧。

（夜景）

【字幕（同期声）】长光华芯首席技术官、教授级高级工程师王俊：（王老师今天在里面待了多长时间？）大约待了十来个小时吧。这个机器有些问题，在里面就想着解决问题，其他事情就记不起来了。

【配音】白天与黑夜的交替，在这栋研发楼里似乎被按下了暂停键。十多年前，就是从这里出发，一群研发人员夜以继日，致力于国产半导体激光芯片的突围。

（转场）

【配音】1988年，王俊从中国科学院硕士毕业后，赴加拿大攻读博士。之后，他曾在多家激光领域国际知名企业工作。身在海外的王俊时刻关注着祖国的发展。他注意到，长期以来，高功率半导体激光器虽然在国内已有广泛应用，但因为核心芯片技术被发达国家垄断，大大制约了中国该领域的发展进程。

【字幕（同期声）】长光华芯首席技术官、教授级高级工程师王俊：半导体激光芯片是整个高能激光系统能发光的母光源。母光源没有，就啥都没有，这个是根本。

【配音】在外打拼多年的王俊动了要回国的念头，不过真要下这个决心，并不容易。

【字幕（同期声）】王俊妻子付蓉晖：他放弃了非常多，他和父母已经四五年都没见面了吧。两个女儿也三年没见面了，这些都是他非常宝贵的，但是为了这个大家（祖国），他舍弃了很多小家的事情。

【字幕（同期声）】长光华芯首席技术官、教授级高级工程师王俊（现场看墙上的照片）：这是我岳父，今年刚去世。

【字幕】付耀华，王俊的岳父，抗美援朝老兵，2022年3月28日去世。

【字幕（同期声）】王俊妻子付蓉晖：我爸爸是非常支持他回国的，劝说我来支持他回国。对于他来说，就是让我们能够像我爸说的，雄赳赳气昂昂地，站立在这个世界上是很重要的。

【字幕（同期声）】长光华芯首席技术官、教授级高级工程师王俊：他们那代人是用他们的生命保家卫国，我们现在要用我们的知识来建设我们的祖国。

【字幕（同期声）】长光华芯首席技术官、教授级高级工程师王俊：我一直在思考我所从事的事业最终是为了什么，当我感受到祖国需要的那一刻，我就下定了决心，把个人发展和社会需求紧密结合在一起，才会实现最大的价值。

【配音】就这样，怀揣着科技报国的志气与梦想，王俊和妻子回到了祖国。一群来自五湖四海、志同道合的业内顶尖人才聚集苏州，致力于国产高功率激光芯片的突围。与时间赛跑，一切从零开始。

【字幕（同期声）】波长对标线情况怎么样？你这不行啊。现在曝光亮度怎么样？ 3度也有1纳米的区别啊。

【字幕（同期声）】长光华芯保障工程部总监张玉国：能追赶上国际一流的企业，也就是在拼命地用时间来积累。

【字幕（同期声）】长光华芯副总经理、联合创始人廖新胜：真是没日没夜的。累了的时候，就蹲在我们这个车间里面某个角落就睡着了。他的杯子上面刻了八个字：“不达目的，死不罢休。”

【字幕（同期声）】长光华芯首席技术官、教授级高级工程师王俊：我们工序上有100多道，中间有任何东西做得不好，或者打不通，你根本就运转不起来。（失败过的有多少？）那就无穷多了。

【配音】一次次失败，又一次次重来。短短几年时间，王俊就率领团队突破多个关键性技术壁垒。随着高功率激光芯片、激光雷达与3D传感芯片、高速光通信芯片等一批拥有完全自主知识产权的国产芯片的相继问世并实现量产，中国激光领域，从此摆脱了“有器无芯”的尴尬。而与此同时，一支半导体激光科研领域的顶尖团队正茁壮成长。

【字幕（同期声）】长光华芯首席技术官、教授级高级工程师王俊：我们现在研发团队中，大约有二十多位博士。这其中约十位是海归博士，现在我觉得一件有意义的事，就是打造这个年轻的研发团队，他们将是中国未来的光和希望。

【字幕（同期声）】长光华芯研发工程师张宇荧：我们要为我们国家的发展投入一些新鲜的血液，新鲜的一个力量。

【字幕（同期声）】长光华芯研发工程师苗霈：在我们这个领域，我觉得我们超越国外只是时间上的问题。

【字幕（同期声）】长光华芯首席技术官、教授级高级工程师王俊：我们自己有一颗中国心，我们生产的也是“中国芯”。

【字幕】2019年，王俊又带领团队构建了国际最前沿的6吋激光芯片生产线。

【字幕】2022年8月，在他们的积极推动下，苏州半导体激光创新研究院正式投入使用，苏州将致力于打造千亿级光子产业创新集群。

【字幕（同期声）】中国科学院院士、激光与光电子技术专家王立军：从零开始，通过十年努力，十年奋斗，很多种芯片实现国产化。

【字幕】他们是卓越工程师中的“海归”力量。

迢迢报国路，拳拳赤子心。

“走出去”“引进来”，推动中国制造全球化创新发展。

苏州市广播电视总台2022年播出

背海一战

（片头）

【字幕】山东东营海域。

离岸72公里。

【字幕】2022年11月19日22：00。

渤中—垦利油田群岸电应用工程建设现场。

【字幕】最后一根海缆即将敷设，却突然传来大风预警。

【同期声】（现场）

预报（27日）大概是9级风以上，四五米高的浪高。

【同期声】工程现场经理胡伟：20日的晚上开始起风，27日阵风最大是10级。

【同期声】亨通高压海缆总工程师、教授级高级工程师潘文林：只能根据天气的变化来调整我们的计划，所以今天晚上可能要24小时连轴转。

【同期声】（现场）

我们就是跟风在赛跑，跟大自然比速度。

【同期声】亨通高压海缆总工程师、教授级高级工程师潘文林：每一个项目真的是一场“战争”。只有赢和输，这两个结果。

【字幕】距离第一场大风到来还有15小时。

【字幕】《背海一战》。

【字幕】山东东营。

渤中—垦利油田群岸电应用工程建设现场。

【配音】渤中—垦利油田群岸电应用工程，是当前中国海上油田电能替代项目中，交流输电电压等级最高、海缆截面最大、该规格海缆单根长度最长的工程。

此次一期工程，3条总长150公里的220千伏超高压交流海底电缆，在深海油田海上电力平台与陆地变电站之间，将架设起互联互通的“主动脉”，完成绿色电力传输和通信功能。

上百名工程技术人员历经3个月的海上奋战，即将迎来最关键的时刻。

【同期声】亨通高压海缆总工程师、教授级高级工程师潘文林：第一个任务就是把缆拉上那个平台，固定好。

【字幕】海缆，用于敷设在海洋里的电缆或光缆，被视为全球海洋通信与能源互联的“中枢神经”。

【同期声】亨通高压海缆总工程师、教授级高级工程师潘文林：拉到平台以后，然后我们往前走，走向另外一个平台。

【字幕】海缆工程被公认为是世界上最复杂、困难的工程之一。

【同期声】亨通高压海缆总工程师、教授级高级工程师潘文林：再用这个犁去犁沟，然后把缆放下去。

【字幕】虽起步至今不过30多年，中国海缆接连取得重大突破，创下多个世界之最。

【字幕】3个月前。

江苏苏州，亨通国际海洋产业园。

【配音】180米的高压立塔内，藏着一座机器迷宫，这里是海缆的制造工厂。为渤中—垦利油田群岸电应用工程敷设的三根海缆，正在紧张赶制中。

【同期声】(生产现场)

【配音】海缆制造需要经过导体拉丝绞线、绝缘连续共挤交联等至少7道工序，一根海缆的价格高达几千万甚至上亿元。

【同期声】亨通高压海缆总工程师、教授级高级工程师潘文林：海缆是整个电缆中的“明珠”，以前基本上是被国外公司垄断的。

【配音】2012年，在国外海缆领域工作多年的潘文林来到苏州加入亨通集团。当时，中国在超高压海缆领域几乎还是一片空白，潘文林带领一群工程技术人员开始了突围之路。2015年，他们等来了第一个订单。

【同期声】亨通高压海缆总工程师、教授级高级工程师潘文林：我的第一个，也是亨通集团的，也是中国企业的（第一个海外海缆项目）。

【配音】潘文林和团队要在一年内，交付总长240公里的220千伏超高压海底电力电缆。这一工期，比国外公司承诺的2年时间缩短了一半。

【配音】为了拿出最优方案，作为项目总工的潘文林提出，要制造15公里长的单根无接头大长度海缆。这一标准，当时对很多同行来说，都是闻所未闻。

【同期声】亨通高压海缆总工程师、教授级高级工程师潘文林：以前都是几公里一根，然后接头，一直这样接下去的。当时我提出要做大长度的时候，不仅内部有人反对，而且特别是我们的用户也反对。说国外以前人家从来没有做过，你为什么能做。

【同期声】亨通高压海缆总经理钱志康：我们在走一条行业史上没人走过的路。

【配音】绝缘层，是海缆生产技艺中最为关键的一环。除了技术要求高，还需要产线连续不间断生产。无接头海缆，从常规每根6、7公里延伸到了15公里，导致这一环节的技术难度也成倍增长。

【同期声】亨通高压海缆总工程师、教授级高级工程师潘文林：15天，一分钟、一秒钟都不能停的这种情况。匪夷所思的，像雷电，突然之间一个闪电，“啪”把我们设备停掉，所以睡不着觉就在这儿啊。

【配音】面对一系列不可预料，潘文林和团队选择放手一搏。

【同期声】亨通高压海缆总工程师、教授级高级工程师潘文林：不能怂，每天6点半到公司，像这个鞋子，一年走烂两双。

【同期声】亨通高压海缆绝缘工序负责人雍为民：你不知道那个压力简直就跟以前高考一样。

【配音】顶着巨大压力，潘文林带领团队对工程设备进行了近200项技术改造。一年时间，日夜赶工，2016年2月，他们向海外客户成功交付订单，实现了中国超高压海缆从无到有的突破，也迈出了中国海缆走向世界的第一步。

【同期声】3，2，1！

【配音】这支中国海缆工程技术团队正是凭着敢想、敢试、敢干的工程师精神，不断突围，他们参与也见证了中国海缆事业乘风破浪的非凡十年。

【字幕】2016年，潘文林团队创下220千伏单根无接头超30公里业内世界纪录。

2018年，中国造世界首根18.15公里单根无接头500kV超高压海缆，应用于浙江宁波至舟山500kV大陆联网工程。

2019年，亨通承建全球第一座半潜漂浮式海上风力发电场，打破国外在该领域的垄断。

2022年，中国海上风电、跨海输电等工程所用超高压海底电力电缆，全部实现国产化。

（转场）

【字幕】2022年11月20日4：00。

山东东营。

渤中一垦利油田群岸电应用工程建设现场。

距离第一场大风到来还有10小时。

【配音】如今，这片海域成为验证中国超高压海缆生产和铺设能力的又一场关键战役地。

【同期声】（现场）

可能还要走点，过来个人拉一下。

【配音】海缆以每分钟8米的速度缓慢进入水中，潜水员在十几米深的水下帮助海缆端头平稳穿过位于海底的J形管喇叭口。不到90度的斜角，挑战着海缆弯曲性能的极限。

【同期声】（现场）

拉不上去了，这里已经顶到了。这个角度怎么样？拉好了，现在潜水员出水了。

【配音】经过5个小时的奋战，最后一根海缆终于成功登陆首端平台。而第一场大风，很快将如期而至。

【字幕】2022年11月25日，渤中一垦利油田群岸电应用工程顺利通电。

全部投产后，预计高峰年降低天然气消耗15亿立方米，可减少二氧化碳排放100万吨。

该工程对推动中国海油清洁能源发展具有重要意义。

【同期声】亨通高压海缆总工程师、教授级高级工程师潘文林：霞光万道，因为大风大浪已经过去了。

【字幕】目前，中国工程师人数超过7000万，中国成为世界上拥有工程师最多的国家。

【字幕（同期声）】世界工程组织联合会原主席龚克：工程师是国家人才的一个战略性力量。

【字幕（同期声）】中国工程院院士、应用光学专家潘君骅：我也是一名中国工程师，见证了很多优秀中国工程师的成长。

【字幕（同期声）】中国工程院院士、机载综合电子信息系统专家陆军：第二个百年征程，这支力量会担负起更重要的使命！

【字幕】一场场背海一战，一次次技术突围。

从“中国制造”到“中国智造”，这条逆袭之路才刚刚出发……

苏州市广播电视总台2022年播出

第二十五届苏州新闻奖一等奖

喜迎二十大·让我们荡起双桨

主创人员　集体

荷花浜的歌声

主创人员　马　超　黄　佳　方玲妹　徐　畅　章敏辉　高　田

【解说词】我是一个音乐制作人，也是一个土生土长的常熟人。我特别喜欢常熟的乡村，这些年变化很大。我为很多村庄写了歌，希望能让更多的人感受到常熟新农村的新气质。

【解说词】最近，董浜镇荷花浜的百亩荷花开了，成为常熟最热门的赏荷地，我想把这个村的变化也写成一首歌。

【同期声】（山歌）

六月荷花风摆开，

丹阳蒲帽浏河来。

【解说词】这是一首在当地流传了很久的山歌，描绘的是荷花浜的四季风光。

【同期声】音乐制作人大智：老伯伯，你看起来身体很好，今年几岁了？

董浜镇荷花浜村村民马芳：90岁。

音乐制作人大智：90岁了啊，老伯伯，你觉得荷花浜最大的变化是什么？

董浜镇荷花浜村村民马芳：现在荷花浜水清，景色也好，比我小时候的荷花浜还要好看。

【解说词】老先生说，这样的变化是从两年前开始的。村里对荷花浜这条小河下了大功夫，小河两岸一步一景，连疏浚时挖出来的淤泥都变成了荷塘的肥料，才有了现在的网红打卡地。

【同期声】音乐制作人大智：你们好。

村民：你好。

大智：这是你的家吗？

村民：是啊，这是我的民宿。

大智：你可以带我参观一下吗？

村民：当然可以了。

【同期声】董浜镇荷花浜村村民顾一飞：大智老师，你看，这是我老房子的照片，原来简直是破破烂烂的，我们这个地方原来交通不便，杂草丛生，现在通过整治，真是翻天覆地的一个变化。做民宿也是因为看到了我们这边环境整治带来了美的景色，我们也不能辜负了好景色。我这块地呢，现在看起来是一块黄金宝地。

【解说词】我在荷花浜村里转了整整一天，看到的是泼墨写意的水乡美景，感受到的是常熟乡村欣欣向荣的活力和满满的幸福感。

【同期声】（山歌）

正月方塔山茶开，

二月全城迎春放。

三月董浜菜花香，

四月尚湖牡丹艳。

五月石榴红似火，

六月荷花满池塘。

七月茉莉正上妆，

八月虞山桂花香……

常熟市融媒体中心2022年播出

江湖“掌门人”

主创人员　马　超　蒋唯一　徐　畅　季圣瑜

【解说词】我是一个闸门运行工，是从1985年到闸上来工作的。

【解说词】我是2012年进入白茆闸工作的，作为白茆塘的“掌门人”，我深感责任重大。

【解说词】1937年老闸建成以后，就统称白茆闸，是“江南第一闸”。主要从南京到上海，入长江的水，这个闸是规模最大的闸，主要作用是控制太湖水位，排水引水。

【解说词】设计的引排水流量是白茆老闸的两倍左右，通航船只的吨位大约是之前的2到3倍。

【解说词】开始的时候是靠人工手摇的。把闸板摇起来要一个小时，要十二个人。那时候我们是吃住在闸上的，家里有事才回家。

【解说词】我们的工作人员在计算机上面，只需要两个人，就可以完成主要机器设备的全部操作。我们的工作就像潮汐一样，日复一日年复一年。

【解说词】现在这个港堤是铜墙铁壁、水泥牢固，以前都是堆的泥巴。我就带着我们其他的要巡视江堤的，就是要防住那个缺口，堵住那个缺口。

【解说词】2018年台风“山竹”影响期间，常熟普降暴雨。我们白茆闸全体职工吃住在闸上，连续奋战了一个月，把水位降到了安全水位以下。

【解说词】2003年老闸和新闸在我手里，完成交替，老闸变成历史文化遗址了。

【解说词】我们每一次的闸门的运行，都跟身后这片土地上的旱涝收歉息息相关。

【纯字幕】从1937年至今，新老白茆闸已经安全运行了85年，岁月更替，坚守的使命和责任从未改变。

常熟市融媒体中心2022年播出

老王拜师记

主创人员　王潇彬　沙天寅

【同期声】老王：主任，您倒是给指条路啊！我这长江大保护的稿子，编辑都毙了第四回了，您不能光保护长江啊，也得保护保护我啊！

主任：老王，稿子我也看了，总觉得确实还差那么点意思！久在单位，难免功力退步，这样，你何不重出江湖，再度学艺，我相信等你艺成归来之日，就是稿件大成之时！我给你介绍一位名师，你且寻他去吧！

【特效字幕】稿子写不好，领导让我重出江湖拜师学艺？

【同期声】老王：师傅，你在哪里啊？

【特效字幕】“金眼鹰王”陈伟国。

职业：摄影师。

业余拍鸟近十年。

【同期声】陈伟国：你的来意我已经知道，好镜头转瞬即逝，能不能拍到全靠眼疾手快。

【特效字幕】近十年拍鸟生涯。

陈伟国见证了常熟人环保理念的不断提升。

鸟类数量、品种不断增长。

日渐改善的生态环境。

让这里渐渐成为这些自然精灵钟爱的家园。

【同期声】陈伟国：小伙子，我看好你，好好努力。

【同期声】陈伟国：为师发现你眼力不错，但定力不行。这样，你到浒浦江边，去找一位翁师傅，跟他学一学再回来找我。

【同期声】老王：就是这里，终于找到了。

【特效字幕】“闹市隐侠”翁煜星。

职业：中华鲟救助中心工作人员。

接力守护中华鲟。

【同期声】翁煜星：就是你要拜师学艺吧，陈师傅都跟我说了。我晚上主要就是定时起来看下这些鱼的健康情况。我们的工作讲究的主要就是耐心、责任心、细心。

【特效字幕】为了保护长江的渔业资源，翁煜星和他的同事们竭尽全力。

2020年12月8日，江苏常熟，5尾中华鲟正式回归长江，成为长江流域生态修复的标志性事件。

【同期声】翁煜星：一般就是我一个人住在这边，时间长了，最大的感受就是太孤独了。其实我们最大的心愿就是把这些中华鲟给救助好。

【同期声】翁煜星：我觉得你现在应该明白定力和眼力是怎么回事了，但是还缺乏一些脚力。这样，你今晚先留宿在这儿，明天我给你介绍另一位师傅。

老王：谢谢师傅。

【同期声】奚志恒：脚力不行啊。

【特效字幕】“千里独行”奚志恒。

职业：长江禁渔巡查员、环保志愿者。

在岗工作两年多。

【同期声】老王：奚师傅，我此次不远千里前来，只为学习传说中的凌波微步神行术。

奚志恒：可惜啊，你现在来得太晚了，这门功夫现在已经用不上了。

【同期声】奚志恒：刚开始的话，像我手上的袋子，每天大概要捡10来包，现在人们的意识都改变了，同样还是走那么多路，像我手上的垃圾每天只有捡半袋多了。

【特效字幕】在常熟，长江环保志愿活动如火如荼。

无数志愿者为护卫一江清水默默付出，希望自己的工作再无用武之地，是他们最大的心愿。

【同期声】老王：费尽千辛万苦，我终于学艺归来。对常熟的长江大保护工作，我也有了新认识。近年来，常熟人民紧扣“共抓大保护，不搞大开发”的要求，竭尽全力地保护我们的母亲河。以铁黄沙建设为例，不建物流岛，改建生态岛，仅仅几年的工夫，昔日的荒凉沙洲，已经变成了生态绿岛，鸟类天堂。

放眼常熟长江段岸线，十年禁渔，生态放流，正让长江重现生机，淘汰落后产能，发展绿色产业，正让碧波重回视野。经测算，2020年常熟市GEP总值为1722.75亿元，较2015年增长了13.2%，GEP转化率达72.8%，在这片绿意葱茏的发展热土上，绿水青山真的变成了金山银山。

常熟市融媒体中心2022年播出

第十八届苏州新闻奖一等奖

千年古村的乡愁

——2015金村庙会直播

主创人员　曹　嵘　朱晓敏　杨　溢　赵　科
宋海涛　陈登耀　王家辉　阴　晓

【导语】去年12月，我市的金村庙会成功入选国家级非物质文化遗产名录扩展项目名录。今天，一年一度的金村庙会隆重举行，作为成功申遗之后的首次庙会，今年的金村庙会现场情况如何，有什么变化？我台派出多路记者，对庙会的各个环节进行现场报道。

【标题】3000多碗长寿面象征健康与平安。

【解说】早上七点半，虽然距离金村庙会的公祭仪式还有一个多小时，不过，金村永昌寺里早已热闹起来。人们把前一天晚上做好的寿面、圆子、粽子等供品送到永昌寺。

【口播】记者李晔：我现在是在永昌寺的食堂内，一大早啊，每个村的小组长会把他们组里的供品送到这里，有汤圆还有面条。供奉完之后，再把这些供品分发给村民们。

【解说】按照风俗，供品被送到永昌寺后，会有人将汤圆分成小份，免费发放给村民，而送来的长寿面则会在现场烹煮，配上各种浇头，分发给每个参加庙会的人享用。

【口播】记者李晔：现在我已经来到了永昌寺食堂的外面，可以看到现场已经架起了炉灶，厨师们正在煮面，要把这些面分发给每个来庙会的村民，这也是每年金村庙会最受当地老百姓重视的一个仪式。

【解说】金建明是金村当地的厨师，这几年煮长寿面的工作一直由他负责。他告诉记者，为了让村民们在庙会这一天都能吃到长寿面，他们已经忙活好几天了。今天早上四点多钟，他们就来到这里，制作长寿面的浇头。

【同期声】厨师金建明：浇头就是豆腐干榨菜，都是素的，今天早上做的，都是新鲜的。

【解说】金建明说，庙会当天，他们要煮三千多碗长寿面，从早上4点一直忙到中午12点。尽管非常累，但厨师们丝毫不敢马虎，因为他们明白，这碗长寿面对于金村当地的老百姓来说意义非凡。

【同期声】金村村民：我们每年都过来吃长寿面，就求个吉祥平安。

金村村民：吃了面好。长寿面，身体好，健康身体。

【解说】最近几年，除了当地村民外，很多其他地方的市民也会赶在这一天，来吃碗长寿面，讨个吉利。

【同期声】市民：我是从杨舍过来的。我每年都过来，跑到这个庙会来吃一碗面。这个面寓意长寿，图一个吉利。

【标题】八抬大轿请圣像，义务劳动谢英雄。

【解说】吃完长寿面，上午8点，恭请金七圣像的队伍浩浩荡荡走出永昌寺，在巡街一周后，向金村广场走去。

【口播】记者乔亚萍：现在我们看到，身着盛装的村民们将三尊圣像从永昌寺里面请了出来，这三尊圣像分别是金七总管的儿子、金七总管和小皇太子。这三个人在当地都是非常有威望，接下来村民们将会抬着这三尊圣像进入主会场，开始今天的庙会仪式。

【同期声】请神队伍总领队金正球：第一位就是中间一位的儿子，他的名字叫金昌。第二位就是抗倭寇英雄，他是金七。后面一个就是皇帝封的太子，小皇太子。他的名号叫千圣小皇太子真人。他不是当地的，他是陪两个老爷出来巡街的。

【解说】介绍情况的这位老人叫金正球，是金七的第十七代孙，也是今天请神队伍的领队。他告诉我们，这支请神队伍的200名村民，全是不要报酬，自发前来。

【同期声】请神队伍队员赵文琴：都是义工。（为什么愿意来参加这个？）就是供神，就是一个信仰。

【解说】金村请神队伍组建于2005年，除了用八抬大轿抬出圣像的三支队伍，请神队还有会旗队、彩旗队、锣鼓队等，队员平均年龄在50岁以上，其中年纪最大的有80岁。

【同期声】记者：为什么这么大年纪了还来参加这个活动？

请神队伍队员刘美容：喜欢。要爱护。我们经常要上香。今天要跟在后头。

【标题】万人参与金七公祭。

【解说】上午8点58分，金村庙会纪念抗倭英雄金七的公祭仪式正式开始。

【口播】主持人黄绍伟：现在我就在金村广场的入口处，大家可以看到，现在恭迎金七圣像的队伍正向我们这边走来，现场是锣鼓喧天，鼓乐齐鸣，非常热闹，我们还可以看到，在咱们金村广场上，也已经聚集了大量的金村村民。现在我们也来听一听金村村民对庙会到底是什么样的想法。

【同期声】金村村民：我从小生活在这边，我也没想到金村会发展成这个样子，我觉得还是蛮好的。我觉得是对年轻人的一个激励，有一种积极向上的精神，我觉得是需要我们去学习的。

【解说】金村庙会始于宋代，以现在的永昌寺为活动中心，农历四月初八佛诞日为正日，前后三天，最初以浴佛为主要活动。明代嘉靖年间，倭寇屡犯东南，金村也屡遭侵扰，金氏家族中的金七带领乡民奋勇抗击，最后寡不敌众而牺牲。此后，庙会增加了纪念抗倭英雄金七的内容，庙会影响也不断扩大，年年举办，直至1957年终止。20世纪90年代后开始恢复。如今，金村庙会内容丰富，包括浴佛、祭祀金七、出会、村民宴请亲友等活动。其中，以祭祀金七的活动最为浩大。今年的公祭活动，吸引了10000多位市民参与其中。

【标题】庙会成功入选国家非遗名录。

【解说】活动现场，江苏省文化和旅游厅非物质文化遗产处处长冯锦文为金村庙会入选国家非遗项目进行了授牌。为什么这样一个村级庙会能够成功申遗呢？中央文史研究馆馆员、长江文化促进会会长陶思炎认为，成功申遗，最重要的因素就是整个庙会非常原生态。

【同期声】中央文史研究馆馆员、长江文化促进会会长陶思炎：主要是比较原汁原味，从民间的土壤中生发出来，没有什么人为加工的痕迹，而且整个格调，它比较健康，是对英雄的追记。再一个，群众参与的热情高，所有的村民、乡民能够积极投入文化保护和建设中，这也是获得成功的又一个保证。

【解说】陶思炎认为，庙会本身就是一个民间活动，它在历史中自发形成，而做好保护和传承，关键还是要让庙会回归民间，把对英雄的追记以及文化民俗生活，自然地展现出来。

【同期声】中央文史研究馆馆员、长江文化促进会会长陶思炎：它产生于民间，回归民间，通过这个来传递我们的民族精神，使文化遗产活起来，不只是把它收藏在那，让它成为大家生活的一个部分，把这种对生活的热爱，对英雄的追记，回归到我们现实生活中。

【解说】金七为抵御侵略，浴血奋战，英勇献身，这种大义凛然、奋不顾身的民族精神和爱国情怀，也深深感染了每一代金村村民，不少村民都上台进香和敬献鲜花表达敬意。

【标题】542名村民参与表演，沿路村民虔诚拜英雄。

【导语】为了方便村民瞻仰，庙会公祭仪式结束后，还进行了金七巡街和民俗表演队活动。

【口播】记者乔亚萍：现在我们的村民扛着金七老爷的圣像和表演队一起开始了巡街的活动。大伙儿一路走，一路演，一路拜，循着既定的路线绕金村一圈，整个过程差不多有2公里，历时1小时左右。

【解说】巡街又称“出会”，整个金村一时彩旗林立，鼓号嘹亮，龙腾狮舞。沿路的村民看到金七圣像，也纷纷点燃爆竹，双手合十以示恭敬。

【同期声】金村村民：金村庙会那个老爷子，我们这里的人都要敬一敬他。他是一个善良的人，我们老百姓都感谢他。

【解说】而参与演出的都是当地村民，为了这次表演，他们从一个月前就开始排练演出。

【同期声】记者：大概有多少人参与？

民俗表演队伍总领队孟正华：542个。我们表演一共有38个节目，目的是纪念金七——民族抗倭英雄。以前我们纪念金七，只是烧烧香，为了丰富内容，增加了民俗表演队。

市民陈郑：这个要传承下去的。这个是民族文化，对民族传承非常有意义的。

【解说】上午十点半，整个巡街队伍绕金村一周。最后，请神队伍将三尊圣像恭送回永昌寺，结束了本次庙会的“出会”活动。

【标题】24项港城绝技同台竞技。

【口播】记者徐苗：今年的金村庙会还举办了港城绝技张家港非物质文化遗产技艺传承大赛。我手上拿的这个是芦花鞋，大家可以看到，这个芦花鞋我们小时候非常多见，冬天穿着非常保暖，现在已经很少见了。

【解说】制作芦花鞋的施凤高老人今年76岁，是南丰镇芦苇编织的传承人。老人说，他做芦花鞋已经40多年了，虽然现在已经很少有人穿芦花鞋了，但他会一直做下去。

【同期声】村民：我小时候在十几岁做，最起码40年没有做了。现在不多，很少见。

施凤高老人：要做下去，不做下去没有人家看了，看不到了。

【解说】现场还展示了虎头鞋制作，木杆秤制作，面塑工艺品等24个港城绝技。经工艺价值、历史渊源等方面的考核，最终，后塍竹编等6个非遗项目获得技艺大赛金奖。

【标题】8个苏州市非遗亮相庙会。

【解说】除了我们本市的绝技，苏州的不少非遗项目也来到庙会现场，进行展示。

【口播】记者徐苗：我现在是在苏州市非遗项目的展示现场，来自苏州的苏绣、苏式酿酒制造工艺等8个非遗项目在这里展示。大家可以看到，制作工艺的独特性吸引了我们港城老百姓前来观看。在我身后这个展示现场，现在是人头攒动，非常热闹。

【解说】苏州的非遗传承人表示，金村庙会是国家非物质文化遗产，他们到金村庙会展示，希望能够通过交流学习，彰显非遗的魅力。

张家港市广播电视台2015年播出

第二十届苏州新闻奖一等奖

摘锦版《牡丹亭》首演

主创人员　陈佩华　喻秀云　张述勇　张　斌　冯　涛　朱雪清

主持人：观众朋友晚上好，我是今天这场直播活动的主持人晓喻。我现在站在昆山当代昆剧院的剧场大厅里，现在离演出正式开始大概还有半个小时的时间。

在今天的演出正式开始之前，我想带大家到后台探个班。我们刚才也提到了，我今天会邀请两个重量级的嘉宾，跟我一起给大家做一个全程的导赏点评。那么这两位嘉宾到底是谁呢？别着急，请大家跟我一起来。这里已经进入我们的剧场大厅了，这个是侧舞台，我已经听到了阵阵的乐声。

主持人：龚老师，您好。

龚隐雷老师：晓喻，您好。

主持人：这位就是我们昆山当代昆剧院的艺术总监，摘锦版《牡丹亭》的主教老师——龚隐雷老师。

龚隐雷老师：大家好，大家好，应该很熟悉的。虽然和你们隔了一层屏幕，但是肯定是非常熟悉的。

主持人：对的，龚老师是我们昆山媳妇。不管是在昆山的舞台上，还是在全省的舞台上，我们都非常熟悉了。龚老师，这是我们今天整个的乐队是吗？

龚隐雷老师：对对对，我简单介绍一下。这是我们当代昆剧院一支非常年轻的乐队，他们有相当一部分是音乐学院毕业的，也有一部分是戏曲院校毕业的，所以我们这个团队非常年轻。因为他们很多是音乐学院毕业的，对于昆曲的伴奏模式，还在学习和磨合当中。所以为了让他们更好地掌握昆曲伴奏，我们特地邀请了来自江苏省演艺集团昆剧院的著名笛箫演奏家王建农老师加盟。

主持人：王老师我们也很熟悉了。

龚隐雷老师：这是我们演艺集团优秀的青年鼓师李立特老师。

主持人：李老师，跟大家打个招呼。

龚隐雷老师:所以我们乐队在两位老师的带领下,我觉得进步非常神速。我们之前演出的几场,都要去借乐队。但是这一次八场演出,我们几乎一个乐队也不借,都是我们自己年轻的团队。每个人都上,大家可以和屏幕前的观众打个招呼。很棒!我看了觉得非常高兴,通过这八场演出,他们应该会达到更好的一个点。

主持人:王老师我们应该也很熟悉了,王老师是昆山人,对不对?在昆山“昆昆”的舞台上,带领这样一支年轻的乐队团队,您有什么感受?

王建农老师:首先很高兴能跟他们一起演出,因为从个人的水平讲起来,他们都非常棒。但是作为昆曲的伴奏,他们还需要经过一段时间的磨合。通过前一段时间的训练,我感觉我有信心,一定会把他们一起带到最佳状态。

主持人:谢谢您。我们也非常期待今天晚上你们的精彩演出。

龚隐雷老师:我们可以在后台转一圈。你看这个舞台,其实,我们昆山当代昆剧院剧场的硬件,真的非常棒。演昆曲而且是正正好这么大小地方,观众席四百多个,看昆曲是一个最佳状态。

主持人:这是我们“昆昆”的第一个全本亮相。这些都是今天晚上要上场的演员。

主持人:跟大家打个招呼吧,杜丽娘。

龚隐雷老师:这是今天晚上扮演第二个段落的《离魂》和《冥判》的杜丽娘的扮演者邹美玲。你看看,我们可以拍一下,我们这边的这一些头饰,都是非常精美的。像这个我们叫做点绸,一般闺门旦就要戴这种。这一副其实我们叫假点翠,真点翠的话价格非常高,特别好的话要几十万。我们“昆昆”买了一副,这一副平时基本上不大拿出来用,也是属于一个镇院之宝吧。一般一个院团如果经济实力可以的话,应该要备一副,因为以后点翠会越来越贵。

主持人:我听说昆曲旦角演员的包头(勒头)是特别复杂的。

演员:勒头。用一个勒字,特别疼。像武戏演员比文戏演员还要疼很多。我们今天也是勒得很紧。

主持人:我听说第一次勒的时候都会晕的,会吐。

演员:对,第一次就很不习惯,特别不习惯。勒得很紧,勒到穴位的话就会特别疼。

龚隐雷老师:这边两位也是今天的两位主演。第三组的杜丽娘,许丽娜。这是等一会儿演《拾画》部分的柳梦梅,王晟。那个是我们年轻的化妆师。今天这些头饰都是她独立来完成的。

主持人:像旦角的这样一个包头的过程,大概需要多少时间,或者需要多少程序?

化妆师：程序大的步骤差不多四个，大概20分钟到30分钟。

主持人：最疼、最累的那个步骤是什么？

化妆师：第一道勒头带就很重要，全部勒得很重。

主持人：这一勒其实就是把演员的精气神吊起来了。

龚隐雷老师：都要吊眉，如果今天她这个眉毛不吊起来的话，因为观众距离很远，就会觉得你没有精气神。所以这是我们戏曲演员独门的功夫，要练的头功。

主持人：真的是台上一分钟，台下十年功。美玲，祝你演出成功！我们再介绍马上要出场的下一位嘉宾，这也是我们摘锦版《牡丹亭》的主教老师，同样是我们龚隐雷老师在舞台上十多年的黄金搭档——钱振荣老师。钱老师，跟大家打个招呼。

钱振荣老师：大家好。这是我们今天扮演柳梦梅的第一位小生，叫黄朱与。

主持人：我觉得小生演员难的是他那个脚上的靴，跟旦角那个头上的头功一样。你们是不是要有脚功？

演员：这个就是我们穿的厚底（鞋），大家可以看一下，我们在台上一直是踩着这个走路的，这个其实是用纸做的。

主持人：用纸做的？我自己平时比如说穿这种靴，或者底稍微高一点会特别不舒服，踩不到实地的感觉。

龚隐雷老师：会崴脚，也是要练的。

演员：你不习惯的话肯定会崴脚，要练几个月，一年两年就会活动自如了。

主持人：那朱与有没有曾经摔倒或者咬牙苦练的时候？

演员：没有摔倒过，不过在台上如果很久时间不练功，你的脚底下就会不稳，所以我们要一直保持练功的状态。

主持人：钱老师更有体会了，在舞台上这么多年。

主持人：通过这样的一番探班呢，我们已经知道了后台井然有序，只等大幕拉开了。现在不知道前台的情况是怎么样？观众们现在是什么样的心情呢？我们通过现场的记者张斌来给大家做一个介绍。我也邀请两位嘉宾跟我一起走进直播室。

记者张斌：现在我就是在咱们这个即将演出的剧场。那么大家可以看到整个剧场呢基本上坐满了观众，还有部分观众在有序地检票入场。那么在演出开始之前啊，相信大家的心情都是跟咱们演出的色调是一样的，是红色的，都是非常激动和兴奋。那么我们也想听一听观众们当下心里的感受。这位观众您好，想问一下您这一次特地来到这边，对这一次（演出）有些什么样的期待呢？

观众：因为我喜欢昆曲很长时间了，知道这一次的摘锦版《牡丹亭》是龚老师和钱老师带领的“昆昆”这一批年轻的演员一起去打磨和制作的，所以我对今天晚上所有上台的演员都有一个期待，希望他们无论是自己个人的演出，还是跟同伴之间的配合，都能做到非常好的呈现，希望能够给大家带来一个精彩的夜晚。

记者张斌：谢谢您。我这边的情况差不多就是这样，让我们的镜头重新切回演播室。

主持人：谢谢张斌，我觉得现场的观众已经凝神屏息、翘首以盼了。那我在正式演出开始之前啊，还有一个最大的困惑，也是观众朋友们的疑问，要请两位老师来答疑解惑。我们现在可以通过各大院团，看到各个版本的《牡丹亭》，我印象最深的是上个月刚上演的大师传承版《牡丹亭》。摘锦，字面意思很好理解，就是摘取精华。我就想知道摘取的过程当中，我们取了什么，舍了什么，是怎么来摘锦的?

龚隐雷老师：我们这一次如果是演全本的话，需要演五十五出，需要演几天几夜。观众要看几天几夜才能看明白，这是怎样的一个状况。其实我们这一次的摘锦呢，是在著名编剧张红老师的精华版《牡丹亭》的基础上，再来摘取里面最经典的段落。我们是想通过两个小时的容量时长，这样既可以让初入门的欣赏者看到非常完整的一个故事情节，可能这个故事情节也会吸引他，这是我们针对刚刚入门的这些观众。我们在这里摘取了最经典的那些表演的段落唱段，是针对资深的这些戏迷，所以我们这个摘锦版是考虑到两类观众层次都可以看到。所以在今天的两个小时，两类观众群都可以满足到。

主持人：我听说摘锦是选取精华串演的这样一个传统，其实是古已有之的，对吗?

钱振荣老师：对，其实，我们这一次摘取的是《牡丹亭》里面的《游园》《惊梦》《寻梦》《言怀》《离魂》《冥判》这些片段，都保留了里面最精华的部分浓缩在其间，让观众大概看到里面的一个故事情节。其实《牡丹亭》是我们汤老先生非常伟大的、具有浪漫主义情怀的一个作品，它宣扬了一种为了爱情，生可以死、死可以生这样一种至情至性的情怀。在我们当下的社会里，也具有一种现实的意义。

龚隐雷老师：所以我们要在两个小时的表演过程中，让观众来感受杜、柳的旷世之恋。

主持人：我们也很期待这样一个严格遵守原著又具正统传统的剧目，由这样一群年轻的演员来演绎，我非常期待。

龚隐雷老师：我们这次也是特意这样安排的。

钱振荣老师：这一次是我们当代昆剧院年轻的演员整体都在摘锦版里面，整体上场了，应该是集体亮相。不光是年轻的演员，包括年轻的乐队，包括我们的舞美，全体人员都投入这个杰作里。

龚隐雷老师：他们能够这样完成，我和钱老师，包括我们很多的老师，都觉得非常欣慰。因为他们舞台经验非常缺乏，包括乐队、舞美，他们整个的演出状态。因为一个新的团队，他们从来没有独立地去完成这么大的演出。虽然是两个小时，但是容量还是可以的。今天已经是第四场了，我们这次八场是秋冬期惠民演出。

钱振荣老师：在十月六日有一次汇报演出，今天是第三场。

龚隐雷老师：所以他们的状态我们看在眼里，喜在心上。每一场他们都在进步。

钱振荣老师：我们也是不断地在进行尝试，现在我们是让他们分成三对杜丽娘、柳梦梅在演出，我们希望接下来能够有一对从头至尾演完，这样让他们的能力有一个进步。同时我们的舞台也能够更好看一些。现在因为人数实在缺乏，像花神，应该上六个、八个，现在只能上两个，小鬼应该上十个，我们现在只有四个。如果把人手腾出来呢，我们的舞台呈现就会更好看一点，更丰富多彩一点。

主持人：现在演出马上就要开始了，我想我们在这个过程当中呢，可能我和两位老师，不仅仅是从舞台上，可能也会从文本，从演出，从专业上，给大家做一些精彩导赏。也非常期待演员们今天晚上精彩的演出。摘锦版，我的理解就是完整地保留了生、旦的一条线，然后删掉了一些老生、老旦的一些旁枝末节的戏。是吗？

龚隐雷老师：旁枝末节的戏也有体现，但是主要摘的是杜丽娘和柳梦梅的戏份。

主持人：所以，等一下一开场就是《游园惊梦》最经典的。很多人都说昆曲之美，最美的首先是唱词。我觉得就是这个《皂罗袍》，杜丽娘游园的第一支曲子，就很鲜明地体现了文辞之美。

龚隐雷老师：所以我们这一次，《游园》是直接从《皂罗袍》就开始切，《惊梦》直接就摘取了《山桃红》，《游园》《惊梦》是两个重要的段落。我们为什么《游园》是从《皂罗袍》开始呢？因为《皂罗袍》在我们整个《牡丹亭》是一个非常重要的曲子。

主持人：两位老师，我们“昆昆”现在由0到1，接下来我们有什么样的规划？

龚隐雷老师：接下来，我觉得，首先传承是我们的根本。因为青年演员身上传统的折子戏的储存量非常少，人员的配置还不够、不齐，可能有的戏他有了，搭档没有，那么这个戏也成不了。所以接下来重中之重，就是折子戏的传承和剧目的积累。每个演员我们就是会为他们做些规划，哪些演员传承哪几出戏。所以说这个剧目，不要说长，通过一两年，不要说每个人身上，“昆昆”要有个三十出折子戏，这是我们想努力去做到的一个量，我们要从量变到质变。当然，这一过程中，我们会邀请著名表演艺术家，大熊猫级别的、中青年的、很优秀的，他们身上好的戏，我们会把老师请过来教，请进来，也可以送出去。用这样的方式，让青年演员学。因为，只有传统的折子戏储备得特别厚实，才能在以后的大戏，创新的或者新改编的，或者是连台本戏，包括《牡丹亭》，一个演员要从头到尾唱整场，是非常考验人的。

钱振荣老师：对于一个剧团来说，你的折子戏的多少，也就是你的财富的多少。现在我们衡量每个人的专业，考有多少折子戏。我有两百出，两百出不错。我只有一百出，一百出少一点。现在我们可能二十出都不到，所以我们的路还很长，任重道远。

主持人：年轻的“昆昆”有这样好的平台，还有这样好的硬件设施、这么好的老师，一定是前程无量的。

主持人：今天，我们请两位老师一起做了摘锦版《牡丹亭》的全程导赏，不仅从文本、剧情的推进，甚至剧情的思想，跟大家详细地聊了这个《牡丹亭》的台前幕后。今天的直播到这里就结束了，非常感谢两位老师来参与我们的节目，也谢谢观众朋友们的参与。再见。

昆山市广播电视台2017播出

第二十二届苏州新闻奖一等奖

庆祝昆山解放70周年

主创人员　陈佩华　杨逸帆　张国一　陈　阳
　　　　　邓智文　朱雪清　梁睿文　罗　肖

主持人：观众朋友们大家好，今天是2019年5月13日，现在是上午九点半，您正在收听收看的是昆山市融媒体中心策划推出的《庆祝昆山解放70周年》特别报道。我们的节目正通过昆山电台FM88.9频率、昆山电视台新闻综合频道、昆山视听客户端、网易昆山频道同步直播。70年前的今天，也就是1949年5月13日，是一个永远值得我们昆山人记忆的日子。正是从那天起，昆山人民推翻了压在身上的“三座大山”，重获新生，并走向了一个崭新的时代。今天我们的演播室非常荣幸地邀请到了几位嘉宾，他们中，有这段历史的亲历者，也有解放后“新昆山”的建设者，同时，也有我们新一代的青年代表。我们依次来认识一下。首先是两位“90”后，一位是中国人民解放军退伍老兵，时任华东野战军28军83师247团3营8连副指导员昆山解放战争的亲历者，今年91岁高龄的崔健，崔老您好。（崔老打招呼）这一位是昆山解放后时任昆山县政府副县长，今年92岁高龄的王道伟，王县长您好。（王县长打招呼）最后一位是我们的青年代表，张浦镇金华村党委副书记徐丽娟，小徐书记你好。（徐书记打招呼）今天，我们的节目，将会和三位嘉宾一起，重温70年前那段艰辛却光辉的岁月。首先，我们先通过一个短片重温昆山解放史。

VCR1《庆祝昆山解放70周年　重温光辉岁月》

【正文】新中国成立前，勤劳淳朴的昆山人民深受帝国主义、封建主义和官僚资本主义的沉重压迫和残酷剥削，生活在水深火热之中。从20世纪20年代中期开始，中国共产党就秘密地在昆山进行革命活动。鉴于昆山地理位置的重要性，反动统治阶级牢牢控制着这块上海通往旧中国首都南京的咽喉要道，中国共产党领导昆山人民的斗争格外曲折和艰辛。1949年5月12日，人民解放军第三野战军发起上海战役外围战，战斗从昆山打响。

随后，解放军26军军长张仁初携76、78两个师6个团从西向东，分别沿苏昆路、吴淞江，分陆路和水路向西巷、陆家浜、青阳港等方向迂回堵截国民党守军东逃上海的退路。在激烈的战斗中，残守昆山县城的国民党军队弃城沿铁路东逃，并抢先炸毁了青阳港铁路大桥，妄图逃脱解放军的追击。面对过江的交通要道被敌人阻断，我军毫不气馁，用半天时间修复了桥梁，并依靠昆山当地群众的帮助，顺利渡江。

【正文】当晚10点，我军226团率先抵达沪宁铁路西巷车站东侧，将国民党军拦腰截断。剩余顽敌退至西巷车站，凭借装甲车继续顽抗，226团官兵紧咬敌军，猛打猛冲。13日拂晓，我军攻克西巷车站，200多名东逃残敌也被及时赶到的227、228团全部歼俘。自此，昆山正式宣告解放。此次战役，我军共俘敌2000余人，同时也不幸牺牲解放军战士32名，他们被安葬在马鞍山麓，从此长眠于这片他们浴血奋战的土地上。

主持人：时间到了1949年5月12日，我知道当时崔老您和您的部队就在那天到达了昆山，对于当时来到昆山的印象，能为我们回忆一下吗？

中国人民解放军退伍老兵崔健：5月12日那天到了昆山，我们的目标是解放嘉定，为解放上海做准备。但是因为我们部队的军人都是山东人，江南这边的气候又很潮湿，一直在下雨，所以大部分军人身上又湿又冷，于是我们到了昆山这边进行休整，同时也想向昆山当地老乡借锅借灶，熬红糖水驱寒。

主持人：当时这个过程，有没有让您印象比较深刻的人或事？

中国人民解放军退伍老兵崔健：昆山老乡从一开始的害怕，到后来借给我们水、炉灶，为我们挑水，最后还主动为我们引路……

主持人：听着崔老的讲述，我感受到了解放军与我们昆山当地百姓之间的军民鱼水深情。王县长，您虽然是1959年到昆山工作，但是对于昆山解放的这段历史也非常了解，为我们讲讲当时解放昆山一些具体的战役和关键节点。

原昆山县政府副县长王道伟：是的，昆山解放战争是解放上海战役的开篇和序幕，在昆山得到解放后，这里承接着上海战役重要的后勤保障工作……

主持人：听了两位长者的亲身经历，生长在和平幸福年代的小徐书记，是什么样的感受？

张浦金华村党委副书记徐丽娟：是的，听了两位前辈的介绍真的很激动，感觉解放战争的画面历历在目，更加感恩自己生活在和平年代，没有前辈们的付出和牺牲，就没有我们青年一代的岁月静好。

主持人：为了铭记和庆祝昆山解放的重要时刻，今天上午十点，市委、市政府隆重举行“庆祝昆山解放70周年升国旗仪式”。我们前方记者姚启文，此刻就在城市广场，我们把信号交给前方记者，请他介绍一下现场的情况。

城市广场直播连线

姚启文：这里是位于市政府和前进路中间的城市广场，再过一会儿，庆祝昆山解放70周年升国旗仪式就将在这里举行。今年是非常特殊的一个年份，是新中国成立70周年，是昆山撤县设市30周年，同时也是昆山解放70周年，所以今年的升旗仪式可以说意义非凡。在活动现场，市四套班子领导，市委、市人大、市政府办公室主任，市政协秘书长，市各部委办局、各人民团体、各直属单位主要领导，老战士、老同志和烈士遗属、亲属代表，以及人武方阵、师生代表参加今天的升旗仪式。同时我们也看到很多市民自发地来到这里，共同来感受这样一个充满教育意义、充满民族自豪感的时刻。

主持人：在今天这样一个特殊的日子里，有一群人我们永远不能忘记，他们就是为我们昆山解放事业抛头颅、洒热血的先烈们。接下来我们就跟随前方记者的脚步，来到位于亭林园的烈士陵园内，一起聆听英雄的故事。

烈士陵园直播连线

梁睿雯：大家好，我是昆山市融媒体中心主持人梁睿雯，这里是位于马鞍山东路1号，亭林园内的昆山市烈士陵园。昆山是具有光荣革命传统的地区。在中国共产党的领导下，勤劳勇敢的昆山人民为新民主主义革命的彻底胜利和社会主义建设的伟大事业，作出了重要的贡献，付出了巨大的代价。许多英雄为新中国的建立，慷慨就义，英勇捐躯，他们是昆山人民的骄傲，更是昆山人民的宝贵财富。

主持人：昆山解放后，当时的昆山可以说是百废待兴，亟须一批精锐的干部队伍来进行管理和发展。王县长您曾经在《难忘的五月十三》这篇文章里写到了这样一群人，“献了青春献白发，献了自己献子孙”，他们就是当时的南下接管干部。关于这段历史，给我们说说。

原昆山县政府副县长王道伟：从山东一路向南，徒步3000多公里……在这里遇到语言、水土不服、水灾等困难他们是如何克服的。

主持人：一代人有一代人的担当，少年是祖国的未来。今天，我们的另一路记者来到市档案馆，记录一堂爱国主义教育的实践课堂，让我们把信号交给现场主持人罗肖，请他为我们介绍一下现场的情况。

档案馆直播连线

罗肖：大家好，我现在所在的位置是位于震川西路的昆山市档案馆。档案是历史的记录，是人类文化传承的重要纽带。在档案馆二楼的“玉出昆冈——昆山历史文化档案陈列”主题展中，峥嵘记忆部分，图文并茂地展现了抗战和解放战争中关于昆山的历史进程。今天是昆山解放70周年，在我身后，来自培本小学的50余名学生，正在这里参观，深入、直观地了解昆山解放史。

罗肖：在我身旁的是培本小学的老师顾洁琼，您跟我们说说，为什么会在今天，组织学生，来档案馆参观了解解放战争史。

顾洁琼：昆山培本小学创办于1905年，是一所有着112年历史的老学校，也是我们昆山解放历史的见证者，我们希望通过组织学生参观学习，让他们更加了解自己生活的这座城市，铭记历史，面向未来。

直播总片头

主持人：好的，谢谢罗肖。昆山解放后，特别是改革开放以来，昆山以勇立潮头的姿态，积极发扬“敢于争第一、勇于创唯一”的精神，发展成为全国县域经济领头羊。接下来，我们一起通过一段短片，感知“昆山之路”的澎湃动力。

VCR2

【正文】今年是昆山解放70周年，也是昆山撤县设市30周年。从1949年5月13日起，昆山人民获得了新生，走向一个崭新的时代。特别是自改革开放以来，昆山从自费开发起步，坚持率先改革、率先开放、率先发展，走出了一条以“艰苦创业、勇于创新、争先创优”精神为强大动力的“昆山之路”。实现了“农转工”“内转外”“散转聚”“低转高”“大转强”的飞跃，成为全国18个改革开放典型地区之一，摘得全国中小城市综合实力、绿色发展、投资潜力、科技创新、新型城镇化质量百强县市“五个第一”，连续14年位居全国百强县首位。

【正文】近年来，昆山持续坚持稳中求进工作总基调，坚持新发展理念，推动高质量发展，以供给侧结构性改革为主线，深化市场化改革，扩大高水平开放，聚焦人才科创，突出生态宜居，加快建设国家一流产业科创中心，深入实施18项三年提升工程，打好三大攻坚战，推动昆山发展实现“全新一跃”，为高水平全面建成小康社会收官打下决定性基础，全力做好高质量发展榜样，以优异成绩庆祝中华人民共和国成立70周年。

主持人：我们为今日昆山所取得的辉煌成就而由衷自豪。节目进行到这里，就要进入尾声了，借着这个机会，王县长、崔老，对我们昆山未来的发展有什么样的寄语？

崔健：虽然我现在已经90多岁了，但是我还是会每天通过报纸新闻，了解昆山的发展情况。70年前我来到昆山的时候这里只是一个小乡村，夜里黑黢黢也看不到几户人家。但谁也不会想到，70年后的今天，这里的发展日新月异，现在是全国百强县首位了。同时，我也很欣慰地看到，现在昆山的年轻人有理想、有本领、有担当，一步一步接过前辈们的接力棒，把我们的昆山建设得越来越美好，我相信我们的昆山未来一定会更好。

主持人：作为我们新一代的青年代表，小徐书记将如何在金华村这个乡村振兴的舞台上，施展身手？

徐丽娟：金华村在2015年荣获了昆山首个“全国文明村”的荣誉称号，在历任“摆渡人”的带领下，有着殷实的经济基础和良好的人文底蕴。我们将按照“产业兴旺、生态宜居、乡风文明、治理有效、生活富裕”的目标要求，做好乡村振兴这篇文章，走出一条“金华特色”的乡村振兴发展之路。

主持人：70年披荆斩棘，70年风雨兼程，在中国共产党的领导下，昆山发生了翻天覆地的巨变，人民的获得感幸福感不断增强。发展是最好的继承，进步是最好的纪念。相信今后，我们将继续从这场伟大的战役中汲取智慧和力量，用历史的火炬照亮前进的道路，以现实的担当传承历史的财富，高举习近平新时代中国特色社会主义思想伟大旗帜，撸起袖子加油干，以永不止步的执着，答好新时代问卷，推动昆山在高质量发展中实现“全新一跃”！好的，感谢三位嘉宾今天做客我们《庆祝昆山解放70周年》直播特别报道，也感谢大家的收听收看，再见。

昆山市融媒体中心2019年播出

第十九届苏州新闻奖一等奖

别让困境儿童被慈善所困

主创人员　乔亚萍　朱晓敏　朱　峰　徐九龙

【导语】据市民政部门统计，目前张家港全市的困境儿童超过千名，他们因种种原因，生活困苦无依。他们的遭遇引起了社会各界的广泛关注，很多爱心人士把关爱的目光投向他们，力图帮助他们早日走出困境。然而记者近日采访调查却发现，社会上无序、过度的关爱正在将这些孩子推向更深层次的困境。为什么困境儿童会被慈善所困，来看记者的调查。

【现场】我真的很需要这样一个手机。你都已经帮了我很多了，你哪怕再帮我最后一步，以后我慢慢还给你就好了嘛。

（可是我也已经跟你说得很明白了，我们程序是如此的，我们不可能在你这边破个例……）

【字幕】爱心资助帮出福利“老赖”。

【解说】视频中这个男孩叫小法，来自锦丰镇的一户低保家庭，从初中开始就被列入了张家港市的困境儿童救助体系当中。因为小法成绩优异，因此他除了每个月可以拿到生活补助，每学期还能领到3000元的助学金。今年他考上了大学，张家港一家企业又一次性资助了他6000元的助学金。哪承想，没过几天，小法又找到民政部门要救助金，为的是换部新手机。

【同期声】张家港市民政局社会救助科科长陶静华：达不到他的要求，他就希望政府能够出一部分资金，帮他全部解决掉。从大概中午十一点多钟过来，我就一直陪他，把所有的政策跟他解释，跟他梳理，当时他就跟我讲，那我向你借，你借给我，我以后毕业了还给你。

【解说】见民政部门不能满足自己的要求，小法就一直坐在民政局救济科办公室不肯走，无奈之下，工作人员只能报警，直到晚上8点，小法才被民警带走。

【同期声】张家港市锦丰镇悦来社区主任钱萍：以前没有这么多人帮他的时候，

他还会勤工俭学，放假了去打工，帮助家里分担一点，现在大家都帮他了，他反而什么也不做了，直接去要了。

【现场】记者乔亚萍：出于对困境儿童的保护，我们不能直接去采访他们，了解他们内心的真实想法。但是，我真的很想知道，为什么像小法这样一个品学兼优的孩子，在众人的帮扶之下，没有心怀感恩，反而成了一个福利“老赖”呢？是不是我们慈善行为本身出了什么问题？我们给的，真的是孩子们想要的吗？

【字幕】过度关爱变成甜蜜的负担。

【解说】滨江公益坊是我市一家民间公益组织，长期为困境儿童送去免费绘画培训。最近志愿者们策划了一场名为“我需要怎样的爱”主题画展，让孩子们画出对社会关爱的真实感受。其中一个孩子的画让志愿者们感到非常意外，这个孩子在画中表达了自己频繁收到书包后的无奈和抱怨，他用稚嫩的笔在画中写道：叔叔，谢谢你的好意，可是你每次都送我书包，我已经腻了，这是我的实话。

【同期声】张家港市锦丰镇滨江公益坊社工魏婷：刚看到小朋友们的画，我们也觉得有些意外，但是后来仔细一想，我们就能够理解了，我们不能怪那些孩子们他们不懂得感恩。很多的单位、公益组织，他们就是一窝蜂地去献爱心，可能就是为了献爱心而献爱心，送的东西总是书包、文具盒这些东西，想想孩子们，一年十几次收到的都是书包，都是文具盒，他们没有感觉到真正的爱心，所以他们难免会反感。

【同期声】张家港市科技局志愿者服务队缪朱峰：其实，当我们带着文具、书包到孩子家里，看到他家里已经有了，他并不缺这些，我们也很尴尬，虽然有点难为情，但是我们不得不承认，其实我们根本就不知道，这些孩子他们真正需要什么，想要什么。

【解说】盲目的关爱，并没有给孩子们带来生活的快乐，而是很多时候成为这些已经尝尽生活苦涩的孩子们的一种看似甜蜜的负担。

【同期声】张家港市乐余镇乐余小学老师陈伟：我们班有一个小朋友就是这样子的，有一些特别的节日，六一儿童节前后，他们会一下子就集中到一起来关注他们，小朋友有时候在上课上得好好的，他们就会打电话，家长叫回去说，哪个部门来看他了，其实有的时候我们老师也觉得，这种关心，有时候太频繁、太集中了，也不是好事情。

【字幕】不走心的爱心伤了孩子的心。

【解说】一波又一波的送钱送物，看起来热热闹闹，但对孩子心灵的关照却被很多人放在一边。13岁的小文父亲80多岁，母亲50多岁，还有轻微智力问题，父母已经无力抚养小文，更别提对她的培养和教育。然而就是这样一个身处困境的孩子却让社工沈艳很头疼。

【同期声】张家港市困境儿童关爱中心社工沈艳：这个孩子刚上初一，我们去她家的时候，基本上她是不怎么跟你交流的，最多也就是点头、摇头这样的。不说话的。

【解说】要想帮助小文，就必须打开她的心扉，经过多次走访，沈艳才得知，原来在小文9岁的时候曾经有一位爱心人士来慰问过她，并答应她还会再来看她，然而时至今日，当时的那个人再也没有踏进过小文的家门。正是这一次失约，让小文开始对外界的一切充满怀疑和不信任，她的性格也变得越来越自闭。

【同期声】张家港市困境儿童关爱中心社工沈艳：她现在跟我们交流当中，是存在一些缺陷的，我觉得也是因为这件事情，造成了她对外界的一种不信任感。其实，对于她这个家庭来说，像我们这个社会上，经济帮助不少。我觉得经济方面并不是缺少钱这一块，我觉得更多的是对她心理方面的一些关注。她内心的想法，没有办法表达出来。

【字幕】扎堆的爱堆出了“福利依赖”。

【解说】困境儿童，从原来无人问津，独自苦苦挣扎到如今引发全社会的关爱共鸣，这是社会文明的一种体现。但无序、盲目、一窝蜂地爱心涌入，却在逐渐成为孩子们心中不可承受之重。

【同期声】儿童心理与教育专家徐慧：可是他需要的是陪伴，你却只是送了慰问金就走，这样无形中就会慢慢给他滋长一种负面的情绪，孩子会觉得你来关心他，并非出于你的爱心，也不是出于对他的尊重，而是你自己对于慈善这样行为的个人的需求。一旦孩子对慈善这个概念产生偏差，他不会对你产生感恩，相反的，那些失望的、怀疑的情绪会在孩子的心中生根，他会无形中对这种事情产生福利依赖，这样无形中就会进入一个新的困境。

【解说】在徐慧看来，这种因盲目慈善给孩子们带来的困境，其实比孩子物质生活方面的困难更加可怕，因为它会导致孩子们对自身价值的否定，逐渐产生对福利的依赖。小法的过激行为虽然是个例，但不排除其他困境儿童会产生相类似的心理困境。

【同期声】张家港市民政局社会救助科科长陶静华：在他内心形成了这么一个概念，政府的，包括一些爱心企业、爱心人士给他的东西，他觉得是理所当然的。因为我困难，我就是要接受这些照顾，你们必须要给我照顾的。

【同期声】儿童心理与教育专家徐慧：福利依赖这种心理会影响到孩子的一生，

使他的整个价值观发生严重倾斜。当这样的孩子，他长大以后，进入家庭，进入社会，他的家庭也会出现各种各样难以预测的问题，这样就是由一个孩子的一些行为，我们带给他的这些行为，导致这个孩子上升到一个家庭，从一个家庭上升到一个社会，这样一个大的层面的问题。

【现场】记者乔亚萍：这就带来了一个不可回避的话题，那就是如果大家不去关心这些孩子，他们将难以脱困，但公益慈善的过量供给又会给孩子们带来福利依赖这一新的困境。如何把握好这个度，成了一个大问题。

【字幕】精准帮扶才能助孩子真正脱困。

【解说】今年8月，张家港市困境儿童关爱中心正式成立，成为我市第一个专门服务困境儿童的民办非营利机构。12月15日，中心的“困境儿童关爱服务系统”正式上线，这个系统一方面对全市1156名困境儿童的具体困境，生活状态进行梳理汇总，另一方面链接全市范围内针对困境儿童帮扶的政府资源、社会资源，进行统一管理配置，从而为每个孩子制定适当且精准的帮扶计划。这一套完整的帮扶系统在全省尚属首创。

【同期声】张家港市困境儿童关爱中心负责人杨玭：我们有8大类48项服务，可以给到他。但是具体在某一个时间段，给这个孩子什么样的服务，我们还是要有很多专家坐下来，一起给他制定一个最适合他的方案。

【同期声】张家港市民政局社会福利与慈善事业科科长朱管军：通过“互联网+”和“社会”的手段，把我们对困境儿童的关爱达到最优的资源配置、最精准的关爱和最基本的帮扶。

【解说】这一系统最难能可贵的一点在于它像筛子一样过滤掉那些同质化、盲目性的献爱心，时刻保持社会关爱在可控范围内，从而在源头上避免了无序的关爱对孩子们造成的伤害。

【同期声】张家港市困境儿童关爱中心负责人杨玭：就所有的爱心资源我们在给的时候，我为什么给你，是有依据的，我怎么给你是有秩序的。我给了以后，我是要看到福利成效的，而并不是说站在我自己的角度，我觉得我做了什么，应该是以儿童的视角，来关注儿童他在你这种支持的行为中间，在这个行为背后，他获得了什么。

【解说】困境儿童纳入服务系统后，相应的服务会持续到儿童年满18周岁，如果困境儿童的问题得到改善，将自然离开这个系统，否则，将继续转接给其他服务青年的公益组织。

【字幕】短评：困境儿童保护需从“心”关怀。

【导语】与一般的慈善不同，困境儿童的慈善，面临的是一群孩子，他们在困境中成长，他们敏感脆弱，就像生活在蛋壳之中，容易受到伤害，因此，对他们的帮助，不仅需要一颗温暖的爱心，也需要一份设身处地无声帮助的智慧和耐心，为他们编织一双梦想的翅膀。

张家港市广播电视台2016年播出

第二十四届苏州新闻奖一等奖

智改数转是转型升级的必由之路

主创人员　林秋涵　顾　宇　沈燕萍　冯一琼

【演播室出像】制造业的智能化改造和数字化转型，是产业的大事、发展的大事，转型的过程也是自我革命、不断提升的过程。常熟服装纺织、冶金机械、轻工电子等传统产业发达，历经多年发展积累了较为雄厚的基础，但工艺落后、设备陈旧等也成为这些传统行业的“通病”，严重制约了产业发展，甚至威胁到了企业的生存。如何“破局”，成为面广量大的传统企业必须面对的问题。

【解说词】江苏鼎新印染有限公司是一家有着20多年历史的规模印染企业，与传统行业主流企业一样，鼎新印染成立时间久，生产工艺复杂，设备又相对老旧，迫切需要提档升级。

作为印染企业生产布匹重要一环的布面定型，它的加工水平的好坏直接影响到布面的整洁度，宽幅、门幅的稳定性。而鼎新印染使用的定型机还是比较原始的锅炉定型机。

【采访】江苏鼎新印染有限公司管理科科长周惠：原来使用锅炉，是用锅炉通过加热导热油的方式去维持一台定型机，然后说开一台定型机也好，开两台也好，是要打开锅炉的。使用一段时间下来，发现能耗过于巨大，所以说成本也高昂。

【解说词】不仅如此，锅炉定型机工作时需要30名工人协同完成上下料、质量检测和成品整理等工序，不仅生产效率低下，产品的质量也受限于工人的检测水平。为了破解瓶颈，提高产量质量，今年，鼎新印染先后更换了6台配备超喂控制系统的直燃式定型机。使用直燃式定型机后，生产速率有了大幅提升。据测算，部分布种的生产速率提升近50%，每个月可新增50至100吨的产能，而生产每吨布的能耗比之前减少了约50立方米天然气。同时，超喂控制系统采用智能图像技术，可以对定型过程中进布侧的织物纬密进行监测，当织物的纬密状况不能达到设定值时，机器可以自动完成实时调整，为生产高品质纺织品提供了保障。

常熟六和普什机械有限公司是一家汽车钣金件的冲压与焊接制造企业，与传统的冲压、焊接行业一样，企业在发展过程中遇到了劳动强度大、招工难、人员不稳定等共性问题。

【采访】常熟六和普什机械有限公司执行副总经理庄崴翔：我想自动化现在是一个趋势，也是我们企业竞争的一个基本条件，如果不上自动化，用工成本降不下来，效率提不上去，我们的竞争力可能就会落在别人之后。

【解说词】企业确定了车间改造计划，通过引进自动化设备、无人搬运车等方式，逐步实现机器换人，缓解招工难问题；同时，上线工业互联网、大数据分析等技术，提高品质监管及企业管理能力。

【演播室出像】我们看到，鼎新印染、六和普什机械两家企业虽然面临的困境不同，但是它们都不约而同地走上了智能化改造、数字化转型之路，其目的就是为了缩减人力成本、为了提高产量质量、为了提升品牌竞争力……而通过智改数转，这两家企业也实现了转型升级。由此可见，智改数转是企业破解发展瓶颈，提高竞争力，赋能新力量的必由之路。

【解说词】在常熟，有一家名叫“尚品宅配”的门店，主要从事全屋定制家具的线上线下接单、设计及服务。今年年初，尚品宅配和客户雷女士签订合同，一个月后就如期交付产品。雷女士说，对比之前的装修经历，差不多面积的房屋，选用尚品宅配的产品为她节约了3个月时间和5万元左右的费用。在她看来，导入数字技术的全屋家具定制方案优势明显。

【采访】尚品宅配客户雷夏茹：一个，在时间上节约了很多，另外一个，在整个费用上也节约很多，还有整体效果跟实用性，对我们住户来说就是比较满意。

【解说词】尚品宅配之所以能做到这一点，和它背后的母公司佛山维尚家具制造有限公司的强力支撑是分不开的。作为一家传统家具企业，维尚家具近年来积极向家居智能制造转型升级，在行业产能过剩的情况下，维尚家具的销售额仍持续上涨。

走进佛山维尚家具五分厂生产车间，仓储区上下挥舞的机器手臂娴熟地抓取原材料板材，快速输送到生产环节。这里的每台设备都由程序控制，在算法“大脑”的指挥下，设备用数据“对话”，分步、自动执行对板材进行切割、封边和打孔的生产指令。所有工序只需工人扫码自动完成，板材利用率高达93%，传统家具厂要生产两个星期的订单任务在这里仅需3—5天就能完成。

原来，佛山维尚家具的核心技术在于“虚拟制造”，它通过接收、分析、处理数据进行模拟生产。生产指令浓缩在二维码上，计划部结合交货的时间、地点信息，采用合并同类项的模式科学排产，按“一板一码”原则把二维码分到生产车间，实现真实的智能生产。

【采访】佛山维尚家具制造有限公司工艺技术中心总监谢盛权：把这个车间所需要的板件加工信息，我们在过程中提前植入进去每一个模型、每一个板件的加工数据信息。上传到订单管理系统之后，接着我们就传递给我们后面的生产加工工序。

【解说词】维尚家具公司坚持“信息化+工业化”，首创“大规模个性化定制生产”模式。多年来在硬件上提高生产线的智能化水平，在软件上以“数据流”让生产制造环节互联，优化全链条生产，成功转型为高速发展的现代家居服务企业。2016年，维尚家具公司获评工信部智能制造试点示范企业，2018年入选国家服务型制造示范企业。

【演播室出像】他山之石，可以攻玉。维尚家具的转型给了常熟企业不少启示。但智改数转是一项综合性的系统工程，光是企业自身还不够，找到适合的、匹配自身发展需求的整体解决方案服务商，对于企业来说是至关重要的一步。

【解说词】位于常熟经开区的贝塔科技（苏州）有限公司成立于2016年，致力于打造全球领先的柔性供应链平台，按照需求快速、小批量生产出个性化产品。近日，由贝塔科技与江苏采绎来电子商务有限公司合作开发的柔性制造智能车间即将落地。

江苏采绎来电子商务有限公司是一家专业从事文化创意设计定制及周边产品生产的电商企业。去年年底，采绎来与贝塔科技达成二期智能化车间的合作意向。据介绍，3D试衣间柔性定制平台将深度赋能采绎来文创产品个性化定制，实现消费者直连工厂的C2M模式。目前，帆布袋、抱枕、衣物等产品的平台建模工作已基本完成。

【现场画面】贝塔科技（苏州）有限公司自动化中心总监房建生：以这个45厘米乘45厘米的抱枕为例，用户可以在我们的花型库里去选择花型设计上去，他也可以手机拍一个照片上传到系统中去，也可以显示在上面，包括2D、3D的效果，也可以添加一些纪念意义的文字，也可以印上去。当用户这些都设计好以后，他可以去实时看3D的效果，这些都好了之后可以保存模板，点击保存之后这些就实时生成了用于生产的数据，那我们的工厂就可以依据这些数据来排产。

【解说词】此外，车间搭载的自动分拣系统，将极大提升裁切布片的分拣效率，且误差率极低，同时有效减少相关生产工序的人员配置。而这个方案的确定，双方经过了近一年的深入交流。一次方案商讨会上，围绕自动分拣系统如何实现小到20

厘米、大到近2米的各种不规则裁片分拣的场景应用，双方技术人员展开了长时间的深入讨论。

【采访】江苏采绎来电子商务有限公司创始人陈国华：那我们在沟通这一块非常好，贝塔他们这个团队，第一比较年轻。第二，他们的技术水平比较高，那我们这边的团队的特点是我们已经做了五六年的个性化定制，那我们把问题抛出给他们，他们通过技术的方法来解决，所以在这个方面的合作刚刚好，可以互补。

【解说词】罗伯泰克自动化科技（苏州）有限公司于2014年落户古里镇，是中国具有影响力的自动化仓储物流厂商之一。近年来，这家企业专注于帮助合作伙伴提供从设计到设备制造、安装调试和售后服务为一体的自动化仓储解决方案，截至目前已经为10多家常熟企业定制了自动化仓储平台。为进一步提高客户端核心设备的效率和稳定性，今年这家企业上线了后服务云平台监控中心。走进云平台智能监控中心，数字大屏上实时显示着四家接入客户企业智能立库仓储设备的运行情况。

【现场画面】罗伯泰克自动化科技（苏州）有限公司软件研发工程师钟雷：中间这一块就是我们的一段时间间隔内的一些工况数据，比如说这个平均故障处理时间，比如说这个26号到27号它可能就是处理时间比较长了，那我们就要到我们的管理平台去实时分析这个故障到底为什么发生。然后下面这一部分就是我们堆垛机一些实时的运行数据，这个是实时监控的。

【解说词】依托实时监测及数据统计，企业售后服务部门员工能够远程帮助客户解决现场发生的问题或提前判断给出预警。另外，云端的数据分析，也可以帮助客户更加准确地认知使用需求，进一步提升智能仓储供应链的效率。

【采访】罗伯泰克自动化科技（苏州）有限公司后服务事业部经理李娟：通过我们的云平台可以第一时间了解在故障发生的前半个小时甚至一天、两天设备的运行状态，以及故障的代码，我们都能够收集起来，从而更好地分析出故障发生的原因以及应对的措施。

【解说词】目前，云平台2.0版本正在研发中，将根据客户需求导入新功能，为客户创造更高价值。

【采访】罗伯泰克自动化科技（苏州）有限公司制造体系副总经理陈健康：罗伯泰克将坚持以智能仓储核心自动化设备作为场景切入点，为客户提供更智能、高效、数字化的智能仓储设备解决方案。

【演播室出像】智改数转是一项长期工程，并非一蹴而就。智改数转也是一项系统工程，涉及各方，政府部门在这个过程中责无旁贷。

【解说词】近年来，常熟市全面优化智能制造发展生态，指导企业推进智能化改造和数字化转型。在所有具备条件的制造业产业中，按企业行业地位及智能化数字化改造层次，划定我市智改数转头部、腰部和尾部企业，分行业、分类别、分板块动员推进。同时，积极引进和培育智改数转服务商，为企业转型升级提供支撑。截至目前，全市已完成“智改数转”项目1700多个，其中改造类项目超800个，总投资超过140亿元，创下历史新高。我市已累计拥有各级各类示范智能工厂、车间（企业）318个，苏州市级及以上196个，省级示范智能车间新增数、苏州智能工厂累计数，均位列苏州第一。

【采访】市工信局党委书记、局长马建峰：下阶段，我们在全力推进项目、营造氛围、赋能企业的同时，将重点开展分行业标杆引领、分层次智能升级、分阶段服务优化三大行动，围绕行业标杆培育选树、企业家思想意识转变和企业改造转型难点疏解，持续发力，坚持创新，让“智改数转”成为产业高质量发展、企业可持续发展的新引擎。

【演播室出像】数字经济和数字化发展是苏州的“一号工程”。推动“智改数转”上进度、上质量，最终形成成效，不仅需要政府、相关部门提供相应的激励政策和配套服务，也需要广大企业转变思维，积极投身转型升级，实现产业的高端发展，让转型升级之路越走越宽。

常熟市融媒体中心2021年播出

第十六届苏州新闻奖一等奖

对话“蛟龙”号

主创人员 金震茅 顾海蓉 顾江霞 陈 晴 姚 远 陈 朵

【片花、文字】他们来自同一座城市——江苏常熟,他们怀揣着同样的梦想,让“蛟龙”号走向大洋。翁震平,“蛟龙”号的研制者,周怀阳,“蛟龙”号首席科学家。他们以海一样的胸襟、海一样的视野,告诉世界、告诉我们、告诉子孙,未来的世纪就是海的世纪,“蛟龙”号正在创造中华民族走向海洋强国的光荣和梦想。欢迎收看新闻访谈:《对话“蛟龙”号》。

主持人:现场和电视机前的观众朋友们,大家好,您现在收看的是新闻访谈节目——《对话“蛟龙”号》。今天,非常地荣幸,把两位与“蛟龙”号有着特别缘分的常熟籍科学家请到了我们的节目现场,我们一起来认识一下他们。靠近我这边这位呢,是承担“蛟龙”号设计研制任务的中国船舶重工集团公司第702研究所所长翁震平。翁所长旁边这位呢,是我国首位乘坐“蛟龙”号下潜的乘客、“蛟龙”号首席科学家、同济大学海洋与地球科学院教授周怀阳。欢迎两位,我觉得两位应该用很常熟的方式跟我们现场的观众朋友们打个招呼。

翁震平:今天非常高兴和大家见面,今天和大家聊的题目,离我们常熟既远又近——海洋。

周怀阳:希望接下去讲的东西,大家也和我一样有兴趣。

主持人:虽然离乡多年,乡音未改,非常的亲切。两位呢,回来了,特别客气,回来就回来了,还带礼物回来了,这是“蛟龙”号的模型。具体的真正的“蛟龙”号,跟这个比有什么差别呢。翁所,你来说吧。

翁震平:这个是1比12的模型,“蛟龙”号实际的长度,这里边的长度是8米4,这里面的宽度是3米4,这里边的高度是3米8。总的重量,空气中的重量是22吨。

主持人:2013年6月18日,这一天可以说,可以载入中国载人深潜事业史册的一天。因为在这一天,“蛟龙”号搭载首位乘客,我们的周教授下潜,真正开始它的科学应用。这一天，周教授是亲历者，现在您再回忆起那一天的经历，您觉得印象最深刻的是什么？

周怀阳：印象最深刻的：盼了十几年，今年我们终于有机会能够下去了。

主持人：那一天，周教授您在台前。往往我们更好奇的是在幕后的。想问问翁所，那一天您在干吗？你回想那一天，你记忆最深刻的是什么？

翁震平：6月10日“蛟龙”号离开江阴港，直接奔赴南海，所以，对我们来说，是非常期待的。第一次真正的应用于科学考察，非常期待它能够圆满地完成我们科学家们想要完成的任务，也非常期待着能够得到科学家们的肯定的答复，这才是我们研制这样的海洋装备最终的目的。

主持人：您当时想过，第一次乘坐的科学家，会是自己的老乡吗？

翁震平：没想到。这一点，我们一点都没想到。说实在的，后来才知道，我们是老乡，哈哈哈。

主持人：为什么当时会选择周教授作为第一位乘客下潜？

翁震平：这个是得益于整个项目，是咱们科技部支持我们所来搞这个装备，周教授想要借用这个装备来进行深海考察，也是跟我们国家科技部相关的，是一个重大自然科学基金题目，叫“南海深部计划”。由于是科技部给我们支持，要搞这么个潜器，同时，自然科学基金又支持。周教授他们在做这样的工作，所以，就很自然地希望把我们这个潜器应用于他们这个项目的研究。

周怀阳：和“蛟龙”号的研制团队很多年来，我们一直有非常密切的联络。不光是我们自己，包括国际上也很关心，今年终于把梦想能够实现。

主持人：我们这里有张照片可以看一看，这个是当时您在给李克强总理介绍咱们“蛟龙”号的一个实验室，是吗？

翁震平：对。

主持人：我们可以看出党和国家领导人非常地重视我们深海潜器的研制，重视深海开发这块的工作，他最关注什么？

翁震平：习近平总书记和李克强总理他们这一届政府是我们国家历届政府里最重视海洋的一届政府，也就是这一届政府在十八大报告中首次提出了要建设海洋强国，所以党和国家领导人现在把海洋事业放到了非常重要的位置。这张照片就是李克强总理在参观和我们所相关的一些资料的时候，我在向他介绍我们的“蛟龙”号现在已经研制到什么程度，他对此非常关切，非常重视。我们“蛟龙”号的每一次深潜试验完成，达到了新的深度，他都要写贺电，这是以前没有过的。

周怀阳：嗯，那是，还给贺电，很少有的。确实是，刚才翁所讲的，这届政府对海洋的重视程度是前所未有的。

主持人：深海究竟是怎样的？接下来我们有一段非常珍贵的视频资料，是这次周教授下潜的时候通过“蛟龙”号拍摄到的画面，我们一起来看一看深海究竟是什么样的。

【短片一、解说词（配音乐）】“蛟龙”号投入实验性应用航次，宣告中国人开始正式向深海迈进。这是一段在今年6月18日，“蛟龙”号在中国南海科考时拍摄的视频。拍摄地点是南海的3000多米深的一处冷泉区。“蛟龙”号的灯光照亮了漆黑的海底，海底的神秘风光一览无遗。一般来说，深海不适合生物生存，动植物非常稀少，但冷泉区却是深海海底生命极度活跃的地方，相比于其他的深海海底，冷泉区好像“沙漠中的绿洲”。从视频中不仅可以清晰地看到海底地貌，还可以看到大量生物，有深海虾、珊瑚、毛瓷蟹等等。看，还有一条深海鱼飞快地从镜头前游过。好一派生机勃勃的景象！“蛟龙”号的机械手灵活地工作着，采集海底的岩石和生物标本。研究这些标本将为我国开展相关科研提供宝贵的数据。

主持人：我觉得拍摄到的不如亲眼看到的。周教授，您谈谈，您觉得海底最美的景色是什么？

周怀阳：海底美得多姿多彩。像我们这次碰到的，有的海参非常大，像小枕头那么大，有紫色的、有白色的、有红色的，甚至有的可能还是透明的。

主持人：下去之前非常期待，上来之后感觉超出自己的想象，您觉得超出的是什么呢？

周怀阳：我们知道冷泉区有生物，瓷蟹、贻贝……非常完整的生物群，没想到那么密集，你会惊叹自然的神奇。

主持人：咱们这次去拿到了很多样品，咱们今后还可以通过载人潜器的发展去获取到什么样的宝贝呢？

翁振平：海底的资源确实是非常丰富，在不同的深度有不同的资源，从资源来说有生物资源，有矿物资源，从科学家的角度，原位采样与考察研究。就是我们现在的“蛟龙”号，它只能下去到我们的资源或者生物旁边采样，未来我们还要发展到我这个潜器能够停在那个地方不动，然后我就可以原位观察这样的生物，它是怎么发展的，它是怎么成长的，它跟周围的环境是怎么样的一种互相之间的关系，这个应该说也是海洋科学研究要发展的一个方面和方向。

主持人：就在前段时间我们拜访了翁所长，702所。而且我们非常有幸，参观了702所的部分实验室，这些都是“蛟龙”号曾经在那做过实验的地方。我们一起来看一个短片，我们来看“蛟龙”到底是怎么炼成的？

【短片二、解说词(配音乐)】首次试验性应用航段中,"蛟龙"号曾经连续4天下潜,很少维修。连续高强度的工作,验证了"蛟龙"号的实用性和可靠性。那么"蛟龙"号在研制过程中经过了哪些历练,才有了如今的高性能呢?研制过程中的三个关键字,分别是"拖""转""压"。"拖"是水动力实验室深水拖曳水池试验。中国船舶重工集团公司702研究所的深水拖曳水池474米,宽14米,水深7米,是世界上最大的拖曳水池之一。把"蛟龙"号等比例缩小的模型放在这个大水池里拖动,就可以模拟潜器在大海中航行的情景。经过大量的试验,"蛟龙"号的外形反复修改,达到了最优秀的状态。它在水中的航行性能,包括悬停、爬坡等,都是目前国际上同类型的载人潜器里面性能最好的。"转"是旋臂水池操纵性试验。这个实验室里,巨大的旋臂拉动模型在水池中一圈圈旋转,以此来研究船舶的操纵性能,包括转弯的性能,直航中对方向、速度的控制力等等。"蛟龙"号能在水下灵活敏捷地活动,与在这里的历练密切相关。"压"就是抵抗水压的能力。在大海中,每下潜10米就会增加一个大气压。画面中这个一次性杯子曾被带到5000米水深,巨大的水压把它的体积压缩到了原来的四分之一大小。"蛟龙"号创造的"中国深度"达7062米,它承受的最大压力超过12万吨。优秀的"抗压"能力,来自水下工程结构实验室。这个实验室里的装备通俗一点说,就是超大号的压力锅。"蛟龙"号的主要零部件都在这里经受过相当于7700米水压的考验。它的抗压能力就是在这儿练出来的。

主持人:非常不容易啊!因为那天,还有一些实验室是在做实验,所以我们参观了部分的实验室。就是这些,就让我们叹为观止。"蛟龙"号在研制的过程当中,除了我们刚才说的这些,它还经过了哪些难关?

翁震平:"蛟龙"号研制过程当中,经过的难关是非常多的。大家都知道,要到海底去,最大的问题就是耐压,能不能耐受这个压力,这是最关键的。刚才大家看到一个纸杯,这个纸杯到了5000米的深度,它变成这样。但是钢铁压到5000米,他的变形肯定不是这个样子。那么有机玻璃窗压到5000米,肯定又不是这个样子,所以这样一来呢,既有个耐压问题,又有一个变形协调问题,还有我的密封问题。还有一个更为艰险的问题,就是我们这个潜器到了海底去,万一要是上不来怎么办?所以说我们可以告诉大家,第一次下潜的时候,我们的潜航员,我们所里自告奋勇,自己答应我下去,这些人是写了生死状的,是立下生死状的。我自愿,我知道这里有风险,但是我要下去。因为他们都是这个潜器的设计人员,只有自己下去了,才能告诉别人我这个潜器是可靠的。但是他们的这种精神,一方面是为了科学献身,另一方面他们并不是蛮干,也并不是一种狂热,而是基于他们平常大量的研究试验。这样的一个潜器,它有六道保险机关,保证这个潜器无论发生什么样的情况,它能够浮出水面。

主持人：六套方案？

翁震平：六套保险机关，保证我这个潜器在海底无论是发生任何情况，它能够浮出水面，而这六套保险机关，也是我们“蛟龙”号研制里面一个非常重要的一个方面，首先是保安全。安全第一，下去了上不来，你这个就没有意义，毫无意义，所以我们用了一句非常简单但是很重要的一句话，我们研制这样一个潜器的理念就是，“下得去能作业”。同时还有句话，“上得来保安全”。必须是能够上得来，必须是安全，100%的安全，99.99%都不行，必须是100%。所以这里面有一系列非常关键的艰难的技术，所以我们用了十年的论证，十年的研制跟实验，经过了非常多的有些甚至日日夜夜的连续奋战，解决了一系列的难题。

主持人：我们来看那个视频截图，这个视频截图是我们一次性纸杯，在5000米水压的状况下，变成了这个样子。可以说就是尽管我们科学家说我有底气，来做这个事情，我们每一步都做得很安全。但是在这样一个水压之下，我想就是我们科学家的每一次下潜都是有风险的。有没有遇到过危险的情况？

翁震平：有一次确实经历了比较惊险的一幕，怎么惊险呢？我们的科学家，每次下潜，今天我们要潜到500米，或者我们今天要潜到300米，他都要计算好。到300米的时候，那个时候，它的浮力是多少，重力是多少，这个配载铁应该要配多少，这个都是要提前算好的。那么那一次，由于测量数据有一些误差，所以呢我们在配配载铁的时候，就加重了一点。

主持人：加重了！

翁震平：加重了，配重了。所以说搞科学研究，真的是来不得半点马虎，要非常非常严谨、细致。就那一次，测量的那一块的海底密度数据，测量上来有一些误差，使得我们的科学人员算的时候，对那一块，配重就超重了一些。离开海面以后，这个潜器，平常应该是这么下，应该是这么平着下去，就那一次由于压载铁重了，是这么，啪就下去，直接就冲向海底。当时300米，我们是每分钟40米，这样一个速度，往下潜，300米也就十来分钟，就到底了。所以那一次就是我们的潜航员，后来包括我们岸上的指挥员，都非常害怕。以这么高的一个速度直接往海底冲，万一冲下去，撞到底，那基本上说，不是粉身碎骨，潜器就没了。

主持人：非常危险。

翁震平：非常危险。幸好我们的潜航员有比较丰富的经验。一看潜的姿势不对，而且这样一个潜的速度，知道是不对了，所以马上当机立断，采取紧急措施，把压载铁赶紧抛掉。但是这个惯性继续使这个潜器往海底冲，幸好那一块，因为我们毕竟做的是海试，选的海底是比较平坦的，没有石头的，是沙底。所以呢轻轻地触底，就整个的潜器就跟海底就碰上了。但是因祸得福，从那次也发现，大家可以看到，这个四根啊，是为了跟海底坐底用的。就发现这个底座其实是不合理的，它跟海底的这个接触面积太小，容易陷入泥里去，浮上来以后，就重新修改了，这个下面的触底装置，把它跟海底触底的面积又加大了。

主持人：我们说这个深潜器“蛟龙”号，乘坐的舒适感也是非常重要的。我们大家可能特别好奇，在潜航器里面，我们怎么样来满足我们日常的一些生理上的需求呢？

周怀阳：舱里我不喝水，一点水也不喝。平常我喝水很多，但是那个时候也没有时间喝水。

主持人：吃饭、喝水都没有？

周怀阳：吃呢，实际上是带下去吃的，带三明治啊。

主持人：三明治。

周怀阳：三明治啊，巧克力啊，牛肉干啊，就是你喜欢吃的你都能带下去。

翁震平：这个呢，从我们这个角度呢，我们来说下面有一个可以改进的地方，生命支持系统怎么样让它的重量减轻，体积减少，这样的话潜航员他就有更多的空间。甚至我们可以考虑里面放一把稍微舒适一点的椅子，每个人能够坐在椅子上面。

主持人：我知道两位可能以前都知道对方，但是不知道对方是常熟人，两位今天真的是第一次坐下来，面对面交流，是不是这样？

周怀阳：我们一起开会，开了很多次会。

翁震平：海洋方面的会，我们经常在一起开，但是确实不知道都是常熟人。

主持人：我们在了解你们资料的时候，还真发现两位身上有很多相似的地方，都是1978年进入大学学习的。我们来通过一个短片，回到1978年，来看看那个时候，好不好？

【短片三】

采访：郑益民，翁震平高中班主任。

老师启发之后再去钻研。再不行，再去问老师。要自己独立思考来解决问题。

采访：赵渭康，周怀阳高中班主任。

他要有一个学习方法、学习过程，一个研究探索的过程。

解说词：无独有偶，两位高中班主任对自己得意门生的记忆和评价，居然是这么相似。

周怀阳毕业于江苏省常熟中学，1977年高中毕业时，我国刚刚恢复中断了10年的高考。1978年初，周怀阳被南京大学地科系录取。同一年，徐市中学毕业已经三年的翁震平，以优异的成绩考上了哈尔滨船舶工程学院。

主持人：短片中看到了两位久别的老师了。其实在1978年之后，你们都考上大学了，然后又在外面工作和生活。很少有机会再回到家乡来了，那么家乡在你们心里的这种分量是什么样的呢？

翁震平：家乡确实在心里面是永远不可能抹去的，特别是像我这样，从小就生活在农村，所以对家乡的这种情感，永远不会忘却的。

主持人：最留恋的是家乡的什么味道？

周怀阳：乡音，真的是乡音，那种乡情乡音的那种味道。

主持人：这次回来好好地再品味这个乡情乡音。其实，之前我们去过同济大学周教授工作的地方，也去过702所，在这个整个的采访过程中我有一点非常深刻的体会，就是我在你们那看到了很多专注从事科研的这样一群人，究竟在你们心里梦想摆在什么样的位置？

翁震平：我觉得一个人还是要有梦想的，梦想就是你前进的动力。然后，这个动力化为你搞科研的具体的实实在在的行动。所以像我现在我作为702所的所长，现在702所在世界上应该是相当有名望的，因为我们所的对外名称叫做中国船舶科学研究中心，就是China Ship Scientific Research Center，简称就是CSSRC。在国外，只要一提到CSSRC，就是中国CSSRC，跷大拇指。我就给我们所定了一个目标，要到2020年的时候，要把702所建成世界一流的研究所，这是我的梦想、目标。

主持人：为您鼓劲加油，一定可以实现。在你们看来，海洋的强国的梦想，我们前面还有多少路要走呢？

周怀阳：路还是非常长的，因为毕竟总的来说起步很晚。但是我觉得最重要的还在于每一个从事或者今后有可能从事这个行业的人的点点滴滴的努力。就我自己来讲，或者我下面的年轻人，我们一直是相互鼓励，有条件能够从事这样的海洋科学研究，是一件非常幸运的事情。科学就在于发现。当你意识到你的发现的全世界就你一个人，全世界六十几亿的人就你一个人知道这个自然的某一个地方的奥秘，然后你这个奥秘能够拿出来，服务于人类。你那种欣喜，那种成就感，是其他的东西不能比拟的。

主持人：其实我们刚才说到了，我们每个人的生命是短暂的，职业生涯更是短暂的，如果用一句话来让你们寄语未来的目标和梦想，你们会用哪一句话？

翁震平：很难说。我呢是从事海洋装备研究，具体来说是为海洋科学家服务。

他去搞海洋科学研究，他需要用到什么样的海洋装备，那么我相信我们国家建设海洋强国，将会向更远的地方，向更深的地方去发展。所以我想，什么叫海洋强国，我个人以为，如果我们研制出来的装备，或者说我们国家能够在深海和远海灵活自如地运用我们的力量，这就是海洋强国。

主持人：周教授。

周怀阳：我自己的梦想，我希望能够安安静静地维持现有的条件，继续做我的科研，海洋对我们来说是科学的前沿，技术的制高点。谁征服了海洋，用技术征服了海洋，谁就是海洋强国。另外，就是我们资源的宝库。所以海洋对我们来说充满了魅力。

主持人：好的，今天非常感谢两位来到我们的现场，和我们分享了关于“蛟龙”号的故事，分享了你们的成长故事，同时也分享了你们的梦想，再次感谢两位。最后我想说的是，你们是常熟的骄傲。再次感谢你们，感谢来到现场的同学们，也感谢电视机前观众朋友们的陪伴。朋友们，再见。

常熟市广播电视总台2013年播出

第十七届苏州新闻奖一等奖

农民钱福根的治水梦

主创人员　朱　伟　顾海蓉　金震茅　顾江霞　姚　远　孙　灵

【访谈片头】他是一名地地道道的农民,坚持八年研制中草药水处理剂,获得国家发明专利。让子孙后代喝上干净的水,是他治理河道污染不竭的动力;让家乡的河流变得水清鱼欢,是他心中永远的梦想。他就是来自常熟辛庄镇常南村的农民钱福根。欢迎收看新闻访谈:《农民钱福根的治水梦》。

【短片一】2014年6月24日,钱福根中草药治水的示范工程——辛庄镇镇东河治理迎来了专家评审。由全国环境技术专家、华东理工大学教授赵庆祥领衔的专家组,实地查看了镇东河的水质以及水样检测结果。他们对中草药水处理技术给予了高度的评价,肯定了这项技术的独创性、有效性、低成本和无二次污染等优点。

【现场画面】

主持人:当时治理之前它是什么样子?

钱福根:劣五类,很臭很臭,因为我要做实验,大面积地展开,我要去找比较难度高的河体里边,稍微有点污染的没意思啊,起不到我这个中草药水处理剂的示范效果。

主持人:治水量6000吨,用中草药来治它复不复杂?

钱福根:不复杂,很简单,复杂在关键就是那个配伍。真正的操作不复杂。去掉污泥以后,就是用泥土作载体,用那个拖拉机打浆以后搅拌为药剂,中草药水处理剂一起搅拌到里面去,然后通过曝气,就可以了。

主持人:有核算过成本吗?

钱福根:核算过,我刚才说的,大概8分钱左右吧,不超过1毛,一吨水。

主持人:整个这个工程呢?

钱福根:因为这是示范工程,做得比较精细,治理到两类,每增加一类水体的话,说明我要投入更多。我呢两个工程都采用了保守治理的方法,只能成功不能失败，所以说做得比较精细，不管基本操作还是添加药剂，我们都是保守的，所以说这次成本比较大。旁边就是一户人家，他就在河边上，他的女儿、儿子告诉我，他楼上的窗都不能开，就在河边上，臭得不得了，后来治理干净了，他敢开窗了，这对我多多少少也是安慰。我没有白弄，没白干。

主持人：这一次的论证，跟您预想的相比，有差距吗？

钱福根：这次论证，总的来说我是很满意的，达到了我做那条河道示范的目的。这么多年了，顶住了很多的压力。我扛住了很多，种种的（问题），那种难度很大，总算闯过来了。所以后来我跟他们说，评审结束以后，对我这接近9年吧，我2006年开始的，对我自己这9年下来的努力我自己还是满意的。

主持人：其实我知道，你之前已经拿到了国家发明专利了。

钱福根：对。

主持人：那这一次论证它的意义是什么呢？

钱福根：论证的意义是每一个新生事物要出台，要转化为生产力，特别是像我这个技术跟我本身相差很远。你一个农民一个油漆工，你搞这样的高科技？我就在质疑当中坚持了这么多年。所以说我需要专家对我这个技术一种比较客观的实事求是的说法。有了这种说法我才能把这个技术进行推广应用。所以说我很需要专家们对我这个技术做出一种客观的评审吧。

【短片二】钱福根今年58岁，是辛庄镇常南村的一位普通农民。从16岁开始，钱福根就出门学手艺做漆匠。30年前，他盖起了全村第一幢小楼房。2006年，钱福根49岁，这一年，儿子娶了媳妇成了家，他手头还有不少积蓄，一个农村老人的幸福晚年生活指日可待。可那时，他竟然做出了一个颠覆了自己后半辈子的决定——用中草药治水。在做漆匠的经历中，手上的油漆很难用水洗净时，钱福根常常把一些常见药草的茎叶放在手中揉搓，很快油漆就能洗干净。钱福根的技术就是引用中医学的基本理念，将自然界多种植物半夏、犁头草、万年青等进行有机配伍，制成中草药水处理剂，药剂投放水体后充分搅拌，通过分解、氧化、置换等反应，降解后就能使河水得到净化。

【现场画面】

主持人：就是你之前说你刚开始去问那些捕蛇的人，他们了解药草的一些习性，然后又去了解了就是污水的一些成分，你怎么把这两者对应起来呢，比如哪种草是解决哪种氨氮的？

钱福根：我也借了很多书，尽管我的学历很低啊，高中都没毕业，但是在这方面，我说我做事的时候也要理论啊，老祖宗传下来的好东西都在书上。我借了好多书，比如说《本草纲目》，当时的时候我就是白天睡觉，人家睡觉了我起床了，猫在那个电脑上面，台灯下边看书，因为一旦看书的时候，不能被惊动，因为那个思维啊，已经钻到书里面去了，为啥这种草能起到那个作用，它们是什么特性的，要钻进去。为啥那个草，几种草合在一起能治这个病。就这么一次一次地试，其实我失败了好多好多次，就是没用。整整找了有2年多吧，我找到一条中间线，基本配伍，那是必须的。因为水体呢它有的时候浓度高，有的时候浓度低，我的药剂不可能是万能的那种，那不可能的。我要根据污水的成分来配置我中药的浓度吧，药剂的浓度配比。

主持人：治水之前，你对于水的好坏的判断标准是什么？

钱福根：因为从小在河里边游泳，看得出来，那个水呢，在我们小时候都是洁净的，我家后面就是一条河，慢慢地，一年不如一年。有的时候还有味道。直观吧，也说不出那个水是好还是不好，因为那个时候还没入门，后来在研发过程当中，很多专家也奇怪了，我说我是通过研究。因为我也节省检测成本，就用我的直觉，专家问我，你的直觉来自哪里？

主持人：对。

钱福根：后来我说了，因为我研究呢，都是用矿泉水的瓶子，都是要摇的。我发现，摇动以后呢，那个水体里边会产生一种沫，就是那种气泡。

主持人：沫，泡沫儿？

钱福根：对，沫，泡沫。对，摇动以后那个泡沫，摇了以后停下来，那个泡沫去得快，说明你的含氧量很高，含氧量高。如果说摇了以后这个沫迟迟不去，那么里边的COD（化学需氧量）很高。

主持人：这也是个细致的观察。

钱福根：对，要观察的呀。还有，闻，特别是那种工业污水，闻那个味道浓淡。这大家都知道的。还有品，像中医的那个品啊，品一下。如果说污染浓度高的那个水体，你喝上一口啊，那个舌头上面往里边钻，钻得厉害，如果说污染浓度不怎么高，它就在表面，不往舌头里边钻，所以这种粗糙的办法，土办法吧，对我来说节约检测的成本。

主持人：你就不怕那个受过污染的水会影响健康？

钱福根：不会不会，很快的呀，几秒钟的时间，没有吸收那么快，一开始我做那个工业废水的话，检测，我也吃，但是没有吃下去，也品，但是，品之前就是我又用那个小鱼啊，活蹦乱跳的小鱼，河里边抓起来的，处理前的水，小鱼放下去，特别是那种电镀废水，很毒，小鱼放下去，就是几秒钟，两三秒钟，它那个头里边血丝就出来了，因为它的成分有镉、镍，还有氰化物，清清楚楚就是一条，有点血丝啊，就出来了，然后呢我治理以后呢我不敢吃，处理好了以后，我再把那个小鱼放进去，因为鱼半个月下来没死，我人比不过一条鱼啊？所以说我试了一下，然后再去检测，检测下来其它氰化物什么的都没了，镍降下的幅度很高。

主持人：我看到新闻报道说你在这上面花掉了200万元，是这样吗？

钱福根：是的。怎么算呢，包括我这几年如果说我还是出去做漆匠的话，我相信实际成本远远不止那么多。

主持人：那像在做研究的这个期间，你有收入吗？

钱福根：没有，基本没有。

主持人：那家里人怎么看你？

钱福根：家里人肯定反对呀，因为他们也认为不可能的事情，你或许说年纪大了，不做油漆工了，你去看看门也好的呀。多少有一个收入是吧。你去折腾不但没有收入，还要支出还要付出。我就是弄这个事情，我说数据检测出来，我跟着数据走的，如果说几次数据检测下来，没戏唱了，就是算那个数据下行了，那我就停下来了。问题就是那个数据一次比一次检测好，尽管没有达到，当时说啊，没有达到我想要的数据，但是一次比一次好，那我只能坚持了。

主持人：你有没有想过万一都赔进去怎么办？

钱福根：好在我有个手艺，也好在我有人脉。好多朋友都在帮我，大不了我还去做漆匠呀。但是这个打算在我脑子里面就是一刹那的事情。我坚信我一定能成功的。这种信念没有变过。既然要做，就要做到底。重复，就是今天重复昨天的实验。老是在重复，好在一次次的重复通过一段时间下来它的数据又上去了。我又开心了。

【短片三】2008年4月，受中国环境科学学会的邀请，钱福根参加了全国水体污染控制、生态修复技术与水环境保护的生态补偿建设交流研讨会，作了题为《无公害治理污水》的专题发言，使用中草药治理污水，这样一个创新性的治水方式在研讨会上引发了热议，一些与会专家从此也开始持续关注起这个把治水作为梦想的农民，并给予了钱福根不少的帮助。

【现场画面】

主持人：2008年的时候你给中国环境科学学会提交了一篇论文，当时也受邀参加了他们的学术研讨会，并且在会上发言了。

钱福根：就在上海，专家会议去了以后呢，再安排我发言，发言么就发言吧，后来我的开场白是这样的，都是大学专家，都是文化人吧，就是我一个农民，还轮到我发言。我呢也不怕，实事求是跟他们说，我的研发没有理论，只有理念。我在想，第一个发明飞机的人呐，他肯定采用了这种鸟类的原理吧，第一个发明装甲车、坦克的人，肯定是一种乌龟理论，他们一听还是对的，因为这是一种理念呀。

主持人：可能在最初的时候，你也跟我说过做这个事情不图名不图利，但是到现在我觉得，您特别希望被人认可，您觉得为什么会发生这样一个变化？

钱福根：我刚才说的，每一个新生事物要被人们、社会所接受，被市场所认可，需要做很多很多的工作，要想得到人家的信任，给我做工程，必须要人家信任我了以后，再给我啊。说得再不好听点，拿什么去养活自己啊，我必须做工程了。现在没办法，这么多年了，有点筋疲力尽吧，不管是我个人精神上面还有经济上面，都尽了最大的努力。因为毕竟我是一个个体研究机构，那么跟着我的朋友们呢，也放弃了自己手头的工作，人家也有人家的家庭，有人家的生活呀，跟我没钱的呀，图什么？好在这件事情技术层面上是成功了，真正转化为生产力我还有很多的路要走。

主持人：其实到目前为止，我们注意到您可能治理的都是一些静态水，那么中草药治水在动态水的治理上，会不会有局限呢？

钱福根：治理动态水呢也是我的技术的一种研发方向，曾经想要去治理那个动态的水，专家告诉我一步步来，让我通过静态水的治理，多次治理，多做几个工程，证明一下这个技术的可行性可靠性，通过工程让我不光经济上也好，操作经验上也好，积累一点基础。然后我一定会去走向那个动态的，但现在呢我精力有限，资金也有限，只能去把那个静态水，已经技术成功了的，先展开再说。

主持人：可能那也是个研究的方向。

钱福根：对，作为技术的一种力度来说，我一定会去研究动态的水，但愿这个技术对动态水也有效，但是也需要时间，需要资金。

主持人：其实这几年你不孤独，你不是一个人在坚持，很多人都给了你帮助，包括一些专业人士和一些国家级的专家，就像你说的，你觉得他们的帮助对你而言有什么样的作用？

钱福根：一帮专家对我的帮助，不单单是鼓励，技术上的一些实质性的指导，他们的肯定对我来说是一种动力。他们为了什么，他们为了要把这个污染的难题有所突破。他们也不图什么钱不钱的，正能量的人，为了环保这一块的人默默奋斗的不为名不为利的人，我遇到好多啊，所以说我不孤独。我算了一本账，傻傻算了一本账，就是辛庄镇东河那条河吧，6000吨水从劣五类很臭的水做到了现在两类水，主要指标啊，两类水对主要指标来说，就是可以做饮用水的水源地了，如果说万一发生水荒的时候，这是我个人在想啊，我这6000吨水，就算我们辛庄镇10万人吧，每天一个人基本用水能保障5公斤的话，那么10万人，我6000吨水可以用半个月，没有我那个6000吨的水，其他水都污染了，那么那半个月喝什么呀？一想到这样来动力了，我做的是一件好的事情，一种公益，是我的价值所在。不说钱，就凭这一点我也要坚持下去。

主持人：未来是不是还有更远大的目标？

钱福根：因为在苏州，水是苏州的名片，苏州园林呢也很有名气，但它的水质呢，也不是怎么太好。我跟苏州水利局、园林局的相关部门去争取，我说我有信心把苏州园林的水体做好。我的目标是金鸡湖，因为我已经考察过了，那里的水体百分之九十以上是静态的，苏州河里、苏州城河里边，往金鸡湖里的水体流动，但是金鸡湖太大了，7.4平方公里，金鸡湖的水质也不好。有朝一日我到金鸡湖去治理了，把它治理干净了，那么我也该退休了。

主持人：就这么多年您觉得自己成功的地方在哪里，成功的秘诀是什么？

钱福根：坚持，其实我经常跟朋友们说，我们国家不缺聪明的人，就缺一种有精神的人。

主持人：坚持很难？

钱福根：很难，所以说刚才你问我这几年孤独不孤独，我说我不孤独，累是累了一点，痛并快乐着。最终的梦想就是把我这个技术全面推广，把我们的环境通过我研发的技术能够大范围地改善我们的水体的话，我真的满足了。如果说，到一定的时候，我会把这个技术捐出去。捐出去，让大的那种水处理公司，都来应用我这个技术，因为我的团队现在还小，不可能对整个社会起到作用，到时候呢，我说谁要利用我这个技术的话，我会无私地捐出去，因为这是我研发的宗旨吧，不是为了要挣多少钱，成本肯定要弄回来的，因为我要对家庭交账，其他的无所谓。我是这么说的，我想我也会这么做。

主持人：钱福根的名片背后有这么一段话，面对日益严重的环境污染，看到孩子们的活泼可爱，我想以自己有限的知识，务实创新的态度，勤奋执着的恒心，把自然之索取，更和谐的还给自然。他用简短的语言告诉了我们，为什么要拥有这样的梦想，如何去实现自己的梦想，用什么样的态度和方式去面对自己的梦想，更重要的是不管自己在梦想的哪一段路上都不忘初心。就是最初我想达到什么样的目标，我觉得特别感动我。我们也想把这样一段话送给所有为梦想在路上的人。谢谢。

【短片四】把自然之索取，更和谐的还给自然，这是钱福根治水梦想的起点，也是他坚定前行的动力。保护环境，改善生态是一条没有终点的荆棘之路，我们不知道未来钱福根到底能走多远，但他的执着与努力足以唤醒越来越多的人对于环境保护的重视，而这正是梦想的力量。

常熟市广播电视总台2014年播出

第十九届苏州新闻奖一等奖

乡贤议事厅——社会基层治理的新平台

主创人员 金 磊 刘 叶 李修利 吴 骥 王曦冉 赵 鑫

访谈嘉宾：

太仓城厢镇司法所所长张寅

乡贤张立新

太仓市港区法庭副庭长张永生

评论员：

苏州大学政治与公共管理学院教授黄建洪

苏州大学地方政府研究所所长沈荣华

主持人开场

主持人：观众朋友们大家好，都说家家有本难念的经，特别是在农村地区，这种家长里短的事特别的多。虽然说起来都是家庭矛盾，邻里纠纷这样的小事，但是处理起来可就没那么容易了，严重的甚至还会闹上法庭。那么这种村里的矛盾，该如何更好地解决呢？今天我们请来了，太仓城厢镇的几位嘉宾，来跟我们一起探讨一下。

在我们节目进行的过程中，大家也可以通过我们的看苏州APP，实时地参与我们的互动。都说养儿防老，前几天太仓85岁的王老太太去世了，可是她去世后，遗体却在医院躺了整整两天，都没有人为她处理后事，王老太太并不是没有子女，她有两个儿子，而此时呢，她的两个儿子，却在为谁该出这笔丧葬费吵得不可开交，到底是怎么回事呢？我们来通过一段短片了解一下。

VCR：老娘去世，儿子为何不肯送终？

【字幕】2016年12月11日，太仓第一人民医院病房。

【现场】你是让大儿子送终？嗯。

【配音】前几天，王丽英老人因肠癌晚期住院，老人弥留之际，家人把几位乡贤请到了医院。当时，老人留下遗嘱，让长子李春明来办理后事。

【字幕（同期声）】次子李春辉：开丧由你来负责。

长子李春明：凭什么要我来负责？

【配音】吵架的两个人，是老人的两个儿子李春明和李春辉。李春辉认为，大哥应该承担母亲办丧事的所有费用，这其中是有缘由的。

【字幕（同期声）】次子李春辉：老大是4岁的时候，老娘带到我们家来的，所以老大来负责老娘的送终。

【配音】原来，在李春明四岁时，王丽英带着他改嫁。李春明认为，自己从小就没有得到家里的照顾，让他承担母亲的后事显然不公平。

【字幕（同期声）】长子李春明：跟她嫁过来以后，不管我，从小我受了很多苦。

【字幕（同期声）】乡贤张立新：大家气量大一点，不要争执在一个方面。

【字幕（同期声）】乡贤诸培乐：我们去了现场，问了她真实的意愿是什么，我们老张问的啊，今后你想找谁来服侍，病人就说，要大儿子来服侍她，包括给她养老送终。

乡贤柏雪范：乡下的规定就是这样子的，妈要你老大承担，老爸要由小儿子来承担。

【配音】调解过程漫长曲折，不过，最后长子李春明还是听从了乡贤们意见。

【字幕（同期声）】乡贤张立新：签个人民调解协议书，签过以后，按照协议书上来执行。

主持人：我们知道了大儿子李春明，之所以不愿意为他的母亲办理后事，是因为有心结。我们都说解铃还须系铃人，但是老人已经走了不在了，大儿子自己这一关又过不了，你们是通过什么样的一种办法说服他，让他最终想通了，愿意料理母亲的后事了呢？

乡贤张立新：后来呢，我们跟他说道理，母亲是你亲生的，你有血缘关系的，你大儿子应该要送丧母亲。跟他讲道理，从道理上跟他讲清楚，如果你亲生的母亲，你不肯送葬的话，将来你自己的儿女，怎么来看你，还有呢就是说，（虽然）农村拆迁了，但是大家都住在一个小区，邻居们呢都要看你，你为什么连亲生的母亲都不送葬，所以邻居对他会有一定的看法，所以说他没有面子。

主持人：没有面子，其实就是抓住了他爱面子的心理，这其实也是一个调解的技巧。我们都知道，一般在农村遇到这种兄弟之间的争执，都会去找娘舅来解决，为什么会找到你呢？

乡贤张立新：以前在村里，我做了十几年的村书记，后来到了司法所工作，在司法所主要做调解工作，调解了十几年，也积累了一点调解的经验。

主持人：乡贤这个词，按我们的理解，顾名思义就是乡里面比较有贤德的人，下面通过一个短片来了解一下，我们这个乡贤议事厅。

VCR：乡贤文化

【配音】"乡贤"一词，《汉语大词典》的解释是："乡里中德行高尚的人。"过去，乡贤以其特有的身份、地位，维持乡间社会的礼仪和秩序。

【配音】在当今社会，为何又要重提乡贤文化呢？

【字幕（同期声）】苏州大学政治与公共管理学院教授黄建洪：因为它把传统的东西与现代的东西给串联了起来。

【配音】近年来，《人民日报》多次发表文章，认为在宗族关系解体的现代社会，结合时代需要建构新乡贤文化，对于推动新农村建设具有重要意义。

主持人：今天我们也请到了城厢镇司法所所长张寅，张所长您好，您能跟我们简单介绍一下乡贤议事厅的情况吗？

太仓城厢镇司法所所长张寅：在社会转型期间，矛盾纠纷比较多元，如何来提高我们人民调解的力量，就需要我们吸引社会力量的参与，特别是我们的乡贤，德高望重的乡村能人来一起参与。像我们老张就是这样子的乡贤，在我们老张的带队下，我们就成立了这样一个乡贤议事厅。

主持人：今天我们也请到了苏州大学地方政府研究所所长沈荣华教授，沈教授您好。下面我们来看一看网友的互动。

小麦菁菁：很多时候警察、法官解决不了的事，老娘舅却可以搞定，这是否说明中国老百姓没有法律精神？为什么会这样呢？

苏州大学地方政府研究所所长沈荣华：中国几千年，民事之间如果产生矛盾和纠纷，很少诉讼法律程序，那么为什么呢？一方面中国的传统文化中间，民事法律资源是非常稀缺的。同时呢，老百姓对法律的规范，了解也是很少的。再加上法律的调整，它的成本也是比较高的，所以他们不去走法律的道路。

苏州大学政治与公共管理学院教授黄建洪：我觉得我们中国历史悠久，所以乡贤的文化是源远流长。在特定的年代，我们是一个超稳定的社会结构，以农耕社会为主。在这样的情况下，乡村的治理，很大程度上都是靠的乡贤来组织村民，来自给自足，来互相帮助，来守望邻里，来履行他们对桑梓的情怀。在这个过程中，我们可以看到有许许多多的乡贤文化对整个中华民族的滋润，对整个国家发展历程中的帮助。也就是说，乡贤起到的作用是一种非正式的权力，而正式的权力是国家，所以乡村的自治，有了乡贤更加宁静，更加从容，更加自在。

主持人：最近临近年底了，又到了一个大家想要拿到一年辛苦钱的时间了，但是有一些人，却因为各种各样的原因，拿不到这笔钱。下面我们通过一段短片，了解一位厨师的讨薪记。

VCR：厨师讨薪记

【字幕（同期声）】杨光明：又要麻烦你给我讨薪了，我又碰见麻烦事了。

【配音】这已经不是杨光明第一次来找老张了。去年，他工作的饭店倒闭，老板欠了几十人的工资，就是老张帮着要回来的。这次，杨光明工作的饭店，有三个老板投资，可是离职时，在谁付工资的问题上出现了扯皮。为了要回自己的工资，他找过饭店合伙人刘建明很多次，可始终没结果。

主持人：那今天在现场呢，我们也请到了事件的当事人，这名厨师杨光明，他也来到了我们现场，欢迎您，你好，不容易啊，终于拿到了辛苦钱。

杨光明：是的，终于可以回家过年了。

主持人：那杨先生，我听说，您已经不是第一次找到我们老张了。是的是的，那之前讨薪是一个什么样的经历呢？跟我们讲一讲好吗？

杨光明：去年的时候，我们是包厨房的，我们也是农民工嘛，手下也有几十个人的，然后老板亏欠工资，他就跑了，后来饭店关门了，关门了。我们就找到劳动部门，还有法院，太仓市政府，信访办都找过了。他们说要叫我们请律师，交上诉费，还要等时间，你想想看，到年底了，都要快过年了，拿不到钱怎么回家过年呢，所以我们很急，讨薪讨了三个多月，后来经本地一个阿姨介绍，她说有一个老张这样的团队，专门就是调解的。后来我们找到了，幸好幸亏找到他们了，帮我们在去年过年之前，三十多万工资全部讨回来。

主持人：还好得到了圆满的结果。那老张，这个调解的过程中，对方有没有跟你耍无赖，说我就没有钱，我就没有，我就不给，你能把我怎么样？

乡贤张立新：他开始的时候就是这么说，后来我们就是叫他想办法，你慢慢来，去借一点，后来就借了三十多万付了工资。

主持人：那我想问下张所长，你们有没有统计过，我们的乡贤议事厅成立的一年时间里，我们调解了多少案件？我们的成功率能达到多少呢？

太仓城厢镇司法所所长张寅：我们一年以来，大到像刚才杨光明说的几十人的群体事件，非正常死亡事件这种大案件，小到家长里短、鸡毛蒜皮的邻里纠纷，家庭关系、婚姻纠纷、人身损害等等很多类型，一年大概是200多起，成功率在95%以上。

主持人：那这个数字真的是很高了，95%以上。今天我们的现场也请来了一位法官，我们太仓港区法庭副庭长张永生张法官，张法官您好，您好。那作为一名法律的专业人士，在你眼中看到这种矛盾纠纷的调解，我们民间调解和法庭的调解，您觉得有区别吗？

太仓市港区法庭副庭长张永生：法律规定中的调解，是案件结案的一种方式。但是法院的调解，它是有一个成本的，也就是有一个时间的成本在里面，而且法院调解的过程，比咱们这种乡贤调解，时间可能拉得又长一点。而且经济上，因为虽然诉讼费用不是很多，但是有的当事人要请律师，有额外的经济支出成本，这两个突出的表现，就导致法院的调解，和我们现在所提倡的乡贤调解，还是有区别。而且在（法院调解）这个过程中，有些案件往往调解不成，大家又争执不下的时候，我们只能依据法律所阐明的事实情况，在法律的准绳下，作出一个判决。

主持人：下面我们来看一看网友的互动，看看我们网友对乡贤的工作，是一个什么样的评价？

小小的我：我觉得乡贤议事厅的形式很好，希望能在更多的地方推广乡贤议事厅。

大江南北：乡贤也是人，怎么保证他们能够一碗水端平，没有把私人情感因素凌驾于法律之上？

太仓城厢镇司法所所长张寅：我们乡贤选拔的时候，就是公平公正，有公信力，这是一个前提条件。当然我们不能以信任来代表监督，我们现在有一个制度上的保证，保证一碗水端平。这个合议制度，我们这个乡贤议事厅是一个团队在调解，不是一个人在调解。除了合议制度以外，我们还有一个培训制度，我们会定期地开展法律知识培训，我们会按照《人民调解法》，严格规范调解流程，最后就是我们调解员进行调解、达成协议，最后制作成卷宗，归档20年，都有一个完整的、规范的流程。

主持人：过去可能是我们的法律制度，并不是那么健全，所以如果我们发现一些邻里纠纷，需要村里德高望重的人来为我们作一个裁定，但是现在我们的国家，到现在法律已经非常的健全了，那为什么还要专门来设立这样一个议事厅，来为老百姓解决矛盾纠纷呢？

苏州大学政治与公共管理学院教授黄建洪：社会在发展变化，但是呢，我们怎么样发展，都不应该忘掉我们的根。新型城市化不断推进，推进的过程中，可能整个社会特别是乡村社会正在解体，但它解体又不是彻底的解体，所以这样的话，我们需要有这样一个创造。这个创造是什么，把我们好的传统纳入到法治社会建设的进程中来，让它形成一种互补的力量。这种互补，让我们既有规则又有情怀，这样的话，我们的乡村发展，我们的社会治理，就有一个更好的愿景。

【结束语】今天和各位聊了这么多，我深深地感受到了基层矛盾的调解，是一个量大又很细微的一个工作，真的是很不容易。那么在传统的社会秩序受到冲击，传统的人与人之间的关系越来越薄弱的情况下，如何把乡土社会更好地联系起来，让人们走得再远，不至于有失落感，得到更多的认同，这其中乡贤发挥着非常重要的作用，是我们凝聚的一种力量，也希望你们继续发挥这种力量，为老百姓解决更多的问题。谢谢你们，好，感谢收看，今天的节目就是这样。

苏州市广播电视总台2016年播出

第二十二届苏州新闻奖一等奖

初心永在　守护老街70年

主创人员　集体

#片头：

【配音】一间与共和国同龄的派出所。

【字幕（同期声）】（评弹，车水马龙）

【配音】30任所长、数百名警员。

风雨接力　屡获殊荣

【字幕（同期声）】（习近平握手）

【配音】70年再回首，初心不变。

（转场）

【现场】一组观前街人来人往的剪辑。

主持人：观前街，苏州最著名、最繁华的百年商业街，也是苏州古城区的文化地标。在这条叫做承德里的小巷深处，有一间派出所叫观前派出所。它成立于1949年，是全国首批一级派出所。

【现场】观前所内的忙碌现场、观前街上巡逻的警察。

（转到观前所荣誉室）

主持人：70年来，观前派出所获得了无数荣誉。2017年，它还被国务院授予了“人民满意派出所”的称号，第29任所长赵冰受到了习近平总书记的接见，这是中国基层派出所所能获得的最高荣誉。在这里我们还发现了一本所志，里面记录了历代民警们最珍贵的记忆。今天我们的故事就从这本所志说起。

回望70年

【后制　翻所志】封面——照片：1949年，观前派出所成立。

#VCR1：第1任观前所所长朱守龙生前影像

【配音】那是1949年4月27日的一个清晨，苏州正式宣告解放。

【字幕（同期声）】观前派出所第1任所长朱守龙：一夜没合眼，一辈子都很难忘记。

【配音】25岁的朱守龙心情有些忐忑，他所在的队伍冒雨到达了苏州阊门外。他被委任为苏州市公安局观前派出所所长。

【后制】所志：第1任所长

观前派出所第1任所长朱守龙（1949.04—1952.06）

2019年6月9日，朱守龙因病去世，享年98岁。

（转场：朱守龙家中）

朱守龙的妻子丁辰（93岁）：令朱守龙，兹委任该员为本市公安局中区分局观前派出所所长。此令，1949年10月20日，市长王栋延、副市长吴明。

主持人：我身边的这位就是观前所第1任所长朱守龙的妻子丁辰，那么她刚刚给我们念的这个是1949年苏州市人民政府颁发给朱守龙的委任令。您还记不记得当时朱所长接到这个委任令的时候，当时是一个什么样的情况？

朱守龙的妻子丁辰（93岁）：当时情况乱得不得了，社会乱得不得了。兵痞、散兵游勇、赌棍、扒手、小偷，还有土匪。太湖的土匪也是很猖狂的，今天抢这里，明天抢那里，抢了以后丢下一张条子：太湖游击队。

主持人：他的压力是不是特别大？

朱守龙的妻子丁辰（93岁）：压力当然大了，他是枪不离身的，晚上睡觉都是把枪放在枕头底下，衣服也不敢脱。万一有什么事情，快点起来，几天几夜没有睡觉。结果呢，突发丹毒病、高烧40度，实在没有办法了，住医院只住了两天。

主持人：您看见他比如说在工作上这么拼，是不是也特别心疼啊？这么多年。

朱守龙的妻子丁辰（93岁）：受再大的委屈他不吭声。他总是说就是要保障人民的生命财产，保障人民的安全。把老百姓一直挂在心上，老百姓平安了、平稳了、安心了，他说我也睡得着了，我再也不用把手枪放在枕头底下了。

【后制　所长目录——翻所志】第5任所长

观前派出所第5任所长蒋载天（1957年1月接任）

观前派出所第5任所长蒋载天：怎么样把这个队伍带好，这也是我需要考虑的。我有的时候考他们的，乔司空巷36号什么人家？他也讲得清楚，36号是什么人。他的大门在哪里？有没有后门？有没有边门？我们都要查的，这个都是我们的工作的范围。

主持人：摸清这些是为了什么呢？

观前派出所第5任所长蒋载天：你如果是家里面三五人，经常来人，经常进进出出来客人。又是南京来的，又是上海来的。这家人家你就要注意，为什么有这么多客人？预防为主，无非是你这个民警在这个地方，你能够敏锐地发现问题。

（转场：观前街老居民家）

主持人：您是观前的老居民，在这住了多少年？

观前辖区居民顾燕华（86岁）：65年。我们边上是派出所，晚上有小偷、流氓、捣蛋的抓进来就是从我们派出所走进去的。我们一直听到踢踏踢踏，好，知道派出所抓人了，抓进来了。很忙的，很紧张的，要有什么事他们都全部出去了。

主持人：现在是治安越来越好了。

观前辖区居民顾燕华（86岁）：越来越好，现在是都安全了。我们这个门一天到晚开着没问题的。我们这里最安全了，因为派出所在这里。

改革开放新气象

【后制　所长目录——翻所志】

观前派出所第16任所长万昌立（1981年12月接任）

主持人：您是改革开放不久到观前所接任所长的，那时候的观前街，出现哪些新事物和新气象？

观前派出所第16任所长万昌立（77岁）：改革开放以后，就带来一个由计划经济到市场经济转变，就带来人、财、物的大流动。只要到苏州来非要到观前。就相当于到了北京要到王府井，到了上海要到南京路、淮海路去，就这么个经济地位。据当时我们统计的话，节假日的时候要到10万人次。

#VCR2：改革开放后的观前街

【配音】1978年，改革开放的春风吹进了观前。逛观前街渐渐成为苏州人的一种“时髦”。当时，观前街上一批老商号、名特商店逐步形成规模，囊括吃、穿、用、住等方方面面，老街焕发出前所未有的生机与活力。

【字幕（同期声）】咔嚓，照片。

【配音】这张照片拍摄于1981年。这个被众多顾客围着的小摊被叫做“玄妙观1号摊”，售卖针线、袜子和衣服等小商品。是当时观前地区，最热闹、最受欢迎的摊

位之一。而“1号摊”摊主周国忠，也是当年苏州市第一批拿到个体工商经营执照的个体户。（上周国忠当年的照片）

【字幕（同期声）】一段观前夜市热闹喧嚣的场景。

【配音】1982年6月，观前街成为苏州市区第一条商业步行街。随后，还开辟了观前夜市。天色渐暗，华灯初上，整条观前人声鼎沸，热闹非凡。

主持人：改革开放之后，观前街的空前繁荣。实际上给社会治理也带来了新的课题和挑战吧？

观前派出所第16任所长万昌立（*77岁*）：当时人流量大，这个市容比较繁华，中间夹杂了不少犯罪作案人员。比如说拎包啊，扒窃啊，还有盗窃，甚至还有一些流氓侮辱妇女等等。这些就给我们带来一些治安问题，当时我们居委会有老人白天联防、值班、巡逻。商店还有一些企业，我们就组织他们店企联防，还派了专门的一些联防队员，就相当于现在的辅警，跟在人民群众中间一起发现犯罪，发现违法的及时制止。

主持人：今天我们还请来了您的两位老朋友，一位是玄妙观大名鼎鼎的“1号摊”摊主周国忠。还有一位是我们苏州百年老字号黄天源的董事长陈锡荣。刚刚万所说到的这些问题，二位应该都有切身的感受吧？

玄妙观1号摊摊主周国忠：我在前面摆摊，我的货放在后面，小偷就把那个货拿走了。我急死了！然后我就急需找派出所，他们民警马上就放下手中工作就陪我去寻找。我们还到火车站蹲点，蹲了一个多小时。我心里感到暖乎乎的，就是有了警察就安全。

苏州黄天源食品有限公司董事长陈锡荣：是我记得最深的，1999年12月31号迎接千禧年，我们提前做了2000份千禧糕。人山人海把门都挤破了，一轰进来要出事情了。没办法，我想到了警察。我马上打了个110，一会儿看到我们的警察就在人群当中穿过来了，可能要十多个警察手挽着手，我在中间，他们就围着我。我站在台阶上，我用着电喇叭我说：“广大消费者千禧年马上就要到了，请你们有序地排队，由我们的警察同志来保护好你们，排好队。”排了三四个队，慢慢地，大概三个小时以后把糕全部派送掉，然后才恢复平静。如果那天没有警察的话，要出事，真的要出事。在关键的时候，我们的人民警察发挥了巨大的作用，那么我这个电话没打错，有困难找警察，警察来帮忙。

观前派出所第16任所长万昌立（*77岁*）：民警只要为人民做好事情，人民就会拥护我们，人民就会满意，就会跟我们交朋友。所以这些都是这么久以来的老朋友了。

走进新时代

【后制　所长目录翻所志】第30任所长

观前派出所第30任所长杨杰（2017.11接任至今）

【现场】杨杰现场介绍高科技警务运用。

观前派出所第30任所长杨杰：现在玄妙观门口人员突然聚集，请加强巡逻，注意防范。通过热力图我们可以预测到我们观前地区或者我们部署热力图感应的区域里面，什么样的一个时间段，它的人流量会迎来一个最高峰。同时我们也会对这些人流在观前地区的停留时间，来做一个合理的预判。人流量大了以后，我们马上就安排周边的警力来加强，制定周边的巡逻和防控。

#VCR3今日观前所

【字幕】5G技术　科技兴警

【配音】新时代的观前派出所，拥有着一支朝气蓬勃、充满活力的现代化公安队伍。

【字幕（同期声）】一段抓捕和办公现场的剪辑。

【配音】观前商区纠纷调解中心，实现了矛盾纠纷“一站式”联调。治安综合治理联动中心，网格化社会治理，实现了“民警下基层，矛盾不上交”。

【配音】创新基层社会治理，如何体现“共建共治共享”，今天的观前所，还拥有一支3000多人的市民平安志愿者服务队。“五爱心”服务体系，8年来，累计帮助受困游客、市民1500多人次。

观前派出所第30任所长杨杰：一方面随着时代的进步，我们的工作方法、途径、治理的手段都在不断地更新和优化。另外一方面我们也在更多地发动和依靠群众，共同参与到社会治理当中来，通过不断地组织和发动群众，我们更多地来依靠群众参与到社会治理当中来。从群众中来到群众中去，这一点对于我们观前派出所来讲，是一直不变的。

主持人：也就是说70年来观前所的各种“变”，换来的是观前一方平安的“不变”。但是全心全意为人民服务，“我用心，您放心”的精神是从来没有变的。

（转场）

【现场】一段秦健忙忙碌碌的现场。

【现场同期声】叫他再赔礼道歉一次，好不好？这个阿姨，喝点水吧。

主持人：每天好像处理的事情特别多，来来往往，一会儿有人。

观前派出所综合警组民警秦健：对的，我每天要接待群众少的二十几个，多的要四五十个。

主持人：您在这个岗位上多少年了？

观前派出所综合警组民警秦健：我在这个岗位上连续工作近30年。

主持人：30年都在这个岗位上？

观前派出所综合警组民警秦健：对对对，30年来我接待群众起码要超过20万人次。

主持人：跟冲锋陷阵直接在现场帮老百姓解决问题相比，您坐在“大堂”这个位子一坐就是30年，有没有觉得憋屈的时候？

观前派出所综合警组民警秦健：起先领导安排我做这个岗位，我也心里有点不高兴。我想到派出所来就是搞个大案件，那么今后还有立功的授奖的机会多一点。领导安排我整天坐在“大堂”里，我心里也有一点想法的。后来我想想为人民服务的岗位有不同，他们进来的时候充满怨气，后来通过一两件事情，我帮他们解决了，他们露出笑脸。我想这个也是我们服务群众的一个方面，这一做就是30年。

（转场）

【现场】李慧骑着电瓶车，走街串巷，询问老人的情况，跟居民打招呼。

主持人：您在这边做社区民警多长时间？

观前派出所副所长李慧：社区民警已经做了14年了。

主持人：我就感觉好像一路走过来，你跟大家都很熟，人人都认识你。

观前派出所副所长李慧：是的，因为我经常到下面走访居民，跟这边的居民的话还是都比较熟悉的。

主持人：你不是扬州人吗？但是你苏州话说得很好，跟他们打交道都是用苏州话。

观前派出所副所长李慧：我大概是从2009年开始。因为你从最初的如果说，你要进一户老百姓家里面去走访的话，你说普通话敲门的话，肯定都不会答应你的。有点生疏，都不敢给你开门。因为吃不准你到底是什么事情。如果说你说苏州话的话，那么他一下子觉得拉近了彼此的距离。那么我就自己在业余的时间不断地学习，也是我做社区工作的一点点小小的技巧。

主持人：听说您为了更好地帮助社区的老人，专门发放了这样一个“小李热线牌”是吧？

观前派出所副所长李慧：是的，主要是考虑到我们辖区的老人比较多。那么很多人年纪大了比较健忘，很多都是记不得我的手机号码的，所以我当时就制作了

“小李热线牌”,上面有老人的信息、家庭住址和我的手机号码。如果他们平常遇到事情的话,可以及时跟我联系。

#VCR6:谢谢你,观前!

【字幕(同期声)】牛排店店员周艳艳(22岁):那天晚上下班,我一时疏忽忘记锁了店门,当时观前街的一位民警在夜里巡逻的时候发现店里门没锁,那时候太晚了又联系不到我们店员,那名老民警就这样坐在我们店门口整整守了一夜。

【字幕(同期声)】观前街老居民罗彩英(80岁):我想出去走走,走到人民路,人民路改造了,走来走去走不出去了,越坐头越昏,碰到一个警察,他说你坐在这里干什么?我说我找不到路了。他说你家住在哪里?我说我也不知道,他找到我的儿子送我到家,谢谢这个小伙子!

初心永在　70年再出发

(点蜡烛)

主持人:观前所的故事很长,很传奇,跨越了70年。但它的故事也很简单,浓缩成5个字就是“为人民服务”。70年峥嵘岁月,一代代公安干警用智慧和汗水守护着一方平安,用行动践行着不忘初心和为人民服务。愿我们初心永在,70年再出发!

【字幕(同期声)】观前所全体民警(宣誓):我宣誓:我志愿成为中华人民共和国人民警察,献身于崇高的人民公安事业。坚决做到对党忠诚、服务人民,保障人民安居乐业。

观前派出所15任所长马兆龙:到观前派出所来,就是要吃苦的。胸前都别着一块胸章:为人民服务。

观前派出所第18任所长顾国康:打击犯罪,保护人民群众和一方平安。

观前派出所第23任所长何苏华:(观前派出所)这也是我的初心和使命形成的地方。

观前派出所第24任所长王宇:居民最大的追求就是路不拾遗,夜不闭户。我觉得这就是我们追求的目标。

观前派出所第26任所长朱金龙:我会像珍惜眼睛一样珍惜观前的荣誉。

观前派出所第28任所长金建明:我们就是通过一件件小事,最后得到人民群众的肯定的。

观前派出所第29任所长赵冰：从（新警）入警第一课，我们就要带他到老所长家里去上党课，听老所长讲以前建所初期的艰辛、困难以及奋斗。

观前派出所第1任所长朱守龙：一晃都快70年了，我的心从未离开过。

【字幕】初心永在，70年再出发！

苏州市广播电视总台2019年播出

第二十五届苏州新闻奖一等奖

追赶太阳的人

主创人员　集体

总起：

【字幕】2022年11月19日，无锡，国际新能源展览会。

【同期声】展会观众：真是太了不起了，太棒了，我真挺佩服他的。

【同期声】光伏行业同行：这才是企业家的精神。

【同期声】光伏行业同行：他是代表中国的光伏行业在全球范围内开疆拓土，给我们引领方向的一个旗手。

【字幕】2020年，中国向世界庄严作出“双碳”目标承诺。

2030年后，光伏将超越火电，成为所有能源发电中最重要的能源。

有这样一个“追赶太阳的人”，

他和近20000名员工，为全球160多个国家和地区提供太阳能光伏组件。

连续11年，光伏组件发货量排名全球前5名，

而他自己却曾经历至暗时刻。

【画面】瞿晓铧受伤康复的镜头。

【同期声】阿特斯阳光电力集团创始人瞿晓铧：残疾人一个，他们公司搞不好。

【同期声】瞿晓铧的员工俞春娥：他说，一个人就代表着一个家庭，我对你们有责任。

【同期声】阿特斯阳光电力集团创始人瞿晓铧：大量地重复，坚信奇迹会发生。

【同期声】光伏行业同行：就是生活已经很难了，你会被激励，你会被感动。生活都是充满希望，我觉得是非常正能量的。

【同期声】阿特斯阳光电力集团创始人瞿晓铧：我把自己形容为追赶太阳的人，不管这个行业遭遇怎样的波折，也不管我自己的人生遭遇怎样的变故，追赶太阳的脚步，永远不会停下。

【标题字幕】追赶太阳的人。

【同期声】记者李文瑾：1分钟，可以做什么？今天我们要采访的这个人叫瞿晓铧。他所创办的企业，每1分钟就可以生产80多块光伏板。这些光伏板二氧化碳的年减排量可以达到31吨，相当于7700多棵树的年减排量。而他的企业生产的太阳能组件安装在了全球各地，能满足2000多万户家庭的用电。这是2019年，瞿晓铧遭遇人生重大变故以来，第一次接受电视媒体的专访，没想到我们第一次见面的地方约在了医院的康复治疗中心。

【人物身份】李文瑾，记者。

瞿晓铧，阿特斯阳光电力集团创始人。

【字幕】苏州·高新区，康复治疗中心。

【现场】与瞿晓铧见面。

李文瑾：瞿总您好，很高兴见到您，基本上每天都是下午2点多钟来？

阿特斯阳光电力集团创始人瞿晓铧：差不多。

苏州电视台记者李文瑾：您今天是要训练多长时间？

瞿晓铧：两个半小时。

【现场】一组康复的画面。

【现场】医院康复的现场。

瞿晓铧：我几个月以前还不能够把手松开，对，现在尽量得挺直。

李文瑾：花了多长时间，现在能完成得这么好？

医生：做了快一年半了。

瞿晓铧：这样做，特别沿着脊椎骨两边的肌肉都会有一种挺强烈的灼烧的感觉。我今年1月1号的时候，第一次腿能够动。我倒没什么，我把这个视频发出去，我妈看了马上就哭了。

【现场】几个康复的画面。

瞿晓铧：好，开始。

李文瑾：好，刹住。

瞿晓铧：多少？

护工：6分21，从来没有过。

李文瑾：我感觉我在后面跑着都追不上你？

瞿晓铧：就是要跟以前比。好，走了。

李文瑾：您要不要手放松一下？

瞿晓铧：到车上再放松吧。

李文瑾：赶回去，有一个会议是吧？

瞿晓铧：对，我们的公司的集团的月度经营会议。

瞿晓铧：我把自己形容为追赶太阳的人，不管这个行业遭遇怎样的波折，也不管我自己的人生遭遇怎样的变故，追赶太阳的脚步永远不会停下。

【字幕】上午9：30—11：00，召开会议。

瞿晓铧：在科技上，研发上投入一些，允许犯一些错误。

【字幕】中午11：00—12：00，边步态训练，边练习英语演讲。

中午12：30—13：30，会见客人。

下午14：00—16：00，医院康复训练。

下午16：30—17：30，换好衣服，继续开会。

瞿晓铧：你好。

客人：又见面了。

【字幕】长时间的会议使瞿晓铧的腿部肌肉难受不已。

瞿晓铧：时间越长就会越疼，用这种椅子它可以让我站起来一下，变化一下体位。

【字幕】晚上18：30，与客人进行晚宴。

秘书：放在这儿，瞿总今天需要签署的一些公司日常经营管理相关的一些文件。

李文瑾：今天一天事务太忙了，这些都是晚上在补作业。

秘书：对。

李文瑾：为什么在短短的8个月之后，这么急切地要再回到自己的工作岗位上？

瞿晓铧：老是躲在医院里头，是不是躲在家里你叫康复了吗？不叫康复，回归社会能尽量正常地生活，尽量地做一点事情，做一点贡献才叫康复。

回国　初创

#VCR1

【配音】照片上这个酷爱冬泳的青年名叫瞿晓铧，本科毕业于清华大学物理系。破冰入水，劈波斩浪，冬泳，练就了瞿小铧坚韧不拔、百折不挠的精神品质。1987年瞿晓铧远赴加拿大留学，博士毕业后他加入了加拿大安大略省电力公司，在光伏研发领域开始崭露头角，在当时光伏还是一个冷门行业。

【同期声】瞿晓铧妻子张含冰：我说你看你的师兄，到美国去赚这么多的钱。光纤那个，他好像不心动的。

【配音】一心想要发展光伏产业的瞿晓铧，敏锐地看到了行业发展的前景，他立志要把光伏技术带回国内发展。2001年已经37岁的瞿晓铧带着抵押房产的贷款，几项设备和属于自己的光伏梦来到苏州，他也成为当时苏州最早一批海归创业的先行者。

【现场】办公室，行军床。

李文瑾：架了一个小床。

瞿晓铧：美国那边上市公司的董事会开了接近三个小时，在小床上休息一下，休息的时候我可以听。那么我作为董事长，必须很多事情要亲力亲为，工作时间太长，太拼自己，可能只要几个星期就发觉手跟身体开始发麻，一旦发麻就不能阻止。最大挑战是在不自量力中找到这个度，在工作跟身体各方面平衡，能让我继续干10年、20年、30年、50年。

李文瑾：您20年前在加拿大的时候年薪就有10万加币，我们现在看来都是一个很高的收入，当时为什么要放弃这一切回到国内来创业呢？

瞿晓铧：做无电地区电力化，原来很多藏地群众真是点酥油灯或者是煤油灯。这个就觉得，你做这件事情是一件非常有意义，帮助到了最需要帮助的人群的一件事情，这也是当时想要创业的动力跟想法之一。

瞿晓铧：然后每天早上7点上班，干到夜里11点。每天4点多钟就醒来，醒来的话，先躺在床上想什么事儿今天可能过不去了，想怎么去突破，到早上7点起来一块干活。

起步　飞速发展

#VCR2

【延时画面】

【字幕】什么是阿特斯速度？

【字幕】2001年1月建厂，仅用3个月时间就交付第一批光伏订单。

【字幕】2003年，成为国内第一批生产太阳能光伏组件的企业。

【同期声】江苏省光伏产业协会会长张国兴：德国率先提高光伏补贴，随后西班牙、意大利等欧洲国家紧随其后大力扶持光伏，阿特斯就抓住了行业的机会，转型做标准化组件，赶上了行业的第一波浪潮。

【字幕】2006年11月9日，阿特斯在美国纳斯达克上市。

【配音】多年来，阿特斯的光伏产业链，从组件的终端制造，向上游拓展到铸锭、长晶、硅片切片，再到电池片制造，还往下游延伸到整个光伏电站和储能项目。

【同期声】阿特斯阳光电力集团总裁庄岩：光伏行业未来十年里会发生一个质的变化，会形成一个技术差异化的时代。

【配音】瞿晓铧通过不断研发和创新，掌握了具有自主知识产权的核心技术体系。截至2022年7月，阿特斯在全球范围内累计获得专利达3000多项，在行业内遥遥领先。

【字幕】苏州·高新区，阿特斯集团总部。

李文瑾：从第一批货发出去到后来上市，短短5年的时间，为什么能发展这么快？

瞿晓铧：从最早我刚刚入行的时候，我们用所谓4英寸片到后来5英寸片，然后阿特斯开始首推6英寸，到现在这个行业已经开始用这种叫做8.25英寸的硅片，一直一路在大硅片上。我们都在创新，就代表着成本的下降以及技术的提高。我们就做出了现在产业上效率最高，然后组件的功率最高，同时的成本最低的产品之一。特别是科技企业，应该也必须在技术领先方面走在整个行业的前面。

李文瑾：中国的整个光伏产业的发展，我们说起起伏伏，几起几落，是不是我们其实本身在大环境下也不是一帆风顺的？

瞿晓铧：肯定不是一帆风顺的，光伏行业的所有起伏我们都经历过。

暗夜　坚守

庄岩，阿特斯阳光电力集团总裁，瞿晓铧的合作伙伴。

#VCR3

【配音】到2007年中国光伏企业已接近千家，其中有11家在美国上市，中国成为全球最大的光伏制造国，然而光伏产业出海的背后却是暗潮涌动。

江苏省光伏产业协会会长张国兴：我们光伏行业有一句话叫拥硅为王，硅料当时非常紧张。

【配音】当时中国的光伏产业基本集中在光伏组建这一中间地带，欧美的上游供应商看准了中国没有技术的弱点，推动晶硅原料价格飙升。

【同期声】公司材料开发副总监彭丽霞：2007年那个时候硅料的价格可能也就只有大概100多美金，然后短短几个月的时间，它最大的上涨幅度到2008年应该是500美金。

【同期声】公司研发部总监许涛：一直催着瞿总说，再不签长单，我们就断料了，就买不到硅料了。整个公司就要停下来了。跟瞿总说了好几次，瞿总还是没有签。

【配音】2008年全球金融危机来临，硅材料价格暴跌，中国光伏企业不少都陷入了长单的泥潭。

【同期声】公司研发部总监许涛：然后整个签完长单的那些公司开始毁约，然后开始赔大量的违约金。

【配音】仅2008年一年就有超过300家中国光伏企业先后倒闭。

【画面】几组光伏企业倒闭新闻。

【配音】2012年中国光伏行业再次遭遇重创，欧美针对中国光伏企业开始征收高额双反税。到了2013年又有数百家中国光伏企业相继破产，在不少业内人士看来，这是中国光伏最黑暗的一刻。瞿晓铧却带领着自己的团队，很快挺过了这场危机，扭亏为盈。

庄岩：我们做出了一个决定，非常重要的决定，就是我们在加拿大开始了我们下游的光伏电站的开发业务，以及我们分布式的成套解决方案的业务，这给我们带来了很多的额外利润。我们公司其实在那个时候生存能力是非常强的，原因就是我们国际化程度比别人更高，我们的光伏和储能电站的开发，在中国之外的市场全球第一名。

瞿晓铧：第一个是总要有新的技术，领先别人的产品设计，这是最关键的。第二个是稳健，在产品上跟商业模式上都有创新，因为有这些创新使得我们顶住了危机，穿越了危机。

#VCR4

【字幕】瞿晓铧的分公司遍布全球20多个国家。

他主要的工作内容之一，就是和各国分公司的员工召开视频会议。

【配音】多年来瞿晓铧全情投入，他把阿特斯打造成了世界太阳能行业的领导者。

【字幕】阿特斯的太阳能光伏组件出货量，连续多年在全球排名前5名。

瞿晓铧带着“光伏梦”为全球160多个国家和地区提供光伏组件。

他和马化腾、任正非等一起，入选“2018十大经济年度人物新锐奖”。

【同期声】2018年，中国经济人物年度人物颁奖现场。

【同期声】主持人：致敬2018中国经济年度人物——瞿晓铧。

【同期声】瞿晓铧（颁奖现场）：让中国经济实现真正的转型，今天咱们在这里再见了，明天我们还会再见。

李文瑾：不管是技术领先还是国际化还是稳健，都是您本身自带的基因，对吧？

瞿晓铧：肯定的，一个公司的创始人对公司的影响印记那是很大的。

李文瑾：也有一定的关系。

瞿晓铧：我想休息一下。

李文瑾：您要休息一会儿是吧？好的。

瞿晓铧：因为对于高位截瘫的人的话，如果长期保持一种姿势，底下没有神经能够支配肌肉，时间越长就会非常疼，就必须要调整一下，缓解一下。

重生　归来

俞春娥　阿特斯的员工

张含冰　瞿晓铧妻子

#VCR5

【配音】2019年5月，瞿晓铧赴宁夏出差，一场突发意外，从此改变了他的人生轨迹，也一下打断了他追赶太阳的匆匆脚步。

【同期声】瞿晓铧：坐的一个沙漠车，倾翻了以后第一个感觉就是我得爬出来，然后就发觉我的腿不能动了，没有感觉了，脊椎受伤引起的高位截瘫。

【字幕】通过外骨骼机器人训练的同时朗读英文书籍。

瞿晓铧：我的女儿从美国回来，她说你这个样子，的确像“钢铁侠”。

李文瑾：您出差原定的是7天的时间，最后变成了8个月，归来的路很坎坷，再回到公司的时候当时组织了一场见面会。

瞿晓铧：我没有流过眼泪，情绪也没有失控过，但就在那一个瞬间，真的是潸然泪下。受伤8个月后，今天再次和大家见面，我的心情很激动。这8个月中，我也在思索。人的一生中有许多坎坷，为什么不能随波浮沉呢？因为我们有追求，我们也有责任。我对你们有责任，你们对我也有责任，阿特斯会始终翱翔在高山之巅，而你们也会带着我一起飞翔。

俞春娥：他说我对你们有责任，我有点激动。稍微等会，等我情绪平稳一点。2007、2008年的行业不景气的情况下，我们其实整个工厂是在停滞的状态之下的，但是我们在那个时间段，我们整个阿特斯没有开除过一名员工。他说一个人就代表着一个家庭，他说以前我对你们有责任，现在你对我有责任，所以说这句话现在想起来就是说这种感情，它就会倾泻而出。

张含冰：因为他的受伤在我心里总归是一块伤（疤）。8个月以后第一次去，本身其实又有伤感，又有欣慰。就是比较复杂的心情，我心里想，他心里一定绝望过，但他没有表露过，他内心非常强大。

【字幕】2021年5月，重返心爱的足球赛场，瞿晓铧将现场视频对外公布。

瞿晓铧：那是我第一次在国内的网站上放出我受伤以后的镜头。当时做的时候有人也说这不是示弱，会不会让行业竞争对手用此来说公司的坏话，他们阿特斯的老总都走不了路，领导力不行了，也不能见客户，也不能飞（出国），根本就是残疾人一个。他们公司搞不好。会有这种的，但是我觉得我相信绝大多数人是善良的。这个就是我回归社会的一个宣言。我要告诉大家现在的瞿晓铧是什么样子的，现在瞿晓铧回归了社会。

李文瑾：您经历了至暗时刻，到现在是不是也看到了最亮的光。

瞿晓铧：我这个人是为太阳而生的，所以就还不管什么情况，都不会觉得是至暗，因为心中总有光。

【字幕】苏州高新区，阿特斯储能工厂产线。

瞿晓铧：（阿特斯组件发货量）大约要占到全球市场总量的9%。最近的10多年中，一直是全球前5强的光伏的制造企业。国家在百年的新征程中会面临非常多的挑战，我们至少可以把一件事做好，就是能源转型。这是我们光伏行业正在做的，能做好的。

#VCR6

【字幕】2006年，阿特斯在美国纳斯达克上市。

2008年，用技术创新应对中国光伏行业的危机。

2009年，接受媒体采访。

瞿晓铧：我今年45岁，二十年、三十年后正好做到退休，所以我想，这一辈子大概做一个产业也就够了。

2010年，阿特斯年销售额突破百亿元。

2013年，带领阿特斯走出光伏“寒冬”。

2019年，高位截瘫，病床前工作。

2020年，受伤后重返工作岗位。

瞿晓铧：企业家一定会经历各种各样的挫折，需要的就是百折不挠，永不言败。不管遇到怎样的挫折和困境，都阻挡不了我追赶太阳的脚步。

【字幕】韧性，是植根于国人血液中最重要的民族性格之一。

面对世界百年未有之大变局，

在困境中迸发出强大生命力，

谨以此片致敬每一个“追赶太阳的人”！

苏州市广播电视总台2022年播出

第十六届苏州新闻奖特别奖

一个残疾姑娘的美丽人生

主创人员　杨卫炜　王　哲　周枕戈　陆　彬　姚　远　俞永清

残疾姑娘钱敏丹　用坚强书写美丽人生

【导语】董浜镇旗杆村重残姑娘钱敏丹凭着顽强的毅力，用三年时间写作完成了20万字的自传体小说。最近，钱敏丹的小说《活着的100个理由》由人民出版社正式出版了。今天就让我们一起来认识这位用坚强书写美丽人生的重残姑娘。

【配音】躺在床上的就是钱敏丹，今年36岁，由于小时候患上了一种至今无法确诊的进行性疾病，导致全身绵软无力，20多年来她大部分时间只能躺在床上，全身仅剩下右手拇指和食指还有一点微弱的力气。

【同期声】残疾姑娘钱敏丹：在写这本书的过程中，慢慢地我感受到了来自自己生命的力量，然后萌发了希望这本书有一天能够出版，能够带给别人一点启发，哪怕是书里面的一句话能够触动别人，给他们有一点点的帮助，那么是我这本书最大的价值，也是我人生最大的价值。

【配音】写书的过程十分艰苦，但敏丹从没想过放弃。

【同期声】残疾姑娘钱敏丹：最痛苦的事情是天气特别冷，手特别冷，特别抖的时候我还得写，有时候一分钟只能写几个字。还有就是在写到自己以前的痛苦经历的时候，有时候等于是把结好的伤疤又撕开来，重新再经历一遍，有时候写得整个人哭得不行。

【配音】敏丹没有学会过走路，在她的记忆中，童年时只有一张小椅子陪着她。

【同期声】残疾姑娘钱敏丹：我只记得小时候我就坐在一个小椅子上，然后周围有些小伙伴，看着他们玩耍，蹦蹦跳跳的，我就特别羡慕。然后谁告诉我，我到9岁了我就能走路了，那时候就特别盼望自己能够快点长大。

【配音】直到敏丹9岁，她知道了自己也许永远都无法走路，但乐观的小女孩却盼望着能和同龄人一起去上学，父母终于答应把她送入学校。

正当敏丹一边与病魔抗争，一边还坚持着学习时，又一场横祸突然降临。四年级的一天，父亲在送敏丹和妹妹上学的路上与一辆三轮车相撞，敏丹被重重地摔在地上。这次车祸后，敏丹再也坐不直了，身体也更加虚弱。万般无奈之下，敏丹中断了自己的学业。

之后的十年是敏丹生命里最灰暗的十年，她过着几乎与世隔绝的生活。

【同期声】残疾姑娘钱敏丹：我自己有过很多次想放弃的念头，但是当我意识到我连死的能力都没有的时候，我决定好好活下去，我想要知道，甚至我想要看看命运究竟想给我一个什么样的人生。

【配音】希望的种子渐渐在敏丹心里萌发，而互联网的出现则为她打开了一扇通往梦想的大门。通过网络，敏丹还找到了一种适合自己的上学方式——自考。2009年，她报考了南京师范大学心理学大专课程。

【同期声】残疾姑娘钱敏丹：我就希望就算某天我只剩下说话的力气，我也可以用所学的心理学知识帮助一些迷茫、困惑的人，让他们感到生命是如此美好。

【配音】对于女儿求学的愿望，母亲盛丽玉显得特别无奈又十分心疼。

【同期声】敏丹母亲盛丽玉：一边写书，一边自考的时候，每天晚上都要到半夜，有时候来不及，两点钟都有。我看她的身体状态很差，我们买了补品，千方百计让她吃，不能让她倒下。

【配音】经过三年的努力，敏丹以优异成绩通过了全部13门课程的考试，顺利拿到了毕业证书。坚强的敏丹不仅实现了写书的愿望，还完成了自己的学业梦想。

【同期声】残疾姑娘钱敏丹：就像我书里的结尾那样，曾经我问自己，假设我在出生的时候就知道我会带着病残的身躯来到这个世界，那么我是否还愿意来。如今我的回答是我愿意，因为存在过、努力过、感受过生命的美好，人生就已无悔。

一路向西　钱敏丹的圆梦之旅

【导语】今年三月份，残疾姑娘钱敏丹在我们《今日传播》栏目的帮助下，实现了为自己新书《活着的100个理由》办个人签售会的愿望，但要强的敏丹对梦想的追求不会停滞不前，这次敏丹又重新起航，朝自己的下一个梦想进发。敏丹又会给我们带来怎样的惊喜和感动呢？

【配音】4月26日，敏丹的梦想之旅启程了，在一家爱心企业的资助下，她和父母一起踏上了这次西行的路程，她将坐飞机前往成都与电商旅游论坛的驴友们会合后，跟随旅行团一起乘坐越野车，行程2000多公里，穿越川藏线，到达拉萨，最终登上布达拉宫。

在成都短暂的休整后，4月29日，敏丹与旅行团的驴友们出发了，经过一整天的奔波，他们到达了位于四川甘孜州丹巴县的甲居藏寨，驴友们纷纷邀请敏丹一起合影，留下这难忘的时刻。

【现场画面】感觉在这里，看见房子感觉自己心特别静，感觉好像没有那么多纷纷扰扰的事情在脑子里，心特别安静的感觉。

【配音】这里的安宁让她有些不舍，不过旅程还将继续。在短暂的停留后，敏丹又要重新启程赶往下一站。

5月2日，早晨从巴塘出发，经过5个多小时的艰险山路，敏丹一行到达了觉巴山顶。在山顶上，敏丹被一群驴友和骑行客包围，他们看见敏丹坐着轮椅还要来西藏，很佩服她一路上的坚持和勇敢。正当驴友们和当地藏民争相与敏丹合影时，接下来发生的一幕让大家既惊愕又感动。

【现场画面】给一点钱。

不要，大爷你很辛苦的。不要，谢谢，心意领了，谢谢。

【配音】一位藏族大叔挤上来，硬是要塞给敏丹三十元人民币，敏丹与家人连连向藏族大叔表示感谢，并赶忙把钱还给了他。对于旅途中素未相识的人们给予她的温暖，敏丹虽没有多说什么，但都一一记在了心上。这些温暖也激励她不断向前，当天下午，他们就要登上本次旅程的最高峰——海拔5008米的东达山顶。在确认敏丹身体状况良好的情况下，旅行团继续前行，在紧接着一个多小时起伏盘旋的山路颠簸后，敏丹终于又登上一个高峰。

【现场画面】我成功了，我终于登上5000米高峰了。我终于实现这个梦想了，用一个重残女孩的视角登上了青藏高原去俯瞰这个世界，我创造了我自己的奇迹，我用自己的行动证明了我的那两句话，“身虽禁锢，御梦翱翔”，只要心中有梦，人生皆有可能。

【配音】接下来的几天，敏丹又领略了然乌湖的美景，并挺进西藏面积最大最宽的来古冰川和“中国六大最美冰川之一”的米堆冰川。

由于冰川地带没有公路能够驱车直达，所有人必须靠徒步才能进入，而冰川地区地势险要，气候恶劣，旅行团的驴友们不能把敏丹带上，这让敏丹感到有些失落。司机王师傅似乎看出了她的心思。

【现场画面】我们不能徒步，但是一样可以看到更漂亮的东西，对不对？

谢谢师傅。

所以没有失落，没有不圆满，因为这次我们肯定很圆满，很感动，因为我们是圆梦之旅，对吧？

师傅你说的我快要哭了，你太了解我了。

你看得开心就好了。

【配音】在米堆冰川景区的大门口，敏丹和父母合了影。她说虽然不能近距离看到冰川，但是能靠近一点，就已经很满足了。

【现场画面】虽然我的双脚不能行走这片雪地上，但是我感觉我已经能够融入这片纯洁的世界中了，我好幸福，真的好幸福。

【配音】5月8日，敏丹终于到达了本次旅程的最后一站——拉萨。由于布达拉宫内禁止摄像，我们的摄像机不能记录下敏丹登顶的过程。

当天下午，同行驴友轮流抬着坐在轮椅上的敏丹到达了布达拉宫的最高处——第十二层。当无数双手争着去抬起轮椅时，敏丹和她的母亲都哭了。布达拉宫里的僧人也被这一幕感动了，他们两次为敏丹献上了哈达，还特许她进入限制区域，并让她拍照留念。

钱敏丹南京高校巡回演讲　与大学生分享励志人生

【导语】11月6日，常熟重残女孩钱敏丹受南京师范大学、南京中医药大学等4所高校的邀请，开始了她在南京高校的巡回演讲，与当代大学生分享她自强不息的人生经历。

【配音】对于钱敏丹来说，这是幸福的一天，在家人的陪伴下，她走进自己的母校——南京师范大学敬文图书馆的敬文讲坛，开启了她在南京高校的首场演讲。图书馆大厅里坐满了前来听讲的大学生，大家专注地听敏丹讲述与命运抗争，不断创造生命奇迹的励志故事。

【现场画面】我躺在床上练习用手写板操作电脑，自学网页设计，并去找工作，为了获得一个可能的工作机会，我给自己下了命令，必须连夜把设计稿赶出来，功夫不负有心人，我获得了人生的第一份工作，有生以来我第一次敢自豪地说，我也可以自食其力了。我觉得自己终于踏上了一架充满希望的阶梯。

【解说词】虽然全身只有两根手指有力气，但钱敏丹以常人难以想象的毅力，开网店，到各地旅游，自学南师大心理学大专课程，去年又写成自传体小说，并由人民出版社出版，小说感动无数读者。

【同期声】大学生：我们确实很惭愧，我们现在做得很不够，努力得也不够，老师为我们传递了很多的正能量，非常触动我们的心弦，特别感动。

【同期声】大学生：作为我们这一代，意志力、心态可能不是特别好，有的时候遇到一点挫折，可能就觉得整天怨声叹气，我觉得通过了解像钱老师这样的人生经历，不仅可以让我们了解一些社会上一些特殊群体他们的生活态度，对我们来说也是一种激励。

【配音】当晚，敏丹又马不停蹄来到南京中医药大学作励志演讲，作为本次活动主办方之一的南京中医药大学团委副书记姜劲松表示，钱敏丹的故事对于当代大学生具有非常深刻的现实意义。

【同期声】南京中医药大学团委副书记姜劲松：我觉得现在的社会，身体很好但是心理残疾的人比较多，特别是新形势下我们的同学，从象牙塔里走出来面对这个社会，他的这种心理健康问题，非常需要这样的故事包括钱老师的故事，还有她书里述说的一些做人的道理，包括她的坚持、信心和对这个社会的看法，来引导我们广大学生走上社会。

【配音】在家人和众多朋友的帮助下，钱敏丹从没有放弃过追梦。现在，她又在为“当一名励志演讲家”的新梦想而努力。

【同期声】残疾姑娘钱敏丹：今天来到学校里面，不仅是圆了我的校园梦，也希望通过我人生经历的分享，给同学们传递一种信念，因为我觉得大学生都是在追梦的年龄，他们也会有很多迷茫和困惑，也会有很大的挫折和压力，所以我想告诉他们的是只要有梦想，只要不放弃，就一定能够去创造属于自己的人生精彩，去创造属于自己的生命奇迹。

常熟市广播电视总台2013年播出

第十七届苏州新闻奖一等奖

新闻夜报

主创人员　许　静　王　晟　韩　斌　周旷怡　王　懿　姚荔青

1.离你最近，才更贴心，观众朋友晚上好，今天是2014年11月4日星期二，欢迎收看《新闻夜报》。昨天下午，一位小伙子在乘坐公交车的时候，突发疾病，竟口吐鲜血，不省人事。事发紧急，公交车驾驶员谢师傅赶忙驶离规定线路，并在乘客们的帮助和配合下，第一时间把小伙子送到了医院救治，挽救了他的生命。

2.据我们了解，小伙子经过及时的抢救，目前已经康复出院。在此，我们也感谢谢师傅和当时在30路公交车上的乘客们，感谢你们的帮助，挽救了一条生命。来看下一条，今天上午，记者从市人力资源和社会保障局了解到，我市社会保险缴费基数将有所上调。那问题就来了，政策调整后，我们需要多缴多少钱呢？下面就跟着我们的记者一起来算一算这笔账。

3.近日，苏州市物价局、住建局正式发文，公布《苏州市区住宅小区汽车停放收费政府指导标准》，针对当前住宅小区停车收费管理中存在的问题做出结构性调整。那么在我市，关于住宅小区汽车停放的收费标准又是怎样的呢？

4.欢迎继续收看《新闻夜报》，更欢迎您通过电话、微博、微信、论坛等各种途径向我们提供新闻线索，也欢迎大家通过上述平台与我们进行交流互动，具体信息请留意屏幕下方的游动字幕。下面来看《夜报帮忙》。今天上午，家住城中某小区的李女士向我们栏目反映说，她用了“黑瓶”装燃气代售点提供的瓶装燃气做饭，结果发生了爆炸，她希望通过我们的报道，能够提醒大家，注意用气安全。

5.一些瓶装燃气代售点，在给附近的居民带来方便的同时，也存在一定的安全隐患，市民一定要选择有供应资质的店铺购买瓶装燃气，切勿图方便，或者是贪图便宜，以免给自己和家人带来安全隐患。另外一方面，我们也希望有关部门能够加强对瓶装燃气代售点的监管，及时取缔不法商贩。好，下面来看《夜报回音壁》。

6.滥竽充数，以“角”代“元”，男子乘车逃票被发现，一怒竟砸坏了公交显示屏。一起去看看。

7.您能想象把一台婴儿车装进背包里吗？上月底，我市好孩子集团推出的一款“口袋车”就被吉尼斯世界纪录官方授予“折叠后最小婴儿车”的荣誉。快跟随我们的记者一起去看看这台世界上折叠后最迷你的婴儿车。

8.说天说地说天地，说东说西说说吧。这里是《鹿城说吧》。今天我们要给大家说一说昆山以前的一个城门：宾曦门。

9.网罗天下新鲜事，精彩新闻无限多。欢迎收看今天的《看天下》。最近，一条微博颇受网友们关注，福建的一辆SUV神一样地停在一栋房子的凹槽处，堪称最牛停车。看了网络上的报道啊，四川绵阳的驾校教练不服气了，决定挑战一把。

10.不过教练们说了，这样停车啊，对轮胎、助力泵等汽车零部件伤害特别大，建议广大司机不要轻易尝试。好，我们再来认识一位在福州打工的“90后”四川女孩李朝润，这几天，她辞去了工作，天天照顾一位与她非亲非故的70岁孤寡老人郑大爷，那究竟是什么情况呢？一起去看看。

11.撞到人后不逃避，反而辞去工作悉心照顾，我们应该肯定这个姑娘勇于承担的精神。同时还是要提醒一下大家，行车上路，一定要小心慢行。接着来看下一条，一提到职业资格证，您会想到什么呢？教师证、记者证？可您听说过打扫卫生的保洁员也要进行技能考试吗？最近，山东、新疆等地就出现了保洁员职业资格培训班，对保洁员进行10到15天的培训后再参加考试，考试合格后持证才能上岗。而更奇葩的是，保洁员职业资格证的考试内容。

12.怎么样？这题目是不是够奇葩的，对此，许多网友纷纷吐槽：不考试难道就不会清扫卫生了吗？要我说啊，这些整天穿梭在城市大街小巷的环卫工人们，其实他们更需要的，是得到我们更多的理解与支持，您说呢？互联网时代，有不少投资者发现了一个新商机：花钱抢注“关键词”。不少互联网科技公司更信誓旦旦地对投资者宣称，一旦抢注的关键词能在各大搜索引擎中脱颖而出，还能转卖升值。不过近日，上海公安却破获了沪上首例和网络关键词有关的诈骗案件。投资者们非但没有通过转卖关键词获利，反而被骗取了上百万元。

13.另外，专业人士还提醒，因为关键词有价值是建立在有大量人群搜索的基础上，所以如果关键词是建立在一个比较小的搜索平台上，那么它的价值就微乎其微了。好了，以上就是今天的《看天下》，稍后来看互动话题。

14.欢迎继续收看《新闻夜报》，我们本期节目的互动话题是：如何看待快递员的高额月薪？近年来，快递小哥的收入也和电商网站的营业额一样水涨船高。特别是一些手脚麻利、沟通有方的优质快递员，他们的收入情况也不比办公室的普通白领们差。眼下网购狂欢节“双11”即将来临，各大电商网站都开展了预售活动，快递公司也开始“招兵买马”。为了能“抢”到手脚麻利的快递员，有的快递公司更是打出了“月薪一万五”的口号。那么针对这个现象，市民和网友们又是怎么看的呢？

15.其实，就像很多市民和网友说的那样，一万五的薪资的确不低，但是对于这个“万元高薪”职业我们还是要客观地看待。一方面，在“双11”来临之际，为了抢到优秀快递人才而加薪不过是即时行情，忙时多挣点、闲时少挣点也是价值规律使然。另一方面，快递行业不存在垄断，也不存在过高门槛，要的不过是从业者腿脚勤快、心性谦和。快递员的高薪水也是以高强度体力劳动为代价的，是劳动者付出心血应有的收益和补偿，也是劳动力价值被重估的结果。一个旨在“让劳动更有价值”的社会，我们不能用有色眼镜看待“高薪快递”现象，多一些换位思考，才会多一些人文关怀。这个话题我们就聊到这儿，来看下一期的话题，近日，全国人大常委会拟对《民法》和《婚姻法》的相关条款作出解释，解释中有关于公民选取姓氏的新的规定。草案规定，中国公民原则上应当随父姓或母姓，同时有以下情形之一的，也可选取其他姓氏。一是选取其他直系长辈血亲的姓氏；二是因由法定抚养人以外的人抚养而选取抚养人姓氏；三是有其他正当理由。那我们下期节目的互动话题就来聊聊：如何看待“子女可以不随父母姓”？好，稍后来看昆山以及周边城市的天气。

16.今天的节目就是这些内容，浏览更多信息，请登录昆山网络电视台，感谢您的收看，我们下期节目再见！

【导视1】

1.昨天下午，一位小伙子在乘坐30路公交车的时候，突发疾病，竟口吐鲜血，不省人事。事发紧急，公交车驾驶员谢师傅赶忙驶离规定线路，并在乘客们的帮助和配合下，第一时间把小伙子送到了医院救治，挽救了他的生命。车载监控，记录下这紧张而感人的一幕。

2.记者从市人力资源和社会保障局了解到，我市社会保险缴费基数将有所上调。政策调整后，我们需要多缴多少钱呢？让记者来帮你算一算这笔账。

3.《夜报帮忙》来看：“黑”代售点送来的钢瓶竟然4年前已经报废了，《夜报帮忙》和您一起来关注用气安全。

4.《夜报110》，滥竽充数，以“角”代“元”，男子乘车逃票被发现，一怒竟砸坏了公交显示屏。他的火气为什么这么大？他又将受到什么处罚呢？

【导视2】

1.《夜报帮忙》来看：“黑”代售点送来的钢瓶竟然4年前已经报废了，《夜报帮忙》和您一起来关注用气安全。

2.《夜报110》来看，滥竽充数，以“角”代“元”，男子乘车逃票被发现，一怒竟砸坏了公交显示屏。他的火气为什么这么大？他又将受到什么处罚呢？

3.古时的昆山有六个城门，其中，东边的“宾曦门”位于柏庐路与环北路交界处，临近现在的柏庐大桥南桥堍。今天的《鹿城说吧》，就跟你说说“宾曦门”。

【导视3】

1.《看天下》来看：最近，福建的一辆SUV神一样地停在一栋房子的凹槽处，堪称最牛停车，走红网络。看了这则报道后，四川绵阳的驾校教练们不服气了，他们也要来挑战一把最牛停车。

2.互联网时代，有不少投资者发现了一个新商机：花钱抢注“关键词”。不过近日，上海公安却破获了沪上首例和网络关键词有关的诈骗案件。投资者们非但没有通过转卖关键词获利，反而被骗了上百万元。

昆山市电视台2014年播出

第十八届苏州新闻奖一等奖

春来茶馆

主创人员　邹　娟　管　甜　刘加龙　顾梦凯　梁　贤

1.观众互动话题：低价旅游怎么看？

【导语】这两天，因为购物少，云南导游骂游客事件还在发酵。对此，国家文化和旅游部已经做出处罚决定：吊销涉事导游的导游证，今后不得从事导游业务；对涉事旅行社和相关责任人进行处罚。不过，这一事件再次把“超低价旅游团”推上了风口浪尖。对于低价旅游你怎么看？欢迎添加我们的微信公众平台订阅号“cstv春来茶馆”参与我们的讨论。

2.地道的常熟话：小朋友讲得怎么样？

【导语】我们常熟是一个有着两千余年历史的文化名城，常熟方言属于吴语的范畴，有8个声调，也是声调和韵调相对最多的方言之一。那么我要问你了，会不会讲常熟话，讲得好不好，正宗不正宗？如果你是老常熟人，肯定没有问题。那么我们的下一代，小常熟人呢？来看我们的调查。

【配音】我们挑选了城区和乡镇的小学各一所，先去城区的虞园小学看看。请小朋友先用常熟话念一念。

【同期声】虞园小学学生：万紫千红春到，虞城风景独好，城市文明风貌，你我齐心塑造。

【配音】小朋友念得不错，接下来我们要用常熟话里特有的词汇来考考他们了。

【同期声】记者：你知不知道常熟话“和调”什么意思？

虞园小学学生：我感觉是开玩笑。

【同期声】虞园小学学生：我觉得是比较和气的意思。

【同期声】虞园小学学生：我认为是捣糨糊。

【同期声】记者：什么叫“夯拨郎当”？

【同期声】虞园小学学生：我认为全部。

【同期声】虞园小学学生：我觉得是只有。

【配音】答案真是五花八门。那么平时生活在乡镇的小朋友常熟话讲得怎么样呢？

【同期声】记者："拆烂污"什么意思？

白茆中心小学学生：一鸣惊人。

记者：那就真的"拆烂污"了。

【同期声】记者："拆烂污"什么意思？用普通话来说。

白茆中心小学学生：可能就是你不行了，你很差。

【配音】情况也不大乐观。有的答案让我们的记者也笑死了。告诉你，我们采访的小朋友都是土生土长的常熟人。那么他们在家讲不讲常熟话呢？

【同期声】虞园小学学生：在外面不怎么说，在家的时候会说。

记者：在家跟谁说常熟话？

虞园小学学生：爷爷奶奶。

【同期声】记者：你用什么话跟爸爸妈妈、爷爷奶奶交流的？

虞园小学学生：有时候用常熟话，有时候用普通话。

记者：常熟话用得多还是普通话用得多？

虞园小学学生：普通话。

【配音】嗯，难怪现在的小朋友讲起常熟话来吃力了，关键是讲得少，和上点年纪的人交流，还要有人来翻译。这种状况让白茆山歌的传承也碰到了问题。

【同期声】白茆中心小学老师：像我们学校有白茆山歌的特色，刚开始我们要求小朋友都用土话来唱，更加有特色。但是我们排练的过程中发现，小朋友用土话不会唱，我们只好选几段比较有特色的老山歌，必须用土话唱的。我们一个字一个字教他们用土话唱，有的改为普通话唱，大部分都是普通话。

【配音】白茆山歌竟然大部分改成了普通话，这个可能也是白茆山歌在革新的同时不得不面临的情况。我觉得这个变化，滋味真的不怎么样。

3.新市民学方言：语言环境很重要

【导语】我们常熟发展得蛮快，人口已经超过200万，其中有一半是外来人员，那么这些新常熟人常熟话听得怎么样、讲得怎么样呢？继续来看记者的调查。

【同期声】新市民：听不懂，一点也听不懂。

【配音】不少新常熟人在常熟生活了好几年，对于常熟话，还是只能听懂一些简单的日常用语。

【同期声】新市民：过来有20年了，常熟话可以说说了。时间长了，就会讲了。

【配音】这些新常熟人告诉记者，要成为一个新常熟人，首先就要过语言关，不要说讲，起码要听得懂个大概，所以很多人还是会有意识地去学。不过他们在学习过程中也有苦恼，什么呢，和常熟人交流，对方知道你不是常熟人，自然而然会讲普通话，这样一来，学习的进度势必减慢不少。

4.评论员点评

【导语】看了我们记者的调查，总体来讲，给我的感觉是，常熟方言要传承、要发扬，任重而道远。那么我们请对我们常熟方言很有研究的袁文龙老师来分析分析。

【同期声】常熟文史专家袁文龙：这个现象实际并不奇怪，因为任何一种方言包括常熟话，它的产生和发展包括传承，都需要一定的生态环境和土壤。过去特别是农耕社会的封闭性，使得常熟方言比较纯粹，现在工业文明了，方言的大环境变了，小朋友在学校里接受的是普通话教育，到社会上普通话又是一种主流语言，甚至到了家里，按理大人可以和他讲讲常熟话，但是因为现在的小孩大多是独生子女，回到家里，大人围着小孩转，小孩讲普通话，大人即使不会讲普通话，也要犟嘎嘎讲点普通话，小朋友讲常熟话的环境、现场感没有了，所以往往到长大了以后也不会讲常熟话。方言作为一种非物质的文化，现在在慢慢淡薄，这是非常可惜的。

【导语】那么袁老师，你觉得可以通过什么途径来打破这种尴尬呢？

【同期声】常熟文史专家袁文龙：我觉得语言的大环境变了，那么小环境可以自己来营造，下课和小朋友做游戏的时候，我认为可以讲常熟话，到了家里以后，大人也不需要完全围着小孩转，你只管讲常熟话，可以让他在听的当中学。

5.出国三天流量费超一万六，尽量使用Wi-Fi吧

【导语】传承方言，需要环境，要开眼界，也要条件。世界这么大，我想去看看。旅游，换换心情，开开眼界，真的不错。拍张照片，发个朋友圈，也是旅游的乐趣之一。不过，刷微信，刷朋友圈，不是人人都刷得开心的。喏，安徽合肥的胡女士就刷得不开心。她出国旅游三天，就因为刷了一下微信，结果，手机流量费竟然高达一万六千多元。怎么回事呢？

【配音】五一期间，胡女士去美国塞班岛旅游，5月4号，她回国后就收到中国电信发来的一条提醒停机的短信。

【同期声】胡女士：说我的流量已经超过5000元，请谨慎使用。

【配音】一开始胡女士还以为是电信公司弄错了，就拨打了客服电话查询，查询的结果让她更加目瞪口呆，电话欠费16989元，其中16592元是手机的上网费。胡女士讲，自己在塞班岛也只是稍微刷了一下微信报了一下平安，就算三天24小时都在上网，好像也不至于产生这样天价的流量费吧。那么电信公司又是怎么解

释的呢?

【同期声】中国电信客服:我们查了一下,塞班岛上网一兆是81块9毛2。

【配音】当地电信客服还讲,国际漫游业务的定价,不是他们一家说了算的,还有胡女士提出的欠费没有及时提醒的问题,是因为账单返回国内,延迟最短四五天,最长要三十天左右。

那么怎么来解决这种“痛”呢?专家帮你出主意,堪称出境游神器的,随身Wi-Fi。一个随身Wi-Fi,可以供5个人一起用。这种设备都是租的,可以在出境游之前,通过在线的旅游平台预订一只,交点押金,再付点租金,租金不贵的,比起动不动几千块甚至上万块的费用肯定是“白菜价”了。

6.恶意透支外逃非洲,钱被抢光做苦力

【导语】接下来要讲件大家引以为戒的事情。今年“猎狐2015”专项行动以来,江苏警方已抓获21名境外逃犯。其中有一对在常熟经商的浙江夫妻,恶意透支多家银行信用卡共计350多万元,潜逃出境,公安部、江苏、苏州、常熟公安四级公安机关组成境外追逃工作组,远赴东非高原乌干达展开抓捕,把他们抓住。

【配音】去年8月,常熟市公安局经侦大队连续接到多家银行报警,称吴锡华夫妇办理的信用卡严重透支,两人已经失联。这对夫妻是浙江人,几年前,来常熟做童装生意。2013年,生意失败,夫妇俩债台高筑。去年年初,为了逃避债务,另外也想到境外“淘金”还债,夫妇俩登上了去乌干达的航班。

摸清了情况后,在中国驻乌大使馆及乌干达警方的协助下,凌晨时分,警方在一个水电站工地上,把吴锡华抓住。吴锡华被抓住后,态度不错,主动提出劝说妻子投案。他通过微信,向妻子发送了三段语音,回忆了在乌干达的艰辛、赚不到钱的无奈,以及思乡之情。当晚,吴锡华妻子郑某主动联系警方,愿意回国自首。在踏入国门的那一刻,郑某还轻轻说了声“总算回来了”。

为啥会说这句话,是有道理的。在很多人印象中,潜逃境外的嫌疑人,都好像到了“天堂”,日子开心得很,实际上完全不是的。就吴锡华夫妇来讲,一把辛酸泪,刚到乌干达没多久,就遭遇抢劫,带过去的钞票全没了,吃了上顿没下顿,之后为了谋生,夫妻俩分居两地,一个帮人家看水果摊,一个到水电站工地做苦力,日子不好过的。所以看见警察同志,吴锡华居然有亲切的感觉,讲“担惊受怕的日子过够了,自己做错的事,终究是要还的”。

7.常熟人常熟事:北京琉璃厂的翁字招牌(上)

【导游】欢迎收看今天的《常熟人常熟事》。今天我们继续和大家来讲和翁同龢有关的事。

【配音】北京的琉璃厂是闻名中外的文物古玩市场，就是各店门口的招牌匾额也让人看得眼花缭乱，而且都是出自大家的手笔。这些店当中，有一家叫“宝古斋”的店特别引人瞩目，细看落款，有“翁同龢”三个字。怎么会有这块翁字招牌，还要从宝古斋的创建人邱震生讲起。

8.微博常熟

【导语】来看今天常熟各大官方微博发布了什么话题。

【配音】喜欢音乐的人机会来了。“常熟大剧院”讲，西班牙最具才华又原汁原味的音乐团体5月29号要来常熟大剧院演出了。这个乐团在无伴奏人声音乐中，起着教科书般的作用。值得一听啊！

9.常熟人识天

【导语】江西人识宝，常熟人识天，来讲讲天气情况。今天夜里多云；明天多云转阴局部有阵雨。未来天气日渐炎热，现在正是踏青赏景的好时节，提醒家长朋友，带小朋友郊游，要当心有毒植物，还要防止小朋友近距离接触花朵，以防花粉过敏。

10.虞城玫瑰

【导语】首届虞城玫瑰采摘节正在火热举办当中，今天《春来茶馆》马上要打烊了，我们抓紧机会，一起去看看这些漂亮的玫瑰花。观众朋友，我们明天再见。

常熟市广播电视总台2015年播出

第二十五届苏州新闻奖一等奖

苏城议事厅之看苏州看变化：震泽

主创人员　荀思浩　刘媛媛　闪音瑜　陈雨琪　颜　国　王　欢

第一部分：开篇

主持人：各位观众、各位网友，大家晚上好。欢迎来到《共筑美好生活·苏城议事厅》，我是陈凯。党的十八大以来，习近平总书记多次对江苏和苏州工作，作出重要讲话和指示，苏州坚持以习近平新时代中国特色社会主义思想为指导，坚决贯彻新发展理念，为全面小康“树样板”，为现代化“探路子”。这十年来，苏州的变化，可能体现在我们身边的一条条道路上、一栋栋房屋里、一张张餐桌上、一张张笑脸中。为了更好地展现这十年的非凡成就，以及人民群众的幸福感、获得感，从今天开始，我们《共筑美好生活·苏城议事厅》推出系列全媒体访谈节目《“奋进新征程 建功新时代”——看苏州看变化》。

主持人：接下来，我们就要一起走进第一站，千年古镇、中国蚕丝之乡——吴江震泽。首先，介绍一下参加今天访谈的各位嘉宾，分别是：

顾全，吴江区震泽镇党委书记。

胡毓芳，太湖雪股份有限公司董事长。

谭桂芳，苏小花创意产业园（苏州）有限公司董事长。

说到震泽，大伙第一印象就是江南古镇。不过，现在可能这个印象得变变了，前期我们的记者，就跟着顾书记去感受了一下。

VCR：

【字幕】2022年6月，吴江区震泽镇。

【同期声】记者俞熙雯：麦田千层浪，又到夏粮好。6月是江南最明艳的时节，一边是百花齐放，一边是绿树成荫，伴着夏天的风，一切都是刚刚好。今天要和我相约的是吴江区震泽镇党委书记顾全。顾书记，您好！

【同期声】吴江区震泽镇党委书记顾全：熙雯你好，欢迎你来到震泽。来，我邀请你坐坐现在最有特色的小火车吧！

【同期声】好，咱们上车。哇，好别致的小火车，很有特色啊。那我们接下来出发吧。走吧，走！

【字幕】长漾号小火车。

【同期声】记者俞熙雯：顾书记，说到咱们吴江震泽，大家都会想到江南水乡，想要去坐手摇船，您怎么来带我坐小火车了？

【同期声】吴江区震泽镇党委书记顾全：我们震泽的这个特色田园乡村谢家路，原来是一个偏远闭塞的地方。2018年开始，我们创建省级特色田园乡村。通过几年的努力，应该说发生了翻天覆地的变化。

【字幕】众安桥村。

【同期声】吴江区震泽镇党委书记顾全：在田园乡村建设的过程当中，我们营造了这样一幅姑苏城外的画卷。在水山掩映百花盛开的乡间小道，穿梭着一辆红色的小火车。踩着乡村振兴的节拍，迈向希望的田野。

【字幕】谢家路。

【同期声】吴江区震泽镇党委书记顾全：这几年我们建了很多的网红打卡点，现在我就带你去第一个网红打卡点，苏小花看看，好不好？

【字幕】苏小花咖啡馆。

【同期声】吴江区震泽镇党委书记顾全：这就是我给你介绍的网红咖啡馆苏小花了。好漂亮，其实它原来是一个破败的小仓库。经过上海设计师的改造，现在已经华丽转身。

【同期声】俞熙雯：书记，我特别好奇您是怎么想到在田间地头建咖啡馆的？

顾全：随着特色田园乡村的推进，周边的游客纷至沓来。其中有相当比例的年轻人。年轻人都喜欢喝咖啡，所以我们就顺势把原来的小队仓库改建为咖啡店，想不到还真成了。当然我们除了咖啡店以外，周边还建了餐饮店、住宿场所等等。

俞熙雯：咱们村民的生活是不是也越来越好？

顾全：是的。随着田园乡村的建设，村民的生活有了大幅度的提升。就是说10年前吧，我们每个村的收入啊，只有197万元，不到200万元。但是这几年有大幅度的增长，现在我们每个村的收入已经平均达到了1038万元。

俞熙雯：天呐！整整翻了5倍！

顾全：是的。我们的村民除了土地的收益，还可以增加打工的机会，同时还有房产的出租，应该说收入也是明显的增长。

俞熙雯：日子也是越过越甜了。

顾全：这就是乡村振兴给我们带来的红利！

第二部分：田园乡村　迈向希望田野

主持人：这个看了短片之后，不知道各位是什么想法。我的第一个念头，就是真的好想去，这个田园风光让人感觉到心驰神往。之前咱们震泽是这样？

谭桂芳：我用一池湖水来形容咱们的乡村，以前是很平静的一池湖水，但现在被泛起涟漪了。就是未开发之前，我们的村庄就是闲置的，闲置的土地、闲置的厂房，反正都是老人，包括居住的人口都是老龄化的。不能说一片荒芜，就是最原始的状态，但是这两年就是不一样。

主持人：书记您和我们谈谈，你的体会应该会更深刻吧？

顾全：我是2017年3月份到震泽工作的。这5年时间，我们也非常荣幸，参与或者见证了整个震泽的成长和发展。总的感觉是，我们震泽的经济发展越来越强。无论是新兴产业还是传统产业，我们的田园乡村是越来越美，现在到震泽看乡村的朋友，都是非常心生欢喜、流连忘返的。我们的古镇也越来越有韵味，体现了我们江南古镇的很深厚的文化底蕴。

主持人：我们来详细地看一看，在我的身后，这是一张震泽的特色田园乡村示意图。在这张图上我们可以看到，有震泽的4个行政村是环绕着长漾的。在这个顶部，想问一下这样的串联效果，是不是前期咱们就已经都规划好了？

顾全：这个是我们震泽的湿地公园，也是特色田园乡村的片区。为了打造这个片区，我们做了前期的工作。你比如说规划先行，我们邀请了省规院对我们整个片区做了一个规划，同时也邀请了浙江大学文理学院，对我们的旅游发展制定一个规划。还有一个就是环境的治理，我们用公园化的标准，来打造整个片区。通过几年时间的努力，应该说取得了良好的成效，因为这个片区我们是用小火车连接起来的。4个行政村，50个左右的自然村，我们营造一种意境，在水山掩映、百花盛开的乡间小道上，穿梭一辆红色的小火车，踩着乡村振兴的节拍，迈向希望的田野。

主持人：太好了。这样对于旅游经济的提升，是不是很明显？

顾全：游客应该说也是纷至沓来，我们每年接待的农文旅游客，超过50万人。

主持人：苏小花咖啡店很多年轻人慕名而去。你觉得吸引他们的最多的地方是什么？

谭桂芳：一种文艺，一种对乡村的向往，然后就是置身于大自然的一种轻松。

主持人：不知道各位观众没有发现。我们正常演播室是不带手机的，可是今天谭总是带了4部手机来到了现场，给大家展示一下，为什么是4部手机？

谭桂芳：其实我说，我的手机像农民的锄头。因为我们苏小花靠的是什么？客源，外来客源。我这4部手机，其实是针对不同的客户群。所以我特别这个手机是针对他，只要这个铃声一响，我就知道我上海的客人来了。

主持人：你这苏小花的名字是怎么来的？

谭桂芳：其实我们是在2017年，知道要开发田园乡村的。2018年我们的书记就开了一个招商会，他激情洋溢的招商的态度跟精神，感染了所有的人。书记当时说的那一句话，我特别的记忆犹新。他说我们大家一起努力，我们打造谢家路田园乡村，我们要把它打造成苏州的一朵小花，然后苏小花也就应运而生了，苏州的小花。

主持人：顾书记，我们再回过头来。在2017年、2018年，你刚开始要决定做这个乡村田园工程的时候，有没有想过会这么成功？

顾全：说句真心话，当时其实心里也没有谱的。但是我们有一种对乡村的这种热爱，对未来的一种憧憬。以及我们震泽人也好，包括我们参与乡村振兴，这些人的这种信心鼓舞了我们。通过几年实践，还是证明我们做到了。

主持人：再多问您一句，为什么会选择长漾这个地方？

顾全：因为这个地方，它有它的自身的特点在里面，最起码有三个。第一个特点就是说生态非常优美。您看这张图，是“两湖抱一村”，北有长漾、南有周生荡，中间这块是土地，风景非常的漂亮。第二个特点就是说，产业非常的鲜明。最主要的就是蚕桑，以我们胡毓芳老总为代表的蚕桑产业，还有就是万亩的农田，叫万亩稻田。所以我们起的这条环形公路的名称，就叫“稻米乡径”。这是产业有特点。

主持人：黄色的这条路就是“稻米乡径”？

顾全：对，它就是现在穿行小火车的这条线路。第三个特点，这个地方故事非常动人。“遇春卸甲”“周瑜练兵”“张墩怀古”这三个故事深深地吸引了大家，其实也是我们推进田园乡村建设或者农文旅发展的一个重要的基础。

主持人：刚才这张图当中我们可以看到，在它最上边就是苏小花田野餐吧？那要问一下我们谭总，以前这个地方是什么样子？

谭桂芳：以前是一个村的农民的一个旧粮仓，小队仓库，乡下人就叫小队仓库，就是一间一间，都是归各家农民自己的。

主持人：其实这样的华丽变身的例子，在震泽的田园乡村工程当中还有很多。来我们跟随记者一探究竟。

VCR：

【配音】说起震泽田园乡村华丽大变身的例子，那可太多了，跟紧点，第一站要到喽。

【同期声】记者姜伊：我现在是在众安桥村的柴米多蚕桑学堂，大家看这个铃铛就是孩子们上课和下课的铃，那现在让我们拉响上课铃，一起走进学堂来看一看吧！

【配音】这么漂亮的蚕桑学堂，其实它的前身呢是一个废旧工厂。

【同期声】记者姜伊：哇，这里面像一个木屋的感觉，我们现在在的这个地方呢就是我们的餐厅，客人可以在这边就餐。我们这边有很多体验的活动，正好今天我们可以参与磨豆浆的活动，好惬意啊！这个磨豆浆的感觉，实在是太棒了！

【配音】此外，这里还有小菜园、游泳池和民宿，都可以体验哦。

【同期声】吴江区震泽镇众安桥村农场负责人冲玲俐：哦，这里是民宿？对对对。我们民宿一共有4个房间，看我们的房间，其实也是走的简约风格。但是我们该有的设备都是有的。麻雀虽小五脏俱全，这个就是叫遥控天窗？对。

【配音】咱们的第二站呢是一家自然教育中心，它可是在稻田的基础上全新建造起来的，是不是很像一个方舟？

【同期声】吴江区震泽镇众安桥村农场负责人冲玲俐：我们可以先到这个咖啡厅里面看一下。好精致啊，这个托盘。很多客人都喜欢坐在我们这个沙发上，喝着咖啡吃着甜品，然后透过这个落地窗看外面。我们这里呢是做一个水八仙的研学活动。小朋友们可以亲自到我们这个水八仙的池子当中，去进行一些采摘活动。刚才在里面感觉不到，出来之后感觉真是好大的一片空地啊。马上6月中旬的时候，我们会进行一个插秧活动。大人小孩都可以参与进来，也是一种劳动教育。正好感觉现在已经下雨了，特别的凉快。感觉一下子，那个泥土的味道扑面而来。

【配音】是不是还没有看过瘾？别急，除了这些，震泽还有纸箱包装厂改造成的初莲·乡邻中心以及旧民居改造成的多家特色民宿餐厅等等，变身后的它们也重新被激发了活力，促进了当地的产业发展。

【同期声】记者姜伊：喝着咖啡吹着风，看着一望无际的田野，这样的震泽，你爱了吗？

主持人：在乡村振兴的过程当中，可以说震泽镇是做到了它的生动实践。在生动实践的过程当中想问问您，要注意哪些方面，才不会走弯路，而是方向一直正确呢？

顾全：这方面其实一直是我们思考的重点，也是个难点。我们的实践是注重了几个“化”。一个就是生态化，就是我们搞乡村振兴或者田园乡村。这个首要的目的要让生态更优美、农村更漂亮。我们比如说不论是淘汰落后的产业也好，或者人居环境的打造。都是要让这个片区在原有的基础上，变得更美、更吸引人。第二个特点我感觉就是要轻量化。因为我们离不开大大小小的建设，但是我们在农村搞建设，你不能用城市化的手法，那叫大拆大建造，而一定要是什么呢，就是轻拿轻放。要尊重农村的自然的肌理，尊重农村原有的生活习惯。我随便举个例子，就是我们在搞景观绿化的时候，不能用城市化色块很多，相反我们只是撒一些花花草草，很自然，而且还保留了田园风光，然后再栽一些水杉。这就是完全是姑苏城外，田园风光了。第三个我们注意的点就是要市场化。因为如果全部靠政府去投入，我们不可持续，相反我们政府只负责什么？修桥、铺路这些基础性的建设，剩下来的这些点位，资源的盘活、业态运营，我们全部靠市场化。所以可喜的是，就是我们有太湖雪引领，然后有苏小花的加入，再加上民宿、餐饮、采摘等等，这些全都是用市场化的力量来推动的，所以确保了我们这个活力，一直是存在可持续的发展。还有一个就是要做出艺术化，虽然我们从事的乡村（建设），在这个过程当中，我们始终不要忘记，我们是在姑苏城外，苏式风貌的维持。同时还要注意什么，文化内涵的挖掘，因为这个是有独特性，你的文化有独特性，赋予它艺术的内涵，讲好我们震泽的故事，震泽乡村的故事，让它变得更有魅力，从此也是推动我们一、二、三产，文旅发展的一个重要的前提。

主持人：乡村振兴当中，不但是环境美，农民富也是其中之意，我们通过一张照片再来看一下，这是一个震泽乡村的航拍图，我发现绿油油一片，到目前为止，震泽还是有大量农田的。现在这些农田还是农民自己种吗？

顾全：这些农田现在都是通过流转以后，交给农业合作社来经营了，农民就享有稳定的收入。

主持人：聊到农民富这个话题，两位肯定有发言权，先问问胡总，是不是有很多村民就近上班到您那？

胡毓芳：你看我们企业，一共大概有500多名员工，但是我们没有集体宿舍，那就是大部分就是来自当地，本地就近的农民村民。

主持人：所以这样的形式，五六百人到您这工作，已经持续多少年了？

胡毓芳：主要是这几年，随着我们的环境的变化，随着我们乡村振兴战略的推进，越来越多。现在我们附近的村民就已经招不到了，我们都要到隔壁乡村去招过来，带动大家共同富裕了，就是已经就地招满了，我要到隔壁再去招人。

顾全：现在刚才大家谈到的农民的收入问题，因为我们不能说是光好看，但是产业不够或者农民不富。这个就是说，跟我们的出发点是背道而驰的，我们现在农民的收入，实际上是通过这几年实现来看，应该说还是取得了很好的成绩。比如说他的收入来源，一种就是通过土地流转以后，有固定的土地的收益，这是一种。第二种就是业态的导入，增加了我们打工就业的机会。第三种，它还唤醒了沉睡的资源。怎么讲，因为年轻人多了，外来的客人多了，很多人甚至想留下来了，无论是开店也好，你想居住在这里也好，都可以出租，租赁我们的闲置的农房。这样就农民又增加了一块资产出租的收入，这就唤醒了原本沉睡的资源。再加上你如果加入合作社，这个里面还有分红。所以说我们多措并举，让农民的口袋富起来，真正感受到我们乡村振兴所带来的实实在在的好处，就是作为我们基层的工作者要带着对农民的这种情感，对农业的这种热爱，以及对土地的敬畏，用这种热情投入乡村振兴过程当中去。一定让农民更接受、让农村更美丽、让农业更强大。

主持人：最终的发展目的还是一切为了人民，人民至上。

第三部分：清水靓河　点亮人居环境

主持人：说到发展为了人民，这几年，震泽人是真真切切享受到了发展带来的成果尤其是生态人居环境上。这几年震泽镇水系河道变化之大，让当地居民是赞不绝口。接下来让我们的记者带大家去感受一下。

VCR：

【配音】嘿，今天我想给你讲述一条河蜕变重生的故事。

【字幕】晚饭过后，在河道旁散步吹风，陪家人聊聊天，是不是太惬意了呢，我身旁的这条河叫做快鸭港河，位于吴江区震泽镇核心区，它就是今天故事的主人公。如今碧波荡漾，风景秀美，然而在2018年以前，可没有这样的惬意光景。

【同期声】记者姜伊：与快鸭港河一起的，还有石墩浜河、姚家浜河，三条河道相连，过去全是黑臭水体，严重影响了周边居民的生活，痛定思痛，震泽镇下定决心花大力气整治。截断所有的污染源，实行彻底的雨污分流，拆除河边违章建筑，疏浚畅流，提升水质与流速，配套完善的休闲设施。历经两年多的时间，这些黑臭河道经历了至少20个“大动作”！看看这座新建的百姓戏台，雨天遮风避雨，夏夜乘凉休息。路边直饮水，渴了就能想喝就喝。周五周六傍晚准点开启的音乐喷泉，妥妥的氛围组小能手。环绕3条河的健身步道，可以尽情撒欢。昔日的黑臭河道，如今已成为民众乐见乐享的亲水家园。甚至还有冬泳爱好者欢聚清水渠，畅游快鸭港。

【字幕】2021年2月，冬泳爱好者畅游快鸭港，庆祝春节。

【同期声】冬泳爱好者：这儿和太湖水基本上差不多干净了。

【同期声】记者姜伊：三条河道脱胎换骨，那可多亏了震泽镇的秘密武器——清水靓河工程。辖区内39条镇级河湖，186条村级河湖，每一条都收编在册，拥有定制化的治理服务，过去的五年，经历重生后的震泽河道，也使大伙切实感受到了家门口的“旧貌换新颜”。

【同期声】震泽百姓：震泽水，真格灵！

【同期声】吴江区震泽镇党委书记顾全：其实我们震泽的发展就是为了人民。就是为了提升老百姓的幸福感和获得感。正所谓老百姓的笑容，老百姓的满意，就是我们追求的目标。老百姓的表情包就是我们工作的风向标。

主持人：书记您给我们介绍一下这个工程。

顾全：这件事情的起因是，在2017年的时候，我们因为生态环境越来越重视。我们苏州电视台，还曝光了我们这几条河道。

主持人：其实您也带了过去的这个图片的样子，对，其实书记也带了过去河道的样子。

顾全：原来的这个，也是随着几十年的发展，生态的负担是比较重。我看到的是垃圾到处都是，相对来讲环境的负担比较重，群众还是比较有怨言。所以说就是我们提出了一个叫清水靓河工程。

主持人：现在的快鸭港，我们看看是什么模样。现在应该说是发生了比较大的变化，这条河道直了，而且河堤全部都重新修整过。

顾全：是的，这个我们不看广告看疗效。最后群众喜欢，每天能够吃过晚饭以后，来散散步，我想这个是对我们工作的一种认可。

主持人：整个快鸭港这一段整治大概多长，历时多久？

顾全：治水是一个系统工程。我们常讲问题在水里，根子还在岸上。所以说这个里面最大的难点，在于如何把污染源找到，把它彻底地截住，这才是治本之策。为了查清这个源头，当时我们把这条河道，抽干了整整一年时间，就把它晾着。然后就是白天观察、晚上观察、晴天观察、雨天观察，最后我们是找到了69个排口，逐一作了标记，并且对它的水质进行了分析，找到它的源头。然后梳理、接管、彻底的截污。通过系统地治理以后，我们的水质有了明显地提升，这瓶水就是我们在来录节目之前，现场采集的快鸭港的水，应该说有了明显的改变。通过一段时间的努力，现在我们看到河道水质，有明显改善。每天晚上有这么多的群众，到河边上来散步，就是原来的黑臭河变成了清水渠，我们内心比吃了蜜还甜，我们深刻地感受到，我们干部的辛苦指数，换来群众的幸福指数，我们觉得一切都是值得的。

主持人：那这样的改造整治，其实是为了让居民，更加贴近绿水青山，这就是一种方式，是不是我们现在能够，更好地与群众之间，共享这样的生态环境的成果。

顾全：我们讲这个良好的生态，是最普遍的公共的资源。我们的政府存在的价值，就是一切为了群众，一切依靠群众。为了做好这件事情，或者说我们靓河工程，我们在2017年的时候，专门召开了400个人的群众大会，虚心地听取群众的意见，哪怕是批评意见，我们都认真地听。其次在推进的过程当中，我们又是依靠群众，我们专门向热心的群众颁发了监督员卡，在整个河道治理过程当中，您随时可以对我们的工作，包括我们的施工队伍进行监督，如果群众发现有做得不到位的地方，首先就督促施工队，你要改进。如果施工队不听，反映到政府。那这个就有后果了。因为到时候我们在付款的时候，多和少，付款的（周期）长和短，你这个是要有教训的。

第四部分：经济提质　焕发时代活力

主持人：我们刚刚跟书记在聊环境。说到环境有一样东西，对环境的要求是非常高的，那就是蚕宝宝。蚕桑文化在太湖流域是绵延千年。很多观众的印象可能还是过去的那些印象，其实震泽的丝绸行业已经发生了巨大的变化。一条短片我们来看看。

VCR：

【同期声】记者姜伊：我现在手上拿的这条被子就是我们店铺的爆款——沁柔蚕丝被了。它的销量已经达到……

好的各位宝宝，那我们今天的直播就到这里啦。感谢大家一上午的辛苦陪伴。明天我们再见啦，不见不散！

你没看错，我确实换了个身份又跟你们见面了，直播是当下最火的带货方式，这里就是太湖雪蚕桑文化园自己的带货直播间。震泽镇是中国丝绸名镇，这里的纺织企业啊早就对直播这种新潮的手段驾轻就熟了。

【字幕】苏州抖音电商直播基地坐落于震泽丝绸文化创意产业园内，总面积近1.2万平方米。

截至五月底，基地线上入驻商家共693家，其中丝绸类的524家。二楼集合了很多苏州当地的优秀丝绸品牌商家以及国内知名的丝绸品牌。

【配音】那震泽种桑养蚕的记忆是怎样的呢？纤细的蚕丝传承了震泽人祖祖辈

辈的记忆,数千年前他们便养蚕、剥棉、缫丝、拉棉、织绸,形成了无地不桑、无家不蚕的传统文化。

【同期声】记者姜伊:但是如今震泽镇的种桑养蚕早就今时不同往日啦!

【字幕】现代化养蚕大棚,实现标准化、车间式的养蚕模式。工艺升级,实现机械化生产,丝绸品质进一步提升。

【同期声】记者姜伊:震泽丝绸品牌效应更加凸显,文旅融合越发深入,以丝为“媒”,丰富多彩的文旅业态正在震泽汇聚。

【同期声】这些全都是用蚕茧做的永生花,竟然还有可以美肤用的蚕茧。

【同期声】记者姜伊:震泽产业新时代的活力焕发,转型升级的故事,还有更多等你去探索哦。

主持人:来看看,这蚕宝宝很活跃啊。蚕宝宝的个头好像还挺大的。

胡毓芳:我们作为新丝绸人,除了传承我们千年传承下来的养蚕技艺,其实我们在传承的同时,我们又进行了创新。我们跟苏州大学蚕桑研究所合作,对蚕种进行优化,让我们的蚕茧的个头更大,个头大了一定结的茧会更大,它吐出的丝会更长,这是两个原因。一个在蚕种的优化在创新,还有我们的生态更美,我们的桑叶更肥嫩,蚕宝宝吃了所以长得个头更大。当然我们还有一些创新,就是养了一些彩色茧,你看这就是我们新的一种创新。

主持人:这个没染色吗?

胡毓芳:没有,它是天然的一个彩色茧。

主持人:所以它这个是一种特定的蚕宝宝。

胡毓芳:对,所以你看我们蚕丝蚕茧,除了抽丝剥茧,做丝绸的衣服面料、做蚕丝被。我们还把这些蚕茧作为一个文创产品,你看我今天带来的文创产品,你看这个是用蚕茧做的绿马,每一个花瓣都是蚕茧。

主持人:我们每个人都要保护好自己的“绿码”。

胡毓芳:所以我们对这个蚕茧进行了创新。过去我们可能只是做真丝的面料、真丝的被子,那么现在我们就是把这个,推出了很多的文创产品。以前这个蚕茧可能只值一毛钱两毛钱,那么做成文创之后,我们这个蚕茧可能就是值10块钱。通过这个文创的作品,让这个蚕茧更值钱,所以我一直说,创新让我们的农副产品增加了附加值。

主持人:其实震泽丝绸行业的变化,不光体现在产品的价值上,也体现在了它的从业人员的这样的一个构成的改变上面,我还听说这几年太湖雪有很多的

“985”“211”大学生，甚至国外的研究生、博士，来到你这里就业。

胡毓芳：我记得我们大概经历了15年的时间，我们“985”“211”的大学生只有一个，留不住啊。乡村振兴就给我们带来人才了，在这几年就是一招十个十个的过来。我记得开始是从我们这个行业，比如说我们山东农大、南京农业大学、山西农业大学，这一大批农业大学的高材生过来了。他们也愿意扎根到我们乡村，而且更高兴的是，他们愿意扎根在震泽安家落户。我们很多的员工开始在我们震泽镇上买房子，他们的孩子也就读我们震泽的实验小学。

主持人：其实除了丝绸之外，震泽还有一个特色的产业也收获了转型升级的成果。这个行业还在抗击疫情当中做出了自己的贡献，我们来看看。

VCR：

【**字幕**】2022年4月，吴江震泽镇。

彩钢板企业日产防疫厢房4500余套。

全力驰援各地疫情防控工作。

【**同期声**】苏州中晟盛金属材料制造有限公司董事长姚杰：加班加点，开足马力，在本次疫情防控中贡献我们震泽彩钢板的力量。

【**字幕**】三四月份，震泽企业供应防疫厢房总量达12万套。

【**同期声**】吴江区震泽镇污防攻坚办副主任邱荣明（2020年整治资料）：对达不到标准的企业继续进行清理。

【**同期声**】吴江区震泽镇朱家浜村民委员会主任盛国华（2020年整治资料）：整改不了就让他淘汰出来。

主持人：片子当中也看到了，其实在20世纪的八九十年代，苏州乡镇企业是迅猛发展大放异彩。但是在之后，又遇到了不少的困难。不过从刚才的片子当中，我们也可以感受到震泽这些企业，重新焕发了生机和活力。书记，您给我们谈谈这个背后的原因。

顾全：震泽的彩钢板行业历史非常悠久，最起码已经有40多年的历史。也就从最早的水泥活动房开始，一路衍生到今天的，叫厢房或者打包厢等等。为什么就是之前比较落后的传统的这些东西，到现在我们还要继续往前推。因为它是一个典型的富民的产业，比如说现在我们彩钢板的这个市场占有率，在全国来讲要超过50%，吸纳的老百姓的就业可能要近2万人。它对税收方面的贡献应该也有一席之地。所以基于这样一个背景，我们要把这个传统产业，要推动它的转型升级。这个里面，我们首先通过广泛的调研，明确一个思路，那就是政府引导，然后是抱团发展，控制污染，技术升级，最后实现一个做大做强。在这个过程当中政府还做了几件事情，一个就是说我们梳理资源，为他们的抱团发展提供很好的空间载体。第二个就是说我们技术方面的引领。我们震泽的彩钢板企业牵头制定了行业的标准，让大家把品质进一步的提升。第三个我们也有品牌引领。在全国各个大中型的建筑工地上，基本上都可以看到我们震泽彩钢板的身影。

第五部分：畅想未来　心生向往

主持人：说到这个传统产业的转型升级，肯定也离不开对外的交流与通畅。之前流行过这么一句话说“要想富，先修路”。放到现在来说道路的畅通可不仅仅是关系到经济，同样也是民生工程，更是一个地方发展的潜力所在。接下来要跟随我们的记者去看看震泽小镇之路的变化。

VCR：

【配音】听，车水马龙的声音。这是震泽在吹响发展快车道的号角。

【同期声】记者姜伊：2019年之前，我身后这片还是一个“S”形路口，高峰期拥堵不堪，是当地人的心病，然而现在道路的阻碍已经被清除，变成了赏心悦目的“L”形。再看我身后这片路口，原先快鸭港路到这儿之后，前方是没有路的，后来直接打通再拓宽，这条跨越震泽南北的主动脉就此被打通拉直。

【配音】在过去的时光里，震泽从未停止过前行的步伐。每一次打破，都是为了更好的重建。每一次暂停，是为了更好的欢聚。每一次规划，都是为了用最快的时间奔向你想去的地方。

【同期声】记者姜伊：师傅，出发。这条路建成之后，我们的千年古镇到沪苏湖高铁站之间只需要5到10分钟的时间了，助力震泽融入长三角一体化。

【配音】你以为这就结束了吗？当然不！这条主动脉还能带给我们新的惊喜。或许是可以期待下未来更先进的医疗资源和更舒适的居住体验。或许你也可以期待下道路前方野百合和野蔷薇的影子。

【同期声】记者姜伊：看来啊，交通畅行、工程畅行的不只是交通，还有老百姓们满满的幸福感和获得感。

主持人：片子当中我们可以看到，其实震泽在道路畅行工程当中，不仅是把路给修通畅了，它还连带着道路两旁的未来规划进去了。是这样的吗？书记。

顾全：当初我们把靓河工程做完了以后，我们发现就是水变清了，但是沿河的丁字路口非常多，群众出行不方便，城镇形态也不强。所以我们就想，从一条河开始治理，到激活一条路，到带动一个城镇片区的发展。事实上我觉得起到了一个很好的作用，在具体的路径上就是，我们把在丁字路口的各个建筑物，有的是银行，有的是商铺，有的还是农房，我们通过一个规划，通过苦口婆心做工作、动迁、搬离，然后把这个丁字路口“摇手柄”，我们常说的“摇手柄”，把它用“S”形的拉直，这样就让群众的生活更方便，交通更顺畅，城镇形象有大幅度的转变。

主持人：所以修的不但是一条路，而且还要把沿途的风景给修好。

顾全：在清水靓河、交通畅行的同时，我们要把他们整修成一道美丽的风景线。因此在老百姓人口比较多，在河道、交通道路的两侧，我们增加了很多民生的功能。比如说街心公园、特色廊桥、休闲步道、直饮水，甚至背景音乐，还有百姓戏台。

主持人：您都考虑到背景音乐了。

顾全：用公园的标准来打造，靓化它的道路。然后还有夜间灯光、假山、叠水，还有音乐喷泉等等。就是用公园的理念、标准，来改善我们老百姓生活的空间，让大家更有幸福感和获得感。

主持人：您看我们刚刚聊了田园乡村的建设，聊了“清水靓河”的工程，聊了经济转型，对于您的想法当中，未来我们震泽可能发展方向去到哪里？发展机遇又在哪里呢？

顾全：震泽未来的发展至少有三大机遇。一个就是长三角生态绿色一体化的这个机遇。我们要画好“同心圆”，做好“城市会客厅”的功能，让生态绿色成为我们最亮丽的一抹底色。第二个机遇就是沪苏湖高铁，就是2024年以后从震泽到上海只要20多分钟时间。通过交通的完备带动我们城镇的有机更新，营造我们更好的营商环境。第三个机遇就是我们环太湖的科创圈和吴淞江的科创带，借助这样的机遇，可以带动提升我们的产业能级，把我们的经济提质做得更好更强。

主持人：以人民为中心，那发展要依靠人民，发展成果也是由人民共享的。下面我们就一起来听一听当地群众的心声。

VCR：

【字幕】齐心村小火车、丝享家民宿、苏小花咖啡馆、五亩田民宿、月半湾生态园、太湖雪蚕桑文化园、震泽古镇、快鸭港沿河步道、百姓戏台、街心公园。

金碑银碑不如老百姓的口碑，金奖银奖不如老百姓的夸奖。

【同期声】震泽镇居民：古镇更活了。

【字幕】人民群众对美好生活的向往，就是我们奋斗的目标。

【同期声】震泽镇居民：田园乡村更美了。

【同期声】震泽镇居民：蚕桑产业振兴了。

【同期声】震泽镇居民：震泽欢迎你！

震泽欢迎你！

震泽欢迎你！

主持人：应该说这些年吴江震泽的变化不仅让人印象深刻，更是让人心生向往。那大伙空的时候不妨去走走，去看看，在乡间稻野中放松心情，感受我们美丽乡村的变迁，感受10年发展的非凡成就。本期节目就到这，非常感谢各位的到来。我们下期节目再见。

苏州市广播电视总台2022年播出

第二十一届苏州新闻奖一等奖

浮生六记

主创人员　孙　洁　滕　腾　任祖凯　瞿亚健　姜　熠

浮生缘起一席间，六记取一落粉墙

沈国芳（饰芸娘）：2017年，到底几月几日我都忘了，萧老师突然打电话给我说可能有这样的机会，我们把这出戏真的在苏州排出来，当时就很兴奋，觉得七八年前的一个很随意的讲话萧老师竟然还记在心里，还能够促成这样一桩事情，所以对我而言，当时感觉还蛮惊喜的。

萧雁（制作人）：最应该做《浮生六记》的城市是苏州，然后最应该用来表现的形式是昆曲，所以就是因为这个想到了苏州，然后在沧浪亭如果能做一个昆曲，那是最合适不过的了。

2018年初，姑苏区政府着力启动"戏剧+"创新文化项目，决定将园林与昆曲结合，打造全新浸入式戏曲观剧体验，推出了沧浪亭版昆曲《浮生六记》。

一唱三叹、一波三折

作为物质文化遗产，苏州园林的保护可谓谨小慎微，一砖一瓦、一草一木，动不得，更破不得。这给整个剧组的灯光、音乐造成了极大的不便。

周力子（舞美统筹）：这个园林它每一块石头、每一棵树其实都是古董，那我们不能破坏它原有的东西。

与舞台不同，园林的空间是开放的，无法聚拢声音，更无法像舞台一样肆意搭建灯光设备。最后剧组决定，放弃全景声，更不用复杂的灯光效果，就用最本真的原声以及最纯粹的灯光展现给观众。

孙建安（音乐总监）：所以我们要做这样的，但是不用麦克风，让你听到的是原汁原味的，就像是苏州人夏天经常在里弄里面乘凉远处飘来的箫声、远处飘来的琴声，是这样的一种感觉。我觉得现在想想也挺美。

没有舞台上的一桌二椅，带给观众和演员既是新鲜的体验，又是直观的挑战。作为演员来说，和观众的直线距离大为缩短，一些小的表演细节被放大，一颦一笑，一个眼神都让观众看得清清楚楚。

沈国芳（饰芸娘）：这个试装我前前后后试了六次吧，萧雁老师呢她还是想把它做一个“破”，那当时我们的院长书记也觉得这样的创意非常好。那么就在“破”的当中，我们寻求了很多的方向。

曲正而昆成，复刻还原本真，是园林版《浮生六记》的初衷。当一切都尽可能靠近原始状态，对于现代年轻人的接受程度来说，又是一大挑战。

刘亮佐（导演）：我们特别把情爱的东西做了跟一般戏曲不一样的调整，我想对年轻人来讲，是比较能够接受和喜欢的。再来，净跟丑这两个角色呢，我们安排很多的，比方在灯会里的一些队形啊，身段的演出，包括一些笑话，我想对年轻观众以及不常接触戏曲的人，因为这种类似于语言特技，或者身段上的特技，也绝对能够吸引他们的目光。

苏式浮生赋一曲，咿呀吟唱传千年

观众（来自北欧）：这个演出是非常有诗意的，并在这园林里展现得美轮美奂。

吕福海（执行导演）：我希望这部剧将来作为我们苏州的一部精品。我希望今后外地人到苏州来一定要看园林版的《浮生六记》。看了园林版的《浮生六记》，我觉得他才真正到了苏州。

徐刚（苏州市姑苏区区长）：我们也希望我们的文化自信能走出去，所以我们在这个版本中希望它能体现国际化，让世界友人到苏州来品味苏式生活的同时能读懂苏州，能看懂苏州，那同时呢，也让我们的这种展出走向国际。

一曲终了，余韵悠长。那曾经吟唱在园林台榭中的昆腔曲调，从明代的姑苏走来，又回荡在21世纪的苏州城。对于沈复来讲，浮生六记，得一知心人，而对于苏州来说，浮生百态，皆可入画，皆可成记，赋成一曲，自可传唱千年。

汪世瑜（艺术顾问）：昆曲就离不开园林，园林也少不了昆曲，天造地设。

引力播APP2018年播出

第二十一届苏州新闻奖一等奖

“95后”住进了养老院，背后的故事温暖了两代人

主创人员　沈　玲　吕宇蓝　魏代岭　卢　奕　汪　晨

在城市郊区，远山环抱的静谧之中，养老院是一个独特的存在。老人们住在中式的建筑里，连他们自己都称：这是我们最后的驿站。

在城市中心，大部分初出茅庐的“90后”，没房、没车、没有高收入，他们喜欢随处打卡，个性张扬，却挣扎在生活的起点。

苏州怡养老年公寓最近推出志愿者之家项目，把养老院的老人和在职场打拼的年轻人联系在了一起。只要办理一张“时间银行”卡，每月为老人提供志愿服务30—60个小时，每张床位每月支付600元的租金，“90后”年轻人就可以入住养老院。

退休女教师收了新学生
每天要说很多话

清晨6点，怡养老年公寓的大院子里，已经有许多老人在打太极，享受晨光。

2号楼三层的一间两室套房的门“吱呀”一声打开，是一张年轻的脸。齐耳短发，戴一副茶色眼镜，穿一身运动装和红色马甲。

“红马甲，这么早又来打卡了啊？”

“是啊，汤阿姨，今天很忙的。”

见到一位长者，年轻人很自然地和他打招呼。她叫陈艺，搬进养老院不久，已经与这里的老人“打成一片”。

时下年轻人喜欢打卡并不是什么稀奇的事情，可是陈艺却每天在养老院打卡“时间银行”，乐此不疲。

这是这家养老院新推出的方案：年轻人在工作之余，每月服务老人30—60个小时，就能在这里租住一套90平方米的房子（两张床位），每月只要支付房租600元。

陈艺说今天很忙，她都忙些什么呢？

这天是重阳节，养老院的大礼堂里，陈艺跑上跑下，搬话筒和道具，扶老人上下台，在完成了重阳节文艺演出的服务工作以后，陈艺神秘地告诉我们："我与王阿姨有个约会。"

书画室里，陈艺口中的王阿姨已经执笔在气定神闲地练习书法，一见陈艺的到来，喜上眉梢。

"新收的学生，可好学了，现在不仅有人陪伴了，而且我自己也能发挥余热了。"今年76岁的王阿姨是名退休老教师，教了一辈子书，住进养老院以后还是闲不住。

王阿姨年前动过一次大手术，住在养老院后面的护理院，不久前才搬进了公寓。作为一个经历过生死的人，一切都看开了，所以后来尽管三个女儿都强烈反对她住养老院，但她还是一意孤行，一来不愿拖累子女，二来觉得一个人在家没人说话，在养老院有人交流，人也活得精神了。

从陈艺口中，我们得知，王阿姨与陈艺认识也不过两天。第一次去王阿姨的住处，王阿姨就忙不迭地向陈艺介绍屋里的陈设。墙上挂的是大女儿的手工，桌上用的是小女儿送的礼物，身上穿的是小儿子买的衣服。"当时阿姨说的时候，我就觉得，虽然她的孩子们都很孝顺，但是阿姨其实内心是孤单的，她更需要的是陪伴。"陈艺说："弥补阿姨心里缺憾的，就是我要做的。"

而在同一间书法屋的另一侧，同样传来朗朗笑声。一群红马甲和一群鹤发童颜的老人坐在一起，摆弄着手工。来自常熟农商行的"90后"志愿者孙晓玲一听说陈艺住在养老院，满眼的羡慕，问及原因，孙晓玲说，跟老人们在一起心里很恬静，可以让焦虑的情绪得到释放。"如果住在这里，我想我就不会被每个月的贷款业务压力和绩效压得喘不过气来了。"孙晓玲说。

耄耋老人有了忘年交
"95后"的焦虑融化了

临近中午，陈艺房中迎来了几位年龄更小的同伴。"今天，我们还有一个特别的任务"，几个人聚在一起商量着要去给两位老人庆生。"蛋糕已经买好了。"

捧着蛋糕，几位志愿者在公寓小秘书的带领下，叩开了90岁谢爷爷的房门。

"哎哟，这可怎么好，太意外了。"一开门，谢爷爷听说志愿者来给自己庆生，笑得合不拢嘴，他连称"谢谢，谢谢"。

今年90岁的谢爷爷在怡养老年公寓住了快三年了，耳聪目明。"住进来之后，我的肌酐也下降了，各项指标都正常了，还有了‘忘年交’。”谢爷爷打开了话匣子。原来，谢爷爷与这里的“小秘书”李西交情匪浅。公寓里的“小秘书”大多是“90后”的年轻人，负责24小时为老人提供服务。

“小姑娘很懂事，非常细心。”谢爷爷娓娓道来。谢爷爷原本也是拿笔杆子的人，对写作的要求很高，所以从不轻易接受采访。“可是，为了我们‘小秘书’，我只好勉为其难了。”谢爷爷说，不久前，谢爷爷与李西一起完成了口述历史的工作，“这个工作我不做的话，我的小朋友要被领导处罚的”。

谢爷爷亲切地称李西为“小朋友”，就连回南京家里过年，也不忘打电话回来问候他的“小朋友”。之所以如此看重李西，除了日积月累的相处之外，一次偶然的扭腿事件成为重要的原因。那一次，谢爷爷因为走路扭到脚急需处理，是李西镇定自若，最后处理得“非常好”。

谢爷爷一边讲着与他的忘年交的故事，一边环顾着四周，见到这么多志愿者，指着其中一个调侃道：“你是不是只有20岁啊，我们相差一个甲子呢。”

来自山西的王佳，正是被点到名的那个。1997年出生，看着稚嫩，其实她自己觉得要比同龄人豁达，尤其是来到养老院之后。“我变了”，王佳说。

王佳自小由外婆抚养长大，出来工作之后，每个月虽然只赚4000元钱，总不忘每月寄回四分之一，许是为了延续那份割舍不断的亲情，弥补心中无法陪伴的缺憾，王佳选择住进养老院。“经常会有恍惚，见到老人，就像见到了外婆。”王佳说。

但是王佳也有矛盾。

刚来的时候，走在养老院的路上，大部分时间与她擦肩而过的都是银发族。他们脸上爬满皱纹，头发花白。“如果10年后，我还没有房子，没有结婚，没有很好的事业，该怎么办？”想着，便会生出对孤独终老的恐惧。

不过，最后，王佳想通了。“一次偶然的机会，我认识了一位爷爷，他教会我打桌球”，王佳说，爷爷的桌球也是跟别人学的，因为年纪大了，手脚都不便，学了好久连球都够不到。后来，爷爷几乎天天练习，现在打得非常棒。

有时候面对未来，王佳会生出莫名的焦虑，在看到公寓里那些坚定而乐观的长者时，那些焦虑又会突然消失。“20年后，这里的老人，多数已经不在人世了。”这种注定到来的命运让她镇定了，“即便是如此，我也有20年的时间，去调整和改变自己的命运”。

她开始给自己制订学习计划，“每天进步一点点，就很好了”。她现在报了一个课外辅导课程，正在攻读学位。

“你们都要住在这里啊，好啊，充满活力啊，我们这里暮气沉沉，有了你们就青春了,以后都可以成为我的忘年交”……满屋子的欢声笑语从谢爷爷的房子里传出。

生命的相遇　岂止1+1天

看苏州记者在老年公寓蹲点两天,感慨良多。

当年轻鲜活的青年遇见垂垂暮年的老者,他们可以跨越年龄的代沟,彼此找到宽慰。

晚上8点,陈艺推着板车,从外面归来。

这是从哪里来?“志愿者嘛,不就哪里有需要就去哪里。”陈艺趁晚间为老人播放电影的空档,在院子里溜达时,遇到一位老人搬东西,就借了推车为老人解决了行李搬运的问题。

其他几个志愿者的基本工作主要是每周四在咖啡馆服务,而陈艺却不是。“他们是企业里的员工,平时还有工作,我不一样,我自己创业,时间上更自由。”陈艺说。

一个创业者缘何如此执着于老年服务事业?后来的一通电话解开了我们的疑惑。

回到住处,陈艺拨通了电话。每天完成所有事情后,陈艺在睡前总不忘打通那个电话。

嘟嘟嘟,几声铃响后,电话那头响起了一个和蔼的声音。

“喂,今天忙完了?”

“嗯,我在做志愿者,住在养老院里,陪伴老人。”

“这样好,等于在陪我了,又可以挡掉那些狐朋狗友。”

电话的那头是陈艺的小学老师,今年已经73岁高龄了。每晚睡前的这通电话,几十年来,师生俩不论多晚,都不会耽搁。

“没有我的小学老师,就没有今天的我,我一直很感恩,也带着感恩的心看待这个世界。”陈艺告诉我们,“老师很支持我的事业,每一次在人生的转折点都会给我指路。”

前几天发生的一件事情,更加坚定了陈艺住进老年公寓,做一名志愿者的信念。“第一次直面生死,发现生命的变故原来那么猝不及防。”陈艺回忆道,那是她刚来养老院不久,某一天晚上,正在做志愿服务的陈艺,见到2号楼的小秘书慌乱地拖着氧气瓶匆匆赶往一个老人的住处进行急救,陈艺也赶忙上前帮忙。经过一晚上的折腾,老人家终于暂时度过了危险。这件事对陈艺触动很大,生命随时都会遭遇突发状况,作为一个住在养老院的年轻志愿者,她突然意识到自己的重要性。

在怡养老年公寓,有900多位老人,平均年龄在80岁以上。全国老龄办公布的数据显示，截至2017年底，我国60岁及以上老年人口2.41亿人，这个数据还在急剧增加。到2050年，中国临终无子女的老年人将达到7900万，空巢老人占比达到54%以上，他们中的绝大多数，就是今天的“90后”。

“我想坚持下去，在他们还在的时候对他们好一些，不辜负他们，也不辜负自己……我希望在年轻的时候认真地年轻，老了再优雅地老去……”说着，陈艺眼角湿润了。

当然，面对怡养老年公寓推出的志愿者之家项目，也有人提出质疑，苏州170万老人，养老床位本来就不宽裕，还给年轻人住，岂不笑话？还有人担心，老年人和年轻人价值观不同、生活方式不同，如何调和？

其实，前几年在杭州、上海的一些养老院已经实行过这种志愿者服务模式，而国外类似陪伴式养老的尝试则更早。

荷兰的Humanitas home养老院，在2012年就把院里多余的房间租给学生，只要每月花30个小时陪伴老人，就可以抵消房租。美国西雅图的ILC（代际学习中心）甚至让幼儿园的孩子们住进了养老院。住进养老院的年轻人，大多是有爱心、爱老人且才艺出众的。

“前提是我们有富余的床位，挑选一些有热情的有爱心的入住”，怡养老年公寓的经理张明介绍，目前已经有5名志愿者租住在这里。“他们就像是一抹彩虹，成为我们这里一道独特的风景。今后我们也会挑选一些有医学常识或者师范类等有专业背景的年轻人入住。”

“我们也看好这种模式，正在细化一些方案，想进行尝试。”上海申养机构副总林怡接受看苏州记者采访时表示，“这个模式需要学校、社会共同来形成联动。国外的这种模式就很成熟，因为国外的教育机制、社工引导机制都比较完善。”

南京大学社会学教授陈友华表示，年轻人住养老院本身是一种尝试，但要考虑到各方面的因素。富余床位是前提，年轻人和老年人生活方式的调和也是问题。“游戏规则设定时要考虑全面细致，要考虑到两者的不同需求，毕竟两者在思想、价值观等方面存在差异。”

同时，陈友华表示，不论是住进养老院的志愿者、小秘书，还是即将要住进养老院的志愿者，只要这些年轻人拥有一颗热情善良的心，给老人带去快乐，用陪伴赶走孤独，老人们也愿意分享自己的人生经验，像宠爱自己的孩子一样对他们好。“两者形成彼此需要的关系，这份爱若能互相给予和融合，本身就是极具意义的事情。”

看苏州APP2018年播出

第二十二届苏州新闻奖一等奖

“微光”女孩　靠“三件法宝”考上人大

主创人员　马　宏　吕劲波　杨　勇　秦晓丽

【字幕】周芷晴。

【配音】我叫周芷晴，左眼萎缩失明，右眼仅存微弱视力。

【字幕】4岁突发白内障，6岁左眼球萎缩失明，右眼球仅存微弱视力，一直维持在0.1。

【配音】今年18岁的我，就读于张家港市外国语学校。一直以来，我就是那个老师和同学们口中的“学霸”。跟正常的同学一样，我也参加了全国高考，但生活中也有一些克服不了的困难。

【同期声】周芷晴：比如说找路比较难找。别人问我这是什么路，我一脸蒙。这什么路，我怎么不知道？路名写在那个路牌上，路牌我是看不清的，我又不会随身带着放大镜啥的。路上熟人跟我打招呼，五步以内我还能认人，五步以外我只能随便笑着回一下。还比如去奶茶店点个奶茶，他们牌子放太高我看不见，就很抽象。

【配音】虽然从小被眼疾困扰，但是对于学习，我从小就比较有兴趣。眼睛看不清那就多听、多记、多写。从小到大，放大镜、望远镜，还有一个随手携带的台灯，就是我学习的“三件法宝”。

【同期声】周芷晴：这个是放大镜，当试卷上比较模糊看不清的时候，用它来看试卷的。这个是望远镜，看黑板的时候看不见，拿这个看黑板。这台灯是因为晚上灯光比较暗，阴天下雨天灯光暗的时候用来照明的。这个室内灯光对我来说比较暗。

【同期声】周芷晴数学老师戈永石：她实际上把这个缺陷转化成了优势，她能够更加专注，更加集中精力来研究学习的内容。

【字幕】今年高考，周芷晴申请了残疾人试卷，卷面文字放大了几倍。

【配音】在今年高考中我考了理科407分，已经被中国人民大学人力资源管理专业录取了。对于未来，我充满了希望。

【**字幕**】当你只能看到前方的一点点光亮，你只有循着微弱的光的方向，奋不顾身前行，才能到达光明的彼岸。

【**配音**】生活中的“微光”，依然可以照亮我前进的路。

看苏州APP2019年播出

第二十三届苏州新闻奖一等奖

相遇

主创人员　吕宇蓝　魏代岭　李修利　汪　晨　朱晓倩　姚　轶

【说明性字幕】6月1日儿童节，苏州护士秦蓁收到了一份来自武汉的快递。

【采访】苏州市娄江社区服务中心病区护士长秦蓁：她是2月底回去的，到5月底的时候就给我发个信息，说，秦蓁最近怎么样，快递收到了吗？她说马上六一儿童节了，给宝宝买了东西。

【同期声】秦蓁的女儿：来自我们的祝福和牵挂，陈力阿姨，爱你们的陈力阿姨。于武汉，果果姐姐。

【出片名】相遇

【说明性字幕】2020.1.17——苏州火车站

【采访】武汉游客陈力：我叫陈力，武汉人。1月17日，我带着女儿从武汉到了苏州，我们去了很多景点。

到了大概1月20日的时候，家里面发微信跟我说，我们家一个远房的亲戚生病了，她的胸片查了以后，胸片显示有肺炎，然后直接转到金银潭医院。

【说明性字幕】新冠肺炎疫情暴发，1月23日，武汉宣布封城。

【采访】武汉游客陈力：我们本来订好苏州到武汉的高铁，都被取消了，那我到哪里去呢？

【采访】陈力二姨张璇：走也走不了，回也回不来，吃、住、行各方面，我们都很担心的。

【采访】武汉游客陈力：当时就临时定了一个宾馆，老板一看武汉的身份证，其实有一点点犹豫，当时花了很长时间（解释），然后很狼狈，他看我们那个样子，他还是让我们入住了。

1月27日早上的时候，派出所打电话过来说，武汉来的这些游客，统一要住到一个宾馆去，让我们先到拙政园旁边的肯德基等候。

然后我们到了肯德基，我们发现肯德基、星巴克，全部都关了。担心会不会有宾馆来接收我们，然后我们会不会流落街头。

（下午）3点多我们接到电话，让我们到汉庭酒店。

【采访】武汉游客陈力：1月27日，我们入住健康观测点，在那里认识了秦蓁护士。

【采访】苏州市娄江社区服务中心病区护士长秦蓁：我是1月30日早上8点多钟到了健康观测点，防疫大环境下，多多少少普通人都会有点恐惧、恐慌的，在健康观测点里面。

【采访】武汉游客陈力：她说妈妈你看我的手，都裂口了，好干。人又不能出去，我就跟秦蓁说，能不能帮个忙。

秦蓁说我找了这个护手霜，到时候给你带上来。我就问多少钱，我说我一定要给。后来她说这是我的私人物品，你不要嫌弃，是新的。

【采访】苏州市娄江社区服务中心病区护士长秦蓁：入住人员他们有要求的话，会跟我说，小秦，我有点什么需要，能不能弄点炖蛋，弄点水果。我们会转告给同事，他们负责去采购，送饭的时候一起送上去。

【采访】武汉游客陈力：因为我们是武汉人，可能我们喜欢吃辣酱，所以每个房间里还配了一瓶老干妈，我们当时住得非常感动。

【采访】武汉游客陈力：2月4日那天，我们出了健康观测点，到了新的宾馆，那天正好是立春。

【同期声】陈力与武汉的二姨视频电话

家里那边大家一切都好吗？

老实说不太方便，我们从元月二十三号到现在，一直没下楼。

我们那边人特别多，但是买不到东西，看着挺难过的。

【说明性字幕】2020.2.8——元宵节

【同期声】苏州市娄江社区服务中心病区护士长秦蓁：（脱掉防护服）我是小秦，第一次见面。你好，果果。

我们家女儿出去也是这样的，因为儿童口罩很难买到，我都是这样给我女儿戴，这样子耳朵就很舒服。

【同期声】酒店工作人员：汤圆来了，今天元宵节。

【同期声】陈力的女儿：吃4个，不行，再吃10个。

【同期声】苏州市平江街道拙政园社区党委书记吴慧贤：我们对她的事情比较清楚，陈力的事情可以给她一个证明。

【说明性字幕】2020.2.29——苏州火车站

【同期声】秦蓁为陈力母女送站

小秦阿姨好。

这个就是护目镜，要不我给你戴一下，自己戴好吧。

明天果果姐姐要回武汉了，我说妈妈没有帮她买到眼镜怎么办？

她就说，妈妈把我的眼镜给她。我说行，那我们现在就打电话给陈力阿姨。

【同期声】武汉游客陈力：2月4日那天，我们出的健康观测点，那天正好是立春。在苏州，我们从冬天待到了春天。

【同期声】秦蓁与陈力母女道别

我先走了。好的。谢谢谢谢。拜拜。别哭啊，哭了要浪费一个口罩的。

【说明性字幕】“封城”前，有500多万人离开武汉，关爱武汉人也是支援武汉。

【采访】武汉游客陈力：后来跟秦蓁护士成了朋友，还会在微信上面聊天。

【采访】苏州市娄江社区服务中心病区护士长秦蓁：她说秦蓁，我寄的快递你收到了吗？小朋友逢人就说，这是我武汉的阿姨给我寄过来的。

【说明性字幕】相遇！遇见春暖花开！

苏州市广播电视总台2020年播出

第二十四届苏州新闻奖一等奖

我的地盘我做主！大儒巷“板凳议事会”破解社区疑难杂症

主创人员　吕宇蓝　魏代岭　李修利　汪　晨

【说明性字幕】苏州市大儒巷社区。

【现场】改造施工负责人桂庆和：我们首先针对窗户进行改造。

【现场】大儒巷社区居民王锡林：这个地方，根本不用改造。

【同期声】大儒巷社区党委书记王瑛：他们小区居民要求修的树木是30多棵。

【采访】大儒巷社区居民陈岚：不行，绿化一定要保留。

【现场】大儒巷社区党委书记王瑛：放点一些医疗应急的东西，创可贴之类。

【现场】大儒巷社区居民陈岚：这个我觉得没有必要。

【现场】大儒巷社区居民：这种东西家里都有的。

【标题】板凳议事会。

【说明性字幕】2021年12月17日，悬桥巷60号改造完毕。

【视觉呈现】悬桥巷60号焕然一新。

【采访】大儒巷社区居民宋大仁：整个居住环境改变了。

【同期声】大儒巷社区居民王锡林：现在，下雨一点声音都听不到，一进小区就清清爽爽的，我蛮满意。

【同期声】大儒巷社区党委书记王瑛：悬桥巷60号已经有40多年的历史了，房屋年久失修。它和平江路也仅仅一河之隔。

【说明性字幕】悬桥巷60号改造前旧貌。

【同期声】大儒巷社区党委书记王瑛：跟平江路的风貌十分不协调。今年在街坊改造过程当中，悬桥巷华丽转身，现在居民的生活环境变得更好了，房屋看上去也有苏式特色了。

【视觉呈现】“小巷总理”王瑛擅长基层治理工作。

【**说明性字幕**】五个月前。

【**同期声**】大儒巷社区党委书记王瑛：悬桥巷改造这么大的项目，能够顺利完成，在这个过程当中，我们的“板凳议事会”发挥了不小的作用，可以说“小板凳”带来了大变化。

【**现场**】大儒巷社区居民沈孝勤：你到阳台上来看，阳台上都是漏水，袋子里还有水。我用脸盆放在这里，接了一盆水。

【**说明性字幕**】2021年7月，悬桥巷60号开始改造。

【**同期声**】大儒巷社区党委书记王瑛：屋顶防水要做，立面重新粉刷，窗户也要换成统一的风格，这些都是要改造的项目。虽然政府出钱改造，但是对有些改造的细节，居民还是有很多不同的意见。

【**现场**】施工负责人桂庆和：星期一的时候把效果图拿给他们看一下。

【**现场**】大儒巷社区党委书记王瑛：你能不能把它打印出来？

【**现场**】施工负责人桂庆和：我不是有纸质版的吗？

【**现场**】大儒巷社区党委书记王瑛：星期一的时候把所有的纸质版打印出来给你们看。

【**说明性字幕**】2021年8月23日，悬桥巷60号。

【**同期声**】大儒巷社区第九党支部书记冯家豪：拿个小板凳出来，大家商量商量。

【**采访**】大儒巷社区党委书记王瑛：我们请党员骨干、网格员把居民召集在一起。但是很多居民年纪大了，可能出行不便，或者说有的人不愿意跑到社区来，我就想让我们社区工作人员直接到大院里面去，跟居民去沟通。可能对大院里面的环境熟悉，比较容易跟我们反映心声。

【**现场**】大儒巷社区党委书记王瑛：大家听桂工跟你们讲讲。

【**现场**】改造施工负责人桂庆和：爷爷奶奶，情况是这样子的，我们现在立面改造，首先是针对窗户进行改造。

【**现场**】大儒巷社区居民：我的窗户还是新换的。

【**现场**】大儒巷社区居民王锡林：这个地方，根本不用改造。

【**现场**】大儒巷社区居民：我代表几家人问个问题，空调的落水怎么处理？

【**现场**】大儒巷社区居民：中间户的脱排油烟机怎么安装？

【**现场**】大儒巷社区党委书记王瑛：就是中间那家，两边两家不影响。

【**现场**】大儒巷社区居民：要不你去看一下。

【现场】改造施工负责人桂庆和：我知道情况，我知道你们什么意思。

【现场】大儒巷社区居民：我不同意装新窗户，你们都不影响，只有我们中间户受影响。

【现场】大儒巷社区党委书记王瑛：这样可能影响你们中间户排烟的问题。

【现场】大儒巷社区居民：不是烟，是空气不流通。

【现场】大儒巷社区党委书记王瑛：本来不开会我不知道这个情况，现在我去汇报给施工方，施工方再去和上面沟通。

【同期声】大儒巷社区党委书记王瑛：改造方案当中，有些项目可能没考虑到居民的个性化需求，开了“板凳议事会”以后，我们听取了居民的意见，我觉得这些要求也是比较合理的。

政府花钱为居民办实事，改造得好不好，居民是这里的主人，他们最有发言权。如果居民不认可，那这个钱就白花了。

【现场】大儒巷社区党委书记王瑛：到时候新窗户隔音都更好，好吗？

【现场】大儒巷社区居民：好的。

【现场】大儒巷社区居民：旧的铝合金窗框会敲掉吗？

【现场】改造施工负责人桂庆和：对的，铝合金的给你们敲掉，换掉。

【现场】改造施工负责人桂庆和：后期你们窗户换好之后，缝隙里面会塞实，外面会再做一道防水，就不会渗水了。

【现场】大儒巷社区居民：谢谢。

【同期声】大儒巷社区居民：这个居委会主任不容易的。

【同期声】大儒巷社区居民：不容易的。

【同期声】大儒巷社区居民：大家要耐心。

【现场】大儒巷社区党委书记王瑛：先回去吧，板凳会我们还要开。

【现场】大儒巷社区党委书记王瑛：帮你窗户换好，这里也收拾好。你跟他约好。

【同期声】大儒巷社区党委书记王瑛：把联系不到的这些居民，门牌号码发给我。我们社区工作还是很烦琐的，但是它作为基层治理当中的一个重要环节，就像人的“毛细血管”一样，要始终保持畅通。这个“板凳议事会”让居民能够自主地管理小区，确实化解了不少矛盾。

【说明性字幕】天宫寺弄10号。

【采访】大儒巷社区党委书记王瑛：去年7月份左右的时候，这是第一次“板凳议事会”，是在天宫寺弄10号小区。

【说明性字幕】天宫寺弄10号。

【采访】大儒巷社区党委书记王瑛：居民们反映小区里的树木太高了，遮挡了居民的日常采光，还存在很大的安全隐患。

【现场】大儒巷社区居民彭世涛：下午的太阳光、中午的太阳光都晒不到。

【现场】大儒巷社区居民张炎明：后面没有太阳光。

【同期声】大儒巷社区居民：衣服全都拿到外面来晒了，实在真的没有办法。

【同期声】大儒巷社区党委书记王瑛：我们申请到一笔资金用来修树，但是怎么修树，居民有很多不同的意见。

【现场】大儒巷社区居民张琼：树马上都长到3层楼高了，希望都修剪一下。

【采访】大儒巷社区居民陈岚：每个人对每棵树的感情不一样，有的人说不行，绿化一定要保留。

【采访】大儒巷社区居民张秋江：夏天的时候，它能把阳光遮掉，温度能低好几度。

【同期声】大儒巷社区党委书记王瑛：虽然钱的问题解决了，但是树弄到什么样，也需要居民来协商，让居民自己拿出一个具体的方案。

【说明性字幕】2021年4月，30多棵“参天大树”修理完毕。

【同期声】大儒巷社区党委书记王瑛：在消除居民意见分歧的同时，“板凳议事会”起到了“减压阀”的作用。

【说明性字幕】2021年11月，天宫寺弄10号。

【现场】大儒巷社区党委书记王瑛：也征求你们意见，一些医疗应急的东西，你们想不想做便民医药箱，放点创可贴。

【现场】大儒巷社区居民陈岚：这个我觉得没有必要，可能会浪费。

【现场】大儒巷社区居民：这种（东西）家里都有的。

【同期声】大儒巷社区党委书记王瑛：原来我们想给每幢楼的居民做一些便民应急医药箱，他们觉得医药箱实用性不强，不太需要。去年，我们申请到了一笔经费，它专门用于民主协商项目的。我们把树修掉了，今年修树剩下来这部分钱，我们为小区做一点议事阵地的打造，然后做一些绿化环境的提升。

【采访】大儒巷社区居民陈岚：“板凳议事会”的效果带来了阳光。

【采访】大儒巷社区第九党支部书记冯家豪：我们动员邻居把问题摆在会议上面我们大家商量，究竟怎么办，解决了不少问题。

【说明性字幕】2018年，在成功创建全国社区治理和服务创新实验区后，姑苏区持续扩大社区协商民主议事内容和参与范围。3年来,成功实施了200多个民主协商项目。

2022年,天宫寺弄10号小区被列入改造计划。届时,小区的议事空间将会建成。

【同期声】大儒巷社区党委书记王瑛:下一个“板凳议事会”,我们就放在议事空间,来听听他们的心声。

看苏州APP2021年播出

第二十二届苏州新闻奖一等奖

苏州奋斗简史

主创人员 黄 健 金 磊 严 俨 方 真

【画面配文】文字

从苏E到中国最牛地级市，苏州是如何逆袭的？史诗级大片献给70年里的每位奋斗者！

苏州奋斗简史

1949年4月27日　苏州解放。

1949年　苏州人民广播电台成立。

1951年　南门人民桥落成。

1953年　江苏省人民政府成立，设苏州为省辖市。

1953年　全国第一次人口普查登记（苏州市共424011人）。

1955年10月1日　开始使用平江、沧浪、金阊等新区名。

1958年4月1日　苏州钢铁厂正式投产。

1962年12月　苏州首批121名知青奔赴苏北东辛农场（到1977年，共有7万知青奔赴新疆、苏北上山下乡）。

1973年　常德盛任常熟市蒋巷村党支部书记。

1975年　沙钢创立（张家港锦丰轧花剥绒厂自筹45万元）。

1976年　苏州派出160余人医疗队奔赴唐山灾区。

1979年　首次寒山寺听钟声活动举行。

1980年　苏州市与意大利威尼斯结成友好城市。

1981年　女工杜芸芸主动将10万元遗产上交国家。

1982年　经过第三次改造的苏州火车站新客站启用。

1982年　苏州被国务院批准列为全国首批历史文化名城。

1982年　观前街实行步行街（限时禁止车辆通行）。

1983年　邓小平到苏州调研，肯定“苏南模式”。

1983年　《小小得月楼》上映。

1984年　市区摩托车兴起（有各类摩托车2074辆，每天增加10辆左右）。

1984年　第一家中外合资企业落户苏州（中国苏旺你有限公司）。

1985年　全市国有企业实行劳动合同制及职工退休后养老和医疗保险办法。

1985年　国务院批准苏州市和所属6县（市）以及张家港港区为沿海经济开放区。

1985年　昆山自费创办全国县（市）第一个经济技术开发区（昆山之路：艰苦创业、勇于创新、争先创优）。

1986年　市政府决定在古城西部开辟新区。

1986年　张家港市（县级）设立（经国务院批准，决定撤销沙洲县）。

1987年　市区改革中学招生方法（取消重点初中）。

1987年8月17日　新华社报道苏州经济体制改革的三大措施（实行承包经营责任制，实行浮动工资制，厂长负责制）。

1989年　昆山市（县级）设立（经国务院批准，撤销昆山县）。

1990年　市区3.59万名老人获发“高龄优待证”。

1991年　苏州香雪海牌电冰箱获北京国际博览会金奖。

1992年　昆山经济技术开发区列入国家开发区序列。

1992年12月20日　张家港保税区正式投入运营。

1992年　苏州新区成为国家高新技术产业开发区。

1993年　苏州第一家肯德基开业。

1994年2月26日　苏州工业园区商务总协议签约仪式在京举行。

1995年　人民商场大楼重建（组成苏州市人民商场股份有限公司）。

1995年10月　中共中央宣传部和国务院办公厅号召全国学习“张家港精神”（团结拼搏、负重奋进、自加压力、敢于争先）。

1997年　苏州市委、市政府、市人大、市政协机关搬出古城，迁入三香路180号。

1997年　国家一类口岸——太仓港正式开港。

1997年　苏州乐园“欢乐世界”正式开园。

1998年　苏州建成国家卫生城市。

1998年　苏州市区深化住房制度改革方案出台（市区12月1日停止住房实物分配）。

1999年7月　东环路百润发开业。

1999年2月8日　具有百年历史的苏纶纱厂破产。

2000年　苏州籍选手张军夺得悉尼奥运会羽毛球混双冠军（实现苏州奥运金牌零的突破）。

2001年2月28日　正式撤销吴县市，设立苏州市吴中区、相城区。

2001年　大陆第一例接受来自台湾的骨髓配对成功。

2002年　苏州市行政服务中心正式投入运行。

2002年　苏州广播电视总台成立。

2003年　抗击“非典”。

2003年　环古城风貌保护工程一期竣工（环城河水上游开通）。

2003年12月　友新高架和南环高架竣工通车。

2004年3月28日　苏州南门汽车客运站竣工。

2004年6月28日　第28届世界遗产委员会会议在苏州开幕。

2005年10月12日　昆山航天英雄费俊龙执行“神舟六号”飞行任务。

2006年　苏州博物馆新馆开馆（由贝聿铭担纲设计）。

2007年　苏州杭彬成为大陆对台捐髓第一人。

2009年　园区湖东摩天轮公园正式开园。

2009年　沙钢集团跻身世界500强（苏州民营企业实现新跨越）。

2010年　苏州市区公共自行车交通系统试点运营。

2011年　东太湖大桥正式通车。

2012年　苏州市社保市民卡正式启用。

2012年　中心城市行政区划调整（撤销沧浪区、平江区、金阊区，设立姑苏区，撤销县级吴江市，设立吴江区）。

2012年4月28日　苏州轨道交通1号线开通。

2013年3月　苏州站新站全面投入使用。

2013年　“苏州精神”确定（崇文睿智，开放包容，争先创优，和谐致远）。

2013年　4700多户“老南环”圆了住房改善梦。

2014年　中科院院士程开甲荣获国家最高科学技术奖。

2014年10月26日　苏州高新有轨电车1号线试运营。

2015年8月　东方之门最终封顶。

2015年　苏州工业园区成为全国首个开放创新综合试验区域。

2015年　环古城河健身步道贯通（市民健身中心全面投用）。

2016年　现代传媒广场正式启用。

2016年　苏州交响乐团正式成立。

2017年　苏州市境内上市公司突破100家(跻身资本市场“一线城市”行列)。

2017年11月11日　苏州中心开业。

2018年9月1日　苏州奥林匹克体育中心全面开放。

2018年　苏州荣获全球首个世界遗产典范城市称号。

2019年　江苏自贸区苏州片区挂牌。

幸福是奋斗出来的!

名城苏州网2019年播出

媒体融合类

2013—2022

第十八届江苏新闻奖　第十七届苏州新闻奖一等奖

绿野与红线

——生态苏州的法律意识与公民行动

名城苏州网2014年发布

记者手记

金秋时节品蟹忙。金秋十月，阳澄湖迎来各地的品蟹大军，各个网红景点、农家乐、民宿忙得不亦乐乎。

随着阳澄湖被列为苏州饮用水水源地保护区，守着阳澄湖不能发展水产养殖业，这让相城区阳澄湖镇莲花岛很多蟹农望湖兴叹。

农民日子怎么过、乡村振兴路在何方？记者深入基层采访发现，为了生态红线的硬杠杠，莲花村确实放弃了很多发展机会，村民为环境保护做出了很大牺牲。不过，根据《苏州市生态补偿条例》，当地将财政拨付生态补偿资金有效利用，并着力发展休闲观光农业及乡村民宿等。

记者发现，村民的生态意识有了提升，乡村环境美了，休闲观光农业强了，老百姓日子好过了。生态美、产业兴、日子富，环环相扣。相信在苏州，将会涌现更多“绿水青山”，让老百姓实现“金山银山”。

我们也相信，《苏州市生态补偿条例》将助力全国生态补偿机制在法律化、规范化、制度化建设方面，起到示范、引领、推动作用。

专家点评

“网”住新闻的范例

生态文明建设，开启了五大文明建设中攀登最后一座高峰的征程。苏州市宣布将于2014年10月1日实施《苏州市生态补偿条例》，从而成为全国第一个为生态补偿立法的城市，其中的新闻价值不言而喻。

如何让新闻价值最大化？如何让新闻传播效益最大化？名城新闻网聪明的“渔夫”们，想到了自己手里这张“网”。

相较于报纸、广播、电视，网络媒体最大的优势就是既可以突破版面、时段、频道等载体的束缚，又可以集纳文字、声音、图像等报道手段，还可以打破时空限制将动态新闻与历史资料整合运用，更可以发挥电子美术的特长来开发全新的“注意力产品”。

于是，就有了《绿野与红线——生态苏州的法律意识与公民行动》这张优质的“网”。网中的渔获，有新闻有法条，有文字有图表，有消息有通讯，有动态有背景……不亚于一桌丰盛的“全鱼宴”。

第二十一届江苏新闻奖　第二十届苏州新闻奖一等奖

同叙苏港情　共圆中国梦

——庆祝香港回归祖国20周年苏报融媒大型新闻行动

主创人员　周逸琦　赵　劼　钱　芳　高　睿　闫长武

苏州新闻网2017年发布

记者手记

2017年，是党的十九大召开之年，也是香港回归祖国20周年。苏报融媒推出大型新闻行动，聚焦苏港两地交流合作的硕果，进一步深化两地情缘。当时移动互联网正蓬勃发展，苏报融媒充分利用苏州新闻网、引力播新闻客户端两大平台，推出大型网络新闻专题，以多层次、多视角、多形态的报道，讲述“一带一路”倡议下，苏港共谱新篇章、同筑“中国梦”的故事。

我们很荣幸参与了此次历时半个多月的新闻行动。网站和移动端的专题报道，主打即时性和鲜活性，第一时间发稿，第一时间择优推送。除了“干货满满”的人物访谈等大稿，我们还推出了香江随记、香江掠影等鲜活生动的随笔式报道和组图新闻，呈现多彩香港的方方面面，以小切口展现大主题，凝聚起苏港两地共谋发展、携手奋进的强大动力。

专家点评

“站得高”方能“融得好”

《同叙苏港情　共圆中国梦——庆祝香港回归祖国20周年苏报融媒大型新闻行动》是苏州日报报业集团在庆祝香港回归祖国20周年活动中一次成功的新闻报道。之所以成功，关键胜在这次大型报道组织筹划立意高。站得高，视野就广，格局就大，融合度就好。

这次报道，没有将主题和内容仅仅局限于“苏州和香港”，而是运用媒体融合的技术优势，创新地方媒体转载央媒报道方法，以国家最高领导出席回归纪念庆典统领整个报道，从而使地方媒体报道站上了整个国家、整个中华民族共同繁荣昌盛的高度。

立意高，决定了视野广，这次报道设置了“苏港情缘”“精彩视界”“媒体报道”“人物访谈”“媒体时评”“多彩香港”六大板块，这种架构一下就打开了战役性报道的射界，给了记者和编辑施展拳脚的用武之地。立意高，决定了格局大，这次报道在方法上采取文字、图片、影像、声音、H5全方位出动，一线记者采写与后台编辑组稿全方位结合，成功地实现了主题报道的融媒发展。站得高，决定了融合度好，纵览整个报道，无论内容还是形式，都达到了既丰富多彩又井井有条，既高屋建瓴又细致入微，既主题鲜明又生动活泼的效果。

融媒时代，呼唤更多这样的大型报道。

第二十五届江苏新闻奖　第二十四届苏州新闻奖一等奖

待无恙，君再来，访苏州，探江南

主创人员　姑苏晚报

姑苏晚报官方微信2021年发布

记者手记

这篇微信推文的火爆，天时地利人和缺一不可，但出新、出圈、出彩，是偶然中的必然。正如中宣部《新闻阅评》点评说：看似“妙手偶得”，实则“有备接盘”。

苏报多年来深耕本土新闻，对江南文化始终给予高度关注。在看到三位确诊的上海小姐姐在苏州寻宋之旅的流调线路之后，编辑团队立刻想到了其中蕴藏着江南文化的苏州密码。疫情是一个敏感的话题，姑苏晚报这条微信要不要做，也确实让我们纠结了一阵。但大家感觉到，这是一条有着巨大价值的新闻线索，值得去深耕，同时这是对守正的自信，也是对创新的追求。

为了写好这篇文章，团队在“度”这个字上下足功夫。角度，是寻宋之旅。高度，是疫情防控大局和苏州格局。深度，是江南文化对苏州人包容宽容性格的影响。尺度，编辑秉持客观公正的基本要求，通过多集纳网友的正能量观点，体现文章的倾向，来引导舆论。温度，小编及时巧妙地回复评论留言，与网友展开热烈又温情的互动。

推文写好后，团队用了极大的精力来讨论标题，一个字一个字地打磨，最终版标题已经是6.0版了。可以说，这简练又精炼的十二个字，凝结了整个团队的心血，也体现了苏报人的文化底蕴和才华。

专家点评

应用创新是2021年度江苏省好新闻新设奖项，旨在顺应媒体融合发展大势，鼓励新闻单位在提供新闻信息服务的同时，增强品牌意识，充分运用信息网络技术，为广大人民群众提供服务性强的创新性产品。获奖作品《待无恙，君再来，访苏州，探江南》源起于2021年11月26日姑苏晚报微信公众号推出的同题新闻。报道以独特的视角聚焦3位上海本土确诊病例在苏州的流调轨迹，将其串成一条江南文化深度游路线，用宽容与理解成功将舆论引导至对确诊病例的人文关怀上，折射出艰难时刻人性的善良、美好，被境内外几百家媒体与公众号在多平台关注，总点击量超亿次。随后，《姑苏晚报》《新民晚报》《扬子晚报》《钱江晚报》四家长三角地区城市晚报顺势联动推出“寻宋江南”品牌活动，通过情境互通、传播互动激活文化游学思潮，赋能文旅产业复兴，构筑江南宋文化体验数据库；塑造“带无恙”消费新场景，推出直播带货和餐饮小程序，为政府助企和服务市场主体提供解决方案；衍生“戴无恙”消费新需求，推出抗疫数字产品和文创产品。

从刷屏热词“待无恙”到公益品牌“带无恙”，从单一新闻报道到集成新媒体产品,从内容阅读提供到服务应用拓展,从水城苏州到联动辐射长三角,《待无恙,君再来,访苏州,探江南》既是疫情防控报道模式的创新,同时持续性地提供新闻信息服务,更创新性地应用大数据和多种信息技术,以内容产品畅通消费服务,以数字媒体助推平台应用,以应用平台多元链接社会资源,兼具新闻性、服务性、创新性,是“新闻+政务商务服务”模式的一次成功探索,具有示范意义。

第二十五届苏州新闻奖一等奖

昆山进出口总额首破千亿美元

主创人员　巫晓亮

昆山进出口总额首破千亿美元

第一昆山　2022-01-19 18:08:05

1月19日，昆山海关发布数据显示，2021年昆山市实现外贸进出口总额1066.1亿美元，同比增长22.8%，首次突破千亿美元。放入更高的坐标中去看，昆山数据不仅稳居全国县市级第一，更超越全国96.9%的地级市。

从1995年首破50亿美元

到2003年破100亿美元

到2010年破800亿美元大关

昆山市融媒体中心2022年发布

第二十届苏州新闻奖一等奖

喜迎十九大　重走党史路——全国党端在联动

主创人员　看苏州新闻客户端

看苏州APP2017年发布

第二十一届苏州新闻奖一等奖

40年40村 改革路上看乡村振兴

主创人员 看苏州新闻客户端

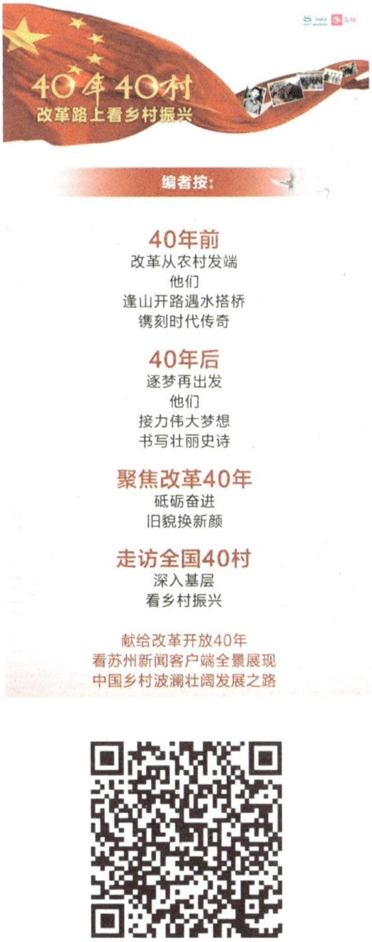

看苏州APP2018年发布

第二十一届苏州新闻奖一等奖

“书记主播”让基层党建“网红”起来

主创人员　苏州新闻网

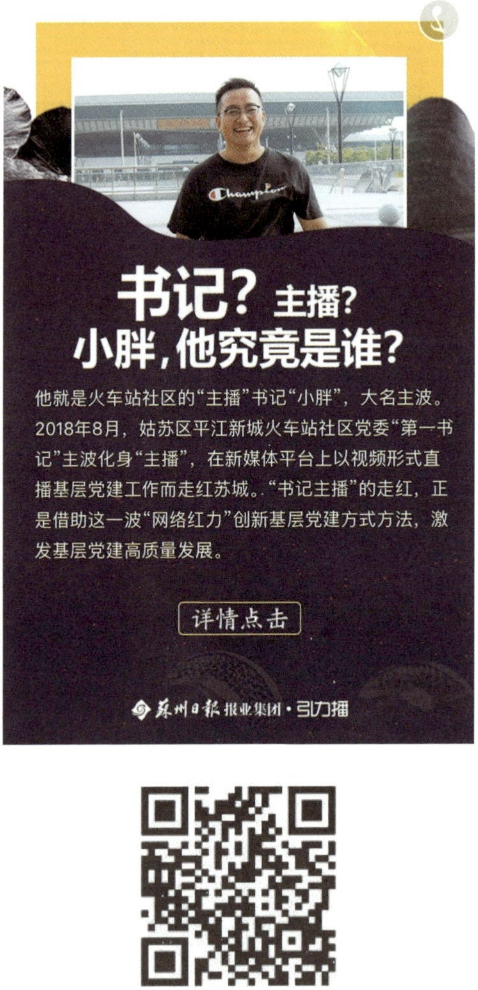

苏州新闻网2018年发布

第二十二届苏州新闻奖一等奖

公益守护长江行

主创人员　姚丽濛　何　薇　高　睿　李锴

苏州新闻网2019年发布

第二十三届苏州新闻奖一等奖

2020网络公益微行动——小康路上，爱心云屋

主创人员　苏州广播电视总台融媒体中心

苏州新闻网2020年发布

第二十三届苏州新闻奖一等奖

全国首创“线下购物无理由退货服务”融媒专题

主创人员　王芬兰　叶永春　赵晨民　邹逸凡　汪　财

引力播APP2020年发布

第二十四届苏州新闻奖一等奖

这五年　我和我的城

主创人员　苏州日报社视频视觉融媒中心　数字媒体编辑中心

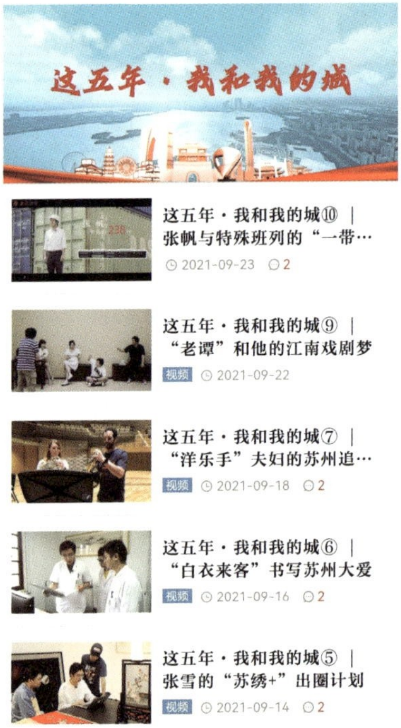

引力播APP2021年发布

第二十一届苏州新闻奖一等奖

暖冬

主创人员　许菊萍　朱　雯　缪宇欢　吴思晔　徐　婷　彭　婷　胡　彦

张家港在线网2018年发布

第二十四届苏州新闻奖一等奖

共话三周年：坐着公交看长三角一体化下的苏州巨变

主创人员　苏州广播电视总台融媒体中心

直播回顾 | 共话三周年，坐着公交看长三角一体化下的苏州巨变

回看 61.19万人观看

现场报道　正序

19 2021年 12月

12:41

看苏州小编

直播|共话三周年，坐着公交看长三角一体化下的苏州巨变

看苏州APP2021年发布

第二十五届苏州新闻奖一等奖

非常启航
——郑和起锚港力保“双循环”融媒直播

主创人员　集体

太仓市融媒体中心2022年发布

第二十一届苏州新闻奖一等奖

苏州青年说

主创人员　苏州广播电视总台融媒体中心

看苏州APP2018年发布

第二十三届苏州新闻奖一等奖

疫情总入口——24小时滚动苏州战疫总汇

主创人员　苏州广播电视总台融媒体中心

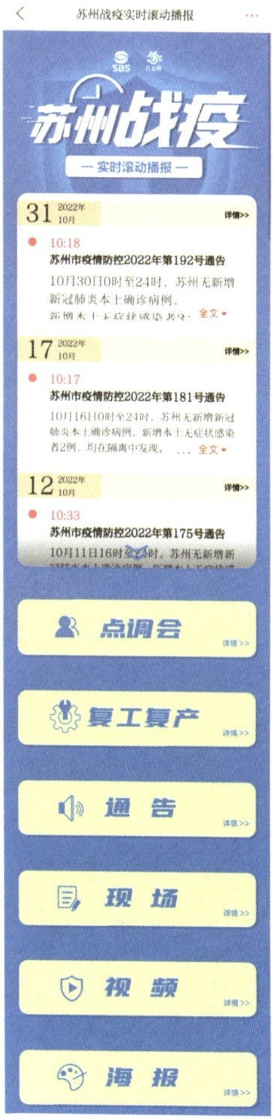

看苏州APP2020年发布

第二十四届苏州新闻奖一等奖

山前坊变形记

主创人员　蒋唯一　徐　畅　马　超　杨　婧　陈宁昱

“新”山前坊，呼之欲出！

常熟发布 2021-04-11 16:54

山前坊变形记①

唤醒沉睡资源｜重塑古城芳华

常熟市融媒体中心2021年发布

第二十四届苏州新闻奖一等奖

陈云来信

主创人员　侯政明　俞丽萍　沈　悦　王胜定

一滴水里观沧海
一粒沙中看世界
一封信上见精神
请听吴江融媒体中心原创广播剧
《陈云来信》

陈云来信.mp3

（点击收听）

广播剧《陈云来信》
出品人：王庆、刘弋
编剧：侯政明、沈悦
导演：俞丽萍、王胜定

配音人员：
陈云…… 侯政明
陈星…… 俞丽萍
陈云秘书…… 沈剑锋
苏南行政公署主任管文蔚 ……赵洪逸
苏南行署某干部 …… 王欣
吴江县县长杨明 …… 王胜定
吴江县民政局张局长…… 曹继云
陈星邻居 …… 沈悦
旁白…… 申亚

吴江区融媒体中心2021年发布

第二十二届苏州新闻奖一等奖

一槌

主创人员　集体

苏州市广播电视总台2019年发布

第二十四届苏州新闻奖一等奖

“小鱼视频”抖音号

主创人员　名城苏州网

苏州市广播电视总台2021年发布

第二十三届苏州新闻奖一等奖

苏州战疫图

主创人员　常　新　王璟晋　赵俊聪　赵思诣
孟圆敏　赵　丹　蔡雨辰　鲁又君

引力播APP2020年发布

第二十四届苏州新闻奖一等奖

红色云博展厅

主创人员　王璟晋　高小花　蔡雨辰　赵　丹　浦靖雯

引力播APP2021年发布

第二十五届苏州新闻奖一等奖

《喜迎二十大　非凡十年》苏州广电全媒体总入口

主创人员　集体

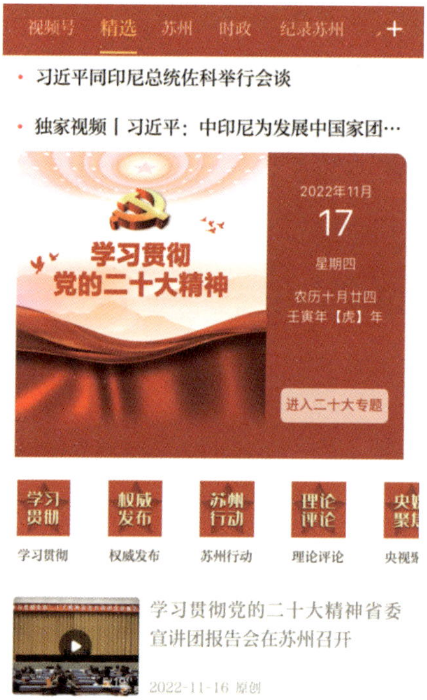

苏州市广播电视总台2022年发布

第二十五届苏州新闻奖一等奖

“播报官”融媒行动

主创人员　集体

引力播APP2022年发布

第二十五届苏州新闻奖一等奖

苏州市委书记对全球人才说：“你只需要一个背包，其他包在苏州身上！”

主创人员　黄　健　金　磊　田　野

名城苏州网2022年发布

第二十五届苏州新闻奖一等奖

今日张家港APP“市民诉求中心”一站式服务平台：市民诉求的“高速路”服务群众的“连心桥”

——县级融媒体中心助力提升基层社会治理效能

主创人员　任黎明　赵一蓉　周锁峰　陈　超　李语馨
王　锋　张敬刘　胡　彦

张家港市融媒体中心2022年发布

后 记

经过一年多的努力,《苏州优秀新闻作品选（2013—2022）》终于和大家见面了。这是继《苏州优秀新闻作品选（1997—2012）》之后，时隔近10年又一本大部头作品选编辑出版了，也是广大新闻工作者这10年来，又一次成果的展示。

时光荏苒，岁月如梭,《苏州优秀新闻作品选（2013—2022）》汇集了自2013年以来苏州新闻奖一等奖以上的优秀作品。这些优秀作品真实地记录了全市人民在市委、市政府的领导下在各个领域所取得的伟大成就，较完整地体现了全市新闻工作者牢记宗旨、服务大局、不辱使命，为弘扬真善美、传播正能量而鼓与呼的辛勤劳动成果，同时亦为年轻的新闻工作者提供一个学习、借鉴的范本。

《苏州优秀新闻作品选（2013—2022）》一书自2022年6月正式启动，在中共苏州市委宣传部、苏州市新闻工作者协会的指导下，在苏州日报社、市广电总台，以及张家港、常熟、太仓、昆山、吴江等市、区委宣传部及融媒体中心的支持下，于2023年8月完成资料的全部搜集及排版工作。在文字搜集上来时，由于各类媒体的形式不同，文字表述也千差万别，在编辑整理过程中也遇到诸多困难，诸如广播、电视类的文章，文字比较口语化，在尽量保持原样的基础上，需酌情修改。还有的作品，因篇幅较长，则需要精选，且保证上下文连贯。诸如“系列报道”，虽然每篇文章都很优秀，但是限于篇幅的要求，只能优中选精，将部分文章忍痛割爱。

全书分为上下两册，上册为文字类、新闻摄影类、新闻编排类作品，下册为音频类、视频类和媒体融合类作品。由于时间跨度较大，人员调动，网站资料整合等多种原因，造成部分文字稿丢失，视频、音频材料不全，未能收录于本书中，略有遗憾。值得一提的是，本次图书收录的获奖作品中新增了“媒体融合”版块，为便于读者了解这一新报道方式，并与传统的纸媒报道区别开，只保留了标题、网址、二维码，读者可通过扫二维码或者登录相关网站来阅读该内容。

本书的编写工作得到了相关部门和专家学者的鼎力支持与帮助。周跃敏、刘守华、方晖、赵允芳、沈志强、张晓锋、张红军、徐丽玲、张健、杜志红、陈一、王文标、王晓宏等专家为获奖作品作了精彩点评。王刚、田星、李婷、杨轶、汪炜、周爽、钱建平等编务人员付出了辛勤劳动，黄静、张颖、阮剑、相军、赵一蓉、夏涛、王华、徐强、杜静花、曹耀国、刘浩、杜玉洁、侯政明、俞丽萍等同志共同参与了搜集资料工作，在此一并表示感谢！

由于能力有限，水平不足，《苏州优秀新闻作品选（2013—2022）》的编写不免存在缺陷和不足，望各位专家和广大读者批评指正。

2024年6月